毛泽东

时代的中国

毛泽东

时代的中国

第三卷

郑谦／张化 著

纪念毛泽东诞辰110周年重点图书

北京出版社
中共党史出版社

毛泽东

时代的 中国

MAOZEDONGSHIDAIDEZHONGGUO

1966—1976

时代的 中国

MAOZEDONGSHIDAIDEZHONGGUO

第一章
走入"文化大革命"迷途

第一章 走入"文化大革命"迷途

1966年，随着国民经济调整任务的完成，我国开始执行国民经济第三个五年计划，经济建设将进入一个新的发展时期。克服了国民经济严重困难的广大干部和群众满怀信心，努力生产，强烈地希望经济得到更快发展。

1966年1月1日，《人民日报》发表了题为《迎接第三个五年计划的第一年——一九六六年》的社论。社论中说，1966年是第三个五年计划的第一年。第三个五年计划是一个宏伟的发展国民经济计划。我们要在农村和城市更加广泛地开展社会主义教育运动，要力争农业生产逐年有所增长，更加有效地贯彻执行《全国农业发展纲要》。要在不断技术革新、不断提高劳动生产率的基础上，充分发挥现有工业企业的生产潜力和交通运输业的运输能力，同时要大力建设一批新的企业，加强国防建设，加强基础工业，加强交通运输业，建立一个独立的、比较完整的工业体系和国民经济体系。在生产发展的基础上逐步改善人民生活。社论号召：我们要努力争取用二三十年的时间，赶上和超过世界科学技术的先进水平，把我国建设成为一个具有现代农业、现代工业、现代国防和现代科学技术的社会主义强国。

社论的这些基本观点，体现了自20世纪60年代初调整以来党中央的一贯思路，反映了全党和全国人民在取得调整时期重要成果的基础上，要求发展经济、改善生活的迫切愿望。

同日，《红旗》杂志第一期发表了题为《政治是统帅，是灵魂》的元旦社论。社论中说，突出政治，政治挂帅，就是毛泽东思想挂帅，就是把活学活用毛泽东思想放在一切工作的首位。社论批评了那种"经济好就是政治好"，"生产好就是政治好"的观点，认为它是"错误的"。文章强调，政治"是阶级对阶级的斗争"，离开了阶级斗争，就无所谓政治；突出政治，就要在各条战线抓阶级斗争，抓社会主义和资本主义两条道路的斗争，贯彻和执行党的阶级路线。是无产阶级政治作统帅作灵魂，还是物质刺激、个人名利作统帅作灵魂，是两种根本对立的世界观，是两条根本对立的政治路线。

这篇社论的基本观点，反映了自1962年党的八届十中全会以来，在社会主义时期阶级斗争问题上的错误不断发展的现实。

在当时，这两篇权威社论侧重点上的区别并没引起多少人的注意。1963年以来，虽然"四清"运动及意识形态领域中不断发展起来的批判使人们感到困惑和不安，但从严重困难局面中迅速恢复的国民经济又使人们充满了希望和信心。

可就在这时，"文化大革命"发生了。

毛泽东为什么要发动"文化大革命"，而且能够发动它呢？

20多年后，在中国结束了"文化大革命"并走上改革开放之路后，邓小平曾多次谈到他深思熟虑的一个问题：

"过去耽误太多，特别是"文化大革命"的十年，自己找麻烦，自己遭灾，不过教训总结起

1966

1976

来很有益处。现在的方针政策,就是对"文化大革命"总结的结果。最根本的一条经验教训,就是要弄清什么是社会主义和共产主义,怎样搞社会主义。"①

"那件事,看起来是坏事,但归根到底也是好事,促使人们思考,促使人们认识我们的弊端在哪里。毛主席经常讲坏事转化为好事。善于总结'文化大革命'的经验,提出一些改革措施,从政治上、经济上改变我们的面貌,这样坏事就变成了好事。为什么我们能在七十年代末和八十年代初提出了现行的一系列政策,就是总结了'文化大革命'的经验教训。"②

那么,在我们刚刚开始社会主义建设的时候,在我们对"什么是社会主义"的认识还处于幼稚阶段的时候,我们的社会主义实践又会出现一些什么样的情况呢?

一、发动"文化大革命"的历史背景

"我最担心的是中央出修正主义"

1966

↓

1976

从1964年起,毛泽东把中央出修正主义的问题越来越尖锐地提到全党面前。这个问题,从深层次上反映了当时我国实践中的社会主义与毛泽东理想中的社会主义的一些矛盾。

1956年4月25日,毛泽东在他著名的《论十大关系》一文中,说了一段意味深长的话:"特别值得注意的是,最近苏联方面暴露了他们在建设社会主义过程中的一些缺点和错误,他们走过的弯路,你还想走?"毛泽东的这段话,集中地表明了在苏共二十大前后,他对国际共产主义运动中一些重大问题及中国社会主义建设一些重大问题的思考。他认为,曾经被全世界公认为社会主义唯一标准的苏联模式并不是十全十美的,更不是放之四海而皆准的,它的弊端已开始在实践中暴露出来。社会主义各国的建设道路应根据马克思主义的基本原理和各自的具体情况进行探索。中国的社会主义建设,应当从自己的国情出发,应当在借鉴苏联经验的基础上,又有所发展,有所前进。这一认识反映了当时一些社会主义国家的共同要求,反映了当时社会主义国家发展的正确方向。这一超越意识在当时是十分可贵的。

认识到必须解放思想,认识到苏联模式是可以而且必须超越的,这在上个世纪50年代上半期已属难能可贵。但是,在解决了这个问题后,另一个更为复杂、艰巨的任务又摆在人们面前:如何超越苏联模式,怎样探索既符合马克思主义基本原理又适合中国国情的社会主义道路?并不是简单地否定苏联模式就能走上改革的坦途。在改革苏联模式的过程中,社会主义各国都走过了曲折的道路,付出了艰巨的努力,有的甚至付出了沉重的代价。为了进行这一探索,毛泽东与中国共产党人付出了巨大的心血,走过了一条曲折的发展道路。"大跃进"是不成功的,但它却反映了超越苏联模式的强烈愿望;"文化大革命"是完全错误的,更与苏联模式没有任何共同之处。

对苏联模式的改革,除了对苏联社会主义实践经验的深入观察,对本国国情的深刻了解以及对马克思主义基本原理的熟练掌握外,还必须有对当代资本主义、对时代及其发展趋势的深刻而全面把握。特别重要的是,还要有本国社会化大生产和商品经济一定程度的发展。这正如在一个小农经济占多数的国度里,对价值规律、现代管理、现代信用制度等等的理解、

---

①《邓小平文选》第三卷,人民出版社,1994年版,第223页。
②《邓小平文选》第三卷,人民出版社,1994年版,第172页。

重视和运用，远不能与一个发达的工业化国家相比一样。同样是对苏联模式弊端的观察和认识，比较发达国家和不发达国家的结论往往存在许多明显的区别。

上个世纪50年代中期，如果就改革的物质基础以及由此而形成的一些思想观念来看，中国不能与欧洲各社会主义国相比。毛泽东用于超越苏联模式的思想资源中，除了对苏联革命与建设实践长期的观察和思考外，还有他在长期革命斗争中形成的对马克思主义基本原理的理解，有中国历史上大同世界的种种描述及他早期革命生涯中"新村"活动的烙印，更有中国革命战争时期丰富而又成功的军事共产主义实践经验的影响。正是这种物质条件和思想条件的相互作用，决定了中国当时改革的许多特点。1958年"大跃进"的尝试，虽然带有超越苏联模式的强烈愿望，但其中许多内容却往往与当代社会主义发展方向相左。例如，忽视经济规律在社会主义建设中的作用；对现代管理、制度、法制的陌生和轻视；对社会主义条件下商品经济可能产生"资产阶级法权"（现译为"资产阶级权利"）的忧虑；崇尚用群众运动的方式乃至军事共产主义的方法进行经济建设；对物质利益可能产生"资产阶级"和"修正主义"的深切忧虑，相信简单的、不富裕的生活能产生和保持足够的革命精神，这种精神反过来又可以对社会主义发展提供强大的动力，等等。

毛泽东是"大跃进"的热心倡导者，但他又是较早发现"大跃进"错误并采取坚决措施纠正错误的人。从1958年11月起，毛泽东连续召开了一系列会议，发布了一系列指示，批评和纠正"左"的错误，并取得了一定的成效。但是，与当时存在问题的严重性和深刻性相比，这些

认识还只能说是初步的。所以，在1959年的庐山会议上，一些偶然因素的出现便轻易改变了纠"左"的良好势头，随之而来的"反右倾"造成了更为严重的后果。

严峻的困难局面推动着以毛泽东为首的共和国第一代领导集体更深入地了解中国国情，探索中国社会主义建设的独特道路。在60年代初的调整中，在纠正"大跃进"失误的过程中，在修复传统模式的同时，也出现了一些对传统模式改革的积极探索。50年代末，毛泽东的秘书田家英在一次书生式的议论中说：如果可以重新从头搞社会主义，我将用另一种方法来搞①。田家英的这番话，在一定程度上反映了当时党内许多高级干部的想法。

实事求是的探索很快取得了一批初步的成果。例如，大幅度地降低不切实际的高指标，确立人民公社"三级所有，队为基础"的经营管理体制，中央许多负责同志对"包产到户"的认可或赞同，给知识分子"脱帽加冕"，平反1958年以来一些错案以缓和各方面的政治关系，制订和实施一系列有关发展工业、农业、商业、科学、教育的条例，等等。这些措施很快取得了明显的成果，扭转了"大跃进"和"人民公社化运动"所造成的困难局面。更为重要的是，这些努力都在不同方面反映着某种对社会主义的新认识。问题在于，在当时的条件下，特别是中国还落后的经济条件仍然在不同程度上限制着人们对社会主义基本规律的认识，苏联传统模式及其派生出来的一些模式（如带有某种军事共产主义色彩的社会主义模式）还具有深远的影响。再加上当时整个国际形势方面的诸多因素，中国社会主义全面改革的条件还不成熟。这样，调整时期

1966

1976

◎ 第一章 走入『文化大革命』迷途

---

① 逄先知等：《毛泽东和他的秘书田家英》，中央文献出版社，1989年版，第131页。

产生的这些对社会主义的新认识与传统观念之间的矛盾加深了,发展了。1964年至1966年间毛泽东对"中央出修正主义"忧虑的日益加深正是这一矛盾的反映。

1966年5月7日,也就是"文化大革命"发动的前夕,毛泽东在给林彪的一个报告的批示(即《五七指示》)中,又一次比较系统地谈到了他对社会主义的一些基本看法。他说:"军队应该是一个大学校。这个大学校除打仗之外,还可做各种工作。第二次世界大战的八年中,我们的各抗日根据地就是这样做的。这个大学校,学政治、学军事、学文化,又能从事农副业生产,又能办一些中小工厂,生产自己需要的若干产品和与国家等价交换的产品,又能从事群众工作,参加工厂农村的社教四清运动。四清运动完了,随时都有群众工作可做,使军民永远打成一片,又要随时参加批判资产阶级的文化革命斗争。这样,军学、军工、军民这几项都可以兼起来。但要调配适当,要有主有从,农、工、民三项,一个部队只能兼一项或两项,不能同时都兼起来。这样,几百万军队所起的作用就是很大的了。"

他认为,工人也是这样,以工为主,也要兼学军事、政治、文化,也要搞四清,也要参加批判资产阶级。在有条件的地方,也要从事农副业生产,例如大庆油田那样。农民以农为主(包括林、牧、副、渔),也要兼学军事、政治、文化,在有条件的时候也要由集体办些小工厂,也要批判资产阶级。学生也是这样,以学为主,兼学别样,即不但学文,也要学工、学农、学军,也要批判资产阶级。学制要缩短,教育要革命,资产阶级知识分子统治我们学校的现象再也不能继续下去了。商业、服务行业、党政机关工作人

员,凡有条件的,也要这样做。

最后,毛泽东指出,以上所说,已经不是什么新鲜意见、创造发明,多年以来很多人已经是这样做了,不过还没有普及。至于军队,已经这样做了几十年,不过现在更要有所发展罢了。

毛泽东的这些意见,反映了他当时对社会主义的一些基本设想。这些设想在1958年的大跃进和人民公社化运动中已经有一定程度的表现。在随后的调整时期,毛泽东根据自己对1958年经验的总结和思考,对"什么是社会主义"的问题进行了更为深沉的思索。他放弃了"大跃进"时的一些不切实际的想法,发展了对社会主义革命与建设长期性的认识。随着党内在社会主义建设问题上意见分歧的加深和阶级斗争扩大化错误的发展,毛泽东在他的社会主义建设构想中进一步增加了阶级斗争的内容。这些新的发展在"文化大革命"爆发前的一些重要文件——如《五一六通知》以及《五七指示》中比较充分地表现出来。

在一些重要的方面,《五七指示》与"大跃进"、人民公社有许多近似的地方,它反映出毛泽东心目中所向往和憧憬的社会主义一些重要特征。这种社会主义是"以阶级斗争为纲"的,它以阶级斗争为经济建设和社会发展的动力和保障,对生产者个人来说,则以阶级觉悟、革命精神作为压倒一切的激励源泉。在这个社会中,每个社会成员实行亦工亦农亦文亦武,在经济上自给自足或半自给自足。对于商品生产,虽然不能不借助它来发展经济,但因其资产阶级的属性,必须加以限制。社会分工虽然是当前生产所必须,但因其会导致人们在生产过程中的不平等,也要加以限制,并应创造条件使其逐步缩小。在分配领域中,

也应缩小差别，甚至可以实行大体平均的供给制。因为物质利益总会诱发人们的物质欲望，直接威胁到道德的纯洁和高尚，导致精神的堕落，而革命的理想和阶级觉悟能够提供最强大和持久的动力，使劳动者能够并乐于完成任何艰难困苦的体力劳动和脑力劳动。这种社会可能并不那么富裕，但这可能正是它的优越性所在，因为在一个富裕或高度富裕的社会里，人们往往会付出精神堕落、意志消沉和社会主义变质的代价……

毛泽东有关社会主义的这些认识，既反映了马克思经典作家当年对未来社会的某些构想，也包含了他对苏联社会主义模式弊端的认识和超越意识；既有我国革命战争时期根据地建设经验和军事共产主义的深刻烙印，也有中国文化传统源远流长的影响。《五七指示》所展示出来的社会主义模式，虽然包含有一些大胆的设想和富于想像的预见，反映出对当代资本主义社会弊端的一些尖锐批判，体现了一种崇高的理想主义追求，但从总体上来看，它是不现实的。它忽视了生产力发展水平对一种社会形态的决定性作用，脱离了发展生产力这一社会主义时期的主题，忽视了商品经济对于社会主义的重要意义。它把以残余形态存在着的阶级斗争当作社会主义的主要矛盾，希望用不间断的阶级斗争和限制分工、限制差别、限制物质利益等方式来取得对资产阶级胜利的保证，这些都带有经验主义和空想主义的色彩。毛泽东在1966年提出的这些设想，正如他自己所说，在抗日根据地时已经这样做了，军队"已经这样做了几十年"。但他似乎没有注意到，在革命战争时期有效的经验，在军队里是正确的做法，是不是

◆《五七指示》。

能无条件地推广到整个社会，特别是推广到全面的社会主义建设中？社会主义是需要发展、需要改革的，但这必须以生产力的现状与发展为出发点；社会主义建设必须弘扬战争年代的革命传统和英雄主义气概，但却不能简单地直接搬用；马克思主义的基本原理是不能违背的，但它也是必须随着时代的发展而不断发展的，而且，这种发展的正确与否也必须由实践来检验。

毛泽东的这封信立即引起了高度的重视。5月15日，党中央向全党转发了这封信。转发指示中指出，《五七指示》"是马克思列宁主义划时代的新发展"。8月1日，为庆祝建军39周年，《人民日报》发表了经毛泽东审定的社论《全国都应该成为毛泽东思想的大学校——纪念中国人民解放军建军三十九周年》。社论公布了《五七指示》的部分内容，并给予它极高的评价："毛泽东同志提出的各行各业都要办成亦工亦农、亦文亦武的革命大学校的思想，就是我们的纲领。按照毛泽东同志所说的去做，就可以大大提高我国人民的无产阶级意识，促进人们的思想革命化"。"按照毛泽东同志所说的去做，就可以促进逐步缩小工农差别、城乡差别、体力劳动和脑力劳动的差别"，"就可以实现全民皆

1966

1976

兵"，"我国七亿人民就都会成为旧世界的批判者，新世界的建设者和保卫者。他们拿起锤子就能做工，拿起锄头犁耙就能种地，拿起枪杆子就能打敌人，拿起笔杆子就能写文章。这样，全国就都是毛泽东思想的大学校，都是共产主义的大学校。"

《五七指示》中的基本思想和一些具体要求，在1968年开始的全面"斗、批、改"运动中开始被全面付诸实施。它深入到几乎所有部门、领域，表现为无数的实验、典型和令人眼花缭乱的形式。这种对社会主义认识及其在党内引起的分歧，成为发动"文化大革命"的一个重要原因；对这种社会主义模式的追求，成为"文化大革命"的一个重要内容。

"大动荡、大分化、大改组"的世界与中国

上个世纪五六十年代，中国对世界形势的发展和格局的变化有一个经典的概括：大动荡、大分化、大改组。四十多年过去了，现在回过头来看，这个概括还是比较贴切的。在一定程度上可以说，"文化大革命"的产生也与这种国际形势有着某种内在的关联。

二次世界大战后，一度出现了强大的社会主义阵营。社会主义各国在消灭剥削、发展经济、推进平等、捍卫和平等方面所取得的巨大成就，使全世界进步力量感到鼓舞，也使帝国主义和一切反动势力惶惶不安。自50年代起，第三世界民族国家反对帝国主义和新老殖民主义、争取民族独立和解放的武装斗争此伏彼起，捷报频传，一浪高过一浪，旧的殖民主义国际秩序土崩瓦解，资本主义阵营矛盾重重。美帝国主义在全球范围内到处伸手，推行霸权主

义，支持各种反动势力，镇压、破坏各国人民的正义斗争，受到各国热爱和平、追求进步人民的激烈谴责。与此同时，在发达资本主义国家里，反对资本主义社会中各种弊端的左翼思潮、学生运动、反对种族歧视的运动也在迅速发展。特别是六十年代美国侵越战争不断升级后，西方发达国家内广泛的反战运动更是空前高涨，沉重地打击了以美帝国主义为首的各国反动政府。"四海翻腾云水怒，五洲震荡风雷激"（毛泽东）、"赤道雕弓能射虎，椰林匕首敢屠龙"（叶剑英）、"一座座火山爆发，一顶顶王冠落地"（《人民日报》社论语）便是这种振奋人心的形势的真实写照。

60年代以后，中国所处的国际环境出现了一些新的重大变化。美苏两个超级大国分别从南北两个方面对中国施加压力，甚至进行赤裸裸的战争威胁，这种情况使毛泽东产生了相当严重的危机感。他多次向全党提出帝国主义会不会进攻中国，中国有没有亡国的危险这一类问题。他的这种担心显然是正确的。但他在思考这一问题时，对于第二次世界大战后资本主义国家现实经济政治状况的变化、世界经济发展的新特点和新技术革命的兴起及其引起的世界形势发展的新趋势、新特征注意不够。他从马克思、列宁关于战争与革命的一些结论出发，认为战争与革命仍然是当前时代的主要特征，只要帝国主义存在，战争就是不可避免的；世界形势总的格局不是革命制止战争，就是战争引起革命。面对着两个超级大国的巨大压力，毛泽东表现出敢于斗争的大无畏的革命勇气和精神。他要求全党不要怕打仗，要做好早打、大打的准备，要准备美国人来打，也要准备修正主义来打。但他过高地估计了很快就会爆

发世界战争的危险性，以及由这种战争引发的世界革命的可能性。这种估计一方面使他对世界革命的前途充满了信心和乐观精神，一方面对处于两个超级大国压力下的国家安全感到忧虑。

这样一种全球性的反对帝国主义和殖民主义的革命形势和左翼运动、思潮的高涨，这样一种对战争很快爆发的紧迫感觉，以及对战争与革命相互关系的乐观认识，深刻地影响着我们党和国家领导人对世界形势、对社会主义前途的看法，进而也深刻地影响着对国内形势的看法，影响着国内政策的走向。

从50年代中期开始，在国际共产主义运动内，对斯大林模式的全面反思已经开始，多数社会主义国家也已开始对苏联原有模式的改革。这种改革一度使许多社会主义国家的政治与经济出现了盎然的生机，但也难免因各自不同的历史传统、地缘政治、国情、对马克思主义的不同理解以及各自领导人的不同的经历、素质等等因素，产生了对改革的不同理解和实践，并因此导致了社会主义阵营的分歧、分化甚至分裂。应当说，这种争论、分歧和分化是当代社会主义发展进程中难以避免的。它既给当代国际共产主义运动带来了损失，又推动着社会主义理论和实践的发展。在这一过程中，不论社会主义各国、世界范围内各工人党、共产党取得什么成就，发生过什么曲折，都是社会主义运动从初期、近代走向当代的这一历史必然性的产物。

苏联的赫鲁晓夫、勃列日涅夫等在没有先例的改革中，虽然针对斯大林模式的弊端进行了一些改革的有益尝试，取得了一些成果，但也因历史的局限及个人的缺陷引起了混乱，

并使改革逐渐陷于停滞。特别值得注意的是，已经开始的改革，尽管还只是初步的，都是对原有模式和传统观念在某种程度上的否定。例如，给地方和企业以较多的自主权是对高度集中的否定，强调劳动者的物质利益是对军事共产主义时期不得不限制人们物质需求的否定，注重发展商品经济是对传统观念中产品经济的否定，发展社会主义民主则必然要对各种形式的党政不分、高度集权进行修正，如此等等。这种否定对于那些经济已经比较发展、各种物质条件已经比较成熟、社会化程度比较高的社会主义国家来说，是一个比较自然的历史过程。而对于那些生产力仍然比较落后或者社会主义制度创立之初的国家来说，对于那些第一位的任务还是在新建立社会主义制度下迅速发展经济的国家来说，对于那些刚刚胜利地结束大规模的革命战争，轰轰烈烈的群众性阶级斗争运动仍保持着巨大惯性的党来说，要理解和接受这些不同于经典理论、更不同于战争经验的改革实践，是存在一些困难的。

斯大林去世后，苏联的大国、大党沙文主义曾一度有所收敛，但没多久便又故态复萌，并愈演愈烈。苏联的大国沙文主义引起了社会主义各国各党的不满和反对。由于在改革问题上的分歧，特别是由于苏联大国沙文主义和霸权主义的态度，中苏两党的关系不断恶化，直到60年代初展开了影响遍及全世界的大论战。毛泽东认为，苏联党已经被"和平演变"为一个修正主义的党，背叛了国际共产主义事业；欧洲以至亚洲、南美洲等一些党也已经被演变或处于演变过程之中；苏联等一些党的这种变化不是偶然的，是其国内新资

产阶级和国际帝国主义势力共同作用的产物；如果中国不及时进行反对现代修正主义和帝国主义"和平演变"的斗争，则苏联的悲剧也有可能在中国重演。1966年上半年，毛泽东曾几次谈到，全世界站在修正主义那边的党是大多数。同年7月，他在一封信中以一种沉重的心情写道，全世界一百多个党，大多数不相信马列了，马克思、列宁也被人们打得粉碎了。这反映了他对当时正在发生着深刻变化的整个社会主义运动、观念的看法。

1962年以后，随着"以阶级斗争为纲"指导思想的确立，随着中苏两党分歧的加深和争论的升级，随着国际共产主义运动内部围绕着改革而产生的分歧不断加深，随着中国党内在调整时期两种发展趋向逐渐明朗，毛泽东对中国党内出修正主义、特别是在中央内部出修正主义的忧虑加深了。同时，他也在深深地思考着使中国党永远坚持马克思列宁主义、永远坚持社会主义方向、有效地抵御帝国主义"和平演变"的阴谋、反对修正主义的有效方法和途径。针对美国及其西方盟国对社会主义国家推行的"和平演变"战略，他提出要全党注意培养千百万无产阶级革命事业的接班人，警惕出现赫鲁晓夫那样的人物，使帝国主义的预言和阴谋彻底破产。随着对中央一线领导不满的加深，他对培养接班人的考虑更加迫切了。

1966年6月10日，毛泽东在杭州与胡志明谈话时说：我们都是七十岁以上的人了，总有一天被马克思请去，接班人究竟是谁。是伯恩斯坦、考茨基，还是赫鲁晓夫，不得而知。要准备，还来得及①。

怎样才能找到一种既能有效地防止修正主义特别是中央出修正主义，同时又能培养大批无产阶级革命事业接班人的途径呢？这是1962年以来毛泽东一直苦苦思索的问题。四清、五反、社会主义教育运动、文化批判都尝试过了，但他认为这些运动仍不能解决问题，其原因在于中央内部存在着修正主义。1967年初，毛泽东在一次谈话中谈到发动"文化大革命"的原因时曾经说到，过去农村的斗争，工厂的斗争，文化界的斗争以及社会主义教育运动，都不能解决问题，所以才需要用这样一种方式发动这样一场革命。

"中国赫鲁晓夫"的由来

新中国成立以后，在由新民主主义向社会主义过渡和三大改造问题上，党内的确存在着不同程度的分歧。这种分歧是正常的，而且后来都统一到毛泽东的认识上。"大跃进"时期，党内在社会主义发展模式上的分歧又表现出来。在纠正"大跃进"错误的调整时期，这种分歧逐渐发展了。这种分歧直接表现为1957年至1966年十年探索中党的指导思想上逐渐发展起来的两个发展趋向。

在两个发展趋向中，一个发展趋向是正确的和比较正确的趋向，这就是党在探索中国自己的建设社会主义道路的过程中，形成的一些正确的和比较正确的理论观点和方针政策，积累的一些正确的和比较正确的实践经验。例如在党的八大前后毛泽东在《论十大关系》、《关于正确处理人民内部矛盾的问题》、《在全国宣传工作会议上的讲话》中所提出的一系列重要思想，刘少奇、周恩来提出的既反保守又反冒进、在综合平衡中稳步前进的经济建设方针，周恩来有关知识分子阶级属性的讲话，陈云有

---

①《共和国史记》第三卷(上)，吉林人民出版社，1996年版，第99页。

关"三为主、三补充"的重要思想,邓小平有关发扬党内民主、健全党的民主集中制、反对个人崇拜的党建思想,1958年年底至1959年庐山会议之前,毛泽东、刘少奇等在纠正"大跃进"错误时所提出的一些有关的重要思想和方针政策(如重视经济规律,重视发展商品经济,重视按劳分配,国民经济应当有计划、按比例发展,不能混淆社会主义与共产主义的界限等),以及在60年代初调整时期所取得的一批重要成果,等等。

另一个发展趋向是错误的发展趋向,这就是党在探索中国自己的建设社会主义道路的过程中,形成的一些错误的理论观点、政策思想和实践经验。这主要有经济建设上急于求成的"大跃进",从反右派斗争扩大化到庐山会议"反右倾",再到八届十中全会以后阶级斗争扩大化的"左"倾错误。值得注意的是,这些错误往往是因为真理越过了界限而产生的。例如在社会主义经济建设的速度问题上,力争现实可能的、讲求效益的、持续稳定协调发展的较高速度,这本来是必需的、正确的。越过这个界限,追求主观臆想的、盲目冒进的高速度,这就是错误的了,并且带来了严重破坏。又例如,在社会主义条件下的阶级斗争问题上,重视在一定范围内仍然存在的阶级斗争,警惕和平演变和出修正主义的危险,这也是正确的、必需的。看不到这种斗争和危险,是十分错误和危险的。但是,越过真理的界限,把在一定条件下、一定范围内存在的阶级斗争扩大化和绝对化,甚至人为地制造"阶级斗争",对和平演变的危险作出不符合当时当地实际的夸大估计,把党内正常的分歧当作阶级斗争对待,把许多正确的思想和政策当作"修正主义"来反对,那就是错误的和有害的了。

正是这两种发展趋势的存在,成为毛泽东提出"党内赫鲁晓夫"基础和原因。

同时,还应看到,在这十年曲折的探索中,正确的发展趋向与错误的发展趋向也并不是泾渭分明地截然分开的。这两种发展趋向,在许多时候都是相互渗透和交织的,它们不但共存于全党的共同探索过程中,而且往往存在于同一个人的认识发展过程之中。正如众所周知的那样,毛泽东是"大跃进"的积极倡导者,但他又是最早发现"大跃进"的错误并着手纠正这些错误的主要领导人之一。他虽然一直坚持"大跃进"的一些基本设想,但他又支持了60年代初期中央一线领导的一些重要调整措施。他虽然在党的八届十中全会上确定了"以阶级斗争为纲"的基本路线,但他又要求阶级斗争不要妨碍当时的经济调整。在60年代初期的调整中,刘少奇在主持中央一线工作时期,提出了一系列带有改革色彩的重要思想和政策措施。对于1963年以后逐渐发展起来的阶级斗争扩大化错误,他基本上是低调的和比较消极的。在"四清"运动中,他虽然不赞成"走资本主义道路的当权派"一类的提法,但对当时基层干部中存在的问题,他的估计也显得过于严重了……

一方面是党内存在着两种不同的发展趋向,一方面是两种发展趋向的复杂交织,而且,也应看到,这两种趋向同时都在发展。因为,如果只是"左"的错误单方面地发展,那也就没有发动"文化大革命"的必要了。而如果只是正确的或比较正确的发展趋向在发展,"文化大革命"也就发动不起来。只有当"左"倾错误的积累和发展暂时压倒了正确的发展趋向,"文化

1966

1976

大革命"才有必要和可能被发动起来。当然，"文化大革命"以前的错误，无论在规模、程度、性质上都不能同"文化大革命"的错误等量齐观，忽视了两者在质的方面的区别，也就无法理解"文化大革命"产生的原因。

从阶级斗争必须"年年讲，月月讲，天天讲"，到"中央出修正主义怎么办"，再到"睡在我们身边的赫鲁晓夫式的人物"，阶级斗争扩大化的重点不断上移，目标越来越明确，估计越来越严重，实际上从一个重要方面反映了党内两种发展趋势矛盾的发展与升级。

"文化大革命"为什么能够被发动起来?

毛泽东发动"文化大革命"时，他的意见在党内并不占多数。正因为如此，他才特别倚重林彪和中央文革，而疏远了中央政治局和书记处等多数中央一线领导。为什么少数人的意见能够不顾多数人的反对，将"文化大革命"发动起来呢?为什么多数人不仅无法制止这场可怕的动乱，甚至大部分都成为被打倒的对象?

希望发动"文化大革命"是一回事，能不能发动起来又是一回事。在"文化大革命"从一种愿望变成现实的过程中，我国领导体制中的弊端是一个重要条件。权力过分集中于个人，个人崇拜现象日益发展，使党和国家的领导集体难于纠正不断发展的"左"倾错误，是"文化大革命"得以发生的体制原因。

我国是一个有着长期封建历史的国家，封建专制主义在我国社会生活中有着悠久的历史传统和深厚的社会基础。中国共产党领导的新民主主义革命彻底摧毁了封建主义的经济政治制度，但是，对社会政治生活中仍然存在的封建专制主义残余影响进行系统批判和彻底清除，却不是一次激烈的革命就可以完成的。

社会主义改造完成后，为适应高度集中的计划经济，我国建立了高度集中的政治经济体制。实践证明，这种高度集中的政治经济体制在建国初期的社会主义改造中，在我国工业化建设的早期发展阶段，是必要的和有效的。但是，随着社会与经济的发展，对这种体制必须进行必要的调整和改革。五、六十年代，党对于这种权力过分集中的领导体制应随着现代化建设的需要相应地转轨变革认识不足，又由于阶级斗争扩大化的发展，致使领导体制不断向高度集权化的方向演变。与此同时，党对于建立和完善人民民主政治制度以及社会主义法律制度长期缺乏重视，没有能把党内民主和国家政治生活的民主加以制度化、法律化，或者虽然制定了党规和法律，却没有应有的权威。这就提供了一种可能，使党和国家的领导权力越来越集中于个人，领袖个人获得了一种难以被约束的权力，而党则失去了监督、约束自己领袖的能力。在回顾和总结建国以来的历史经验时，胡乔木曾经提到，在1958年1月的南宁会议上，他已感到，中央政治局委员已经难于与毛泽东平等地讨论问题了，毛泽东实际上成了政治局的上级，这成为"大跃进"能够很快被发动起来的原因之一。邓小平则更深刻地指出:"制度是决定的因素，那个时候的制度就是那样。那时大家把什么都归功于一个人。有些问题我们确实也没有反对过，因此也应承担一些责任。当然，在那个条件下，真实情况是难于反对。"[①]

此外，党在领导中国革命和社会主义事业不断取得胜利的过程中，由于毛泽东建立了伟

---

①《共和国史记》第三卷(上)，吉林人民出版社，1996年版，第99页。

大的功绩，成为全党和全国人民衷心热爱的政治领袖，他在全党和全国人民中的威望达到高峰。他逐渐骄傲起来，逐渐脱离群众，脱离实际。他的主观主义和个人专断的作风日益严重。在中国这个有着长期封建历史的国家，对领袖的个人崇拜一经宣扬，很快便形成浓厚的个人崇拜的空气。人们把维护领袖的威望，与保持党的团结、维护党的形象联系在一起。因此，受到全党和全国人民尊敬的领袖的思想观点就具有很大的影响力。尽管毛泽东的某些思想认识不符合中国实际，但是由于他在全党全国人民心目中具有崇高的威望，他的指示也就容易成为人们认识问题的指导思想。即使一些干部和党员暂时"不理解、不认真、不得力"，也尽量检查自己，努力从思想上去理解，在行动上"紧跟"、"照办"。

林彪、江青等野心家、阴谋家出于篡夺党和国家最高权力的野心，打着落实"最高指示"的幌子进行阴谋活动，混淆视听，蛊惑人心。个人崇拜强化了领导体制的集权化，权力的集中又助长了个人专断，这就形成一种难以扭转的发展趋势，使党和人民的领袖在犯错误的过程中未能受到限制，而竭力鼓吹个人崇拜的林彪、江青等野心分子却能够得势横行。

二、"文化大革命"的导火线

对新编历史剧《海瑞罢官》的批判

1965年2月，江青又一次来到上海。十个多月后，1965年11月10日，上海《文汇报》发表了姚文元的文章《评新编历史剧〈海瑞罢官〉》。一年多后，人们才逐渐认识到，正是这篇气势汹

◆ 1965年11月10日，经毛泽东批准，上海《文汇报》发表了由江青、张春桥策划，姚文元执笔的文章《评新编历史剧〈海瑞罢官〉》。这篇文章的发表，以及随之而来的批判运动，揭开了"文化大革命"的序幕。

汹的文章，揭开了"文化大革命"的序幕。

从1962年起，长期称病赋闲在家的江青不甘寂寞，开始"过问"文化艺术方面的工作。她一出马就"不同凡响"，一口咬定舞台、银幕上大量的是资产阶级、封建主义的东西，因而当时文化领域里正在进行的、已经有些过头的批判已不能满足斗争的需要。但她很快就感到，要实现她的"抱负"，中宣部和北京市委的"阻力很大"。于是，她把目光投向了上海。

江青此次上海之行的目的之一，是物色撰写批判《海瑞罢官》的人选。江青1962年就提出要批判《海瑞罢官》，但一直遭到中宣部、文化部的冷落。她又私下先后在北京找了一两位文艺评论家，但也被婉言拒绝。这些都使她增加了对中央一些部门的不满。

在上海，在上海市委负责人的支持下，通过上海市委副书记张春桥，合适的人选很快物色到了，此人便是上海《解放日报》编委姚文元。在江青、张春桥看来，姚文元是搞文艺评论的，以长于写批判味道十足的文艺评论文章而

著称。此前不久在对周谷城先生的批判中，他声色俱厉、上纲上线的批判更是与众不同。

◆ 吴晗（1909-1969）

姚文元受领任务后，从3月初起，开始在非常秘密的情况下着手写作。由于他对历史、特别是明史完全是门外汉，又找人提供明史和海瑞的有关资料。在写作、修改过程中，张春桥又找了几个心腹参加讨论。讨论中，当有人提出文章第四部分将《海》剧中"退田"等问题与现实政治斗争联系起来的说法是不是太过分了的时候，张、姚都莫测高深地不置一辞。

姚文元的文章刚一发表，一些有政治经验的人便感觉它与当时许多批判文章的不同，因为它与60年代起一些敏感的政治问题的联系十分明显。该文十分荒谬地把写成于1960年的《海》剧中"退田"、"平冤狱"等情节同1961年的所谓"单干风"、"翻案风"联系起来，对剧本作了猛烈的政治攻击。文中写道："1961年，正是我国因为连续三年自然灾害而遇到暂时的经济困难的时候，在帝国主义、各国反动派和现代修正主义一再发动反华高潮的情况下，牛鬼蛇神们刮过一阵'单干风'，'翻案风'；'退田'、'平冤狱'就是当时资产阶级反对无产阶级专政和社会主义革命的斗争焦点。阶级斗争是客观存在的，它必然要在意识形态领域里用这种或者那种形式反映出来，在这位或那位作家的笔下反映出来，而不管这位作家是自觉的还是不自觉的，这是不以人们意志为转移的客观规律。《海瑞罢官》就是这种阶级斗争的一种形式的反映。"

姚文元的文章所批判的《海瑞罢官》，是当时北京市副市长、著名明史专家吴晗写的一个反映明朝著名清官海瑞的京剧剧本。早在1959年4月党在上海召开工作会议期间，在总结"大

跃进"中"浮夸风"的经验教训时，许多人都谈到要提倡敢讲真话的问题。毛泽东对此深有同感，在讲话中赞扬了海瑞不惧权贵、刚正不阿的精神，提出要学习海瑞，宣传海瑞。为响应毛泽东的号召，吴晗在时任中央宣传部副部长胡乔木的约请下，开始写全面评价海瑞的文章和以海瑞为主人公的戏。

1959年8月，在庐山会议错误地对彭德怀开展批判后，毛泽东对上海会议关于要学习海瑞的讲话作了修改，提出要区分左派海瑞与右派海瑞的问题，认为彭德怀表现的海瑞精神是"右派海瑞"。1960年，吴晗写成《海瑞罢官》的剧本，主要描写海瑞任应天巡抚时除霸、"退田"的事迹。此剧1961年1月开始在北京上演。1962年，在党的八届十中全会上，毛泽东严厉地批评了"单干风"（指在农村实行"包产到户"）、"翻案风"（指纠正一部分干部、群众在反右派、反右倾运动中受到的错误处理）和"黑暗风"（实际上是对1961年下半年至1962年全国经济形势实事求是的，而非弄虚作假、自欺欺人的估计和报告），对中央一线领导在调整时期所采取的一些重大措施表示不满。他还因此对社会主义时期的阶级斗争问题作了新的解

释和发挥，提出了在社会主义时期对阶级斗争要"天天讲，月月讲，年年讲"，并把这些观点上升为党在社会主义时期的"基本路线"。

在这样的背景下，当时在党内除担任毛泽东秘书外没有其他职务的江青兴奋起来。她多次向毛泽东说，《海瑞罢官》有问题，要批判。对此，毛泽东开始时是不同意的。1964年，中央政治局候补委员、中央书记处书记康生也向毛泽东说，《海瑞罢官》与庐山会议有关，同彭德怀有关。显然，江青等人蓄意炮制的这篇文章，攻击的矛头并不限于吴晗。从开始构思起，就是以某些中央领导同志为批判目标，要触及1962年甚至1959年以来党中央领导层内一些非常敏感的政治问题。这正如江青后来所说："批判《海瑞罢官》，不单是学术问题，而是反击彭德怀的翻案。"正因为如此，江青在上海组织的整个写作活动都是在秘密状态下进行的。江青后来说，之所以要对其他中央领导人保密，是因为"一叫他们知道，他们就要扼杀这篇文章了"。

因不知道文章是经毛泽东审阅并批准发表的，在姚文元的文章发表十多天内，除华东一些省市报纸迅速转载外，北京和其他省市的报刊均未转载。文艺界、学术界一则不知其底里，二则畏其来势汹汹，大多以沉默的态度对待它。其他部门和领域里的人们，对几年来文学艺术领域中不断升级的过火批判已经习以为常，对此也未予重视。但没多久，学术理论界对姚文蛮横无理、无限上纲的普遍反感便反映出来，很多人投书报社表示不同意姚文元的文章，一些著名学者也在不同场合表示了对姚文的不满。

姚文发表之后，中宣部、北京市委都因事

出意外，感到十分震惊。吴晗是北京市副市长、民盟负责人之一，又是中共党员，《文汇报》点名批判这样一位知名学者，为什么事先一点风也不向中宣部、北京市委透露？1965年上半年中央五人小组①已经指示，学术批判不要戴政治帽子，点名要经中宣部，批判要以中央报刊为准。为什么姚文一下子就给吴晗、《海》剧戴上那样大的政治帽子？这样的做法，还要不要党的纪律？11月中旬，北京市委和《人民日报》等分别向上海方面了解情况，但却因江青、张春桥下令《文汇报》封锁消息而一无所获。

本来，姚文元未经任何中央主管部门批准，就点了一位知名学者、一位北京市负责人的名，并把问题说得耸人听闻，是不符合党的纪律和党内生活准则的。而且，在上海一家报纸上发表的批评文章，北京和其他各地报纸本来也没有一定要转载的义务。但是，那些有来头的发难者却为此大动肝火，他们立即添枝加叶地将此事报告了毛泽东。11月20日，毛泽东要上海将姚文印成小册子，由全国新华书店发行。在征订发行数时，北京新华书店订购数很少。这样，在姚文发表后十天内，由于江青、张春桥等的欺骗和挑拨，围绕着"转载"的问题，使毛泽东发展了对北京市委和中央一些主要领导人的怀疑和不满，认为北京市委是一个"针插不进，水泼不进"的独立王国。

11月下旬，中央政治局委员、北京市委第一书记彭真由外地回到北京后，立即着手处理"转载"问题。他先后对《红旗》杂志和北京市委表示，关于发表批判吴晗文章的问题，中央报刊还要考虑一下再说；吴晗性质不属于敌我矛盾，对姚文错误的地方也要批判。中央书记处在大体了解文章发表的背景并几经讨论后，决

1966

1976

①这个小组是1964年下半年由毛泽东提议成立的，经党中央指定，政治局委员、书记处常务书记彭真为组长，组员为中央宣传部部长陆定一，中央理论小组组长康生，中央宣传部副部长、文化部副部长周扬，人民日报社社长吴冷西。

时代的

MAOZEDONGSHIDAIDEZHONGGUO

中国

1966

▼

1976

定有条件地转载姚文。11月29日，《北京日报》转载了姚文。根据彭真指示写成的编者按中指出："我们认为，有不同的意见应该展开讨论"，要"实事求是地弄清是非"，等等。11月30日，根据周恩来、彭真意见，《人民日报》在第五版"学术讨论"专栏中转载了姚文，这种安排本身就表明了不同意对《海》剧进行政治批判的意向。《人民日报》在编者按中指出："我们希望，通过这次辩论，能够进一步发展各种意见之间的相互争论和相互批评。我们的方针是：既容许批评的自由，也容许反批评的自由；对于错误的意见，我们也采取说理的方法，实事求是，以理服人。"显然，编者按的基本倾向与江青等人借批判《海瑞罢官》作政治文章的意图是大相径庭的。此后，北京和各地报刊陆续发表了一些从不同角度批判《海瑞罢官》的文章，同时也发表了少量批驳姚文元文章的稿件。无疑，北京方面的这种态度是很不合江青等人口味的。

1965年12月21日，毛泽东在杭州与陈伯达、关锋等人的谈话中谈到了姚文元的文章。他肯定了姚文元的文章，认为它点了名，但没有打中要害，要害问题是"罢官"。嘉靖皇帝罢了海瑞的官，1959年我们罢了彭德怀的官。彭德怀也是"海瑞"。"要害"从"退田"变为"罢官"，仅仅两字之差，却使得《海》剧政治问题的严重性大大增加了。对《海》剧的批判已经十分明显地与1959年庐山会议、与60年代初围绕着调整工作所产生的分歧联系起来，与对中央一线领导的不满联系起来。从更深处讲，它反映了党内、党中央内部在"什么是社会主义"问题上的深刻分歧。从11月10姚文的发表至12月21日，在四十多天的时间里，北京方面对姚文的态度，使毛泽东进一步加深了"中央出修正主

义"的认识。而且，"要害"升级之后，谁要是再像过去那样对批判《海》剧采取抵制或消极的态度，谁就会成为新的、更大的"要害"。

12月下旬后，由于点出了"要害"问题，进一步加重了批判《海瑞罢官》的政治分量。1966年初，在文艺批评中搞牵强附会、唯心主义"影射学"的恶劣风气迅速流行，批判运动范围不断扩大。批判不仅涉及所有以海瑞为题材的戏剧和文艺作品，而且扩展到史学界、文艺界、哲学界，形成思想文化领域广泛的、大规模的政治批判运动。

在批判所造成的混乱局面中，各方面都遇到了一些难以解决的问题，纷纷报到了中宣部，要求指示、解决。当时，中宣部虽然不能摆脱"左"的影响，但与江青等人也有着明显的区别，希望尽力在力所能及的范围内，限制各种极左行为，控制运动的发展。1966年1月中旬，已经知道姚文背景的关锋、戚本禹为进行政治投机，先后把自己批《海》"政治要害"的文章交中宣部。还不了解背景的中宣部要求他们改写，把批判的调门降低一点，但他们却态度强硬地拒不同意。中宣部只得将此事上报五人小组处理。在此期间，中宣部先后送了四篇有关文章政治性提法的摘要上报请示。这就是后来《五一六通知》中所说的"扣压左派稿件"。五人小组、中宣部、北京市委任何试图对恶性膨胀起来的极左思潮加以约束的努力都有意无意地、直接间接地得罪了江青、张春桥这一伙"左"派。

下一步的学术批判工作如何进行？如何处理运动中出现的大量问题？为了研究处理这些迫在眉睫的问题，1966年2月3日，彭真主持召开了"文化革命五人小组"会议。彭真在发

言中指出，经调查，吴晗与彭德怀、《海》剧与庐山会议并无联系，并否定了关锋等对邓拓的诬蔑。会议认为要把这场讨论置于党中央的领导下，要降温，真正做到"百家争鸣，百花齐放"，并起草了向中央政治局常委汇报的《文化革命五人小组关于当前学术讨论的汇报提纲》(简称《二月提纲》)。这个提纲虽然也有许多在当时情况下不可避免的"左"的提法和词句，但主旨是试图在这场学术批判的性质、方针、要求等方面，对已经出现的极左的倾向加以适当的约束，把运动置于党的领导下和学术讨论的范围内，不赞成把它变为严重的政治批判。《二月提纲》提出："学术争论问题是很复杂的，有些事短时间内不容易完全弄清楚。""要坚持实事求是，在真理面前人人平等的原则，要以理服人，不要像学阀一样武断和以势压人"。"在报刊上的讨论不要局限于政治问题，要把涉及到各种学术理论的问题，充分地展开讨论。如果最后还有不同意见，应当容许保留，以后继续讨论。""报刊上公开点名作重点批判要慎重，有的人要经过有关领导机构批准。"《二月提纲》虽然不可能直截了当地去反驳"要害说"，但它却通篇不提"要害"二字，并用各种形式规定了这场运动的学术批判性质。"提纲"的这一中心思想，再一次给恶性膨胀起来的极左思潮以有力的限制，它也因此得到了大多数中央领导同志的赞同。不难想象，当时的运动如果是按照"提纲"的规定进行下去，"文化大革命"就不会在几个月之后爆发，或者说，"文化大革命"的导火线就将不是对《海》剧的批判。

2月5日，刘少奇召集在北京的政治局常委会议，讨论并通过了《二月提纲》，同意在学术讨论的文章中不涉及庐山会议。会后，《二月提纲》于2月7日报告正在武汉的毛泽东。2月8日，彭真、陆定一等和康生到武汉向毛泽东汇报。因毛泽东没有表示反对，《二月提纲》于2月中旬作为中央文件转发全党。根据《二月提纲》精神，中宣部没有同意发表关锋、戚本禹批判《海瑞罢官》的所谓"要害"的文章。《二月提纲》的出现，反映了当思想文化领域的政治批判运动迅猛发展时，党内和知识界相当多数同志所持的消极抵制态度。《二月提纲》的发出使全国学术批判的形势有所缓和，"左"派无限上纲的文章被主管部门"压"下了，从政治上抓"要害"的文章少了，从学术思想角度进行讨论的成分增加了，文学艺术界又稍稍松了一口气。正如张春桥在几个月后所说，《二月提纲》的发出，"不动声色地束缚了我们的手脚，硬把运动拉向右转，弄得很多文章不能发表"。

2月中旬以后，在贯彻、执行《二月提纲》的过程中，开始了一场新的、更严重的斗争。斗争的焦点，已从对《海》剧的批判转移到对《二月提纲》的否定，与《海》剧相联系的政治问题从彭德怀发展到彭真、中宣部、北京市委，斗争的对象从《海》剧、资产阶级学术权威转移到"支持"、"包庇"他们的"党内资产阶级代表人物"、"睡在我们身边的赫鲁晓夫"，斗争的范围，从意识形态领域转移到政治领域和党的高级领导机关。此时，江青等人的注意力已不在对《海》剧的批判，而在于由它所"暴露"出来的在中央出现的"修正主义"了。《二月提纲》的发出，成为矛盾升级、转换的关键，对《海》剧的批判，迅速明确、直接地和"中央出修正主义"联系起来。

江青、张春桥等人从《二月提纲》中清楚地看到，在这场斗争中，他们不可能得到中央有

毛泽东
时代的
中国

MAOZEDONGSHIDAIDEZHONGGUO

1966
▲
▼
1976

关部门以至中央一线领导的支持。但是,《二月提纲》是经中央政治局常委讨论通过,并向毛泽东汇报后以中央名义发出的。张春桥等一时不知底细,不便立即发作,姚文元甚至已经根据《二月提纲》的精神为《文汇报》起草"四个月来运动总结",作结束运动的准备了。当然,江青等人不情愿吞下这颗苦果,对于《二月提纲》中所说"学阀"、"以势压人"、"在真理面前人人平等"等话,他们更是耿耿于怀。

"部队文艺工作座谈会"及其《纪要》

1966年2月8日,当彭真等向毛泽东汇报《二月提纲》时,毛泽东并没有表示什么不同意见,但这并不表示他同意《二月提纲》的观点。就在这一段时间里,他通过另一条途径,用另一份重要文件,实际上否定了《二月提纲》的观点,表明了自己的态度。

1966年2月2日至20日,得到林彪"完全支持"的江青,邀请部队四位政治思想工作和文艺工作方面的负责人,到上海召开部队文艺工作座谈会。这个会议开得既仓促又奇特。会前,连解放军总政治部都不知道要座谈什么问题,无从做任何准备。会议名曰座谈,但既无日程安排,又没有固定的议题,每天的活动都由江青安排,她说谈就谈,说不谈就散。座谈会往往是先看电影,边看边听江青发议论,再开几个座谈会。所谓座谈会,其实是既无军职也无党政领导职务的江青,用林彪个人委托的名义谈她对文艺界形势的估量。

会议第一天,她实际上针对着《二月提纲》和当时对《海》剧的批判,对文艺方面的问题谈了一通看法:我们的文艺界不像样,让帝王将相、才子佳人、洋人死人统治舞台;有一条与毛主席思想相对立的反党反社会主义的黑线专了我们的政;现在该是我们专他们政的时候了;现在的论战,还只是前哨战,决战时期尚未到来,等等。这些言论实际上就是此次江青召开座谈会的主题和基调。根据座谈内容整理的座谈会纪要,全盘否定20世纪30年代党领导的进步文艺的积极作用,极力抹煞建国以来文艺工作的成绩,提出:"十六年来,文化战线上存在着尖锐的阶级斗争",文艺界"被一条与毛主席思想相对立的反党反社会主义的黑线专了我们的政,这条黑线就是资产阶级的文艺思想,现代修正主义的文艺思想,和30年代文艺思想的结合";号召要"坚决进行一场文化战线上的社会主义大革命,彻底搞掉这条黑线";"这是一场艰巨、复杂、长期的斗争,要经过几十年甚至几百年的努力。这是关系到我国革命前途的大事,也是关系到世界革命前途的大事"。这个座谈会纪要经毛泽东审阅修改,并将《纪要》的标题改为《林彪同志委托江青同志召开的部队文艺工作座谈会纪要》。此外,毛泽东还加写了诸如搞掉这条黑线之后,还会有将来的黑线,还得再斗争;过去十几年的教训是:我们抓迟了,只抓过一些个别问题,没有全盘的系统的抓起来,而只要我们不抓,很多阵地就只好听任黑线去占领,这是一条严重的教训;1962年十中全会作出要在全国进行阶级斗争这个决定之后,文化方面的兴无灭资的斗争也就一步一步地开展起来等等内容。这个座谈会纪要于4月10日以中共中央文件的形式批转全党,并加按语说《纪要》对文艺战线上阶级斗争形势的分析和所提出的原则、方针、政策,不仅适合于军队,也适合于地方,适合整个文艺战线。

阶级代表人物"。

◆ 图为《林彪同志委托江青同志召开的部队文艺工作座谈会纪要》。

这个《纪要》的形成，使20世纪60年代初在意识形态领域不断发展起来的阶级斗争扩大化错误进一步发展为猛烈的政治运动。"文艺黑线专政论"一类论断的提出，不仅整个地否定了建国后文艺界的成就，而且很快扩展到其他领域，为全盘否定建国后十七年的工作成绩，进行所谓"一个阶级推翻一个阶级的政治大革命"提供了理论依据。

《纪要》的炮制，是林彪和江青勾结起来，互相利用，进行篡党夺权阴谋活动的开始。还在召开部队文艺工作座谈会之前，江青于1966年1月21日从上海到苏州与林彪密商，得到林彪的"完全支持"。1月22日，林彪在给解放军总政治部的指示中对在部队本来没有任何职务的江青作了吹捧，说江青"对文艺工作方面在政治上很强，在艺术上也是内行，她有很多宝贵意见。你们要很好重视，并且要把江青同志的意见在思想上、组织上认真落实。"江青则在《纪要》中吹捧林彪"主持军委工作以来，对文艺工作抓得很紧，作了很多很正确的指示"。江青后来露骨地说，她去找林彪，是要请"无产阶级专政的'尊神'"，去"攻那些混进党内的资产

由于江青、张春桥等人的挑拨和歪曲性的汇报，随着《纪要》的定稿，毛泽东对文化界阶级斗争的估量更加严重。1966年3月，毛泽东在杭州召开的一个会议上提出，要对资产阶级学术权威进行彻底批判，这是一场严重的阶级斗争。他认为，学术界、教育界的问题，过去我们是蒙在鼓里的，事实上是资产阶级、小资产阶级掌握了实权，将来要搞修正主义的，就是这一批人；他们实际上是国民党员，共产党反对共产党。与此同时，毛泽东对《二月提纲》的起草者和中央其他领导同志的不满也在进一步加深。3月底，毛泽东连续找康生、江青、张春桥等谈话，严厉指责《二月提纲》混淆阶级界限，不分是非，是错误的。中宣部、彭真、北京市委包庇坏人是阎王殿，要"打倒阎王，解放小鬼！"毛泽东还说，十中全会做过决议，要在全国搞阶级斗争，为什么学术界、历史界、文艺界不可以搞阶级斗争？要把十八层地狱统统打破。我历来主张，中央做坏事，我就号召各地造反，向中央进攻；如果中央出修正主义，地方要造反。要支持小将，保护孙悟空。再不支持，就解散五人小组、中央宣传部、北京市委，不管哪个省市委。他还强调：文化革命能不能坚持到底？政治上能不能顶得住？中央会不会出修正主义？没有解决。

这次讲话之后，形势急转直下。4月1日，张春桥就拿出一份批判《二月提纲》的"几点意见"，给它罗列了"三大罪状"。4月2日之后，《人民日报》、《红旗》杂志、《光明日报》分别发表了被中宣部"扣压"的戚本禹、关锋等人批"要害"的文章。自此，报刊上批判的调子又提高了，态度也更为激烈了。4月上旬，以邓拓为首的"三

家村"开始被公开批判。此风一开，几乎每个省、市都"揪"出了各自的"三家村"、"四家店"。4月9日至12日，中央书记处在北京开会。康生、陈伯达先后在会上发言，批判彭真在学术批判中的态度和历史上的"错误"。会议决定起草一个撤销并彻底批判《二月提纲》的党内通知（即后来的《五一六通知》）。会议还决定成立文化革命文件起草小组（即后来的中央文化革命小组）。在4月22日召开的政治局常委会上，毛泽东指出：我们面临严重的文化革命任务；吴晗问题的严重性，就在于朝中有人，中央有，各省市有，军队也有，斗争涉及面是很广的。4月下旬，彭真被停止工作。5月10日，姚文元的《评"三家村"》发表，公开把矛头指向北京市委。从对《海》剧的批判到《二月提纲》的发出，从对《二月提纲》的批判到"文化大革命"的全面发动，从1957年以来逐步发展起来的阶级斗争扩大化错误，经过一系列量变，终于发生了一个全面的、质的飞跃。以对《提纲》的批判为标志，文化革命开始转变为一场政治大革命——尽管它还被称作是"文化大革命"。

1966

1976

中央已经出了修正主义？

"如果中央出修正主义怎么办？"这是毛泽东从20世纪60年代起越来越紧迫地思考的一个问题。从20世纪整个国际共产主义运动的实践来看，毛泽东的这个思想是深刻的。但是，问题在于，由于他在什么是社会主义以及如何建设社会主义问题上存在着的一些误解，使他把当时中国社会主义建设中的一些正确的方针、路线和政策当成是资本主义和修正主义性质的东西，认为提出这些方针的中央一线领导

执行了修正主义路线。随着调整的深入和党内两种发展趋向的发展，他有关"中央出修正主义"的忧虑不断加深。1965年9月至10月间，在几次会议上，毛泽东都提出，如果中央出了修正主义，你们怎么办？他认为，很可能出，这是最危险的，如果中央出了修正主义，你们就造反。在毛泽东因这种误解而渐渐疏远中央一线领导时，林彪、江青、康生等人乘隙而入。他们揣摩毛泽东的意图，投其所好，投机钻营，制造事端，挑拨离间，谋取个人私利，起了极其恶劣的作用。而不断发展起来阶级斗争扩大化错误和高度集权的体制，又为这些阴谋家、野心家提供了有利的条件。

就在批判《海瑞罢官》并由此升级到对《二月提纲》的批判这一段时间里，在党内高层又接连发生了几起震动全党的严重政治事件。1965年11月10日，即《文汇报》发表姚文元《海瑞罢官》文章的同一天，中共中央书记处候补书记、中央办公厅主任杨尚昆被免去了中央办公厅主任职务，其罪名是"背着中央私设窃听器"、"把大量的机密文件和档案擅自供别人抄录"等。其实，这些罪名都是康生、江青等的诬陷，完全是强加的罪名。所谓抄录档案问题，是由于编写党史、军史、战史的需要而对档案资料的正常利用，事先均经过严格的审查和批准手续，并不存在"泄密"问题。可是，这些正常的工作当时却被怀疑为"里通外国"，成了制造冤案时捏造罪名的根据。

紧接着这一事件，善于窥测风向的林彪开始了行动。11月30日，林彪写信给毛泽东，并让叶群带着他们指使别人写的几份诬陷中央军委秘书长、解放军总参谋长、中央书记处书记、国务院副总理罗瑞卿的材料去上海见毛泽东，

诬告罗瑞卿反对"突出政治"，要夺取军权。毛泽东听信了林彪、叶群的诬告。12月2日，毛泽东在一个批示中认为罗瑞卿不相信突出政治，对于突出政治表示阳奉阴违而自己另外散布一套折中主义（即机会主义），要求大家应当有所警惕。12月上旬至中旬，在上海召开中央政治局常委扩大会议，对罗瑞卿进行揭发批判。会上印发了林彪给毛泽东的信和那些诬陷材料，并以强加的"反对突出政治"、"篡军反党"等罪名将罗瑞卿隔离审查。在批判《二月提纲》的过程中，4月16日，毛泽东在杭州召开了中央政治局常委扩大会议，集中对彭真进行了揭发批判。与此相联系，中共中央宣传部部长、中央书记处书记、国务院副总理陆定一也难免厄运，被加以诸如"反对活学活用毛泽东思想"、"在立场和观点上同彭真完全一致"等各种罪名，随即被停止了工作。

彭真、罗瑞卿、陆定一、杨尚昆这些在党中央身负重责、享有很高声望的领导同志突然间变成了"修正主义分子"、"里通外国"、"反革命"，这不能不在全党引起巨大的震动。接连发生在党和国家高层的严重政治事件，在党内造成了一种中央果然出了修正主义的巨大错觉，使全党绝大多数人不能不接受当时已经发展得十分严重、系统的阶级斗争扩大化理论，强有力地推动着已经十分严重的阶级斗争扩大化迅速发展，使由意识形态领域发端的"文化革命"难以避免地转入政治领域。这些事件的发生，也为江青、林彪、康生等野心分子进行阴谋活动，夺取党和国家的权力提供了难得的机遇。

自从1962年党的八届十中全会提出"以阶级斗争为纲"的基本路线以来，毛泽东对我国

社会的阶级斗争所作出了一系列违反实际的错误估量：从农村政权有三分之一不在我们手里，到工厂企业里一个相当大的多数的领导权不在马克思主义者和工人群众手里；从文艺界的大多数已经跌到修正主义的边缘，到资产阶级知识分子统治我们的学校；从中国存在一个"吸工人血"的"官僚主义者阶级"，到党内存在"走资本主义道路的当权派"，如此等等。批判《海瑞罢官》以来，半年实践的发展又使他对全国阶级斗争形势的估量更加严重。在他看来，阶级斗争不仅依然存在，越来越激烈，而且中国已经面临着"党变修，国变色"的现实危险。1966年3月，毛泽东在修改部队文艺工作座谈会纪要时，同意提出文艺界已经被一条"反党反社会主义的黑线专了我们的政"。在此之后，他又陆续提出大学、中学、小学大部分被资产阶级、小资产阶级、地富出身的人垄断了；中央和中央各机关，各省、市、自治区有"一大批反党反社会主义的资产阶级代表人物"，等等。据此，他认为这半年来进行的各种斗争是"严重的阶级斗争"，"阶级斗争展开的面很广，包括各个方面"。所以，单反赫鲁晓夫的修正主义是不够的，还要反我们党内的修正主义，不然的话，再过多少年，中国的颜色就会变了，到那时候就会晚了。这样的阶级斗争过去虽然做了一些，但只是修修补补，没有当作整个阶级斗争去做。

在毛泽东防止党中央出修正主义的思考中，还有一个重要的方面，即接班人的问题。培养无产阶级革命事业的接班人，警惕出现赫鲁晓夫那样的人物，是毛泽东从20世纪60年代以来特别关注的问题。他针对美国及其西方盟国对社会主义国家推行的"和平演变"战略，要求

1966

1976

全党注意培养接班人，使帝国主义的预言彻底破产。为此，他在1964年6月提出了无产阶级革命事业接班人的具体条件。在阶级斗争扩大化错误不断发展的过程中，随着他对党中央第一线许多领导同志的不满日益加深，这一问题看来是显得更为紧迫了。毛泽东之所以要发动"文化大革命"，之所以采取那样一种形式来发动，与他培养接班人的思想密切相关。

总之，在1966年春天，毛泽东要在全国全面地开展一场阶级斗争的想法形成了。此时，他想要搞的这场阶级斗争，固然是"四清"运动和文化领域批判运动的继续，但又有了进一步的发展。他这时考虑的阶级斗争，是在全国范围展开矛头指向党中央内部的一场"大革命"，用毛泽东后来明确概括的话来讲，就是要"公开地、全面地、由下而上地发动广大群众来揭发我们的阴暗面"。

这时，党中央的绝大多数领导人并不了解毛泽东的这种想法，或者虽然有所感觉，但在认识和行动上仍有不少距离。这种距离注定了"文化大革命"的发动将引发更大的矛盾和斗争。当然，此时也有了解毛泽东想法的极少数人，那就是江青、康生等乘机进行阴谋活动的野心家、阴谋家。正是这些野心家的阴谋活动，使"文化大革命"从一开始就蒙上了灾难的阴影。

三、"文化大革命"的发动

"文化大革命"正式发动，是以1966年5月中央政治局扩大会议的召开为标志的。会后，由于"左"倾方针在党内受到了一定程度的抵制，8月召开的八届十一中全会又一次对"文化大革命"进行发动。全面发动"文化大革命"的这两次会

议，使毛泽东"左"倾错误的个人领导实际上取代了党中央的集体领导，"文化大革命"的"左"倾方针开始在党中央占据主导地位。

5月中央政治局扩大会议

1966年5月4日至26日，中央政治局扩大会议于在北京召开。会议期间，毛泽东在外地，没有与会，但会议是根据毛泽东4月在杭州主持的中央政治局常委扩大会议定的中心以及会前的一些重要讲话精神召开的。会议由刘少奇主持，却由康生负责向毛泽东汇报、请示。

会议的前三天由康生、张春桥、陈伯达等"介绍情况"。他们在发言中分别传达了1962年以来毛泽东有关阶级斗争的论述，重点介绍了1965年11月批判《海瑞罢官》以来在中央高层内部所发生的"尖锐"、"激烈"的"阶级斗争"，以及毛泽东对中宣部、北京市委以及彭真、陆定一等的批判，传达了毛泽东有关开展"文化大革命"、防止中央出修正主义的指示，介绍了《中国共产党中央委员会通知》(简称《五一六通知》)起草的经过。康生等人的发言有"理论"，有"实际"，使与会者受到强烈的震动，也使他们难以抵制发动"文化大革命"的基本理论。

5月16日，会议通过了《中国共产党中央委员会通知》(简称《五一六通知》)。《五一六通知》对《二月提纲》作了种种歪曲和指责，不顾事实地说《二月提纲》"实际上只是彭真同志一个人的汇报提纲，是彭真同志背着'五人小组'成员康生同志和其他同志，按照他自己的意见制造出来的"，并"采取了不正当的手段，武断专横，滥用职权，盗窃中央的名义，匆匆忙忙发到全党。"《五一六通知》从批判《二月提纲》入

手，说它掩盖了这场学术批判的政治性质，是一个"为资产阶级复辟作舆论准备"的修正主义纲领。《五一六通知》指责彭真等人"对于一切牛鬼蛇神却放手让其出笼，多年来塞满了我们的报纸、广播、刊物、书籍、教科书、讲演、文艺作品、电影、戏剧、曲艺、美术、音乐、舞蹈等等，从不提倡要受无产阶级的领导，从来也不要批准"。"总之，这个提纲是反对把社会主义革命进行到底，反对以毛泽东同志为首的党中央的文化革命路线，打击无产阶级左派，包庇资产阶级右派，为资产阶级复辟作舆论准备。这个提纲是资产阶级思想在党内的反映，是彻头彻尾的修正主义。同这条修正主义路线作斗争，绝对不是一件小事，而是关系我们党和国家的命运，关系我们党和国家的前途，关系我们党和国家将来的面貌，也是关系世界革命的一件头等大事。"

《五一六通知》对社会主义时期的阶级斗争做出了歪曲性的论断，对当时我国的阶级斗争形势做出了严重的错误估计。它认为，中央和中央各机关，各省、市、自治区，都有这样一批资产阶级人物；因而必须进行无产阶级反对资产阶级、无产阶级专政反对资产阶级专政的斗争，无产阶级必须进行在上层建筑其中包括各个文化领域对资产阶级的专政，必须继续清除资产阶级钻在共产党内打着红旗反红旗的代表人物。"混进党里、政府里、军队里和各种文化界的资产阶级代表人物，是一批反革命的修正主义分子，一旦时机成熟，他们就会要夺取政权，由无产阶级专政变为资产阶级专政。这些人物，有些已被我们识破了，有些则还没有被识破，有些正在受到我们信用，被培养为我们的接班人，例如赫鲁晓夫那样的人物，他

们现正睡在我们的身旁，各级党委必须充分注意这一点。"

《五一六通知》认为："我国正面临着一个伟大的无产阶级文化革命的高潮"。要求全党"高举无产阶级文化革命的大旗，彻底揭露那批反党反社会主义的所谓'学术权威'的资产阶级反动立场，彻底批判学术界、教育界、新闻界、文艺界、出版界的资产阶级反动思想，夺取在这些文化领域中的领导权。而要做到这一点，必须同时批判混进党里、政府里、军队里和文化领域各界里的资产阶级代表人物，清洗这些人，有些则要调动他们的职务。尤其不能信用这些人去做领导文化革命的工作。"

《五一六通知》同时也承认："绝大多数党委对于这场伟大斗争的领导还很不理解，很不认真，很不得力"。这预示着发动"文化大革命"时所必然会遇到的阻力，以及破除这些"阻力"时所必然引起的"激烈斗争"和社会动荡。

《五一六通知》处处以《二月提纲》为对立面，尖锐激烈地批判了主持制定《二月提纲》的彭真等同志，从而实际上把矛头指向了中央一线领导集体。因为《二月提纲》反映了刘少奇等人对文化、学术批判的态度，是先由在京政治局常委讨论通过后报送正在外地的毛泽东的。《五一六通知》集中反映了毛泽东当时对党和国家政治形势的十分严重估计。他认为，文化领域的领导权已经被资产阶级篡夺，因而需要进行全面的夺权斗争。而且，他又进一步把文化领域的夺权同党里、政府里、军队里的所谓"资产阶级代表人物"联系起来，认为国内无产阶级同资产阶级的斗争到了十分严重的地步，资产阶级复辟的危险已经迫在眉睫。因此要通过一个激烈的、广泛的"文化大革命"去"清洗

1966

▼

1976

这些人"，从而达到"巩固无产阶级专政"的目的。这些严重的估计和认识，是发动"文化大革命"的主要论点和依据。

5月中央政治局扩大会议的另一项内容，是揭发批判彭真、罗瑞卿、陆定一、杨尚昆等所谓"反党错误"。会议决定停止彭真、罗瑞卿、陆定一的中央书记处书记的职务，停止杨尚昆的中央书记处候补书记职务，撤销彭真的北京市委第一书记和市长的职务，撤销陆定一的中宣部部长的职务。

按照《五一六通知》关于"重新设立文化革命小组，隶属于政治局常委之下"的规定，会议决定撤销原来以彭真为首的文化革命小组，以新的文化革命小组取而代之。其成员是：组长陈伯达，顾问康生，副组长江青、张春桥，组员王力、关锋、戚本禹、姚文元等(小组中另有一些成员不久即受到迫害而被排除)。实际上，这个小组一成立就成了不受中央政治局约束的、"文化大革命"的直接指挥机构。

会议期间，林彪于5月18日作了长篇讲话。他大讲古今中外的政变事例，大肆散布党中央内部有人要搞政变的谎言，毫无根据地提出有所谓"彭真、罗瑞卿、陆定一、杨尚昆阴谋反党集团"。他煞有介事地说："最近有很多鬼事、鬼现象，要引起注意。可能发生反革命政变，要杀人，要篡夺政权，要搞资产阶级复辟，要把社会主义这一套搞掉。""危险就是出在上层"。林彪这些耸人听闻的话，进一步加重了出现资产阶级复辟危险的紧张气氛。林彪还竭力鼓吹个人崇拜，声称："19世纪的天才是马克思、恩格斯。20世纪的天才是列宁和毛泽东同志。""毛主席的话，句句是真理，一句超过我们一万句"，"毛主席活到哪一天，90岁、100多岁，都

是我们的最高领袖，他的话都是我们行动的准则"，"谁反对他，全党共诛之，全国共讨之"。林彪这些鼓吹个人崇拜的话，对会议产生了恶劣的影响。

会议对彭真等同志的批判，尽管与会者事实上存在着不同意见，但是在林彪提出的毛泽东的话"句句是真理"的极不正常的政治气氛中，这些意见未能公开表达，彭真等也没有据实申辩的可能。这次中央政治局扩大会议的召开表明，在党的民主集中制遭到严重破坏的特定历史条件下，发动"文化大革命"的"左"倾理论观点，已经为党中央所接受，"左"倾错误方针开始在党内占据主导地位。5月政治局会议的召开和《五一六通知》的发出，基本上为"文化大革命"的全面发动做好了组织上和理论上的准备。

就在这次会议期间，毛泽东又于5月7日写了给林彪的那封后来被称作《五七指示》的信。《五一六通知》和《五七指示》反映了毛泽东所要建设的社会主义的目标模式，以及实现这种社会主义理想的基本方针。这两个同时发表于1966年5月的重要文件，实际上已经深刻地说明了发动"文化大革命"原因。

"全国第一张马克思主义大字报"

在5月中央政治局扩大会议进行过程中，江青、康生等已将会议的一些内容散布到社会上去。报纸上"革命大批判"的势头越来越凶猛，对吴晗的批判，进一步株连到同吴晗一起撰写《三家村札记》的中共北京市委书记邓拓和中共北京市委统战部部长廖沫沙。接着，又株连到刊登《三家村札记》的中共北京市委刊

◆ 始于 1966 年 5 月的"文化大革命"是一场由领导者错误发动，被反革命集团利用，给党、国家和各族人民带来严重灾难的内乱。图为发动"文革"的文件《五一六通知》和《中国共产党中央委员会关于无产阶级文化大革命的决定》。

物《前线》和《北京日报》。5月10日，《解放日报》、《文汇报》同时发表姚文元的《评"三家村"——〈燕山夜话〉、〈三家村扎记〉的反动本质》。5月11日，《红旗》杂志发表戚本禹的《评〈前线〉、〈北京日报〉的资产阶级立场》，5月14日，《人民日报》发表林杰的《揭破邓拓的反党反社会主义的面目》。这些文章公开把矛头指向北京市委，一方面是配合政治局扩大会议对彭真等人的批判，一方面为《五一六通知》提供了"事实"根据，一方面也为改组北京市委埋下了伏笔。5月14日，中共中央华北局派工作组进入北京市委，"协助"北京市委开展"文化大革命"。与此同时，几乎每个省、市的领导也都因领导文化批判不力而受到来自各方面的压力，而且，一些具有野心的人也从中受到鼓舞。

在这股来势凶猛、颠倒黑白的大批判浪潮中，5月25日，北京大学哲学系党总支书记聂元梓等人贴出了一张诬陷、攻击北京大学党委和中共北京市委的大字报。大字报对北京市委和北大党委关于党组织在运动中要"加强领导，坚守岗位"的要求横加批判，号召"一切革命的知

识分子，是战斗的时候了"，"打破修正主义的种种控制和一切阴谋诡计，坚决、彻底、干净、全部地消灭一切牛鬼蛇神，一切赫鲁晓夫式的反革命的修正主义分子"。大字报贴出后，受到北大师生员工的强烈反对，仅半天时间，全校就贴出了一千五百多张反对、批驳的大字报。野心家康生预感到这份大字报的分量，立即将这张大字报的内容报给当时还在南方的毛泽东。

1966

1976

◆ 1966 年 5 月 25 日，北京大学哲学系聂元梓等七人在校园内贴出了在康生授意下写的大字报，攻击中共北京市委和北京大学党委。图为该张大字报。

◆ 1966年4月，邓拓（中共北京市委书记）、吴晗（北京市副市长）、廖沫沙（中共北京市委统战部部长）因合撰杂文集《三家村札记》而被定为"三家村反党集团"，受到批判。图为北京高校学生在查阅资料，写批判文章。

1966
▼
1976

6月1日，毛泽东指示，此文可以由新华社全文广播，在全国报刊发表，十分必要。同一天，已由陈伯达带领工作组接管的《人民日报》发表了题为《横扫一切牛鬼蛇神》的社论。社论称："目前，我国无产阶级文化大革命的规模和声势，在人类历史上还不曾有过，它的威力之大、来势之猛，在运动中所迸发出的劳动人民的无限智慧，远远超出了资产阶级老爷们的想像。""这一场文化大革命，正在大大推动中国人民社会主义事业的前进，也必将对世界的现在和未来，发生不可估量的深远影响。"社论要求群众起来"横扫盘踞在思想文化阵地上的大量牛鬼蛇神……把所谓资产阶级的'专家'、'学者'、'权威'、'祖师爷'打得落花流水"，并号召"彻底破除几千年来一切剥削阶级所造成的毒害人民的旧思想、旧文化、旧风俗、旧习惯"。

当晚，新华社全文广播了聂元梓等人的大

◆ 邓拓（1912-1966）

◆ 聂元梓在首都高校学生中演讲。

1966

1976

◆ 北京各校学生到北京大学观看大字报。

字报。次日,《人民日报》在刊载这张大字报的同时,发表了欢呼这张大字报的评论员文章。文章称:"聂元梓等同志的大字报,揭穿了'三家村'黑帮分子的一个大阴谋",并公开号召造党委的反,彻底摧毁"黑帮、黑组织、黑纪律"。在中国最具权威的舆论工具上公开发表聂元梓等的大字报,并给以这样高的评价,立即在全国引起了空前未有的强烈反响。广大群众特别是年轻幼稚、充满革命理想和激情的青年学生立即群起响应,起来"造修正主义的反"。几乎是在一夜间,全国的大、中学校中便贴出了大量大字报,矛头直指学校领导、教师。正如康生事后所说:"这张大字报不仅是揭开了北大文化大革命的火焰(按:原话如此),而且是点起了全国文化大革命的火种。"①

6月4日,《人民日报》公布中共中央改组北京市委的决定,宣布北京市的"文化大革命"工作由新市委直接领导。同时,发表经毛泽东批准的北京新市委的决定,派工作组进驻北京大学,"代行党委的职权",对"文化大革命进行领导",撤销北大党委正、副书记的一切职务,改组北大党委。当天《人民日报》就此发表的社论称,前北京市委的领导贯穿着一条反党反社会主义的黑线。北京市委和北大党委是"文化大革命"发动时第一批被冲垮的党组织。

6月4日,《人民日报》发表题为《撕掉资产阶级"自由、平等、博爱"的遮羞布》,不指名地公开批判了《二月提纲》。社论说,我们就是要当无产阶级的"爆破手",把一切反党反社会主义的黑村黑店炸个粉碎。我们就是要当无产阶级的"金棍子",把一切牛鬼蛇神打个落花流水。6月5日,《人民日报》发表社论《做无产阶级革命派,还是做资产阶级保皇派?》。社论将北

大党委书记等称为资产阶级保皇派、保皇党,称北京大学的斗争是革命派与保皇派、马列主义与修正主义的斗争。社论说,文化大革命的开展,向一切人提出一个尖锐的问题:在无产阶级和资产阶级、社会主义和资本主义两个阶级、两条道路的生死斗争中,究竟站在哪一边,是做无产阶级革命派,还是当资产阶级保皇派?每个人都必须做出自己的选择。这篇社论首次提出了在群众中划分"革命派"和"保皇派"的问题,鼓动"一切革命同志"起来同"保皇派"进行坚决的斗争。这些非常措施造成了一种咄咄逼人的形势,学生们的情绪更加高涨,行动更为激烈。这一年5月间,在连续不断的政治批判运动和"教育革命"氛围影响下,北京的一些中学生积极投入校内的"文化大革命",进行所谓"反修防修"、"批判资产阶级"的学习和讨论。5月底,北京清华大学附中的一些学生在当时形势的影响下,为了保卫毛泽东和红色政权,自发集会,成立一个名为"红卫兵"的学生造反组织。在随后急剧发展的形势推动下,北京其他中学也相继建立起类似的学生组织。狂热的青年学生臂戴红色袖章,身穿绿色军装,表示"向旧世界宣战"。由于这些学生组织没有得到校方和驻校工作组的支持,引起红卫兵发起者的不满,双方的矛盾急剧发展。

1957年反右派运动后,一系列以阶级斗争扩大化为特征的运动一方面使党内外一批干部、群众蒙受不白之冤,另一方面使党内外民主生活受到破坏,给官僚主义、特权的滋长提供了土壤。"文化大革命"爆发后,一部分群众出于对官僚主义作风和腐败现象的不满,以为这场运动是解决干群矛盾和官僚主义的时机,有利于发挥人民群众对于国家机关和干部队

---

① 1966年9月8日康生在人民大会堂接见来京串连者谈话。

伍的监督作用，也起而响应毛泽东的号召，把他们压抑着的不满诉诸于大字报和各种批判活动，以激烈的语言向所在单位、所在地的领导"开火"。一部分曾经受到错误批判、打击的干部、群众则希望运动能解决自己所受的不公正处理。还有一些在"四清"等运动中犯有错误的人，也希望趁乱翻案。这些人也把矛头指向了各级领导机关和领导干部。"文化大革命"所造成的动乱局面，使平时被压抑、被控制的各种矛盾暴露或激化。

围绕工作组之争

在"文化大革命"浪潮的冲击下，各基层党委首当其冲，普遍成为群众"造反"的目标。许多学校的领导机构开始陷于瘫痪，无法行使领导职能，混乱局面日趋严重。但是，多数群众出于对各级党组织的信任，出于对正在出现的混乱局面的忧虑，仍然希望保持党组织对各单位运动的领导。于是，北京许多学校的师生成群结队涌到党中央、国务院、北京市委所在地，要求上级向各单位派工作组加强对运动的领导。

当时，毛泽东不在北京，党中央工作由刘少奇、邓小平主持。对于"文化大革命"的到来，虽然党中央大多数领导人已经接受了这个现实，但是对它的目的和酝酿过程仍然知之不多。他们都从积极的方面来理解这场运动，认为这是继社会主义教育运动之后，纠正干部队伍中存在的官僚主义作风，克服干部脱离群众现象的又一次尝试，对于防止"党变修"、"国变色"具有重要意义。他们与相当多的群众一样，希望加强党对运动的领导，保证运动有秩序、有组织地进行。这正如刘少奇在6月21日政治局常委扩大会上所说，这一场斗争咱们都没有经验，不要党的领导、中断党的领导是不好的。

6月3日，刘少奇主持中央政治局常委扩大会议，听取北京市委第一书记李雪峰关于北京地区"文化大革命"情况的汇报。刘少奇在会上指出，社会主义文化革命已是高潮，要使北京市大中学校有良好的秩序，要把学生很快地组织起来，走上轨道。会议决定，为控制局面，依照毛泽东批准向人民日报社、北京大学派出工作组领导运动的先例，决定向北京市大、中学校派出工作组。同时，会议还同意转发北京新市委准备向下发的"八条指示"，提出要"内外有别"、"注意保密"、"大字报不要上街"、"不要示威游行"、"不要搞大规模声讨会"、"不要包围黑帮住宅"等要求。会议决定，哪里出事，就派人到哪里去，派工作组要快，要"像派消防队救火一样"快。邓小平在会上说，八条传达要快，开个十万人大会，一竿子插到底。此后，随着运动的发展，根据大多数学校党组织陷于被动瘫痪的情况和学校师生的强烈要求，北京市的大学、中学普遍派驻了工作组。许多省、市也依照北京市的做法，相继向当地的大学和部分中学派出了工作组。

采取派工作组领导运动的方式，是沿用多年来党发动群众开展政治运动的传统方法，目的在于保持党对运动的领导，维持正常的社会和工作秩序。6月上旬，在派工作组的问题上毛泽东开始是同意的，只是在与中央常委议论时表示，派工作组太快了并不好，没有准备，不如让他乱一下，混战一场，情况清楚了再派。但这时工作组基本上已经派出。由于发动"文化大革命"本身是错误的，中央领导层对这场运动的认识又不一致，众多工作组更是仓促上阵，

1966

1976

对运动的目标、方法知之甚少,这就注定了工作组不仅不可能扭转正在出现的混乱局面,反而将使自己成为矛盾斗争的焦点。与派工作组一样,"八条指示"也是想对运动有所控制,但这在当时一浪高过一浪的鼓动"造反"的宣传面前,已经显得无力。对那些已被鼓动起来的极端分子来说,并没有多少约束力。

6月18日,北京大学的一些学生避开工作组,将四十多位干部、教师拉出来批斗,并出现了抹黑脸、戴高帽、罚跪、扭打、侮辱妇女等行为。工作组发觉后立即予以制止,扭转了局势。根据刘少奇的意见,党中央于6月20日将北京大学工作组关于这次事件处理情况的简报转发全国。刘少奇在为简报所加的按语中说:"中央认为北大工作组处理乱斗现象的办法,是正确的,及时的。各单位如果发生这种现象,都可参照北大的办法处理。"文件的发出,使工作组得到鼓舞,乱批乱斗的现象得到一定控制,但这又必然进一步加深了造反派与工作组的对立。

北京大学"六一八事件"后,陈伯达、江青等以调查文化革命为由,先后到北大召开座谈会,挑起对"六一八事件"的辩论,鼓动反对工作组,并宣布"六一八事件"是革命事件。

鉴于运动已使工业、交通生产普遍受到冲击,致使事故增多,产量、质量下降,6月30日,刘少奇、邓小平致信毛泽东,要求发出《中共中央、国务院关于工业交通企业和基本建设单位如何开展文化大革命运动的通知》。信中说,最近工业交通和基本建设的计划完成得不算好,特别是钢、钢材、煤的产量开始下降,质量下降的情况尤为突出,事故增多。在京同志讨论后,认为在文化革命运动的部署方面,重点放在文化教育部门、党政机关。通知强调工交基建战线的"文化大革命"要和四清运动结合起来,"在工作队的领导下","分期分批地有领导地有计划地进行"。不要打无准备、无把握的仗,不要全国所有厂矿企业"一哄而起"。否则,不但不能取得文化大革命的成功,而且会使生产建设遭到损害。

当时,就毛泽东的本意来看,虽然他已决意通过大规模的群众运动的方式发动一场前所未有的文化革命运动,但他可能如同1962年八届十中全会后不愿阶级斗争干扰经济工作一样,也不愿意运动过多冲击生产。所以,一天之后,也就是7月2日,他就在此件上批示:同意你们的意见,应当迅速将此通知发下去。①遵照他的指示,通知当天下发。通知的发出,对动乱起到了一定的遏制作用,尽管其作用十分短暂。

各地工作组在贯彻党中央上述精神的过程中,得到了大多数干部群众的支持。但是,他们对学校的情况并不熟悉,对"文化大革命"的目的和意义更是似懂非懂,知之甚少。按照以往的惯例,工作组往往是在特殊情况下实施党政领导职能的组织,在运动中建立或恢复的某种秩序,以保证运动和工作能在党的领导下正常进行。但这些传统的认识和做法却与"文化大革命"的宗旨和要求相去甚远。"文化大革命"首先需要解决的,是"中央出修正主义"的问题,采取的是自下而上的做法,所以它必然要求广泛地发动群众,打破各种常规,"向上"造反,即使发生大规模的混乱、党的基层组织一时停止活动也在所不惜。对于这样的背景,工作组几乎是一无所知。他们只看到了这场运动字面上的含义,认为它只是在文化、教育、艺术领域里进行,目标是一些资产阶级知识分子以及支持和保护他们的党政领导。这使他们几

①《共和国史记》第三卷(上),吉林人民出版社,1996年版,第106页。

乎不约而同地采用了与反右派运动和四清运动相近的做法。工作组在学校里恢复秩序，代行党的领导，把矛头指向了各种"资产阶级知识分子"、一些领导干部和刚刚在运动中"跳出来"的"右派"——即造反派。无疑，这些做法不仅使他们违背了运动发动者的初衷，也加剧了自身同"造反派"的对立。

在如何领导运动的问题上，具体来说，也就是在如何对待工作组的问题上，实际上已经出现了指导方针上的分歧，发生了对"文化大革命"的最初的抵制。刘少奇、邓小平等中央一线领导同志出于自己对运动的理解，在已经难于维护基层党组织的情况下，寄希望于派工作组的形式实现党的领导，稳定或恢复秩序。刘少奇在6月中下旬的一些会上先后指出，对这一场斗争，咱们都没有经验，工作组也没有经验，有的工作组是好的；要划一个界线，不要把什么人都说成是黑帮，不要党的领导，中断党的领导是不好的，大部分党委是好人嘛。刘少奇等的这些意见，不能不加深了他们同中央文革小组之间的分歧。在江青、康生一伙的挑动和支持下，社会上轰赶工作组的事件不断增多。6月中旬，康生、江青、陈伯达等几次向刘少奇等提出对工作组的非议，要求支持各校的造反派，均遭政治局多数人的否决。6月20日，文革小组向中央提出书面建议说：建议全国大中学校、机关单位在适当时候成立文化革命小组，领导文化革命运动；曲折地表达了他们取消工作组的意见。7月中旬以后，陈伯达在参加政治局常委召集的汇报会时，三次对工作组问题提出非议，要求不派工作组或撤出工作组。

在这几次会议上，刘少奇、邓小平等多数政治局常委还是主张要工作组。在7月19日的

政治局常委扩大会上，邓小平说：有的机关和学校，不派工作组可以；有的要夺权的，就要派工作组。工作组主要是起行政和党委的领导作用，因此是否统盘考虑，对工作组要正确估计。主持会议的刘少奇支持多数同志的意见。他说，工作组有好的，有坏的。他们在第一线，有他们的辛苦，要求不能过高，现在是如何帮助他们，教育他们，总结工作经验。[1]在7月22日的会上，刘少奇说，多数工作组是好的，还是教育帮助，改正错误。"现在工作组还是要的。实在不行的，撤了，撤了还要换，因为没有其他力量领导。"邓小平表示："撤工作组我不赞成。"由于参加会议的大多数同志不同意立即撤出所有工作组，陈伯达的意见被否决。半个月后，江青在八届十一中全会小组会发言时几次怒气冲冲地说：我们的组长、顾问没有发言权，讲一句话就被打断。这些话从反面说明了当时党中央大多数领导同志对中央文革小组陈伯达等人的批评和抵制。江青等人的意见一再被政治局常委否定，更加深了他们对刘少奇、邓小平等的不满。他们一面阴谋煽动造反派反工作组，将矛头指向刘少奇等中央一线领导，一面私下搜集材料，向毛泽东报告工作组"镇压学生"、"镇压运动"。

"文化大革命"发动初期党内关于派工作组的争论，实际上反映了对"文化大革命"理解、指导上的深刻分歧。这种分歧，又集中地表现为对"乱"的不同看法。在当时的条件下，党内绝大多数领导干部都对运动初起时对群众自发性的鼓励及由此引发的混乱感到疑虑，于是就出现了要在运动中坚持党的领导，反对大乱天下的主张。可是，既然已经对形势做了那样严重的估计，既然是为了揭露和打倒中央内

---

[1]《刘少奇年谱（1898～1969）》下卷，中央文献出版社，1997年版，第645页。

部的"走资派",为了扫除党内和社会上的黑暗面并锻炼广大青少年,"文化大革命"就不可能那样循规蹈矩、文质彬彬、按部就班地进行。

1966年6月,也就是在北京等地的运动如火如荼进行时,毛泽东虽然正在南方,但仍然密切地关注着运动的发展和动态。当月,他在一首《七律·有所思》中这样写道:

> 正是神州有事时,
> 又来南国踏芳枝。
> 青松怒向苍天发,
> 败叶纷随碧水驰。
> 一阵风雷惊世界,
> 满街红绿走旌旗。
> 凭阑静听潇潇雨,
> 故国人民有所思。

毛泽东深知,已经发动起来的这场运动,不论是在范围上还是在程度上,都已超出了"四清"运动甚至1957年的反右派运动,正如诗中所说"一阵风雷惊世界"。他被运动的形势所鼓舞:"青松怒向苍天发,败叶纷随碧水驰"。他坚信这场运动的正确性、必要性和及时性。他对运动的前景充满信心,也希望"故国人民"能够深入地、及时地理解他发动这场运动的目的和苦心。

7月8日,毛泽东在被他称作是"白云黄鹤的地方"(即武汉)给江青写了一封信。他在信中说"每天看材料,都是很有兴味的"。接着,他谈到了对"乱"的一些看法。他认为:天下大乱,达到天下大治,现在的任务是要在全党全国基本上(不可能全部)打倒右派,而且在七、八年以后还要有一次横扫牛鬼蛇神的运动,尔后还要有多次扫除,这次文化大革命,就是一次认真的演习。毛泽东的这个想法同他后来明确提出

1966

1976

◆ 1966年7月16日,毛泽东在武汉畅游长江。

要"公开地、全面地、由下而上地发动广大群众来揭发我们的黑暗面",要把所有干部放到火里烧一烧,来一次"反修防修大演习"的思想,在总的方面是一致的。正是从这样一种思路出发,他认为凡是乱得彻底的地方,资产阶级、修正主义暴露得就越彻底,形势就越好。在信的最后,毛泽东写道:"这是一次全国性的演习,左派、右派和动摇不定的中间派,都会得到各自的教训。结论:前途是光明的,道路是曲折的。还是这两句老话。"

7月16日,毛泽东在武汉畅游长江。在烟波浩渺的滔滔长江中,在两岸群众的欢呼声中,他像以往临江下海一样,从容自信,击水中流,畅游1小时零5分钟。游毕,他又在快艇上向江中和两岸的群众挥手致意。这时,他已73岁高龄。7月26日,《人民日报》发表社论《跟着毛主

席在大风大浪中前进》。社论引用了毛泽东的一段话："大风大浪也不可怕,人类社会就是从大风大浪中发展起来的。"

总的来看,在回到北京之前,毛泽东对运动的发展是满意的。

7月18日,毛泽东从武汉回到北京,情况随即发生了变化。回京当天,他听取了江青等人关于工作组的歪曲性汇报,调阅了北京一些高等院校反工作组的材料,这加深了他对工作组和运动进展情况的不满。他说,回到北京后,感到很难过,冷冷清清,有的学校大门都关起来了,甚至有些学校镇压学生运动。共产党怕学生运动,是反马克思主义的,这是方向性错误,赶快扭转,把一切框框打个稀巴烂。他还说,现在这个文化大革命是个惊天动地的事情,能不能、敢不敢过社会主义这一关?这一关是最后消灭阶级,缩短三大差别,等等。[①]

由于毛泽东还未就工作组问题正式表态,从19日开始的几天的时间里,在讨论"文化大革命"的会议上,中央一线领导与中央文革小组在工作组问题上的争论更加激烈。7月19日至23日,根据毛泽东的意见,中央召开"文化大革命情况汇报会",会议由刘少奇主持。会议期间,江青等人认为,工作组"镇压"了学生运动,派工作组的做法是错误的。与此同时,陈伯达、江青等人又分别到一些院校鼓动反对工作组。而刘少奇等则在会上说,这么大的运动,依靠谁去抓?党的领导总得通过一定的形式;工作组大多数是好的,不能不要,对它们是帮助而

◆ 1966年7月25日晚,江青到北京大学挑动学生反对工作组。

不是用消极撤换的方法。

就在这几天里,毛泽东的态度更明确了。7月22日,他在接见中央文革小组和各中央局书记时说,要改变派工作组的做法,工作组起了阻碍运动的作用。[②]7月24日,他在一次会议上提出,不要搞工作组,要由师生中的左派自己搞,才能搞好。这次会上,作出了撤销工作组的决定。7月25日,他在接见中央文化革命小组时说,不要工作组,要由革命师生自己搞革命,成立革命委员会。他指责工作组"一不会斗,二不会改,起坏作用,阻碍运动"。他表示,"要允许群众通天",认为工作组规定的不准打电话,不准打电报,不准写信,不准包围报馆,不准包围省委,不准包围国务院,不准到中央来,都是阻碍群众革命。毛泽东明确表示否定工作组的意见后,刘少奇、周恩来、邓小平等都没再提出什么不同意见。

7月26日,在中央政治局常委扩大会上,传达、讨论了毛泽东两次谈话的内容,并决定撤销工作组。当天,陈伯达、康生、江青等在北京大学的万人大会上公布了撤销工作组的消息。

1966

1976

①《共和国史记》第三卷(上),吉林人民出版社,1996年版,第109页。
②《共和国史记》第三卷(上),吉林人民出版社,1996年版,第110页。

毛泽东
时代的中国
MAOZEDONGSHIDAIDEZHONGGUO

1966

1976

　　7月28日北京市委正式发出《关于撤销各大专院校工作组的决定》，文件注明"这一决定也适用于中等学校"。《决定》要求：工作组撤销之后，大专学校的文化大革命由全校师生员工分别选举，成立各级文化革命的群众组织进行领导。接着，工作组被指责为犯了方向、路线错误，派出工作组被指责为"实际上是站在资产阶级立场上反对无产阶级革命"。

　　7月29日，根据中央指示，北京市委在人民大会堂召开全市大、中专学校文化革命积极分子大会，宣读了这个决定。刘少奇、邓小平代表中央对派工作组承担了责任。刘少奇说：怎样进行无产阶级文化大革命，你们不大清楚，不大知道，你们问我们，我老实回答你们，我也不晓得。我想党中央其他许多同志、工作组的成员也不晓得。他表示：过去派工作组是中央决定的，现在看来工作组的方式已经不适应于当前文化大革命形势的需要，所以中央决定撤出工作组。他的话代表了当时中央一线领导的共同处境：怎样革命，现在只能讲一句话，放手发动群众，依靠广大的群众，团结广大的群众，更具体的方法你们不知道，我也不知道。

　　邓小平、周恩来在讲话中也都认为这是"老革命遇到了新问题"，说明以新市委名义向各大、中学校派出的工作组是根据中央意见办的。他们在讲话中都对工作组在学校的工作作了客观的分析，肯定工作组绝大多数的同志是好的，主观愿望是好的。这些讲话反映了运动初期中央一线领导的困惑与被动，以及他们与毛泽东在认识上的差距，反映了在个人专断作风影响下，中央领导层出现的不正常现象。

　　8月1日，毛泽东就清华大学附属中学红卫兵给他的两份宣传"革命造反精神万岁"的大字报回信。他表示：红卫兵的行动"说明对反动派造反有理，我向你们表示热烈的支持。"并说："我和我的革命战友，都是采取同样态度的。不论在北京，在全国，在文化大革命运动中，凡是同你们采取同样革命态度的人们，我们一律给予热烈的支持。"同时，他也向红卫兵提出："我们支持你们，我们又要求你们注意争取团结一切可以团结的人们。对于犯有严重错误的人们，在指出他们的错误以后，也要给以工作和改正错误重新作人的出路。"毛泽东的这封信很快在红卫兵和全社会上传开，给正处于造反初期的红卫兵们以极大的鼓舞。

◆ 毛泽东在中国共产党第八届中央委员会第十一次全体会议上。

八届十一中全会

5月中央政治局扩大会议后，"文化大革命"虽然已经兴起，但是很快便由于工作组的派出和广大党团员的冷淡而出现了"冷冷清清"的局面，这正如周恩来所说"开始时的轰轰烈烈转为中间的冷冷清清"[1]。这使毛泽东感到，对于这场运动来说，整个社会特别是党内还存在着相当大的阻力。为了冲破阻力，对"文化大革命"作进一步的发动，根据他的意见，党的八届十一中全会于8月1日在北京举行。会议原定会期为5天，主要议程共四项：一、通过关于无产阶级文化大革命的决定；二、讨论和批准十中全会以来中央在国内、国际上的重大措施；三、通过会议公报；四、补行5月中央政治局扩大会议关于人事变动决定的手续。但是会议开始后，却根据毛泽东的意见改变了会期和议程，会议延长为12天。全会不仅开展了对刘少奇、邓小平等人的批判，还进行了中央领导机构的大改组。

会议第一天，毛泽东在发言中表示，这次会议要解决问题，否则很危险；如果不开这次全会，再搞几个月，我看事情就要坏得多。刘少奇在当天的报告中简要叙述了党的八届十中全会以来中央所做的工作，特别是在国际国内问题上所采取的重大措施，并再次就工作组问题进行检查。在谈到派工作组的动机时，他说，当时我曾考虑，这样大的运动，北京各院校部分组织已经瘫痪了，怕中断了党的领导不好。他又说，当陈伯达三次提出撤工作组问题时，多数同志还是不主张撤，我认为这一方法较机动，没有下决心撤，要看一看，同时，主席快回来了，回来再请示决定。他表示，派工作组的责任主要在我。在刘少奇谈工作组问题时，毛泽东多次插话，指责派工作

1966 1976

◆ 1966年8月，中共八届十一中全会通过了《关于无产阶级文化大革命的决定》，标志着"文化大革命"的全面启动。图为八届十一中全会会场。

①《周恩来年谱（1949～1976）》下卷，中央文献出版社，1997年版，第43页。

组是"犯了方向、路线错误","是站在资产阶级立场上反对无产阶级革命"。

由于对"文化大革命""很不理解"以及会议的准备工作十分仓促,与会的大多数同志缺乏必要的思想准备。在会议开始后的头3天里,国务院一些部委和各大区负责人都无法就如何开展"文化大革命"提出系统的意见或建议,而是纷纷检讨自己"跟不上形势","犯了方向路线错误","仍然是很不理解、很不认真、很不得力",等等。为了加深与会者对运动的理解,8月1日,会议印发了毛泽东给清华附中红卫兵的复信。在8月4日举行的中央常委会上,毛泽东对派工作组提出了更加严厉的指责。他认为派工作组和在运动中强调党纪国法是"明明白白站在资产阶级方面反对无产阶级",这是镇压,是恐怖,这个恐怖来自中央,这些问题是方向性问题,是路线错误。他甚至插话中严厉地指责说:"牛鬼蛇神,在座的就有。"①

8月7日,会议印发了使大多数同志深感震惊的毛泽东的大字报:《炮打司令部——我的一张大字报》,②并附有聂元梓等7人的大字报。在这张大字报里,毛泽东从严厉批评工作组开始,最后实际上点明了发动这场运动的原因和目的。他写道,自6月上旬派工作组以来的五十天里,从中央到地方的某些领导同志,"站在反动的资产阶级立场上,实行资产阶级专政,将无产阶级轰轰烈烈的文化大革命运动打下去,颠倒是非,混淆黑白,围剿革命派,压制不同意见,实行白色恐怖,自以为得意,长资产阶级的威风,灭无产阶级的志气,又何其毒也!"由此,大字报引申到过去党中央领导层在社会主义建设问题上的争论,意味深长地提示说:"联系到一九六二年

◆ 1966年8月5日,毛泽东发表《炮打司令部——我的一张大字报》。

的右倾和一九六四年形'左'而实右的错误倾向,岂不是可以发人深醒的吗?"这里,虽然还未点名,但与会的中央委员实际上都已明了这是对在这一段时间里主持中央一线工作的刘少奇、邓小平等人的严厉批评。

毛泽东的大字报发出后,中央文革小组的陈伯达、康生、江青、张春桥、姚文元等纷纷发言或撰文表示拥护并加以发挥。江青在会上对《炮打司令部》解释道:"北京有两个司令部","一个是代表资产阶级的司令部,一个是代表无产阶级的司令部。"8月8日,返回北京仅两天的林彪接见了中央文革小组。他在讲话中表示:这场运动要弄得翻天覆地,轰轰烈烈,大风大浪,大搅大闹,这半年就是要闹得资产阶级睡不着觉,无产阶级也睡不着觉。自此,会议的原定议程、内容发生变化,转向揭发批判所谓的"资产阶级司令部"。尽管如此,由于刘少奇、邓小平等人在党内的地位以及调整时期有目共睹的成就,与会者的批判往往还是"不得要领",达不到要求。

从批判派工作组开始,追溯到1962年以来

---

①《刘少奇年谱(1898～1969)》下卷,中央文献出版社,1997年版,第648页。
②这份大字报写于8月5日。

党中央在工作指导方针上的某些分歧，提出在毛泽东为首的党中央之外，另有一个以刘少奇为首的资产阶级司令部，并号召炮打这个司令部，显然，这是完全缺乏事实根据的。以这张大字报的发表为标志，"文化大革命"的斗争锋芒更加明确、直接地指向了刘少奇、邓小平等中央一线领导。而且，自此以后，中央各党政部门和省市各级党政机关普遍成为被"炮打"、"炮轰"的各级"司令部"。

8月8日，全会通过了由中央文革小组起草、经毛泽东审定的《关于无产阶级文化大革命的决定》(即《十六条》)。《十六条》是当时指导"文化大革命"的一个纲领性文件，它对当时运动的形势作出了判断，对运动的目的、重点、依靠力量、方法等作出了比较具体的规定。《十六条》一开始就指出："当前开展的无产阶级文化大革命，是一场触及人们灵魂的大革命，是我国社会主义革命发展的一个更深入、更广阔的新阶段。""在当前，我们的目的是斗垮走资本主义道路的当权派，批判资产阶级的反动学术'权威'，批判资产阶级和一切剥削阶级的意识形态，改革教育，改革文艺，改革一切不适应社会主义经济基础的上层建筑，以利于巩固和发展社会主义制度。"《十六条》一再强调要"'敢'字当头"，放手发动群众，"充分运用大字报、大辩论这些形式，进行大鸣大放"，"不要怕出乱子"，"不能那样雅致，那样文质彬彬，那样温良恭俭让"，要"让群众在运动中自己教育自己"。它明确指出："这次运动的重点，是整党内那些走资本主义道路的当权派。"《十六条》认定，在这场运动中"一大批本来不出名的革命青少年成了勇敢的闯将"，"他们的革命大方向始终是正确的"，"党的领导要善于发现左派，发展和壮大左派队伍，坚决依靠革命的左派……彻底孤立最反动的右派，争取中间派。"《十六条》还提出，由群众选举产生的"文化革命小组、文化革命委员会和文化革命代表大会"，"是无产阶级文化革命的权力机构"。

《十六条》对于"文化大革命"的规定和要求，标志着当时党内关于社会主义条件下阶级斗争的错误认识进一步向系统化、理论化方向发展。它不仅确定党内已经出现了一个"资产阶级司令部"，这个"司令部"对1962年以来中国社会主义建设中出现的所谓"修正主义"倾向负有责任，而且提出通过直接发动广大群众，把党的各级领导排除在运动之外，用"革命"的方式向"走资派"夺权。同《五一六通知》一样，《十六条》也没有对"走资派"、"左派"、"右派"、"中间派"这些不论是在理论上还是在实践中都十分重要的概念提出明确的判别标准。虽然《十六条》也提出要区别两类不同性质的社会矛盾，"要用文斗，不用武斗"等等政策要求，但是运动性质本身决定了这些规定必定是软弱无力的，对"文化大革命"的发展难以产生什么约束力。而《十六条》中那些具有很大任意性的概念和助长过火斗争的号召，却在更大范围内引起了剧烈的、盲目的、人为制造的阶级斗争，造成了难以数计的冤假错案和严重的社会动乱。

根据毛泽东的提议，会议于8月12日临时增加了改组中央领导机构的议程。政治局常委由原来的七人扩大为十一人，增加了陶铸、陈伯达、康生、李富春。原中南局第一书记陶铸是由5月中央政治局扩大会议决定调任中央任书记处常务书记兼任中宣部部长的，但是他在进入政治局常委后不久就被排斥（后来被迫害致死),李富春不久后也被排斥。在政治局常委的名次排列中,林彪排在毛泽东之后,名列第二位;刘少奇则由原来的第二位降到第八位。全会没有重新选举中央副主席,但以后只有林彪被称为中央副主席,刘少奇、周恩来、朱德、陈云的副主席职务都不再提及。这些情况都是极不正常的。这次中央领导机构的改组,实际上取消了原来以刘少奇为代表的中央一线领导。会议期间和会后,刘少奇、邓小平等一些中央领导人相继受到批判。毛泽东"左"倾错误的个人领导实际上取代了党中央的集体领导。

同一天,会议通过了八届十一中全会公报。公报提出:毛泽东关于"文化大革命"的一系列指示,"是马克思列宁主义的一个重大发展","毛泽东同志天才地、创造性地、全面地继承、捍卫和发展了马克思列宁主义,把马克思列宁主义提高到一个崭新的阶段。毛泽东思想是在帝国主义走向全面崩溃,社会主义走向全世界胜利的时代的马克思列宁主义。"公报认为:"搞好这场文化大革命,关键在于信任群众,依靠群众,放手发动群众,尊重群众的首创精神。……要敢于革命,善于革命。不要怕出乱子。"公报还说:"全会认为,林彪同志号召人民解放军在全军展开学习毛泽东同志著作的群众运动,为全党全国树立了光辉的榜样。"

在八届十一中全会闭幕会上,毛泽东发表了重要讲话。与会议前一阶段的讲话及8月5日的大字报相比,这个讲话显得缓和一些。他说:这次会议所决定的问题,究竟是正确的还是不正确的,要看以后的实践;决定能不能实行,还要靠各级领导去做。他要求,对犯错误的同志总是要给他出路,要准许改正错误;不要认为别人犯了错误,就不许他改正错误,我们的政策是惩前毖后,治病救人,一看二帮,团结——批评——团结,等等。

八届十一中全会公报发表的当天,毛泽东来到党中央所在地的群众接待站,直接面对群众发出号召:"你们要关心国家大事,要把无产阶级文化大革命进行到底!"

8月13日,林彪在中央工作会议上讲话。他说,我们要大搞无产阶级文化大革命,用无产阶级思想代替孔孟之道、资产阶级思想和一切旧思想。"不要走过场,干脆大闹几个月,弄得人们睡不着觉"。"我们对干部要来个全面考察,全面排队","这次要罢一批人的官,升一批人的官,保一批人的官。组织上要有一个全面的调整。""我们对主席的指示,理解的要执行,不理解的也要执行。"

八届十一中全会及之后的中央工作会议期间,党中央领导层如此重大而突然的人事变动,以及运动中"不要怕出乱子"之类的号召,使许多与会者感到震惊、困惑和怀疑。他们被告知要批判刘、邓,但却很难理解这样做的原因,更难以把握在实际工作中贯彻执行的方法和尺度。正如《十六条》所说:"许多单位的负责人"对"文化大革命"是"很不理解、很不认真、很不得力"。尽管存在这种情况,经过1966年5月政治局扩大会议和八届十一中全会两次会议的发动,"文化大革命"还是在全国全面地开展起来了。1981年做出的《关于建国以来党的若干历史问题的决议》指出:"1966年5月中央政治局扩大会议和同年8月八届十一中全会的召开,是'文化大革命'全面发动的标志。"

四、批判"资产阶级反动路线"

"红卫兵"运动和大串连

红卫兵组织于1966年5月底成立后，因符合"文化大革命"发动的内在需要，虽经历了一点曲折，但很快就因势乘便，从1966年夏秋起迅速发展起来。在党的八届十一中全会上，毛泽东就清华附中红卫兵两篇宣扬"无产阶级革命造反精神"大字报致信他们，表示了对红卫兵革命造反精神的热烈支持。

8月18日，在首都举行有百万人参加的"庆祝无产阶级文化大革命"群众大会上，毛泽东醒目地穿着绿军装，首次在天安门接见来自全国各地到北京串连的红卫兵。毛泽东接受了一个红卫兵给他戴上的"红卫兵"袖章，表明他对红卫兵的支持。会上，他对林彪说："这个运动

◆ 1966年初，清华附中学生打起的第一面"红卫兵"旗帜。

规模很大，确实把群众发动起来了，对全国人民的思想革命化有很大的意义。"

在8月18日首都百万人集会上，林彪在讲话中说："我们坚决地支持你们敢闯、敢干、敢革命、敢造反的无产阶级革命精神。""我们要

◆ 来京串连的外省红卫兵在天安门广场演唱《造反有理》歌。

◆1966年8月18日，毛泽东在天安门城楼上首次接见来自全国各地的红卫兵。

47

打倒走资本主义道路的当权派，要打倒资产阶级反动权威，要打倒一切资产阶级保皇派，要反对形形色色的压制革命的行为，要打倒一切牛鬼蛇神。"他号召"我们要大破一切资产阶级的旧思想，旧文化，旧风俗，旧习惯"，"要扫除一切害人虫，搬掉一切绊脚石"。

"八一八"大会是红卫兵发展中的一件大事，也是推动"文化大革命"走向高潮的一件大事。大会实际上是对前一阶段红卫兵一系列暴烈造反行动的高度肯定，也是对刘少奇、邓小平等前一阶段领导运动的明确否定，它一下子就把红卫兵运动推向社会，推向全国。此后，以"红五类"①出身为主体的红卫兵组织在北京和全国各地纷纷建立，并迅猛扩展，在北京、继而在全国爆发了一场震惊世界的"红卫兵运动"。这场运动，是在理论纲领和中央人事上解决发动"文化大革命"问题之后，将"文化大革命"进一步推向

◆ 毛泽东在天安门城楼上向群众挥手。

全国的重要步骤。红卫兵也因此被称作是"文化大革命"的急先锋。红卫兵运动是"文化大革命"的产物，也是实现"天下大乱"从而使"文化大革命"得以迅速达到高潮的工具。

在"八一八"大会的鼓动下，按照自己对"反修防修"的理解，同时也为表现自己的"革命造反"精神，自8月下旬开始，北京红卫兵率先走上街头，破除"四旧"（即"旧思想、旧文化、旧风俗、旧习惯"）。他们将城市中表现所谓"封、资、修"内容的街道、商店、医院、学校的名称、标记、老字号等统统取缔或砸掉，换上被认为是体现"四新"（即"新思想、新文化、新风俗、新习惯"）内容的新名称、新牌号。如将"全聚德"烤鸭店改为"北京烤鸭店"，协和医院改为"反帝

---

① 即家庭出身为工人、贫下中农、革命干部、革命军人和革命知识分子的子女。

◆ 在林彪、江青等人的煽动下，红卫兵大破所谓"四旧"。图为红卫兵砸毁美术作品。

◆ 毛泽东走下天安门城楼，来到红卫兵之中。

医院"，前苏联驻华大使馆前的"扬威路"改为"反修路"，把长安街改为"东方红大路"，把王府井改为"防修路"，东安市场改为"东风市场"，东交民巷改为"反帝路"，如此等等。

红卫兵的狂热行为受到中央文革控制的舆论工具的高度赞扬。8月21日的《红旗》杂志评论员文章说：千百万红卫兵由学校走上街

头，形成一股不可抗拒的革命洪流，他们荡涤着旧社会留下来的一切污泥浊水，清扫着堆积了几千年来的垃圾脏物，他们是"革命的急先锋"，是"新生事物"，号召人们"擂鼓助威，鸣锣开道，高举双手，欢迎新生事物"。22日，中央转发了公安部的一个报告，"严禁出动警察镇压革命学生运动"。同日，新华社播发了北京红卫

1966

1976

◆ 原上海永安公司职工，在红卫兵的造反精神推动下，砸掉挂了48年的"永安公司"这块老招牌。

兵"大破四旧"的消息,并给予高度赞扬。8月23日,全国各大报均以"新华社二十二日讯"的形式在头版刊登了题为《无产阶级文化大革命的浪潮席卷首都街道,'红卫兵'猛烈冲击资产阶级的风俗习惯》的报道。《人民日报》同时发表了题为《好得很》和《工农兵要坚决支持革命学生》的两篇社论。8月29日,《人民日报》在题为《向我们的红卫兵致敬》的社论中说:"红卫兵上阵以来,时间并不长,但是,他们真正地把整个社会震动了,把旧世界震动了。他们的斗争锋芒,所向披靡。一切剥削阶级的旧风俗、旧习惯,都像垃圾一样,被他们扫地出门。一切藏在暗角里的老寄生虫,都逃不出红卫兵锐利的眼睛。"8月31日,林彪又亲自参加接见红卫兵的大会并发表讲话,表示支持红卫兵"破四旧"的行动。

这些本来就缺乏历史知识和社会经验、几乎没有什么政策法律观念的青少年,在一种盲目的革命狂热驱使下,在破"四旧"的过程中,更滋生和发展了一种无政府主义思潮。他们充满了幼稚的革命理想主义精神,被献身于世界革命的精神所鼓舞,具有很大的社会能量。但他们的思维方式简单甚至肤浅,崇尚种种极端的甚至是暴力的行为,很容易从一个极端滑向另一个极端。全国各地的红卫兵组织尽管在成员构成、组织形式乃至所持观点上各不相同,但它们都是摆脱各级党团组织领导、实现"天下大乱"需要的产物。这种特点决定了红卫兵必然要被某些阴谋人物所利用,自觉或不自觉地成为制造一系列更大动乱的工具。

中央领导和中央权威刊物如此热烈、坚定的肯定和鼓励,使那些原先往往还不那么自信的青少年更加冲动和狂热。红卫兵运动很快由

◆ 1966年8月至11月,毛泽东先后八次接见红卫兵,将红卫兵运动推向高潮。图为(右起)毛泽东、林彪、周恩来、江青、康生8月31日在天安门城楼上第二次检阅红卫兵。

北京蔓延到天津、上海、广州等全国各大中城市。"破四旧"运动在全国迅速推广,并且更加激烈和肆无忌惮,打人、砸物、抄家之风也因不受约束而愈演愈烈,造成极为严重的后果。与此同时,各地红卫兵还将千百年留存的文物古迹或捣毁或焚烧,造成一场空前的文化大破坏。全国重点文物保护单位山东曲阜孔庙、孔府、孔林遭砸、抄后,被毁文物达6000多件,其中国家一级文物70余件,珍版书籍1700余册①。更为严重的是,一些红卫兵还肆意冲击、查抄许多享有很高名望的民主党派领导人、民族宗

◆ 在林彪、江青的煽动下,红卫兵以破"四旧"为名,到处"造反",破坏文物和古迹。图为1966年8月23日,北京高等院校的红卫兵推倒了颐和园佛香阁里的菩萨。

---

① 《历史的审判(续集)》,群众出版社,1986年版,第17页。

◆ 红卫兵任意抄家,查封私宅。

◆ 抄家封门。

教界人士住地,甚至向民主党派机关团体下达无条件"解散"的"最后通牒"。

为借助红卫兵的力量将"文化大革命"之火迅速燃遍全国,9月初,中共中央、国务院发出关于组织外地师生来京参观"文化大革命"的通知,全国红卫兵纷纷涌入北京。同时,北京的红卫兵也奔赴各地"传经送宝"。到这一年11月,毛泽东在北京共计八次接见来自各地的红卫兵达1300万人。由此,"大串连"遍及全国城乡,"红卫兵运动"达到高潮。全国红卫兵大串连,不仅给铁路交通秩序造成严重混乱,工农业生产受到直接影响,而且更使"革命造反"的邪火到处燃烧,难以遏制。各级党、政机关及其主要领导人大都处于被责难、受冲击的地位,

以"怀疑一切"、"炮打一切"为主要标志的极左思潮泛滥全国,正常的生产、工作秩序已经难于保证。

"破四旧"所造成的严重后果,使社会各方面惶惶不安。为防止事态进一步恶化,《人民日报》于9月5日发表社论《用文斗,不用武斗》,其中传达了毛泽东有关"要用文斗,不用武斗"的指示。这一做法对红卫兵的极端行为产生了一

1966

1976

◆ 北京等地一万余名师生正在砸碎山东曲阜孔府"大成殿"的匾额。

◆ 外地红卫兵徒步赴京串连。

◆ 1966 年 8 月 16 日，中央文革小组组织召开"外地来京学生群众大会"，中央文革小组组长陈伯达对外地师生到北京上访表示支持，并鼓励北京学生到全国各地造反。图为大串连到省城哈尔滨的红卫兵连夜在新华书店购买《毛泽东选集》。

1966

1976

些暂时的约束。但既然要红卫兵充当"革命的急先锋"，更进一步地发动"文化大革命"，这种约束只能是相当微弱和暂时的。

10 月中央工作会议

党的八届十一中全会后，红卫兵运动席卷全国，"文化大革命"似乎轰轰烈烈地发动起来了，实际上，如此激烈、"彻底"的"革命"，仍未被大多数工人、农民、党团员和党内多数领导干部所接受，"很不理解，很不认真，很不得力"的情况依然普遍存在。红卫兵运动中，各地、各部门的党政领导机关和负责人，绝大多数被视为害怕"革命"甚至反对"革命"，几乎全部遭到"炮打"和批判。这不仅不能为广大领导干部所接受，并且也同《十六条》中所说干部中"好的"和"比较好的"是"大多数"这一论断相悖。违背常理的"革命"越发展、越"深入"，所遇到的抵

◆ 1966 年 9 月，周恩来耐心教育引导赴外地串连的北京中学生红卫兵，向他们宣讲政策和国家法律，尽力减轻大动乱对工农业生产和社会正常秩序的冲击和破坏。

触情绪和阻力也就越大。

为进一步解决来自党内高、中层对"文化大革命"的阻力，根据毛泽东的意见，中共中央在10月间召开了以批判"资产阶级反动路线"为主题的工作会议。参加会议的有各大区负责人，各省、市、自治区党委负责人和中央、国家机关党组织负责人。会议原定开7天，但由于多数与会者对运动仍然是"很不理解"，结果不得不开了近20天。它实际上是继5月中央政治局扩大会议和8月十一中全会之后，在党内高层对"文化大革命"的又一次再发动。这正如林彪在10月9日讲话中所说：现在我们需要总结一下这一个时期的经验，研究怎么样继续有力地贯彻十一中全会关于文化大革命的决定。

"资产阶级反动路线"的提法，在八届十一中全会实际上已经提出。当时把刘少奇、邓小平指责为"资产阶级反动路线"的主要制定者和推行者。这样，在党中央不仅存在一个"资产阶级司令部"，还有一条与正确路线相对抗的所谓"资产阶级反动路线"。1966年10月1日，林彪在国庆讲话中说："以毛主席为代表的革命路线，同资产阶级反对革命路线的斗争还在继续。"同一天出版的《红旗》杂志第十三期社论《在毛泽东思想的大路上前进》中，号召"对资产阶级反动路线必须彻底批判"。10月6日，首都红卫兵"三司"在北京召开有十万人参加的"全国在京革命师生向资产阶级反动路线猛烈开火誓师大会"，带头把"打倒资产阶级反动路线"的口号捅向全社会。

本来，路线问题特指党内的分歧和矛盾，既然是"资产阶级"的和"反动"的，就只能是党外的、两大对抗阶级之间的矛盾，就谈不上路线问题。这种违背形式逻辑的概念，正反映了

"文化大革命"的荒谬。它的出现，是"文化大革命"进一步升级的需要和产物。当时，中央领导层中是存在不同意见的。10月间，周恩来就曾为此专门找了毛泽东，表明党内历来提路线问题都是说"左"倾、右倾，并没有"资产阶级反动路线"这样的提法。之后，他又在多次接见群众代表的讲话中，反复强调了"资反路线"错误是认识问题，属于人民内部矛盾，表示不同意把刘、邓的问题公开化。

会议初期，由于大多数与会者仍然对"文化大革命""很不理解"，他们的发言或是文不对题、不得要领，或是流露出不满和牢骚，或是达不到中央文革小组所要求的高度。为扭转这种局面，10月16日和25日，陈伯达、林彪先后作主题发言，点名攻击刘少奇、邓小平，指责他们是资产阶级反动路线的提出者和代表人，并鼓吹群众运动"天然合理"。陈伯达在发言中解释什么是"毛主席的无产阶级革命路线"和"资产阶级反动路线"时提出：毛主席的革命路线，"是让群众自己教育自己，自己解放自己的路线"；错误路线则"是反对让群众自己教育自己、自己解放自己"。他在发言中点名批判了刘少奇和邓小平，说，党内路线斗争是社会阶级斗争的反映。刘、邓的错误路线的社会基础主要是资产阶级。在刘少奇、邓小平已经基本停止工作两个月后，陈伯达居然声称"两条路线的斗争还在继续，而且还会经过多次的反复"，这更使与会者感到疑惑与震惊。陈伯达在讲话中还对已经使社会陷于动乱的红卫兵运动大加赞扬："伟大的红卫兵运动震动了整个社会，而且震动了全世界。红卫兵运动的战果辉煌。可以无愧地说，整个文化革命运动，比巴黎公社，比十月革命，比中国历来几次大革命的群

1966

1976

众运动,都来得更深刻,更汹涌澎湃。这是国际上更高阶段的无产阶级革命运动。"

林彪在讲话中对"文化大革命"作了高度评价:广大群众轰轰烈烈,收获很大,尤其是政治上的收获;党内揪出了一批走资本主义道路的当权派,社会上搞臭了很多资产阶级的反动"权威",还挖出了很多潜藏的反革命分子、坏分子,但最主要的是在思想上,确实触及了人们的灵魂;这个运动在世界上树立了史无前例的榜样,对于反对修正主义,中国这种做法很有示范的作用。他又说:"几个月来文化大革命的情况是两头的劲很大,中间就有一点劲头不足,中间甚至还有一点顶牛";"一直到这次会议以前,我看还是这样的情况"。"一个是群众路线,一个是反群众路线。这就是我们党内两条路线的尖锐对立。"

在林彪、陈伯达的讲话中,贯穿着一条鲜明的主线,这就是颂扬"文化大革命"的成就和意义,鼓吹群众运动"天然合理",这是为否定党的领导、煽动无政府主义、制造"天下大乱"提供的重要依据。事实上,广大干部群众并没有参加这样一场"大革命"的要求和热情,真正赢得多数群众拥护的,倒是坚持党的领导、坚持执行党的各项政策、批评和制止混乱局面的正确领导和主张。林、陈把坚持党的领导的作法斥为"资产阶级反动路线",别有用心地大肆称颂群众"自己教育自己"、"自己解放自己",实际上不过是"运动群众"和愚弄群众。在这种"天然合理"的群众运动中,群众是不可能成为运动的主人的。

中央工作会议期间,刘少奇、邓小平二人按照毛泽东《炮打司令部》的口径,被迫作出书面检查。他们虽然不得不承认工作组犯了"方

向性"、"路线性"错误,但坚持认为工作组的绝大多数同志是好同志,在这段工作中所犯错误主要责任不应由他们来负担,而应由自己来负担。他们均表示,"文化大革命"中,在中央领导同志中,在全党范围内,代表资产阶级反动路线的只有他们两人,自己承担所犯"路线错误"的责任。毛泽东对刘、邓二人的检查均表示认可。他在刘少奇检讨初稿上批示认为"基本上写得很好,很严肃,特别是后半段更好"。

10月24日和25日,毛泽东在会上表示,"文化大革命"这个火是我放起来的。时间很仓促,只几个月。跟二十八年的资产阶级民主革命,十七年的社会主义革命比较起来,这个文化革命不到半年。不那么通,有抵触,这是可以理解的,是自然的。他说:"把刘、邓的大字报贴到大街上去不好,要准人家革命,不要不准人家革命。叫学生们把鲁迅的《阿Q正传》看一看。""对刘、邓要准许革命,准许改,说我和稀泥,我就是和稀泥。"[1]会上,当康生恶意地说刘、邓在党的八大所做报告有"阶级斗争熄灭论"时,毛泽东表示:"我们都看了的嘛,大会通过了的,不能单由刘、邓负责。"[2]

10月25日,中央工作会议结束。林彪在大会上讲话时,再次对"文化大革命"进行了高度评价。他说:"革命的群众运动,它天然是合理",几个月来的运动"收获很大"。他还说:"我们应该不要怕出点乱子,应该敢字当头。否则,我们就要犯政治上的大错误。"毛泽东的讲话同他在八届十一中全会闭幕时的讲话一样,显得平和、宽容。他肯定了红卫兵造反行动,但侧重点却在缓和党内矛盾方面。他表示,北京的问题,到现在可以说基本解决了。"无非是犯一些错误,那有什么了不起的呀?路线错误,改

①《刘少奇传》下卷,中央文献出版社,1997年版,第82页。
②《建国以来毛泽东文稿》第十二册,中央文献出版社,1998年版,第147~148页。

了就好。谁人要打倒你们呀？我是不要打倒你们的，我看红卫兵也不一定要打倒你们。""你们过不了关，我也着急呀。时间太短，可以原谅，不是存心要犯路线错误，有的人讲，是糊里糊涂犯的。也不能完全怪刘少奇同志、邓小平同志。他们两个同志犯错误也有原因。"①

周恩来在10月28日总结性的讲话中提出，"文化大革命"是否可以设想一个时间表，各省、市委机关的运动，设想春节前后告一段落。他指出，红卫兵还是一种学生的组织，学校以外的农村生产队、城市的工矿企业、机关团体一般不组织红卫兵。他还说，做梦也没有想到这么大的局面，深感跟不上主席。只有共产党才能领导。周恩来还谈到他在与红卫兵谈政策时提出，罢官你们可以提议，但不能罢，你们自己的领导可以换，党和国家的各级领导不能罢官。不能搞扣人、抄家，也不要打人和体罚。②

当时，虽然"文化大革命"已经如火如荼地发动起来，虽然已经提出了诸如"打倒资产阶级反动路线"一类的口号，但在毛泽东看来，刘、邓虽然犯了错误，但仍然是党内的问题，是批评教育的问题。而且，在经过近半年运动后，到中央工作会议结束，他心目中的"两个司令部"问题已经基本解决了。这是当时毛泽东对"文化大革命"和刘、邓的基本看法，也是他与江青、康生等人最大的区别之一。基于这样一些基本认识，毛泽东估计文化大革命再搞两个五个月或更长一点时间就可以结束。但是，他没有想到，像"文化大革命"这样的运动一经发动起来，它就会超出人们——甚至是其发动者的想象和规划，在一系列巨大的破坏和动荡中按照其内在的规律向前发展。运动并没有在两个五个月后结束，而是持续了十年之久。实践

证明，民主不能在动乱中实现。"天下大乱"不仅不能消除我们党和国家肌体中确实存在的阴暗面，反而由于对党和国家根本秩序的破坏，给社会主义事业造成极大损失，使原有的阴暗面大大增长，并给野心家、阴谋家篡夺党和国家的领导权造成了可乘之机。

10月中央工作会议后，陈伯达、林彪在中央工作会议上的讲话大量印发，实际上是把刘少奇、邓小平的"问题"进一步在社会上扩散和公开，而这种扩散又必将导致对刘、邓批判的升级。在批判"资产阶级反动路线"的号召下，各级党政领导机关和领导普遍受到更为强烈的冲击，维持社会秩序的权威急剧下降，无政府主义思潮和行动横行无忌，全国性的动乱进一步发展。10月中央工作会议通过对"资产阶级反动路线"的批判，实现了对"文化大革命"的又一次发动，并引发了全国动乱的又一次升级。

"踢开党委闹革命"和"抓叛徒"风潮

1966年10月5日，也就是在公开提出"批判资产阶级反动路线"后第四天，根据林彪提议，中央军委、总政治部发出《关于军队院校无产阶级文化大革命的紧急指示》。这个《紧急指示》，实际上是由中央文革小组的陈伯达、江青、康生、张春桥等人直接参与起草的。其基本点是：军队院校要和地方院校一样开展"文化大革命"，原来党委领导运动的有关规定一律取消。这就在实际上宣布了取消党对运动的领导。同日，中共中央转发了《紧急指示》，认为该文件"对于全国县以上大中学校都适用"，应"坚决贯彻执行"。

在运动中要不要党的领导以及如何实现

---

①《建国以来毛泽东文稿》第十二册，中央文献出版社，1998年版，第147～148页。
②《共和国史记》第三卷（上），吉林人民出版社，1996年版，第149页。

毛泽东
时代的
中国
MAOZEDONGSHIDAIDEZHONGGUO

这种领导，这是自6月初"文化大革命"全面发动开始，从上到下激烈争论的一个重要问题。批判"资产阶级反动路线"和《紧急指示》的提出，实际上是以否定各级党的领导的结局，结束了这场斗争。如果说，以批判"资产阶级反动路线"为主旨的10月中央工作会议为进一步克服"文化大革命"的阻力提供了理论依据，那么，《紧急指示》则是给否定党的领导、"无法无天"提供了合法依据，其目的都是要造成一种"天下大乱"的局面，为"文化大革命"开辟道路。《紧急指示》的中心思想马上被造反派准确地概括为"踢开党委闹革命"，并以狂热的形式推向全国。

正是在这种"天下大乱"思想指导下，从北京到全国，从军队到地方，到处出现"炮打"、冲击党政军机关的局面，到处发生揪斗、围攻各级领导干部的事件。10月18日，清华大学和北

1966

1976

◆"文革"期间国内出现了"打倒一切，全国内战"的动乱局面。图为某大学校园内贴出的所谓"横扫一切牛鬼蛇神"的大字报。

◆ 1966年12月25日，清华大学红卫兵在天安门前游行时，公开打出"打倒刘少奇"、"打倒邓小平"的标语。

京街头出现"打倒刘少奇"的标语口号。11月8日，北京大学聂元梓等人贴出攻击邓小平的大字报。与此同时，国防部也遭到军事院校学生的多次冲击。而在地方，在各省、市、自治区直至基层，情况更加严重。

10月底，长春市几百名学生冲入中共吉林省委机关大楼，抢走材料，砸坏办公室，绑架工作人员，使整个省委机关陷于一片混乱。省委书记处及其常委办公会议不得不从即日起转入"地下"办公。

11月初，济南市发生冲击中共山东省委召开的传达中央工作会议精神的全省三级干部大会的事件。济南军区第一政委、省委书记谭启龙被扣以"推行资产阶级反动路线"的罪名，当场被红卫兵押往北京批斗。

11月中下旬，中共安徽省委书记李葆华、李任之二人因连日遭北京学生和本地造反派围攻，致使身体不支，神志恍惚。经周恩来急令制止，方放回家中。

11月中旬，在江青、陈伯达、张春桥等授意下，聂元梓率人前往上海"点火"。聂等人不顾周恩来一再提出的"上海市委是革命的"明确

意见，在上海掀起一股矛头指向上海市委的浊浪，使市长曹获秋等领导人遭受人身迫害，市委机关陷于瘫痪。

12月初，中共天津市委领导表示，中央工作会议之后，市委领导干部根本没有坐下来很好地学习。现在领导层思想很乱，有许多工作推不动，处于应付状态。几天后，中央文革的一份材料中就认为天津市委领导核心"处于瘫痪状态"。

12月下旬，华东各省、市造反派在上海召开"批判资产阶级反动路线大会"，各地造反派攻击的矛头全都指向当地党政主要领导人。如福建对准叶飞，江苏对准江渭清，浙江对准江华，江西对准方志纯，等等。

在批判"资产阶级反动路线"的浪潮中，各地还出现了"抓叛徒"的活动。其中最有影响的是揪所谓"六十一个叛徒集团"事件。这一事件，对于打倒从中央到地方的一大批领导干部，直至制造刘少奇冤案，都起到了直接、特殊的作用。早在1966年8、9月间，康生就提出，他对1936年主持北方局工作的刘少奇决定要安子文、薄一波等人"自首出狱"的事情"长期怀疑"，并认定"这一决定是完全错误的，是一个反共的决定"。11月下旬，当红卫兵提出六十一人之一的刘澜涛出狱问题时，周恩来即致信毛泽东，明确提出：六十一人出狱之事，"当时确为少奇同志代表中央所决定，七大、八大又均已审查过，故中央必须承认知道此事。"经毛泽东同意，周恩来以中共中央名义起草给西北局

◆ 1966年12月，周恩来和受他保护的陶铸（右一）、陈毅（右三）、贺龙（右四）在批斗大会上。在一片动乱中，周恩来尽最大努力制止林彪、江青一伙挑动红卫兵和群众批斗党政军领导干部的行为。

电报，要求红卫兵"不要在大会上公布和追查"这件事。然而，在康生等人的怂恿、支持下，红卫兵不仅没有停止和纠正"抓叛徒"的行动，反而将此风推向全国，甚至还对历史上国民党伪造的"启事"信以为真，把矛头指向周恩来。"抓叛徒"活动人为地造成许多冤假错案，大批久经考验的党的干部因此蒙冤受屈，以致身陷囹圄，受到残酷的迫害打击。

溢出文化领域的"文化大革命"

按照字面上意义理解，"文化大革命"并不涉及工农业生产领域。《五一六通知》中，把"文化大革命"的内容设定为主要是在文化、教育等领域里进行。八届十一中全会通过的《关于无产阶级文化大革命的决定》中，明确规定"文化大革命"的重点是"大中城市的文化教育单位和党政领导机关"。但是，"文化大革命"这样

毛泽东
时代的
中国
MAOZEDONGSHIDAIDEZHONGGUO

的运动的一个鲜明特点，便是其任意性和不确定性。随着对刘少奇、邓小平批判的升级，随着提出批判"资产阶级反动路线"，随着"踢开党委闹革命"之类口号的提出，"文化大革命"就像高温下的一锅牛奶，爆发式地溢出文化领域，以狂暴的形式向工业、农业等各个领域迅速发展。10月中央工作会议是"文化大革命"发展、升级的一个重要转折点。自此，动乱所带来的破坏不再仅仅局限于文化、教育领域和党政领导机关，而是波及到关系国计民生的各行各业，演变为一场"政治大革命"，造成的破坏和损失也就更为严重。

《十六条》认为："只要充分发动群众，妥善安排，就能够保证文化革命和生产两不误，保证各项工作的高质量。"然而，"文化大革命"发展的实际情况，却一次次突破《十六条》的设想。运动中，"革命"与生产之间种种不可调和的矛盾，随着运动的深入而日益尖锐。红卫兵大串连造成了全国铁路交通秩序严重混乱的局面，运动扩展到工农业使各级生产指挥机关在各种冲击下濒于瘫痪，经济建设面临严重困难，"革命"给工业生产带来的灾难性后果已经是有目共睹的事实。某省一个县在8月22日召开"点火"大会、提出"炮打司令部"之后，县委书记和县长当场被批斗。到9月2日止，全县21个公社中，已有11个公社开始"炮打司令部"，公社和大、小队干部大多数已被斗了。在这种情况下，不少社队干部出走，有的不知下落，生产无人负责了。

因为违背了党心和民意，违背了历史发展的方向和进程，"文化大革命"在其发动阶段不能不面临着这样一种深刻的矛盾：越是"深入"发展，遇到的矛盾、阻力就越大、越多。这种阻

力除了大量表现为广大党员、干部、群众的"很不理解"、"很不得力"外，还突出地表现为一些逐渐发展和加强起来的理性思考，以及由此支配的某种程度上的自觉或比较自觉的抵制。

10月中央工作会议之后，刘少奇、邓小平已无法继续在中央的工作。面对严重动乱的形势，在中央和国务院负责日常工作的周恩来等老一代革命家忧心忡忡，在十分困难的条件下，采取不同的方式对"文化大革命"进行着抵制和抗争。在批判"资产阶级反动路线"的浪潮中，周恩来努力向红卫兵说明，路线问题只是表现在一些具体问题上，而且时间也不长，在八届十一中全会上已经解决。他对"路线斗争"的这种解释，显然不同于当时压倒一切的主流认识。他还对红卫兵"打倒一切"的做法提出了严厉的批评，希望他们遵照毛泽东"团结一切可以团结的人"的指示，要注意政策，等等。

11月13日，中共中央军委副主席陈毅、贺龙、徐向前、叶剑英等在军队院校师生大会上讲话。陈毅说："作路线斗争要识大体、顾大局，要团结——批评——团结，惩前毖后、治病救人"，"我不赞成现在的逐步升级，不是口号提得愈高愈好。'工作组就是资产阶级反动路线，搞资产阶级反动路线就是反革命'，这就是错误的，就是逐步升级。搞校党委不过瘾，还要搞部长，现在还要搞副总理"，"搞路线斗争要有一定限度，有多大错误，作多大估计，不要一味扩大"。徐向前说，希望你们从国家最高利益出发，从大局出发，保证部队领导和领导机关能很好地指挥部队。叶剑英在讲话中说："我们要按毛主席的指示办事，允许人家犯错误，要允许人家改正错误。有少数人，有的干部心脏病都发了，倒下了，还要抓人家斗，还不让人家

◆ 1967年初,在张春桥、姚文元策划下,王洪文等人夺了上海市的党政大权,刮起所谓"一月革命"风暴。此后,各地"造反派"纷纷效仿,夺取地方党政领导机构的权力,许多地方发生武斗。

走。我对这件事很愤恨!这些人没有无产阶级的感情,不是无产阶级的军人。"[1]他们还在军内另一些场合批驳了"文化大革命"以来的种种极端作法,严厉抨击无政府主义给军队工作带来的恶劣影响。他们强调:"人民解放军不能乱,一定要有秩序",不能一味搞斗争、搞扩大、升级,不要简单化;反复申明,军队不能乱,要保持战斗状态,不要冲击军委、国防部等领导机关,不要揪住工作组不放,不能搞解放军打解放军。这些言论一度扼制了在军队内部一些单位膨胀起来的无政府主义和极左思潮,在社会上引起了强烈的反响。

随着"批判资产阶级反动路线"的升级,在广大群众中,也出现了一些质疑中央文革小组直至"文化大革命"本身的思潮和组织。从1966年11月下旬起到12月,主要是在北京和上海等地,出现了一股质疑"文化大革命"、反对中央文革的思潮和活动。在北京,全国著名劳动模

范时传样为首的群众组织公开表明不同意对刘少奇的批判。北京农学院附中两个高三学生以伊林·涤西为笔名,在清华大学贴出题为《致林彪同志的公开信》,批评林彪9月18日接见高等军事学院、政治学院、总政宣传部负责人时所宣传的两个观点,即:"毛主席比马克思、恩格斯、列宁、斯大林高明得多","马克思、列宁的书太多,读不完。他们离我们又太远,在马克思列宁主义的经典著作中,我们要99%地学习毛主席著作"。北京矿业学院红卫兵总部联络十几个院校相同观点的红卫兵组织,组成"批判戚本禹联络站",反驳戚本禹指责他们是"保皇派"。北京航空学院的"八一纵队"连续贴出《三问中央文革》的大字报,质问中央文革为什么只支持少数派,为什么揪着工作组不放。此事被说成是"升起了大规模炮轰中央文革的第一颗信号弹"。北京航空学院另一群众组织也贴出题为《也问中央文革》的大字报,批评中央文革纵容少数派压多数派。北京林学院有人在题为《踢开中央文革小组,紧跟毛主席闹革命》的大字报中,明确指出中央文革小组执行了一条"左"的路线,"中央文革挑动群众斗群众"。此外还有一些大字报点名批判陈伯达、江青、关锋、戚本禹的一系列讲话。11月27日,北京一些"老红卫兵"成立与"首都三司"等造反派对立的"首都红卫兵联合行动委员会"(即"联动"),公开表示反对批判"资产阶级反动路线",反对中央文革小组,反对造反派红卫兵特别是其代表"首都三司",等等。在全国各地

① 《共和国史记》第三卷(上),吉林人民出版社,1996年版,第152页。

以不同形式出现的类似现象，被中央文革和造反派指责为"11月黑风"、"炮打无产阶级司令部的黑风"。其实，正是这股在10月中央工作会议之后出现的"黑风"，深刻地反映了广大干部、群众对"批判资产阶级反动路线"的不满与抵制。

狂热的造反风潮严重地干扰了整个国民经济的正常运行。为维持正常的工作、生产秩序，周恩来、陶铸、李富春等利用一切场合说服和制止造反派的极端行为，竭尽全力减轻"革命"对生产的破坏。他们利用"抓革命，促生产"的口号，突出其"促生产"的一面，要求广大群众不要因"革命"而耽误生产，不要因运动而耽误国民经济的正常运转。9月上旬，《人民日报》发表体现周恩来等观点的《抓革命，促生产》社论，提出要"一手抓革命，一手抓生产，保证革命和生产两个不误"。之后，在周恩来主持下，经毛泽东批准，党中央于9月14日发出《关于"抓革命、促生产"的通知》(即"工业六条")和《关于县以下农村文化大革命的规定》(即"农村五条")两个文件。在这两份文件中，都明确提出要加强党的领导，恢复和加强已陷于瘫痪的领导机构，停止串连，坚守岗位，保证完成好本地区、本单位的生产任务，不搞"群众罢官"，坚决执行党的各项政策，等等，试图对扩展到工农业生产领域的"文化大革命"的势头加以约束。社论和文件对战斗在工业、农业战线的广大党员、基层干部和工人、农民以鼓舞，给了他们抵制动乱的武器。

但进入10月份以后，"彻底批判资产阶级反动路线"和"踢开党委闹革命"的风潮骤起，无政府主义开始严重影响和干扰整个国民经济的正常运行。在这种情况下，《人民日报》于11月10日又发表经周恩来审定的社论《再论

抓革命，促生产》，意在限制"革命"，保障生产。但是，由于"文化大革命"的"深入"发展，这些努力已经很难发挥作用了。就在同一天，最大的工业城市上海发生了由王洪文等人策划的工人卧轨拦车事件(即"安亭事件")。11月初，上海一些工厂的造反派代表串连筹建"上海工人革命造反总司令部"(即"工总司")，对此，上海市委根据中央关于工矿企业不要成立跨行业组织的规定，对"工总司"未予支持、承认。上海市委的态度被"工总司"王洪文①等人视为"压制革命造反"、"资产阶级反动路线对工人的迫害"。11月10日凌晨，王洪文率两千余人冲入上海北站强行登车，声称要赴京请愿。列车行至上海附近安亭站被阻留。为此，王洪文煽动工人卧轨断路，造成沪宁线全线中断30多个小时的严重事件。在处理"安亭事件"过程中，中央文革小组副组长张春桥公然置周恩来、陶铸以及中共中央华东局、中共上海市委的正确意见于不顾，擅自发表肯定"安亭事件"的言论，并承认以王洪文等人为首的"工总司"是合法组织。之后，毛泽东也同意了张的处理意见。这样的结局，实际上等于承认了由产业工人组织"造反"、"夺权"，工矿企业和学校一样搞"停产闹革命"的合理性和合法性。

"安亭事件"之后，全国工矿企业里的"文化大革命"很快冲破原有的各项规定，迅速地发展起来。一些工人除在厂矿企业里组织造反队伍、批斗各级干部外，也开始走向社会，与其他各方面的造反派结合起来，批判、冲击各级党政领导干部和机关。工矿企业要不要开展"文化大革命"和怎样开展"文化大革命"的问题，越来越尖锐地摆在中央领导层面前。

"文化大革命"自发动以来，党中央一直强

---

① 时为上海国棉十七厂保卫干部，"工总司"主要成员之一。

调运动不能冲击生产和其他各项工作，希望"抓革命"能真正"促生产"。1966年7月间，当时主持中央日常工作的刘少奇、邓小平曾先后两次主持制定有关确保工交生产内容的文件下发。八届十一中全会后，刘、邓二人不再主持工作，周恩来等人在十分困难的局面下，挑起了维持正常秩序，确保经济工作正常运行的重任。他们制止造反派的过激行为，竭尽全力阻止动乱向工矿企业和广大农村蔓延，这不能不引起中央文革小组的强烈不满。江青等人污蔑主持国务院日常工作的周恩来是"救火队长"，协助周恩来抓经济工作的国务院其他领导人是"救火队员"，还多次攻击周恩来等是"用生产压革命"，公然声称"文化大革命"中存在着"新文革与旧政府的矛盾"。

11月17日至12月23日，全国计划、工交会议在北京召开。会议讨论了工业交通企业"文化大革命"运动和生产中迫切需要解决的问题，以及1967年国民经济计划的安排。会议期间，与会者一一陈述了运动给工交企业造成的混乱，表示了极大的不安。11月中旬，中央文革小组提出一份关于工交系统开展"文化大革命"的文件稿，其中明白地写有"允许工厂成立造反派组织"、"允许学生到工厂串连"等条款。这些内容当然不能被周恩来等人所接受。为此，经周恩来同意，决定在此次会议期间再召开有重点工业省、市和国务院有关部门负责人参加的工交座谈会，讨论中央文革的文件稿。座谈会上，对几个月来工交企业受冲击、遭破坏有着切身体会的领导干部群情激愤，纷纷以事实批驳中央文革小组的意见稿。他们尖锐地指出，对工交系统的形势应有一个正确的估计，认为"工业战线还是高举毛泽东思想伟大

红旗的"；开展运动应当坚持党的领导，工交企业不能"停产闹革命"，不能建立群众造反组织；运动只能在业余时间进行，学生不能到工厂串连，不论怎样搞运动，生产一定要搞好，等等。这些意见归结到一点，就是不赞成工交系统搞运动。根据讨论的结果，草拟了工交企业进行"文化大革命"的若干规定。

会议中，周恩来指示：组织成立国务院业务组管理经济工作，抓工交企业的生产。他指出，工交战线搞"文化大革命"运动必须充分考虑工交企业的特点，要保证生产活动的正常进行。因此应当强调：工交战线搞"文化大革命"必须在党委领导下进行；运动必须分期分批进行；坚持业余闹革命；不得擅自离开工作岗位，不搞跨地区的串连，等等。根据他的指示精神，国务院业务组组织有关部门起草了《工业交通企业进行文化大革命的若干规定》（即《十五条》）。

工交座谈会期间，与会人员对于中央文革小组所提主张众口一词地激烈批驳，反映出党内高、中层领导干部对于"文化大革命"给经济工作造成的严重后果所表示的强烈不满和不安。出于对党、对国家、对人民利益的高度责任感，他们不是以当时报刊上的宣传、鼓动为依据，而是以是否有利于国计民生为尺度，不随波逐流，奋起向"左"倾错误和极左思潮的煽动者进行抵制和斗争，成为"文化大革命"初期党和人民对"左"的错误和极左思潮的一次重要抗争。

但是，这次正义的抗争却被林彪和中央文革小组两股势力联合压制下去。12月初，林彪主持召开政治局扩大会议，讨论工交座谈会并通过了《工业十条》。江青、康生、王力等人在会

时代的中国
MAOZEDONGSHIDAIDEZHONGGUO

1966
▼
1976

上对谷牧等工交系统的领导人进行了激烈的批判，给他们扣上了"反革命"、"修正主义"的帽子，说工厂的问题比学校还严重，指责《工业十条》"就是不要搞'文化大革命'"。王力甚至把批判的矛头指向了刚刚调任中央工作不久、在政治局常委中名列第四的陶铸，指责他用生产压革命。林彪在总结讲话中武断地下结论说：工交座谈会"是错误的"，"需要来一个一百八十度的大转变"。他提出：这次大革命是个大批判运动，对全国、全党是个大批判、大审查、大教育，是批判干部的运动。他还说："文化大革命"开始搞学术界，现在进入工人、农民，进入全社会，要席卷全国，要渗透到每个领域。他又说：我们不能把文化大革命的成果单是落在生产上，如果我们完全从生产收获的多少来论文化大革命的成败，那是大错特错的！这种论点，同张春桥在处理"安亭事件"时提出的"如果工厂文化大革命不搞，即使导弹上了天，卫星上了天，生产大发展，中国还会变颜色"（这即是张春桥后来所谓"卫星上天，红旗落地"的最早说法。）的说法一脉相承，如出一辙。这种最为典型的"文化大革命"语言，道出了这场"革命"理论基础的核心。

12月4日至6日，中央政治局扩大会议在京举行。会议批判和否定了全国工交会议起草的《工交企业进行文化大革命的若干规定》（即《十五条》），制定了反映中央文革小组关于工交企业开展"文化大革命"条款内容的《关于抓革命、促生产的十条规定（草案）》（即《工业十条》）得以通过、下发。不久，类似工业十条的《关于农村无产阶级文化大革命的指示（草案）》（即《农村十条》）也以中共中央名义下发。这两个文件的发出，标志着"文化大革命"开始全面地、

合法地进入工农业生产领域，这是运动又一次重大升级、导致"天下大乱"的又一个极其严重的步骤。工交座谈会之后，在许多问题上坚持正确主张的陶铸受到内部点名批判，其他各地、各部门主管生产的领导干部受到更大的压力。这正如当时《红旗》杂志的一篇社论所说："目前形势的一个重要特点，就是广大的革命工人群众起来投入了无产阶级文化大革命运动，革命的学生同工人群众相结合，出现了新的开端。"[1]

这个"新的开端"标志着严重的动乱迅速地扩展到文化、科教领域外更为广大的范围，动乱和破坏随之迅速升级。

"革命"，还是破坏？

从1966年8月至12月，在短短几个月的时间里，经过几次发动，"文化大革命"确实被"全面发动"起来了：到处是"炮轰"、"打倒"的口号，到处都有游行示威的队伍，到处都有"走资派"、"黑帮"、"叛徒"被揪出来，到处都有专家、学者被批斗、游街甚至毒打，到处都有狂热的红卫兵小将在造反、串连，到处都可以看到"横扫四旧"留下的一片狼藉……在"革命"、"造反"的旗号下，文明道德被弃之不顾，党纪国法一朝废弛。上至国家主席、开国元勋，下到生产队长、车间主任以至街道居委会干部，大批党政军领导干部或遭批斗，或"靠边站"，各级党组织和政府部门大都陷于瘫痪、半瘫痪状态。"文化大革命"的狂涛猛烈冲击着国家政治、经济生活的各个角落，人们工作生活无序，整个社会动荡不安。

"文化大革命"的全面发动，使党和国家的

---

[1] 1966年《红旗》杂志第15期社论：《夺取新的胜利》。

各项政策、制度遭到全面破坏。

在组织和干部方面，一批久经考验的革命家、各级党和国家的领导干部，因各种"罪名"而被"炮打"、受批判，实际上剥夺了他们继续工作的权力。党经过长期历史经验总结出来的一整套行之有效的干部政策和组织制度被践踏、被丢弃，一大批党在各个时期培养、教育出来的干部被当作敌人对待。同时，这种前所未有的"怀疑一切"、"炮打一切"的做法本身，也是对建国以来包括建国前党的工作及其取得成绩的一种否定。

在统战工作方面，由于"红卫兵运动"的冲击及其他政治上的压力，在中国革命和建设中长期与中国共产党风雨同舟、结成"长期共存、互相监督"亲密合作关系的八个民主党派①、无党派人士和爱国民主人士，或机构停止办公，或中断外界联系，不少民主党派领导人和著名人士受到冲击、批判，一些人被抄家。与此同时，党的统战政策被任意解释、歪曲，各级政治协商制度也已不复存在。

在民族宗教方面，党的有关政策也被严重

◆ 北京市红卫兵将费多罗维等 8 名修女驱逐出境。

破坏。在破"四旧"当中，一些少数民族的风俗习惯、宗教礼仪等，一概被斥为"封、资、修黑货"和"精神鸦片"而被勒令"取缔"，赛福鼎、乌兰夫、班禅等一批少数民族的领导人也遭诬陷迫害。一些地区民族关系紧张，党的民族区域自治政策受到损害。

在知识分子政策方面，党在知识分子工作方面的方针政策几乎丢弃殆尽，广大知识分子包括建国后培养的大批专业人才被扣上"资产阶级知识分子和技术权威"、"臭老九"的帽子，列为打击、批判、改造的对象。由于"停课闹革命"，使得教育停滞，研究中断，专业荒疏，造成人才接替发生断层的难以弥补的损失。

在文艺政策方面，更是受到所谓"革命文艺理论"的扫荡，大批建国以来创造出的优秀文艺作品（包括建国前的许多好作品）几乎全部被否定、被批判。各文艺部门、团体、院校或被取消，或停止活动，各类专业人员横遭打击迫害，有的文艺界著名人士被斗身亡。

在外交政策方面，建国以来的外交路线、方针也受到空前严重的干扰，一些领导人被指责为"三和一少"②、"三降一灭"③路线的制定者

1966

1976

◆ 江青与叶群指使吴法宪、江腾蛟派人查抄上海文艺界人士赵丹、郑君里、童芷苓等人的家。图为当时上海市委出版的"文化大革命动态"上关于这次抄家的材料。

---

①即中国国民党革命委员会、中国民主同盟、中国民主建国会、中国民主促进会、中国农工民主党、中国致公党、九三学社和台湾民主自治同盟。

②即对帝国主义、修正主义、各国反动派要"和气"，对亚、非、拉人民革命斗争的支援要"少些"。

③即"投降"帝国主义、修正主义和各国反动派，"扑灭"各国人民革命和民族解放运动。"三降一灭"，是康生对"三和一少"说法的进一步拔高。

和推行者。外事部门和驻外机构也按照"革命化"要求开展"四大"，使正常的外交业务工作难以开展。在对外宣传上，更是不顾实际情况，搞"输出革命"，强加于人，损害了党和国家的声誉。

此外，党的农业、商业、手工业和合作的经济政策及其相关的一些制度、法规等，也都受到不同程度的冲击和破坏。

但是，由于"文化大革命"发动的时间不长，运动初期对经济工作的影响还带有某种局部的性质，20世纪60年代初以来，国民经济的调整已经打下较好的基础，农业生产一直稳步增长，多年来行之有效的经济政策和规章制度还在发挥作用，广大干部、群众尽可能地抵制动乱、坚守生产和工作岗位，因此，至1966年底，整个工农业生产仍然得到较大幅度的增长，完成或超额完成了国家计划，城乡人民的生活暂时没有受到明显的影响。例如，社会总产值达到3062亿元，比1965年增长13.6%。工农业总产值按当年价格计算，达到2534亿元，超额10.2%完成年度计划，比上年增长13.4%。其中，农业总产值达到910亿元，超额完成年度计划的6.8%，比上年增长9.2%；工业总产值达到1624亿元，超额完成年度计划的11.5%，比上年增长15.8%。工农业主要产品产量有了较大的增长。可惜的是，这种欣欣向荣的恢复、发展局面，马上就面临着动乱更为严重的干扰和冲击。

"文化大革命"经过连续三次的发动，即1966年5月中央政治局扩大会议、同年8月中共八届十一中全会和10月中央工作会议之后，确实达到了预期的目的，开始出现某种形式上的"全民参与"局面。这场运动之所以能够在半年多时间里迅速发起、蔓延、深入，固然与发动者的某些主观因素有着直接的、密切的关系。但是，从根本的、全局的、长远的观点看，则不能不说建国后党的领导体制上存在的一些弊端，对于"文化大革命"的最终发动起到了更为重要的乃至决定性的作用。例如，前述三次党内发动"文化大革命"的会议，表面上看似乎都采取了正常的组织程序，但从实质上看，它们却是党的民主集中制和集体领导制度遭到破坏的结果。而这种不正常的党内生活，早在"文化大革命"前的一段时间里就已在党内上层滋生和发展了。正如邓小平所指出的那样："从1958年批评反冒进、1959年'反右倾'以来，党和国家的民主生活逐渐不正常，一言堂、个人决定重大问题、个人崇拜、个人凌驾于组织之上一类家长制现象，不断滋长。""'文化大革命'发动之际，这种体制上的弊端表现得更为明显、突出。林彪鼓吹'顶峰'论，说毛主席的话是最高指示，这种说法在全党全军全国广为流传。"[1]正是这种"个人凌驾于组织之上"的家长制，给予始终受到全党衷心敬爱和拥戴的毛泽东本人以重大影响，"以至对党对国家对他个人都造成了很大的不幸"；"林彪、江青两个反革命集团所以能够形成，也同残存在党内的这种家长制作风分不开。"[2]此外，党和国家在领导制度、政治生活方面的一些缺陷，还使包括中央决策层在内的党的高中级领导干部难于进行抵制"左"的错误、反对林彪、江青两个集团的斗争。

①《邓小平文选》第二卷，人民出版社，1994年版，第330页。
②《邓小平文选》第二卷，人民出版社，1994年版，第329～333页。

第二章

"大乱"与"大治"

第二章 "大乱"与"大治"

一、自下而上地全面夺权

"一月风暴"

1966年5月至6月间，在"文化大革命"全面发动时，除了其空泛的"大方向"外，很难有谁能预测、了解它运行的阶段和特点。但是，这并不能说明这一荒诞的运动没有其内在规律。在经历了反工作组、"炮打司令部"、红卫兵运动、批判资产阶级反动路线后，"天下大乱"的局面虽然已经初步形成，但却还没有出现全盘失控的局面。"文化大革命"下一步如何开展，进展到什么程度、采取什么形式、什么时候达到怎样的目标，这些重大问题不仅全党和全国人民无从知晓，包括"文化大革命"的发动者毛泽东在内，也并无具体的计划和部署。运动的具体细节无法推测，但有一点却可以大致确定，即：这还不是它的高潮。在社会主义条件下，以"一个阶级推翻另一个阶级的大革命"相号召的"文化大革命"，只能人为地制造出越来越严重的"阶级斗争"和越来越多的"阶级敌人"，以及越来越严重的动乱局面。

1967年1月1日，《人民日报》、《红旗》杂志发表了经毛泽东审定的题为《把无产阶级文化

大革命进行到底》的元旦社论。从社论中，人们或多或少地对"文化大革命"在新的一年中的走向有了一些感觉。社论说：十月革命解决了用暴力革命夺取政权，建立无产阶级专政的问题；文化大革命则解决了巩固无产阶级专政，防止资本主义复辟的问题，给全世界无产阶级树立了新的伟大的榜样。在高度颂扬了"文化大革命"的意义和高度评价了其发动以来的"伟大的胜利"后，社论又说：文化大革命出现了新局面，这个新局面的特点就是，广大工人、农民起来了，他们冲破各种阻力，建立自己的革命组织，投入文化大革命运动。又说，我国现代史上的文化革命运动，都是从学生运动开始，发展为工人运动和农民运动，这是客观的规律，1967年的运动将按照这个客观规律进一步展开。社论指出："1967年，将是全国全面展开阶级斗争的一年，""将是无产阶级联合其他革命群众，向党内一小撮走资本主义道路的当权派和社会上的牛鬼蛇神，展开总攻击的一年"，"将是更加深入地批判资产阶级反动路线，清除它的影响的一年"，"将是一斗、二批、三改取得决定性的胜利的一年"。

同日出版的《红旗》杂志发表了姚文元的文章《评反革命两面派周扬》。文章系统地回顾了建国以来思想文化艺术领域内的几次主要的政治批判运动，把这段时间里文化艺术界的历史说成是两条路线斗争史，毛泽东在审阅此稿时加写了一段话："无产阶级文化大革命是触及人们灵魂的大革命，它触动到人们根本的政治立场，触动到人们世界观的最深处，触动到每个人走过的道路和将要走过的道路，触动到整个中国革命的历史。这是人类从未经历过的最伟大的革命变革，它将锻炼出整整一代坚

1966

1976

强的共产主义者。"

这两篇带有定调性质的文章，反映出当时对"文化大革命"形势的估计和对下一步运动的设想，也反映出毛泽东对这场运动的深层追求。出于这样一些鼓动和号召，更多的群众将更深地卷入到运动中去。人们从"全国全面展开阶级斗争"这样一句话中，不难得到一个明确的信号：尽管1966年的运动已经乱得让

◆ 夺权是"文革"中最时髦的语言。1967年1月3日，上海《文汇报》被造反派夺权，揭

人难以置信，但1967年的运动不论从规模还是从程度上来讲，都还要超过1966年。人们的预想很快得到了证实。1967年元旦之后，很快就出现了上海的"一月夺权"，进而出现当年夏季"天下大乱"到几乎失控的局面。

1967年《人民日报》的元旦社论，预示了1967年更为猛烈的政治风暴，而这一风暴首先出现在江青、张春桥等人直接插手的上海。

1966年10月间，江青等人就已在考虑打倒上海市委的问题。这里一则有中央文革小组对上海市委的不满，一则也有"以点带面"以掀起更大的政治风暴、将"文化大革命"引向深入的用意。11月间，在江青等人的指使下，全国第一张大字报的作者聂元梓率人赴上海"点火"。他们一到上海就打出"打倒上海市委"的旗号。与此同时，王洪文等上海造反派在"安亭事件"后，也在积极筹划造上海市委的反。

按照中央文革的指点，聂元梓向上海造反派提出：要"联合起来"，"把矛头对准上海市委"，"要求中央罢曹荻秋的官，改组上海市委"。工总司之类造反派组织立即行动起来，大造舆论，多方活动，挑起事端。他们倒行逆施的

激烈行为，引起了广大工人基本群众和党团员的不满，激化了两大基本派别（即造反派与"保皇派"、"保守派"）的矛盾，各种争执以至武斗接连不断，许多工人擅自离开生产岗位参加派别活动，串连上访，许多工厂停工停产，国民经济已面临严重危机。张春桥等人阴险地把这种严重的局面归咎于上海市委，为进一步的夺权造舆论，找由头。

1967年1月初，上海《文汇报》、《解放日报》中的造反派相继"夺权"，宣布"接管"报社。1月4日，张春桥、姚文元以"中央文革小组调查员"身份来沪。5日，上海"工总司"等十一个造反组织在《文汇报》发表《抓革命，促生产，彻底粉碎资产阶级反动路线的新反扑——告上海全市人民书》，宣称批判上海地区党内一小撮走资派的斗争，已"取得了初步的胜利"，但"一小撮走资派和顽固坚持资产阶级反动路线的人十分仇视文化大革命，对抗'抓革命，促生产'的方针"。文中还号召"打垮资产阶级反动路线的一切新反扑，将工厂的文化大革命推向一个新高潮"。当天，张春桥向"工总司"等造反组织负责人发出夺取上海市委领导权的动

◆ 1967 年 1 月 6 日，以王洪文为首的上海工人革命造反司令部等造反派组织召开"打倒市委大会"，夺了中共上海市委的权。2 月 5 日，该造反派团体宣告成立"上海人民公社"。上海这个直辖市就这样变成了"公社"。图为经张春桥、姚文元修改发表的《上海人民公社宣言》。

◆ 1967 年 1 月 6 日，在张春桥、姚文元的策划指挥下，以王洪文为头头的上海造反派夺了上海市党政大权，刮起了所谓"一月革命"风暴。

员令，说："基本问题是把领导权夺过来，把走资本主义道路当权派揪出来，打倒"，"希望革命造反派把要害部门控制起来"。

1 月 6 日，"工总司"等上海市造反派组织联合召开"彻底打倒陈丕显、曹荻秋为首的上海市委大会"，批斗陈、曹等上海市领导人。同时，将全市各单位、各部门几百名领导干部揪到会场"陪斗"。在大会发出的《通令》中公开宣布："不再承认反革命修正主义分子曹荻秋为上海市委书记处书记和上海市市长"，"以陈丕显、曹荻秋为首的上海市委，必须彻底打倒"，等等。这次大会的发言稿和口号都经张春桥、姚文元修改、审定。会后，原中共上海市委、市人民委员会机构

被迫停止办公，上海市"造反组织联络站"和"抓革命，促生产指挥部"取代了原上海党政部门的职能，上海市的党政大权实际落入由张春桥、姚文元、王洪文操纵的造反派的手中。

上海"一月夺权"得到毛泽东的肯定和支持。他认为：这是一个阶级推翻一个阶级的大革命。上海革命力量起来，全国就有希望。它不能不影响整个华东、影响全国各省市。经毛泽东批准，1 月 9 日《人民日报》转载上海《文汇报》1 月 5 日《告上海全市人民书》，并加上反映毛泽东对上海"一月夺权"评价内容的编者按。编者按说《告上海全市人民书》是一个极其重要的文件，"这不仅是上海市的问题，而且是全

◆ "文革"初期的王洪文(右一),他是"一月风暴"的干将。

国性的问题"。1月11日,中共中央、国务院、中央军委、中央文革小组联名向"上海工人革命造反总司令部等三十二个革命群众组织"发出贺电,肯定上海"一月夺权"以来的"一系列的革命行动"。之后,《人民日报》、《红旗》杂志连续发表经社论、文章,宣传和介绍上海"一月夺权"的"经验",号召"展开全国全面的夺权斗争","坚决向党内一小撮走资本主义道路的当权派夺权"。在1月16日《红旗》杂志发表的评论员文章中,引述了毛泽东的"最新指示":"从党内一小撮走资本主义道路当权派手里夺权,是在无产阶级专政条件下,一个阶级推翻一个阶级的革命,即无产阶级消灭资产阶级的革命。"1月22日《人民日报》发表社论《无产阶级革命派大联合,夺走资本主义道路的当权派的权》。社论说,夺权是今年展开全国全面阶级斗争的一个伟大开端,是国际共产主义运动中的极其伟大的创举。社论还将这种自下而上的群众夺权斗争,说成是"毛主席对马克思列宁主义关于无产阶级革命和无产阶级专政学说的重大发展","我国无产阶级文化大革命的一个新的飞跃","无产阶级文化大革命,从一开始就是一场夺权斗争","只有展开这样伟大的群众运

1966

1976

动,展开一个群众性的全面夺权斗争,才能彻底解决无产阶级的夺权问题,彻底解决无产阶级专政问题"。

自从1962年八届十中全会提出党在社会主义时期的基本路线之后,有关"夺权"、"夺印"之类的说法,逐渐出现于报端和一些文艺作品中。"四清"运动中,"夺权"的方法被用于那些"烂掉了"的农村生产队一类基层组织。1966年的《五一六通知》中,基于对意识形态领域中阶级斗争的严重估计,夺权被延申到上层建筑中的"文化领域"。范围扩大了,内容增加了,但还远没有"全面夺权"的意思。况且,这种夺权还有一定的组织程序,即先由上级组织作出决定,尔后由下属部门执行,是"自上而下",而不是"自下而上"地搞群众性"夺权"。中共八届十一中全会通过的《关于无产阶级文化大革命的决定》里,提出要把"领导权夺回到无产阶级革命派手中"。这里,问题提得比较抽象,其结果便是涉及面更广。但基本上仍然没有超出文化教育领域,而且也不是这些领域里的全部组织。但是,1967年上海发生的"一月夺权",无论其性质、范围和方式,都已大不同于以前了。它基于对党和国家阶级斗争形势的严重估计,对各级党政领导机关的权力已经不掌握在马克思主义者手里的判断,基于展开"全面阶级斗争"的需要,认定夺权必须是"全面的"、"彻底的"。根据这样一种需要,夺权必须抛开党的各级组织和正常组织程序,采取自下而上的、以造反派组织为核心的、违背宪法的强制形式。对于一个工人阶级政党执政的社会主义国家来说,对于一个现代国家来说,这样一种方式是很难让人理解的。它完全曲解了科学社会主义的基本观点,也违背了毛泽东本人对社会

主义的正确认识。从整个"文化大革命"发展的过程看，这种"全面夺权"的思想和实践，正是所谓"无产阶级专政下继续革命"理论发展到极端的结果，也是"文化大革命"由"天下大乱"发展到"全面内战"的关键所在。

上海"一月夺权"在全国开了一个先例，作出一个"示范"，拉开了全国范围内"打倒一切"、"全面内战"的序幕。

"全面夺权"

上海"一月夺权"立即在全国引起巨大反响，许多省、市纷纷起来响应。1月14日，"山西革命造反总指挥部"发布《通告》，宣布夺取中共山西省委、省人委，中共太原市委、市人委等党政机关的领导权。1月22日，在康生的策划下，"青岛革命造反委员会"等造反团体夺取中共青岛市委、市人委领导权，继而又夺了山东省的党政大权。1月25日，"贵州无产阶级革命造反派总指挥部"发布《通告》，宣布自即日起"接管"原中共贵州省委、省人委，中共贵阳市委、市人委等党政机关党、政、财等一切领导权。1月31日，"黑龙江省红色造反者革命委员会"发布《通告》，宣布原中共黑龙江省委、省人委的党、政、财、文等一切领导权归该"委员会"所有……

《人民日报》对这些省、市的"夺权"行动都作了报道，并一一发表社论给予大力肯定和高度赞扬。在这样的鼓动和指引下，广东、江苏、安徽、北京等省市，以及在京的许多中央国家机关的造反派也不甘落后，一轰而起地展开了"夺权"。一时间，从地方到中央，从工矿企业、城市街道直到农村社队，到处喊"造反"，到处

在"夺权"。为了"夺权"，全国大小山头迭起，各种派别林立。许多地方的"夺权"，实际已变成造反派组织之间的"争权"、"抢权"，由此酿成的派性武斗层出不穷，"打、砸、抢、抄、抓"日甚一日。与红卫兵运动相比，"夺权"的主体涉及到更为广阔的社会层面，包括了产业工人、财贸职工、机关干部、科技人员和农民等各方面人员，它所造成的破坏和损失也远远超过了红卫兵运动。当然，与几个月后的"全面内战"相比，这还不过是"小巫见大巫"。

"全面夺权"的"热闹"场面使中央文革小组的江青、张春桥等极左分子热昏了头脑。1月19日，张春桥兴奋地将"一月风暴"称作"一月革命"，并狂妄地把"一月风暴"与巴黎公社和十月革命相提并论。他们全盘否定建国以来党和政府各部门的工作，把绝大多数各级领导干部当作"走资本主义道路的当权派"。以此为基础，赤裸裸地把"夺权"看作是"改朝换代"的同义语。1967年1月22日，张春桥在上海提出："无产阶级文化大革命自始自终就是夺权，从基层到中央，党权、政权、财政、文权以及其他权"，"对所有的权都要夺"。"文化大革命"的不断"深入发展"，使江青、张春桥等人野心急剧膨胀，迫不及待地希望通过"全面夺权"实现"改朝换代"，即以造反派为主体重建党和国家的各级领导机构。

既然是"改朝换代"，新机构就要有一个与以往截然不同的名称。率先夺权的张春桥、姚文元又要在给"新政权"起名时为全国树立一个榜样。1月下旬至2月初，张春桥等经与上海几个最大的造反组织多次酝酿，给上海新权力机构定名为"上海人民公社"。2月5日，"上海人民公社"举行成立大会，张春桥、姚文元参加大

1976

◎ 第二章 『大乱』与『大治』

会并发表讲话。大会宣读了《上海人民公社宣言》。《宣言》称："一个新型的无产阶级专政的地方国家机构——新型的上海人民公社，以崭新的面貌出现在地平线上，诞生在黄浦江畔，屹立在世界东方"，它是"重新创造无产阶级专政的地方国家机构的一种新的组织形式"。《文汇报》头版刊登了题为"上海人民公社今天宣告诞生"的长篇报道。文章宣布：20世纪60年代的新巴黎公社——上海人民公社今天宣告诞生了。"从此，上海进入了一个崭新的历史时期，上海的党权、政权、财权、文权，真正回到了无产阶级革命派手中，上海人民获得了第二次解放，真正成了自己土地的主人。"① 当天，上海举行了有上百万人参加的"上海人民公社"成立大会。会议宣布，张春桥任"上海人民公社"主任，姚文元、王洪文任副主任。姚文元在会上的发言中说：上海人民公社是"无产阶级专政下的新形式"，是经过革命群众自下而上向党内"走资派"展开"夺权"的"革命风暴"中产生的"新型无产阶级专政的地方国家机构"。2月7日，《文汇报》、《解放日报》发表了张春桥、姚文元炮制的"上海人民公社"成立宣言。《文汇报》还发表了题为《伟大的历史性的革命创举——欢呼上海人民公社的诞生》。

毛泽东虽然支持了上海夺权，但他对夺权的想法显然不同于江青、张春桥等人的"改朝换代"。他所理解的夺权，是夺"走资本主义道路的当权派"的权。虽然他激烈地批判了"走资本主义道路的当权派"，但他并不认为所有干部都是"走资派"。而且，他当时的态度还内含有用群众运动冲击一下干部的官僚主义习气和特权思想，待运动后期再区别对待、落实政策的用意，这正如历次政治运动所重

复的那样。

毛泽东对19世纪70年代法国无产阶级先驱创立的巴黎公社怀有深深的敬意，马克思的名著《法兰西内战》深刻地影响着他对中国社会主义的认识和构想。建国后，特别是60年代后，从他对我国社会中一些现象的批评中，如一些干部不民主、脱离群众、扩大差别、工资差别悬殊、群众不能直接参与管理等等，隐隐可以看出他是以巴黎公社原则为参照物的。"文化大革命"发动后，他不仅希望清除一批"走资派"，也希望通过运动按照巴黎公社的若干原则来改造我国社会主义社会中一些不尽如人意的地方。1966年6月后，他曾几次把聂元梓等人的大字报称作是"20世纪60年代的巴黎公社宣言"、"北京人民公社宣言"。《十六条》中提出：文化革命小组、文化革命委员会等的成员的产生，"要像巴黎公社那样，必须实行全面的选举制"，要由革命群众充分酝酿、反复讨论后进行选举。

1967年初全面夺权开始后，立刻面临着一个用什么样的机构、形式取代被否定的"旧机器"的问题。1967年2月3日，《红旗》杂志第3期社论《论无产阶级革命派的夺权斗争》中说："马克思在总结巴黎公社的经验时指出，无产阶级决不能接受资产阶级的现成的国家机器，而必须把它彻底打碎"，"这是一个伟大的真理"。社论说，被一小撮走资派盘踞的一些单位，"变成了资产阶级专政的机构"，"不能把它现成地接受过来，不能采取改良主义，不能合二而一，不能和平过渡，而是必须把它彻底打碎"。社论又说，全面夺权运动"已经开始创造并将继续创造无产阶级专政国家机构的新的组织形式"，"要尊重群众的首创精神，

---

①《文汇报》，1967年2月5日。

大胆地采取在群众运动中涌现出来的具有生命力的新形式，来代替剥削阶级的旧东西"，"绝不能只是把权接过来，一仍旧章，按老规矩办事"。紧接着，社论又重提1966年6月1日毛泽东把聂元梓等人的大字报称为"20世纪60年代的北京人民公社宣言"的事，实际上对未来政权形式作了某种暗示。社论号召：在全面夺权中"创立新形式"，"大大地丰富和发展巴黎公社的经验，大大地丰富和发展苏维埃的经验"。

但是，当"上海人民公社"成立并很快引起连锁反应时，毛泽东的思想发生了变化。他对这个名称没有立即表态。正因为如此，在"上海人民公社"成立的最初几天里，《人民日报》等中央舆论工具对它只字未提。2月12日，毛泽东把张春桥、姚文元召到北京，在几次谈话中表

◆ 1967年2月24日，"上海人民公社"改称"上海市革命委员会"。张春桥兼上海市革命委员会主任，姚文元、王洪文等任副主任。

明了自己的态度。他说，上海成立人民公社后，如果各省、市都叫"人民公社"，国务院和中华人民共和国是不是也要改名，是不是要改成"中华人民公社"，这涉及到改变政体和国号问题。而且，如果叫"公社"，党怎么办，党委放在哪里，终究还是有个党嘛。按照毛泽东的意见，2月19日，中央专门发出《关于夺权斗争宣传报道问题的通知》，规定各地建立新政权时不要使用"人民公社"的名称。2月23日，上海再次召开百万人集会，庆祝"上海市革命委员会"的成立，实际上废止了"上海市人民公社"的名称。

1967年初，周恩来等人已经无力阻止夺权风暴的到来，但却没有停止限制动乱的努力。他们利用各种场合强调，"夺权"只是夺取"领导无产阶级文化大革命"之权，而不是全部党、政、财、文大权。他们要求，各级党政机关业务部门的权力仍应由原来熟悉业务的各级干部领导掌握，希望以此限制夺权的范围。针对江青等人的夺权理论，周恩来在许多场合强调：建国后十七年党和政府各部门工作的成绩是主流，错误、缺点是第二位的，不能把全国党政机关的领导人都看成是"走资本主义道路的当权派"和"执行资产阶级反动路线的顽固分子"而一概打倒和"夺权"。这实际上是在很大程度上否定了"全面夺权"的根据，使之在事实上、逻辑上都难以成立。然而，在"左"倾错误理论和极左思潮已居于支配地位的情况下，周恩来等老一辈无产阶级革命家的种种努力已不可能从根本上扭转已经恶化了的局势。

1967年1月之后，夺权之风迅速刮遍所有省、市、自治区，全国陷于"打倒一切"、"全面夺权"的混乱状态，局势进一步恶化。各级党政机关相继瘫痪或半瘫痪，军队的各个部门和中高

时代的中国

MAOZEDONGSHIDAIDEZHONGGUO

1966

1976

◆ 宁夏自治区革委会成立。

◆ 周恩来在庆祝北京市革命委员会成立大会上讲话。心情沉
重的他与兴高采烈的造反派形成鲜明对照。

◆ 1967年3月16日至1968年9月5日，中国大陆
29个省、自治区、直辖市相继建立起"革命委员会"
行使政府权力。图为1968年9月8日《人民日报》
为此发表的综合报道。

级指挥机关也开始被卷入这场政治运动，公安、检察、法院等专政机关已经无法正常履行其职能，大批工矿企业面临停产或半停产，国民经济停滞，社会秩序混乱，整个局势变得更加难以控制。

二、正义的抗争

夺权引发大乱

在任何一个正常运行的现代国家里，政府的权威、法律的尊严、正常的社会秩序都是不可或缺的。不论以什么理由对它们进行否定或变相否定，都只能导致社会的混乱和动荡，造成严重的后果。"全面夺权"开始后，在全国范围内，动乱的程度陡然上升。中央文革小组的极左分子们的野心更加膨胀，作风更加跋扈霸道，行动更加肆无忌惮。在他们的策划、指使和支持下，从中央到地方连续发生了一系列严重的重大事件。

1月4日，中央文革小组陈伯达、康生、江青等竟然蓄意捏造罪名，在未经中央政治局常委讨论的情况下发表讲话，擅自宣布中共中央政治局常委、中央文革小组顾问陶铸是"中国最大的保皇派"、"资产阶级反动路线的忠实执行者"，突然将当时位居党中央第四位的陶铸打倒。陶铸是1966年6月从中共中央中南局调来北京担任中央宣传部部长一职的。在8月召开的中共八届十一中全会上，他被补选为中央政治局常委，同时任国务院的副总理。陶铸到中央后，虽然身为中央文革小组顾问，却与周恩来等一样，与中央文革小组的极左思潮和行为格格不入。在许多问题上，他坚

决抵制了"文化大革命"中的一些错误做法，与江青等人进行了尖锐的斗争。陶铸的立场成为江青等人煽动极左思潮的严重障碍，不打倒陶铸，中央文革就难以为所欲为。毛泽东曾就陈伯达这种"一个常委打倒一个常委"的极不正常的做法提出了严厉的批评，但中央文革却已造成了既成事实。继陶铸之后，原中共中央中南局第一书记、中央文革小组副组长王任重，全军文化革命小组组长、中央文革小组副组长刘志坚，中国人民解放军总政治部主任萧华等，也先后被打倒。

1月6日，在江青等人的策划下，清华大学"井冈山兵团"[①]红卫兵于光天化日下，将国家主席刘少奇的夫人王光美骗出中南海，强行带到清华大学批斗。后来，在周恩来干预下，清华大学红卫兵才不得不将王光美放回。与此同

◆ 陶铸夫妇

1966

1976

---

① "文化大革命"初期清华大学成立的红卫兵组织，其负责人是北京大专院校红卫兵"五大领袖"之一蒯大富。

◆ 批判陶铸的大会

◆ 1967年4月10日，清华大学红卫兵将刘少奇的夫人王光美骗至清华大学批斗。

1966

1976

时，在中央文革小组的操纵下，一些红卫兵和造反派多次包围、冲击中共中央和国务院驻地北京中南海。这些群众组织提出要揪斗住在中南海内的刘少奇、邓小平、陶铸等领导人，并声称要将李富春、陈毅、谭震林、李先念、余秋里等一批国务院负责同志揪走。1月，戚本禹在中南海内煽动围攻刘少奇、邓小平、陶铸等。在中央文革小组的煽动下，北京连续出现"打倒"周恩来、朱德的标语，朱德、贺龙的家也被造反派所抄。在各省、市、自治区，几乎所有的党政领导人都被斗、被批、被抄家。其中，上海市委书记陈丕显、安徽省委书记李葆华、福建省委书记叶飞等被打倒后的一段时间里，连中央都不知道其生死或去向。

1月10日，经江青授意，在中央文革小组的关锋、王力等人起草的《关于〈解放军报〉宣传方针问题的建议》中，进一步明确地提出了"彻底揭穿军内一小撮走资本主义道路的当权派"的主张。在经林彪同意后，1月14日《解放军报》发表题为《一定要把我军的无产阶级文化大革命搞彻底》的社论，公布了这一说

法。社论说，军队"文化大革命"的阻力"主要是来自混进军队的一小撮走资本主义道路的当权派，来自极少数坚持资产阶级反动路线的顽固分子"。《人民日报》次日便加以转载，"揪军内一小撮"的口号迅速流传全国，为造反派把矛头指向解放军提供了合理依据，从而使动乱的危机更为严重。

1月17日，中央批转公安部《关于各级公安部门开展文化大革命的通知》。《通知》说，公安机关过去的某些规定已不适应形势，应立即作废；公安机关要坚决支持革命左派的一切革命行动，彻底粉碎资产阶级反动路线，把公安机

◆ 中共黑龙江省委书记处书记们在集体接受批斗。

关的文化大革命搞深搞透。①

全面夺权极大地助长了无政府主义的思潮和行为。全国除了中央最高层领导和军队野战部队外，几乎已经没有权威的领导。这种情形在古今中外历史上都是十分少见的。在十分艰难的局面中，按照毛泽东的指示，周恩来一直坚守在中央领导岗位上，夜以继日地了解各方面情况，及时作出各种指示，限制江青等人的种种极端行为，领导党和国务院各部门维持最基本的工作。他不顾年迈体弱，频繁地接见各种红卫兵和造反派，对他们进行劝说和引导，严厉批评他们的种种无政府主义言行，要求他们放弃过激行动，保证党和国家的正常工作。他把一批受到造反派揪斗的党、政、军领导干部安排到中南海暂住，使他们得以避免狂热的批斗和迫害。他还亲自部署，使一批民主党派领导人、著名无党派人士和著名专家学者得到保护，免受造反派的冲击和中央文革小组的迫害。1月8日，他在参加一次群众大会时，当有造反派呼打倒刘、邓的口号时，他立即背过身去以示抗议。次日，在接见外事口造反派代表时，当造反派提出要打倒陈毅时，他当即表示：我反对，我不能接受。1月26日，在接见工交口各单位造反派代表时，他表示，夺权必须坚持中国共产党的领导这个前提。②周恩来等人的努力虽然不可能阻止"全面夺权"之风，但毕竟在一定程度上限制了它的严重危害。

1967年初，"全面夺权"之风一起，仅短短一个多月，从中央到地方的大批党政军领导干部，普遍被揪出、批斗、打倒，一些领导干部被迫害致死：1月8日，中共云南省委书记、昆明军区第一政委阎红彦，因不满并抵制造反派的胡作非为，在遭到中央文革小组组长陈伯达的电

话训斥后在当地愤然辞世，以死相争。1月中旬，中共天津市委几位书记刚开完市委机关干部大会，便被外面的造反派一拥而上，强行绑架，不知去向。1月21日，海军东海舰队司令员陶勇，因公开反对林彪及其同伙的倒行逆施，在连续遭受打击迫害后突然身亡，死因不明。1月22日，被江青、戚本禹诬蔑为"煤炭系统最大的走资派"的国家煤炭工业部部长、党组书记张霖之，在遭造反派长达一个月之久的毒打、逼讯后，带着遍体鳞伤死在北京矿业学院。1月29日，中共山西省委第一书记、原山西省省长卫恒，在被"夺权"的造反派宣布为"山西省最大的走资派"后不久，便在造反派关押处饮恨而死……与此同时，各级党政领导机关、企事业领导部门大多已处于瘫痪半瘫痪状态。为了夺权，各个造反组织拳脚交加，刀兵相向，各种各样的武斗在全国普遍出现。武斗不仅给人民的生命、财产造成日益严重的威胁，也使国家财产遭受重大损失。更使人们不安的是，在中央文革小组的鼓动下，军队中的不稳定因素也在激增，一些军事部门也面临失控的危险。人们的思想狂热而又混乱，坚定而又迷茫。一个处在和平建设时期的社会主义大国，突然出现了如此动荡、混乱的局面，谁也说不清这种愈演愈烈的局面会朝什么方向发展，会发展到什么程度。

在当时的条件下，人们虽然还不可能从根本上认识到眼前所发生的一切，但党内外一些有识之士都已在不同程度上认识到这样的"大乱"是"全面夺权"造成的，是中央文革小组推波助澜的结果。他们强烈地意识到，国家不能乱，特别是军队不能乱。面对着不断恶化的局势，老一辈革命家忧心如焚，寝食不安。他们的

1966

1976

第二章 『大乱』与『大治』

---

①《共和国史记》第三卷（上），吉林人民出版社，1997年版，第192页。
②《周恩来年谱（1949－1976）》下卷，中央文献出版社，1997年版，第117页。

忍耐已达到了极限，又一次与"左"和极左思潮的抗争一触即发。

"二月抗争"

1967年1月初，经毛泽东批准，中央军委从1月8日起连续在北京召开军委碰头会和军委扩大会议，集中讨论处理军队开展"文化大革命"的问题。会议中，林彪主张在军队也要开展"大民主"，认为"机关要彻底搞"。江青、陈伯达、康生等攻击人民解放军"滑到了修正主义的边缘"，鼓吹军队不是"世外桃源"，不能搞特殊，要立即开展"四大"。

林彪、江青等人的意见，遭到军委其他几位领导和大多数与会者的坚决反对。他们纷纷在发言中指出，军队承担着紧张的战备任务，必须保持稳定，不能开展"四大"。他们还以激愤的语言，对随意揪斗军队领导干部，抄家、戴高帽子等作法表示强烈不满。经过争论，会议决定不在野战部队进行"大民主"，军事院校可以搞，但不能搞串连。叶剑英在会上的一次发言中激愤地说："他们主张越乱越好，什么党、政府、军队，他们一概否定，都要推倒重来，说这是无产阶级向资产阶级夺权。我们的各级干部，他们给扣上走资派、黑帮、反动权威或者其他什么罪名，企图一律加以打倒，说这才是毛主席的无产阶级革命路线。这怎么行呢？这怎么会是毛主席的思想和路线呢？"①

1月14日，经过中央军委多数领导和大多数与会者的斗争，在周恩来的支持下并经毛泽东批准同意，党中央发出了《关于不得把斗争锋芒指向军队的通知》。但是，由于林彪、江青等人处心积虑地破坏，这个《通知》并未得到有

力地执行。

1月19日、20日，中共中央军委在北京京西宾馆召开碰头会，讨论军队开展"四大"问题。参加会议的有中央军委领导、各总部、各大军区、各军兵种的负责人，以及中央文革小组成员。会上一开始，便围绕着军队要不要开展"四大"的问题，展开了激烈的争论。江青、康生、陈伯达等以"军队不能特殊"为由，继续鼓吹军队应和地方一样搞"四大"。对此，叶剑英、徐向前、聂荣臻三位军委副主席坚决反对。叶剑英严厉地说："军队是无产阶级专政的柱石，战备任务很重，如果稳不住，敌人入侵时将无法应付。"他向江青质问道：如果开展"四大"，必然发生无政府主义，什么个人服从组织，下级服从上级，都成了一句空话。军队没有铁的纪律，怎么能保证执行党的路线、方针、政策？怎么能打仗？不服从命令，打起仗来"放羊"，军队还成其为军队吗？聂荣臻在发言中坚定地表示"军队是军队，不能搞'四大'！"他们一致认为：军队是无产阶级专政的柱石，军队如果也像地方一样搞运动，必然会导致更加严重的无政府主义；军队一乱，将无法担负保卫国家、抵御外敌入侵的重任，后果不堪设想。

在1月20日的会议上，当得知总政治部主任萧华被中央文革指使的造反派抄家时，徐向前气愤地拍案而起，对着江青等人说："我们搞了一辈子军队，人民的军队，难道就叫他们几个毁了吗？"盛怒之下，把茶杯盖子和碟子震落到地上。叶剑英在斥责江青等人时说："萧华是我保护起来的，如果有窝藏之罪，我来承担。"他接着说："谁想搞乱军队，决不会有好下场。"激愤之中，他竟因拍桌子时用力过猛致使右手掌骨折。老一辈革命家无私无

---

① 《叶剑英传》，当代中国出版社，1995年版，第500页。

畏，为党为国的凛然正气，震慑了江青等人，使他们的气焰不得不有所收敛。这就是所谓"大闹京西宾馆"。

1月22日，毛泽东接见参加军委碰头会的军队干部。参加接见的军队领导干部纷纷向毛泽东诉说"文化大革命"给军队造成的破坏及挨斗被整的情况。毛泽东对这些现象表示气愤，说："那还得了"，"到处抓人怎么行"。"要允许工作，不能过头了，不能搞逼供信。"对戴高帽子一类做法，他说，那些做法是对土豪劣绅的，用来对付共产党的干部，是不好的。[1]他表示，人民解放军是无产阶级专政的柱石，要防止帝国主义的侵略，要求军队要抓紧备战，要稳定，要团结，不要你搞我，我搞你，不要闹分裂。随后，徐向前又当面向林彪陈述理由，要求制定一个稳定军队的文件，林彪表示同意，并口授了几条意见。在此基础上，经叶剑英、徐向前、聂荣臻以及周恩来等商讨、修改，拟定了中央军委的《八条命令》。1月28日，《八条命令》由毛泽东批准下达。《八条命令》中最核心的内容，是军队一切指战员必须坚守岗位，不得擅离职守；军内开展文化大革命的单位应严格区别两类矛盾，不得随意抓人、抄家、搞武斗；部队的运动应坚持正面教育的方针，以利于加强战备；一切外出串连人员应迅速返回本单位；一律不许冲击军事领导机关，等等。很明显，《八条命令》实际上是对军队的运动做出了严格的规定和约束，使之与地方区别开来。2月21日，中央发出通知，肯定《八条命令》"很好"，"这个命令，除第七条关于军队的文化大革命的部署外，其他各条，都适用于地方"[2]。

此后，根据《八条命令》的主要精神，中央军委又连续制定了一些旨在稳定军队的文件，如《重申军队文化大革命分期分批进行的指示》（1月28日），《关于外出串连人员限期返回本单位的通知》（2月18日），《关于军以上领导机关文化大革命的几项规定》（2月11日），《关于军队夺权范围的规定》（2月16日），等等。其中，中央军委《重申军队文化大革命分期分批进行的指示》，强调各大军区暂缓运动，以稳定自己。《关于军以上领导机关文化大革命的规定》强调，各级军事领导机关一律不允许自下而上地夺权，军队领导机关必须保持严密完整的指挥体系，不宜成立各种文化革命战斗组织，要反对无政府主义、极端民主化、小团体主义等等。这些文件有力地遏制了"文化大革命"对军队的冲击和影响，是叶剑英、徐向前、聂荣臻等老一辈革命家抵制"文化大革命"错误作法、反对江青等人阴谋搞乱军队的斗争的结果，反映了广大指战员的要求和愿望。

但是，既然"文化大革命"已经发展到这样一种地步，对军队运动作出的这些规定，已不可能从根本上扭转因"全面夺权"所导致的"天下大乱"了。1月28日中央军委《八条命令》下达后，地方造反派的派性争斗以及造反派与军队的矛盾和冲突仍在发展、加剧。《八条命令》中关于"一律不许冲击"军事机关的明文规定，对自恃有中央文革支持、处于夺权狂热中的造反派来说并没有多少约束力。在此后一段时间里，北京以及昆明、贵阳、长沙、广州、杭州、南京、沈阳等地频繁发生造反派冲击驻军领导机关、揪斗军队领导干部的事件，在全国范围内形成了一股冲击解放军的邪风。

自2月上旬起，周恩来在北京中南海怀仁堂主持召开有部分中央政治局委员、国务院和中央军委领导人，以及中央文革小组成员参加

①《共和国史记》第三卷（上），吉林人民出版社，1997年版，第195页。
②马齐彬等：《中国共产党执政四十年（1949～1989）》，中共党史出版社，1989年版，第289页。

◆ 1967年2月,谭震林、陈毅、叶剑英、李先念、李富春、徐向前、聂荣臻等在中南海怀仁堂的两次碰头会上对"文化大革命"的错误做法提出了强烈的批评,同陈伯达、康生、张春桥、谢富治一伙进行了面对面的斗争,被诬为"二月逆流"。图为怀仁堂外景。

1966

1976

的碰头会,商讨党政业务工作。① 怀仁堂碰头会,从一开始就为成老一辈革命家揭露、抨击中央文革小组一伙人乱党乱军行径的场合。

在2月11日碰头会上,叶剑英再次拍案而起,斥责康生、陈伯达和张春桥:你们把党搞乱了,把政府搞乱了,把工厂、农村搞乱了,你们还嫌不够,还一定要把军队搞乱!这样搞,你们想干什么?他又质问说:上海夺权,改名为"上海公社",这样大的问题,涉及国家体制,不经政治局讨论,就擅自改变名称,又是想干什么?革命,能没有党的领导吗?能不要军队吗?徐向前也激愤地拍着桌子说:军队是无产阶级专政的支柱,这样把军队乱下去,还要不要支柱啦?会上,老一辈革命家还针对江青等人迫害一些对中央文革表示不满的老干部子女的作法提出抗议,聂荣臻指出:你们不能为了要打倒老子,就揪斗孩子,株连家属。残酷迫

害老干部,搞落井下石,这就是不安好心!老一辈革命家的激烈抗争,实际上已经触及到"文化大革命"的三个要害问题,这就是:还要不要党的领导、应不应该把老干部都打倒、要不要稳定军队?正是在这些根本原则问题上,老一辈革命家以他们对党、对国家、对人民利益的高度责任感,针锋相对,寸步不让,同煽动动乱的中央文革小组的几个头面人物展开了一场面对面的尖锐斗争。

上海"一月风暴"后全国动乱急剧升级的局面,以及中央文革小组不可一世的胡作非为及其所造成的严重后果,毛泽东也有所感觉。他虽然支持了上海夺权,但却不愿看到全国的局势因动乱而失控;他虽然号召造反,却不赞成由中央文革小组煽动而急剧膨胀起来的无政府主义;他虽然提出打倒走资本主义道路的当权派,但决不是不要党的领导或削弱党的领导。2月3日,毛泽东在同外宾讲话时,一方面肯定了"文化大革命"的意义,一方面又批评说,现在流行着一种无政府主义思想,口号是"一切怀疑,一切打倒","结果弄到自己身上。你一切怀疑,你自己呢?你一切打倒,你自己呢?资产阶级要打倒,无产阶级呢?他那个理论就是不行。"②

2月12日及其后的几天里,毛泽东在与张春桥、王力等人谈话时,一方面肯定了"文化大革命"的成就,一方面针对性很强地批评了当时一些甚嚣尘上的极左思潮。他说,"彻底改善

---

①怀仁堂碰头会,是当时中央党、政、军合一的一种临时决策形式。
②马齐彬等:《中国共产党执政四十年(1949～1989)》,中共党史出版社,1989年版,第290页。

无产阶级专政"的口号是反动的，是推翻无产阶级专政，建立资产阶级专政。正确的说法只能是部分地改善无产阶级专政。青年人在这次文化大革命中做了不少贡献，但是让他们马上接省委书记、市委书记的班还不行。针对全面夺权时否定党的领导的思潮，他强调说，还要有一个党，我们共产党不能不要党，人民代表大会还要开，国务院也还叫国务院。他又说，上海人民公社就改为上海革命委员会吧！如果还叫上海人民公社，优点是保护上海人民的热情，缺点是全国只你们一家，不是很孤立吗？《人民日报》不能登，一登大家都叫人民公社了，就会发生一系列的问题。①

2月上旬，毛泽东连续召开政治局常委扩大会。会上，他批评中央文革小组在重大问题上不经请示就擅自作主，发号施令，还批评他们任意打倒老干部的做法。在2月10日的政治局常委扩大会上，毛泽东严厉地批评陈伯达说，你是一个常委打倒一个常委。他又严厉地批评江青眼高手低，志大才疏，眼里只有一个人；打倒陶铸，别人都没有事，就是你们两个人（指江青与陈伯达）干的。他当场指示，中央文革小组开一个会批评陈伯达、江青。毛泽东虽然对陶铸到中央工作后的一些做法不满，但他也绝不同意陈伯达、江青用那样一种方法打倒陶铸。2月上旬毛泽东亲自召开一系列会议对中央文革小组的一些批评，实际上表明了他对"全面夺权"中那些极左做法的不满，他的这种态度在老一辈革命家中引起了强烈的共鸣，事实上成为形成"二月逆流"的重要原因之一。

2月16日，怀仁堂会议上的斗争达到高潮。这天的会议本来是讨论"抓革命、促生产"问题，但一开始便又展开了对几个根本问题的争

论。谭震林首先怒斥张春桥等人不要党的领导，一天到晚老是群众自己解放自己，自己教育自己，自己搞革命，这是什么东西？这是形而上学！又说：你们（指张春桥等）的目的，就是要整掉老干部，把老干部一个一个打光。这一次（指"文化大革命"）是党的历史上斗争最残酷的一次，超过历史上任何一次！谭震林还义正词严地当场申明：我不是为自己，我是为整个老干部，是为整个党！

陈毅说，这些家伙上台，就是他们搞修正主义。……历史不是证明了到底谁是反对毛主席的吗？以后还要看，还会证明。

叶剑英说："老干部是党和国家的宝贵财富。对犯有错误的干部，我们党向来是惩前毖后，治病救人，哪有随便打倒的道理？照这样，人身都不能保证，怎么做工作？"

李先念说："我们党一贯强调绝大多数干部和群众是好的，现在这样搞，团结两个百分之九十五还要不要？老干部都打倒了，革命靠什么？现在是全国范围内的大搞逼供信。……从（1966年）《红旗》第13期社论开始，那样大规模地在群众中宣传朝廷两条路线斗争，还有什么大串连，老干部统统打倒掉了。"

周恩来当即问康生："这篇社论，你看了吗？"康生竟谎称没有看过。周恩来气愤责问陈伯达等：《红旗》第13期社论，这么大的问题，你们也不跟我们打个招呼，送给我们看看。②

谭震林又说："我看（1966年）10月5日的紧急指示，消极面是主要的。"

会上，余秋里等也作了言辞激烈的发言，对"文化大革命"以来的一系列极端作法表示强烈不满，对江青、陈伯达、康生、张春桥等中央文革小组里几个不可一世的人物给以痛快淋漓的揭

1966

1976

---

①《共和国史记》第三卷（上），吉林人民出版社，1997年版，第222页。
②《周恩来年谱（1949～1976）》下卷，中央文献出版社，1997年版，第127页。

露、抨击。这便是著名的"大闹怀仁堂"。

16日晚，带着怀仁堂抗争的激情，陈毅又在对归国留学生代表的长篇讲话中对中央文革进行了猛烈的抨击。他说："现在有些人，作风不正派！你要上去，你就上去嘛，不要踩着别人嘛，不要拿别人的鲜血去染红自己的顶子。中央的事，现在动不动就捅出来，弄一些不懂事的娃娃在前面冲。""现在把刘少奇的100条罪状贴在王府井，这是泄密！八大的政治报告是政治局通过的嘛，怎么叫他一个人负责呀？"他激愤地说："这样一个伟大的党，只有主席、林副主席、周总理、伯达、康生、江青是干净的，承蒙你们宽大，加上我们五位副总理。这样一个伟大的党，就只有这十一个人是干净的？！如果只有这十一个人是干净的，我陈毅不要这个'干净'！把我揪出去示众好了！一个共产党员，到了这个时候还不敢站出来讲话，一个铜板也不值！""我不是乱放炮，我是经过认真思考的。要我看，路线斗争要消除后果要很长时间。现在的文化大革命的后遗症，十年、二十年不治！"①

当晚，周恩来在接见内蒙古自治区党委、军区负责人及内蒙古造反派代表时，再次强调军队要稳定，指出军区不能冲，军事工厂不能串连，军队不能夺权，要信任、爱护解放军。他批评那些冲击解放军的人是"没有从国家整体利益着想"。②次日凌晨，他在接见财贸口造反派代表时，当场下令逮捕拒不执行命令、操纵造反派叫党委"靠边站"、抢夺财政部业务的一个副部长。他告诫造反派，财政大权不能夺，你们要走到邪路上去了。他严正申明：凡是没有经过中央承认的夺权都不算数，财政部、商业部的党组要恢复，党组还要行使职

权。周恩来严厉地批评造反派说：你们以敌对的态度对待领导干部，一斗十几天不放，戴高帽，挂黑牌，搞"喷气式"，这样的搞法是"残酷斗争，无情打击"，把老干部一概打倒行吗？难道能得出领导干部都是走资本主义道路当权派的结论吗？我想到这里就很难过，很痛心。现在到了关键时刻，我不能不说话，否则，我就要犯罪。③

2月17日，谭震林致信林彪，指斥江青等人"比武则天还凶"，其"手段毒辣是党内没有见过的。一句话，把一个人的政治生命送掉了"。"他们有兴趣的是打老干部，只要你有一点过错，抓住不放，非打死你不可"。并表示对江青等人"这个反，我造定了，下定决心，准备牺牲，斗下去，拼下去"④。

面对老一辈革命家在怀仁堂会议前后正

◆ 1967年2月前后，在中央军委扩大会议和周恩来主持召开的怀仁堂会议上，谭震林、陈毅、叶剑英、李富春、李先念、徐向前、聂荣臻等人对林彪、江青集团乱党乱军的罪行进行了大义凛然的斗争。江青等人诬之为"二月逆流"。图为在反击所谓"二月逆流"中召开的批判国务院副总理谭震林的大会。

①《陈毅传》，当代中国出版社，1991年版，第610页。
②《周恩来年谱（1949～1976）》下卷，中央文献出版社，1997年版，第127页。
③《周恩来年谱（1949～1976）》下卷，中央文献出版社，1997年版，第128页。
④《共和国史记》第三卷（上），吉林人民出版社，1997年版，第216页。

气凛然的抗争，中央文革小组的几个头面人物无言以对，惊恐异常。在江青的策划下，张春桥、姚文元、王力整理出《二月十六日怀仁堂会议记录》，并由张、姚二人当面向毛泽东汇报。2月19日凌晨，毛泽东亲自召集会议，周恩来、康生、李富春、叶剑英、李先念、谢富治、叶群等参加。会上，毛泽东批评了谭震林、陈毅等参与"二月抗争"的老同志，认为他们是搞复辟、搞翻案，提出"文化大革命"不容否定。会上还决定陈毅、谭震林、徐向前三人"请假检讨"。2月25日至3月18日，中央政治局连续召开七次"政治生活会"，批判谭震林等。康生等人趁机攻击参加"二月抗争"的几位老同志，并把矛头指向了在思想上同谭震林等息息相通的周恩来。

2月27日，中央文革小组组长陈伯达别有用心地将一份所谓"闹资本主义复辟例子"的材料呈毛泽东，毛泽东在批语中认为从上至下都有反革命复辟的现象，值得注意。3月间，林彪、江青两个集团趁批判"二月逆流"之机，打着"反复辟"的旗号，指使北京造反派召开数次上万人或十万人的大会，批斗谭震林、陈毅、彭德怀、罗瑞卿等。在北京的带动下，全国掀起"反击自上而下的复辟逆流"的浪潮，更大规模地打击迫害对"文化大革命"不满和抵制的各级领导干部，更激烈地鼓动造反、夺权。"反复辟"运动大大刺激着自下而上的各种夺权活动，推动着无政府主义急剧膨胀，使本来已经混乱的局势更趋恶化。"二月抗争"失利后，中央政治局被迫停止活动，中央文革小组实际上取代了中央政治局的职能。[①]

1967年2月前后，谭震林、陈毅、叶剑英、李富春、李先念、徐向前、聂荣臻等中央政治局、国务院和中央军委的领导同志，在党内、军内

会议上及其他场合同中央文革小组所进行的一系列斗争，其实质是对"文化大革命"中的种种错误作法提出的严正批评和抗议，是对上海"一月夺权"以来全国动乱急剧升级，大批党政军领导干部相继被打倒、被批斗、被虐待的状况表示极大的愤慨和深深的忧虑。面对如此险峻严酷的现实，这些久经考验的老一辈革命家凭着他们丰富的斗争经验，觉察到党内出现了极不正常的情况，对"文化大革命"的实质有了更深一层的了解。他们挺身而出、义无返顾地捍卫党的一系列基本原则的行动，实际上就是对"文化大革命"理论与实践的某种否定和批判。

历史已经证明，1967年2月前后的这场斗争，是党和人民与"左"倾错误和林彪、江青两个集团长期斗争的不可分割的组成部分，是党内正义力量要求纠正"文化大革命"错误的一次意义重大的抗争，它对于后来党和人民日益深入、广泛的斗争产生了极为深远的影响。

1966

1976

三、毛泽东采取措施稳定局面

迭发文件，限制动乱

"全面夺权"开始后，各省、市、自治区均陷于"打倒一切"的混乱状态，各级党政机关相继瘫痪或半瘫痪，公安、检察、法院等专政机关也都无法正常履行其职能，大批工矿企业面临停产或半停产，国民经济停滞，社会秩序混乱，整个局势变得更加难以控制。例如，2月17日，就在"大闹怀仁堂"的第二天，国家计委在一份报告中称：当前工业生产方面最突出的问题是煤炭生产下降，供应十分紧张，企业的煤炭库存

---

①这时的原由周恩来主持的党、政、军业务合一的怀仁堂碰头会，改为中央文革碰头会，吸收部分中央政治局成员、国务院副总理、中央军委领导人参加。

普遍下降，已降低到正常周转所需的水平以下，部分企业、部分设备已经停止生产，市场用煤大量超销；其原因是两派群众组织严重对立，原有生产指挥系统有的瘫痪，已夺权的单位指挥系统不健全，基层干部不敢抓生产，劳动纪律松弛，出勤率和工时利用率低，等等。这种局面也是毛泽东所不愿看见的。

为了稳定形势，保证夺权斗争的顺利进行，经毛泽东批准，以中共中央、国务院的名义发布了一系列文件、通告，对造反派的种种极端行为进行约束。1967年1月11日，中共中央发出《关于广播电台的通知》，宣布各地广播电台一律由当地人民解放军实行军管，停止编辑和播送本地节目，只能转播中央广播电台的节目。2月3日，中央、国务院发出《关于革命师生和红卫兵进行步行串连问题的通知》，要求在全国停止长途步行串连。2月12日，中央、国务院发布关于取缔全国性群众组织的通告，这是限制造反派活动范围，阻止动乱升级的一个重要措施。同日，中央发出《关于党员党籍处理问题的通知》，宣布按照党章规定，党员的处分必须由党组织报告，群众及其组织无权对党员进行党纪处分。2月16日，中央军委作出《关于军队夺权范围的规定》，规定军队可以夺权的范围只限于部队院校、文艺团体、体工队、医院、军事工厂，对领导干部要严格区分两类不同性质的矛盾。2月17日，中央、国务院发出《关于处理上山下乡知识青年串连、请愿、上访的通知》，要求他们立即返回原单位。同日，中央还发出《关于对待无产阶级文化大革命中工作组问题的通知》，指出不应长期揪住工作队不放，各单位今后不要再揪工作队去斗争。根据毛泽东对大、中、小学高年级学生进行军训的批示，

2月19日，中央发出《关于中学无产阶级文化大革命的意见（供讨论和试行用）》，规定中学师生停止串连，实行军训和复课闹革命。对中学生的这一约束，使许多"革命小将"不得不脱离了派性争斗的第一线。2月20日，中央发出《给全国农村人民公社贫下中农和各级干部的信》，号召贫下中农"认真地抓革命，促生产"。信中特别指出"农村人民公社各级干部绝大多数是好的和比较好的。犯过错误的同志，也应该努力在春耕生产中将功补过"。2月23日，中央军委发出《关于军队大力支援地方抓好春耕生产的指示》。3月1日，《红旗》杂志第4期发表社论《必须正确地对待干部》，指出：干部大多数是好的，必须对干部队伍有一个基本估计；对犯错误干部要实行惩前毖后、治病救人的政策。3月7日，党中央发出《关于大专院校无产阶级文化大革命的规定（草案）》，要求停止串连，返校进行军训，成立学校临时权力机构，对除走资派和反动学术权威外的各级领导干部、教授、讲师、助教、职工，都应采取团结教育的方针。同日，中央还发出《关于农村生产大队和生产队在春耕期间不要夺权的通告》，要求在春耕大忙期间，农业生产大队和生产队不要进行夺权斗争。3月11日，中央发出《关于成立"抓革命、促生产"第一线指挥部的问题》的通知，要求在农业、工业、财贸各方面成立三结合的指挥部，以利"抓革命、促生产"。3月16日，党中央、国务院、中央军委发布《关于保护国家财产，节约闹革命的通知》。3月17日，党中央发出关于地方夺权的《通知》，要求地方在采取夺权行动之前，应事先取得中央同意，派代表来京同中央商量；未经中央同意不要成立革命委员会，不要在地方报纸上报道和在广播电台上广

播夺权。3月18日，中共中央发出《给全国厂矿企业革命职工、革命干部的信》，号召巩固劳动纪律，坚持8小时工作制，坚持民主集中制，建立社会主义生产和文化大革命的良好秩序。3月19日，中央发出《关于停止全国大串连的通知》。同日，中央军委发出《关于集中力量执行支左、支农、支工、军管、军训任务的决定》，要求部队全面介入地方"文化大革命"，开展"三支、两军"①。

在不到两个月的时间里，由党中央、国务院和中央军委出面，发出这么多文件，对各领域、各行业各项工作事无巨细作出规定，这一方面反映了政府权威在无政府主义狂潮中流失后的困难处境，一方面反映了党中央和毛泽东希望扼制无政府主义、限制动乱的愿望。但是，既然要"全面夺权"，要"反复辟"，这些指示、通知、号召和命令的作用就不能不大打折扣了。

解放军"支左"与军管

在狂热的无政府主义使党和国家的权威受到严重削弱的时候，为有效地遏制混乱局面，确保"文化大革命"的顺利进行，毛泽东决定人民解放军以"支持左派广大群众"名义，正式介入"文化大革命"。

"文化大革命"爆发后的一段时间里，相对于地方来说，军队所受到的冲击要少一些。为使部队的运动区别于地方，中央军委和总政治部就曾发布一系列指示、文件，要求部队加强党的领导，基层单位和野战部队不开展"四大"，着重进行正面教育，以保持全军的稳定和集中统一。红卫兵运动兴起特别是大串连开始

后，军委和总政又于10月发出指示，要求军队和军队院校不干涉、不介入地方运动。但就在同一个月里，在掀起批判"资产阶级反动路线"的浪潮后，各地开始发生冲击军事领导机关、揪斗部队领导干部的事件。但是，即使在这个时候，除首脑机关、一些大单位和军事院校外，全军从整体上讲，还没有更多地受到地方"文化大革命"的影响，部队正常的战略训练、国防建设和生产科研等项计划尚能下达、实施。1966年底，按照党中央、国务院发出的《关于对大中学校革命师生进行短期军政训练的通知》，军队开始执行军训任务。同时，面对着造反派肆无忌惮地打、砸、抢、抄、抓，军队也自然而然地按照中央的指示担当起对一些重要目标的保卫、军管任务。

"全面夺权"使"天下大乱"局面进一步恶化后，军队的各个部门和中高级指挥机关也开始被迫卷入这场政治运动。特别是由于许多大军区、省军区的领导人，同时又是各中央局和各省、市、自治区的负责人，各地造反派把斗争矛头对准地方党政领导人的同时，也就不可避免地指向了军队领导人。在此之前，为避免造反派的冲击，一些军队机关还按中央要求，帮助地方党政机关保管重要档案，乃至提供秘密住所为地方"走资派"藏身。从这个意义上说，军队确实早已"介入"了地方的"文化大革命"，而这样的"介入"恰恰是不符合中央文革的要求的。全面夺权开始后，各地驻军又面临以某种方式对地方造反派的"革命行动"表态、即所谓站在"左派"一边的问题。在最早开始"夺权"的上海、山西、贵州、黑龙江等省市，遵照"全面夺权"的普遍号召，当地驻军也都不同程度、不同形式地"介入"了"夺权"活动。

1966

1976

---

① 《共和国史记》第三卷(上)，吉林人民出版社，1997年版，第231页。

在"一月风暴"中，虽然还没有明确提出在军队内部夺权的内容，但"全面夺权"很容易被引申出军队内部也有"走资派"因而也需要夺权这样的结论。在中央文革的煽动下，造反派的夺权狂热很快就突破了军队和地方的界限，从上到下的大批军队领导干部也和地方党政领导人一样，成为夺权的目标和打倒的对象。此外，由于"打倒一切"造成的全国政治、经济、社会秩序和人民生活的空前混乱局面，也已到了不派军队不足以控制地步。

1月中旬，安徽省造反派向省军区提出要当地驻军支持其批斗省委主要负责人，如派部队就是支持"文化大革命"，否则就是不支持。1月21日，毛泽东就此批示认为，应派军队支持左派广大群众，以后凡有真正革命派要求军队支持、援助，都应这样做。所谓不介入，是假的，早已介入了。23日，中共中央、国务院、中央军委、中央文革小组发布《关于人民解放军坚决支持革命左派群众的决定》。《决定》提出：以前关于军队不介入地方文化大革命以及其他违反上述精神的指示，一律作废；军队应积极支

持广大革命左派群众的夺权斗争，应坚决镇压反对无产阶级革命左派的反革命分子、反革命组织；军队不得作一小撮党内走资派和坚持资产阶级反动路线顽固分子的防空洞，全军应深入进行文化大革命中两条路线斗争的教育，等等。自此，人民解放军开始奉命"支左"，参与地方运动。

广大解放军指战员同人民群众有着千丝万缕的联系，他们长期所受的人民军队光荣传统教育与"文化大革命"中流行的理论又大相径庭。一般来说，军队中绝大多数干部、战士从思想上、感情上对造反派都持一种反感、冷落、疏远的态度。"文化大革命"初期，部队几乎都对党团员多、老工人多、劳动模范多的"保守派"组织持同情态度。广大指战员不愿看到老干部们一批批被打倒，不愿看到在人民群众中闹派性、打内战，造成生产和群众生活水平下降，更不情愿出面压制和打击党团员占多数的所谓"保皇派"、"保守派"组织。全面夺权后，他们又往往比较同情那些由"保守派"转变而来的比较温和的造反派，这又招致了那些"老造反派"的冲击，因而往往遭到中央文革的批评。解放军指战员对地方的工作不熟悉，特别是在动乱的环境中，在思想混乱的情况下，要"支左"部队确认谁是"左派"这样一个带有很大主观随意性的问题，更是勉为其难。在这样一种复杂的背景下，"支左"必然从一开始就陷入了深刻的矛盾之中。

与"支左"同时进行的，还有军管。早在"支左"之前，为了应付动乱的局面，根据中央的统一部署，军队就已派出部队或军代表，对某些地区和单位实行军事管制，或加强对一些核心要害部门和机要单位的安全保卫工作。"全面夺

◆ 解放军8341部队"支左"人员在车间对工人进行宣讲。

权"以后，鉴于愈来愈难以控制的局势，中央又规定，对于陷于瘫痪半瘫痪状态、或被坏人篡夺了领导权的单位，国防企事业单位，金库，以及边防、沿海交通要道(关口、车站、码头)，专政机关，机密要害部门如邮电、电台、报社、银行、仓库、监狱等，都应实行军管。3月16日，中共中央转发了北京卫戍区对工厂实行军事管制的布告。布告指出，军事管制委员会坚决支持无产阶级革命派；厂矿的运动、生产和业务工作在军管会的领导下进行；厂矿全体人员必须坚守岗位，积极生产，努力工作，遵守劳动纪律，服从上级指挥，建立革命秩序，只许文斗，不许武斗；群众造反组织要按生产系统和行政单位编组；外出者限期返回，等等。与此同时，北京市的一些要害部门，在京的一些中央国家机关也相继成立军管会或派驻军代表，陕西、新疆、青海、西藏、云南、广东、广西、福建、浙江、江苏等省、自治区也已实行军管或准备实行军管。随着动乱的升级和无政府主义的肆虐，军事管制的范围越来越大，甚至人民解放军的最高政治机关总政治部也曾一度被"军管"。

1967年初开始的普遍性军事管制，对于已经出现的"天下大乱"的局面起到了明显的抑制作用，满足了当时国家维持政治、经济运行的基本需要。在各级党政机关、专政机构已无法正常运转的情况下，由军队出面来维系起码的社会秩序和人民生活，保护人民的生命财产和国家物资设施，确实是当时条件下惟一可行的稳定局面的有效方法。但是，在"文化大革命"那样的全局性错误中，在已经极端膨胀的阶级斗争扩大化理论的影响下，在林彪、江青等人严重干扰破坏的背景下，以及地方工作与军队工作的差异和对地方情况的陌生，加之面

临的又是大量政治、经济领域的错综复杂的矛盾和问题，因此不可能不犯这样或那样的错误，以致给军队和地方的工作都带来一定损失，给军民关系造成某些不良影响。

支农、支工和军训

"三支、两军"的任务之一，是派出人民解放军对大、中学校的师生进行军政训练。1966年，毛泽东在著名的《五七指示》中，提出学生要"学军"，把它作为中国未来教育发展的方向。"文化大革命"发动后，特别是当年年底动乱局面不断加剧后，毛泽东为了对形势有所控制，希望对当时在各群众组织中、在各种夺权活动中最为活跃的学生加以约束。根据他的指示，中共中央、国务院于1966年12月31日发出通知，要求全国大中学校师生普遍进行短期军政训练，作为大、中学校"文化大革命"的新课目。通知传达了毛泽东的意见：派军队干部训练革命师生的方法很好，训练一下和不训练大不一样。这样做，可以向解放军学政治、学军事，学四个第一、学三八作风，学三大纪律八项注意，加强组织纪律性。通知规定，从现在起到1967年暑假，对全国大中学校师生分期分批进行短期军政训练。自此，解放军开始在一些大城市对学生进行军训。但因为此时一些学生仍在串连之中，不少学生还热衷于在各种派别组织中活动，更因为1967年初全面夺权后动乱升级，派别斗争加剧，那些还能回到学校接受军训的学生又重新回到社会上，加入到更为激烈的派别争斗中去。

面对着全面夺权后日益动乱的形势，毛泽东对红卫兵的无政府主义行为深为忧虑，更不

希望运动处于失控之中。此时，他仍把对学生的教育、约束、清除学生中的无政府主义作为控制局面的一个重要方法。1967年2月中旬，毛泽东在看到一份有关北京两所中学进行军训的内部材料，批示调查核实后，总结经验发往全国，大专院校也要有这方面的总结。2月19日，毛泽东将总结报告批发全国，他要求大学、中学和小学的高年级每年训练一次，每次20天。他还指示："党、政、军、民机关，除老年外，中青年都要实行军训，每年20天"。①同日，党中央发出《关于中学无产阶级文化大革命的意见（供讨论和试行用）》。其中规定，从3月1日起，中学师生停止外出串连，一律返校，一边上课，一边闹革命，分期分批进行军政训练。同日，《人民日报》发表题为《中小学复课闹革命》的社论，指出在夺权的关键时刻"摆在中小学革命师生面前的光荣任务，就是响应党中央的号召，复课闹革命"。

◆ 北京地区中学生复课。

1967年3月7日，毛泽东在一份题为《天津延安中学以教学班为基础，实现全校大联合和整顿、巩固发展红卫兵的体会》的材料上批示，重申应分期分批对大学、中学和小学高年级实行军训，同时又进一步要求军训人员参与开学、整顿组织、建立三结合领导机关和实行斗、批、改的工作。他还要求说："还要说服学生，实行马克思所说只有解放全人类才能最后解放无产阶级自己的教导，在军训时不要排斥犯错误的教师和干部，除老年和生病的以外，要让这些人参加，以利改造"②。毛泽东的这一批示，与他当时在一年多的时间内完成"文化大革命"的设想是一致的。如果说几个月前毛泽东强调的是"革命"、"造反"、"走向社会"的话，那么，现在他所强调的已是秩序、团结和返回校

◆ 复课后的北京市小学生正在上语文课。

①《中国共产党执政五十年》，中共党史出版社，1999年版，第323页。
②《共和国史记》第三卷（上），吉林人民出版社，1997年版，第224页。

88

◆ 天津延安中学与驻校解放军庆祝"三七指示"发布一周年。

园了。3月17日，中央通知取消原订在春暖后再进行大串连的计划，停止全国大串连。

军训工作实际上是将人民解放军的组织形式和纪律、作风移植到学校，试图以此影响青少年学生的思想，约束他们的行为，以利稳定学校秩序，抑制学校内旷日持久的无政府状态，使仍在社会上冲杀的学生回到校园，减少社会上的动乱因素。军训的确使混乱的学校秩序有所改观，但这毕竟只是一种缓解动乱的权宜之计，不是教育改革和学校建设的方向，不能解决因动乱造成的学校教育混乱、落后等问题。实际上，这次军训只持续了很短一段时间。1967年5月全面夺权发展到"天下大乱"和"全面内战"后，学校怎么能成为大乱中的"世外桃源"呢？一方面希望通过军训在学校恢复秩序，一方面要通过全面夺权深

入地进行"文化大革命"，这不能不陷入自相矛盾的境地之中。

除对学生军训外，解放军还派出大批指战员在动乱的环境中支援工农业生产。建国以来，人民解放军一直保持着支援地方工农业生产、抗灾救灾等光荣传统。"文化大革命"发动后，工农业生产特别是工矿企业连续遭受巨大冲击和破坏，面临困难形势。1967年春，中共中央、中央军委曾发布文件、指示，要求军队大力支持、帮助地方春耕生产。为此，各部队以大量劳力和技术力量投入农业生产第一线，帮助农民及时完成了春播任务，扭转了这一年春耕生产的被动局面。此后，人民解放军采取定点挂钩

◆ 担任"三支"、"两军"任务的解放军驻四川乐山地区某部在田间为社员表演节目。

1976

支援和普遍支援、定期支援与临时性突击支援相结合的方式，长年派出人力物力支援农业生产，这对于在"文化大革命"那样动乱的环境中农业能够保持比较稳定的发展，发挥了重要作用。

"文化大革命"基本上是一场城市里的运动。因此，较之农业来说，工业、交通、商业等方面的情况要严峻得多。"全面夺权"以来，由于交通运输、燃料工业系统和商品流通系统程度不同地陷入动乱和半瘫痪状态，因而严重影响了其他系统、行业的生产，打乱了整个国民经济的正常秩序。为控制局势，1967年3月3日，毛泽东在一份文件上批示："军队不但要协同地方管农业、对工业也要管……总之，军队不能坐视工业生产下降而置之不理"[①]。据此，党中央于1967年3月发出《给全国厂矿企业革命职工、革命干部的信》，宣布人民解放军各部队将"大力协助地方、支持工业生产工作"。自此，军队开始全面支持地方工业生产。在工矿企业、交通运输行业和一些商业系统，解放军支工人员向职工宣讲中央文件，制止派性斗争，推进工人间的联合，恢复和维护生产秩序。在动乱和武斗最为剧烈的一段时间里，银行等要害部门也由于解放军的军管而大大减少了损失。在人民解放军各种方式的大力支持下，被"文化大革命"严重破坏的工业生产得到某种程度的恢复，或者减少了可能遭受的更大损失。一些因派性武斗而停工停产的重点工程也得以继续开工建设。此外，人民解放军还派出大批人员和设备直接投入生产。部队经常到车站、码头突击装卸、运输，解决压车、压船、压港问题，有的甚至顶班下井采煤。在"文化大革命"那样大规模的动乱中，许多地区的经济没有崩溃，

◆ 1968年，毛泽东在北京接见中国人民解放军8341部队等执行"三支、两军"任务的代表。

国家经济建设虽然遭受严重损失，仍然在某些方面取得进展，在一定程度上应归功于人民解放军在上述支工、支农中所付出的巨大努力。

自1967年3月1日中央军委作出《关于集中力量执行支左、支农、支工，军管、军训任务的决定》起，至1972年8月根据中共中央文件规定撤销"三支、两军"的机构和人员止，人民解放军先后派出280多万名指战员执行"三支、两军"任务。如此大量的军事人员脱离军队日常工作参与地方事务，其时间之久，范围之广，影响之深，在我军历史上都是空前的。从"文化大革命"的动乱达到"顶峰"的1967年起至1972年，在十分艰巨、复杂和混乱的情况下，参加

---

①《建国以来毛泽东文稿》第12册，中央文献出版社，1998年版，第248页。

"三支、两军"的部队和指战员努力发扬人民军队的优良传统和作风，为党、为国、为民分忧解难，忍辱负重，做了大量有益的工作，维护了必要的社会稳定，保护了一批干部，减轻了工农业生产和人民生命财产的损失，在可能的条件下减轻了动乱所造成的破坏和损失。但是，在"文化大革命"那样全局性的错误中，担任"三支、两军"任务的部队既缺乏思想准备，又不熟悉地方工作，特别是由于林彪、江青两个集团的干扰破坏，使得这项工作不能不发生许多错误，给部队的思想、作风和组织建设以及军队和地方的关系带来了一些消极影响。

四、从"天下大乱"到"全面内战"

动乱趋于失控

1967年初，就全国的"文化大革命"来看，实际上存在着两种相互矛盾的意向。一方面，面对着"全面夺权"所带来的日益严重的动乱，经毛泽东同意，党中央、国务院、中央军委发出了一系列文件，采取了一系列措施，直至派出人民解放军介入地方运动和生产，以恢复秩序，稳定形势，坚持生产。这些措施在一段时间里，在一定程度上削弱了无政府主义，缓解了动乱程度，起到了一定作用。另一方面，由于"文化大革命"全局上的错误和全面夺权的内在需要，特别是3月起遍及全国的"反复辟"、"抓叛徒"和3月底后开始的对刘少奇批判的升级，不可避免地推动着动乱剧烈发展，那些稳定形势的措施已不可能挽回不断恶化的形势。

例如，3月16日，中央印发《薄一波、刘澜涛、安子文、杨献珍等六十一人的自首叛变材料》，不仅使薄一波等一大批党的高级干部受到长期的严重迫害，而且立即在全国引发了大规模"抓叛徒"运动，给已经很狂热的揪斗"走资派"活动火上浇油，使动乱更难以控制。也就在同一天，党中央、国务院、中央军委又共同或分别发布了《关于保护国家财产、节约闹革命的通知》、《关于各省、市、自治区报纸宣传问题的几项规定》，转发了北京卫戍区司令部对部分厂矿企业实行军事管制的《布告》，其主旨都在抑制动乱，稳定形势。显然，这两方面的努力是很不对称的，要求稳定形势的文件、规定再多，也不足以抑制"全面夺权"、"抓叛徒"、"打倒走资派"等必然引发的动乱浪潮。

5月以后，在全国范围内，"天下大乱"终于发展为7、8、9三个月的"全面内战"。

毛泽东原来设想，自上海"一月夺权"开始的全国范围夺权，在1967年2、3、4月间就可以看出"眉目"来，即省级夺权基本结束，"文化大革命"由此进入"斗、批、改"的"扫尾"阶段。然而，想要结束如此广泛、剧烈的动乱远不像原来预想的那么简单。大乱既起，想要在不触动其错误前提的情况下恢复稳定，在现实中已很难收到成效。在夺权高潮中，"大联合"、"三结合"作为夺权的基本方针，不但没有真正得以实现，反而成为派性斗争的焦点。在"夺权"的旗帜下，各地普遍形成相互对立的两大派或更多派别的群众组织。它们从维护各自的派别利益出发，对中央的指示各取所需，各行其是，甚至阳奉阴违，为夺得以本派为核心的领导权，各派之间互不相让，纷争不已，直致酿成大范围、大规模的武斗事件。谁也没有预料到，"文化大革命"一旦发动起来，会从文化领域急剧地扩展到社会各个方面，继而又从"文化"革命

1966

1976

发展为如此普遍、广泛的"武化大革命"。

为了制止武斗，稳定局势，继1967年初采取各种措施直至派军队"三支、两军"外，又发布一系列指示、文件和社论、文章，在肯定全面夺权的指导方针的同时，试图对因夺权而造成的严重混乱的局势加以约束。

例如：1967年5月14日，中共中央、国务院、中央军委、中央文革发出《通知》，要求各类半工半读学校的学生都要回到原生产单位或学校，积极复课闹革命，同时参加劳动生产。同日，中央发出《关于改进革命群众组织的报刊宣传的意见》，要求群众组织的报刊严格遵照中央有关指示进行宣传，不要轻信和传播政治谣言。同日，中央发出《关于在无产阶级文化大革命中保护文物图书的几点意见》，纠正前一阶段随意查抄、破坏的现象。同日，经中央批准，北京市革委会发布《重要通告》，要求革命群众坚决执行中央抓革命、促生产的指示，严禁打砸抢抄抓，不准破坏国家财产，不准运用交通工具参加武斗，不准调动人员参加外单位武斗，不许破坏劳动纪律，不许无故旷工，要求专政机关担负起职责。

5月29日，党中央、军委文革小组发出《关于目前军队院校无产阶级文化大革命的指示》，要求军队院校逐步转入本单位的斗批改，进行教育革命，尽快建立三结合的革命委员会，解放干部，打倒无政府主义，提倡文斗，反对武斗。

6月1日，中央、国务院、中央军委、中央文革发布《关于坚决维护铁路、交通运输革命秩序的命令》，针对当时因武斗造成部分铁路、交通运输中断的严重现象，要求铁路职工等坚守岗位，严禁破坏铁路、交通设施，不准无票强行

乘坐车船，不准武斗，不准卧轨，等等。

6月6日，"为制止最近出现的打砸抢抄抓的歪风"，中共中央、国务院、中央军委、中央文革发布通令（即"六六通令"），要求不准抓人，不准私设公堂，不准抢夺、破坏各级党政军机关的档案文件和印章，不准侵占、破坏国家和集体财产，严禁武斗、打人和抢夺个人财物，不准搜查和抄家，等等。

6月19日，党中央发出关于宣传、学习毛泽东《关于正确处理人民内部矛盾的问题》一文的通知，要求大张旗鼓地开展宣传这篇文章发表十周年的活动，正确处理两类矛盾，牢牢把握斗争大方向，实现革命大联合。

6月24日，党中央发出《通知》，要求浙江、江西、广西、湖南、河南等地有争议的双方不上街游行、不打架、不抓人、不阻碍铁路交通运输、不动员农民进城、不夺枪、不开枪等等。

6月25日，《人民日报》转载《文汇报》文章《无产阶级革命性与小资产阶级摇摆性》，批判派性。《人民日报》编者按传达了毛泽东的最新指示："必须善于把我们队伍中的小资产阶级的思想引导到无产阶级革命的轨道，这是无产阶级文化大革命取得胜利的一个关键问题。"

6月28日，党中央发出《关于"抓叛徒"问题的通知》，对各派群众组织肆无忌惮的"抓叛徒"活动加以约束。

7月13日，党中央发出《关于禁止挑动农民进城武斗的通知》。

在这一段时间里，党中央还连续召集一些派性斗争严重的省、市、自治区的几方群众代表和军队、地方干部代表到北京开会，化解矛盾，解决问题。

一方面号召"全面夺权"，一方面又不希望

看到动乱和武斗，这实际上是根本无法两全的事。在"全面夺权"的背景下，所有制止武斗的规定和举措，都不过是杯水车薪。从5月起，伴随着一纸纸、一篇篇要求停止武斗、实现联合、恢复秩序的文件、指示与文章、社论，出现的却是武斗的升级和动乱的加剧。

剧烈的动乱局面给国家经济建设和人民生活带来一系列极为严重的后果。1967年5月底，因各地两派纷争和武斗，京广、津浦、陇海、浙赣四条铁路干线均处于半瘫痪状态。7月初，全国除东北外（此后不久，东北铁路交通也多处中断、瘫痪），几乎整个铁路交通中断。因煤炭停运，许多城市工业用电和民用供电均一度被迫停断，包括国防尖端项目在内的各种生产和人民群众的日常生活都受到影响。国内动荡不安的形势，还直接影响到我国的对外援助和贸易，这不仅给国家经济方面造成损失，更给国家的政治形象、对外关系带来损害。

"天下大乱"达到"顶峰"的三个月

"全面夺权"导致的"天下大乱"，在1967年7、8、9三个月达到了"顶峰"。在这三个月中，全国多数省、市、县都发生了大规模的武斗事件，有的地方的武斗动用了大量武器装备，造成严重伤亡。

在北京，在中央文革小组的煽动下，对刘少奇、邓小平等人的迫害进一步升级。7月15日，中央文革召集北京四十七所大专院校群众组织负责人会议。陈伯达、张春桥、关锋、戚本禹等在讲话中要求"立即掀起对刘、邓路线及一小撮叛徒、特务和走资派的大批判高潮"。紧接着，18日，刘少奇在中南海被造反派批斗。19

日，彭德怀受到残酷批斗。7月底至8月初，在中央文革小组怂恿、支持下，北京数以千计的造反派组织组成"揪刘(少奇)火线"，包围中南海，冲击国务院。陈伯达、康生、江青违背毛泽东关于"对刘(少奇)、邓(小平)、陶(铸)不要搞面对面的斗争"的意见，公然在中南海组织批斗刘、邓、陶夫妇，肆意侮辱、抄家。

1967年7月间，湖北省会武汉市爆发了震动全国的抗议和声讨中央代表团代表事件，表现出该地区军民对于中央文革小组支一派、压一派，挑动群众斗群众，把矛头指向老干部和人民解放军等作法的强烈不满。早在事件发生前，武汉地区的局势就一直动荡不已。6月，因武斗已造成一百多人死亡，二千七百余人受伤。在林彪、江青等人挑唆下，该地区连续发生冲击武汉军区，绑架军区领导人，谩骂、围攻和殴打执行"三支、两军"任务指战员的事件，激起大多数武汉军民的反感情绪，矛盾发展到一触即发的地步。

7月14日，谢富治、王力奉中央之命以"中央代表团"名义从四川抵达武汉(此时毛泽东、周恩来已在武汉)。之后，谢、王二人违反周恩来关于中央代表团暂时不要公开露面的指示，四出活动，在传达中央关于解决武汉问题方针的同时，发表明确支持某一派的言论，激化矛盾，因而遭到被压制的另一派组织"百万雄师"军民的强烈反对。7月20日，"百万雄师"一些人冲入武昌东湖谢富治、王力住处，要求与二人辩论。出于义愤，群众将王力打伤并强行带走。与此同时，整个武汉三镇群情激愤，到处是声讨谢富治、王力的游行队伍和标语口号。21日、22日，武汉街头开始出现把矛头指向中央文革骨干分子的大标语。这就是所

1966

1976

谓"冲击中央代表团住地"、"绑架中央代表"的武汉"七二〇"事件。

"七二〇"事件的发生，是"文化大革命"发动以来全国和武汉地区各种矛盾积蓄、冲突的结果，是对煽动"怀疑一切"、"打倒一切"无政府主义思潮的中央文革小组的一次自发的强烈抗议行动，集中反映了武汉军民对中央文革小组的不满。林彪、江青等人故伎重演，无中生有地编造出武汉要发生"反革命暴乱"的谎言，迫使在武汉的毛泽东临时转移到上海。随即，林彪和江青一伙借题发挥，联手导演了一场揪出、打倒武汉及全国各地"军内一小撮走资本主义道路当权派"的闹剧。他们大造声势，诬陷武汉军区负责人陈再道、钟汉华要搞"兵变"，使陈、钟二人被撤职批斗。之后，又借机煽动在全国揪"陈再道式的人物"，并扬言追查"七二〇"事件的"黑后台"，把矛头对准徐向前、徐海东等老一辈革命家和军队领导人。在林彪、江青反革命集团镇压下，湖北省和武汉市的大批干部群众因"七二〇"事件遭受残酷迫害，伤残及致死者多达十八万四千多人。

武汉"七二〇"事件后，7月22日，中央文革小组组织了数万人在北京西郊机场欢迎谢富治、王力回到北京。25日，北京举行群众大会，欢迎谢富治、王力归来，并支持武汉造反派。这一系列做法使全国的造反派组织受到很大鼓舞，各地派性斗争迅速升级。

7月下旬，中央文革小组的几个头面人物不顾已经十分严

重的动乱局面，竟然公开号召群众组织进行武斗。7月22日，江青对河南一群众组织发表讲话，公然表示赞成"文攻武卫"的口号，煽动"左派""不要天真烂漫，放下武器"。次日，上海《文汇报》发表题为《文攻武卫》的文章，公开宣传"文攻武卫"的口号。此后，全国武斗急剧升级。7月25日，林彪对《解放军报》负责人说：要战斗，要突击，彻底砸烂总政阎王殿，致使总政治部机关瘫痪。同日，康生在接见外语学院群众组织负责人时，要求深入批判"三降一灭"的外交路线。7月27日，河南郑州发生重大武斗。8月4日，上海造反派头头王洪文在中央文革小组支持下，制造了攻打上海柴油机厂的大规模武斗事件，打伤、关押了数百人，用武力"消灭"了另一派。8月28日，由康生一手制造了宁夏青铜峡流血事件，伤亡230余人。在此前后，河北、河南、安徽、浙江、江苏、贵州、黑龙江、湖南、广西等地派性武斗迅速升级，使国家资财和人民生命财产蒙受巨大损失。

◆ 天安门广场前贴出打倒国家主席刘少奇的标语。

1966
1976

8月1日，在《红旗》杂志第12期发表的由王力、关锋等起草的社论中，提出"要把军内一小撮走资本主义道路的当权派揭露出来，从政治上和思想上把他们斗臭"，并说"目前，全国正在掀起一个对党内、军内最大的一小撮走资本主义道路的当权派的大批判运动，这是斗争的大方向"。在这种赤裸裸的鼓动下，8月3日清华大学《井冈山》报编辑部发表社论：《打倒带枪的刘邓》，公然号召"无产阶级革命派联合起来，打倒带枪的刘邓"。这一观点很快被造反派概括为"揪军内一小撮"，直接引发了各地造反派冲击军事机关、抢夺武器弹药和派性武斗升级的严重后果。毛泽东得知此事后，严厉地批评了这篇社论，提出"还我长城"。

8月7日，公安部长谢富治在公安部机关召开的大会上提出"彻底砸烂公、检、法"的口号，并要求向下传达。由此，全国各级公、检、法机关普遍发生冲砸机关，抢夺档案，残害公、检、法人员的情况。整个公、检、法系统处于瘫痪状态，社会治安已无法维持。

国内持续的政治动乱，使国家的对外关系和外交事务受到巨大干扰和破坏，处于建国以来最严峻、最困难的局面之中。这一时期，不仅党和国家领导人的出访已完全停止，而且我国与亚洲、欧洲、非洲等十几个国家发生外交纠纷，其中包括新中国成立后长期对华友好的一些周边国家。8月7日，中央文革小组成员王力接见外交部"革命造反联络站"代表时，违背周恩来关于"外交大权属中央，谁也不能夺"的指示，鼓动造反派"动一动"外交部的领导班子。在王力的煽动下，外交部造反派擅自宣布"夺权"，部党委政治部被封被砸，姬鹏飞、乔冠华等部领导被关押，"打倒刘（少奇）、邓（小平）、陈

（毅）"的口号被发往驻外使领馆。一直为毛泽东、周恩来直接掌握的外交大权一度落入造反派手中。8月22日，外交部"夺权"不久，在北京即发生了"火烧英国驻华代办处"的严重涉外事件。在此之前，还发生了群众冲砸印度、缅甸、印度尼西亚三国驻华机构的事件。这些严重的涉外事件使新中国的国际声誉受到空前损害。

1967年7、8、9三个月国内及对外关系方面发生的一系列恶性事件，表明"文化大革命"已由"天下大乱"发展到"全面内战"，局势已接近失控。这种局面虽然不是"文化大革命"发动者的初衷，但却是"全面夺权"的直接产物，是"文化大革命"错误理论和实践的必然结果。如果对这样的动乱仍然放任不管，党和国家的命运将可想而知。毛泽东看到了事态的严重性，开始采取有力措施约束、制止各种极端的动乱因素。

毛泽东、周恩来采取有力措施抑制动乱

动乱达到高潮的7、8、9三个月，周恩来以年迈多病之身，砥柱中流，力挽狂澜，在第一线坚守、奔忙，为制止动乱、恢复秩序作出了巨大贡献。

7月下旬至8月间，周恩来夜以继日地开会，接见全国各地各派群众组织代表，严厉批评造反派抢劫军火库，进行大规模武斗，严令各方封存现有武器，停止武斗，停止号召农民进城参加武斗；他强调乱夺权、乱抢枪是非法的；他要求各派联合起来，立即返回原单位，恢复生产；他批评了中央文革和一些造反派组织把武汉"百万雄师"称作"百匪"的说法，提出要允许和欢迎他们回到生产岗位；他严厉指责造

1966

1976

反派将陈毅称作"三反分子"，在得知造反派要"揪走"陈毅时，他立即派部队前往保护；他指出：过去放纵群众斗群众，是有人策划的；他还反复劝导各种群众组织不要揪斗领导干部；他强调不能冲击军队，不能冲击军管会；"火烧英国代办处"事件后，他立即接见外事口各造反组织代表，对事件及夺外交部权一事提出严厉批评，指出他们目无中央，是无政府主义；他要求不要再提"军内一小撮"，提出夺军权是错误的，向造反派说明，毛主席已经批评了这个事……

8月25日凌晨，周恩来在与刚从上海返京的杨成武谈话时，谈到了7、8月间混乱不堪的局势。他说："这样下去怎么得了，我最担心的是连锁反应，现在，一个是中央的领导不能动摇，一个是解放军的威信不能动摇！"9月1日凌晨，周恩来在接见广州赴京代表时说：我看派性现在已经登峰造极了，不能再往下发展了。同日，他在北京市革委会扩大会议上说：制止武斗是当前的一个主要任务。为了让毛泽东了解北京发生的各种事件的严重性，以及中央文革煽动极左思潮的严重后果，在8月25日凌晨与杨成武的谈话中，周恩来要杨即返上海向毛泽东汇报，并将王力8月7日讲话稿交杨转送毛泽东。

在"天下大乱"的1967年夏秋之际，毛泽东离京南巡，对华北、中南、华东地区"文化大革命"的情况进行视察，沿途发表了一系列重要谈话。毛泽东这次视察，是他下决心抑制动乱、恢复国家安定的一个重要步骤。

在谈话中，毛泽东首先肯定了当时"文化大革命"的形势"比以往任何时候都好"，认为整个无产阶级文化大革命"形势大好，不是小好"，"形势大好的重要标志是人民群众充分发动起来了"，"有些地方前一段好像很乱，其实那是乱了敌人，锻炼了群众"。但他谈话的重点，是号召群众组织实现革命的大联合，要求正确对待干部，批评一些极左言论。

他说，在工人阶级内部，没有根本的利害冲突。在无产阶级专政下的工人阶级内部，更没有理由一定要分裂成为誓不两立的两大派组织。他认为，有些人当了保守派，犯了错误，是认识问题。革命的红卫兵和革命的学生组织要实现革命的大联合。两派要互相少讲别人的缺点、错误，各自多作自我批评，求大同，存小异，自己提"以我为核心"是最蠢的。

关于干部问题，他指出，绝大多数的干部都是好的，不好的只是极少数，要团结干部的大多数。犯了错误的干部，包括犯了严重错误的干部，只要不是坚持不改、屡教不改的，都要团结教育他们。要扩大教育面，缩小打击面。要允许干部犯错误，允许干部改正错误，不要一犯错误就打倒。犯了错误有什么要紧？改了就好。要解放一批干部，让干部站出来。他说，正确地对待干部，是实行革命三结合，巩固革命大联合，搞好本单位斗、批、改的关键问题，一定要解决好。我们党，经过延安整风，教育了广大干部，团结了全党，保证了抗日战争和解放战争的胜利。这个传统，我们一定要发扬。他还说，干部问题，要从教育着手，扩大教育面，加强学习，要普遍地办学习班，轮训各级干部。

他告诫造反派头头和红卫兵，现在正是他们有可能犯错误的时候。他表示，要用我们自己犯错误的经验教训教育他们，对他们做政治思想工作，主要是同他们讲道理。

讲话中，毛泽东号召全国人民要斗私、批修，要拥军爱民，要抓革命促生产、促工作、促战备，把各方面的工作做得更好，把无产阶级文化大革命进行到底。

毛泽东的讲话中，实际上还触及到他发动"文化大革命"的一些深层原因和考虑。例如，他说，有些干部为什么会受到群众的批判斗争呢？一个是执行了资产阶级反动路线，群众有气。一个是官做大了，薪水多了，自以为了不起，就摆架子，有事不跟群众商量，不平等待人，不民主，喜欢骂人、训人，严重脱离群众。这样群众就有意见，平时没有机会讲，无产阶级文化大革命中爆发了。今后要吸取教训，很好地解决上下级关系问题，搞好干部和群众的关系。以后干部遇事要多和群众商量，做群众的小学生。在某种意义上说，最聪明、最有才能的，是最有实践经验的战士。[1]

在这段时间时里，毛泽东还具体纠正了一些"左"的口号，批准了一些纠"左"措施。如：他表示不赞成"四个伟大"的说法，[2]制止报刊宣传中"揪军内一小撮"的鼓噪，批评对外宣传中种种强加于人的行为。特别重要的是，他还提出要警惕煽动极左行动的"黑手"和"反革命"。

8月25日，毛泽东在上海听取了刚从北京返回的杨成武的汇报。经过一天思考，毛泽东下了决心。26日，他对杨成武说：王、关、戚（即王力、关锋、戚本禹）是破坏文化大革命的，不是好人，你只向总理一人报告，把他们抓起来。他还在王力8月7日讲话上批示："大、大、大毒草。"当天中午，杨成武回到北京，向周恩来汇报了毛泽东的决定。之后，周恩来主持召开有陈伯达、康生、江青等人参加的中央小碰头会。会上，周恩来传达了毛泽东的指示。随后王力、

关锋被隔离审查。翌年1月，戚本禹也被隔离审查。[3]毛泽东、周恩来这一举措，抓住了当时"天下大乱"、"全面内战"的症结，即全部动乱的直接根源——中央文革小组，有力地打击了文革小组的嚣张气焰，也使全国造反派受到震慑，使他们明确地感受到中央制止动乱的决心，各种极端行为不得不有所收敛。

在此之后，党中央采取了一系列坚决措施平抑武斗，制止动乱。9月5日，中共中央、国务院、中央军委、中央文革小组发出《关于不准抢夺人民解放军武器、装备和各种军用物资的命令》。《命令》强调今后如有违反命令者，"当以违犯国法论罪"。9月13日，中共中央等再次联合发出《关于严禁抢夺国家物资商品，冲击仓库，确保国家财产安全的通知》。9月16日至17日，周恩来、陈伯达、康生、江青在接见首都大专院校"红代会"各校代表时讲话，传达了毛泽东的意见：要告诉革命造反派的头头和红卫兵小将们，现在正是他们有可能犯错误的时候，要求红卫兵多做自我批评，迅速实现大联合，搞好本单位的斗批改。10月12日，《人民日报》发表题为《全国都来办毛泽东思想学习班》的社论，提出要以"斗私"、"批修"为纲，在全国的工厂、农村、机关、学校、部队普遍地举办学习班。10月14日，中共中央再次发出《关于大中小学校复课闹革命的通告》，要求全国各地大、中、小学一律立即开学，一边进行教学，一边进行改革，各学校都要实行革命的大联合、三结合，立即积极筹备招生事宜。10月17日，中共中央等发出《关于按系统实行革命大联合的通知》，要求各工厂、各部门、各学校、各企业等按系统、行业、班级等实现革命的大联合。10月27日，中共中央、中央文革小组作出《关于已经成

1966

1976

①《建国以来毛泽东文稿》第十二册，中央文献出版社，1998年版，第386～388页。
②即"伟大的导师、伟大的领袖、伟大的统帅、伟大的舵手"。林彪曾将"四个伟大"公开用于他的讲话和题词中。
③《周恩来年谱（1949～1976）》（下），中央文献出版社，1997年版，第183页。

◆《人民日报》社论《立即制止武斗》。

立了革命委员会的单位恢复党的组织生活的批示》，要求在已成立革命委员会的单位恢复党的组织生活。与此同时，中央还决定对一些最混乱的省、自治区和重要党政部门实行军事管制。根据毛泽东关于要教育、解放干部的意见，中央和各地分期分批举办干部学习班，一批干部由此解脱出来，恢复了工作。在舆论宣传上，也加强了对派性和无政府主义的批判，并公开揭露了矛头指向周恩来的北京"五一六"集团①……这一系列举措对于稳定形势、制止动乱发挥了重要作用。其中，最为重要的是，党中央10月7日转发了毛泽东视察期间的部分谈话内容。

毛泽东的这些讲话传达后，在全国范围内掀起了学习的热潮。这对于停止武斗、反对无政府主义、促进各派联合、恢复秩序，有效地抑制动乱，扭转几乎失控的局势，发挥了重要作用。虽然这些指示和党中央采取的其他一些措施只是在一些具体问题上批评或纠正极左思潮，处理了一些极左分子，没有也不可能触动"文化大革命"的指导思想，但它们毕竟抑制了极左思潮和极端动乱的局面，在当时历史条件下还是具有积极意义的。特别是毛泽东下令对王力、关锋、戚本禹的处置，在客观上给煽动极

左思潮的、不可一世的中央文革小组以沉重打击，这种打击本身就是安定形势的重要措施。

毛泽东的重要讲话和党中央采取的一系列措施，立即使动乱的局势得到一定程度的缓和，各地武斗普遍减少，社会秩序得到一定恢复，一些造反派组织开始着手"大联合"，一些领导干部恢复了工作，饱受动乱、武斗之苦的干部、群众稍稍松了一口气。虽然这些措施都是在肯定"文化大革命"和"全面夺权"的前提下提出和实施的，但实际上它们却都是对"文化大革命"发动以来一系列极端作法的批判和自我否定。而且，这些措施的实施又必然会引出一些事先不曾预料的后果。

五、"全国山河一片红"

"右倾翻案"与"反右倾翻案"

"文化大革命"发展到1967年时，其暴烈的形式和混乱不堪的局面已超出了任何人的想象。但是，不论"文化大革命"从表面上看去多么狂暴、荒诞、杂乱，但它仍然受到一种不以人的主观意志为转移的客观规律的支配。这场以最"革命"、最"激进"形式出现的运动，违背了人民的意愿和历史发展的方向，因而不能不受到越来越自觉、越来越坚决的抵制。当为了制止动乱、恢复秩序而不得不遏制极左思潮时，随之而来的往往是对"文化大革命"不满、怀疑情绪的发展和宣泄。这在当时被称作是"右倾"或"右倾翻案"。

1967年10月以后，全国开始学习贯彻毛泽东视察华北、中南和华东地区的谈话。各地造反派开始开门整风，斗私批修，消除派性，制止

①即1967年春夏北京几个大专院校少数人秘密串连组织的"首都红卫兵五一六兵团"。

武斗。《人民日报》、《红旗》杂志等也发表文章，强调应认清派性的反动性，号召打倒派性，团结一致，共同对敌；要求各派都要注意政策，对干部不能采取一概打倒的态度，等等。《解放军报》也提出，"支左"部队应坚决执行"支左不支派"的原则。显然，这时的宣传重点，已不同于"文化大革命"发动时期高喊"革命造反精神万岁"和"横扫一切牛鬼蛇神"的时候了。批判派性和要求造反派整风，实际上已把这些不可一世的造反派置于犯错误、受批评的地位。不难看出，这些宣传和做法，也使"天下大乱"、"打倒一切"等发动"文化大革命"的核心理论处于自相矛盾的尴尬境地。广大人民群众内心积郁的对造反派"无法无天"行径和对中央文革小组的不满通过各种形式表达出来，对"文化大革命"的怀疑增长了。不约束动乱就会亡党亡国，而一约束动乱就会引发对"文化大革命"否定的"右倾翻案"，"文化大革命"由此而陷入一个进退维谷的怪圈。

在批判派性和约束造反派以及中央文革三个头面人物相继被"审查"的背景下，1967年底至1968年初，上海市某些群众组织相继发表了怀疑和批判江青、张春桥，否定造反派行为的言论。1968年2月中旬，外交部九十一名司局级干部联名贴出题为《揭露敌人，战而胜之——批判"打倒陈毅"的反动口号》的大字报。大字报说："一小撮阶级敌人在陈毅问题上制造的混乱，已开始得到澄清，被颠倒了的是非，正在被颠倒过来！我们敬爱的周总理日理万机，十分劳累，我们外交部和驻外使馆广大革命同志一起，热烈欢迎陈毅同志尽快回来主持部务"，揭露并要求"彻底批判"煽动打倒陈毅的极左人物。[①]2月底，国防科委党

委常委在一次会上集体通过"拥护以聂荣臻同志为核心的国防科委党委的正确领导"的提法。3月18日，清华大学"井冈山兵团四一四总部"在致谢富治的信中问道："你和戚本禹到底是什么关系？你和他是亲密的，不是一般关系……"清华大学还有些人认为被打倒的蒋南翔、刘冰等是革命领导干部，认为"一月夺权是地富反坏右、牛鬼蛇神的大翻个儿"。在这一段时间里，类似的事件在全国各地普遍出现：有的是表示对"文化大革命"的不满，有的是为被打倒的干部、群众鸣不平，有的是指责造反派的无法无天，有的是发泄对中央文革的愤懑，有的是对"文化大革命"理论的怀疑……这些事情虽然还没有达到从根本上否定"文化大革命"的高度，但却真实地反映了党内外有识之士对"文化大革命"以来种种现象的怀疑和思考。当然，这不能不引起中央文革小组一伙人的恐慌和仇恨。

1968年3月中旬，江青、康生等人在多处场合宣称：1967年冬天以后，全国"有一股右倾翻案风"，"表现就是为二月逆流翻案"。康生说，"当前的危险是右倾机会主义、右倾分裂主义"，"有一小撮人替二月逆流翻案"。谢富治也说："右倾机会主义、右倾分裂主义是当前主要危险"。3月27日，北京十万军民举行"彻底粉碎'二月逆流'新反扑，夺取无产阶级文化大革命全面胜利誓师大会"。与此同时，江青等人控制的舆论工具又连篇累牍地发表文章，大反"右倾翻案风"，大谈"文化大革命"的必要性和"伟大意义"，指责"保守派"和"走资派"要翻"文化大革命"的案，用对派性要"一分为二"之类的理论为派性和造反派辩护，等等。3月23日，《人民日报》评论员文章《念念不忘阶级斗争》一文

---

① 《共和国史记》第三卷（上），吉林人民出版社，1997年版，第342页。

提醒人们，在革命委员会成立以后，阶级敌人、走资派会改变自己的策略，或煽动无政府主义，或大刮黑风，否定革命的群众运动，否定文化大革命的伟大成就，如此等等。

4月10日，在两报一刊的一篇社论中，又发表了毛泽东的一段新的语录："无产阶级文化大革命，实质上是在社会主义条件下，无产阶级反对资产阶级和一切剥削阶级的政治大革命，是中国共产党及其领导下的广大革命人民群众和国民党反动派长期斗争的继续，是无产阶级和资产阶级斗争的继续。"显然，从这样一个角度来阐述"文化大革命"的性质和肯定它的意义，表明毛泽东也不愿意在约束极左思潮时出现否定"文化大革命"的所谓"右倾翻案风"。4月12日，《人民日报》与《解放军报》的社论中称："当前，要特别警惕右倾保守思想，反对右倾机会主义和右倾分裂主义，反对山头主义和宗派主义，反对两面派，打退阶级敌人的'翻案'黑风，粉碎他们的复辟阴谋。"4月20日，两报在另一篇社论中又提出要特别警惕和坚决反对"右倾分裂主义、右倾投降主义、右倾保守主义"。5月3日，《人民日报》、《解放军报》又在一篇社论中说："在当前，要坚定地反对右倾机会主义"，"要保卫无产阶级文化大革命的伟大成果"，"决不准许资产阶级反动路线翻案"。这一系列"反右倾"的舆论使刚刚有所收敛的造反派再度兴奋起来，1967年秋冬以来刚刚有所缓解的形势又面临着严峻的挑战。在此前后，各地受到江青等人影响和控制的一些人在各自地区叫嚣存在着为"二月逆流"翻案、为牛鬼蛇神翻案、为被打倒的走资派翻案和诬蔑"文化大革命""大好形势"的"黑风"，一些无法无天的造反活动再次出现。3月30日，浙江造反

派召开"彻底砸烂反动的公、检、法誓师大会"，批斗原省公安厅主要负责人，煽动在全省"砸烂"公、检、法。4月28日，《陕西日报》发表社论：《彻底砸烂我省反动的公检法》，致使全省281个公安机关、110个检察院、61个法院和法庭被砸烂，大批档案、枪支弹药被抢，等等。①

3月下旬，在北京发生了所谓"杨(成武)、余(立金)、傅(崇碧)事件"。这是林彪、江青一伙联合制造的又一起有预谋的迫害军队领导人事件。关于杨、余、傅的"错误"，林彪宣称：杨成武犯有"山头主义、两面派"和"曲解马克思主义"的错误，并同余、傅二人勾结，要打倒吴法宪、谢富治；傅崇碧不久前率人"武装冲击中央文革"；等等。据此，决定撤销杨、余、傅三人现任职务，②同时任命黄永胜为中国人民解放军总参谋长，温玉成兼任北京卫戍区司令员。"杨、余、傅事件"后，原中央军委常委及其所属机构停止工作，由黄永胜取代杨成武任中央军委办事组组长。

"杨、余、傅事件"后，林彪、康生等人多次暗示聂荣臻是杨成武的"黑后台"，并声称要揪"杨、余、傅"的"黑后台"。4月7日，聂荣臻致信毛泽东，澄清事实。4月10日，周恩来转告聂荣臻，毛泽东在聂的信上批示："荣臻同志，信已收到，安心养病，勿信谣言。"

"杨、余、傅事件"的发生，是林彪、江青两个集团排斥异己、巩固和加强本集团势力的需要，另一方面，也是为了将矛头对准公开对"文化大革命"表示不满的"右倾思潮"和参加所谓"二月逆流"的老一辈革命家。从更深的层次看，在"文化大革命"已经引起人们广泛的不满和怀疑的情况下，要想使它保持原有的势头并继续深入下去，只有不断地制造出新的事件和

① 《共和国史记》第三卷（上），吉林人民出版社，1997年版，第361页。
② 杨成武时任中国人民解放军代总参谋长、中央军委常委、副秘书长等职；余立金时任空军政治委员、空军党委第二书记；傅崇碧时任北京军区副司令员兼北京卫戍区司令员。

1966
1976

"敌人"，从而证明它的必要性和正确性，才能动员群众自觉地支持它并投身其中。但这又必然引发一系列新的更为棘手的矛盾，使已经趋于缓和的动乱再次严重起来。

再次采取断然措施制止动乱

1968年春开始的反击"右倾翻案风"，很快使各地派性复发，全面内战再起。本来，1967年10月后，全国范围内贯彻毛泽东南巡讲话后，动乱的局面已得到一定程度的控制。但是这种局面还只是非常初步的，它的基础还十分薄弱。许多地方响应毛泽东和中央号召实现的"大联合"，实际上不过是貌合神离的"大凑合"。不少在动乱中产生并依靠打、砸、抢获得巨大利益的造反组织，还希望通过持续的动乱得到更多的利益，他们的本质决定了他们不能接受"大联合"和安定的局面。反击"右倾翻案风"满足了各地激进造反派的这种要求。它们以"坚持无产阶级革命派的派性"为由，重拉队伍，再立山头，大搞武装，频繁武斗，"天下大乱"几乎又达到1967年7、8、9三个月的程度。

1968年2月初，津浦线上两列客车遭武装抢劫，乘务员数人被绑架，该干线几处路段被毁，通讯调度中断，数座铁路、公路桥被炸。类似蓄意破坏铁路交通的情况，在徐州、蚌埠、郑州、连云港、衡阳、柳州、广州、昆明、成都一线都有发生。4月初后，陕西一些地方不断发生武斗，抢劫银行、档案、仓库、商店、车船，炸毁仓库、公共设施和民房，抢夺枪支等等。5月3日，广西发生袭击解放军，打死打伤多名战士的事件。5月5日，广西发生特大规模武装抢夺枪支弹药的严重事件。5月中旬，山西多处武斗再次

◆ 1968年红卫兵与女战士。

升级。同年6、7月，广西、陕西、四川等地又发生一系列破坏铁路交通、抢夺军用物资装备、动用重型军事装备进行大规模武斗造成人员重大伤亡、冲击军事机关和部队、杀伤人民解放军指战员，以及抢劫国家银行、仓库，大肆烧毁、爆炸国家财产等恶性事件。派性武斗竟然发展到如此程度，可见其嚣张之甚，为害之烈，也可见当时各级革命委员会以至军管会权威的脆弱。

为平息武斗，稳定形势，党中央再次采取一系列坚决、有力的措施。2月6日，中共中央、国务院、中央军委、中央文革小组发布命令指出：煽动、操纵和指挥破坏铁路、炸毁桥梁、袭击列车、杀人劫货的极少数坏头头是反革命分子，必须坚决镇压法办。2月25日，《人民日报》发表题为《无政府主义是通向反革命的政治桥梁》的署名文章，指出：无政府主义已经成为当前资产阶级向无产阶级进行疯狂反扑的主要手段。5月28日，中央军委、中央文革小组急电要求武汉市造反派"立即停止抢枪"。6月13日，中央发出特急电报，制止广西柳州、桂林、南宁地区的一些人冲击部队、抢夺武器、物资等罪行。随即，中央又发出《关于确保援越抗美物资

1966

1976

毛泽东
时代的
中国
MAOZEDONGSHIDAIDEZHONGGUO

1966

1976

运输畅通的紧急命令》，明确提出：对一切破坏运输、装卸的反革命行为，必须实行专政措施。7月3日和7月24日，中共中央、国务院、中央军委、中央文革小组先后就广西、陕西等地严重武斗发布"七三"、"七二四"布告。《布告》指出，近一段时间里，广西、陕西等地连续发生一系列反革命事件，破坏铁路，抢劫物资和国家银行、仓库和商店，冲击监狱，抢夺武器，私设电台，围攻军队，杀伤指战员，等等。《布告》要求对肇事的造反派组织采取果断措施，强行收缴武器，拆除武斗工事，包抄、围困拒不服从中央命令的武斗组织，令其放下武器，停止抵抗；逮捕指挥打、砸、抢的造反派头头；立即交回抢去的现金、物资和武器装备；对确有证据的杀人放火、抢劫、私设电台、中断交通运输、冲击监狱、劳改农场、私放劳改犯的犯罪分子，必须坚决依法惩办。这两个布告实际上是对1968年春"反击右倾翻案"后迅速膨胀起来的派性的一次态度强硬的反击，是不得已情况下采取的强制手段。它对于一些混乱地区的造反派确实起到震慑作用，有利于这些地方稳定局面，恢复秩序。为此，对派性武斗早已厌倦的广大干部群众对中央布告及其所采取的措施是理解和拥护的。当然，由于严重混乱的局面以及派性的干扰，由于一些干部在掌握、执行政策时的局限性，个别地方在执行中央布告时，也出现了认识和工作上的偏差，留下了一些明显的后遗症。

1968年春夏"反击右倾翻案"使刚刚受到压制的派性又大规模故态复萌，刚刚有所缓和的局势再次动荡起来。如不及时加以制止，整个国家很可能面临着比1967年夏天更加严重的动乱，这是党中央在1968年夏季采取强力措

施平息动乱的直接原因。派性复发与坚决反派性的强制措施，又一次以实践证明了所谓"反击右倾翻案"及宣扬"无产阶级派性"的荒谬性及严重后果。然而，在不可能从全局上纠正"文化大革命"的错误之前，这种"纠左"与"反右"的循环是无法停止的。

"工宣队"进驻学校

在"反击右倾翻案"与坚持"无产阶级派性"的鼓动下，与那些发生严重派性武斗的地区一样，1968年春夏，在北京和各地一些大专院校里，学生组织中的派性斗争也在激烈进行，并不时酿成流血冲突。从5月底开始，北京清华大学"井冈山兵团"在其负责人蒯大富指挥下，在校内连续挑起武斗，造成数名学生死亡。清华大学的武斗事件是有代表性的，在全国高校乃至全国各地都有很大影响。能否采取有效措施制止这些在"文化大革命"初期造反中立下"丰功伟绩"的学生间的武斗，促成联合，引导他们走上"复课闹革命"之路，实际上已经成为检验中央是否有决心、有能力结束动乱的焦点。

与1967年夏季一样，1968年夏季毛泽东又不得不再次考虑结束愈演愈烈的武斗和动乱。1967年春夏至1968年春夏动乱——批判极左、制止动乱——反击右倾翻案——再次动乱的事实，已经使毛泽东认识到，想结束动乱就只能约束极左思潮，淡化"无产阶级革命造反精神"，虽然这又必然反过来助长"右倾"思潮。但是，国家已不能这样无休止地乱下去了，必须采取断然措施制止动乱，必须约束极左思潮，即使这样做会再次引发"右倾"思潮的上升也

在所不惜。"七三"和"七二四"布告已给各地的动乱下了"猛药"，结束清华大学等的武斗已经提上日程。

7月27日，根据毛泽东的设想，首都几千名"工人毛泽东思想宣传队"队员奉命开进清华大学，宣传停止武斗，收缴武器，拆除工事，帮助各派实现联合与团结。蒯大富等人自恃是"文化大革命"的"功臣"，中央文革小组的"宠儿"，还沉浸在"造反"、"夺权"的狂热之中。他们藐视权威，目空一切，为所欲为，紧急策划以武力"抵抗、还击"。在武斗人员的袭击下，五名赤手空拳的工宣队员惨遭杀害，另有七百多人受伤。蒯大富等人还想像以往那样，让中央承认他们所造成的既成事实，但他们不知道毛泽东对动乱的态度又有所变化，低估了毛泽东结束动乱的决心和能力。

7月28日凌晨3时半至8时半，毛泽东、林彪、周恩来和中央文革碰头会成员集体接见聂元梓(北京大学)、蒯大富(清华大学)、韩爱晶(北京航空学院)、谭厚兰(北京师范大学)和王大宾(北京地质学院)等号称北京大专院校红卫兵的"五大领袖"。谈话中，毛泽东对北京大专院校学生组织之间长期争斗的状况表示十分不满，对聂元梓等人发出严厉的批评。他说：今天找你们来商量制止大学的武斗问题。文化大革命搞了两年，你们现在是一不斗，二不批，三不改。斗是斗，你们少数大专院校是在搞武斗。现在的工人、农民、战士、居民都不高兴，大多数的学生都不高兴，就连拥护你那一派的人也不高兴。你们脱离了工人、农民、战士、学生的大多数，群众就是不爱打内战。他警告说，谁如果还继续违犯中央七月份发出的两个公告，打解放军、破坏交通、杀人、放火，就要犯罪；如果有

少数人不听劝阻，坚持不改，就是土匪，就是国民党，就要包围起来；还继续顽抗，就要实行歼灭。他表示，希望你们不要搞天派地派，搞成一派算了，搞什么两派。

毛泽东的谈话，表明他这时已下决心结束动乱。在难于依靠造反学生制止动乱的情况下，毛泽东选择了派工人宣传队进驻以控制学校局势的办法。8月5日，毛泽东把外国友人赠送的芒果转送给驻清华大学的工宣队。8月13日和15日，毛泽东与林彪先后接见首都工宣队队员和驻清华大学工宣队代表，以此表示党中央对他们的坚决支持，同时也表达了党中央制止武斗、反对无政府主义的决心。8月25日，中共中央、国务院、中央军委、中央文革小组发出《关于派工人宣传队进学校的通知》。《通知》中说，中央认为，整顿教育，时机到了，各地应仿照北京的办法，把大中城市的大、中、小学校逐步管起来。据此，全国大、中学校包括一些小学都进驻了工宣队和军宣队，一些"老大难"单位和军事院校也派驻了工人和军管人员。例如，到8月26日，上海已有二十三所高等院校进驻了工宣队。

虽然依靠外部力量来控制、领导学校的办法仍不过是一种权宜之计，但它毕竟在短时间里使学校恢复了起码的秩序，并使往往在社会上各种武斗中充当先锋的大、中学校学生陆续返校，脱离武斗，给各种武斗"釜底抽薪"，因而对实现全社会的安定都有一定意义。实际上，这种派工宣队的做法与"文化大革命"初派工作组的做法在实质上是一样的。工作组被认定是"资产阶级反动路线"的产物而受到批判，但现在为了结束动乱，又不能不以另一种形式重复工作组的做法，这实际上就是对"让群众在

1966

1976

运动中自己教育自己"、"不能采用任何包办代替的办法"等"文化大革命"指导方针的否定。"文化大革命"不得不再一次陷入理论与实践的巨大矛盾之中。

在向学校派出工宣队的同时，中央权威的舆论工具加大了对无政府主义批判的力度。8月5日，《人民日报》发表题为《在以毛主席为首的无产阶级司令部的领导下团结起来》的社论。社论批判了"多中心论"和"以我为中心"的无政府主义思想，着重指出："以毛主席为首、林副主席为副的无产阶级司令部，是全党、全军、全国和广大革命群众唯一的领导中心，全党、全军、全国只能有这样一个中心，不能有第二个中心"，"所谓'多中心论'是一种资产阶级的山头主义、个人主义的反动理论"。8月13日，《人民日报》转载《解放日报》8月7日社论：《统一意志、统一步伐、统一行动》。这篇社论指出，对毛主席的指示抱什么态度，对无产阶级司令部抱什么态度，这是一个在两个阶级、两条道路、两条路线的斗争中站在哪一边的问题，是要不要将无产阶级文化大革命进行到底的问题。《人民日报》在"编者的话"中特别说明：有些人对批判"多中心论"的重大意义认识不足，甚至不理解。

8月25日，《红旗》杂志第2期刊登姚文元的文章《工人阶级必须领导一切》。文章说："单靠学生、知识分子不能完成教育战线的斗、批、改，及其他一系列任务，必须有工人、解放军参加，必须有工人阶级的坚强领导。"文章还公布了毛泽东的有关最新指示：实现无产阶级教育革命，必须有工人阶级领导、必须有工人群众参加，配合解放军战士，同学校的学生、教员、工人中决心把无产阶级教育革命进行到底的

积极分子实行革命的三结合。工人宣传队要在学校中长期留下去，并且永远领导学校。在农村，则应由工人阶级最可靠的同盟者——贫下中农管理学校。与"文化大革命"初期不同，毛泽东此时已不再突出红卫兵一类学生造反派的作用，更不会让他们充当启发、动员工人、农民起来造反的"先知"角色，此时，他强调的"工人阶级领导一切"，是工宣队"永远领导学校"，换句话说，他强调的恢复秩序，是稳定形势。

"文化大革命"是通过鼓动无政府主义发动起来的。1966年至1967年间，任何对无政府主义的指责都有可能被戴上"资产阶级反动路线"的帽子。然而，事过境迁，当无政府主义已从根本上威胁到整个国家的生存，威胁到"文化大革命"自身时，反对无政府主义，强调纪律，维护权威便成为首要的任务。与运动初期猛烈批判工作组，而到1968年又不得不通过"工宣队"的形式变相恢复工作组一样，"文化大革命"的每一步发展，都是对前一阶段的自我否定。

二十九个省革委会成立

1968年9月5日，新疆、西藏两个自治区的革命委员会同时成立。1967年上海"一月夺权"后，经过持续二十个月的动乱和反复，终于实现了全国(除台湾省外)二十九个省级革命委员会的成立。

1968年9月7日，《人民日报》和《解放军报》在题为《无产阶级文化大革命的全面胜利万岁！》的社论中说："从上海'一月革命'风暴的兴起，到西藏和新疆两个革命委员会的成立，经过二十个月伟大的斗争，全国军民实现了毛

◆ 1967年2月3日,山东省革命委员会成立大会在济南举行。

主席发出的'无产阶级革命派联合起来,向党内一小撮走资本主义道路的当权派夺权'的伟大号召,在全国范围内赢得了无产阶级文化大革命的决定性胜利。"[1]又说:"全国各省、市、自治区革命委员会的全部成立,宣告了中国赫鲁晓夫及其在各地区的代理人变无产阶级专政为资产阶级专政的反革命阴谋的彻底破产,把美帝、苏修的一切反革命谣言击得粉碎,使帝国主义和现代修正主义在中国实现'和平演变'的痴心妄想化为泡影。""显示了战无不胜的毛泽东思想掌握了亿万革命群众的无比威力,大大加强了无产阶级专政,大大地丰富和

发展了马克思列宁主义。"

9月7日,北京举行了数十万人的庆祝大会,欢呼"全国山河一片红",各省、自治区也都举行了类似的集会。省级革委会全部成立后,市、县级革委会及各部门、各单位的革委会也在不长的时间里相继成立。实际上,历史已经证明,这二十个月正是"文化大革命"发动以来,党、国家和军队处于最混乱、最复杂、最艰难的一个时期。基于对党和国家形势十分严重的估计,采取"全面夺权"的方式,经历了"全面内战"的动乱而建立起来的革委会,不论在理论上还是在实践上都是站不住脚的。以省级革

1966

1976

◆ 至1967年9月5日,除台湾省外,各省、自治区、直辖市全部成立了"三结合"的革命委员会。图为1968年9月7日,北京群众集会庆祝"全国山河一片红"。

①《人民日报》、《解放军报》,1968年9月7日。

毛泽东时代的中国
MAOZEDONGSHIDAIDEZHONGGUO

1966

1976

委会的全部成立作为"一片红"的象征和标志，其逻辑上的荒谬也是显而易见的。

革委会是在"全面夺权"的基础上建立的。"一月夺权"后陆续建立起来的省级革委会，都因各造反派组织分别夺权而经历了大规模的派别对抗和"全面内战"，然后经过军管会与各个派别的反复协商，最后经中央批准而成立。毛泽东希望通过"文化大革命"解决国家机关密切联系群众、使广大人民群众直接参加国家管理、反对官僚主义等问题。作为一种新型的国家形式，他认为"革命委员会的基本经验有三条：一条是有革命干部的代表，一条是有军队的代表，一条是有革命群众的代表，实现了革命的三结合。"①此外，革委会还有一个年龄上"老、中、青"的"三结合"。

毛泽东对革委会寄予了很高的期望。他强调："革命委员会要实行一元化的领导，打破重叠的行政机构，精兵简政，组织起一个革命化的联系群众的领导班子。"②按照这个指示，各级革委会都实行党政合一、高度集中的的领导体制。它既是政府部门的名称，又是工厂、人民公社、街道、学校、医院乃至部队一些单位领导机构的名称。革委会内部的"党的核心小组"即为同级党的领导机构，由革委会的主要负责人组成。按照"精兵简政"的要求，革委会对原党政机关工作人员进行了大幅度的精简。由于迷信依靠政治运动的方法进行机构改革，没有科学的论证，以精简人数和机构的多少作为革命或不革命的标志，各种、各级机关都把人员、机构精简到难以维持正常工作的地步。对于一个主要是依靠行政方法和政治运动来管理社会和动员群众的国家来说，客观上特别需要一个庞大的、无所不包的国家行政机构。这样只凭

主观愿望而不顾客观实际的大规模精简，立刻使各级政府机构的工作几乎无法进行。所以，机构精简后不久，就出现了新一轮的机构和人员的大膨胀。

革委会的酝酿、建立，是按照"以阶级斗争为纲"的原则，以全盘否定建国以来我国党政领导体制、以"走资派"的名义打倒一大批领导干部为前提的。它以抓阶级斗争为自己的基本职能，被宣传为是"领导广大革命群众向阶级敌人进攻的战斗指挥部"。它虽然也有管理经济、文化、教育、人民生活等方面的职能，但与阶级斗争相比，都被放到了次要的地位。革委会体制是我国政治体制在职能、结构上的一个倒退，它非但没有达到政治民主、联系群众、精简高效、廉洁公正的理想境界，反而更加发展了高度集中、党政不分的传统体制的弊端。在革委会建立的过程中，大批造反派骨干分子进入各级领导部门，这些依靠造反上来的帮派势力头头和"天下大乱"的既得利益者，成为"文化大革命"结束以前国家政治生活长期难以安定的重要因素。

二十个月的"全面夺权"和"天下大乱"，给新中国的政治、经济、文化、科学、教育带来了空前的灾难。在政治上思想上，由于林彪、江青反革命集团的破坏和极左思潮的泛滥，加上各地群众组织中普遍存在的无政府主义思潮、派性和小团体主义，必然导致思想理论混乱、道德观念沦丧和党纪国法废弛，造成是非曲直全无标准。大批久经考验的党政军领导干部被当作"走资派"、叛徒、特务、国民党打倒，他们及其家属受到各种各样的虐待；大批科学家、文学家、技术人员、教师、医生、文艺工作者被戴上"反动资产阶级知识分子"的帽子受到迫害；大批老工

①两报一刊社论《革命委员会好》，1968年3月30日。
②两报一刊社论《革命委员会好》，1968年3月30日。

人、老党员、老模范及基层领导干部被当作"保皇派"、"保守派"、"走资派"受到冲击。在"全面夺权"的二十个月里，被中央文件和报刊上点名定性为"敌我矛盾"的各省、市、自治区的主要负责人，就多达六十余人。"天下大乱"和"全面内战"使全国人民生活水平下降，人与人之间相互揭发、相互戒备甚至刀兵相见，在动乱、恐怖和高压之中战战惊惊，不知所措，思想空虚，精神苦闷，一些人道德沦丧，失去理想。人们无法理解两年来"文化大革命"的过程和现状，更不知道以后将会如何发展，在一片庆祝"全面胜利"的欢呼声中，人们对未来感到茫然。

"全面夺权"造成的"天下大乱"的局面，严重阻碍、破坏了国民经济的正常秩序，使工农业生产尤其是工业生产出现持续性下跌。1967年工农业总产值为2104.5亿元，比1966年下降了近10%。1968年又继续下降为2105.3亿元，在上年下降的基础上，又下降了4.2%，相当于1966年的86.6%。其中，农业总产值1967年651亿元，仅比上年有微弱增长；1968年为635亿元，比上年下降2.5%。工业总产值1967年为1453.5亿元，比上年下降14%；1968年为1380.3亿元，在上年下降的基础上，又下降了5%，只相当于1966年的81.8%。①各地、各部门领导生产业务的干部怕被扣上"以生产压革命"的帽子，不敢也不能理直气壮地抓生产，造成经济指挥和管理、协调机构基本失灵、瘫痪，整个国民经济实际处于无政府状态。1968年，因形势极度混乱，竟无法制订年度计划，成为我国建立计划经济体制以来唯一没有年度计划的一年。此外，在极左思潮冲击下，多数来在经济工作中形成的许多行之有效的经济政策和规章制度遭到批判以至废弃，企业管理混乱，劳动纪律

松懈，产品质量低下，挥霍、侵吞乃至毁坏国家资财的现象比比皆是。

革委会是建国以来我国政权建设中的一次大倒退。但是，也应看到，革委会的普遍建立，毕竟在一定程度上结束了"天下大乱"的局面，在一定程度上恢复了基本的秩序和权威，这总比激烈的动荡局面要好一些。

在"全面夺权"、"天下大乱"的二十个月里，尽管党和国家的各级领导机关受到建国以来最严重的冲击和破坏，大批党政军领导干部被错误地打倒和遭受迫害，但他们当中绝大多数仍是忠于党、忠于人民的，他们没有动摇对社会主义事业和共产主义的信念，相信强加在他们身上的种种罪名总有一天得以昭雪。在艰难、危险的情况下，广大干部和党团员骨干仍然能够以大局为重，不忘党的优良传统，努力体现党的正确的方针原则，坚守工作岗位，抵制派性争斗。遭受打击和迫害的绝大多数知识分子、劳动模范和广大工农群众，都没有动摇热爱祖国、拥护共产党、拥护社会主义的立场，没有动摇立志改变祖国"一穷二白"落后面貌的决心。他们置个人荣辱安危于度外，坚守岗位，坚持生产，钻研业务，忘我工作。为了维护党和国家的根本利益，许多老一辈革命家和干部群众奋起抗争，与林彪、江青反革命集团进行了坚决的斗争，有人甚至为此献出了宝贵生命。党和人民中健康力量抵制"左"倾错误，反对林彪、江青集团的斗争具有广泛的思想基础和群众基础，得到了广大党员、干部、群众衷心的拥护和支持。正是由于这些因素的存在，才使"文化大革命"的破坏受到一定程度的限制，国民经济才能在某些方面取得可贵的进展；才使得党、国家政权、人民军队和整个社会的性质都没有也不会改变，显示

1966

1976

①《中国社会主义经济简史》，黑龙江人民出版社，1985年版，第361页。

出中国共产党和社会主义制度的顽强生命力。

六、"团结、胜利"的大会——九大

党的八届扩大的十二中全会

　　1970年，毛泽东在一次讲话中说，"文化大革命"的高潮在1969年就结束了。按照他的思路，1968年9月全国省级革委会（除台湾省外）的全部建立，以及1969年4月党的九大的召开，便是这一高潮最明显、最直接的象征。毛泽东对九大的召开寄与了厚望。他认为，九大的召开是以"文化大革命"取得了决定性胜利为前提和基础的。他希望把九大开成一个团结的大会，胜利的大会，使全党和全国人民在无产阶级专政下继续革命的理论上统一起来，团结起来，通过"斗、批、改"运动，把无产阶级专政的任务落实到基层，从而胜利地结束"文化大革命"。与此同时，按照"抓革命,促生产"的逻辑，用在"文化大革命"中被激发和培育出来的革命精神和牢牢确立的无产阶级政治，在全国范围里掀起经济建设的高潮。

　　按照八大《党章》规定，党的第九次全国代表大会应在1961年召开。但是，由于1957年以后国内外的各种因素，党的九大在"文化大革命"前一直未能如期举行。1966年"文化大革命"爆发后，在同年8月召开的中共八届十一中全会会上，毛泽东曾提出将在1967年"适当时候"召开九大，并建议由中央政治局筹备此事。由于当时党中央的实际状况以及后来发生的全国大动乱的局势，使九大的准备工作不得不一拖再拖。1967年秋，毛泽东又提出了九大的准备工作，并指示张春桥、姚文元先在上海做

些调查。同年10月21日,中共中央、中央文革发出《关于征询对九大问题意见的通知》。11月初，毛泽东就九大准备工作与中央文革小组成员谈话，指出：文化大革命就是整党、整团、整政府、整军队，党要"吐故纳新"，党纲要修改。11月间，中央文革小组以群众名义整理出一份筹备九大的通报，主要内容有：要把社会主义社会阶级斗争的理论写入九大党纲；要写一部党内两条路线斗争史；要大力宣传林彪是"毛主席的亲密战友和接班人"，并写入九大的报告和决议；要把"文化大革命"中涌现的"新生力量"选入党的中央委员会；要把"叛徒、特务、反革命修正主义分子""统统清除出去，以根除隐患"。通报整理的这五条，实际上成为各地准备九大和修改党章的指导思想。12月，中共中央、中央文革发出了有关整顿、恢复和重建党组织的意见，以及关于进行修改党纲党章工作的通知。在这一过程中，中央文革小组已在事实上成为主持九大筹备工作的领导机构。

　　1967年间，刘少奇实际上已被"群众运动"所打倒。但不论这种打倒在形式上如何轰轰烈烈、沸沸扬扬和煞有介事，但它毕竟只是一种体制外的行为，它还必须得到党的全国代表大会的通过和认可，完成一定的程序，哪怕明知这只不过是一种"形式"。而且，对刘少奇的最后定性和处理，不仅关系到对"无产阶级专政下继续革命"理论和"文化大革命"实践的评价，也关系到新的中央领导机构的人事安排。"文化大革命"初，毛泽东虽然对刘少奇不满，但并没有要打倒刘少奇的设想。后来，因在工作组等重大问题上的分歧，毛对刘的不满大大加深，并把刘过去工作中的"右倾"与"文化大革命"中所谓"镇压群众运动"联系起来，进一

◆ 1966年当刘少奇最后一次出现在天安门城楼上时，虽然已位在林彪之下，但还是尽量与毛泽东保持一致，也穿上了军装。

步得出刘有一个"资产阶级司令部"，即便在这时，毛泽东仍将刘少奇的问题看作是党内问题。1966年12月，中央成立了以谢富治为组长的、目标间接对着刘少奇的"王光美专案组"。尽管如此，毛泽东、周恩来等仍多次劝阻揪斗刘少奇和王光美，要求不得公开张贴关于刘少奇的大字报。1967年1、2月间，毛泽东在一些场合还表示将来在九大上要选刘少奇作九届中央委员。

1967年"全面夺权"后，大批各级党政领导干部被当成"走资派"打倒，按照"文化大革命"的逻辑，他们必然有一个在中央的"头"。而且，"文化大革命"已经发展到这样一种地步，如果找不出这样一个"头"，它的全部理论和实践的正确性就无法得到证实。林彪、江青两个集团为发展其宗派势力，实现"改朝换代"的目的，必欲将刘少奇问题无限上纲，置他于死地。这一年4月起，全国报刊舆论掀起集中批判刘少

奇及其"反革命修正主义路线"的浪潮，刘少奇被公开说成是"党内最大的走资本主义道路当权派"、"中国的赫鲁晓夫"、"提出和推行资产阶级反动路线的头面人物"，等等。与此同时，江青、康生、谢富治指示"王光美专案组""狠抓刘少奇自首变节问题"，企图将历史上"一贯反动"的罪名强加给刘少奇。给刘少奇问题"定性"，实际上也是对"全面夺权"中被打倒的从中央到地方的一大批党、政、军领导干部的"定性"，也就是给"文化大革命"的"正确性"和"伟大意义"定性。这种"定性"的工作，须由党的全国代表大会来完成。

1968年10月13日至31日，为总结前一阶段运动的"经验"，部署下一步"斗、批、改"任务，为召开党的第九次全国代表大会作各项准备，中共八届扩大的十二中全会在北京召开。应出席全会的八十七名(不含去世的十名)八届中央委员中，有半数以上的人因受到各种诬陷而被剥夺了出席会议的权利，实际到会四十人；原九十八名八届候补中央委员中，到会的仅为十九人。为达到法定到会的中央委员的半数，全

1966

1976

◆ 毛泽东在中共八届十二中全会上。

会开幕式上临时将十名候补中央委员补为中央委员（未按惯例依名次排列递补），使到会中央委员为五十人，将过半数。除中央委员、候补中央委员外，中央文革碰头会成员、中央军委办事组成员和各省、市、自治区革命委员会和各大军区负责人、中央直属机关负责人等列席了会议。

毛泽东主持了这次全会。他在开幕式上的讲话中说："过去我们南征北战，那种战争好打。因为敌人清楚。这回无产阶级文化大革命，比那种战争困难得多。"原因在于"问题就是犯思想错误的，同乱我矛盾的，混合在一起，一时还搞不清楚"。①他要求全会讨论一下，文化大革命究竟要不要搞？成绩是主要的，还是缺点错误是主要的？要搞到底还是不搞到底？他指出，这场文化大革命要搞到底。什么叫到底？估计要三年，到明年夏季差不多了。到底就是大批判、清理阶级队伍、精简机构、改革不合理的规章制度。周恩来宣布了会议议程：1.九大代表产生的原则和方法；2.修改党章；3.国内外形势；4.刘少奇专案审查报告。

全会期间，林彪、康生、江青、谢富治等在发言中，对1967年的所谓"二月逆流"横加批判，诬蔑陈毅、叶剑英、徐向前、聂荣臻等老一辈革命家"反毛主席"，"为王明路线翻案"，"为叛徒、特务、走资派翻案"，是"资本主义复辟的预演"，是十一中全会以后"一次最严重的反党事件"。同时，他们还攻击1968年春发生的所谓"杨、余、傅事件"是"为'二月逆流'翻案的邪风"，指责朱德、陈云、邓子恢、王稼祥是"一贯右倾"。林彪、江青等人如此不遗余力地集中围攻"二月逆流"，一方面是借批判"文化大革命"的怀疑派、反对派，来肯定"文化大革命"的"伟

大胜利"，一方面是为他们在九大上攫取更多、更大的权力扫除障碍。

林彪在会上的几次发言中提出："文化大革命成绩最大最大最大，损失最小最小最小。"他大谈古今中外"四次文化大革命运动"。他说，第一次是希腊罗马的古典文化，影响二千年，但同我们这次比较起来，微不足道，是小巫见大巫，没什么了不起的；第二次是意大利的文艺复兴；第三次是马克思主义。这三次都没有毛主席领导下的这次文化大革命伟大。"这次文化大革命是世界上最大最大的一次。"发言中，林彪还把"文化大革命"的思想"国际化"了。他鼓吹在国际上要"支持造反派"，不要重视"当权派"，要重视"广大群众"，如此等等。

全会在极不正常的情况下，通过《关于九次代表大会代表产生的决定》和《关于〈中国共产党章程（修改草案）〉的决定》。根据毛泽东意见，将党章草案印发全党，作为讨论的基础。

全会在相当数量的中央委员和候补中央委员被剥夺出席会议权利、一些出席会议的中央委员仍继续遭受诬陷和批判的极不正常的情况下，批准通过中央专案审查小组提出的所谓《关于叛徒、内奸、工贼刘少奇罪行的审查报告》。这一审查报告，是在江青、康生、谢富治把持下，采用种种非法手段，制造大量伪证，捏造、拼凑出来的。至于调查过程中得出的那些证明刘少奇没有历史问题的材料，都一概扣压，只字不提，以此蒙骗毛泽东和中央委员会。

八届十二中全会在根本无法进行核实和认真讨论、许多与会者不能行使正当权利和充分表达自己意见的情况下，根据中央专案审查小组送交全会的这份充斥诬陷不实之词的报告，对刘少奇作出完全错误的政治结论和"永

---

① 《建国以来毛泽东文稿》第十二册，中央文献出版社，1998年版，第579页。

◆ 1968年10月3日至31日,中共八届十二中全会(扩大)在北京举行。会议通过了《关于叛徒、内奸、工贼刘少奇罪行的审查报告》,永远开除刘少奇党籍,撤销其党内外一切职务。图为毛泽东和林彪在八届十二中全会(扩大)上。

1966

1976

远开除出党,撤销其党内外一切职务"的决议。刘少奇不仅不允许参加全会,也完全被剥夺了申辩的权利。即便在这样一种情况下,与会的八届中央委员陈少敏仍不畏高压,在讨论刘少奇问题的小组会上以沉默表示抗议,在表决《审查报告》的全体会上对该决议拒不表示同意。历史已经证明,林彪、江青等人强加给刘少奇和全党的《关于叛徒、内奸、工贼刘少奇罪行的审查报告》,完全是有意栽赃、诬陷。中共八届十二中全会对刘少奇所作的政治结论和组织处理,也是完全错误的,是完全不符合实际的。这是中国共产党的历史上一起最大的冤案。1969年10月,重病中的刘少奇被押往河南开封。同年11月12日,忠诚的共产主义战士、中国共产党和中华人民共和国杰出的领导人、老一

辈无产阶级革命家刘少奇惨死在开封囚禁处。因刘少奇冤案,刘的夫人王光美及其子女长期受到林彪、江青一伙的迫害,全国由此受株连被错判案件多达二万六千余件,涉及二万八千多人。

10月31日通过的全会公报中,对两年来"文化大革命"的实践给予全面肯定,认为它对于巩固无产阶级专政,防止资本主义复辟是完全必要的,是非常及时的。公报同时赞扬江青为首的中央文革小组在"文化大革命"中所起的"重要作用"。在全会闭幕式上的讲话中,毛泽东

◆ 1969年11月12日,中华人民共和国前主席刘少奇因遭受非人的政治迫害和人身摧残,在河南省开封市病逝,终年71岁。

对因"二月逆流"受到围攻的老同志表示了宽容的态度。他说，九大应有"二月逆流"的人参加，对党内一些老同志要"一批、二保、三看"。他认为，1967年2月前后，老同志"几个人在一起，又都是政治局委员，又是副总理，有些是军委副主席，我看也是党内生活许可的了。他们也是公开出来讲的，也不是完全不公开的"。他强调，清理阶级队伍应注意调查研究，要注意一个"准"字，不搞"逼、供、信"；不要一讲知识分子就是"臭知识分子"，知识分子不可不要，但也不要把尾巴翘到天上去；要求对学术权威不能做得太过分；等等。全会期间，毛泽东还制止了林彪、江青一伙开除邓小平党籍的鼓噪。他表示，邓小平在战争时期是打敌人的，历史上还未发现有什么问题。从这些讲话中可以看出，1968年下半年后，在确认"文化大革命"已经取得"伟大胜利"的前提下，毛泽东注意的重点已经放在落实政策，纠正运动中一些极左行为，团结干部、知识分子的大多数等方面来。

中共八届扩大的十二中全会是在"左"倾错误思想指导下，在林彪、江青反革命集团的控制和影响下，为初步总结"文化大革命"而召开的一次非常性会议。它使得"无产阶级专政下继续革命的理论"进一步合法化，使得两年多"文化大革命"的实践在党内得到认可，并从组织上完成最后打倒刘少奇的手续，从思想上、政治上和组织上为召开党的第九次全国代表大会准备了条件。

中国共产党的九大

1969年4月1日至24日，中国共产党第九次全国代表大会在北京举行。出席会议的代表共

◆ 九大会场一角。

1512名。由于多数基层党组织的生活尚未恢复，这些代表当中的许多人都不是通过正常选举程序产生的，他们或由革命委员会与各造反派组织负责人协商决定，或直接由上级部门指定。这种违反惯行组织原则的作法，使许多老党员、老干部以及大批优秀党员骨干被排斥在外，剥夺了他们参加九大的权利。

3月9日至27日，中央文革碰头会召集九大准备会议，各省、市、自治区革命委员会及各大军区和中央各部门的负责人共一百二十八人参加。在3月27日至31日举行的九大预备会期间，毛泽东提出要总结经验，落实政策，准备打仗①。这三句话成为九大的指导思想。

◆ 参加中国共产党第九次全国代表大会的代表们进入会场。

① 1969年3月上、中旬，苏联边防部队两次入侵黑龙江东部珍宝岛地区，中国边防部队奋起进行自卫还击。之后，中苏其他边界地区关系也趋于紧张。中苏边界武装冲突助长了党内高层对国际形势严重性的估计，也给九大以重要影响。

112

第二章『大乱』与『大治』

4月1日下午，毛泽东主持九大开幕式。他在开幕式上的第一句话是："我希望，我们的大会，能够开得好，能够开成一个团结的大会，胜利的大会。"在讲话中回顾了党的历史之后，他又提出："我们希望这一次大会，能够开成一个团结的大会。在这个团结的基础上，我们能不能取得胜利？就这个大会来说，能不能开成一个胜利的大会？大会以后，能不能在全国取得更大的胜利？我以为，可以的。可以开成一个团结的大会，胜利的大会，大会以后，可以在全国取得更大的胜利。"①这个讲话，反映了毛泽东对把九大开成一个"团结、胜利"大会的殷切希望，也反映了他对"文化大革命"的战略部署。

按照会前的酝酿，毛泽东当选为九大主席团主席，林彪当选为副主席，周恩来为秘书长。在第一次全体大会上，林彪代表中共中央作政治报告。②报告分八个部分：一、关于无产阶级文化大革命的准备；二、关于无产阶级文化大革命的过程；三、关于认真搞好斗、批、改；四、关于无产阶级文化大革命的政策；五、关于我国革命的最后胜利；六、关于党的整顿和建设；七、关于我国和外国的关系；八、全党、全国人民团结起来，争取更大的胜利。

在这个报告中，最为关键和核心的部分，便是"无产阶级专政下继续革命的理论"。这个理论是中国共产党九大路线的核心，也是整个"文化大革命"的理论基础。按照林彪在九大政治报告中的说法，"无产阶级专政下继续革命的理论"的基本论点是：在无产阶级取得了政权并且建立了社会主义制度的条件下，国内的主要矛盾仍然是无产阶级和资产阶级的矛盾，社会主义道路和资本主义道路的矛盾，为此，阶级斗争必须年年讲、月月讲、天天讲，各项工作都要以阶级斗争为纲。由于在社会主义社会里还存在着产生资产阶级和小资产阶级的土壤，由于社会上阶级斗争的存在，大批资产阶级的代表人物、反革命修正主义分子势必混进党里、政府里、军队里和文化领域各界里，党内走资本主义道路的当权派必然会篡夺相当数量单位和部门的领导权，甚至在中央形成一个资产阶级司令部，以推行其修正主义的政治路线和组织路线。在这种情况下，只有实行文化大革命，公开地、全面地、自下而上地发动群众进行斗争，才能把被走资派篡夺的权力重新夺回来。这种群众斗争，实质上是一个阶级推翻一个阶级的政治大革命，尔后还要进行多次，

1966

1976

◆ 1969年毛泽东在中国共产党第九次全国代表大会上。

①《建国以来毛泽东文稿》第十三册，中央文献出版社，1998年版，第23～24页。
②九大政治报告后由张春桥、姚文元二人执笔，定稿前，毛泽东曾多次审阅、修改。

◆ 1969年4月1日至24日，中共九大在北京召开。图为大会主席台。

即坚持"无产阶级专政下继续革命"。

"无产阶级专政下继续革命的理论"是1957年以后在社会主义社会阶级斗争问题上逐渐发展起来的"左"倾错误理论的总概括。在"文化大革命"发动阶段，这个"理论"的主要论点已趋完备。经过一年多"文化大革命"的实践后，到1967年11月6日发表的《人民日报》、《红旗》杂志、《解放军报》编辑部文章《沿着十月社会主义革命开辟的道路前进——纪念伟大的十月社会主义革命五十周年》中，被正式定名为"无产阶级专政下继续革命的理论"。九大政治报告高度评价了这个理论的意义，称它是今后指引中国社会主义革命和社会主义建设的"灯塔"，是对"马克思列宁主义的理论和实践的一个伟大的新贡献"[1]。以此为基础，政治报告首次将整个社会主义历史阶段都要以阶级斗争为中心的指导思想规定为"我党在整个社

会主义历史阶段的基本路线"。实际上，历史已经证明，"无产阶级专政下继续革命的理论"及其指导下的实践，既不符合马克思列宁主义，也不符合中国实际。它在许多重大原则问题上违反了马列主义与中国革命和建设实际相结合的毛泽东思想。"以阶级斗争为纲"的社会主义时期"基本路线"，只能给社会主义事业带来灾难性的后果。

在"左"的指导思想支配下，报告在时代、形势等问题上也都做出了错误的判断和估计。报告认为，当前世界的总趋势，还是敌人一天天烂下去，我们一天天好起来。"不论是战争引起革命，还是革命制止战争，美帝、苏修的日子不会太长了"。报告夸大了帝国主义发动世界大战的危险性，并以此作为判断国际形势和布置各项工作的出发点。

提交大会讨论的党章修改草案，对党作为

①《中国共产党第九次全国代表大会文件汇编》，人民出版社，1969年版，第21页。

理论基础的马克思主义、列宁主义、毛泽东思想作了错误的阐述，片面地规定了党的性质和任务，删掉了有关党员权利的规定。更有甚者，党章竟把林彪作为"毛泽东同志的亲密战友和接班人"写入总纲，这在整个国际共产主义运动史上都是极为罕见的。

4月2日起，代表们分组讨论政治报告和党章修改草案。在极左思潮和个人崇拜氛围笼罩下，代表们几乎没有对这两个文件提出任何实质性的修改意见，而是结合文件内容，大搞所谓"斗私批修"，对参加会议的一些犯"错误"的老同志再次进行批判，迫使他们作自我检讨。会议期间，毛泽东多次召开中央文革碰头会成员和各组召集人会议，讲述党的历史经验，强调当前的主要问题是一种倾向掩盖另一种倾向，即一方面把敌人揪出来了，另一方面又掩盖了打击面宽和扩大化的问题，提出在清理阶级队伍时注意不要扩大化。

在14日召开的第二次全体会议上，一致通过了林彪作的《政治报告》和《中国共产党章程》。会议称颂政治报告"深刻地阐明了毛主席关于在无产阶级专政下继续革命的理论，系统地总结了我国无产阶级文化大革命的经验"。称党章草案重新明确规定"中国共产党以马克思主义、列宁主义、毛泽东思想作为指导思想的理论基础"和"林彪同志是毛泽东同志的亲密战友和接班人"，"这是无产阶级文化大革命的伟大胜利，这是马克思主义、列宁主义、毛泽东思想的伟大胜利"[1]。

自4月15日起，大会进入第二阶段。代表们开始酝酿、预选新一届中央委员会委员、候补委员候选人。根据大会主席团秘书处提出的选举办法，毛泽东、林彪为当然候选人；原八届中央委员和候补中央委员中被提名人数亦不得超过五十三人（此数额与出席中共八届扩大的十二中全会的人员数相同）。由于林彪、江青两个集团的破坏及其他一些不正常因素的干扰，使酝酿、预选过程拖达十天之久。在表面团结、平和气氛掩盖下，暗中争夺候选人的斗争十分激烈，林彪、江青两个集团都试图将自己的党羽、亲信塞入中央委员会，从而为下一步把持中央领导机构作准备。与此同时，许多富有革命斗争经验的老同志和经过党多年培养、真正德才兼备的人选却被排挤在外。

在党的八届十二中全会上，毛泽东已经表达了要保护一些老同志的愿望。九大前夕，他又多次表达了类似的要求。1969年1月，毛泽东在一个批语中说："所有与二月逆流有关的老同志及其家属，都不要批判，要把关系搞好。"3月15日，毛泽东又在中央文革碰头会上说：九大报告上不要讲"二月逆流"了。这次要开成一个团结的会。他们（指被诬为"二月逆流"的谭震林、陈毅、李富春、徐向前、叶剑英、李先念等。）一肚子气，也是可以原谅的，并表示允许"二月逆流"的人上主席台。[2]根据毛泽东的想法，周恩来进一步发挥说：文化大革命快三年了，我们对于总结经验、落实政策这点做得总还是差。更重要的就是解放一批干部。毛主席说落实政策，就是对走资派也要一分为二嘛，不能个个都是死不悔改的，你总要给他改正的机会嘛。

3至4月间，在修改九大报告稿时，毛泽东又提出了"犯走资派错误的好人"这样一个概念。他说："对于犯走资派错误的好人，在他们提高了觉悟，并得到群众的谅解以后，应当及时解放他们，分配适当的工作，并鼓励他们到工农群众中去，改造世界观。对于那些略有进

①《中国共产党第九次全国代表大会文件汇编》，人民出版社，1969年版，第102页。
②《周恩来年谱（1949～1976）》（下），中央文献出版社，1997年版，第285页。

步、开始有了一些觉悟的人们，就要从团结的观点出发，继续给以帮助。"①这一说法不仅使一大批被当作"走资派"被打倒的干部有可能得到解脱，也给一大批在运动中受到批判、冲击的各级干部以安慰和鼓舞。3月31日，九大召开的前一天，他在周恩来请示让徐海东为代表的报告上批示，同意徐为代表，并提出："明天宣布开幕式上主席台人数不宜太少，似宜有伯达、康生、董老、伯承、朱德、陈云等数人参加"。②4月11日，他在九大大组召集人会议上的讲话中又说：当前主要问题是一种倾向掩盖着另一种倾向，一方面把敌人揪出来了，另一方面掩盖了打击面宽和扩大化问题。

对于中央文革小组，毛泽东一方面肯定其在前一阶段运动中的贡献，另一方面，他对江青等人的言行、野心也不时表露出不满。1969年1月，他在一封要求江青为中央政治局常委兼任中央组织部长的来信上批示：徒有虚名，都不适当。③3、4月间，他在修改九大报告时有一处批语说："中央文革成员的名字一个也不

要提"。④毛泽东的这一态度，对于当时热昏了头脑、不可一世的江青等人来说，正像是当头一瓢冷水。九大之前毛泽东对各方面的态度，无疑对九大选举产生了影响。

在24日全体会议上，经过无记名投票，正式选出中央委员一百七十名，候补中央委员一百零九名，组成中共第九届中央委员会。在新当选的中央委员和候补中央委员当中，原八届中央委员和候补中央委员仅为五十三人，占九届中央委员会总人数的19%，是原八届中央委员会总人数的29%。新、旧两届中央委员会人员如此大换班，为党的历史上所罕见。就在这次选举当中，一些代表在选票上的陈伯达、江青、张春桥、姚文元名字处划上反对符号"×"，另外填写了其他候选人的名字。这固然不排除林彪等人背后策划的因素，但也确是江青一伙积怨太多、"文化大革命"不得人心的曲折反映。还有的代表坚持原则，顶住压力，将并非候选人的王稼祥、胡耀邦等人的名字写在选票上，表现出对"文化大革命"打倒大批老干部的强

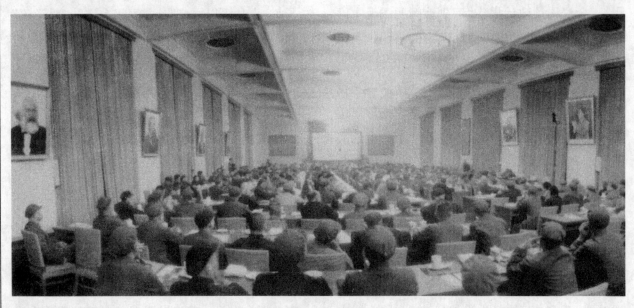

◆ 中共九届一中全会。

①《建国以来毛泽东文稿》第十三册,中央文献出版社,1998年版,第14页。
②《建国以来毛泽东文稿》第十三册,中央文献出版社,1998年版,第19页。
③《建国以来毛泽东文稿》第十三册,中央文献出版社,1998年版,第4页。
④《建国以来毛泽东文稿》第十三册,中央文献出版社,1998年版,第11页。

烈不满。

4月28日，举行了中共九届一中全会。全会正式选出新的中央领导机构：中央委员会主席毛泽东，副主席林彪；中央政治局常务委员会委员毛泽东、林彪、陈伯达、周恩来、康生；中央政治局委员毛泽东、林彪、叶群、叶剑英、刘伯承、江青、朱德、许世友、陈伯达、陈锡联、李先念、李作鹏、吴法宪、张春桥、邱会作、周恩来、姚文元、康生、黄永胜、董必武、谢富治；中央政治局候补委员纪登奎、李雪峰、李德生、汪东兴。同日，中共中央政治局通过中央军事委员会主席、副主席、委员名单和中央军委办事组成员名单：毛泽东任中央军委主席；林彪、刘伯承、陈毅、徐向前、聂荣臻、叶剑英任中央军委副主席；丁盛等四十二人为中央军委委员。黄永胜任中央军委办事组组长，吴法宪任中央军委办事组副组长；叶群、刘贤权、李天佑、李作鹏、李德生、邱会作、温玉成、谢富治为中央军委办事组成员。此后，中央军委的日常工作实际由林彪等操纵下的军委办事组所取代。

在新的中央领导机构中，在"文化大革命"中暴发起来的林彪、江青两个集团的主要成员，几乎全部进入了中央政治局；而原八届中央政治局的二十九名成员（不含已去世的三人和刘少奇）中，只有十二人保留在新的政治局内，原来的中央书记处则被取消。在五名中央政治局委员中，林彪引人注目地当选为唯一的党中央副主席，成为毛泽东的"接班人"。这种先确定"接班人"，然后再补行选举手续的方式，完全违背了马列主义政党的民主集中制和集体领导的原则，违背了无产阶级政党的性质，是建党以来前所未有的，在国际共产主义

运动史上也是没有先例的。

毛泽东在九届一中全会上发表讲话。讲话中，他反复强调希望全党、全国人民团结起来。他说："我们讲胜利，就要保证在无产阶级领导之下，团结全国广大人民群众，去争取胜利。"[①]他提出：看来无产阶级文化大革命不搞不行，因为我们这个基础不稳固。据我观察，不讲全体，也不讲绝大多数，恐怕是相当大的一个多数的工厂里头，领导权不在真正的马克思主义者、不在工人群众手里。过去领导工厂的，不是没有好人，有好人，但是，他是跟着过去刘少奇那条路线走，无非是搞什么物质刺激、利润挂帅，不提倡无产阶级政治，搞什么奖金，等等。

他又表示，要过细地做工作。有些地方抓多了人，这个不好。犯了错误，要让他们跟群众一道，如果不让他们跟群众一道，那就不好了。在谈到党的组织问题时，他指出，现在进了城是好事，但又是坏事，使我们这个党不那么好了。他认为，我们这个党事实是需要重建，每一个支部，都要重新在群众里头进行整顿。要经过群众，不仅是几个党员，要有党外的群众参加会议，参加评论。在谈到政治局选举名单时，他说，我相信过去犯错误的一些老同志。他认为，这个革命还有些事没有做完，现在还要继续做，譬如讲斗、批、改。过若干年，也许又要进行革命。他号召全党"团结起来，为了一个目标，就是巩固无产阶级专政，要落实到每个工厂、农村、机关、学校。""要准备打仗。无论哪一年，我们要准备打仗。"毛泽东的讲话，反映了他希望通过落实政策、加强团结缓和前一阶段造成的大量矛盾，结束动乱，恢复秩序，并就此结束"文化大革命"的意

1966

1976

向。他没有考虑到，在全盘坚持"文化大革命"错误的前提下，是不可能有真正的团结和安定的。

党的九大使得"无产阶级专政下继续革命的理论"和"文化大革命"以来的实践合化法。它在排斥了从中央到地方大批坚持正确方向的党的领导干部的同时，加强了林彪、江青、康生等人在党中央的地位。"九大在思想上、政治上和组织上的指导方针都是错误的"，[①]它对后来"文化大革命"的历史进程产生了持续而深刻的影响。

按照毛泽东的设想，九大之后，"文化大革命"进入了"扫尾"阶段，其主要任务是，在"团结、胜利"的旗帜下，把无产阶级专政的任务落实到基层。但是，就像1966年和1967年那样，运动的发展很快就又超出了人们的想像。

◆ 毛泽东主持中共九大第一次全体会议。

◆ 1969年4月1日至24日，中国共产党第九次全国代表大会在北京举行。九大在思想上、政治上、组织上的指导方针都是错误的。

①《关于建国以来党的若干历史问题的决议(注释本)》，人民出版社，1983年版，第31页。

第三章
热烈而肃杀的
理想社会

第三章 热烈而肃杀的理想社会

一、"天下大乱"之后

"大乱"之后的政治格局

建国以后，为了寻找中国式的社会主义道路，毛泽东进行了不懈的努力和大胆的探索，形成和发展了自己独特的社会主义理论，进行了多方面的实践，直到发动"文化大革命"。对于"文化大革命"最初三年的实践，他基本上是满意的。他认为"文化大革命"解决了建国以来一些长期未能解决的问题，触及了上层建筑，从中央一直搞到工厂、机关、学校，而过去这些单位或部门的领导权往往不在我们手里。正因为如此，它"对于巩固无产阶级专政，防止资本主义复辟，建设社会主义，是完全必要的，是非常及时的，是对马克思列宁主义的理论和实践的一个伟大的新贡献"。①

但是，毛泽东的这种胜利感又是相当克制和有限的。1968年10月，他在一次讲话中指出，我们已经取得了伟大的胜利，但是"我们不能说最后的胜利。几十年都不能说这个话，不能丧失警惕。"②他认为，我们这个党，经过这次"文化大革命"，只是"比较纯一些"。由于帝国主义和修正主义的存在，由于国内小生产的存

在，资产阶级的影响将是长期的，反对现代修正主义的斗争也将是长期的。在九届一中全会上，他指出："社会主义革命还要继续。这个革命还有些事没有做完，现在还要继续做，比如讲斗、批、改。过若干年，也许又要进行革命。"当人们欢呼九大的伟大胜利，认为九大解决了八大所未能解决的问题时，毛泽东却认为有些问题九大也未解决。

总之，在毛泽东看来，"文化大革命"已经取得了伟大胜利，但革命还没有完，继续革命的任务仍很艰巨。按照"大破大立"、"先破后立"的规律，"文化大革命"第一阶段的任务是"大破"，是通过"天下大乱"实现从走资派手里的"全面夺权"，为"大立"奠定基础。而现在，"斗、批、改"的主旨在于"大立"，这就需要比较稳定的环境，要讲政策，要讲团结。从1968年下半年起，落实政策问题，团结问题已成为毛泽东反复强调的重点。在九大上，毛泽东更是把团结问题、政策问题放在突出地位，寓意深刻地、坚定地把"团结、胜利"作为九大的旗帜和九大路线的核心。他号召全党团结起来，注意政策，在比较安定的形势下，通过"斗、批、改"把无产阶级专政的任务落实到基层，抓革命、促生产，促工作，促战备，巩固和发展"文化大革命"的成果。

1969年6月9日，《人民日报》、《红旗》杂志、《解放军报》联合发表题为《高举"九大"的团结旗帜争取更大的胜利》社论。社论强调要团结一切可以团结的力量。要团结、教育、改造知识分子。对于那些犯了严重错误而不是不可救药的人，对于那些犯了走资派错误而不是死不悔改的人，都应该按照党的政策团结他们。要巩固革命的三结合，对已解放了的干部，要大胆使用，不要一犯错误就算老账，重新打倒。对革

---

① 九大政治报告。
② 九大政治报告。

命群众组织要"一碗水端平",要克服资产阶级派性,等等。显然,这篇社论的基调已大不同于"文化大革命"前期那些极端、激烈的态度,而这正是毛泽东当时的基本指导思想,[1]也是他迫切希望在九大之后所看到的。

在"文化大革命"的第一阶段,周恩来虽然不可能从全局上认识和抵制"文化大革命"的错误,但他在可能的范围内,尽力地利用了党的一贯政策的影响,发挥了毛泽东当时思想中正确或比较正确的一面,砥柱中流,鞠躬尽瘁、勉力苦撑,保护干部,平抑动乱,维持经济工作的正常运行,减轻了"天下大乱"所造成的损失。

对于"天下大乱"给党和国家造成的严重破坏,周恩来等忧心如焚。1969年春夏之季,面对一些顽固坚持派性立场,再次制造动乱的势力和思潮,他旗帜鲜明地采取果断措施加以平息。经他提议并主持拟定、发布的"七二三布告"和"八二八命令",有力地遏止了当时再次动乱的逆流,稳定了形势。形势稍有好转,他便开始着手恢复和发展经济的工作。1968年12月21日,他指示国家计委等单位抽调专人,组织起来编制1969年国民经济计划纲要。就在九大庆祝"文化大革命""全面胜利"的高潮中,1969年4月12日,周恩来在一次谈话中实际上指出了这场"大革命"的一个要害问题。他说:"有些人要把一切制度砸烂,这是极左思潮","二十年来,毛主席的红线还是主要的,不能否定一切,要一分为二,不然二十年的工业生产怎么能发展起来呢?"[2]显然,这些话不只是针对极左思潮的,这些思想也不是1969年才形成的。因为进入了"大立"阶段,周恩来与毛泽东的观点逐渐趋于一致。当然,只要毛泽东仍然在全局上坚持"文化大革命"的错误,这种一致就只

能是暂时的。

以九大的召开为标志,林彪、江青两个宗派集团及其相互关系也发生了一些明显的变化。

九大前后,林彪集团的权势、地位达到了顶峰。在九大上,林彪成了写进党章的接班人,他的几个心腹进入政治局。在"文化大革命"的第一阶段,他们主要是与江青等人相互勾结、相互利用、利用动乱、排除异己、扩充山头。九大以后,对于全面"斗、批、改",他们并没有多少深刻的认识和迫切的要求,只是认为"文化大革命"已进入"扫尾阶段"了,希望进一步巩固、扩大自己的宗派集团。一向深居简出的林彪或在家中接见心腹、亲信,面授机宜,并给以"合影留念"的殊荣,或由叶群、林立果出面,与一些圈子内的人谈话、打招呼,要他们不要"忘本"。为独揽军委领导大权,林彪集团进一步排斥军委其他副主席对军委工作的领导,军委一切日常工作仍由军委办事组包办。

另一方面,林彪集团对江青反革命集团的不满与争夺也日益明朗化了。在"文化大革命"的第一阶段,这两个阴谋集团为了打击、迫害一大批党政军领导干部,攫取更多更大的权力,需要互相勾结和援引。九大以后,在已经夺取了相当大的一部分权力后,他们之间的争夺就不可避免了。阴谋家、野心家之间的勾结总是短暂的。林彪集团不满于江青的骄横跋扈,更担心自己的地位被江青等人取而代之。1969年9月,林彪已在他们的小圈子里明确表示对一些担任革委会要职的造反派不满,认定以张春桥、姚文元、王洪文等为首的上海市革委会是"小资产阶级掌权",还轻蔑地把张、姚说成是"从阴沟里爬出来的""小爬虫"。随即,在林彪亲信担任主要领导职务的几个省的省报上,

①例如,1970年8月11日,毛泽东在会见外宾时就曾谈到,对"走资派"的大部分,90%以上,都是要把他们改造好,给他们工作,但要用群众的力量批评他们。参见《共和国史记》第三卷(上),吉林人民出版社,1997年版,第578页。
②《周恩来选集》下卷,人民出版社,1984年版,第462页。

出现了"要防止小资产阶级掌权"的社论或文章。在林彪的支持和默许下，这个宗派集团的成员除了对江青等人言不由衷、虚以委蛇的敷衍、应付外，还不时地借题发挥，暗中拆台，限制和削弱江青反革命集团急剧膨胀起来的势力和影响。

江青反革命集团在"文化大革命"初期攫取了巨大的权力，成为典型的政治暴发户。与林彪等人不一样，江青集团的社会基础主要是一批在"文化大革命"中靠造反起家的造反派。对于他们来说，保护这些造反派不仅对维护"文化大革命"的理论和实践是必须的，而且从发展帮派势力方面来看也是必要的。九大前后，他们一方面阻挠老干部重新走上领导岗位，一方面采用"突击入党、突击提干"的方法把一批造反派拉入党内，安插在革委会中任职或工作。因为造反派中的党员人数很少，为了维护造反派的既得利益，证明造反派组织比党组织更先进，证明"文化大革命"的必要性、深刻性，他们甚至对恢复党的组织生活表示怀疑和不满。张春桥就提出"中国共产党领导在中央，在毛主席，何必要这个党委呢？"①"党究竟还要不要？是不是可以用群众组织代替党？"②这些狂热的极左分子，在"继续革命"理论的指导下，竟荒谬地鼓吹要用造反派取代党的领导。

九大以后，号称"文化大革命"旗手和理论权威的江青集团，格外关心"文化大革命"的发展和前途，从极左的方面进一步发挥了"继续革命"理论的一些基本内容。1969年底，张春桥提出了一个重要观点。他说：一次革命高潮过去后，必定有唯生产力论思潮抬头；苏联在30年代，就是犯的这个错误；现在九大开过了，同样也面临着当年苏联的这个局面，有个要不要

◆ 江青在首都大专院校红卫兵代表大会上发表关于夺权和打倒老干部的煽动性讲话。她在"文革"中一直站在前台。

继续革命的问题。张春桥的确看到了党内和人民群众中逐渐发展起来的对"文化大革命"的怀疑以至不满，认为党内外存在着巨大的"右倾翻案"势力，他甚至因此而感到悲观。1968年至1969年间，也就是在"文化大革命"号称已取得决定性胜利、到处都在欢呼"全国山河一片红"的时候，他却几次在小范围里讲到"赤条条来去无牵挂，我早就准备杀头了"之类的话。

"右倾复辟势力"来自哪里呢？在张春桥等人看来，一是那些搞"二月逆流"的人，即老干部，一是知识分子。他在九大后的一次讲话中认定："将来真正闹事的是这些知识分子，要搞复辟的就是这些人。"③他甚至断言："知识分子和工人的对立是天然的。"④此外，对九大以后逐渐趋于稳定的形势和逐渐恢复的工作、生产秩序，张春桥等也本能地感到强烈的不满。张春桥提出，工厂里的规章制度是管工人的条条框框，工人应为此起来造反。对党和国家各级领导干部和广大知识分子的这种敌视，对现代大工业所赖以生存的起码的规章制度如此

1966

1976

---

① 1969年6月15日，张春桥在上海整党建党三个试点单位座谈会上的讲话。
② 1968年张春桥在上海整党建党座谈会上的讲话。
③ 1969年6月25日，张春桥在讨论有关落实资本家、小业主政策问题座谈会上的讲话。
④ 1969年10月17日，张春桥在《海港》剧组座谈会上的讲话。

格格不入，对当代世界发展趋势和当代社会主义发展方向的一无所知，使江青、张春桥等极左分子从内心深处对九大以后逐渐趋于安定的局势感到不安。这个靠动乱暴发的阴谋集团本能地希望通过更大、更多的动乱取得更大的权力。

平息"大乱"余波

从当时全国形势看，明显地表现出两种相反的发展趋势。一方面，由于"文化大革命"全局性的错误，由于"天下大乱"的巨大惯性，由于林彪、江青两个集团的干扰、破坏，国内仍然存在着许多不安定因素，这些因素在不断地制造着新的动乱。另一方面，广大人民群众迫切要求结束动乱局面，缓和激烈的阶级斗争，发展生产，提高生活水平。这种愿望比较符合毛泽东当时的有关设想，更得到了周恩来等人的全力支持。九大后的一段时间里，后一种趋势暂时处于主导的地位，形势因此逐步趋于稳定，"斗、批、改"才有可能全面展开。

就当时全国各地的情况来看，九大以后恢复稳定的努力，比较突出地受到了来自两方面的破坏和干扰，一是所谓"反复旧"，一是派性武斗。九大前后，全国一些地方先后出现了一种号称"反复旧"(或"反右倾"、"反复辟")的思潮和活动。"反复旧"的主体主要是一些在建立革委会过程中受到冷落的"老造反"，其主要内容是反对解放老干部，反对大批老干部被结合进革委会；反对工、军宣队在各单位恢复秩序的努力；对党组织恢复后造反派地位下降表示不满；指责革委会限制造反派是"复旧"，鼓吹重建跨地区、跨行业的造反派组织，继续进行打倒"走资派"的斗争，等等。这些"老造反"因

在"文化大革命"取得"全面胜利"时未在革委会获一席之地、在形势趋于稳定时不能像"天下大乱"时那样发号施令、颐指气使、为所欲为而再次发难。他们鼓吹"造反派打天下也得坐天下"，或重拉山头，或冲击革委会，或鼓动停工停产，或挑动武斗，使一些地方刚刚有所好转的工作、生产秩序又遭到破坏。

"反复旧"的实质，正如周恩来所说："在社会上错误思想和无政府倾向影响下，提出所谓'反复旧'运动，把矛头指向省、市革委会，人民解放军和革命干部，把'三代会'(即工人、贫下中农和红卫兵三个代表大会)首先是工代会置于一切之上，这样做，是不符合毛主席关于革命大联合、革命三结合和一元化领导的教导的。"[1]他还说，从九大之后，四川掀起"反复旧"运动，其性质与山东、贵州、湖北类似；"反复旧"矛头是对着军队，工代会也要超越于革委会之上，一切表现在派性和武斗上面。[2]"文化大革命"是以否定党的各级领导、依靠造反派打开局面的。运动之初，为了发动群众，"踢开党委闹革命"的口号甚至盛行一时。造反派对造反和造反之后的权力分配寄托了很高的期望，认为自己理所当然地应当成为被"踢开"的党委的的接替者。所谓"反复旧"，实质上就是反对恢复党的各级领导，反对恢复正常的生产、工作秩序，反对党和国家的稳定。

与此同时，"文化大革命"前三年群众中"革"与"保"的划分以及由此引发的大规模武斗，在人民内部造成了严重的分裂和深深的创伤。这种分裂和创伤在短时间内难以愈合，也在继续引发着冲突和动乱。1969年春夏之间，山西、山东、河南、四川、贵州、新疆等地，又出现了由以往派性斗争引发的大规模武斗事件。

---

①《周恩来年谱(1949－1976)》(下)，中央文献出版社，1997年版，第300页。
②《周恩来年谱(1949－1976)》(下)，中央文献出版社，1997年版，第301页。

武斗中，一些群众组织又成立了专业武斗队，冲击革委会和人民解放军，搞"打、砸、抢、抄、抓"，用武力强占地盘，煽动、威胁工人停工停产，煽动农民进城武斗，甚至破坏铁路、公路、桥梁，武装袭击列车，抢占国家银行、仓库、商店，等等。

为了稳定、发展刚刚有所好转的形势，全面贯彻落实九大提出的各项任务，党中央采取了一系列果断、有力的措施，在不长的时间里平息了"反复旧"和武斗所造成的动乱。九大后不久，中央分别召集有关省、市、革委会，驻军负责人到京开会，办学习班，帮助解决相互间的矛盾及"反复旧"问题。中央还分别转发了一些省的有关报告及中央批示，严厉地批评了"反复旧"的错误，提出了解决问题的具体方针和措施。由于态度坚决、措施得力，一度曾有蔓延之势的"反复旧"浪潮很快得到遏制。至1969年冬，这股逆流基本上被瓦解。

为了制止当时一些地方仍然在继续的严重武斗，1969年7月23日党中央就山西武斗发出《布告》。《布告》由周恩来主持起草并经毛泽东同意。《布告》鲜明地指出：山西一些地区混在群众组织中的坏人和坏头头蒙蔽一部分群众，抗拒中央历次发布的通令、命令、通知和布告，犯了一系列极其严重的反革命罪行。为此，中央决定：任何组织和个人都要坚决、彻底、全部地执行中央关于制止打、砸、抢的布告、通令、命令、通知，双方立即无条件停止武斗，解散专业武斗队，解散"山头"，拆除一切武斗据点，上缴一切武器装备，恢复铁路、公路交通等；对于武力强占地盘、拒不执行本布告、负隅顽抗者，由人民解放军实行军事包围，强制缴械；擅离生产、工作岗位的群众，必须立即返回原单位，等等。

根据8月22日周恩来给毛泽东报告中的建议，8月28日，党中央又就一些仍未能平息武斗的边疆省、市、自治区发布命令，要求加强军政、军民团结，加强各族人民的团结，共同对敌，提高警惕，"要准备打仗"，坚决反对一切破坏团结的分裂行为，绝对不准冲击人民解放军。《命令》要求立即无条件停止武斗，立即解散所有跨行业群众组织，实现革命大联合。

党中央的这些断然措施得到了广大群众的衷心拥护和热烈响应。一些地方的群众把《七二三布告》称作是"救命的布告"，一些武斗比较严重的省、市、自治区很快掀起了学习、贯彻、执行《布告》、《命令》的高潮。经过党中央、各地革委会和广大人民群众的共同努力，到1969年9月，全国范围内大规模的武斗已基本平息，大联合、三结合得到进一步发展，已经建立的革委会也得到了巩固。

与此同时，对于多数形势已经比较稳定的地区，党中央通过巩固革委会，恢复党的各级组织，落实各项政策，广泛的正面教育，推广"斗、批、改"的典型经验，以及其他一些有力的具体措施，推动了形势进一步向稳定的方面发展。

"文化大革命"是依靠"天下大乱"、破坏秩序、践踏党的各项政策发动起来的。局势的稳定、秩序的恢复、政策的落实——例如落实干部政策、知识分子政策等——本身就意味着对"文化大革命"的某种否定。从根本上说，"文化大革命"是排斥稳定的，或者说，追求和实现稳定本身就是对"文化大革命"的否定。所以，在坚持"文化大革命"全局性错误的前提下，这种稳定是脆弱的，政策的落实是有限的，秩序的

1966

1976

恢复只能是暂时的。尽管如此，这种短暂、脆弱的稳定毕竟为其他各项工作的开展准备了起码的条件。

形势的相对安定，一些基本工作、生产秩序逐渐恢复，使得整个社会生产有可能比较正常地进行。1969年我国工农业生产结束了1967年至1968年两年下降的局面，出现了较大幅度的增长，其中工业总产值增长尤快。

1967年至1968年间，由于持续的武斗和动乱，生产大幅度下降。如社会总产值，1967年比1966年下降近10%，1968年比1967年再下降4.7%。这就是说，1968年社会总产值的规模只相当于1966年的86.6%。工农业总产值1968年比1966年下降14%，国民收入下降13.2%。由于生产下降，财政收入也大幅度减少，市场供应紧张，生活水平下降。1967年财政收入为419.4亿元，比上一年降低25%；1968年又比1967年减收58.1亿元，降低13.9%。这两年中，由于供应不足，重要消费品的社会零售量下降，市场紧张。居民取暖用煤、棉布定量供应指标都有下降，再加上废除奖金制度、计件工资等，实际上降低了人民生活水平。

1966

1976

1969年间，社会总产值比1966年增长7.6%，工农业总产值增长7.2%，国民收入增长3.5%。工业总产值增长10%，农业总产值只增长0.1%。粮食产量只为1966年水平的98.6%；棉花只为89%；棉布比1966年增长12.3%；钢产量虽比1967年增长47.5%，但仅为1966年的87%；原煤比1966年增长5.6%；原油增长49.4%；发电量增长13.9%。1969年的财政收入虽比1968年增加45.8%，但仍未达到1966年的水平；预算内基建投资完成额虽比1968年增加77.6%，但也只达到1966年水平的95.9%；社会商品零售额比1966年增长9.4%，居民平均消费水平只增长2.3%。总之，1969年间，虽然生产有所发展，但大部分指标仍低于或相当于1966年的水平，只有少数指标超过1966年。如果与原订1969年的计划指标相比，除石油产量外，几乎全部指标都未完成计划。可见，1969年间经济的发展，带有明显的恢复性质。[①]

工农业生产的迅速回升，从一个侧面反映了形势安定的程度及各级党、政、生产指挥机关恢复的状况。而且，这种回升似乎立即在老百姓日常生活中有所体现。1969年3月4日，中共中央、国务院、中央文革、中央军委就1969年城乡居民棉布分配问题发出通知。通知规定，1969年按人口平均棉布基本定量为16.1尺，比上年增加7.1尺；各省市自治区的调剂用布，规定平均每人1尺，比上年增加0.5尺。在那个供应十分短缺、各种票证繁多的年代，城镇居民每人一年增加7.1尺棉布，其欣喜之情，非身临其境者是难以体会的。

大备战

1969年至1970年间，发生了新中国历史上最大的一次战备活动。这次战备活动是1965年以来战备活动发展的高潮，对当时我国的政治、经济、军事、外交工作以至群众的生活都产生了巨大的影响。

早在1965年4月12日，针对美国侵越战争不断升级的趋势，党中央发出了关于加强战备工作的指示。为了应付严峻的国际形势，同年9月召开的中央工作会议上，将经济建设的重心从解决吃穿用转变为备战，经济工作由此转入备战的轨道。"文化大革命"开始后，军队和地

---

①数字引自《当代中国经济》、《中国社会主义经济发展丛书》(四)等。

方的战备工作均受到严重的冲击和破坏，有的已陷于瘫痪和停顿。九大以后，随着形势逐步趋于安定，战备工作又被尖锐地提到全党和全国人民面前。

在这一段时间，国际形势也发生了一些重要变化。20世纪60年代中期以后，美国在越战泥潭中越陷越深，陷入了内外交困的局面之中。与此同时，苏联却迅速扩充了其军事力量，并以此为凭借在全世界到处伸手。美苏争霸出现了苏攻美守的局面。而正是在这一段时间里，中苏两国关系急剧恶化，两国之间不断发生边境摩擦事件。中国方面越来越倾向于认为，来自与自己接壤并拥有庞大军事力量的苏联的威胁正日益加强，正在成为中国最现实、最危险的敌人。从1968年起，随着中苏边境冲突事件迅速增加，特别是1968年7月以苏联为首的华约部队对捷克斯洛伐克的大规模突然袭击，使中国领导人更加重了对苏联大规模入侵紧迫性、严重性的估计，突出强调要搞好各项战备工作，以应付可能发生的突发事件。

60年代以来，如何在复杂严峻的国际形势中维护国家安全，应付可能发生的侵略战争，一直是萦绕在毛泽东心头的大事之一。1964年5、6月间，毛泽东突出地把战争与战备问题提到全党面前。1965年4月，针对美国侵越战争不断升级的趋势，党中央发出了关于加强战备工作的指示。同年9月，在国家计委重新草拟的《关于第三个五年计划安排情况的汇报提纲》中，明确提出"三五"计划必须立足于战争。1968年11月28日，毛泽东在会见澳大利亚共产党（马列）中央主席希尔时曾经提出：请你考虑一下，世界上是战争呢？还是革命？是发生战争后引起革命，还是革命能制止战争？总之，

◆ 1969年3月2日，苏联派出大批边防军，并出动装甲车、卡车、指挥车悍然侵入我珍宝岛，开枪开炮打死打伤我边防战士多名。图为苏联边防军正在向我珍宝岛南端进攻。

现在既不打仗，又不革命，这种状态不会维持很久了。[1]九大报告中，又引用了毛泽东的一段话："关于世界大战问题，无非是两种可能：一种是战争引起革命，一种是革命制止战争。"

1969年3月，苏联军队入侵中国领土珍宝岛地区，造成了严重流血事件。同年6月和8月，新疆裕民县塔斯提地区和新疆铁列克提地区又因苏军入侵发生了中苏武装冲突。中国更直接、更严重地感受到来自苏联的战争威胁，全国性的战备工作也随之进入高潮。

珍宝岛事件后，我国立刻做出了强烈的反应。3月5日，毛泽东在一次会议上提出了"要准备打仗"的号召。同月15日，毛泽东又指出，大敌当前，动员准备一下有利。在九届一中全会上，毛泽东发出了"要准备打仗"的号召。他又说，备战主要是要有精神上的准备，要使全体人民中间的大多数有这个精神准备。关于战略方针，他说，看你是小打还是大打，小打就边界上打，大打，我主张让出点地方来，要使全世界看到我们打仗是有理的。

当时，在党的领导层内，在战备与作战的一些主要问题上，认识比较一致。而在对战争危险性、紧迫性的估计上，却存在着两种不同意见。一种是以林彪为首、以黄永胜等人为主

①《建国以来毛泽东文稿》，第十三册，中央文献出版社，1998年版，第32页。

要成员的军委办事组的意见。他们过高估计了战争立即爆发的可能性,认为苏联立即发动大规模入侵的可能性极大。另一种是由陈毅牵头,有叶剑英、徐向前、聂荣臻等参加的"国际形势研究小组"的意见。他们受毛泽东的委托,对国际形势、美苏在全球争霸的态势和重点、中苏关系等进行了深入、系统的研究。7月11日,四位元帅在反复研究的基础上,就当时的国际形势和我国的应对方针提出了自己的见解。他们认为,在可以预见的时期内,美国、苏联单独或联合发动大规模侵华战争的可能性都还不大。美国战略重点在西方,长期陷在越南,使苏联渔利,因此不愿单独发动对华战争。苏联对中国的威胁比美国大,但不敢同时进行对华、对美两面作战,苏联发动对华战争的可能性也不是迫在眉睫。珍宝岛事件的发生,并没有改变美苏争夺的重点仍在欧洲这一战略格局,并不意味着对方马上就要开始对我国大举进攻。苏联方面确有发动侵华战争的打算,但它还未准备好,且又受到美国的牵制,对战争顾虑重重。所以,在可以预想的时期内,苏联不敢挑起反华大战,反而有可能改变对我国的战争边缘政策,进行和谈。有鉴于此,我们一方面要做好战争准备,一方面要采取灵活的策略,积极开展对外活动,为制止战争创造更加有利的条件。事实证明,"国际形势研究小组"的分析是符合客观实际的,所提出的战略方针也是正确的。但在当时,前一种意见占了上风。

九大之后,随着形势的发展,战备工作超出了常备型的轨道,很快进入了临战型、突击性的高潮阶段。1969年6月,黄永胜、吴法宪等人主持召开军委座谈会。会上,按照林彪提出的"用打仗的观点观察一切、检查一切、落实一切"的要求,提出了庞大的国防建设计划。邱会作等人先后在会上提出了要搞"独立的、完整的国防工业体系","要比洋人还要洋",以及"什么比例不比例,打仗就是比例"之类荒谬的指导思想。由于他们盲目要求扩大军工生产,1969年国防费用比1968年猛增34%,1970、1971年两年又继续递增15%和16%。1969年到1971年3年中,国防工业和国防科研投资在国家基本建设总投资中所占比重平均多达11%,[①]造成了工农业之间、轻重工业之间、沿海与内地工业之间的比例严重失调,严重影响了国民经济的正常发展。

1969年春夏之季,党中央、国务院、中央军委连续召开了一系列会议,发出了各种文件指示,制订和落实各项战备措施。随着"七二三"布告特别是"八二八"命令的发布和贯彻执行,全国范围内的战备气氛更加浓厚。当时诸如武斗、"反复旧"、派性分裂、无政府主义等直接危及稳定的因素都受到严厉的打击,革委会的权威得到维护,社会生活、工作秩序有所好转。这些都是战备工作所不可缺少的条件,同时,也是紧张的战备活动的结果。9月23日,我国成功地进行了首次地下核试验。同月29日,我国在西部地区上空成功地进行了一次氢弹爆炸。9月,毛泽东在国庆20周年口号送审稿中加写了一个口号:"全世界人民团结起来,反对任何帝国主义、社会帝国主义发动的侵略战争,特别要反对以原子弹为武器的侵略战争。"

1969年9月11日,应苏联方面的要求,周恩来总理在北京机场会见了参加越南胡志明主席葬礼后路过北京的苏联部长会议主席柯西金。双方讨论了两国关系中的紧迫问题,特别是边界问题。苏联方面表达了缓和边界形势的

---

①赵德馨主编《中华人民共和国经济史》(1967—1984),河南人民出版社,1995年版,第28页。

1966

1976

◆ 1969年9月11日,中国国务院总理周恩来在北京首都机场会见苏联部长会议主席柯西金,双方同意维持边界现状,在有争议的地区脱离接触。这是双方很务实的一次外交努力。

愿望,双方商定同年10月在北京开始中苏边界谈判。实际上,中苏关系自此已开始有所缓和。

林彪及军委办事组的黄永胜等人,既没有认真研究国际政治军事形势的发展变化,也没有同中央其他领导人交换意见,继续对爆发大规模战争的可能性作出越来越严重的估计。他们认为大战在即,苏联发动突然袭击的时间可能在国庆节,也可能在其谈判代表团抵京的同时,亦即利用和谈掩护大规模突然袭击。10月18日,苏联谈判代表团抵京的前两天,因"紧急备战"疏散到苏州的林彪,背着党中央、毛泽东,要秘书给北京的黄永胜发出"六条指示",要求全军进入紧急战备状态。当晚,黄永胜即布置副总参谋长阎仲川向全军传达,阎随即以"林副主席第一个号令"下达全军,全军立即进入紧急状态。19日至20日,全国许多大中城市也进行了紧急疏散或防空演习。10月下旬,整个国家处于临战状态,战备活动进入高潮。中国的这一举动,引起了全世界的严重关注,与我国接壤的一些国家也相继进入戒备状态。中苏边界谈判后,两国关系有所缓和,立即爆发

战争的迹象减少,全国、全军的战备活动开始缓慢地从一触即发的临战型状态向常备型状态恢复。

从1970年初起,随着国际形势的变化,中国领导人在和平与战争问题上的认识发生了一些相应的变化。1970年5月,毛泽东在一次谈话中指出,大国发动世界大战的可能性是有的,但世界的主要倾向是革命。同月20日,毛泽东在其《全世界人民团结起来,打败国侵略者及其一切走狗》的声明中又指出:"新的世界大战的危险依然存在,各国人民必须有所准备。但是,当前世界的主要倾向是革命。"同年9月23日,毛泽东在会见越南总理范文同时又说,看样子打不起来大战,几个大国都不想打,彼此都怕对方。[1]10月上旬,毛泽东在会见朝鲜劳动党总书记金日成时也说,现在世界大战可能性比较小,帝国主义搞世界大战信心不足。战争的危险还是存在,但现在看来,当前革命好像成了主要倾向。[2]11月13日,周恩来在与巴基斯坦总统叶海亚·汗会谈时也谈到,美国在印度支那局部战争的扩大不一定就是世界大战,

①《共和国史记》第三卷(上),吉林人民出版社,1997年版,第590页。
②《共和国史记》第三卷(上),吉林人民出版社,1997年版,第594页。

原因是大国不敢发动核战争。①

不难看出，在20世纪70年代初期，毛泽东通过对全球政治、经济、军事态势的敏锐分析，对战争与和平问题的认识又有所发展。他事实上接受并发展了陈毅等四位元帅对国际形势的分析，一方面指出还存在着发生大规模战争的危险，一方面又肯定了由于全世界进步的、革命的、和平的力量的发展，形成了遏制战争的强大力量，而正是这第二方面，正成为世界发展的主流。这些认识实际上已经放弃了新的世界大战不可避免的判断。根据毛泽东的这些认识和判断，中国适时地调整了自己的战略方针。尽管1970年全国仍然保持着浓厚的战备气氛，各种战备工作仍然在大规模、高速度地进行，各种战备活动仍然普遍、广泛地开展，但其发展总趋势是开始缓慢地走向常备型轨道。1970年至1971年国防战略费用虽然保持着上升的势头，但增长幅度都大大低于1969年。与此同时，中央已开始逐渐将一部分投资由内地转向沿海地区。

由于战略估计上的偏差，特别是林彪集团的严重错误，以及"文化大革命"那样的特定环境，这次建国以来最大的战备活动存在着明显的失误：在经济上，严重冲击了国民经济内部各种基本的比例关系，国防建设缺乏计划、管理，粗糙浪费，各种企事业单位疏散搬迁耗资巨大，大规模的下放给城市人口的生活带来许多困难，并成为引发1970年至1971年国民经济"新跃进"的重要原因之一，等等。在政治上，紧张的战备气氛又从一个特定的方面使本已有所缓和的阶级斗争扩大化再次紧张起来，导致了1970年上半年"一打三反"等运动的严重扩大化，等等。

但是，也应当看到，这次战备活动也确实取得了一些成就。这些成就比较突出地表现在一些战略设施、工程的建设，三线基础工业的发展对我国工业布局的改善，我军装备、训练水平的提高，以及稳定国内形势等方面。更重要的是，正是这种全民性的、空前规模的战备活动，使美苏两个超级大国受到强烈的震慑，不敢贸然对已经全民动员起来的中国采取军事行动。

二、实现"继续革命"的"法宝"

"斗、批、改"的由来

九大前后，毛泽东曾不止一次地谈到，虽然"文化大革命"已经取得了决定性的胜利，但革命还没有完，革命还要继续，具体方式就是通过"斗、批、改"把无产阶级专政的任务落实到基层。

"斗、批、改"的说法，最先在1966年8月党的八届十一中全会通过的《十六条》中提出，这就是"斗垮走资本主义道路的当权派，批判资产阶级的反动学术权威，批判资产阶级和一切剥削阶级的意识形态，改革教育，改革文艺，改革一切不适应社会主义经济基础的上层建筑"。这是毛泽东当时对"文化大革命"全部任务的设想和表述。同年12月下旬，毛泽东曾经预言，1967年将是一斗、二批、三改取得决定性胜利的一年。但是，这些设想很快就因"全面夺权"、"天下大乱"而被搁置。

从1968年起，由于认定"人类历史上第一次无产阶级文化大革命，已经在1967年取得了决定性胜利"，所以要求"在已成立革命委员会

①《共和国史记》第三卷（上），吉林人民出版社，1997年版，第605页。

的地方，必须领导群众进行本单位的斗、批、改"。①1967年至1968年间，毛泽东还陆续提出了一些"斗、批、改"的具体设想和措施，如搞好干群关系、整党建党、废除级别、知识青年上山下乡、干部下放、教育革命等等，但"斗、批、改"的全面展开，却是在1968年9月以后。

1968年9月7日，《人民日报》、《解放军报》社论《无产阶级文化大革命的全面胜利万岁！》中指出："全国山河一片河，这极其壮丽的一幕，是夺取文化大革命全面胜利进程中的重大事件，它标志着整个运动已在全国范围内进入了斗、批、改的阶段。""毛主席最近向全国发出了'认真搞好斗、批、改的伟大号召，……'明确地指出了各级革命委员会面临的中心任务。"在党的九届一中全会上，毛泽东又着重地谈到了这个问题。他说"社会主义革命还要继续。这个革命，还有些事没有做完，现在还要继续做，比如讲斗、批、改"。

显然，这里所说的"斗、批、改"，其内容与《十六条》中的那些规定又有所不同，它是在"全面夺权"的基础上，又增加了一些新的内容。按照毛泽东的意见，这些新的内容为："建立三结合的革委会，大批判，清理阶级队伍，整党、精简机构，改革不合理的规章制度，下放科室人员，工厂里的斗、批、改，大体经历这么几个阶段"。②这些内容虽然是对工厂说的，但实际上对党、政、军、民、学等各方面都具有普遍的指导意义。关于"斗、批、改"的目标，用毛泽东的话来说，就是："团结起来，为了一个目标，就是巩固无产阶级专政，要落实到每个工厂、农村、机关、学校。"毛泽东的这些设想，反映了他希望通过"斗、批、改"达到"天下大治"并胜利结束"文化大革命"的意向。与1958年"大跃进"一样，这是他实现理

想社会的又一次重要的努力。

建国后，在探索中国社会主义道路的过程中，基于不同时期对什么是社会主义、如何建设社会主义以及对中国国情认识的发展变化，毛泽东形成了一些观点，放弃了一些思想，坚持和发展了一些理论。在"斗、批、改"阶段，他所依据的就是这样一些几经变化仍然坚持下来或发展起来的有关社会主义的基本认识和理论。

在漫长的革命生涯中，毛泽东一直热烈地憧憬着实现一个公正、平等、纯洁和富裕的社会主义社会。在这个社会中没有明显的差别和分工，人们既可以从事脑力劳动又可以从事体力劳动，人人都有崇高的理想和高尚的道德，都能自觉地在实践中改造、提高自己。在这个社会中，生产关系、上层建筑和意识形态具有强大的反作用，这些领域里的不断革命强有力地推动着经济的快速发展，整个社会通过不间断的阶级斗争而获得发展生产和科学的充沛动力，从而使人民过上丰裕、幸福的生活。这个社会的根本特征是公有制，因为"公有制是富强的根源"，"在实现了单一的社会主义全民所有制以后，这种源泉还会强大"③。这个社会虽然还不得不保留商品生产和货币交换，但必须对它们加以警惕和限制，因为它们毕竟是旧社会的产物，即使在社会主义条件下也是产生资产阶级和资本主义的土壤，会不断产生新的资产阶级。这个社会里虽然不得不保留分配上的差距，但这种差距不能扩大，而只能不断缩小，只有这样才能保持人们精神上的纯洁和相互之间的平等。这个社会必须让广大人民群众过上富裕的生活，但作为执政党又必须对这种富裕保持高度警惕，因为富裕的生活总会消磨人们的革命意志，甚至付出道德堕落的代价，而

1966

1976

①《人民日报》、《红旗》杂志、《解放军报》1968年元旦社论：《迎接无产阶级文化大革命的全面胜利》。
②《红旗》杂志1968年第2期。
③毛泽东：《读社会主义经济学批注和谈话记录》(1959年12月10日~1960年2月9日)。

贫穷和艰苦总是培育纯洁道德、高尚理想的沃土，等等。这些设想和追求都程度不同地体现在"斗、批、改"的各项活动中。

无论从哪方面来看，毛泽东对"斗、批、改"的重视程度都不亚于对发动"文化大革命"的程度。1967年初，当最初几个省级革委会成立后，毛泽东就已开始考虑党的整顿、教育革命等问题。1967年底，形势稍有安定，他又立即提出了"斗、批、改"的几项具体内容。从1968年起，随着全国省级革委会陆续建立，形势逐渐趋于稳定，他开始把"斗、批、改"当作紧迫的主要任务，一项接着一项提到全党全国人民面前。例如：

"革命委员会的基本经验有三条"，"革命委员会要实现一元化的领导，打破重叠的行政机构，精兵简政，组织起一个革命化的联系群众的领导班子。"①

1968年5月19日，批示转发《北京新华印刷厂军管会发动群众开展对敌斗争的经验》；

1968年7月11日，根据毛泽东有关革委会的指示，《人民日报》发表《灵宝县革委会实行领导班子革命化，精兵简政，密切联系群众》的报道，并配发重要编者按。

1968年7月21日，毛泽东在一个批示中提出："大学还是要办的"，"但学制要缩短，教育要革命，要无产阶级政治挂帅，走上海机床厂从工人中培养技术人员的道路。"②

1968年8月，《人民日报》等报刊的社论、文章中又传达了毛泽东的号召："认真搞好'斗、批、改'"。

1968年8月15日，《人民日报》等报刊的社论中引用毛泽东的语录："要充分发挥工人阶级在文化大革命中和一切工作中的领导作用。"③

1968年8月25日，《红旗》杂志传达了毛泽东的指示："实现无产阶级教育革命，必须有工人阶级领导，必须有工人群众参加……"。

1968年8月，毛泽东在一份反映北京二七机车车辆厂领导班子的材料上批示，要求写成一个整党文件，以便督促各地执行。

1968年9月，毛泽东提出实行由贫下中农为主，结合学校师生管理学校。

1968年9月，毛泽东提出对大学及中等学校毕业生进行再教育。④

1968年9月，毛泽东提出"工人阶级必须领导一切"。⑤

1968年9月4日，毛泽东提出干部下放劳动，重新学习的问题。⑥

1968年10月出版的《红旗》杂志传达了毛泽东的一个指示，提出党要吐故纳新和"共产党最基本的一条，就是直接依靠广大革命人民群众"。

1968年11月，毛泽东提出讨论城市小学及中学是否可以归工厂办和街道联合起来办的问题。

1968年，毛泽东提出对反革命分子和犯错误的人，必须注意政策，打击面要小，教育面要宽要重证据，严禁逼、供、信，等等。

1968年11月，毛泽东提出"知识青年到农村去，接受贫下中农再教育，很有必要"。

……

在一年多的时间里，毛泽东在十分广泛的领域，提出上述一系列设想、政策，可见他对

---

①《人民日报》、《红旗》杂志、《解放军报》社论：《革命委员会好》，1968年3月28日。
②《人民日报》：《从上海机床厂看培养工程技术人员的道路》，1968年7月22日。
③《人民日报》、《解放军报》社论：《热烈欢呼云南省革命委员会成立》，1968年8月15日。
④1968年9月5日《人民日报》。
⑤1968年9月10日《人民日报》。
⑥1968年10月5日《人民日报》。

1966

1976

"斗、批、改"的重视，也可见他对"大立"阶段所寄予的厚望。

当然，指导"斗、批、改"阶段各项工作的，除了毛泽东的这些基本思想外，还有江青反革命集团利用毛泽东的错误推行的极左思潮，以及周恩来等老一辈无产阶级革命家执行时发挥毛泽东当时思想中正确或比较正确的一面，反对极左思潮、落实党的政策的努力。随着"文化大革命"的发展，"斗、批、改"的具体内容又不断有所增减、变化。从总体上看，在1971年"九一三事件"之前进行的各项政治活动，都被囊括在"斗、批、改"这个总题目之中。

"斗、批、改"的两个基本内容

"斗、批、改"的内容庞杂、凌乱，随意性大，有始有终者少。在这里，有两项活动引人注目地贯穿始终，并对其他各项内容产生了直接的、重要的影响，这就是"活学活用毛主席著作"和"革命大批判"。

毛泽东一直十分重视和强调意识形态对经济基础的反作用。他认为，精神能转化为物质，先进的、革命的思想能转化为强大的物质力量。在中国这样一个虽然经济落后但却有着悠久革命传统的东方大国，不论是搞革命还是搞建设，都应该充分发挥自己在思想意识形态方面的特殊优势，使人民群众始终保持革命的理想和精神。用无产阶级先进意识形态武装起来的广大工农群众，能够推动生产和科学技术超常规地发展，中国将因此以一种不同于西方和苏联等国的方式更快地实现现代化。在晚年，他把意识形态的反作用绝对化，忽视了精神对物质，上层建筑对经济基础、生产力的依

赖关系，而这种意识形态又是"以阶级斗争为纲的"。这种被绝对化了反作用思想，是发动"文化大革命"的重要理论依据，也是"活学活用"的理论基础。林彪进一步把这一思想推向极端，把反作用理论具体化为活学活用毛泽东的著作。他提出的"急用先学"、"带着问题学"、"立竿见影"等实用主义、形式主义、庸俗化的学风，为这个学习运动定下了基调。

活学活用毛泽东著作的运动，早在60年代前半期就已出现。"文化大革命"开始后，这一运动被认为是进入了一个新阶段。在"斗、批、改"阶段，"活学活用"被当作是放在首位的工作任务。"革命委员会的工作，千头万绪，必须狠抓根本，必须把活学活用毛泽东思想，放在各项工作的首位，用毛泽东思想统帅一切。"[1]"我们要把活学活用毛泽东思想的伟大群众运动，同斗、批、改各项工作结合起来。"[2]

"活学活用"的基本过程大致如下：在进行各项"斗、批、改"任务之前，首先联系实际活学活用毛泽东的有关语录、著作，与此同时，开展对"修正主义"、"资本主义"的大批判。经过这样一个过程，一切问题便都迎刃而解了。"斗、批、改"如此，其他各项生产、科研也都遵循着这样一种学习、认识模式。

在群众性的学习运动中，各地都创造了一些"活学活用"的新方法、新经验。北京针织总厂创造了运用"七字经"(即：看、想、问、议、用、写、查)"活学活用"的方法。看：就是要认真地带着问题学；想：就是"多思"，多问几个为什么、怎么办；问：就是向领导和同志请教；议：就是大家一起议论；用：就是实践，活学活用，立竿见影，这是最重要的；写：就是把学习和运用中最主要的体会更加深刻、更加有条理地写出

1966

1976

---

①《中国共产党第九次全国代表大会政治报告》，人民出版社，1969年版。
②《人民日报》、《红旗》杂志、《解放军报》1970年元旦社论。

◆ 1967年,同样身着军装挥着语录本,周恩来却神情严峻,显得心事重重。

◆ 红海洋。

来;查:就是总结经验。《人民日报》发表该厂运用"七字经"学习毛泽东思想的调查报告中说:"总之,这七个字就是反复看、认真想、不懂问、互相议、狠狠用、重点写、不断查","七字经更好地贯彻落实了林副主席提出的活学活用毛泽东思想、在用字上狠下功夫的原则"[1]。又例如,北京日化三厂的方法是:狠抓了一个"读"字,坚持了一个"挤"字,强调了一个"钻"字,突出了一个"用"字,提出了一个"写"字。云南一位干部创造了"速成读毛主席著作法",为文化不高的工农兵在短期内掌握毛泽东思想探索出一条"捷经"。天津市推广的"活学活用"哲学著作的经验是:带着浓厚的无产阶级感情学,结合实际学观点,实践当中用观点,遇到问题找观点,学一点用一点,如此等等。一个工厂负责人不太会游泳,在上级组织横渡黄河时,产生了思想斗争。后来他想到毛主席的教导:"长江,别人都说很大,其实,大,并不可怕",结果横渡了黄河。[2]

这种学风把马列主义、毛泽东思想当成僵

① 1970年7月8日《人民日报》。
② 1969年5月13日《人民日报》。

死的教条，当作包医百病的万应灵丹，能够给现实生活中的一切具体问题提供现成答案的问答集。这种学风要人相信，决定一切工作成败的终极因素是思想，而这种思想又可以通过简便易行的"活学活用"方法得到，并能"立竿见影"地解决一切问题。这种貌似重视理论、重视理论联系实际的学风，实际上恰恰违背、阉割了马克思主义、毛泽东思想的精髓，背离了理论联系实际的原则。"活学活用"导致了整个民族思维的庸俗化、浅薄化和僵化，而这又是"文化大革命"得以发生和维持的重要条件。

为了满足这种运动式学习的需要，"文化大革命"中印制了数以亿计的各种文字、各种形式的毛泽东著作。1969年1月3日，新华社报道：从1966年起至1968年11月底，我国共出版发行了包括汉、蒙、藏、维吾尔、哈萨克、朝鲜等各种文版的《毛泽东选集》1.5亿部，相当于文化大革命前15年出版总和的十三倍。同一时期内，全国还出版发行了《毛泽东著作选读》1.4亿多册，《毛主席语录》7.4亿多册，毛主席的"老三篇"、"老五篇"和《在中国共产党第七届中央委员会第二次全体会议上的报告》等著作汇编本、单行本近20亿册，《毛主席诗词》9600多万册。1970、1971年的全国计划会议所拟定的年度计划中，都把出版毛泽东著作作为当年重要任务之一。

随着"斗、批、改"的发展，在语录式学习的同时，也逐渐开始了对马列主义、毛泽东一些基本著作比较完整、系统的学习。1969年下半年至1970年上半年间，《人民日报》、《红旗》杂志等曾多次发表工农兵学习毛泽东哲学著作的文章，并用社论或评论员文章等形式，要求人们结合三大革命实践，把辩证唯物论和历史

唯物论，当作改造客观世界和主观世界的锐利武器。特别是在1970年党的九届二中全会之后，经毛泽东亲自提议，党中央于1970年11月6日发出了关于高级干部学习问题的通知。《通知》不仅提出了学习的要求，还规定了具体的学习内容：《共产党宣言》、《法兰西内战》(选读)、《反杜林论》(选读)、《唯物主义和经验批判主义》(选读)、《国家与革命》(选读)、《矛盾论》、《实践论》、《关于正确处理人民内部矛盾的问题》、《在中国共产党全国宣传工作会议上的讲话》、《人的正确思想是从哪里来的》，等等。《通知》发出之后，全国又出现了学习马列主义哲学的高潮。

从"斗、批、改"阶段直至"文化大革命"结束，"活学活用"运动基本上是朝着两个方面发展着：一方面是在一片理论学习的繁荣景象后面，不断发展着的形式主义、实用主义以及弥漫整个社会的应付和谎言；另一方面，作为科学的马克思主义、毛泽东思想的强大生命力，是任何形式的庸俗化、形式化都无法束缚和压抑的。越来越多勤于学习、勇于思考的人们，带着"文化大革命"使他们困惑不解的一系列问题，以严肃认真的态度孜孜学习，苦苦求索。这种学习逐渐使他们把那些肢解马列主义、毛泽东思想，使之庸俗化、简单化的做法与形式，与作为科学体系的马列主义、毛泽东思想区别开来，真正用马列主义和毛泽东思想武装了自己的头脑。这种理论上的觉醒，为广大党员、干部、群众识别、抵制"左"的错误和极左思潮、结束"文化大革命"准备了理论基础。

在"斗、批、改"阶段，与"活学活用"同等重要的，还有"革命大批判"。尽管"革命大批判"这个概念出现的稍晚，但这种做法早在"文化

1966

1976

毛泽东时代的中国 MAOZEDONGSHIDAIDEZHONGGUO

1966

1976

大革命"初期就已产生并广泛普及。按照当时的说法，大批判的依据是："不破不立，这是革命的真理。不用毛泽东思想去批判各种反马克思主义的、修正主义的反动思想，不在政治、经济、文化领域中批判反动的资产阶级世界观，无产阶级就不能真正占领思想文化领域的各个阵地；已经占领了，如果不继续开展革命的大批判，这些阵地就有被资产阶级重新夺去的危险。"所以，要通过在上层建筑领域、意识形态领域里开展大规模的、群众性的、持久的对所谓修正主义、资产阶级的批判，达到防止修正主义、战胜资本主义、改造世界观以及发展生产力的目的。

在"斗、批、改"阶段，大批判的内容和形式进一步发展。概括起来，其主要内容或主要任务大致有以下几个方面：第一，批判"反革命修正主义路线在政治、经济以及各个文化领域中的流毒，肃清它的影响"。这一批判涉及到相当广泛的领域，如所谓"黑六论"、"文艺黑八条"、"让步政策"、"合二而一"、"利润挂帅"、"物质刺激"以及大量文艺、文学作品乃至一些自然科学理论。此类批判的目的主要是解决"敌我矛盾"，"使人们在各个领域中都能分清什么是马克思主义、列宁主义、毛泽东思想，什么是修正主义"、"什么是革命，什么是反革命"，这样，"我们的斗、批、改才有明确的政治方向"。第二，"要批判党内、革命队伍内部违反毛主席无产阶级革命路线和政策的各种错误倾向和错误思想，加强无产阶级党性。"[1]这方面的大批判比较侧重于解决"文化大革命"初期遗留下来的一些突出问题，如宗派主义、山头主义、无政府主义，等等。第三，批判社会上各种"资产阶级倾向"。这种批判涉及到社会生活的各个方

面，矛头指向当时被认为是资本主义的一切行为，如投机倒把、物质刺激、腐蚀干部和青年、破坏生产、宗教迷信、破坏民族团结，等等。第四，结合本单位"斗、批、改"和生产、工作实际开展大批判。第五，作为改造世界观手段的大批判。

按照"破字当头、立在其中"的原则，在进行每一项"斗、批、改"活动或每一项生产活动之前，首先要在"活学活用"的基础上，进行一系列大批判以期分清两条道路、两条路线、两种思想的界限，为"立"明确方向，营造气氛，准备思想基础。如在整党建党时，首先大批"黑六论"；在进行教育革命时首先批判"分数第一"、"资产阶级知识分子统治学校"、"师道尊严"等等；在干部下放劳动时首先批判"劳动惩罚论"；在进行医疗卫生革命时首先批判"城市老爷卫生部"；在精兵简政时首先批判"繁琐哲学"；在进行科研或技术革新时首先批判"专家路线"、"教条主义"和"洋奴哲学"；在组织生产时首先批判"生产第一"、"利润挂帅"、"对工人阶级的'管、卡、压'"、"物质刺激"和"唯生产力论"，等等。按照当时的说法，这类大批判不仅为建立一个新世界提供了源源不断的精神动力，而且提供了科学的方法、具体的方案和蓝图，这就是"只有彻底地破，才有牢固的立"。[2]上海某厂在试验一项新技术时，连续对"洋奴哲学"、"爬行主义"进行"深入的批判"，出了三期革命大批判专栏，结果大大加速了试验的速度。[3]按照当时的说法，生产领域里的任何问题，都与阶级斗争密切相关，而这也正是革命大批判的用武之地。某厂一车间发生了一次工艺事故，领导班子抓住这个苗头，分析阶级斗争动向，揪出一个

① 1969年8月25日《人民日报》、《红旗》杂志、《解放军报》社论《抓紧革命大批判》。
② 1970年5月《红旗》杂志社论《革命大批判的强大思想武器》。
③ 1969年11月3日《人民日报》。

◆ 在"文革"中,但凡生产和技术上搞出了一点名堂,明明是科技人员的贡献,可是马上就要开批判会批"反动技术权威"。

隐藏很深的的历史反革命分子进行批判,解决了问题。①

"文化大革命"的根本任务之一,是要"斗私",要在灵魂深处爆发革命,改造世界观,要培养一代共产主义新人。而"要在自己的头脑里树立无产阶级的世界观",则必须"持久地、深入地开展革命大批判,斗私批修,批判形形色色的资产阶级世界观……"② 而且,只要狠批了头脑中的"私"字,就能收到立竿见影的奇效。某地《智取威虎山》剧组一老演员练武功动作时老是过不了关,剧团领导认为这是世界观问题,是怕死和"私"心作怪,引导他批判了"活命哲学"后12天就能演出了。

大批判的这几项内容,归结起来就是毛泽东所提出的"要斗私、批修"。这既是"文化大革命"的根本目的,又是完成"斗、批、改"阶段各项任务的重要手段。在以阶级斗争为纲基础上的"活学活用"与大批判的结合,实际上也就是"大立"与"大破"的结合。在当时,这种结合被认为是建立一个新世界的强有力的

杠杆和动力。

九大之后,随着"斗、批、改"的全面铺开,大批判也走到了它的全盛阶段。各地都成立了专门负责领导、指导大批判的常设机构,组织了大批判写组,报纸上都开辟了大批判专栏,大批判的形式也日趋统一。许多基层厂矿、学校、公社都成立了经常性的大批判小分队,各种形式和内容的大批判会成为人们政治生活中不可缺少的一部分。由各单位主办的,遍布于街头巷尾或单位内部的大批判专栏,在形式上更为精致、系统,成为衡量各单位工作好坏的重要标志。报刊、广播中发出的指导各项工作的大批判文章,也在语言、风格等方面形成了千篇一律的样式。

1970年2月16日,《人民日报》转载了《红旗》杂志第2期一篇题为《小评论威力大》的调查报告。报告介绍了江苏东台县六里大队开展小评论,促进大批判的活动。报告说,这个大队利用一个"阶级敌人拉拢一个贫农出身的青年","用20斤小麦向这个青年换19斤3两大麦"的事例,写出一篇小评论,"揭露了阶级敌人对他拉拢腐蚀的阴谋",几个月来共写小评论60多篇,进行田头、场头、家庭、联户评论近200场,建立小评论组22个,出现评论员64人。《红旗》杂志的编者按指出:革命的群众性的小评论是一个向农民进行宣传的好办法。此后,全国农村又广泛开展了这种小评论活动。小评论是大批判的花样翻新,也是浅薄、庸俗的大批判处于难以为继窘境的反应。

这种以阶级斗争为纲的、靠政治高压推行的、不讲事实、断章取义、任意引申、不准反驳、不许思考、蛮横专断的大批判,搞乱了人们的思想,推动着"左"的或极左的思潮在各地的普

1966

1976

① 1969 年 9 月 13 日《人民日报》。
② 《改造世界观》,《红旗》,1974 年第 6 期。

及，给实际工作造成了很大的危害。许多农村社队在批判"三自一包"、"四大自由"和"各种资产阶级自发倾向"的时候，把农村《六十条》所规定的社员耕种少量自留地、经营少量家庭副业和出售少量家庭农副业产品等，一概当作"三自一包"或"资本主义自发倾向"批判，有的把社员到农贸市场上出售完成国家任务后剩余的农副产品，当作"搞自发"或"投机倒把"去批判，有的把开展大批判当成是上交自留地运动，有的地方在批判"工分挂帅"后，不再按劳计工。一些厂矿企业单位在批判了"物质刺激"以后，取消了高空、高温、井下作业工人的劳保待遇，有的在批判了"修正主义的管、卡、压"后，取消了工厂企业中一些最基本的管理制度，有的一搞大批判就要取消附加工资、夜班津贴等合理的补助。在学校里，号召"应该把革命大批判深入到文科各个学科，批判哲学、历史学、文学、政治经济学、新闻学、教育学等领域内的反动的资产阶级思想体系"，声称"旧的文科大学"只有在批判中才能获得新生,[1]如此等等。由于对古今中外一切优秀文明成果的无知和虚无主义态度，在自然科学领域里也充满着这类狂热的的批判。1968年至1969年下半年，中国科学院组织专人对爱因斯坦的相对论进行批判，认定相对论"是自然科学理论中深深地渗进资产阶级意识并介入现实阶级斗争的一个突出典型"。在当时，类似这样的批判在全国各行各业比比皆是，它直接损害了工农、知识分子的切身利益，严重地压抑了他们生产、工作的积极性，严重阻碍了各项建设事业的发展。这种大批判发展到全盛阶段之时，实际上也就是其荒谬性充分暴露并日益失去群众之日。

随着时间的推移，大批判中那些空洞的说教、蛮横的结论、浅薄的文字、千篇一律的形式以及每每与之相伴随的变相武斗，使人们普遍增长了一种厌倦、反感和恐惧的情绪。所谓大批判的深入发展，实际上不过是形式上的翻新和言不由衷的敷衍。这种情况越到基层越明显，越到后期越突出。所谓"群众性的"、"轰轰烈烈"的大批判运动，实际上只是靠政治高压和形式主义在维持着。

"斗、批、改"的"样板"

如果说"活学活用"、"革命大批判"为"斗、批、改"指明了方向、提供了动力的话，那么，"'六厂二校'经验"则为各条战线的"斗、批、改"提供了具体的标准、样板和方法。

毛泽东一贯重视树立典型、以点带面的工作方法。进入全面"斗、批、改"阶段后，面对着思想涣散、认识分歧、缺少权威、派性作祟等现状，以及人们对所要建设的那个新世界的陌生和困惑，迫切要求中央能拿出一些权威的、切实可行的典型经验，以统一认识、端正方向、振奋精神、指导运动。毛泽东也需要通过一些典型了解下情，需要一系列样板把他的战略构想具体化为一幅幅详尽、清晰、准确的蓝图，使基层单位的领导、群众有所遵循。"'六厂二校'经验"及其他一些典型就是在这样的背景下应运而生的。如果说聂元梓大字报、上海"一月夺权"一是"大破"的典型的话，那么，"六厂二校"则是"大立"的典型。

"六厂二校"，指的是北京针织总厂、北京新华印刷厂、北京化工三厂、北京二七机车车辆厂、北京南口机车车辆厂、北京北郊木材厂

---

① 1970 年《红旗》杂志第 1 期。

以及北京大学、清华大学。所谓"'六厂二校'经验"，是进驻这些工厂的中国人民解放军8341部队，以及进驻北京大学、清华大学的工人、解放军宣传队，与这些厂、校的革委会进行"斗、批、改"各项任务的经验总结。

1968年下半年至1971年间，"六厂二校"几乎提供了"斗、批、改"所有方面的典型经验。例如：对敌斗争中落实"给出路"的经验，整党建党的经验，落实党对民族资产阶级和小资产阶级各项政策的经验，落实干部政策的经验，改革不合理的规章制度的经验，抓革命、促生产的经验，"活学活用"的经验，开展革命大批判的经验，清理阶级队伍的经验，教育革命的经验，等等。这些经验几乎囊括了"斗、批、改"的全部内容，对全国各条战线、各个领域具有普遍的指导意义。这样全面的经验对当时全面铺开的"斗、批、改"运动无疑是及时的。由于"六厂二校"是毛泽东亲自抓的点，配备了一些长期在他身边工作的人员参加宣传队，其经验很快就能在《人民日报》《红旗》杂志上以显要地位发表，并往往配有转发毛泽东"最新指示"的编者按，从而具有很大的权威性，在全国产生了很大的影响。"'六厂二校'经验"所具有的这种全面性、权威性，为在全国范围内迅速、有力、全面地落实毛泽东的有关指示和中央的各项政策创造了重要的条件。根据这些经验和毛泽东以点带面的方法，各级领导机关都相应地培养了一批自己典型，在本地区、本部门推广。

"'六厂二校'经验"体现了毛泽东希望结束动乱，落实政策、恢复秩序和建设理想世界的意图。例如，在党中央转发的北京北郊木材厂落实党对民族资产阶级和小资产阶级各项政策的经验中，对本厂83名资本家采取了区别对待的政策，对资本家的大多数，坚持执行"团结、批评、教育"的政策；对其中极少数反动分子，坚决斗争、批判，区别对待，给予出路；对不够资本家的则划出去，等等。北京大学、清华大学在整党建党过程中，领导党员、群众深入批判宗派主义、山头主义、无政府主义和资产阶级派性。8341部队驻北京二七机车车辆厂的宣传队在领导整党建党时，批判了"我们老造反最革命最先进，整党建党得由我们来领导，以我们为基础"一类论调。北京针织总厂在"狠抓革命"的同时，注意克服不愿多管生产或怕抓生产的错误思想"[1]。

1969年12月20日，新华社报道：《"六厂二校"先进经验在首都普遍开花结果，推动斗批改群众运动蓬蓬勃勃向前发展》。报道说"六厂二校"在斗、批、改阶段"创造了极其丰富的、极其宝贵的经验"。电讯介绍北京市学习"六厂二校"的重要方面有："在一切工作中相信群众"，"引导群众用无产阶级党性克服资产阶级派性"，"争取、团结、教育知识分子的大多数"，"及时地解放干部"，等等。此后，全国掀起了学习"'六厂二校'经验"，深入开展斗、批、改的高潮。

与当时许多省市清队中的严重扩大化相比，与各地在整党中出现的严重派性、无政府主义相比，与当时普遍存在着的无视政策和纪律的现象相比，与当时盛行的不敢抓生产和业务的倾向相比，"六厂二校"的"经验"具有一定的针对性和现实性，对于纠正极左思潮有着一定的积极意义。正因为如此，这些经验曾一度得到了深受"左"的错误和极左思潮之害的广大干部和群众的某种拥护，并被很快地推广开来，对抑制极左思潮、稳定局势、缓和矛盾产生了一定影响。

1966

1976

---

① 中共中央批发北京市革命委员会送来的北大宣传队关于斗、批、改经验总结的三个报告。

但是，"'六厂二校'经验"反对和抑制极左思潮的努力，并不是出于对"左"的错误的认识和纠正，而恰恰是以它为基础和归宿的。这种在"左"的基础上反对极左的二重性，是这些经验突出的特点。这种二重性正是希望通过"斗、批、改"建设新世界这一基本思想内在矛盾的反映。例如，强调要在清队中注意政策，而清队又是什么呢？它本身不就是扩大化的产物和表现吗？所谓在清队中注意政策、区分两类矛盾，不过是在搞扩大化的同时防止极端扩大化而已。所谓对知识分子再教育、落实知识分子政策，其基本出发点是把知识分子当成是资产阶级的一部分。在这样的前提下，落实政策又有什么意义？再所谓整党建党，其前提便是党要"重建"，其方法是把阶级斗争扩大化引入党内，按照这样的基本逻辑，又谈何落实政策？清队、整党、落实知识分子政策如此，"六厂二校"的其他"经验"又何尝不是如此？

在坚持"文化大革命"全局性错误的前提下抑制极左的这种深刻的内在矛盾，决定了"'六厂二校'经验"必然存在着严重的局限。这些经验在全面"斗、批、改"初期虽然起了一定缓和矛盾作用，但在形势又有所变化、当极左思潮以稍微不同的另一些形式出现时，它们就束手无策，被弃之不顾了。而当北京大学、清华大学1970年以后成为江青反革命集团的"点"以后，就以专出"教育革命"、"批林批孔"、"反击右倾翻案风"的典型经验而著称于全国了。

随着"文化大革命"的发展，当全面"斗、批、改"又被一些始料不及的任务冲淡或取代后，特别是在党的九届二中全会后，"六厂二校"的"经验"逐渐被另一些经验所取代。

三、"斗、批、改"的几项内容

"清理阶级队伍"

"清理阶级队伍"是"斗、批、改"中一项规模很大、涉及面很广的活动，再次造成了大量的冤假错案。

所谓"清理阶级队伍"，是指清理混入革命队伍里的"叛徒"、"特务"、"走资派"、"反革命分子"、"坏分子"、"右派分子"以及地主、富农和资本家，以分清"阶级阵线"，纯洁革命队伍。这个口号是江青于1967年11月底在一次座谈会上首先公开提出来的。1968年1月1日"两报一刊"的元旦社论又就此发挥说："混在革命队伍内部的一小撮叛徒、特务、党内一小撮死不悔改的走资本主义道路的当权派，社会上的牛鬼蛇神（即没有改造好的地、富、反、坏、右），以及美帝、苏修和他们的走狗，绝不甘心于自己的灭亡，他们一定还会采取各种形式……继续进行破坏和捣乱。"所以，"要充分发动群众，彻底清查，坚决处理，保证无产阶级文化大革命的顺利进行"。

实际上，清理阶级队伍是阶级斗争扩大化恶性发展的必然产物。它的一些基本内容，早在"四清"运动中就已出现，即所谓"清组织"。"文化大革命"初期，在《十六条》中，除了明确运动重点是整党内走资派之外，也提出对"右派分子"要放到运动后期酌情处理的问题。在"全面夺权"的过程中，特别是1967年"天下大乱"、派性武斗造成严重损失并几乎一度失控的事实，以及中央文革报送的一些"典型材料"，发展了毛泽东在"四清"中就已形成的一种认识，即群众组织混进了不少坏人，这些坏人在动乱中已暴露出来。

1968年10月5日，毛泽东在一次谈话中说：失败的阶级还要挣扎，所以我们不说最后的胜利。几十年都不能说这个话，不能丧失警惕，这些人还在，这个阶级还在。大陆上有国民党残渣余孽，有些人钻到我们中央领导机关来了，或钻到地方领导机关来了。这一次算是一个一个作了清理①。1970年7月29日，毛泽东在接见外宾时谈到"文化大革命"时说，生产下降了些，打得厉害，一个工厂分两派，互相打呀！这一条我们在开始发动文化大革命时没有料到，怎么每个工厂都分两派呢？怎么动不动就打呢？他解释说，有些是有坏人在那里挑拨，那些人就是国民党，趁此机会造反，这样坏人就暴露了，所以我们说，清理阶级队伍就搞这几件事。②

正是出于这样一些认识，在确认揭发和批判走资派这个首要任务已经完成的前提下，毛泽东又提出了"清理阶级队伍"的任务。1968年5月19日，他高度评价了姚文元送来的《北京新华印刷厂军管会发动群众开展对敌斗争的经验》，并批示转发全国。清理阶级队伍活动由此全面展开。

新华印刷厂的经验认为，这个厂历经北洋军阀时代、日本帝国主义统治时期以及国民党反动派统治时期，因而阶级队伍复杂。解放后，"由于走资派的控制与把持"，"国民党反动派的残渣余孽仍然受到重用，其中许多人还篡夺了我们的各级领导权"。所以，在打倒"走资派"的同时，也应对整个工厂的阶级队伍进行清理。当时"六厂二校"和其他一些典型提供的有关经验中，也罗列了大量类似的材料。毛泽东在这一段时间里的谈话、讲话中，曾多次引用

过这些材料。

从整个"斗、批、改"的全局来看，"清理阶级队伍"是一项基础性、前提性的工作，它是要"树立一支以无产阶级左翼为骨干的无产阶级队伍，为政权建设、党的建设打下良好的基础。"③用谢富治的话来说："清理阶级队伍的工作从某种意义上来说是一场肃反运动，这一工作我们党已经有了丰富的经验。"④清队之初，其对象一方面是所谓"走资派"及叛徒、特务、地、富、反、坏、右等，另一方面则是群众组织里的"坏头头"，"混进群众组织里的坏人"及"五一六分子"等。这后一方面的清理打击了一批在动乱中趁火打劫的刑事犯罪分子、打砸抢分子以及极端无政府主义者，客观上维护了革委会的权威，抑制了无政府主义。

由于指导思想上的扩大化和政策界限上的随意性、模糊性，由于执行者的政治素质和道德素质，加之派性的干扰和"天下大乱"所造成的大量严重社会问题，所以尽管毛泽东和中央有关文件一再强调要注意政策，区分两类矛盾，要严肃慎重和区别对待等等，但实际上"清队"一开始就造成了严重的扩大化。从"走资派"到叛徒、特务、"四类分子"，从有"历史问题"的到有"现实问题"的，从打砸抢分子、刑事犯罪分子到"五一六分子"，从对立派别到对"文化大革命"腹诽巷议者，都被列入"清理"之列。1968年下半年时，"清队"曾一度出现严重的扩大化问题。

1968年8月10日，在浙江省党的核心小组讨论清理阶级队伍问题时，有人说："省委书记和副省长一级干部，有的是叛徒，有的是特务，有的是假党员，没有一个好的"。有人说："温州就有叛徒三千多人，已混入县至中央各级的一

---

① 1968年10月5日毛泽东同阿尔巴尼亚党政代表团谈话。转引自《共和国史记》第三卷(上)，吉林人民出版社，1997年版，第400页。
② 1970年7月29日毛泽东会见朝鲜军事代表团时的讲话。转引自《共和国史记》第三卷(上)，吉林人民出版社，1997年版，第574至575页。
③ 北京市革命委员会关于清理阶级队伍工作中几个问题的通知，1968年5月15日。
④《共和国史记》第三卷(上)，吉林人民出版社，1997年版，第365页。

毛泽东时代的中国 MAOZEDONGSHIDAIDEZHONGGUO

1966
↓
1976

百多人"。有人甚至说："有一点影子都可以揪，揪得越多越好。"此后，浙江省普遍出现逼、供、信，造成大批冤假错案。据1969年6月统计，在清理阶级队伍中，浙江原省委委员42人中有28人被审查；原地委书记、厅长一级干部四百多人中，作为敌我矛盾受清查的有133人。全省被关押揪斗的数十万人，被逼死的达九千多人，造成极为严重的后果。[①]又如安徽省，到1968年底清理出来的阶级敌人竟达34.8万人[②]。同年9月3日，天津市革委会向中央提交的关于天津市文化界清理阶级队伍情况报告中称：在文艺界35个单位中，共查出有"严重政治问题"的641人，占总人数的11%。

九大之后，在全面"斗、批、改"阶段，这一活动的内容在未作明确说明的情况下，发生了几次较大的变化，表现出很大的主观随意性。1969年下半年的战备高潮中，各地宣判、处理了一批反革命分子和刑事犯罪分子。1970年初，"清理阶级队伍"又在没有明确解释的情况下，被一些性质相似但具体内容、名称不同的活动所取代。

1970年1月31日，中共中央发出《关于打击反革命破坏活动的指示》。《指示》认为，由于面临外敌入侵的威胁，国内的反革命分子也乘机蠢动，遥相呼应，妄图仰赖帝、修、反的武力，复辟他们失去的天堂，加紧进行破坏活动。这是当前阶级斗争中值得注意的新动向。据此，《指示》要求放手发动群众，使群众认清打击反革命破坏活动"是一场激烈的阶级斗争"，"是一项重要的战略工作"，运动打击的重点是现行反革命分子，等等。2月5日，中共中央又发出《关于反对贪污盗窃、投机倒把的指示》。《指示》提出，一小撮阶级敌人不仅在政治上伺机反扑，而且在经济领域里向社会主义也发动了进攻，因而要求开展一场反对贪污盗窃、投机倒把的群众运动，认真整顿财贸队伍。同日，党中央还发出了《关于反对铺张浪费的通知》，要求在全国范围内发动群众，雷厉风行地开展反对铺张浪费的斗争。根据中央的指示和通知，全国旋即全面展开了"一打三反"运动(打击反革命分子，反对贪污盗窃、反对投机倒把、反对铺张浪费)。

"一打三反"运动打击了少数反革命分子、经济犯罪分子和刑事犯罪分子，对铺张浪费问题暂时起到了一定遏制作用。但是，在紧张的战备气氛中，在前一阶段遗留下来的大量严重问题尚未解决的条件下，加之一些革委会领导班子或政策水平低下，或软弱涣散，或派性作祟，或是林彪、江青反革命集团在各地的骨干分子打着"一打三反"的旗号做自己的文章，这场运动立即造成了普遍的阶级斗争扩大化，酿成了大量的冤假错案。

1970年3月27日，党中央又发出了《关于清查"五一六"反革命阴谋集团的通知》。实际上，清查"五一六"的活动早在1967年下半年就已开始。所谓"五一六集团"，只是北京人数很少的几个小组织，在受到揭露、打击后已不复存在。在此之后的揪"五一六分子"活动，虽然有时侧重于打击一些把矛头指向"无产阶级司令部"、人民解放军和革委会的极左分子，但因其目标、性质、对象等十分模糊含混，无法准确掌握，造成了很大的打击面。这一活动断断续续、时起时伏，在1969年底和1970年初又出现高潮，当时叫做"批判极左思潮，深挖五一六反革命集团。"《通知》在首先批评了认为根本不存在"五一六"反革命集团的认识后，又提出有的

①《共和国史记》第三卷(上)，吉林人民出版社，1997年版，第385页。
②苏桦、侯永主编：《当代中国的安徽》上卷，中国社会科学出版社，1988年版，第115页。

单位在清查"五一六"时已出现了扩大化的倾向。《通知》要求在防止清查"五一六"扩大化的同时,不要放过对其他反革命分子的斗争。清查"五一六"的活动,虽然一度在客观上打击了"天下大乱"时膨胀起来的极端无政府主义分子和行为,清查了一批打砸抢分子,但由于内容宽泛、牵涉面广、界限模糊,与"一打三反"运动交叉,以及派性干扰、各地领导掌握不一等因素,造成了普遍的扩大化。虽然"九一三事件"后这项工作很少再被提及,但它仍断断续续,若明若暗地一直持续到"文化大革命"结束。除了1967年北京极少数人的小组织外,这场持续近十年,在全国造成数百万人冤假错案的清查"五一六"活动,最终也未能明确落实什么人是"五一六"分子,什么组织是"五一六"反革命阴谋集团。

"清理阶级队伍"在1970年发展到"一打三反"和"清查五一六"阶段后,各种运动前后相连,大小相迭,相互交叉,庞杂纷繁,虎头蛇尾,使刚刚经历了"天下大乱"的人们又置于严酷的扩大化氛围之中。运动如此频繁严酷,一方面是"文化大革命"自身的合理性需要这种紧张的斗争来加以论证,一方面是扩大化总是在不断地制造出更多的阶级斗争和阶级敌人。

至1970年底,在北京、上海等已经大体上结束"一打三反"、完成"清理阶级队伍"的地区和单位,"斗、批、改"运动的重点逐渐转到整党建党、教育革命、改革不合理的规律制度等方面;而在一些"老大难"的地区和单位,"清理阶级队伍"等直到1972年还在反反复复,无法结束,导致生产停顿,"斗、批、改"的其他各项工作都无法提上议事日程。

革委会建设

成立各级革委会,通过各种措施进行革委会建设,也是"斗、批、改"的一项重要内容。

毛泽东对脱离人民群众的官僚主义深恶痛绝。建国后,他非常重视改善国家领导机关,密切党群、干群关系,不停顿地发起对官僚主义的进攻,提出了一些重要的使群众直接参加管理的思路。"文化大革命"中,毛泽东认为已经找到了一条改善国家机构、反对官僚主义和使群众直接参与国家管理的新路,这就是革委会。

1967年"全面夺权"时,革委会只是作为一种临时的权力机构出现的。但随着省级革委会陆续建立,革委会事实上已被当作是"建国以来最具有革命代表性的无产阶级专政的权力机构"[1],成为一种常设的政权形式或行政机构。按照毛泽东的要求,革委会在体制上要实现两个"三结合",即革命干部、军队代表和群众代表的三结合以及老中青的三结合,要"实行一元化的领导,打破重迭的行政机构,精兵简政,组织起一个革命化的联系群众的领导班子。"[2]毛泽东对这种政权形式寄予了很大的期望,认为它再现了巴黎公社的理想,继承了战争年代根据地政权建设中的一些基本经验,实现了自己多年来孜孜以求的建设一个理想的社会主义国家人民政权的愿望。正因为如此,在他关于开展全面"斗、批、改"的设想中,"建立三结合的革命委员会"被放到了首位。但在实践中,革委会的发展很快就超出了人们的想象。经过一系列职能、结构上的分化以后,革委会体制表现出明显的向传统体制恢复的倾向,

---

① 1968 年第 4 期《红旗》社论《吸收无产阶级的新鲜血液》。
②《人民日报》、《红旗》杂志、《解放军报》社论《革命委员会好》。1968 年 3 月 30 日。

只是其弊端更为突出。

九大以后，随着"整党建党"的进行，各级党组织陆续恢复并成为同级革委会的直接领导后，革委会的职能、结构发生重大变化。它不再是党政合一、无所不包、至高无上的领导机构，而事实上成为同级党组织领导下的政府机构、行政领导机关或企事业单位中行政领导部门的代名词。这种初步的分化缩小了革委会的职权范围，使党政领导体制在一定程度上恢复到"文化大革命"前的状态。当然，这种职能上的分化仍然是初步的。当时普遍存在的情况是，为了强调党的一元化领导，党组织和同级革委会一般是两块牌子，一套办事机构，两个班子一套人马，革委会常委就是党组织的常委，党组织与革委会开"一揽子"会，有的地方称之为"联席会"。

除了党政关系的分化外，革委会建设中还遇到了如何处理地方党政系统与部队"支左"机构、人员相互关系的问题。1967年"一月夺权"以后，解放军介入地方运动。1968年以后，相当多的地区和单位革委会、党组织的领导工作是由部队支左人员担任的。"军队支左，权力大得很。大权在握……"①这种状况造成了"支左"机构对地方党政系统干予过多，甚至地方党委讨论决定了事情还要拿到同级军区、人武部去讨论的现象。"支左"干部往往因"大权在握"而与地方干部形成了事实上的上下级关系。这不仅妨碍了地方党政系统的工作，也不利于部队的建设。

为了改变这种状态，从1971年起，毛泽东和党中央发出了一系列指示、文件，强调加强党的一元化领导，要求参加地方党组织生活的三支、两军人员必须接受地方党组织的统一领导。

1972年8月，中共中央、中央军委发出《关于三支、两军若干问题的决定》(草案)，提出为加强党的一元化领导，在已建立了党委的地方，军管、"支左"领导机构即可撤销，所有留在地方工作的军队干部，一律由地方党委统一管理。这样，三支、两军遗留下来的一些问题逐渐得到解决。

长期以来，毛泽东对机构臃肿、人浮于事、效率低下等官僚主义现象十分反感，希望在"文化大革命"中，通过革委会这种形式有效地解决这一弊端。党的九大的政治报告中曾经谈到："重迭的脱离群众的行政机构，压抑、束缚群众革命积极性的繁琐哲学，讲究排场、追求形式主义的地主资产阶级作风，都是破坏社会主义经济基础的，是有利于资本主义而不利于社会主义的。各级国家权力机关以及其他组织，都要根据毛主席的指示，密切联系群众，首先是密切联系工人阶级和贫下中农等基本群众。新老干部都要经常扫除官僚主义的灰尘，不要染上'做官当老爷'的恶习。要坚持节约闹革命，勤俭办一切社会主义事业，反对铺张浪费，警惕资产阶级反糖衣炮弹的袭击。要坚持干部参加集体生产劳动的制度。要关心人民群众的生活。要按照毛主席的教导，亲自做调查研究工作，解剖一个到几个麻雀，不断总结经验。要经常开展批评和自我批评，按照毛主席关于革命接班人的五个条件，'斗私、批修'，认真改造自己的世界观。"

1968年7月，《人民日报》发表了《灵宝县革委会实行领导班子革命化——精兵简政，密切联系群众》的报道，编者按语中要求各级革委会都要走"精兵简政"的道路。据此，革委会刚成立时，都不切实际地将工作机构和人员精简到难以维持正常工作的程度。国务院各部委

---

①《邓小平文选》第二卷，人民出版社，1993年版，第8页。

"精兵简政"之后，保留人员最多的占原有人数的40%多一点，最少的则只占7.8%，某部委的工作人员由原来的5000多人，减少至600多人。[1] 1970年6月，经中央批准，国务院将原有的一百多个部委精简、合并为二十三个部委、两个组。北京市北郊木材厂革委会成立后，精简了机构，1500多人的工厂只有政工、生产两个组，共21人。[2] 对于当时我们这样一个高度集中、党政不分、政企不分、主要依靠行政手段进行经济工作和社会管理、政治运动连续不断的国家来说，客观上需要一个庞大的、无所不包的政府行政系统。为了应付这些庞杂的工作，革委会不得不在强调精兵简政的同时，大量设置各种临时的或编外的机构。结果是分工越来越细，机构越来多，工作人员很快便大幅度增加。某省会市革委会1968年上半年成立时，工作人员仅90人，但到1969年5月，仅一年时间，工作人员就剧增至1200人，其他革委会的情况也大体如此。1970年至1971年间，在省级革委会中，除政工、生产、办事、政法几大组（或部）外，各种名目的编内、编外常设机构一般都有一打三反办公室、整党建党办公室、农村工作指挥部、增产节约办公室、清理敌档领导小组、计划生育办公室、学大庆领导小组、军工生产领导小组，落实政策办公室、征兵领导小组、招工办公室、招生办公室、征粮领导小组、防空领导小组、知青办公室、打击投机倒把办公室、野营训练指挥部、革命大批判组、整团建团领导小组、外事工作领导小组、节煤办公室、节电办公室，等等。省级革委会设立的这些机构，往往又要求市、县级革委会成立相应的对口机构。这样，从上到下，机构和人员的增加同步进行。当这种膨胀达到一定程度时，又不得不开始新一轮的精

兵简政。1970年至1971年间，各地革委会普遍地又进行了一次或几次机构精简。某直辖市革委会成立时，编制为400人，至1970年上半年，人员已增至1700多人。1970年9月决定再次精简时，又把编制压缩到250人。显然，这并不能解决问题，只不过是在精简——膨胀——精简的圈子里又一次的循环而已。革委会体制非但没有触及传统体制的根本矛盾，反而把它的弊端发展到了极致。

随着机构的膨胀，各种会议急剧增加。大量的、各种名目的会议占据了革委会领导成员的大部分时间，许多不脱产的革委会成员，因穷于应付各种会议而很少能回到生产第一线。1970年3月，党中央专门为此发了文件，要求各地切实解决会议多、报表多、文件多、联系群众少的问题，但收效甚微。

毛泽东希望通过群众代表直接参加革委会领导，干部经常参加集体生产劳动，下基层蹲点调查，以及加强政治思想工作和作风建设等途径，反对官僚主义，使革委会真正体现人民群众的要求和意志。革委会确实在这方面做了不少努力，如群众代表原则上不脱产，只拿原来的工资、津贴和一些为数不多的补贴；革委会班子成员实行三分之一在机关工作，三分之一调查研究，三分之一参加生产劳动的"三三制"；经常举办各种读书班，定期开展整风，如此等等。但是，这些显然都不能从根本上解决问题。以阶级斗争为纲的工作宗旨，使革委会从一开始就脱离了社会主义时期广大人民群众的根本要求。而思想工作，道德要求，作风建设以及群众代表、"三三制"一类举措，也根本不足以弥补高度集权、党政不分的政治体制的严重弊端。

1972年以后，革委会建设中基本上再没有

1966

1976

---

① 郑谦等著《当代中国政治体制的沿革》第三章，中共党史资料出版社，1988年版。
② 1969年7月22日《人民日报》。

多少新的举措，它成立之初的一些新措施不是不了了之就是流于形式。相反，机构庞大、官僚特权、效率低下、推委扯皮、"走后门"之类现象却层出不穷，屡治不愈。这个在"天下大乱"之后产生的、号称社会主义政权建设中一大创举的"新生事物"，实际上越来越恢复了"文化大革命"前政治、行政领导体制的面貌，只是其弊端更为突出。人们对这个"20世纪的巴黎公社"的热情、希望也逐渐消退。

整党建党

　　毛泽东高度重视无产阶级革命政党在革命和建设事业中的核心地位和作用，高度重视党自身的建设，特别是在和平的环境里，在社会主义条件下的自身建设。在他的党建思想指引下，我们党在民主革命时期和社会主义建设时期成功地进行了多次意义深远的整党整风运动。20世纪50年代末期后，随着毛泽东在社会主义时期阶级斗争问题上错误的发展，他把阶级斗争的概念引入党内并对这种斗争作出了不切实际的严重估计。在这样的基础上，党的建设和整顿不能不受到越来越严重的干扰。

　　出于对党内、国内阶级斗争日益严重的基本估计，出于"资产阶级就在党内"的判断，毛泽东在发动"文化大革命"的时候，采取了不依靠党的各级组织而直接发动学生和群众的方法。但是，与张春桥等人力图否定党的领导截然不同的是，毛泽东并不是想否定党的领导。他认为"共产党基本的一条，就是直接依靠广大革命人民群众"[①]。他是想通过"文化大革命"对党进行一次全面、彻底的整顿，使全体党员提高阶级斗争、路线斗争觉悟，与群众打成一

片，反修防修，在继续革命中发挥更大的作用。根据这样一种设想，加之目睹了1967年因失去党的领导而导致"天下大乱"的严重后果，他在1967年9月以后，便把整党和恢复党的组织生活的问题迫切地提了出来。

　　1967年10月21日，根据毛泽东的指示，党中央发出了《关于征询对"九大"问题意见的通知》。同月27日，中共中央、中央文革发出了《关于已经成立革命委员会的单位恢复党的组织生活的批示》。《批示》中发表了毛泽东最近的一段指示："党组织应是无产阶级先进分子所组成，应能领导无产阶级和革命群众对于阶级敌人进行战斗的朝气蓬勃的先锋队组织。"这段话不久即被当作整个整党建党的"五十字纲领"。这个纲领忽视党已经在领导社会主义建设这个基本事实，只字不提经济建设和发展生产力这个执政党的根本任务，而把阶级斗争作为社会主义条件下党的中心任务，以阶级斗争为纲来进行党的整顿和建设，因而是完全脱离实际的。这个以继续革命理论为基础的整党纲领，从一开始就决定了这次整党不可避免的失败结局。

　　1967年11月5日，毛泽东在与中央文革小组成员谈关于"九大"和整党问题时说，打了一年多仗，搞出了不少坏人。现在要打出一个党来，文化大革命就是整党、整团、整政府、整军队。整党不可能在九大以前统统整好，九大以后，根据新的党纲、党章，继续重新整党、建党。他说，过去，一是听话（做驯服工具），一是生产好，有了这两个条件就可以入党，听话要看听什么话，做驯服工具不行。他批评说，有些党员官大了，架子就大了，不讲民主，不跟下级商量，遇事不先征求人家意见，自己说一通，喜欢

---

①《红旗》杂志,1968年10月4日。

训人。他提出，党员要那种朝气勃勃的，死气沉沉、暮气沉沉的，就不要加入这个党。他由此进一步引申说："我们的党要吸收新鲜血液，工人、贫农、红卫兵中的积极分子吸收到党里来。旧血液中二氧化碳太多，要清除掉。"他要求，恢复组织生活，不要恢复老样子。有些党员对无产阶级文化大革命不积极，一听说要恢复组织生活，他们又神气起来了，我看这些人要检讨。他还提出，党纲要修改，组织纪律性还要有，但我们讲的是自觉的纪律，盲目服从，做驯服工具不行。①

根据毛泽东的这一精神，同年12月2日，中共中央、中央文革发出了《关于整顿、恢复、重建党的组织的意见和问题》的文件。文件提出，恢复党的组织生活，绝不是恢复"文化大革命"前的老样子、老一套，而是要用毛泽东思想整顿、恢复、重建党的组织，批判刘、邓的修正主义建党路线。文件要求各地在整党中要"虚心听取无产阶级革命造反派的意见"，彻底打消党员高人一等的优越感和造反派怕党员报复的思想。"要吸收那些朝气蓬勃、富有无产阶级革命造反精神，勇于在阶级斗争中冲锋陷阵的无产阶级先进分子入党"，要彻底批判"驯服工具论"。这种侧重于从造反派中吸收"新鲜血液"的倾向，在整党初期比较普遍，直到九大以后才有所改变。

按照毛泽东原来的设想，整党是召开九大的一项重要准备工作，应在九大以前告一段落。1967年底，鉴于"天下大乱"的现实，他又提出九大以后根据新的党纲、党章，继续重新整党、建党。1968年间，除了少数试点单位外，大多数地区的整党工作尚未展开。

1968年10月14日，《红旗》杂志发表题为《吸收无产阶级的新鲜血液——整党工作中的一个重要问题》的社论。社论引用了毛泽东的一个新的指示："一个人有动脉、静脉，通过心脏进行血液循环，还要通过肺部进行呼吸，呼出二氧化碳，吸进新鲜氧气，这就是吐故纳新。一个无产阶级的党要吐故纳新，才能朝气蓬勃。不清除废料，不吸收新鲜血液，党就没有朝气。"于是，"吐故纳新"又成为整党的一个重要内容和原则。在这个思想的指导下，许多党的领导干部、党员被当作"叛徒"、"特务"、"走资派"以及"阶级异己分子"等清除出党，而一些不符合党员条件的"造反派"、形形色色的野心家、阴谋家却被拉入党内，从而严重地损害了党组织的纯洁性。

九大政治报告中，系统地阐述了这次整党建党的由来及方针，断定"这次无产阶级文化大革命，是我们党的历史上一次最广泛、最深刻的整党运动"。毛泽东在九届一中全会上的讲话中，更尖锐地指出，党"事实上是需要重建"，要求每一个支部都要在群众中进行整顿，要有党外的群众参加评论。九大通过的党纲、党章，成为整党的重要依据。

九大以后，省、市级党委陆续恢复，整党建党逐步在全国全面铺开。按照当时的经验和要求，整党一般是在大联合、三结合比较巩固，资产阶级派性基本克服，经过"清队"阶级阵线比较清楚，革委会中初步形成了党的领导核心等一些基本条件具备的单位才能展开。在多数单位，整党基本上是按照"六厂二校"及上海国棉十七厂等单位的经验进行的。这些经验涉及到工厂、学校，内容虽各有差异，但基本上体现了毛泽东对整党的一些基本要求：

把思想上的整顿和建设贯穿于整党的全

1966

1976

——————————————————————————
①《共和国史记》第三卷(上)，吉林人民出版社，1997年版，第314页。

过程，实现思想上的"吐故纳新"，这是当时所有整党典型、试点单位的首要经验。这种思想整顿、理论学习实际上导致了"继续革命"之类"左"倾理论的进一步普及，与此同时开展的各种名目的大批判，粗暴地否定了我党许多优良的传统和作风。这种思想上的整顿在广大党员和群众思想、信仰上造成的混乱是不可低估的。

毛泽东一贯重视广大人民群众的作用，保持党员、干部与群众的密切联系，是他党建思想的重要内容。在"文化大革命"的整党中，他认为"过去历次整风都是在干部当中进行的，没有发动群众起来检查干部，这次是发动群众来检查干部"[①]。按照毛泽东有关"在群众里头进行整顿"，"要有党外的群众参加会议，参加评论"的要求，实行"开门整党"。开门整党一般有两重含义：一是由党员、群众直接提名，再反复讨论产生基层整党领导小组，吸收群众代表列席，负责整党领导工作；一是北京二七机车车辆工厂、上海国棉十七厂提供的整党建党经验，即举办有群众代表参加的党员学习班，进行学习和整党。整党初期，这一原则在一些单位往往被作为非党造反派干预整党的理由。一些被结合进革委会的非党造反派头头成为整党的主持者，按造反派的标准和需要来改造和整顿党。由于党组织普遍瘫痪以及对"开门整党"的不同理解，这次整党成为我党历史上第一次不是由上级党组织领导，而是由革委会、军管会、"联席会"等主持的整党。

整党的另一个重要内容是"积极慎重地吐故纳新"。1967年底至1968年间，在有关整党的文件、经验中，比较强调的是"吸收一批优秀的造反派，首先是产业工人中的先进分子入党"。

这种导向很快使一些派性严重的单位出现了"大吐大纳"、"造反入党"、"做官入党"、"吐疏纳亲"等一类问题，其严重后果引起了中央的注意。九大期间，毛泽东反复强调了整党要谨慎的问题，"'六厂二校'经验"也多次提出了坚持思想教育为主，组织处理为辅，思想批判从严，组织处理从宽，以及坚持党员标准，排除派性干扰，批判了"造反有功，入党有份"、"当了革委会成员，就理应入党"（即"当官入党"）等论调，此后，这一问题才有所缓解。尽管如此，在"文化大革命"那样的背景下，按照继续革命的标准，仍有一些不符合党员标准的人被拉入党内，造成了党组织的严重不纯。

"健全党的组织，实行一元化领导"。在整党告一段落后，开始建立各级基层党组织。像革委会一样，基层党组织也要求实行老中青、军干群的三结合，所不同的另外还有一个新老党员相结合。基层组织的建立也要贯彻"开门"的原则，要求发动广大党员和群众充分酝酿，反复协商，经过几上几下，在统一认识的基础上，确定候选人名单，在党内选举产生党支部委员会。

1970年2月下旬至4月中旬，根据党中央决定，分别召开了全军和全国整党建党座谈会。会议领导小组由康生、张春桥、谢富治组成。会议学习了毛泽东关于整党建党的一系列指示和新党章、党纲，交流了全国、全军整党的经验和情况。会议要求全国进一步认真学习、推广"六厂二校"及上海国棉十七厂的"经验"，统一思想，统一政策。

会后不久，中共中央批发了北京二七机车车辆厂和上海国棉十七厂整党建党情况的两个报告。中央批语指出：这两个厂整党建党情

① 1967 年 3 月 12 日毛泽东会见外宾时讲话。参见《共和国史记》第三卷（上），吉林人民出版社，1997 年版，第 227 页。

1966
1976

况的报告写得很好，它们的经验很值得各地参考。其中，《北京二七机车车辆厂整党建党情况报告》说该厂整党着重抓了四个问题：1. 加强党的领导，狠抓阶级斗争；2. 放手发动群众，实行开门整党；3. 认真贯彻党的政策，搞好吐故纳新；4. 建立坚强的党支部，加强领导班子革命化。他们的经验是：1. 要在条件成熟时建立党支部，不能操之过急；2. 增强党性，狠批派性，狠抓阶级斗争；3. 发动党员和群众反复酝酿协商。《上海国棉十七厂关于整党建党情况的报告》介绍的基本经验是：1. 充分发动群众，在斗争中整党建党，战胜了"老造反都可以入党"的极左思潮和"为旧党委执行的反动路线翻案"的右的思潮干扰；2. 整党中始终狠抓思想整顿，等等。诸如此类的做法和经验都建立在"继续革命"的基础之上，充满着"左"的色彩，但是与"文化大革命"初期的"踢开党委闹革命"和"造反派可以取代党组织"相比较，它又有强调党性、落实政策、反对派性的一面。

此后，全国整党工作进度加快，形式也趋于统一。在此基础上，党的各级组织迅速恢复。1970年10月28日，党中央发出《关于召开地方各级党代表大会的通知》。《通知》要求，召开地方各级代表大会，产生新的党委所必须具备的五个条件是：广大党员阶级斗争、路线斗争和继续革命的觉悟大大提高；革命大联合和革命三结合是巩固的；经过清理阶级队伍运动和"一打三反"运动，阶级阵线基本分明；绝大多数基层党组织通过整顿，进行了吐故纳新，纯洁了党的队伍，密切了党群关系；形成了一个革命的、联系群众的领导核心。《通知》提出，各地可以分期分批召开省、地、县各级党代表大会和建立各级党委，在1971年7月1日建党五十

周年之前，把全国各省、市、自治区的党委基本上建立起来。《通知》要求：在各地方各级党的代表大会中，工人、农民、解放军、劳动人民的优秀党员要占绝大多数，妇女党员一般不少于15%至20%，在有少数民族的地区，少数民族党员要有一定比例。《通知》决定，新的党委成立后，不另设重迭的办事机构，革委会的办事机构基本上就是党委会的办事机构。《通知》发出后，在基层组织恢复的基础上，自11月24日至1971年8月18日，全国二十九个省、市、自治区先后召开了地方党的代表大会，成立了新的省、市、自治区党委。

1971年8月27日，《人民日报》为祝贺各地各级党代会的召开发表社论《我们党在朝气蓬勃地前进》。社论说"全国各省、市、自治区（除台湾省外）相继隆重地召开了党的代表大会，选举产生了新的省委、市委和自治区党委"，"这是无产阶级文化大革命的丰硕成果，是毛主席无产阶级建党路线的伟大胜利"。经过整党建党，"我们的党提高了质量，扩大了队伍，比以往任何时候都更加纯洁，更加坚强，更加富有战斗力。"社论同时又指出："不要以为经过这次整党，建立了新党委，党内就没有矛盾，就没有两条路线斗争了。党内两条路线的对立和斗争，是社会阶级矛盾和新旧事物矛盾在党内的反映，是长期存在的。"

"文化大革命"中这次规模空前的整党运动，因其基本出发点及具体方针上的错误，给党的思想、组织、作风建设造成了广泛、深刻的破坏。它使党员思想混乱，纪律松懈、相互隔阂、言不由衷、假话盛行、无政府主义泛滥，党员之间、党员与党组织之间的关系大都处于一种不正常的状态。另一方面，整党建党及各级

1966

1976

毛泽东
时代的中国
MAOZEDONGSHIDAIDEZHONGGUO

1966

1976

党组织的恢复，毕竟在一定程度上遏制了造反派等动乱势力，在一定程度上恢复了稳定与秩序。正因为如此，整党运动常被江青等人当成是"复旧"、"右倾"加以责难和攻击。1974年至1975年间"反击右倾回潮"运动中，江青等人再次煽动成立跨地区、跨行业的造反组织，冲击、否定党的各级组织，导致形势再次动乱。

在整党运动的后期，整团建团运动陆续展开。1970年7月12日，中共中央发出《关于整团建团工作的通知》，要求在整党建党深入发展的时候，整团建团工作也要跟上来。之后，这项工作全面铺开，其方法、过程与整党大致相同。

教育革命

毛泽东一贯重视教育工作，重视培养千百万无产阶级革命事业的接班人。他曾经提出过一些重要的教育和教育改革思想，主持过一些富于创新精神的教育实践。20世纪60年代初期，他从"反修防修"的角度出发，多次谈到了教育改革的问题。他对当时我国的教育制度表示不满，认为学校教育严重脱离实际，特别是脱离阶级斗争的实践，学生关起门来读书，教材繁琐落后，教学方法是"填鸭式"，考试制度是对学生"突然袭击"，把学生当敌人，许多教师的世界观是资产阶级的，等等。在1966年的"五七指示"中，他对当时学校中的阶级斗争状况作出了更为严重的、不切实际的估计，提出"学制要缩短，教育要革命，资产阶级知识分子统治我们学校的现象再也不能继续下去了"。正是在这样一种背景下，"文化大革命"的第一批大字报、第一批造反派都出现在学校，也正因为如此，教育革命成为"文化大革命"的一个

重要内容。"改革旧的教育制度，改革旧的教学方针和方法，是这场无产阶级文化大革命的一个极其重要的任务"，"在这场文化大革命中，必须彻底改变资产阶级知识分子统治我们学校的现象。"①

1967年底，一些较早实现"大联合"，成立革委会的地区和学校，教育革命被提上了议事日程。1967年11月3日，《人民日报》发表了同济大学、北京林学院和北京师范大学的三个教育革命的初步方案，编者按中还发表了毛泽东的"最新指示"："进行无产阶级教育革命，要依靠学校中广大革命的学生、革命的教员、革命的工人，要依靠他们中间的积极分子，即决心把无产阶级文化大革命进行到底的无产阶级革命派。"此后，教育革命在全国陆续铺开。1968年至1969年初，教育革命已经形成相当规模。《人民日报》开辟了专门讨论大、中、小学教育革命的专栏，报刊上经常以重要版面发表有关教育革命的文章，毛泽东发表了一些重要指示，许多大、中、小学，半工半读学校等纷纷拿出了各自教育革命的经验和方案。九大以后，教育革命以空前的广度在全国展开。

全面"斗、批、改"中的教育革命，涉及到教育领域里的所有方面。

培养目标。按照1970年中共中央批转的《北京大学、清华大学关于招生（试点）的请示报告》中的提法，经历了"文化大革命"后的高等院校的培养目标是："高举毛泽东思想伟大红旗，无限忠于毛主席、无限忠于毛泽东思想、无限忠于毛主席的革命路线的全心全意为社会主义革命和社会主义建设服务的有文化科学理论、又有实践经验的劳动者。"

"三结合"的领导体制。1967年底，毛泽东

①《十六条》。

曾说到，教育革命要依靠学校中的革命师生。但到1968年，他的看法有所改变。"实现无产阶级教育革命，必须有工人阶级领导，必须有工人群众参加，配合解放军战士，同学校的学生、教员、工人中决心把无产阶级教育革命进行到底的积极分子实行革命的三结合。工人宣传队要在学校中长期留下去，参加学校中全部斗、批、改任务，并且永远领导学校。在农村，则应由工人阶级的最可靠的同盟者——贫下中农管理学校。"[①]这个批示强调了教育革命和学校的工作必须由从外面派进去的工人、贫下中农实行领导，因为学校的师生都具有资产阶级的属性。工宣队等进驻学校不是权宜之计，而是要"永远领导学校"。按照这个指示，城镇学校普遍实行了以工(军)宣队、革命师生及革命领导干部三结合的领导体制，农村中小学则建立了以贫下中农为主的贫下中农管理委员会(组)。

但是，随着整党建党的发展，学校内党组织陆续恢复，工宣队领导体制就面临着一个无法回避的根本问题：难道我们这个党还要在内部根据职业和出身再来划分党员的等级吗？难道知识分子党员或知识分子出身的党员不如工人党员、农民党员可靠，所以学校的党员还得靠工厂、农村里来的党员来领导？显然，这种做法不论是在马克思主义经典作家的理论中还是在党章中都找不到根据。随着学校内党组织的恢复及各种教学活动的展开，工军宣队在学校三结合体制中的作用逐渐下降，学校的领导体制在一定程度上又恢复到"文化大革

◆ 上海工人毛泽东思想宣传队进驻复旦大学。

命"前的状态。1970年大学开始招收工农兵学员后，又一度提出他们的任务是"上大学、管大学、改造大学"，实际上又是在变相地强调学生与作为"资产阶级知识分子"的教师的对立。

"掺沙子"的教师政策。出于对知识分子"资产阶级"属性的判断，出于"资产阶级知识分子统治学校"的认识，教育革命的一个重要内容，是以各种形式向学校里派入工农兵，给原有的教师队伍"掺沙子"，以"打破知识分子独霸的一统天下"。1970年9月22日，《光明日报》发表题为《改造学校教育阵地的一支重要力量》的调查报告。报告说，北京市香厂路小学在1968年11月建立了工农兵讲师团，由32名工人、2名解放军战士和2名贫下中农组成。讲师团除在课堂上给学生忆苦思甜、讲村史、家史、个人成长史等阶级教育课外，"工人师傅结合工厂的斗争实际讲课，贫下中农在田间、地头讲活的农业基础知识"，并同时对在校的教师进行"再教育"。报告认为，这样做"建立了工农兵、教师、革命小将三结合备课、讲课的新制度，改变了知识分子独占讲台的现象"。自1968

1966

1976

①姚文元《工人阶级必须领导一切》，1968年《红旗》第三期。

年工人、解放军宣传队进驻学校，各地学校陆续成立了工农兵讲师团。天津、江苏、广东等地还抽调了一批工人、贫下中农任专职教师，或者采取工农与原有教师轮换的制度。这个报告发表后，工农兵讲师团的作法得到进一步的推广。

"文化大革命"中，教师作为学校中的知识分子，受到了双重的压力。江青、张春桥等发展了毛泽东的错误，把对知识分子的政策篡改为"再教育"和"给出路"。在迟群等人炮制的《坚决贯彻执行对知识分子"再教育"、"给出路"的政策》的报告中①，污蔑清华大学"各个教学的基础单位——教研室，几乎全被世界观没有改造好的教授、副教授、讲师把持着"。据此，报告提出了要对知识分子进行"再教育"，让他们"从思想上、政治上解决恨谁、爱谁、跟谁走的问题。"这个报告为整个教育革命中如何对待知识分子定下了基调，长期成为压在广大知识分子身上的精神枷锁。但是，随着教学活动的展开，知识分子在学校教学、科研中不可替代的作用立即突出地表现出来。特别是在1972年周恩来领导的整顿中，教师、学校领导及管理人员的主导作用更是得到相当程度的恢复，而这些不久后又被江青等人当作"右倾回潮"、"知识分子翘尾巴"去批判。

教学、科研、生产三结合的教学体制。1967年11月《人民日报》发表的同济大学教育革命方案中，提出由学校、施工单位、设计单位联合组成教学、设计和施工三结合的统一体。这一设想几经发展之后，到1971年被概括为"开门办学，厂校挂钩，校办工厂，厂带专业，建立教学、科研、生产三结合的新体制"，"把大学办到社会上去"。与此同时，各类学校的学制也明显缩短。学校教育的确要与实践相结合，的确不能只把教育局限在学校范围之内，但凡事都有一个限度，超出了这个限度就只能归于荒谬。而当这种"结合"主要是基于对知识分子的不信任和轻视后，这种荒谬便只能成倍地增加。这种新体制歪曲了教育与生产、理论与实践的关系，否认学校中书本知识和课堂教学的基础性作用，否定学校应以教学为中心，否定学校与社会的差别，用"干啥学啥"和"以干代学"取代了学校的基础教育，用"走出校门办教育"实际上取消了现代社会中教育这一特殊的领域和分工。

以"群众推荐"为主的招生制度。1968年7月21日，毛泽东在一个批示中指出："要从有实践经验的工人农民中选拔学生，到学校学几年以后，又回到生产实践中去。"②根据这个指示，在1970年6月27日中共中央批转的《北京大学、清华大学关于招生(试点)的请示报告》中提出，招收的学生"要具有三年以上实践经验"，"有相当于初中以上文化程度"，"有丰富实践经验的工人、贫下中农，不受年龄和文化程度的限制"；招生"实行群众推荐、领导批准和学校复审相结合的办法"。这一招生制度的改革立即给大学教育带来了混乱。被推荐入学的学生中，文化程度有的不到初小，有的是初中或高中，文化基础方面悬殊的差异给教学工作带来极大的不便。1971年以后，虽然增加了一些基本的文化知识考核，但仍然是以"群众推荐"为主。与此相应，中学也取消了升学考试。高中生不能直接升入大学，中断了他们的学业，违背了青少年系统接受现代科学文化知识的规律和现代教育的基本要求。"群众推荐"式的升学制度貌似平等，实则是给那些有实权和特权

---

① 这个报告1969年1月由中共中央、中央文革转发。
② 《从上海机床厂看培养工程技术人员的道路》编者按，《人民日报》1968年7月22日。

1966
1976

的人物把自己的子女、亲戚送进大学、脱离农村、脱离体力劳动大开方便之门。那些没有特权的学生和家长们，则只有找关系，走门子，请客送礼，打通关节。这一"新生事物"所带来的不过是陈腐特权的泛滥，它以特权、"后门"、"关系"的竞争取代了分数的竞争，从一个特定的方面严重地败坏着整个社会的风气。

在课程设置方面，要求"以大批判开路"，"突出无产阶级政治"，破除繁琐哲学，精简课程。在极左思潮支配下，这种"革命"同样显得荒唐可笑。1969年至1970年间，《人民日报》等发表的一些文章中，提出中学可以不设置物理、化学课，因为其内容"陈腐不堪"，"崇拜死人、洋人"、"向学生散布大量毒素"，顶多"拣实用的学学就可以"。[①]1970年1月《红旗》杂志第1期发表的一篇文章说：文科大学不必搞什么专业分工，其依据是"要说专业分工，工农兵群众又属于什么专业呢？"这篇文章提出，文科大学"有一条是不可缺少的，就是搞革命大批判"。在教材方面，提出文科要以马列主义经典著作为基本教材，辅之以各种大批判文章，理工科教材要"少而精"，要破除"洋奴哲学"、"爬行主义"，在三大实践中编写新教材。有人提出，为什么所有物理、化学的基本公式都要冠以外国人的名字，这不就是"崇洋媚外"吗？因而提出要把包括门捷列夫化学元素周期表在内的诸多公式、定律来一番"革命化"的改造。教学方法则要在批判以书本为中心、以教师为中心、以课堂为中心的基础上，"结合生产、科研任务，坚持群众路线，实行新的教学方法"。[②]

◆ 走进清华大学的第一批工农兵学员。

1970年7月22日，《人民日报》发表署名清华大学工人、解放军宣传队的文章《为创办社会主义理工科大学而奋斗》。这篇在张春桥、姚文元支持下，由迟群、谢静宜等人主持撰写的文章，介绍了当时教育革命中影响很大的一些权威性"经验"。文章介绍清华大学教育革命的"经验"是：1. 工人阶级必须在斗争中牢牢掌握教育革命的领导权；2. 对原有教师坚持边改造、边使用，建立三结合的教师队伍；3. 开门办学，厂校挂钩，校办工厂，厂带专业，建立教学、科研、生产三结合的新体制；4. 培养工农兵学员，必须坚持以阶级斗争为主题，坚持理论与实践的统一；5. 大破买办洋奴哲学、爬行主义，编写无产阶级新教材；6. 结合生产、科研任务，坚持群众路线，实行新的教学方法，如此等等。依据"阶级斗争就是一切"的观点，文章提出"革命大批判是创办社会主义大学的战略任务，是教育革命的一门主课"。文章否定了建国以来的教育方针和教师队伍，声称"彻底结束资产阶级知识分子对学校的统治"。文章认为"工农兵最懂无产阶级教育"，"工农兵登上教

1966

1976

---

① 1969 年 9 月 22 日、7 月 21 日《人民日报》。
② 1970 年 7 月 22 日《人民日报》。

育讲台，是在教育战线两个阶级、两条路线激烈斗争中出现的新事物"。文章歪曲理论与实践的关系，提出所谓"厂带专业"、"结合典型任务进行教学"，"打破过去把基础课与专业课截然分开的界限"。这篇文章发表后，在当时产生了较大的影响，成为江青反革命集团炮制教育战线"两个估计"的舆论准备。

1969年至1972年间，各地大、中、小学教育革命经验繁多，但其基本原则大体相同。在教育革命各方面的内容中，有些是沿用以往教育领域中一些正确的做法，有的则是重复1958年教育改革中一些狂热的实验，把一些正确的经验、原则推到极端而成为荒谬，还有一些则是江青、张春桥等别有用心地煽动极左思潮，破坏教育，迫害教师。教育革命造成了学校教学秩序的混乱，教学质量严重下降，德育水平低下，严重地压抑了广大教职员工的积极性，耽误了整整一代青年的健康成长，败坏了社会风气。

1971年4月15日至7月31日，国务院在北京召开全国教育工作会议。会议在张春桥、迟群等人的控制下，形成一种对建国以来十七年的教育工作、对知识分子只许否定、不许肯定的气氛。张春桥在会议领导小组会上说：十七年教育战线"领导权的问题始终没有解决"，"毛主席的路线没有落实"，"名义上是共产党领导，实际上是假的"。一些在会上对张春桥等作法进行抵制和反对的人，被指责为"立场、感情、态度有问题"，被质问为"到底是那条路线上的人"，"这样的人若不转变，能否继续参加会议，值得研究"。会上，凡是不反映十七年"资产阶级专政"的典型发言材料，会议简报均不予以刊载。

8月31日，党中央批转了《全国教育工作会议纪要》。这个由迟群主持起草，由张春桥、姚文元修改审定的《纪要》，封锁了毛泽东有关估计十七年教育工作不要过分的指示，抵制了周恩来对教育战线的正确评价，断言"文化大革命"前十七年教育战线是"资产阶级专了无产阶级的政"，把广大教师和十七年培养出来的学生都说成是"资产阶级知识分子"（通称"两个估计"），指责"学校是资产阶级知识分子独霸的一统天下"，等等。"两个估计"长期成为广大教师以至广大知识分子的沉重的精神枷锁。1972年至1973年上半年，周恩来领导批判极左思潮时，教育领域里的极左思潮也得到有力的冲击。

知识青年上山下乡

在哲学上，毛泽东特别重视实践的作用，特别强调直接经验在认识中的地位，认为尖锐的革命斗争实践特别有利于知识分子世界观的改造，艰苦的工农劳作特别有利于青年的全面成长。基于这种认识，早在民主革命时期，毛泽东就多次提出，包括知识青年在内的知识分子，应当自觉地同广大工农群众相结合。他始终认为，"革命的或不革命的或反革命的知识分子的最后的分界，看其是否愿意并实行和工农民众相结合。"[1]社会主义建设时期，他坚持并发展了这一思想，把它作为改革苏联教育模式的一个重要内容，作为消灭三大差别的重要途径。

知识青年上山下乡，到农村安家落户，参加集体生产劳动，在20世纪50年代就已出现。当时，这是作为缓解城市就业压力，解决城镇部分中小学毕业生就业问题，以大量知识青年

---

① 《毛泽东选集》第二卷，人民出版社，1993年版，第559页。

支援农业和边远落后地区的一项重要措施。在毛泽东的思考中，知识青年上山下乡还包括着比就业更为重要的理论和政治意义。自20世纪60年代初起，毛泽东已经越来越侧重于从"反修防修"的角度来看待知识青年下乡劳动的问题。他认为，为了反修防修，为了培养千百万无产阶级革命事业的接班人，必须使青年一代在三大实践中，在艰苦的环境中锻炼成长。显然，这是一个富于远见的思想。但是，在"文化大革命"中，在"左"的思想和极左思潮的支配下，上山下乡却演变为一场"以阶级斗争为纲"的、规模空前的政治运动。

"文化大革命"爆发后，各类学校的教学活动即告中断，招生工作也无从谈起。1968年间，随着各地革委会陆续建立，当各级领导有可能考虑学校问题时，大、中、小学生毕业生的分配问题及中小学的招生问题已经是一个刻不容缓的巨大社会问题了。当年，仅积压在校的66、67、68届初高中毕业生已达数百万人之众。如再加上应毕业的大学生和小学生，这个数字就更为庞大。如此众多年轻好动的"革命小将"滞留城市，既不能升学，也不能就业，这不仅给他们的家庭带来沉重负担，也成为稳定社会所必须解决的迫切问题。1968年4月，党中央发出文件，把毕业生分配提上日程。因当时大学尚未招生，毕业生无法升学，文件要求各部门、各

地方、各大、中、小学面向农村、边疆、工矿、基层(即"四个面向")，及时做好毕业生分配。

60年代初以后，我国所有制结构日趋单一，城镇就业途径日渐狭窄。这种状况在"文化大革命"中发展到极端，除公有制企事业招工一途外，城镇实际上已不存在多渠道解决就业问题的可能性。而在当时，整个工业正处于衰退之中，除极少数技术人员外，根本不可能容纳大量非技术工人。这样，所谓"四个面向"实际上只有面向农村、边疆即上山下乡一种选择了。这样，在形势刚刚有所稳定，全面"斗、批、改"刚刚开始时，数以千万计的中小学毕业生(包括一些大学毕业生)上山下乡、插队落户便成为一个人们虽不愿正视，但却不得不立即着手解决的迫切问题了。

毛泽东仍然主要是从"继续革命"的角度来看待、处理这个问题。1968年下半年，报刊上连续发表了一系列毛泽东有关"再教育"的"最新指示"。例如，要注意对大中学生"进行再教

1966

1976

◆ 北京市韶山中学学生告别亲友，到陕北农村插队落户。

◆ 北京市的知识青年准备去边疆下乡落户。

◆ 哈尔滨轴承厂职工子弟书写上山下乡"决心书"。

1966

1976

育","使他们与工农结合起来"①,"由工农兵给他们以再教育"②。同年12月22日《人民日报》的一个编者按中,发表了毛泽东一个更为系统、明确的号召。"知识青年到农村去,接受贫下中农的再教育,很有必要。要说服城里干部和其他人,把自己初中、高中、大学毕业的子女,送到乡下去,来一个动员。各地农村的同志应当欢迎他们去。"根据毛泽东的这些指示,当时报刊上反复宣传的是"知识青年到农村去,同贫下中农相结合,不是单纯安置劳动力的临时措施,而是培养和造就革命接班人的重要途径";"贫下中农是对知识青年进行再教育的好老师,一切有志气的下乡知识青年,都应当下决心在农村扎根一辈子,革命一辈子"。③在当时舆论工具有关知识青年下乡的大量宣传中,基本不提知识青年就业和安置问题,而只是强调"再教育"和"与工

① 1968年9月25日《人民日报》。
② 1968年9月12日《人民日报》。
③ 1970年7月9日《人民日报》社论。

农相结合"，因而使这个原本是解决上千万因"文化大革命"而成为城镇剩余劳动力的知识青年就业的迫切问题，转化为一个主要是解决知识青年接受农民再教育的问题，一个"反修防修"的政治问题，因而也就成为全面"斗、批、改"的一个有机重要组成部分。

自1968年9、10月起，全国掀起了知识青年上山下乡的高潮。各地不顾具体条件，在几乎没有任何长远规划、缺乏各种政策与物质保证的情况下，或依靠革命热情，或借助政治压力，一轰而起，在很短的时间里，把大批知识青年下放到农村、建设兵团或农场。仅1968年底至

◆ 河南省郏县"广阔天地大有作为人民公社"的知青与社员一起打井。

1970年，这个数字就达四百多万之巨。这样一种内容和形式，使这次上山下乡明显地区别于以往，而带有一种强烈的政治运动色彩。知青下乡后，在口粮、住房、医疗、收入分配等方面存在一系列困难，很多人因生活长期不能自给而不得不依赖家长接济，不少人因不能适应农村生活而"倒流"回城里，长期滞留家中。1971年以后，随着经验的增加及各种相关政策的出台，知识青年下乡工作逐渐规范、统一。知青的口粮、住房得到政策保证，在劳动中与当地农民同工同酬，在生产劳动外广泛地参加了一系列农村社会活动，一些家庭困难、独生子女家庭的知青得到某些照顾，等等。

自1970年起，大学开始试点招收"工农兵学员"，各种企事业单位也先后开始招收工人、干部等。这一变化深刻地改变了知青下乡的结局。它使"上山下乡"不再等同于"安家落户"，而事实上往往成为一种在招生、招工前带有某种过渡性质的农村劳动锻炼，只是时间长短有所不同。这一变化同时又带来了一系列新的问题。招生招工开始后，一些人不顾各种口头上或宣传中的高调，不顾各种有关规定，不顾各种影响，利用各种形式的特权，"走后门"将子女招生、招工、招兵。而那些没有什么背景或"出身不好"的知青，则不得不长期留在农村。大面积的、日甚一日的"走后门"之风严重地破坏了党群、干群关系，败坏了社会风气，破坏了上山下乡的神圣目标，也使号称"促进了人们的思想革命化"、"全国人民的思想觉悟空前提高"的"文化大革命"处于十分尴尬的境地。

1972年至1974年间，为制止招生、招工中的"走后门"问题，中央曾几次发出文件，在报刊上宣传抵制"走后门"的典型，但基本上流于

我国现代化建设造成了深远的破坏。国家、企事业单位为安置知识青年所支出的二百多亿元经费，经济效益很差，也没有什么政治效益可言。知青上山下乡不仅给他们的家庭带来了经济上的困难以及思想上的负担，也造成了在一些人多地少的农村与农民争地、争口粮的矛盾。在招生、招工、招兵过程中屡禁不止、愈演愈烈的"走后门"之风，严重地败坏了社会风气。这场规模空前的知识青年上山下乡运动，实际上既未解决知青的就业问题，也没有达到对他们进行再教育的目的。

干部下放劳动

重视干部教育，通过各种形式使干部深入实际，同广大工农基本群众保持最广泛、密切的联系，改造世界观，是我们党的优良传统。毛泽东一直认为，在无产阶级专政条件下，我们的党和政府都长期面临着一个怎样才能不脱离群众的严重考验。因此，他特别强调了干部参加集体生产劳动的意义，认为"这是社会主义制度下一件带根本性的大事，它有助于克服官僚主义，防止修正主义和教条主义。"[1]这一基本思想与"五七指示"中提出的目标、模式相结合，成为"文化大革命"中干部下放劳动的基本原因和依据。

1968年5月7日，黑龙江省革委会在庆安县创办了柳河"五七干校"，组织大批省直属机关干部去干校下放劳动。同年10月5日，《人民日报》发表了《柳河"五七干校"为机关革命化提供了新的经验》。该文的编者按中说："毛主席最近指出，'广大干部下放劳动，这对干部是一种重新学习的极好机会，除老弱病残者外都应

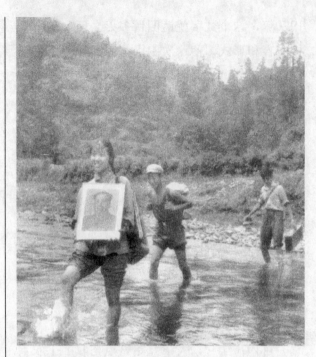

◆ 上海第一医学院的知识青年到贵州少数民族地区安家落户。

形式。1973年4月，福建莆田地区小学教师李庆霖写信给毛泽东，反映他的儿子因无后门而失去了招生、招工的机会，又因家庭生活困难在农村衣食无着，困难重重。毛泽东在复信中承认"全国此类事甚多"，表示"容当统筹解决"。同年7月召开的全国知青上山下乡工作会议，交流、总结了几年来的经验，要求各地党委加强领导，严格检查，总结经验，作出规划。在此之后，上山下乡工作进一步规范化、制度化。

"文化大革命"中，数千万知识青年上山下乡，为建设和开发农村、边疆的落后地区做出了贡献，他们也在与农民的接触中学到了许多在城市、在书本上学不到的知识，在艰苦的环境中经受了锻炼，增长了才干。但是，大批知识青年在本应接受正规、系统教育的年龄却不得不离开学校，造成了人才生成的严重断层，给

---

① 1964 年 7 月 14 日《人民日报》。

◆ 中共中央办公厅"五七干校"学员在学习讨论。

这样做。在职干部也应分批下放劳动.'毛主席的这个指示,对反修、防修,对搞好斗、批、改,有十分重大的意义,应引起我们各级革命干部和广大革命群众的高度重视。"自此,全国各地开始了大规模的干部下放劳动。

实际上,在"文化大革命"中,干部下放的目的从一开始就不仅仅只是"重新学习"或"再教育",它也是当时革委会大规模地精简机构,急需安置大批多余干部的需要,是"清理阶级

◆ 中共中央办公厅"五七干校"的广大干部,冒着风雨筑堤围湖造田。

队伍"等运动必须处理一批"有问题"的干部和知识分子的产物,也是1969年大规模战备疏散的结果。大规模的干部下放与当时的知识分子接受"再教育"、知识青年上山下乡、城镇人口到农村落户等融合在一起,在短时间里形成了一个规模巨大的下放、下乡高潮。除少数大、中城市将一些干部下放到工厂当工人外,多数地区多数干部被下放到农村。例如,某省自1968年10月至1969年10月的一年中,先后有八十七万多名干部、教师、医务人员、文艺工作者和他们的家属,以及知识青年、城镇居民下放到农村。其中干部约七万人。在同一时间里,据不完全统计,黑龙江、辽宁、江苏、湖南、天津七个省、市先后下放的干部有四十多万人(基本上是县级以上机关干部)。有的大城市,"为了切断干部与城市的牵连,从组织上、社会关系上保证下放人员树立长期扎根农村的思想",下放干部的配偶如是工人、营业员的,一般都被动员办理退职手续,同干部一起去农村。有的省下

1966

▼

1976

放干部均要实行"五带"，即带党团员关系、行政关系、工资关系、户口及家属子女。有的省一些地方动员国家干部退职、退休下乡落户，甚至宣传"退职就是继续革命，不退职就是不继续革命"，号召干部"从拿工资的革命者变为不拿工资的革命者"，等等。

在阶级斗争扩大化的氛围中，在派性的作用下，在很不正常的人际关系中，许多单位将下放干部作为排除异己、迫害知识分子、清除各种"有问题的人"的手段，在狂热的气氛中，把大批携老带幼的干部下放农村，他们住房、口粮、医疗等方面存在着许多困难，他们的身体状况已不能适应农村繁重的体力劳动，他们的子女也因此失去了在城市学习、工作的机会。有的干部一家人被分别下放到不同省、区的农村，加之社会舆论方面无形的压力，多数下放干部思想沉重、顾虑重重。

干部下放一般采取两种形式，一种是去"五七干校"，一种是到农村安家落户，各地因情况不同而各有侧重。在"五七干校"，下放干部按部队建制编队，大部分时间参加农业、手工业劳动，工余进行一些理论学习和大批判，或到附近农村参加一些"斗、批、改"活动。在"五七干校"中，特别强调艰苦的体力劳动和生活条件对改造世界观的意义，提倡"汗水洗私心，劳动挖修根"。在江西进贤中央办公厅"五七干校"，要求学员在插秧时"50米不抬头，100米不直腰"。这样高强度的体力劳动，是许多干部难以承受的。"五七干校"人员集中，归口管理，虽然生活、劳动艰苦并经常受到各种名目的批判，但下放干部毕竟仍然生活在原来比较熟悉的群体环境之中。

1971年1月31日，新华社一篇报道说，近两

◆ 黑龙江省一批党政干部前往"五七干校"劳动。

年来，中共中央和国务院各部门先后创办了100多所"五七干校"，近九万名干部到干校劳动锻炼。这种形式对于巩固无产阶级专政，防止资本主义复辟，建设社会主义具有深远意义。各机关要对在职干部下放劳动作出计划，形成制度，坚持下去。

另一种形式是到农村安家落户。在1968年至1969年的下放高潮中，这种方式被认为是更优于"五七干校"。原因是"能使干部更直接、广泛地接受贫下中农再教育，把精简上层同充实基层结合起来，把接受贫下中农再教育同搞好农村'斗、批、改'结合起来，把改造主观世界同改造客观世界结合起来"。1969年12月9日，《人民日报》发表《红旗》杂志第12期的一篇文章《论干部插队落户》。文章介绍了江西省各级革命委员会迅速掀起一个干部下放插队落户的热潮的经验，认为这同办好"五七干校"、干部下厂当工人一样，是一项新生事物。机关干部到农村，加深了对农村、农民的了解，得到了某种锻炼。但是，因为组织行政关系的改变，下放干部处于下放劳动、接受"再教育"的地位，加之居住分散，不熟悉环境，携家带口，他们不得不为维持全家生计付出大部分精力，实际上很

难发挥应有的作用，在农村处于自流状态。在下放的最初几年，一些人"倒流"回城，一些人在农村艰苦度日，一些人被长期借调到县里、公社里工作。1970年以后，"五七干校"逐渐成为下放干部的主要形式，在农村落户的干部多数也陆续回到城里，返回原单位，还有一些就地安排了工作。

1970年12月1日至1971年11月26日，在北京召开了中央和国务院各部门"五七干校"工作会议，1971年2月28日，中央批转中央机关"五七干校"会议领导小组《关于进一步办好中央机关"五七干校"的报告》。报告提出，办"五七干校"是培养无产阶级干部队伍的一项重要措施，对于促进机关革命化、加速斗批改，巩固无产阶级专政，建设社会主义有深远意义，必须长期办下去。1971年间，各地都召开了相应的会议。会后，各地"五七干校"的工作得到进一步加强，校内机构、课程设置、教学方法等也趋于统一。"文化大革命"结束后，"五七干校"逐渐被各级党校所取代。

全面"斗、批、改"涉及到上层建筑和经济基础中的所有领域和部门。除以上所述几项主要内容外，还有其他诸如文艺革命、医疗卫生革命、商业改革、工厂管理体制改革、农村有关体制改革，金融体制改革等等一些重要内容。虽然内容千差万别，但其中一些基本点都十分相似或相近。例如，以阶级斗争为基本动力，以"无产阶级政治"统帅一切，批判资产阶级和一切剥削阶级的旧思想，强调思想道德教育，限制和破除政治、经济领域中的一切资产阶级权利，实现公正、平等、纯洁的社会理想和破私立公的道德价值取向，从而推动生产力的发展和社会的进步。这里，既有"大

跃进"中限制"资产阶级法权"的未竟理想，也有1962年后"以阶级斗争为纲"的坚定信念；既有"五七指示"缩小差别和分工的热烈憧憬，又有"抓革命、促生产、促工作、促战备"的最新概括；既有正确的、宝贵的思想火花，也有对社会主义的误解；既有毛泽东对理想社会执著地追求，也有林彪、江青反革命集团的破坏，等等。由于指导思想上的失误，这些活动的结果都表现出主观与客观、动机与效果背离的特点。"斗、批、改"非但没有实现和接近它所许诺的那个理想社会，反而加深了各种社会矛盾，增加了人民的痛苦，败坏了社会风气。"斗、批、改"运动既是"左"倾理论和实践进一步普及的阶段，也是其荒谬性进一步暴露并逐渐失去人心的过程。林彪事件发生后，"斗、批、改"便很少再被提及。

四、被"革命"推动着的经济建设

"抓革命、促生产"的发展模式

在全世界一百多年来的现代化过程中，出现过许许多多的现代化模式。基于自己对社会主义的认识，毛泽东认为，在社会主义条件下，阶级斗争仍然是发展生产、推动一切工作的最根本的动力和保证。一次革命高潮之后，必然会出现一个经济建设的高潮，这正如1957年反右派运动之后，必然会出现1958年的大跃进一样。20世纪60年代初期确认"以阶级斗争为纲"的思路后，"抓革命，促生产"的发展战略也就是题中应有之义了。

"抓革命，促生产"是"文化大革命"的纲领性口号之一，是当时我国经济发展政治化的高

时代的中国 MAOZEDONGSHIDAIDEZHONGGUO

1966
▼
1976

度概括。按照当时流行的观点，"文化大革命"的"伟大胜利"，必然造成经济建设的高涨，推动生产力的巨大发展。这不间断的激烈革命，必然推动经济不断高涨和发展，这被认为是中国现代化的正确道路——主要是在这样一种思想指导下，在全面"斗、批、改"阶段，在国民经济比较迅速的恢复过程中，又出现了一次持续两年之久的经济冒进。

◆ 四川南部的农民正在插秧，力争农业高产。

1969年初，《人民日报》的一篇社论断言："无产阶级文化大革命以其雄伟的力量，推动着我国社会主义建设迅速发展"，"促进了广大人民群众革命和生产积极性的空前高涨"，工业生产的新发展，"来势比人们预料的要快，它的基础比过去任何时候更深厚"①。九大政治报告也说："可以断言，无产阶级文化大革命的伟大胜利，必将继续促使经济战线和我们的整个社会主义建设事业出现新的跃进"②。这也就是说，"文化大革命"的"伟大胜利"必然会引发一个经济建设的高潮。对政治以及政治与经济相互关系的这种歪曲性理解，成为产生经济冒进的主要理论依据和动力。

随着形势逐步趋于稳定，1969年国民经济有所好转。工业生产在经过1967、1968两年连续下降后，有了明显回升。但是，这种增长带有明显的恢复性质。"天下大乱"所造成的严重后果远未消除，工农业主要产品的产量大部分指标仍然低于或大体相当于1966年的水平，国民经济中各种比例严重失调，计划机构和各经济部门的工作因"全面夺权"严重削弱，各种"左"的或极左思潮严重地阻碍着正

常生产、工作秩序的恢复。由于对这种恢复性的增长缺乏正确认识，认为这种增长正是"文化大革命"胜利的产物，预示着"一个工农业生产的新高潮正在出现"③，因而助长了盲目冒进的情绪。广大干部、群众在经历了"天下大乱"之后，迫切希望结束动乱，稳定形势，恢复秩序，把生产搞上去，改善、提高物质生活水平。而在1969年的战备高潮中，大战在即的严重估计使得一切经济工作都有了一种"与帝、修、反争时间，抢速度"的强烈紧迫感。此外，在趋于稳定的环境中，传统计划经济体制也开始比较正常地运转，它所固有的"投资饥渴症"和扩大外延生产的冲动等特征也开始发挥作用。正是在这一系列因素的作用下，一次新的经济冒进难以避免地发生了。

"跃进"、"翻番"

1970年2、3月间召开的全国计划会议，讨论拟定了《1970年国民经济计划和第四个五年国民经济计划纲要（草案）》。根据认为新的

---

① 1969 年 2 月 21 日《人民日报》社论《抓革命促生产，夺取工业战线的新胜利》。
② 1969 年第 5 期《红旗》。
③《人民日报》、《解放军报》、《红旗》杂志 1970 年元旦社论。

世界大战随时可能爆发的估计及"以战备为纲"的指导思想，出于对经济形势过于乐观的估计，会议把对付外敌突然袭击和大规模入侵当作压倒一切的中心任务。会议提出了"以阶级斗争为纲，狠抓战备，促进国民经济的新飞跃"的口号，强调集中力量建设大三线战略后方。会议拟定的《计划纲要（草案）》的总要求是："四五"期间要狠抓战备，集中力量建设战略后方，建立不同水平、各有特点、各自为战、大力协同的经济协作区，初步建成我国独立的、比较完整的工业体系和国民经济体系。其主要内容为：

一、根据毛泽东关于经过四个五年计划"可以有3500万吨到4000万吨钢"的设想，规划提出1975年钢产量为3500万至4000万吨（比1970年增长106%至135%），生产能力达到4000万吨以上。到1975年，东北、华北、华东、中原和西南经济协作区钢的生产能力都将达到600万吨以上。各省、自治区都要有一批中、小钢铁企业，许多地、县也将建立起自己的小矿山、小铁矿、小钢厂，形成大中小结合、星罗棋布的钢铁工业布局。

二、"四五"期间将内地建成一个部门比较齐全、工农业协调发展的强大战略后方，内地的工业要大分散、小集中，不搞大城市；工厂布点要"靠山、分散、隐蔽"，特殊、重要工厂的关键设备或车间，有的要"进洞"。

三、把全国划分为西南、西北、中原、华南、华东、华北、东北、山东、闽赣、新疆10个经济协作区。每个大协作区都要有计划有步骤地建设冶金、国防、机械、燃料、动力、化学等工业，建设比较强大的农业、轻工业和比较发达的交通运输业。山东、闽赣、新疆地区要建立小而全的经济体系。

四、农业要以粮为纲，全面发展，尽快扭转南粮北调状况。1975年要求按农业人口平均每人达到1亩稳产高产农田，耕作机械化程度达到40%至50%。

五、大力发展地方"五小"工业，各省、市、自治区都要建立小煤矿、小钢铁厂、小有色金属厂矿、小化肥厂、小电站、小水泥厂和小机械厂等，形成为农业服务的地方工业体系。为实现地区经济的自给自足，全面下放管理权限，各部直属企业绝大部分下放给地方管理，基本建设实行分级管理，大多数项目由地方统筹安排。

六、加速发展石油、天然气和电力工业，积极改变燃料构成。江南各省、自治区要力争1972年做到煤炭自给，扭转北煤南运状况。

七、大家动手办机械工业，各行各业都要自己武装自己。多数省、市、自治区要逐步做到能够成套地提供单机、机组和车间、工厂所需的设备。

八、"四五"期间，除少数产品由于受资源限制，需要由国家统一调配外，一般轻工业产品都要根据各自的条件，尽可能做到省、自治区自给①。

"显然，第四个五年计划依然沿袭着急于求成、盲目冒进的弊端，片面强调高积累，过分突出重工业，一味追求生产上的高指标，而忽视了经济效益和人民生活，严重地脱离了当时的实际。"②

根据"四五"规划的总体要求，会议又具体确定了过快过急的1970年各项经济工作指标和任务。会议确定，1970年工业总产值2100亿元，比上年增长17%；基本建设投资228亿元，

---

①《当代中国的经济》，当代中国出版社，1992年版。
②董辅礽主编：《中华人民共和国经济史》上卷，经济科学出版社，1999年版，第478页。

比上年增长46％；大中型建设项目1113个，其中大三线战略后方的建设项目663个；财政收入580亿元，比上年增长12％左右；对外贸易出口20.6亿美元，进口23.1亿美元。工农业主要产品产量指标是：粮食4500亿斤；棉花5000万担至5200万担；钢1600万吨至1700万吨；煤2.8亿吨至2.85亿吨；电1050亿度至1100亿度；原油2600万吨，等等。

为确保上述任务的完成，1970年计划提出：大力发展农业，加快农业现代化的进程；积极发展"五小"工业，尽快做到县县有农机修造厂；着手进行建立经济协作区的试点工作；搞好企业下放，争取在年内完成。①1970年国民经济计划经党的九届二中全会批准下达。为完成这些计划，九届二中全会还提出了经济体制改革的要求：1.企业下放。2.实行物资包干，扩大地方物资管理权。3.实行财政收支包干，扩大地方财政管理权。4.实行基本建设投资包干，扩大地方基本建设安排权。5.实行"块块为主，条块结合"的计划管理体制，扩大地方的计划管理权。6.简化税收、信贷和劳动工资制度，扩大地方管理权限。7.提高生产公有化程度。会议还大力推广上海梅山铁厂和湖北焦枝铁路建设中批判"专家路线"、"大洋全"和"条条专政"，大搞群众运动的经验。②

按照"文化大革命"中"抓革命、促生产"的经典理论，出于广大干部、群众迫切希望发展生产、改善生活的愿望，由于对发展经济的盲目乐观以及战备的紧张气氛，《计划纲要（草案）》与1970年计划下发后，各地、各部门在讨论、执行中，又进一步层层加码，经济建设中的冒进之风高涨起来。

早在1969年8月，首都钢铁公司向武钢、包钢、太钢、重钢发出开展革命竞赛的倡议和挑战书。倡议提出了竞赛的五个条件：一、深入持久地开展革命大批判；二、搞好领导班子革命化；三、努力完成和超额完成国家计划；四、改革不合理的规章制度；五、大力开展三结合的技术革新运动。9月10日，新华社对此作了报道，立即在全国引起强烈反响，各行各业纷纷响应。9月13日，新华社又报道，武钢、包钢、太钢、重钢热烈响应首钢的革命竞赛建议。《人民日报》发表短评：《社会主义的革命竞赛》，指出，建议"显示了无产阶级文化大革命的伟大成果和深远意义"。此后，各种舆论工具纷纷对此大加宣传，称这一活动被认为是"大跃进的先声，是社会主义建设高潮到来的信号，是三年'文化大革命'的必然结果，是毛主席的伟大战略部署"。

根据《计划纲要（草案）》精神，1970年3月，在《鞍钢宪法》发表十周年之际，鞍钢率先在全国提出了五年内钢产量翻一番的口号。这一口号得到了毛泽东的赞同，并迅速在全国得到广泛、热烈的响应。在1970年初各省、区召开的计划工作会议上，在同年召开的煤炭、冶金、水电、轻工业、电子、棉花、对外贸易、财政银行等一系列专业会上，许多地区和部门纷纷提出"翻番"、"跃进"的口号，盲目追求高指标、高速度。

在1970年5月中旬至6月上旬冶金部召开的全国重点钢铁企业座谈会上，讨论制定1970年和"四五"期间的计划任务。在狠抓"经济领域里的阶级斗争和路线斗争"的口号下，根据毛泽东1957年11月在莫斯科十二国会议上提出的，我国经过第四个五年计划"可以有3500万到4000万吨钢"的设想，确定：1970年全国产

①《共和国史记》第三卷（上），吉林人民出版社，1997年版，第531～532页。
②《共和国史记》第三卷（上），吉林人民出版社，1997年版，第531～532页。

钢1700万吨,力争超过历史最高水平;到1975年,产钢4000万吨,生产能力达到5000万吨;基本建成内地的钢铁基地,并在各经济区建立起比较完整的、不同水平和各有特点的钢铁工业体系。为完成这个庞大的计划,会议提出的主要措施有:1. 继续狠抓经济领域里两个阶级、两条道路、两条路线的斗争;2. 下放企业,充分发挥地方的积极性,冶金部原有70个直属钢铁企业,除两个独立矿山外,全部下放地方管理,实行双重领导,以地方为主;3. 加快内地钢铁基础建设,贯彻执行大中小并举、土洋并举的方针和自力更生方针;4. 狠抓采矿、选矿、烧结薄弱环节,加快攀枝花、昆明、重庆、水城等钢铁厂的矿山建设;5. 大力降低物资消耗定额;6. 积极支援中小钢铁企业的发展;7. 坚决保证产品质量;8. 做好生产能力的平衡工作;9. 加强企业管理,坚持合理的规章制度,改革不合理的规章制度,等等。①

江西省提出从1970年起,五到七年实现农业四化;浙江省提出"革命加拼命,实现粮食千斤省";湖南省提出1975年全省建成"小而全"的工业体系,十年建成先进工业省;黑龙江省则提出在1970年内新建90个小高炉,如此等等。在工业部门中,煤炭行业提出"大干三年,扭转北煤南运",力争1975年煤炭产量跃居世界第一;电力行业提出到1972年要实现"发电量翻一番,全国县县都有电,到1975年翻两番,达到7000万千瓦以上,超过英国和德国,等等。

为实现这些目标,各行各业掀起了各种会战高潮:电子会战、农机会战、钢铁会战、汽车会战、化肥会战、绿化会战层出不穷。江西省提出掀起"第二次工业革命"高潮,确定会战目标

是工业"两个突破"、"一步炼钢法"和农业"一化带七化"("两个突破"指机械工业无切削加工工艺和开发新产品不经过设计阶段;"一步炼钢法"指用矿石直接炼钢,被吹嘘为"世界钢铁工业的大革命";"一化带七化"为思想革命化带动社社队队公路化、耕地园田化、运输车子化、水稻矮杆良种化、养猪饲料醣化、水利化、绿化),南昌市革委会进一步提出"举旗抓钢,全力以赴,死打硬拚,两个月实现'七化'"。该省从年初开始组织全省钢铁大会战,突击建设15个小型钢铁企业,并计划通过"汽车会战"和"拖拉机会战",到1971年生产一万辆井冈山牌汽车和十万台安源一七〇型拖拉机,形成每个县造拖拉机和每个专区造汽车的局面。广东东莞县在动员群众搞大兵团作战时,到处流行着"快马加鞭未下鞍,大战一九七〇年"以及"大干、特干、拼命干,活着干,死了算"一类口号。经过遍及全国的汽车会战,到1970年底,全国已有二十八个省、市、区能成批生产汽车。会战高潮中,全国基建规模迅速膨胀,国家基建计划一再被突破,地方自筹投资在总投资中所占比重越来越大。与此同时,中央部委和省市区急速、盲目地向地方下放直属企业管理权限,以满足建立小而全的经济体系的需要,从体制上助长了各地冒进之风的蔓延。各地争相攀比上项目,铺摊子,地方"五小"工业(小钢铁、小机械、小化肥、小铁矿、小水泥)迅猛发展。

经过一年努力,1970年国民经济取得较大发展,工农业总产值3138亿元,比上年增长25.7%。其中,农业总产值1058亿元,增长11.5%,工业总产值2080亿元,增长30.7%,国民收入1926亿元,比上年增长23.3%。1970年经济发展的实际水平基本上完成了第三个五年计

---

① 《共和国史记》第三卷(上),吉林人民出版社,1997年版,第551页。

划原订的主要指标，大部分工农业产品产量超过1966年指标①。但是，这种盲目冒进的建设和体制变动带来了许多严重的后果。例如，以钢铁为中心的重工业生产增长过快，基本建设规模过大，造成了积累和消费比例关系的失调，产业结构再度出现了严重的不平衡；急速扩大内地建设，把大量投资投在内地导致经济效益下降，给整个经济发展带来严重后果；片面强调自给自足和"五小"工业，阻碍了各地经济优势的发挥，造成很大的浪费和损失；盲目急速地下放企业管理权限，打乱了原有协作关系，削弱了中央宏观调控能力，加剧了管理混乱、产品质量严重下降，设备失修、事故增多，等等。

1970年经济发展中的问题引起了党中央和毛泽东的注意。毛泽东在当年11月一次谈话中提出，不要太急了，急了会吃亏的，现在倒要警惕，要防止有些人动不动就要翻一番。他提出，一是材料不够，一是设备投资跟不上，全国紧张。周恩来当时也多次讲到，"每计划一件事，要想到留有余地"，"在突飞猛进时，要防止不顾一切的倾向"。他强调要搞好综合平衡，"县要平衡，地区要平衡，大区要平衡，全国要平衡"。

1970年12月至1971年2月召开的全国计划会议上，低估了1970年经济工作中的各种问题和矛盾，仍然盲目地追求不切实际的高速度。会议编制的1971年年度计划中，根据"四五"计划中原已安排过高的指标制订1971年的国民经济计划，同时提出要把在当年实际钢产量突破2000万吨的设想当作一项政治任务来完成。另一方面，计划也根据毛泽东和周恩来的有关指示，提出在生产建设中既要反对右倾保守思想，又要防止不顾客观条件，什么都要大办的倾向；要求既要注意数量，又要强调品种和质量，注意经济核算，讲求实效，既要高速度，又要按比例，既要解放思想，又要尊重科学，等等。《计划》还强调要控制基本建设规模，控制职工人数，加强对农业的支援。但是，由于"左"的指导思想仍然处于支配地位，经济政治化所带来的普遍的轻视经济规律的情绪，急于求成的巨大惯性，以及中央宏观调控能力的减弱，使1971年计划中正确的思想和方针并没有在实际工作中产生多大影响，国民经济进一步畸形发展，经济建设中的冒进之风有增无已，造成了严重的后果。

1971年底，我国国民经济出现了"三个突破"的严重局面，即职工人数突破5000万，工资总额突破300亿元，粮食销售量突破800亿斤，大大超出预定的计划。1972年，"三个突破"的问题继续有所发展。为解决粮食销量超计划造成的困难，除了进口粮食外，还挖了国家的粮食库存，造成了"一个窟窿"。国民经济一系列比例关系严重失调，市场供应紧张，物价上涨，人民生活水平下降。经济冒进给国民经济造成的破坏，已到了不再进行一次大规模的调整和整顿就难以为继的程度。

1972至1973年间，根据周恩来的指示，国务院采取果断措施对国民经济进行调整。针对"三个突破"，国务院要求大力压缩基建规模，精简职工人数，加强对劳动工资的宏观调控；整顿粮食统销工作，压缩不合理供应；调整农轻重的比例关系，把农业放到国民经济首位，把钢产量等高指标减下来；调整国防建设与经济建设的关系，适当降低国防建设费用；降低"四五"计划中原定的各种过高的经

①《当代中国的经济》、《中国社会主义经济简史》。

济指标；加强经济工作中的集中统一领导，强调统一计划和遵守纪律，等等。针对经济领域中存在的诸如企业管理混乱，国家计划失去严肃性以及农村中的"穷过渡"、"割尾巴"、"扩社并队"等歪风，国务院通过整顿和加强企业管理，坚持统一计划和加强纪律，以及在农村中重申《农业六十条》等措施，使问题得到了一定程度的缓解。

经过1972年和1973年近两年的调整，在全局性的"左"倾错误没有根本纠正、经济工作中仍然存在不少问题的情况下，经济冒进造成的危害至1973年下半年得到较大程度的缓解，经济形势明显好转，1973年国民经济计划的主要指标都被完成和超额完成。工农业总产值达到3967亿元，比上年增长9.2%，国民收入达到2318亿元，比上年增长8.3%，财政收入达到809.7亿元，比上年增长5.6%，实现收支平衡，1973年成为那几年中国民经济形势最好的一年。[1]

◆ 建设中的中国最大的水电站——葛洲坝水电站。

"五小"工业与社队企业之花

"文化大革命"中，我国经济发展中一个引人注目的现象是地方"五小"工业和社队企业的发展。在1970年2月召开的全国计划会议上，提出了加快农业机械化的要求。同年8至10月间国务院召开的北方地区农业会议上，在周恩来的领导和支持下，针对"文化大革命"初期全面动乱对农业造成的破坏，重申了《农业六十条》等曾被批判、但确实行之有效的农村政策，初步扭转了动乱以来农村工作中的混乱状态。这两次会议都强调各地要建立自己的"五小"工业，形成为农业服务的小而全的工业体系，提高农业机械化水平。自1970年起，党中央不仅从财政上拨巨款专门扶植地方"五小"工业，而且出台了一系列优惠政策。

1970年7月25日至8月20日，在财政部召开的全国财政银行工作座谈会上，提出积极支持地方"五小"工业的发展。要求在今后5年内安排80亿元专项资金，由省、市、自治区统一掌握，重点使用。新建的县办"五小"企业在两三年内所得的利润，可留60%给县。对于暂时亏损的"五小"工业，经省、市、自治区批准，可以由财政予以补贴，或者在一定时期内减税免税。资金确有困难的，可由银行或信用社贷款支持。根据这些精神，各地财政对"五小"工业的投资逐渐增加，总数由1970年的100万猛增到1973年

1966

1976

---

[1]《当代中国的经济》、《中国社会主义经济简史》。

的1.48亿元。1970年的管理体制下放，又使地方政府获得了较多的自主权。这一系列条件促成了地方"五小"工业的迅速发展。

1970年8月10日，国家建委发出的《关于当前基本建设情况的报告》中反映，上半年"五小"工业发展猛，进度快，投产多，是前所未有的。小化肥厂建成投产的有150座，小水泥厂建成投产的300个左右，小水电站正在建设的有1.2万多处。河南省县县都有了小农机厂，并已普及到公社一级。黑龙江省上半年县社队办了5200多个小企业，大大提高了省内的设备成套能力和产品自给水平。东北、华北、西北各省为实现轻工业产品自给，以中小为主，兴建了一批轻工项目。全国上半年建成的小化纤厂65个，小洗衣粉厂24个，小甜菜糖厂91个，小塑料原料厂35个。到1970年底全国就有近300个县、市兴建了小钢铁厂，90%的县建立农机修造厂，20多个省、市、区兴办了手扶拖拉机厂、动力机械厂和农机具制造厂。1970年地方小钢铁厂的炼钢能力较1969年增长1.5倍，生铁产量增长1.8倍，等等。与此同时，社队企业也获得很大发展。1970年全国社队企业产值为67.6亿元，是1965年的2.3倍。不少社队用办企业所得收入增加对农业的投入，支持了农业的发展。虽然当时地方"五小"工业和社队企业的发展中存在着不少问题，但它们的迅速发展毕竟吸纳了大量农村富余劳力，增加了农民的收入，培养了一批生产经营人才，初步

◆ 1973年5月8日，大庆油田原油出口日本。

改变了农村的经济结构，为"文化大革命"结束后乡镇企业的崛起打下了一定的基础。

◆ 1970年12月，上海电子光学技术研究所试制成功40万倍一级大型电子显微镜。

毛泽东时代的中国
MAOZEDONGSHIDAIDEZHONGGUO

1966

1976

◆ 1970年7月1日，成昆铁路建成通车。

顺利建成，不仅是中国铁路建设史上的创举，在世界上也属罕见。在科学技术领域，1970年4月我国成功地发射了第一颗人造地球卫星，标志着我国在宇宙航天技术方面取得了历史性的突破。作为我国能源建设中一个重要支柱的大庆油田，也在克服"左"倾错误干扰的过程中，使油田开发工作从1971年起走上正常发展的轨道。原油产量长时期保持持续和高速的增长，到1975年已达到年产4625.9万吨，为全国原油产量突破1亿吨奠定了基础，并且取得在科学技术和经营管理上建设这类特大油田的丰富经验。所有这些都表明，工业科技战线上广大的工人、工程技术人员和干部，同其他战线上广大的干部和群众一样，在长时期社会动乱的局面下，始终以党、国家和人民的利益为重，排除万难，辛勤劳作，努力在自己的岗位上为社会主义建设多作贡献。这些多方面的贡献，显示了中国人民在爱国主义、社会主义旗帜下所凝聚起来的巨大力量。

取得这些建设成绩当然不是"文化大革命"和"抓革命、促生产"的结果，而是各级干部和广大群众排除"左"的或极左思潮的干扰共同奋斗的结果。这一时期在一些重大工程项目和科技项目上取得的成果，也是十分引人注目的。在铁路建设中，1970年7月建成成昆铁路，1972年10月建成湘黔铁路，1973年10月建成襄渝铁路，连同此前建成的宝成、川黔、贵昆铁路，改变了西南地区长期交通梗阻的闭塞落后状况。这些铁路干线建设的工程异常艰巨，施工条件极为恶劣，它们的

◆ 1973年，我国农业科学家袁隆平在世界上首先育成强优势杂交水稻，在国际上产生重大影响。

MAOZEDONGSHIDAIDEZHONGGUO

时代的 中国

1966

1976

◆ 列车行驶在成昆铁路上。

◆ 为"两弹"的研制成功,为新中国尖端科技发展贡献毕生精力的科学家邓稼先。

◆ 1970年4月24日我国成功发射了第一颗人造地球卫星,标志着我国在宇航方面取得重大突破。图为首都群众欢庆场面。

第四章

林彪反革命集团的崛起与覆灭

第四章 林彪反革命集团的崛起与覆灭

一、动乱孕育的怪胎

林彪在"文化大革命"初期的政治投机

建国后的一段时间里，林彪因病，较少参与党、政、军各方面的工作。自1959年主持中央军委工作以后，他用政治投机、鼓吹个人崇拜的方法，使毛泽东不断增加了对他的信任和重视。在毛泽东与中央一线领导发生分歧时，他总是曲意逢迎毛泽东的主张。1960年以后，他陆续提出的"四个第一"、"三八作风"、"突出政治"、"顶峰"、"高举"一类口号和提法，既得到了毛泽东的赞许，也提高了他在党内，军内的声望和影响。1962年七千人大会上他与众不同的发言，更加深了毛泽东对他的印象。发动"文化大革命"的前夕，由于对中央一线多数领导的严重的不满，毛泽东迫切希望在党的领导层内找到可靠的、强有力的依靠力量。在这样的背景下，毛泽东越来越倚重林彪。

1966年初，由于林彪的积极配合，江青炮制的《林彪同志委托江青同志召开的部队文艺工作座谈会纪要》更具有一种权威的色彩，在发动"文化大革命"时发挥了不可低估的作用。林彪

◆ 毛泽东和林彪来到天安门城楼。

揣摩、迎合毛泽东的心理，在1966年5月18日的讲话中，大谈古今中外的政变事例，大肆诬陷彭、罗、陆、杨要搞"政变"、"复辟"，蓄意在党内高层制造恐怖气氛，并进一步鼓吹对毛泽东的个人崇拜，为"文化大革命"的全面发动准备了必要条件。毛泽东当时虽然也对林彪的讲话感到不安，但为了发动"文化大革命"的迫切需要，还是违心地批发了林的讲话。

同年八届十一中全会开幕后，林彪仍在外地"养病"。8月5日毛泽东写了《炮打司令部》的大字报后，8月7日林彪被紧急召回北京。林返京到会并摸清了毛泽东的意图后，立即采取了与大多数中央领导人迥然不同的态度。他严厉地批评了中央一线领导，狂热地鼓吹"文化大革命"。他说："这次规模伟大的文化革命进行的过

1966

1976

程中间，发生了严重的路线错误，几乎扼杀了这一革命"，"主席出来扭转了这种局势，使这次文化革命能够重整旗鼓，继续进攻，打垮一切牛鬼蛇神，破四旧，立四新，使我们的社会主义的建设除了物质的发展以外，精神上、思想上得到健康的发展"①。"文化大革命""要闹得翻天覆地"，"闹得资产阶级睡不着，无产阶级也睡不着"②。

8月13日，林彪在中央工作会议上的讲话中说："马克思主义的党，必须认真搞无产阶级文化大革命。苏联没有搞，所以革命失败了。我们就要搞。要大搞无产阶级文化大革命，用无产阶级思想代替孔孟之道，代替资产阶级思想，代替一切旧思想。""不要走过场，干脆大闹几个月，弄得人们睡不着觉。这一次一定要大搞，这是破旧立新的重大战略措施。""我们对干部，要来个全面考察，全面排队，全面调整。我们根据毛主席讲的无产阶级革命事业接班人的五条原则，提出了三条办法，主席同意了。第一条，高举不高举毛泽东思想红旗。反对毛泽东思想的，罢官。第二条，搞不搞政治思想工作。同政治思想捣乱的，同文化大革命捣乱的，罢官。第三条，有没有革命干劲。没有干劲的，罢官。""这次要罢一批人的官，升一批人的官，保一批人的官。组织上要有个全面的调整。"③与此同时，他立即积极参与了对刘少奇、邓小平、贺龙等党和国家领导人诬陷迫害。

另一方面，根据"文化大革命"的需要和自己以往的思路，林彪开始更加狂热地鼓吹对毛泽东的个人崇拜。他说："主席处理问题，有全盘考虑，高瞻远瞩，还有他的想法，有很多想法我们是不了解的。""我们对主席的指示要坚决执行，理解的要执行，不理解的也要执行。""主席是世界的天才，我们同他比较差别很大，错

◆ 1965年11月10日，上海《文汇报》发表了由江青和张春桥共同策划、姚文元撰写的《评新编历史剧〈海瑞罢官〉》一文。

◆ 红卫兵将北京东交民巷改名为"反帝路"。

①林彪在八届十一中全会闭幕会上的讲话，转引自王年一：《大动乱的年代》。
②1966年8月8日林彪接见中央文革小组时谈话，转引自王年一：《大动乱的年代》。
③1966年8月13日林彪在中央工作会议上的讲话，转引自王年一：《大动乱的年代》。

了赶快改。"①"只有突出我们伟大领袖毛主席，才符合于全国和全世界革命人民的需要和客观实际。"他的题词"大海航行靠舵手，干革命靠毛泽东思想"、"伟大的领袖、伟大的统帅、伟大的导师、伟大的舵手毛主席万岁、万万岁"等成为当时最流行的口号。

1966年9月18日，林彪在接见军队院校等部门负责人时又说："马克思、列宁的书太多，读不完，他们离我们又太远。在马克思列宁主义的经典著作中，我们要99%地学习毛主席著作，这是革命的教科书。""毛主席比马克思、恩格斯、列宁、斯大林高得多。现在世界上没有哪一个人比得上毛主席的水平。""洋人、古人哪里有毛主席高？哪里有这样成熟的思想？毛主席这样的天才，全世界几百年、中国几千年才出现一个。毛主席是世界最大的天才。"

当时，林彪的这些言行，既对"文化大革命"的发动起到了重要的推波助澜作用，也使他个人得到了巨大的政治资本。

八届十一中全会前，林彪一直称病在北戴河休养。全会后，他又立即"照办"、"紧跟"，鼓动造反。1966年10月5日，中央转发的军委、总政《关于军队院校无产阶级文化大革命的紧急指示》，导致运动脱离党的领导和动乱严重升级。《紧急指示》说："根据林彪同志的建议，军队院校的文化大革命运动，必须把那些束缚群众运动的框框统统取消，和地方院校一样，完全按照十六条的规定办，要充分发扬民主，要大鸣、大放、大字报、大辩论，在这方面，军队院校要作出好的榜样，在运动中不许挑动学生斗学生；要注意保护少数，凡运动初期被院校党委或工作组打成'反革命'、'反党分子'、'右派分子'和'假左派、真右派'等的同志，应宣布一

律无效，予以平反，当众恢复名誉。""以前军委总政对院校文化大革命的个别规定，如关于军队院校的文化大革命运动在撤出工作组后由院校党委领导的规定等，已不适合当前的情况，应宣布取消。今后各院校应按照十六条的规定由革命学生和教职员工选举成立文化革命小组、文化革命委员会和文化革命代表大会，作为文化革命的权力机构。"②《紧急指示》与同时的《红旗》杂志第13期《批判资产阶级反动路线》的社论，立刻被造反派当成"踢开党委闹革命"重要根据，造成了十分严重的后果。

1966年11月17日至12月23日召开的全国计划、工交会议期间，一大批中央、国务院领导干部对中央文革煽动造反、制造动乱并力图把动乱扩展到工交领域的行为表示强烈不满和严重的担忧，要求工交战线开展运动必须在党委领导下进行，坚持8小时工作制，不搞跨地区的串连等。中央文革小组自知分量不够，便请出林彪来压台。12月3日，林彪在政治局常委会上就工交系统的运动讲话。讲话中，他用自己特有的方式论述了文化大革命的意义和应如何看待生产下降的问题。他说：在文化大革命中，在生产岗位的人不要把运动的成果单纯落实在生产上，文化大革命达到的目标是多方面的，应当达到巩固政权，巩固所有制，必须思想革命化；对国外来说，在马列主义的阵营中要树立抗修正主义的典范。完全从生产上看文化大革命是片面的，我们用别的方法也可以提高生产。我们搞文化大革命在一定时间内也可能降低生产，如果用生产大小来评议文化大革命的成败是大错特错的，生产受点损失，其他方面得点收获，在政治上得到收获也是重大的收获。但是我们要注意生产。文化大革命本来促

1966

1976

第四章 林彪反革命集团的崛起与覆灭

---

① 1967年3月20日林彪在军以上干部会议上的讲话，转引自王年一：《大动乱的年代》。
②《共和国史记》第三卷（上），吉林人民出版社，1997年版，第140页。

◆ 林彪在照本宣科时,毛泽东对此似乎并不以为然。对毛泽东来说,林彪的种种表现并不十分合他的口味。

主义道路的当权派,把他们打得落花流水,把他们打乱了。这样的乱,是文化大革命的胜利,是很好的事情。当然,是两方面对立的斗争,无产阶级这方面也有个别误伤的,但这是个别的,而且可以保护下来。在谈到主流和支流问题时,林彪说:文化大革命所付的损失,少数人觉得很大,其实,比起世界各国任何一次大革命都小得不能比拟,甚至比不上一次小的战役,一场不大的流行病。所以说损失最小最小最小,而得到的成绩是最大最大最大。②这个讲话当时产生很大影响。4月7日,中共中央、国务院、中央军委、中央文革小组发出《关于播放林

生产,但在一定时间内某些部分可能挫伤生产,认为失败是不对的。他还提出,这次大革命是个大批判运动,对全国、全党是个大批判、大审查、大教育。文化大革命在某种意义上来说,是干部大批判,是批判干部的运动。文化大革命开始搞学术界,现在进入工人、农民,进入全社会,要席卷全国。①

1966

1976

  1967年3月,为解决部队高级干部对"文化大革命"发展为天下大乱的困惑和不满,解决"三支、两军"中出现的新问题,中央召开了军以上干部会议。3月20日,林彪在会上发表长篇讲话。他说:我国从1949年以后,开始进入社会主义时期。无产阶级和资产阶级这两个阶级的矛盾、对立、对抗、斗争,成为我们全部的政治生活、社会生活的一个总根源。不把各种各样的社会现象,看成是阶级斗争的现象,那就会把事情混淆起来,是非颠倒起来。这次的乱有两种:一种是主要的方面,是把敌人、把走资本

◆ 1967年毛泽东和林彪参加北京"五一"游园会。

---

①《共和国史记》第三卷(上),吉林人民出版社,1997年版,第162页。
②《共和国史记》第三卷(上),吉林人民出版社,1997年版,第231页。

彪同志讲话录音的通知》，要求各地各军区向部队全体人员和全国红卫兵播放林彪的这个讲话，认真学习，坚决执行。"最小最小最小"和"最大最大最大"成为当时流行一时的说服人们接受"文化大革命"动乱现实的用语；林彪事件后，又成为人们讽刺"文化大革命"荒谬性的常用语。

1967年8月，在"天下大乱"已达到"全面内战"的顶峰时，林彪又重弹老调。8月9日，他在接见武汉军区领导人时说，这次文化大革命胜利很大，真是代价最小最小最小，胜利最大最大最大。表面上看来很乱，乱是把反动路线搞乱了，把反动阶级搞乱了。这个乱是必要的，正常的，不乱，反动东西就不能暴露。他还别出心

◆ 在楼顶修筑的武斗工事。

裁地把乱概括为四种情况：（1）好人斗坏人，应该。（2）坏人斗坏人。这是以毒攻毒，是我们可以间接利用的力量。（3）坏人斗了好人，好人挨整，暴露了坏人，锻炼了自己，好人吃点苦头，但尝到很大甜头。（4）好人斗好人，这当然不好，有误伤，有损失，但可以从中得到教训。

"文化大革命"初期，林彪的这些言论在煽动极左思潮、推动动乱方面产生了严重的恶劣影响。但从"九一三事件"后公布的材料来看，这些言论又是言不由衷的。

在动乱中恶性膨胀的宗派

在"文化大革命"的第一阶段，林彪的宗派主义倾向急剧发展，以他为首的宗派集团随之形成。

林彪主持军委工作以后，在干部的使用和配备上，存在着明显的宗派主义倾向，陆续把一些他认为是自己山头的，可以信赖的人安排在军内一些重要领导岗位上。1959年林彪刚一上台，就提名邱会作为总后勤部部长。1962年，他以加强海军为名，派李鹏任海军常务副司令。1965年，空军司令员刘亚楼逝世的第二天，林彪便提出由吴法宪接任空军司令。

随着阶级斗争扩大化的发展，这种宗派主义不断恶性膨胀。1965年底至1966年春，在对罗瑞卿错误批判的过程中，根据林彪的授意，他的几个亲信或秘密串连，联名写信诬靠，或采用欺骗手法制造伪证，或在批罗会议上一齐上阵，诬陷罗是"篡党、篡军、篡国的大阴谋家、大野心家、大危险人物"。他们忠实地执行了林彪的整罗计划，因而更加得到林的赏识。

"文化大革命"初期，在"打倒一切，怀疑一

1966

1976

切"的狂潮中，黄永胜、吴法宪、李作鹏、邱会作等都受到运动的冲击，也都是由林彪、叶群直接出面干预，以"高举红旗"、"突出政治"、"反罗有功"等名目保了下来。在狂热的、失去理智的阶级斗争扩大化中，他们需要利用宗派去打击别人，也要依靠宗派来保护自己。

1967年4月初，在筹备纪念毛泽东《在延安文艺座谈会上的讲话》发表二十五周年文艺活动的过程中，驻京各军事单位的文艺团体发生了严重分歧。周恩来指示要三军联合演出，总政治部也要求军内各派以文工团为单位同台演出。但吴法宪、李作鹏等则执意支持海、空军等文艺团体中一派群众组织联合演出，结果造成军内两派文艺团体在5月13日的流血武斗事件。武斗后，林彪亲自出面支持吴法宪、李作鹏、邱会作所掌握的一派，压垮了另一派。"五一三事件"使林彪集团的骨干分子借助于中央文革小组的支持，改变了在运动中受冲击的被动地位，成为军内"无产阶级革命派的领袖"，大大提高了他们的身价，使他们得以左右全国全军的运动。另一方面，"五一三事件"导致了总政治部和全军文革的瘫痪，这给了林彪集团以可乘之机。当年7月17日，由江青提议并获林彪批准，成立了由吴法宪、叶群、邱会作等人组成的"军委看守小组"。该小组列席中央文革小组碰头会，在"中央文革小组"领导下，暂时负责处理驻京部队、机关"文化大革命"中的一些问题。9月下旬，在"看守小组"的基础上成立了军委办事组，除组长外，副组长吴法宪，成员叶群、邱会作、李作鹏，均为林彪的亲信。

因为"五一三事件"是林彪宗派集团发展中的一个重要转折点，在此后的几年中，每逢5月13日，这个宗派集团的成员总要庆祝一番。

1970年"五一三事件"三周年时，吴法宪、李作鹏、邱会作联名写信给叶群，称它是"一个重大的转折点"，"要永远牢记"要林彪、叶群的"教育深恩"。次日，黄、吴、叶、李、邱同游长城，题词赠诗，摄影留念。

1968年3月22日，黄永胜被任命为总参谋长。同月24日，召开了打倒"杨余傅"的"三二四"大会。次日，改组和重新成立了以黄永胜为组长、吴法宪为副组长，叶、李、邱等人为组员的军委办事组。办事组下又设政工组，取代了总政治部。几天后，吴法宪宣布：军队重要文电今后不再抄送陈毅、徐向前、聂荣臻、叶剑英、刘伯承等军委副主席。4月6日，黄永胜提出，今后军委常委不执行权力，办事组代替军委常委，军委常委停止活动。同年9月，继吴法宪1967年底被任命为副总长后，李、邱也被任命为副总长。1969年9月，林彪向黄永胜等人宣称：军队的权力就集中在你们几个人身上。如果说1967年"五一三事件"标志着林彪宗派集团的形成，那么，1968年"三二四"大会后新一届军委办事组的成立，则标志着这个集团已经取代了中央军委，掌握了军队的日常工作。

林彪宗派集团军权在握以后，更加肆无忌惮地排斥异己，迫害陈毅等军委副主席及其他一些中央领导同志。八届十二中全会上，他们与江青等人密切配合，诬陷、围攻陈毅、聂荣臻、徐向前、叶剑英、李富春、李先念等，林彪在发言中称"二月逆流"是"资本主义复辟的预演"。他们还点名批判余秋里、谷牧等人，连带着批判了所谓"老右倾"朱德、陈云、邓子恢等。1968年11月，根据康生的要求，黄永胜等在军委办事组内专门设立了一个班子，与江青等人相互呼应，拚凑《"二月逆流"反党集团在军内活动大事记》，企图在九大以前进一步从政治上迫害、贬低这些军内外老同志，使他们在九大的选举中落选。

两个阴谋集团的勾结与争夺

1966年以前，林彪等人与江青并无多少往来。"文化大革命"全面发动后，共同的政治野心和需要使他们走到一起来了。而在"文化大革命"取得"全面胜利"的九大之后，这两个集团又展开了激烈的争夺。

"文化大革命"发动之初，林彪需要通过江青来揣摩毛泽东的意图和了解"文化大革命"的动向，以便进行政治投机。江青则需要通过林彪这座"尊神"来增加自己的政治资本和号召力，以便更好地充当"旗手"的角色，"攻那些混进党内的资产阶级代表人物"[1]。从炮制《林彪同志委托江青同志召开的部队文艺工作座谈会纪要》初次合作开始，特别是在八届十一中全会后，在迫害、诬陷党政军一大批领导干部的过程中，林彪、江青及其各自的宗派越来越紧密地勾结在一起。

◆ 善于"演戏"的江青。

1966年8月14日，为了"紧跟"八届十一中全会的精神，林彪、叶群把他们指使人炮制的诬陷刘少奇的材料批送江青"酌转"毛泽东。9月8日，林彪诬陷贺龙"搞颠覆活动"，江青马上响应，声言贺是"坏人"，要"把贺龙端出来"。10月，江青通过叶群指使吴法宪、江腾蛟等秘密地在上海非法查抄了郑君里、赵丹等五位文艺人士的家，以追回、销毁有关她在30年代混迹上海十里洋场时丑恶历史的材料。江青在指使叶群迫害了解她底细的孙维世时说：现在趁乱的时候，你给我去抓了这个仇人，你有什么仇人，我也替你去抓。11月，林彪未经中央军委常委讨论，便以军委名义下令聘请江青为"全军文化工作顾问"。12月，他又亲自提议关锋为总政治部第一副主任，通过重用中央文革小组的骨干以取悦于江青。反过来，江青投桃报李，于1967年1月13日亲自出面保吴法宪，诬陷空军其他领导。同日，在林彪的支持下，江青派人夺了解放军报的权。为了迎合"中央文革小组"，1967年1月10日，林彪亲笔批示"完全同意"关锋、王力等提出的"彻底揭穿军内一小撮走资本主义道路的当权派"的口号。1967年"五一三事件"后，根据江青指令，"中央文革小组"出面帮助吴法宪等支一派、压一派。事件后不久，林彪集团在江青的支持下，打倒了总政治部主任萧华。7月，经江青提议成立的军委看守小组，进一步提高了林彪集团骨干分子在军内的地位。

1968年3月，经林彪提议，把江青的行政级别由9级提高到5级。在同月"三二四"打倒"杨、余、傅"的大会上，林彪吹捧江青"是我们党内的女同志中很杰出的干部"，"在这个文化革命期间，就看出她伟大的作用"。同年9月，林彪在

---

① 江青1967年4月12日在军委扩大会议上的讲话《为人民立新功》。

◆ 1968年7月21日，康生根据江青的要求整理出一份名单。在这份名单中，将中央委员、候补中央委员88人分别诬陷为"叛徒"、"特务"等，阴谋全部打倒。

时代的中国 MAOZEDONGSHIDAIDEZHONGGUO

1966

1976

江青直接操纵的"刘少奇专案组"报送的诬陷刘少奇的"罪证"材料上批示"完全同意"后，又特地写上"向出色地指导专案工作并取得巨大成就的江青同志致敬"。为了给林以同样的回报，江青在同年10月27日讨论九大党章的会议上，坚持要把林彪接班人的地位写在党章上，她甚至提出"这一条不写上我们通不过"。

林彪、江青两个宗派集团都是在极端阶级斗争扩大化的环境中，在高度集权、个人专断的体制条件下，以个人野心、宗派主义为基础发展起来的。在"文化大革命"的第一阶段，在"炮打司令部"、排除异己时，他们需要相互勾结、援引和支持。没有林彪的支持，江青不可能有那么大的能量；没有江青的捧场和沟通，林彪也不容易扮演"副统帅"、"紧跟"、"照办"的角色。但是，野心家、阴谋家的勾结、利用总是短暂的，何况林、江两个集团的社会基础、基本利益乃至一些政治见解也是不一样的。

实际上，即使在"文化大革命"初期，在林彪、江青相互勾结、兴风作浪的同时，相互之间的勾心斗角已经常发生。林彪对江青深有了

解，他对江的吹捧带有明显的利用性质。"文化大革命"初期，林彪一方面希望通过叶群接近江青了解"中央文革小组"的动向，一方面又反对叶过多地与江来往。1966年底，受到张春桥、姚文元支持的上海某军事院校内一派组织多次揪斗了邱会作。1967年邱站稳脚以后，又指使该校另一派组织秘密搜集、整理张春桥的"反党言论"。1968年八届十二中全会结束以前，中央文革碰头会确定由黄永胜率代表团参加阿尔巴尼亚党代表大会，江青公开表示坚决反对。江青看不起黄永胜等，曾几次指责黄搞"军国论"、"军党论"。黄永胜等对江敢怒不敢言，只有在背后议论、贬损。九大前夕，发生了黄永胜办公室一个秘书搜集黄、吴、叶等人私下攻击江青的言论、并准备报送中央文革的事件，黄等费了很大力气才将此事遮掩过去。

八届十二中全会上，林彪在发言中将"文化大革命"与欧洲"文艺复兴"等对比，进而提出"四次文化运动"的提法。江青等人对此非常不满，认为这种对比贬低了"文化大革命"，下令上海缩小对林彪讲话的传达范围。八届十二中全会以后，经毛泽东同意，由陈伯达、张春桥、姚文元负责起草九大政治报告。经与林彪几次商量后，陈伯达写出一部分初稿，但却被康生、张春桥、姚文元指责为宣扬"唯生产力论"而被否定。政治报告改由康、张、姚等人起草。林彪对此心怀不满，一遍未看，一字未改就上台结结巴巴地念了一遍敷衍了事，这又引起了江青等人的不满和议论。叶群得知后解释说，林彪不习惯念别人写的稿子。

九大期间，林彪、江青等人的争斗已开始表面化了。选举第九届中央委员时，黄永胜等暗中布置一些人不投江青等人的票，说要给这

些"红人""扫扫面子"。邱会作则说：江青是反林彪的，谁反林彪就不投谁的票。选举结果公布后，江青因少了6票而大发雷霆并扬言要查票，后因毛泽东拒绝而作罢。除此之外，叶群还布置人不要把江、张、姚选入政治局。与此同时，由于江、张等人的策划，叶群也少了几票。林彪集团虽然在九大攫取了巨大的权力，但林彪内心并不轻松。他已经明显地感到了来自江青反革命集团的挑战，但又无可奈何。

九大以后，促使林、江两个阴谋集团相互勾结的外部条件已大大减少。"文化大革命"的"全面胜利"成了这两个集团加速走向倾轧的催化剂。如果说九大前两者是以利用、勾结为主的话，九大以后则是以斗争、争夺为主了。1969年9月，林彪在江西视察时提出：在中国，小资产阶级可能把权抢走，要防止小资产阶级抢权，现在就要注意。他还进一步说，据我看，上海就是小资产阶级掌权。根据这一精神，《江西日报》很快就发表了反对小资产阶级抢权的文章，并编印了马克思主义经典作家有关小资产阶级的语录。不久，《福建日报》也发表了贯彻这一精神的社论，河南则以此为根据批了一批"老造反"。

面对林彪等人的攻击，江青一伙也不甘示弱。1970年4月2日，《人民日报》上发表了上海大批判小组的文章《鼓吹资产阶级文艺就是复辟资本主义——驳周扬吹捧资产阶级"文艺复兴"、"启蒙运动"、"批判现实主义"的反动理论》，指桑骂槐地批评林彪在八届十二中全会上的讲话，林彪得知此事后大发脾气。林彪的几员大将也在一些场合散布"有的报纸反对林副主席十二中全会的报告"。

总之，在九大后的一年中，两个阴谋集团的斗争已经不可避免地尖锐化、表面化了。他

们或者在政治局会议上公开争论，或通过一些具体事情发难攻击，借一些堂皇的题目做卑劣的文章，或在私下发泄不满。江青等私下议论黄永胜等搞军党军国，林彪则在小圈子里指责上海是小资产阶级专政，搞独立王国。江青等人经常抱怨《解放军报》宣传样板戏不够，黄永胜等则常常指责上海只宣传江青不宣传林彪。黄永胜等在闲谈时一直把康生、江青、张春桥、姚文元称作"江湖帮"和"上海帮"。这种种迹象都在表明，这两个阴谋集团间更大的冲突还在后面，而且不远了。

总的看来，九大以后，林彪集团的骨干不仅大权在握而且是实权在握，而江青反革命集团则因文革小组停止活动而失去了一个最重要的活动阵地。所以，在九大到九届二中全会这一段时间里，在两个阴谋集团的争斗中，前者处于攻势，而后者处于守势。在江青反革命集团中，张春桥已经敏感地看到了问题的症结。在这一段时间里，他曾多次说到"我们只有笔杆子，没有枪杆子"，他"最担心的是军队不在我们手里"。

在两个阴谋集团矛盾激化的过程中，陈伯达起了一种特殊的作用。1966年5月政治局扩大会议上，陈被任命为中央文革小组组长。但强烈的个人野心和偏狭自负的性格，使他既难于与骄横拔扈的江青相处，又对张春桥、姚文元地位的急剧上升心存忌恨。同年10月，他称病实际上把文革小组组长让给了江青，经过几次冲突后，他与江青等人的积怨更深，实际上已被排除在中央文革小组之外。1968年间，陈伯达逐渐投向林彪等人，希望依靠林的势力报复江、张、姚等人，实现自己的野心。

在起草九大政治报告时，陈伯达写的草稿被张、姚指责为宣扬"唯生产力论"。反过来，陈

时代的中国 MAOZEDONGSHIDAIDEZHONGGUO

又指责张、姚写的稿子是散布伯恩施坦的"运动就是一切,目的是没有的"的观点。九大期间,陈几次提出中央文革这个组织可以不要了,让它名存实亡。康、江、张、姚提出要在九大报告中写一段中央文革的功绩,遭到陈的坚决反对。九大以后,一方面是出于对江青等人的强烈不满,一方面是认为江青反革命集团的权势已大不如前,陈与林彪等人的关系更加密切。陈或是与叶群等人互赠诗文,或出谋划策,或私下议论、泄愤出气,或在政治局会议上与黄永胜等相互配合向对方发难。

◆ 1967年2月22日韩爱晶(右)向陈伯达汇报该校情况。

1970年5月,叶群在庆祝"五一三事件"三周年写的一首诗中,有"将相奋起卫红旗"一句。她解释说"这是警句","我们有相也有将,相就是陈伯达,将就是黄、吴、李、邱。现在相和将要一起奋起,保卫林副主席。""文化大革命"这个号称"史无前例"的"斗私批修"的"大革命",却为这样一小撮阴谋家、野心家提供了丰厚的土壤,为他们的各种阴谋活动提供了种种有利条件。

二、九届二中全会

林彪公开表达了与毛泽东不同的意见

九大之后,基于认为党的重建工作已经基本完成,毛泽东开始把考虑的重点放在政府的重建之上。根据他对政权建设的基本设想,特别是根据对"文化大革命"第一阶段的观察和思考,他又提出了一些独特的意见。

1970年2月,中央政治局讨论了筹备四届人大和修改宪法的问题。根据讨论的结果,周恩来拟成宪法修改草案提要并附信一封,于3

◆ 林彪集团在上海巨鹿路招待所的秘密据点。

月初送到了正在武汉视察的毛泽东处。附信中，周恩来提出新宪法中是否要写设国家主席一章，并说明政治局讨论的结果是应设国家主席，并由毛泽东任国家主席。3月7日，毛泽东明确表示：宪法中不要设国家主席这章，我也不当国家主席。3月8日晚，周恩来召开政治局会议传达了毛泽东的这一指示，与会者均表示同意毛的意见。会议决定成立由周恩来、张春桥、黄永胜等人组成的工作小组，负责四届人大代表名额和选举工作；成立由康生、张春桥、吴法宪、李作鹏、纪登奎等组成的修改宪法小组；由周恩来、姚文元主持起草政府工作报告，报告集中讲当前政策和计划问题等。[①]会上，周恩来指定叶群把毛泽东的意见及会议讨论的情况向称病未到的林彪汇报。

3月12日至15日，宪法修改小组召开会议。康生在会上提出不再设检察院的意见。他说，现在的"立法、司法、行政是分立的，但实际情况是统一的，这是最大的矛盾"，解决的办法就是要"立法、司法合一"，由"公安机关行使检察院的职权"。对此，张春桥、李作鹏表示同意。3月16日，宪法修改小组讨论通过了《关于修改宪法问题的请示报告》。报告中提出不设国家主席和检察机关的意见。毛泽东原则上同意了这个报告。3月17日至20日，党中央在北京召开工作会议，讨论召开四届人大和修改宪法的问题。会议中，在设不设国家主席的问题上，还存在着两种不同的意见：一种是同意宪法小组的《请示报告》中提出的可以不设国家主席的意见。一种认为还是设国家主席好，理由是"主席"这个名称是传统习惯，这是从苏区时代就叫起，一直沿用下来，用习惯了；毛主席是我们党中央的主席，也是当然的国家主席。经过讨

论，与会多数人同意《请示报告》的意见，不设国家主席，表示：按照全国、全党、全军的共同愿望，都是希望毛主席当国家主席，林副主席当国家副主席。但大家一致拥护伟大领袖毛主席关于不设国家主席的指示，认为这样更能体现党的一元化领导。

与会代表中之所以有一部分人不顾毛泽东的有关指示，仍坚持设国家主席，一是从国家已往政治体制及当代大多数国家政体设置的考虑出发，一是不了解毛泽东不设国家主席的真正用意，一是往往认为国家主席的设置只是个形式问题，无论毛泽东当不当国家主席，他的最高权威地位都是无可置疑的。本来，从现代国家政治体制的设置来看，国家主席作为对内对外代表国家的国家元首是不应缺少的。我国1954年宪法已经把设立国家主席作为我国政治体制的重要制度，这一制度符合我国各族人民的习惯和愿望。毛泽东提出不设国家主席，与他20世纪60年代初以后发展起来的对以刘少奇为首的中央一线领导的不满有关，与他在九大以后进一步发展起来的对林彪的怀疑、警惕相联，也与他所要建立的那个理想社会中党政不分的一元化领导模式不无关系。

当时正在外地的毛泽东了解到中央工作会议上的分歧后，重申：不设国家主席的话，我早就说过了，宪法上不要写了，我也不当国家主席。4月11日，正在苏州的林彪向秘书口授了给中央政治局的建议："一、关于这次'人大'设国家主席的问题，林彪同志仍然建议由毛主席兼任。这样做对党内、党外、国内、国外人民的心理状态适合，否则，不适合人民的心理状态。二、关于副主席问题，林彪同志认为可设可不设，可多设可少设，关系都不大。三、林彪同志

---

① 《周恩来年谱（1949－1976）》下卷，中央文献出版社，1997年版，第353页。

认为，他自己不宜任副主席的职务。"这是"文化大革命"发动以来林彪第一次在重大问题上公开表示出与毛泽东不同的声音。12日政治局讨论时，多数人又表示赞同设国家主席。同日，毛泽东在政治局关于讨论林彪意见的报告上批示：我不能再作此事，此议不妥。4月下旬，毛泽东在一次政治局会议上再次讲到他不当国家主席，也不设国家主席的意见。他还借用《三国演义》中的典故说：孙权劝曹操当皇帝，曹操说，孙权是要把我放在炉火上烤。我劝你们不要把我当曹操，你们也不要做孙权。7月中旬，毛泽东在得知宪法起草委员会讨论中仍有一些人坚持设国家主席的意见时，又表示：不要设国家主席，设国家主席，那是形式，不要因人设事。九届二中全会期间，8月25日政治局开会前，毛泽东在与林彪、周恩来分别谈话中，都谈到了不要设国家主席，他也不当国家主席的问题。在这次政治局扩大会议上，他甚至说："设国家主席的问题不要再提了，要我早点死，就让我当国家主席！谁坚持，谁就去当，反正我不当！毛还对林说：我劝你也别当国家主席，谁坚持，谁去当！在不到半年的时间里，毛泽东先后6次表达了不设国家主席和他自己不当国家主席的意见，明确地表达了他的意见和决心。①

但是，林彪也在继续坚持他的意见。4月11日他向政治局提出的意见被毛泽东否定后，他便主要是在他那个小圈子里，并通过这个小圈子来散布设国家主席的主张。5月上旬，林彪让黄永胜带话给吴法宪与李作鹏，要他们在修改宪法时，坚持在宪法草案上写上设国家主席。5月中旬，林彪在与吴法宪谈话时强调说，不设国家主席，国家就没个头，并

要吴在宪法工作小组会上提出在宪法中要写上国家主席一章。7月，叶群当着吴的面说：如果不设国家主席，林彪怎么办？往哪里摆？

在正常条件下，不论在党内还是在党外，设不设国家主席都是一个可以研究、讨论的问题。而且，在当时的情况下，国家主席的设置并没有多少实质性的意义，用当时的话来说"是形式"。如果毛泽东同意，党内外会一致同意设国家主席的。毛泽东坚持不设国家主席，他的一些想法当时又不为多数人所了解，这就使许多人总觉得这是一种政治姿态，并不具有什么原则意义和路线斗争性质。但是，林彪却一反他对毛泽东"句句是真理"、"一句顶一万句"的常态，在毛已多次明确表达了自己的意见之后，仍然坚持自己的意见，并指使其心腹四处阴谋活动，这显然包含着某种不可告人的目的。

1970年7月20日，中共中央发出关于组织讨论修改宪法的《通知》。《通知》指出：为进一步筹备第四届全国人民代表大会，中央要求各省、市、自治区革命委员会和中央军委，认真动员各厂矿、公社、军队、机关、学校、企业事业单位、街道组织的革命群众，广泛讨论修改宪法，提出修改意见，讨论和通过第四届全国人大的候选代表。《通知》还提出组织群众讨论修改宪法时需要掌握的原则。其中有：以毛泽东主席为首、林彪副主席为副的中国共产党中央委员会是领导全国各族人民行使国家权力的核心力量，毛泽东主席是全国武装力量的最高统帅，林彪副主席是副统帅；要总结历史经验，特别是文化大革命中群众创造的，并为毛主席所肯定的好经验，如人民公社及其政、社合一制度，"四大"（大鸣、大放、大

---

① 《汪东兴回忆毛泽东与林彪反革命集团的斗争》，《周恩来年谱（1949—1976）》下卷，王年一：《大动乱的年代》等。

字报、大辩论），"三结合"的革命委员会，一切国家机关工作人员必须参加集体生产劳动，等等。不难想像，在"继续革命"理论的指导下，在当时那样一种体制条件下，这种"广泛讨论"并没有什么实质意义。

两个阴谋集团之间的第一次公开冲突

1970年7月27日，在讨论修改两报一刊的八一社论时，陈伯达与张春桥发生了一次争执。陈伯达主张，将社论中"伟大领袖毛主席亲自缔造和领导的、毛主席和林副主席直接指挥的中国人民解放军"一句中"毛主席和"四字去掉，张春桥却执意不肯。29日，周恩来就此事请示毛泽东时，毛表示提法问题并不重要，并要汪东兴代他圈去了社论中"毛主席和"四个字。

1970年8月13日下午，康生召集宪法工作小组开会，讨论宪法草稿。会上，围绕着草稿中的几个副词，林彪集团与江青反革命集团之间爆发了一次尖锐的冲突。从表面上看，冲突的原因似乎只是一些文字上的问题，但实际上却是两个阴谋集团之间矛盾长期积累的一次必然的爆发。

这次会议上讨论的宪法讨论稿的序言部分，有一段话："指导我们思想的理论基础是马列主义、列宁主义、毛泽东思想。毛泽东思想是全国一切工作的指导方针。"讨论中，张春桥提出，已经有了理论基础一句，后一句可以不写了。他又说，应把毛泽东思想前"天才地、全面地、创造性地发展了马列主义"这三个副词删去，因为"是讽刺"。早已对张积怨很深的吴法宪当场激烈地反驳说，"三个副词"是八届十一中全会和林彪为《毛主席语录》写的《再版前

言》中肯定了的，这样说不是要否认八届十一中全会公报和《再版前言》吗？吴还尖锐地提出："要防止有人利用毛主席的伟大谦虚贬低毛泽东思想"，把矛头直指张春桥。在这样的场合，这样直接、尖锐地指责张春桥，从"文化大革命"发动以来还从来没有过。

"三个副词"的确是八届十一中全会公报和《再版前言》中所使用过的，这是在毛泽东认为需要"搞点个人崇拜"的"文化大革命"初期的产物。在此之后，当毛泽东认为应该给个人崇拜"降温"时，他又几次在有关文件上删去了这三个副词。1968年9月，《人民日报》为纪念1962年9月18日毛泽东给日本工人的题词，发表了题为《世界革命人民胜利的航向》的社论。在审阅清样时，毛泽东删去了其中"毛泽东同志天才地、创造性地、全面地继承、捍卫和发展了马克思列宁主义，把马克思列宁主义提高到了一个新的阶段"等文字。1969年初，毛泽东又删去了张春桥等起草的九大《政治报告》和党章初稿中"天才地、创造性地、全面地"三个副词等文字。1970年4月，毛泽东在修改纪念列宁诞辰一百周年的两报一刊社论《列宁主义，还是社会帝国主义？》的初稿时，删去了"毛泽东同志全面地总结了无产阶级专政的正反两个方面的历史经验，天才地、创造性地运用唯物辩证法，分析了社会主义社会的矛盾"等文字。1970年6月，毛泽东在接见外宾时，曾两次以讽刺的口吻说到苏共二十一大决议把赫鲁晓夫的报告称作是"创造性地发展了马克思列宁主义"。张春桥直接参与了有关文件的起草和外宾接见，知道毛泽东所作的文字修改，了解毛泽东在思想上的一些变化。

会议休息时，认为已抓住张春桥"辫子"的

1966

1976

毛泽东时代的中国 MAOZEDONGSHIDAIDEZHONGGUO

吴法宪立即打电话把会议上的冲突告诉黄永胜。黄又旋即用电话报告了周恩来和正在北戴河的林彪，并先后告诉了邱会作、李作鹏。与会的陈伯达在会上没有发言，并且中途退场。会议结束后，他把吴法宪拉到他家中，幸灾乐祸、洋洋得意地吹捧吴"能坚持原则，风格很高"，又说了很多张春桥的坏话。当夜，他们还将会议情况向周恩来、叶群作了电话汇报。在8月14日晚的政治局会议上，得到林彪、陈伯达等人支持的吴法宪又重复提出"要防止有人利用毛主席的伟大谦虚贬低毛泽东思想"，把矛头指向张春桥，并与康生发生了争执。林彪得知此事后，对江青等人的宿怨也一下爆发。两个阴谋集团的尖锐矛盾已到了爆发的临界点了。8月中旬，叶群在给吴法宪的电话中说：林彪说你立了大功，坚持了原则，抓住了康、张的小辫子。这一鼓励更使吴法宪冲昏了头脑。叶群还从北戴河打电话给陈伯达、黄永胜等，要他们准备有关"天才"的语录和"四个伟大"（即伟大导师、伟大领袖、伟大统帅、伟大舵手）方面的材料，以便进一步与张春桥等人较量。

8月13日、14日两次会议上的尖锐冲突，是林、江两个集团已往矛盾、争夺的结果，也是九届二中全会上两个集团最终摊牌的直接导火线。从表面上看，争论的焦点在几个"副词"，但实际上双方都明白，这不过是一个由头，是一个打击、削弱对方的借口。但是，在当时，除了这两个阴谋集团外，绝大多数干部、群众都不明白，在声称"文化大革命"已取得伟大胜利的时候，在中央高层内部发生的这个关于"三个副词"的激烈争论是为了什么。"文化大革命"这样的"大民主"和"群众运动"，实际上把最广大的干部、群众排斥于党和国家的政治生活之外。他们可以民主到随意贴大字报、随意上街游行、辩论，甚至批斗"走资派"，但却无法民主地表达自己的真实思想，无法了解这场运动的真相。这样一种局面为野心家、阴谋家的活动提供了有利条件，刺激着他们野心的膨胀和发展。"文化大革命"以"斗私、批修"为纲领，以从"走资派"手中"夺权"为主题，声称打倒了中国的"赫鲁晓夫式的野心家、阴谋家"，但实际上却出现了林彪、江青这样的野心家、阴谋家集团，这不能不引起人们深深的思考。

◆ 1970年8月23日至9月6日，中共九届二中全会在庐山举行，会上揭发、批判了陈伯达的错误。8月31日，毛泽东写了《我的一点意见》一文，给林彪反革命集团以沉重打击。

九届二中全会上的激烈斗争

1970年8月23日至9月6日，党的九届二中全会在庐山举行。出席会议的有中央委员一五五人，候补中委一百人。会议原订日程为：讨论修改宪法问题，讨论国民经济计划，讨论战备问题。

8月22日下午，毛泽东召开政治局常委会，讨论和确定九届二中全会的议程。会上的讨论中，又涉及到设不设国家主席的问题。除毛泽东外，其他四名常委都表示，根据群众的愿望和要求，在形式上应有一个国家主席。但毛泽东仍然坚持不设国家主席、不当国家主席的意见。他表示，设国家主席，那是个形式，我提议修改宪法就是考虑到不设国家主席。①

8月23日下午，九届二中全会正式开幕。开会之前常委碰头时，当毛泽东问周恩来和康生谁先发言时，原计划中本来并未提出要发言的林彪突然提出要"讲点意见"。开幕会上，周恩来宣布全会的议程为：一、讨论修改宪法问题。二、讨论国民经济第四个五年计划问题。三、讨论加强战备问题。接着，林彪在讲话中，首先显然是针对8月13日吴法宪与张春桥的争论、针对设不设国家主席的问题说："这次宪法修改草案，表现出这样的特点：就是突出毛主席和毛泽东思想在全国的领导地位，肯定毛主席的伟大领袖、无产阶级专政元首、最高统帅的这种地位；肯定毛泽东思想作为全国人民的指导思想，是一切工作的指导方针。这一点非常重要，非常重要。用宪法的形式把这些固定下来非常好，非常好！可以说是宪法的灵魂。""毛泽东同志是当代最伟大的马克思列宁主义者，毛泽东同志天才地、创造性地、全面地继承、捍

卫和发展了马克思列宁主义"，"毛主席的这种领导可以说是我们胜利的各种因素中间的决定因素"；"这个领导地位，就成为国内国外除极端的反革命分子以外，不能不承认的。""我们的工作是前进还是后退，是胜利还是失败，都取决于毛主席在中央的领导地位是巩固还是不巩固。"他又进一步强调和发挥说："我们说毛主席是天才，我还是坚持这个观点"，"这次宪法里面规定毛主席的领导地位，规定毛泽东思想是指导思想，我最感兴趣的、认为最重要的就是这一点。"林彪的讲话使张春桥等人十分紧张，而吴法宪等人却得意洋洋。

当晚，在周恩来召集的政治局委员和各大区召集人会议上，吴法宪以林彪的讲话很重要，"要很好学习"为由，提出改变原定的三项议题，第二天播放讲话录音，学习林彪讲话，得到政治局同意。会后，叶群打电话给吴法宪等，要他们在各组发言时要支持林彪的讲话，"不然林的讲话就没有依据了"。她还叮嘱吴等要"含着眼泪"发言，发言时不要点名，不要把矛头对着康生，怕打击面宽了通不过，而且也不要再说设国家主席了。这天夜里，因受到林彪讲话的鼓舞，陈伯达又与吴法宪、李作鹏、邱会作等聚在一起，议论、攻击张春桥等人。陈还把收集到的有关"天才"的语录转给了吴，吴立即打印并送给了叶、李、邱。吴法宪还打电话给在北京留守的黄永胜，传达林彪的讲话。

8月24日上午，与会人员又听了两遍林彪讲话的录音。在随后的讨论中，多数与会者出于对毛泽东的无限热爱和崇拜，以及不了解事情的真相，纷纷表示拥护林彪的讲话。下午，在讨论林彪讲话的分组会上，陈伯达、吴法宪、叶群、李作鹏、邱会作分别在华北组、中南组、西

1966

1976

---

① 《周恩来年谱（1949～1976年）》下卷，中央文献出版社，1997年版，第386～387页。

南组、西北组引用同样的语录，按照同样的口径发言。陈伯达在华北组发言说：我完全拥护林副主席昨天发表的非常好、非常重要、语重心长的讲话。他说，这次宪法中肯定毛泽东的国家元首的地位，写上这一条是经过很多斗争的，可以说是斗争的结果。有人利用毛主席的谦虚，妄图贬低毛泽东思想。有的人说世界上根本没有天才，但是他认为他自己是天才。我看这种否认天才的人无非是历史的蠢才。他在插话中还说："有的反革命分子听说毛主席不当国家主席，高兴得手舞足蹈。"在中南组，叶群手拿卡片做了长篇发言。她说：林彪同志在很多会议上都讲了毛主席是最伟大的天才，……难道这些都要收回吗？坚决不收回，刀搁在脖子上也不收回！吴法宪在西南组发言说：这次讨论修改宪法中，有人竟说毛主席天才地、创造性地、全面地继承、捍卫和发展了马克思列宁主义'是个讽刺'，我听了气得发抖；要警惕和防止有人利用毛主席的伟大谦虚来贬低伟大的毛泽东思想。李作鹏在中南组发言说，党内有股风，是什么风？是反马列主义的风，是反毛主席的风，是反林副主席的风。这股风不能往下刮。可是有的人想往下吹。邱会作在西北组发言说，林彪之所以在这次会议上讲"天才"问题，一定有人反对这种说法；有人说"三个副词"是一种讽刺，这就是把矛头指向毛主席，林副主席。

陈伯达等人在各组煽动性的发言，激起了许多不明真相、不了解背景的与会者的愤怒。他们纷纷发言表态，建议在新宪法中恢复设国家主席一章，赞成毛泽东当国家主席，不点名地指责、批评了张春桥、江青等人，整个会议出现一边倒的局面。长期在毛泽东身边工作的汪

东兴也在华北组发言表示同意陈伯达的发言，认为有人反对称毛主席是天才，是党内的野心家，这种情况是很严重的。他还表示，中央办公厅机关和8341部队讨论修改宪法时的意见，是热烈希望毛主席当国家主席，林副主席当国家副主席。叶群、吴法宪等还找人谈话、交底，鼓动一些人在会上发言。24日以后，部分中委、候补中委代表所在省、市、自治区联名写信给毛泽东和林彪，表示支持毛泽东当国家主席。

25日上午，载有陈伯达、汪东兴等人发言的全会第6号简报（即华北组第2号简报）印发后，立即在各组引起强烈反响。与会绝大多数人听说有人"否认毛主席是天才"、"贬低毛泽东思想"、"不赞成毛主席当国家主席"后都表示了极大的愤怒，纷纷要求把这种人"揪出来"。几个大组的发言中，已有人直接点了张春桥的名，华东组也有人不指名地攻击了江青。整个会议充满了一种激烈、紧张的空气，会议的原定日程全被打乱。会议的这种变化使林彪等人兴奋不已。林彪让秘书把6号简报念了两遍后，哈哈大笑地说："听了那么多简报，数这份有分量，讲到了实质问题。"吴法宪、李作鹏、邱会作等兴高采烈，得意洋洋，积极发言、插话。吴等人都认为胜券在握，已在考虑张春桥这次是否能"过得去"的问题了。

江青、张春桥、姚文元承受不了会议的巨大压力。8月25日上午，他们到毛泽东处反映了会议的情况和6号简报引起的反响。毛泽东敏锐地觉察到林彪等人不顾他的一再反对，为争夺个人权力所进行的严重宗派活动，并果断地采取行动制止林彪集团的阴谋活动。中午，他召见并严厉地批评了汪东兴。当天下午，他主持召开有各分组组长参加的政治局常委扩大

会。会上，毛泽东要求立即休会，停止讨论林彪在开幕会上的讲话，收回被他称为"反革命简报"的华北组第2号简报，不要揪人，要贯彻九大团结胜利的路线、方针。他还说，你们继续这样，我就下山，让你们闹。设国家主席的问题不要再提了。要我早点死，就让我当国家主席；谁坚持，谁就去当，反正我不当。他又对林彪说：你也不要当。当晚，周恩来主持召开各大组负责人会议，传达中央政治局常委的决定。26日，各组传达了关于暂停开小组会的决定，制止了"揪人"和"设国家主席"的议论，毛泽东的态度和措施出乎林彪等人的意料，打乱了他们的阵脚，使他们慌作一团。吴、叶、李、邱立即收回他们发言的记录稿，已经写成的简报稿也不让上送了。

8月26日至28日，毛泽东、周恩来、康生分别找陈伯达、吴法宪、李作鹏、邱会作谈话，严厉地批评了他们的宗派活动。会议形势的陡转使吴法宪等惶惶不可终日，林彪、叶群则继续给他们打气。当吴法宪向林彪报告后，林彪对他说，你没有错，不要检讨。要他们不要紧张，先不要检讨。

8月29日，林彪主持中央政治局扩大会议，听取陈伯达、吴法宪等人的检讨。会上，周恩来、康生传达了毛泽东几天来的一系列讲话。在毛泽东的讲话中，特别强调了党的团结问题。周恩来在发言中说："在全会一开始的分组讨论中，陈伯达、吴法宪等人作了有代表性的错误发言，把修改宪法的讨论引导到一个错误的方向去，以华北组最为突出。8月25日主席召集常委扩大会议之后，才扭转了这一错误偏向。"①他又说："主席对犯错误同志的一贯态度是，允许犯错误、允许改正错误；要给犯错误的

同志认识、改正错误的时间，对他们还要看，不能着急。全会还有两项议程，不能耽搁久了。大家要下决心按照主席的指示不折不扣地去做，一定要把这次会议开好。"②

按照毛泽东的意见，陈伯达、吴法宪等先后作了检讨。但是这些"检讨"显然是避重就轻、推委敷衍的。

8月31日，毛泽东写了《我的一点意见》，严厉批评陈伯达等"采取突然袭击，煽风点火，惟恐天下不乱，大有炸平庐山，停止地球转动之势"，提出"决不能跟陈伯达的谣言和诡辩混在一起"。在谈到"天才"问题时，他说："我是说主要地不是由于人们的天才，而是由于人们的社会实践。我同林彪同志交换过意见，我们两人一致认为，这个历史学家和哲学家争论不休的问题，即通常所说的，是英雄创造历史，还是奴隶们创造历史，人的知识（才能也属于知识范畴）是先天就有的，还是后天才有的，是唯心论的先验论，还是唯物论的反映论，我们只能站在马列主义的立场上，而决不能跟陈伯达的谣言和诡辩混在一起。同时我们两人还认为，这个马克思主义的认识论问题，我们自己还要继续研究，并不认为事情已经研究完结。希望同志们同我们一道采取这种态度，团结起来，争取更大的胜利，不要上号称懂得马克思，而实际上根本不懂马克思那样一些人的当。"③"最后，他仍然号召"团结起来，争取更大的胜利"。

为了挽救和稳住林彪，毛泽东在《我的一点意见》中，还特地写上了"我同林彪同志交换过意见"，"我们两人一致认为"这样的话。9月1日，毛泽东在政治局和各大组召集人会上宣布，凡是在这次庐山会议上发言犯了错误的

1966

1976

①《周恩来年谱(1949～1976)》，下卷，中央文献出版社，1997年版，第389～390页。
②《周恩来年谱(1949～1976)》，下卷，中央文献出版社，1997年版，第390页。
③《建国以来毛泽东文稿》第十三册，中央文献出版社，1998年版，第114～115页。

时代的中国

1966

1976

人,可以做自我批评、检查。按照他的意见,全会开始揭发批判陈伯达,吴法宪等也受到批判。几天之内,会议出现了180度的另一个一边倒。吴法宪等在慌乱中加紧私下活动,商讨统一口径,强调山上山下没有联系,在分组会上不要牵扯林彪、黄永胜和叶群,各自只讲自己,互不涉及。黄永胜强调自己是9月1日才上山的,不准备作检讨,李作鹏、邱会作则要视情况发展决定自己是否检讨。

在这几天的讨论中,周恩来先后参加了东北、华北、华东、中南、西南等小组的讨论。他在发言中说明,《我的一点意见》是毛泽东考虑了三天后才写出来的;陈伯达在中央核心内部长期不合作,他的问题迟早要暴露的。

在党的九大前后,毛泽东反复强调要加强党的团结,希望通过全党、全国的团结去争取更大的胜利。他甚至把九大的路线概括为"团结、胜利"的路线,认为在九大之后可以出现一个全党、全国团结的局面,因而使"文化大革命"在更大的胜利中圆满结束。正是在这种背景下,林彪集团的宗派阴谋活动引起了他的强烈不满和高度警惕。他认为,林彪集团的活动是对九大路线的严重破坏,打乱了他的战略部署,使他原本计划在"天下大乱"之后出现的团结胜利的局面受到严重挑战。以毛泽东《我的一点意见》的发表为标志,庐山会议上的这场斗争实际上已转化为毛泽东领导的反对林彪集团阴谋活动的斗争。

8月26日后,康生曾建议延长会期,"把问题彻底弄清楚",但被毛泽东拒绝。9月6日,全会基本上通过了《中华人民共和国宪法修改草案》,通过了向全国人民代表大会常务委员会提出的关于在适当的时候召开四届人大的建

议,批准了国务院关于全国计划和1970年度国民经济计划的报告,批准了中央军委关于加强战备工作的报告。本来,筹备四届人大问题、国民经济问题、战备问题都是九届二中全会讨论的主题,是党和国家面临的重大而又紧迫的问题。但是,由于林彪集团的阴谋活动,这些问题只能在会上草草通过了事。在"文化大革命"那样的环境里,如此重要的关系国计民生的大问题都成了阶级斗争扩大化的附属物。"抓革命,促生产"的实际结果只能是阶级斗争扩大化破坏生产。

9月6日下午,九届二中全会闭幕。闭幕会上,毛泽东就党的路线教育问题、高级干部的学习问题、党内外团结问题等发表了重要意见。他说:"现在不读马列的书了,不读好了,人家(指陈伯达)就搬出什么第三版呀,就照着吹呀,那么,你读过没有?没有读过,就上这些黑秀才的当。有些是红秀才哟。我劝同志们,有阅读能力的,读十几本。""要读几本哲学史,中国哲学史、欧洲哲学史。一讲读哲学史,那可不得了呀,我今天工作怎么办?其实时间是有的。你不读点,你就不晓得。这次就是因为上当,得到教训嘛,人家是哪一个版本,第几版都说了,一问呢?自己没有看过。"①

他又说:"庐山是炸不平的,地球还是照样转。极而言之,无非是有那个味道。我说你把庐山炸平了,我也不听你的。你就代表人民?我是十几年以前就不代表人民了。因为他们认为,代表人民的标志就要当国家主席。我在十几年以前就不当了嘛,岂不是十几年以来都不代表人民了吗?我说谁想代表人民,你去当嘛,我是不干。你把庐山炸平了,我也不干。你有啥办法呀?"①

---

① 《建国以来毛泽东文稿》第十三册,中央文献出版社1998年版,第126页。

毛泽东特别强调了党的团结问题："不讲团结不好，不讲团结得不到全党的同意，群众也不高兴。""所谓团结是什么呢？当然是马克思列宁主义基础上的团结，不是无原则的团结。提出团结的口号，总是好一点嘛，人多一点嘛。包括我们在座的有一些同志，历来历史上闹别扭的，现在还要闹，我说还可以允许。此种人不可少。你晓得，世界上有这种人，你有啥办法？一定要搞得那么干干净净，就舒服了，就睡得着觉了？我看也不一定。到那时候又是一分为二。党内党外都要团结大多数，事情才干得好。"②

　　会上，周恩来、康生也讲了话。会议还宣布了党中央对陈伯达进行审查的决定。第二天，9月7日，林彪匆匆下了庐山，从九江直飞北戴河。在九江机场，由叶群导演，林彪与前来送行的黄、吴、李、邱在飞机上合影，这既是留念，又是明志。

　　在党的九届二中全会上，主要由陈伯达、吴法宪出面与张春桥围绕着设不设国家主席问题以及"三个副词"展开的斗争，实际上是林彪、江青两个集团长期以来、特别是九大以来不断积累起来的矛盾的一次总爆发。这次冲突以林彪集团的失败而告终。以九届二中全会为标志，林彪集团的权势被削弱，而江青反革命集团的势力却上升了。但是事情不会到此结束，江青一伙的野心随着他们的"胜利"迅速膨胀，林彪等人则不会甘心屈居于江青等之下，更尖锐的斗争还在后面。林彪之子林立果在会议结束时对他的心腹说："看来这个斗争还长"，"我们要抓军队，准备干"。

　　9月10日，九届二中全会公报在《人民日报》上发表。公报除了高度评价"九大"后的大好形势和对会议的意义大加赞颂外，还引人注目地公布了准备召开四届人大的消息。但是，对会议上所发生的异乎寻常的尖锐斗争，公报却只字不提；对于会上党内所发生的分裂，公报的提法是"经过党的第九次全国代表大会，全党达到了空前的团结和统一"。"文化大革命"反复号召广大干部、群众关心国家大事，号召各级党组织和全体党员"要相信群众，依靠群众"，但事实上，群众甚至大部分干部却往往被剥夺了对国家大事的知情权，而如果连起码的国家大事也无从知晓，那么，广大群众的主人翁地位又如何体现呢？"相信群众"又有什么实际意义呢？

◆ （左起）李作鹏、吴法宪、林彪、黄永胜、邱会作在九江机场合影。

①《建国以来毛泽东文稿》第十三册，中央文献出版社 1998 年版，第 127 页。
②《建国以来毛泽东文稿》第十三册，中央文献出版社 1998 年版，第 127 页。

时代的中国

MAOZEDONGSHIDAIDEZHONGGUO

1966

1976

三、"批陈整风"

"批陈"与困惑

九届二中全会之后，根据毛泽东的意见和党中央的决定，开始了对陈伯达的审查和批判。

在九届二中全会的闭幕会上，毛泽东在讲话中表示对陈伯达"还要看一看"，"保留他的中央委员"，等等。但没有多久，随着陈伯达阴谋活动的不断披露以及运动发展的需要，毛泽东改变了看法。11月6日，中共中央发出《关于传达陈伯达反党问题的指示》。《指示》指出，在党的九届二中全会上，陈伯达采取了突然袭击、煽风点火、制造谣言、欺骗同志的恶劣手段，进行了分裂党的阴谋活动；全党揭露了陈伯达反党、反九大路线，反马克思主义、列宁主义、毛泽东思想的严重罪行，揭露了他假马克思主义者、野心家、阴谋家的面目。《指示》说明，党中央决定将毛主席《我的一点意见》一文印发，要求各单位应由主要负责同志亲自传达陈伯达反党的问题。陈伯达历史复杂，是一个可疑分子。中央正在审查他的问题。随着《指示》的发出，"批陈整风"运动自上而下地开始了。

1971年1月26日，党中央发出《反党分子陈伯达的罪行材料》。《材料》分为四部分。第一部分为"陈伯达的反动历史"。主要内容有："家庭出身和入党前的个人历史"，"和国民党军阀张贞的关系"，"被捕叛变"、"失掉党的关系问题"，"托派问题"，"在天津工作时的错误和叛徒、特务、工贼刘少奇为陈翻案的问题"，"写反共文章"、"里通外国嫌疑"。第二部分为"投靠和追随王明、刘少奇，反对毛主席的无产阶级

革命路线"。主要内容有："追随王明，鼓吹'国防文学'和'国防哲学'"，"一贯投靠和追随刘少奇，是以刘少奇为首的资产阶级司令部的黑秀才和头面人物"。第三部分为"对抗毛主席的伟大战略部署，破坏无产阶级文化大革命，反党乱军，阴谋篡权"。主要内容有："大派工作组，又把自己装扮成反工作组的英雄"，"陈伯达是萧华、杨、余、傅、王、关、戚、'五一六'反革命阴谋集团的黑后台"，"陈伯达在文化大革命中所进行的几次突出的反党阴谋活动"，"陈伯达借起草九大政治报告的机会，炮制了一个继承刘贼唯生产力论的，反马克思列宁主义、毛泽东思想的，反无产阶级专政的，分裂党的黑纲领"，"在党的九届二中全会上，陈伯达采取突然袭击、煽风点火、制造谣言、欺骗同志的恶劣手段，进行分裂的阴谋活动"。第四部分为"投靠王明、刘少奇，招降纳叛，搞独立王国"，如此等等。显然，这个材料中的一些内容是谈不上实事求是的。当时认为，陈伯达在九届二中全会上的罪行是严重的，是蓄谋已久的，这与他历史上的严重问题密切相关。这种认识为对陈伯达的揭发、批判定下了基调。实际上，陈伯达在"文化大革命"中制造了大量煽动极左思潮的舆论，直接参与诬陷、迫害党和国家一大批领导干部，煽动武斗，制造了许多严重的冤假错案，对党和人民犯下了严重的罪行。而《罪行材料》对此却不不置一词，这样的批陈显然是不得要领的。

三年前，1968年11月25日，在一篇有陈伯达参与写作的两报一刊社论《认真学习两条路线斗争的历史》中，对党的历史作了这样的叙述和概括："党内的路线斗争，反映了社会上的阶级斗争。我们党的历史，就是两条路线

的斗争史。"建国后"十九年的历史，就是无产阶级专政建立之后，工人阶级和广大革命群众继续同帝国主义者、国民党、资产阶级进行政治斗争、经济斗争、文化斗争的历史。斗争的中心是政权问题"。"应当清楚地看到：两个阶级、两条道路、两条路线的斗争，还将长期继续下去"。这种对党的历史的错误概括，是"继续革命"理论的一个重要基础，是发动"文化大革命"的一个重要理论依据。正是在这样的错误理论指导下，"文化大革命"极其错误地打倒了刘少奇，并孳生出林彪、江青、陈伯达一类野心家、阴谋家。

因为陈伯达、林彪等人在九届二中全会上以"天才"问题发难，所以毛泽东在《我的一点意见》中说到了天才与实践、先验论与反映论等一些哲学基本问题，并在闭幕会上号召高级干部要读几本哲学史。根据毛泽东的这一要求，九届二中全会的公报中发出了学习哲学的号召。这样，对陈伯达的批判、清算实际上就包括了两个方面的内容，即在政治上揭发、批判陈的历史、现实罪行的同时，还开展了哲学上的学习和批判，后者构成了"整风"的一部分内容。

1970年9月，毛泽东又提出了"进行一次思想和政治路线方面的教育"的号召。10月1日，两报一刊国庆社论针对九届二中全会对陈伯达的批判提出：要提倡辩证唯物主义和历史唯物论，反对唯心论和形而上学，提高对于执行毛主席的革命路线及各项方针政策的自觉性。根据毛泽东关于高级干部要认真读书学习的指示，强调各级领导干部，特别是高级干部要认真地、刻苦地学习马克思主义、列宁主义、毛泽东思想，自觉地改造世界观。同年11月6日，

党中央发出《关于高级干部学习问题的通知》。《通知》根据毛泽东在九届二中全会上关于高级干部要挤时间读一些马列的书，区别真假马列主义的指示，建议各单位第一次先学习《共产党宣言》、《哥达纲领批判》、《法兰西内战》（选读）、《反杜林论》（选读）、《唯物主义与经验批判主义》、《国家与革命》等6本马克思、恩格斯和列宁的书，以及《实践论》、《矛盾论》、《关于正确处理人民内部矛盾的问题》、《在中国共产党全国宣传工作会议上的讲话》、《人的正确思想是从哪里来的》等五本毛泽东的书。随即，《人民日报》、《红旗》杂志等纷纷发表社论及学习导读和体会文章，全国范围内很快出现了大规模的学哲学、批先验论的运动，尽管此时绝大多数干部和群众对这次学哲学运动的政治背景、特定内涵几乎一无所知。

同年12月29日，毛泽东在姚文元的一个读书报告上批示，要求中央委员及高中级在职干部都应程度不同地认真看书学习，弄通马克思主义，认为这样才能抵制王明、刘少奇、陈伯达一类骗子。姚文元的报告中说，刘少奇的许多文章、报告中，都有抽象的即资产阶级人性论的提法和论点，这同国民党反动派的观点是一致的；苏修叛徒们复辟资本主义的理论也是建立在"人道主义"、"人性论"之上的；从资产阶级人性论，可以直接引出右倾机会主义路线，以及极左、形左实右的路线，可以直接引出复辟资本主义的修正主义理论，等等。1971年1月6日，中央印发了毛泽东的指示和姚文元的报告，全国报刊上又出现了批判"地主、资产阶级人性论"的浪潮。同年3月15日，毛泽东在对两报一刊编辑部《无产阶级专政胜利万岁》一文送审稿的批语中指出：我党多年来不读马列，

1966

1976

不突出马列，竟让一些骗子骗了多年，使很多人甚至不知道什么是唯物论，什么是唯心论，在庐山闹出了大笑话，这个教训非常严重，这几年应当特别注意宣传马列。根据这个批示，报刊上又出现了大量宣传唯物论、批判唯心论先验论的文章，连同以前批判的唯生产力论、人性论，当时统称为批判"黑三论"。

"批陈整风"运动带有明显的随意性，它的实际内容与表面形式、高层活动与基层运动往往并不一致。在社会上公开进行的全民性学习和批判，是在大多数党员、干部和群众对九届二中全会上的斗争、对陈伯达的分裂活动不甚了了的情况下进行的。许多人都不知道、往往也没想到为什么在"斗、批、改"运动中又展开了对"黑三论"的批判，又要进行思想路线方面的教育，批修整风的真实含义是什么，反骄破满有什么针对性，这些"斗、批、改"运动原有规划中所没有的新运动，是不是标志着中央内部"又出了什么事"，如此等等。正因为如此，在批陈整风运动的前期，不仅在基层，而且在一些领导部门都存在着望文生义、随意发挥、不得要领、无所适从的问题。

11月7日，周恩来等联名致信毛泽东和林彪，提出扩大毛泽东《我的一点意见》的传达范围，以便更多的人可以参与对陈伯达的揭发、批判。毛泽东同意了这个建议，并提出范围还可以再宽一些。[①]据此，中央于11月14日发出指示，要求扩大传达陈伯达反党的问题。

1971年元旦社论传达了毛泽东"进行一次思想和政治路线方面的教育"的指示后，许多地区纷纷开展了思想政治路线教育运动或基本路线教育运动。一些地方提出"事情千万件，件件都有纲和线"，"事情千万件，都有两条线；问题大和小，都在线上找"，对各种事情、言论进行"一事一议"，无限上纲，又弄得人人自危，无所适从。有的地方把批判"人性论"与"一打三反"、"清查五一六"结合起来，使阶级斗争扩大化更加残酷。大多数地方的学习和批判处于不着边际、不得要领、走过场的状况。与此同时存在的，是社会上越来越多的猜测、传闻和"小道消息"。

"文化大革命"初期的"天下大乱"造成了许多严重、巨大的社会矛盾，这些矛盾并没有随着"斗、批、改"的进行而得到解决，一有风吹草动就会暴露、激化起来。批陈整风运动初期那种严重、神秘的气氛，诱发了许多遗留的问题和矛盾。随着九届二中全会上的斗争及陈伯达问题逐渐传向社会，社会上又出现了一些不安定的现象。一些地方有人造谣惑众，派性活动抬头。有的省有人散布"七二三"布告不是中央批准的，是陈伯达一人搞的，因而要否定"七二三"布告；某某帮派头头是陈伯达处理的，是陈对他的迫害，现在必须翻案；陈伯达曾去过某部队，所以该部队"支左"大方向完全错误，应该全盘否定，等等。在某省，一些人散布某地问题都是陈伯达解决的，十个专区有九个犯了错误，多数地区都要来个大反复。在某市，一些人散布本地区的领导也与陈伯达有牵连，也得乱。一些军队和地方干部由于不了解情况，心中无底，议论猜测。有的地方利用革委会开门整风"反骄破满"的机会，全盘否定革委会成立以来的工作，等等。据此，党中央于1971年初将批陈整风的有关文件传达到县团级，通过扩大传达范围使更多的人了解这场运动的真实情况，安定干部和群众，打击各种山头派性活动。接着，中央又于2月下旬发出《关于扩大传

①《建国以来毛泽东文稿》第十三册，中央文献出版社，1998年版，第153页。

达反党分子陈伯达问题的通知》，并转发了毛泽东有关批陈整风的一些批示、指示。传达范围扩大后，人们才逐渐了解到九届二中全会上的斗争及陈伯达的问题，才对学哲学、批"黑三论"、路线教育与批判陈伯达的关系有点了解，才大概知道"批修整风"是怎么一回事。4月29日，中央又发出了关于把批陈整风运动推向纵深发展的通知，但实际上批陈整风至此已接近尾声了。

对军委办事组几个人的批评

从1970年8月13日宪法工作小组讨论会起至九届二中全会，吴法宪一直是个站在前台闹得很凶的人物，他也因此几次受到林彪的称赞。吴法宪等人对在九届二中全会上受到的批判、揭发既恐慌又不满，对揭发他们的宗派阴谋活动采取了隐瞒事实、避重就轻、推委拖延的态度。针对这种情况，毛泽东对他们采取了"抓住不放"、反复批评的方法。他认为九届二中全会上的斗争是又一次严重的路线斗争，他不仅想要解决林彪宗派集团的阴谋问题，还想因势利导，解决"文化大革命"中早已积累、发展起来的另一些问题。

1970年10月14日，毛泽东在吴法宪的书面检讨上作了一些重要批示。他写道："作为一个共产党人，为什么这样缺乏正大光明的气概。由几个人发难，企图欺骗二百多个中央委员，有党以来，没有见过。"①对吴检讨中的一些话，他旁批道："这些话似乎不真实。"他明确地表达了对军委办事组的不满，认为办事组各同志（除个别同志如李德生外）忘记了九大通过的党章，又找什么天才问题。不过是一个借口。他

认为庐山会议证明中央委员会有严重的斗争，而有斗争是正常的生活。他指出："反潮流是马列主义的一个原则。在庐山，我的态度就是一次反潮流。"15日，毛泽东在叶群检讨信的批语中批评叶"爱吹不爱批，爱听小道消息，经不起风浪"，"九大胜利，当上了中央委员，不得了了，要上天了，把九大路线抛到九霄之外，反九大的陈伯达路线在一些同志中占了上风了。"他指出叶群在思想上、政治上听陈伯达的话，又怎么会去同他斗争？总之，他认为以黄永胜为首的军委办事组不提九大，不提党章，也不听他的话，陈伯达一吹，就上劲了。最后，他重申，党的政策是惩前毖后，治病救人，除了陈伯达待审查外，凡上当者都适用。②

1970年10月后，吴法宪、叶群相继勉强地交出了各自的检讨。这种检讨当然不能令毛泽东满意，他要求他们进一步检查。吴、叶一拖再拖，直到1971年4月才交出了第二份检讨，交待了一些以往没有交待的细节。九届二中全会以后，毛泽东曾几次表示，希望能看到黄永胜、李作鹏、邱会作等人的检讨，但黄等人却自恃没有像吴法宪卷得那样深，心存侥幸，推委敷衍，一直拖到1971年3月才交出了检讨。3月24日，毛泽东在黄、李、邱等人的检讨上批示："我认为写得都好，以后是实践这些申明的时候。"③实际上，毛泽东对黄等人的"检讨"并不满意，他更不满意本应对九届二中全会上那场冲突负有主要责任的林彪既不检讨、也不表态甚至不露面的消极态度。3月底，他又在一个批示上说，上了陈伯达贼船，年深日久，虽有庐山以来半年的时间，经过各种批判会议，到三月十九日才讲出几句真话，真是上贼船容易下贼船难。人一输了理（就是走错了路线），就怕揭，庐

---

①《建国以来毛泽东文稿》第十三册，中央文献出版社，1998年版，第412～414页。
②《建国以来毛泽东文稿》第十三册，中央文献出版社，1998年版，第415页。
③《建国以来毛泽东文稿》第十三册，中央文献出版社，1998年版，第414页。

山会议上的那种猖狂进攻的勇气，不知跑到那里去了。①

在对黄永胜等人正面批评的同时，毛泽东还从另一个方面地表达了对林彪的不满。1959年以后，特别是"文化大革命"发动以后，林彪通过狂热地鼓吹个人崇拜，获了毛泽东的信任，得到了巨大的政治资本。但是，对于个人崇拜，毛泽东的态度与林彪并不一致。"文化大革命"初期，为发动运动的需要，他默认了林彪等对个人崇拜的狂热鼓吹，但他对此显然是有保留的。这正如1966年7月他给江青的信中所说："人贵有自知之明。今年四月杭州会议，我表示了对于朋友们那样提法的不同意见。可是有什么用呢？他到北京五月会议上还是那样讲，报刊上更加讲得很凶，简直吹得神乎其神。这样，我就只好上梁山了。我猜他们的本意，为了打鬼，借助钟馗。事物总是要走向反面的，吹得越高，跌得越重，我是准备跌得粉碎的。"②

1969年党的九大后，毛泽东对个人崇拜的批评更加频繁、明确。1969年6月，他批示同意中央发出《关于宣传毛主席形象应注意的几个问题》。这个文件指出，"文化大革命以来，在宣传毛主席形象、毛泽东思想这个问题上，有些时候，在一些地方，出现了不突出无产阶级政治、追求形式和浮夸浪费的问题。"为此，中央提出不要再搞形式主义，不要搞"忠字化"、"早请示、晚汇报"、饭前读语录、向毛主席像行礼等，不要在各种物品及包装上印制毛主席像，等等。③

1970年4月3日，毛泽东在对两报一刊文章《列宁主义，还是社会帝国主义》送审稿的批语和修改中，写了一段话："关于我的话，删掉了几段，都是些无用的，引起别人反感的东西。不

要写这类话，我曾讲过一百次，可是没有人听，不知是何道理。"在修改中，毛泽东删去了原稿中数段诸如"当代最伟大的马克思列宁主义者"、"毛泽东同志就是当代的列宁"、"毛泽东同志全面地总结了无产阶级专政的正反两个方面的历史经验，天才地创造性地运用唯物辩证法，分析了社会主义社会的矛盾，揭示了社会主义社会的规律，创立了无产阶级专政下继续革命的学说，亲自发动和亲自领导了我国无产阶级文化大革命，从理论上和实践上解决了巩固无产阶级专政、防止资本主义复辟这个当代最重大的课题，这是对世界无产阶级革命事业的划时代的伟大贡献"之类的文字。④

九届二中全会以后，毛泽东对林彪的间接批评，也就从这里开始。1970年12月，毛泽东在一个文件上批示说，对于一切外国人，不要求他们承认中国人的思想，只要求他们承认马列主义的普遍真理与该国革命的具体实践相结合。这是一个基本原则，我已经说了多遍了。如果说毛泽东这里说得还比较委婉，那么，十几天后，他已把问题提得相当尖锐了。12月18日，毛泽东在会见美国友好人士斯诺时，明确地对林彪在"文化大革命"初期提出的"四个伟大"(伟大的导师、伟大的领袖、伟大的统帅、伟大的舵手)表示"讨嫌"。他认为，当时搞个人崇拜的有真假之分。他又说，过去这几年有必要搞点个人崇拜。现在没有必要了，要降温了。毛泽东对个人崇拜的态度，反映了他对林彪的态度和批评。1971年2月，一份材料上反映，古巴驻华临时代办加西亚在井冈山参观时，对讲解员不提南昌起义和朱德上井冈山这段历史提出意见。毛泽东阅后批示"提得对"，表示应对南昌起义和两军会合正确解说。这显然是对林

---

①《建国以来毛泽东文稿》第十三册，中央文献出版社，1998年版，第415页。
②《建国以来毛泽东文稿》第十二册，中央文献出版社，1998年版，第72页。
③《建国以来毛泽东文稿》第十三册，中央文献出版社，1998年版，第50页。
④《建国以来毛泽东文稿》第十三册，中央文献出版社，1998年版，第90页。

彪等人"文化大革命"中肆意篡改历史的批评。此外，毛泽东在审阅一篇文章时，删去了其中一处"毛泽东思想"一词，并说明这是为了"突出马列"。

毛泽东的这些讲话和指示，一方面是有意识地使个人崇拜降温，一方面也是对林彪的间接批评。

"批陈"中的"整风"

九届二中全会上的斗争扑逆迷离。它的原因和实质，即使对多数党的高级干部来说，也往往是若明若暗，似懂非懂，这就更不用说广大党员和基层干部了。九届二中全会后的几个月里，批陈(修)整风运动实质上并没有在党内引起什么反响。毛泽东迫切希望打破这种局面。

1970年12月10日，人民解放军某部向军委办事组和党中央呈送了一份关于检举揭发陈伯达反党罪行的报告。报告揭发陈伯达反对毛泽东和林彪，不择手段地插手军队搞宗派活动，妄图乱军、乱党，以及他大搞分裂，挑动武斗，镇压群众等罪行。根据这个报告，毛泽东提议北京军区党委开一次讨论会，各师都要有人参加，时间要多一些，讨论为何听任陈伯达乱跑乱说，是何原因使陈伯达成了北京军区及华北地区的太上皇，随后召开的会议被称为"华北会议"。

毛泽东的本意，是想通过召开这次会议，推动北京军区及华北地区进一步深入揭发、批判陈伯达，并以此为典型和动力，带动全国的批陈整风运动。此外，毛泽东也想在批陈整风中，解决"文化大革命"第一阶段遗留下来的在

军队与地方关系以及军队自身建设中存在的一些问题。九届二中全会后期，毛泽东在找黄永胜谈话时，曾批评他们有两个包袱，一是打仗有功，一是"文化大革命""支左"有功。在华北会议召开之前，毛泽东在周恩来送交的《关于开好华北会议请示报告》上批示：要有认真的批评，以批评达到团结的目的。"这次会议在全军应起重大作用，使我军作风某些不正之处转为正规化，同时对两个包袱和骄傲自满的歪风邪气有所改正。"

1971年1月8日，毛泽东又在解放军某部一份《关于学习贯彻毛主席"军队要谨慎"指示的情况报告》[①]上批示：此件很好，从理论和实践的结合上讲清了问题。他接着指出，我军和地方多年没有从这一方面的错误思想整风，现在是进行一场自我教育的极好时机了。1月11日，中共中央、中央军委、总政治部发出《关于贯彻执行毛主席1月8日重要批示的通知》。《通知》指出："多年来，军队和地方以及中央机关没有从反对居功骄傲这一方面进行整风。有些干部存在着居功自恃，骄傲自满，军阀主义，自以为是，一言堂，讲假话，不走正道等歪风邪气，对内外的大国沙文主义，这对于执行毛主席的革命路线妨碍极大。"《通知》要求，军队和中央机关都要以毛主席的批示为纲，利用当前极好时机，开展一场反对骄傲自满，提倡谦虚谨慎的自我教育运动。这也就是说，在深入批判陈伯达的同时，对自己队伍里的一些错误思想进行整顿。这样，"批陈"也就发展为"批陈整风"。毛泽东的两个批示，均被列为华北会议的学习文件。

1970年12月22日，华北会议召开。会议首先揭发批判陈伯达，还批判了当时北京军区的司令和政委。1971年1月24日，根据毛泽东的指

①这份报告主要讲了三个问题：一是破"一贯正确论"，立一分为二的世界观；二是破"领导高明论"，立群众是真正的英雄的观点；三是破骄傲"有资本论"，立为人民立新功的思想。

示，周恩来代表党中央在会上作了重要讲话，并宣布了中央改组北京军区的决定：李德生任北京军区司令员，谢富治任北京军区第一政委，纪登奎任第二政委，谢富治任北京军区党委第一书记，李德生任第二书记，纪登奎任第三书记。华北会议就其对陈伯达的批判、对林彪集团的削弱来看，有一定的积极意义。但会议上对陈的揭发批判颇多牵强附会之处，对北京军区两位前负责人的处理也是不恰当的。

1月20日，周恩来在有关华北会议总结致毛泽东的信中说：即使中央指出原北京军区负责人的错误，也不应与陈伯达放在一起成为所谓"反党集团"。华北会议之后，仍需进行一段艰苦的教育工作。军队的团结，军民的团结，各地各单位的群众关系，都需要很慎重地加以处理。因此，中央的发言和会议的传达，要很好地掌握分寸，有步骤地进行。①

1971年1月至2月，中央军委召开了有165人参加的座谈会，会议议程为批陈整风和布置1971年的工作。根据毛泽东的指示，会议代表首先参加华北会议的批陈整风，自1月28日后再进行自己的议程。因为军委办事组几个主要负责人都在九届二中全会上犯了严重错误，所以，开好这个会的前提是他们应首先带头"批陈"并"整风"。会议期间，毛泽东曾几次指示要他们批陈、做检讨。但黄永胜等对九届二中全会一直心存抵触情绪，对江青、张春桥等的对立情绪更有所发展。他们既难于再"深入"揭发陈伯达，也不愿再主动地检讨。在他们的影响下，会议的重点放到了"反骄破满"的整风上，批陈却难以深入。会议中还吹捧以黄永胜为首的军委办事组对毛主席"跟得最紧"、"谦虚谨慎"、"办事认真"、"突出政治、狠抓根本"，等等。

毛泽东理所当然地不能接受这种虚以应付的态度，再次对军委办事组提出了严厉批评。他批评军委座谈会时说，开展批陈整风运动时，重点在批陈，其次才是整风。不要学军委座谈会，开了一个月，还根本不批陈。更不要学华北（会议）前期，批陈不痛不痒。2月20日，军委办事组就毛泽东的批评写了一份检讨报告。毛在报告上批示：你们几个同志，在批陈问题上为什么总是被动，不推一下，就动不起来。这个问题，应该好好想一想，采取步骤，变被动为主动。毛泽东知道华北会议、军委座谈会都未能解决黄永胜等人在批陈问题上的被动状态，所以他也就一直紧紧"抓住不放"。迫于压力，黄、李、邱等于3月下旬分别写出了自己的检讨。

1971年4月15日至29日，根据毛泽东的指示，中共中央召开了"批陈整风汇报会"。中央、各省、市、自治区和部队的负责人共99人参加了会议，正在参加中央军委座谈会的143人也参加了会议。汇报会前半部分主要讨论军委办事组黄永胜等人的检讨，传达和学习毛泽东批评他们的有关批示，进行批评与自我批评、自我教育，后半部分主要是阅读、讨论陈伯达罪行第二批材料，进一步揭发、批判陈伯达，并交流各地批陈整风的经验。

会议开始时，周恩来在发言中表示，希望在庐山会议上犯有错误的同志，能够联系实际，搞好自我教育。他还谈到：我们这个会议的目的，是惩前毖后，治病救人，从团结的愿望出发，进行批评与自我批评，在新的基础上达到新的团结。②会议对陈伯达进行了批判，同时又批判了李雪峰和郑维山。在分组会上，对黄永胜、吴法宪、叶群、李作鹏、邱会作等人在九届二中全会上的活动进行了揭发。会议还交流了

①《周恩来年谱（1949～1976）》下卷，中央文献出版社，1997年版，第429页。
②《周恩来年谱（1949～1976）》下卷，中央文献出版社，1997年版，第452页。

198

各地"批陈整风"的经验。

4月29日,"批陈整风"汇报会召开全体会议。周恩来受中央政治局委托,在会议结束时作总结发言。在讲话中,周恩来指出,在庐山会议及其前后,中央军委办事组五位同志在政治上犯了方向路线错误,在组织上犯了宗派主义的错误,站到反九大的陈伯达分裂主义路线上去了。但错误的性质还是人民内部矛盾,同反共分子陈伯达问题的性质根本不同。他又说:"他们之所以犯这样严重的错误,最根本的原因就是不听毛主席的话,站错了立场,走错了路线。错误的政治路线,必然带来错误的组织路线,带来不正之风,最终站到反九大的陈伯达分裂路线上。经过会上同志们的善意批评和帮助,并有个别揭发,五位同志对所犯错误已有了进一步的认识,表示愿意通过实践和学习,改造自己。"①他强调:犯错误的同志要实践自己的申明,认真改正错误;对犯错误的同志,只要真正愿意改正,我们就要采取欢迎帮助的态度;大家要从团结的愿望出发,通过认真的批评和自我批评,在马克思主义、列宁主义、毛泽东思想的原则基础上团结起来,争取更大的胜利。

在批陈整风汇报会结束当天中央发出的《关于把批陈整风运动推向纵深发展的通知》中,要求把批陈整风运动中的有关指示,文件传达到党的基层骨干。直到这时,广大基层干部、党员才对已经进行了半年之久的"批修整风"、"反骄破满"、"思想和政治路线教育"的背景和内容有了一些了解。

批陈整风会后,按照毛泽东的思路,"整风"进一步深入发展。1971年8月20日,中共中央批发《广州军区三支、两军政治思想工作座谈会记要》。毛泽东在中央批语上增加了"认真

研究"4个字,以期引起重视。《纪要》是根据7月15日至31日广州军区召开的三支、两军政治思想座谈会讨论精神写成的。《纪要》指出,军区派出大批干部战士参加三支、两军工作,其中许多人担任了省(区)、县和相当县以上革命委员会工作,有78%的县以上党委书记和革委会主任是军队干部。《纪要》反映:三支、两军人员中存在着骄横跋扈、好大喜功、任人惟亲、打击报复、滥用职权、违法乱纪等错误的思想作风;有些人存在特权思想,不尊重、不支持已经成立的地方党委。这些现象必须加以改正。针对这些问题,《纪要》指出:军队三支、两军人员应当尊重和支持地方党委。为保证地方党委实行一元化的领导,维护地方党委的威信,《纪要》规定:凡参加地方党组织生活的三支、两军人员,必须接受地方党委(支部)的统一领导;在地方各级党委中担任领导职务的,特别是担任一、二把手的军队干部,必须正确理解党的一元化方针,对三支、两军人员实行军队和地方共同管理,以地方为主的办法。当年8月毛泽东在南方巡视途中与各地负责同志谈话时,又就这个《纪要》所提出的问题说:"地方党委已经成立了,应当由地方党委实行一元化领导。如果地方党委已经决定了的事,还拿到部队党委去讨论,这不是搞颠倒了吗?"②

在中国革命和建设的过程中,在毛泽东的正确领导下,中国共产党创造了正确处理党与军队、地方与军队关系的正确理论,积累了丰富的经验。但用"天下大乱"的方式发动"文化大革命",就不得不用"三支、两军"的方式恢复秩序,这就难免给军队与地方的关系带来负面影响。毛泽东及时发现了这些问题。在对陈伯达批判的同时开展整风,对纠正当时地方和军

1966

1976

---

① 《周恩来年谱(1949～1976)》下卷,中央文献出版社,1997年版,第454页。
② 《共和国史记》第三卷(下),吉林人民出版社,1997年版,第680页。

队作风中存在的一些问题，发挥了积极作用。当然，在还不可能从全局上纠正"文化大革命"错误的条件下，这种积极作用也是有限的。

批陈整风运动及批陈整风汇报会加深了林彪集团的对立情绪，对此毛泽东是心中有数的。当年7月10日，毛泽东在听取周恩来汇报时，向陪同周前来汇报的熊向晖了解黄永胜等人在总参谋部传达中央批陈整风汇报会的情况后，说："他们的检讨是假的。庐山的事情还没有完，还根本没有解决。这个当中有'鬼'。他们还有后台。"

江青反革命集团趁机扩张势力

九大以后，由于中央文革小组实际上停止活动，江青反革命集团的势力受到很大削弱。这种局面当然是江青等人不能容忍的。他们时刻在窥测方向，等待时机，以恢复"文化大革命"初那种几乎为所欲为的地位，攫取更多更大的权力。以九届二中全会为转机，在严厉地批评并不断削弱林彪集团的同时，江青反革命集团的势力得到发展和扩张。1970年11月6日，经毛泽东批准，党中央发出《关于成立中央组织宣传组的决定》。《决定》规定，中央组织宣传组在中央政治局领导之下，管辖中央组织部、中央党校、人民日报、红旗杂志、新华总社、中央广播事业局、光明日报、中央编译局等中央机构的工作，以及工、青、妇中央一级机构和它们的"五七干校"。中央组织宣传组组长为康生，组员有江青、张春桥、姚文元、纪登奎、李德生。实际上，康生在九届二中全会后不久即称病不出，李德生不是江青圈子里的人，且不久就奉调去沈阳军区，该组大权完全落入到江、张、姚的手中，成为他们在

中央公开活动的一个重要阵地。与此同时，林彪集团的势力被进一步削弱。继华北会议改组北京军区以后，1971年4月7日，毛泽东、党中央决定派纪登奎、张才千参加军委办事组，打破了黄永胜等把持办事组的一统天下。这就是后来被毛泽东称作"掺沙子"的重要措施。

以九届二中全会为标志，林彪、江青两个阴谋集团之间的关系发生了重要的变化。如果说在此之前是林彪集团处于攻势的话，那么，在此之后则是江青反革命集团处于攻势了。江青等人以批陈有功、"理论水平高"自居，在组织上也扩充了实力，并开始主动向林彪集团发难。1971年1月6日，《文汇报》在3版头条刊登了一篇题为《路线、政权、世界观》的署名文章。文中引用林立果一篇报告中的观点，鼓吹政权决定一切。3月16日，《文汇报》在同样的位置发表了一篇署名"方岩梁"的文章《千万不要忘记党的基本路线》[①]。该文针对性很强地批判了前一篇文章，实际上也就是把矛头指向了林彪。

批陈整风运动不仅没有达到团结的目的，解决两个宗派集团的矛盾，反而人为地激化了这种矛盾。1971年2月23日，黄永胜在主持军委办事组开会之前，念了一首唐朝章碣的诗："竹帛烟消帝业虚，关河空锁祖龙居。坑灰未冷山东乱，刘项原来不读书"，表达了他们对张春桥等人的强烈不满。而林彪却显得更为消沉，他基本上不再参加中央的各种会议，文件也基本不"听"不批了，连与毛泽东一起接见外宾、"五一"节上天安门都十分勉强。他心里十分清楚，所谓"批陈"实际上就是"批林"。他已经预感到，在九届三中全会上，可能还要提出他的问题，而四届人大对于他来说，已不是当不当国家主席的问题，而可能是保不保得住国务院副

---

① "方岩梁"为上海《解放日报》写作班子的笔名。

总理、国防部长等职务的问题了。

1971年8月至9月，毛泽东在外地视察时曾说到："对路线问题，原则问题，我是抓住不放的。重大原则问题，我是不让步的。庐山会议以后，我采取了三项办法，一个是甩石头，一个是掺沙子，一个是挖墙脚。"（"甩石头"即在一些文件上加上批陈伯达等人的批语，"掺沙子"即增加军委办事组成员，"挖墙脚"即改组北京军区。）批陈整风运动清算了陈伯达分裂党、分裂中央的阴谋和罪行，批评了林彪等人的宗派主义，削弱了其势力，解决了"文化大革命"初期的一些遗留问题，改善了军政关系，有一定的积极意义。但整个运动从"左"的立场出发，不去清算陈伯达在"文化大革命"中鼓吹"左"的错误，煽动极左思潮，却批判陈"一贯投靠和追随刘少奇"一类问题，不能不再次搞乱人们的思想，人为地制造矛盾。运动削弱了林彪阴谋集团，却又助长了江青反革命集团的势力，造成了严重的后果。

四、"九一三事件"

"超天才"林立果与"联合舰队"

具有浓厚封建意识的林彪不仅热衷于纠集宗派，结党营私，而且刻意培植自己的家族势力。1967年4月，林彪通过吴法宪把其子林立果安排到空军，任空军司令部党委办公室秘书。遵照叶群的要求，吴又指定空军党办副主任周宇驰、副处长刘沛丰对林立果进行"帮带"。同年7月1日，根据叶群的旨意，林立果由吴法宪、周宇驰二人介绍加入中国共产党。1969年2月16日，林彪亲自写信给周宇驰、刘沛丰，提出要让林立果多单独活动，以便锻炼他的"独立工作能力"。叶群也打电话给吴法宪，要他派林立果到基层蹲点，"接触部队，接触实际"。同年10月2日，林彪在召见吴法宪时，竟然提出要参军不到两年的林立果"兼任空军作战部副部长"，"以便他经常向我汇报，我可以帮助你们空军研究防空作战的战略方针和战术问题"。吴法宪立即照办，于10月17日任命林立果为空军司令部办公室副主任兼作战部副部长。次日，吴在小范围内宣布："空军的一切都要向立果同志汇报，都可以由立果同志调动、指挥"，实际上私自把空军的指挥大权交给了林立果。

1970年7月6日，周宇驰在空军党委常委会上，传达了吴法宪提出的"空军的一切可以由立果同志指挥，空军的一切可以由立果同志调动"的指示。空军各单位随即掀起一个贯彻吴法宪提出的"两个一切"的浪潮。空军政治部因此提出"五条措施"：对林立果等要时时想到他们，事事请教他们，处处保卫他们，把他们看成是自己的好领导，老老实实地服从他们的调动，服服帖帖地听从他们的指挥。"九一三事件"后，周恩来曾严厉地批判这"五条措施"是最封建、最买办、最法西斯的。[①]

1969年10月，根据林彪、叶群授意，经吴法

1966

1976

◆ 林彪之子林立果。

---

① 《共和国史记》第三卷（上），吉林人民出版社，1997年版，第493～494页。

宪批准，林立果在空军党办成立了以他为首，有周宇驰、刘沛丰、于新野等组成的五人调研小组，这个小组成了他进行反革命阴谋活动的骨干力量。1970年5月2日，林彪在家中接见林立果、周宇驰、刘沛丰等。当林彪问"谁是你们的头"时，周宇驰回答："林立果同志是我们的头"。第二天晚上，周宇驰召集参加接见的人开会表态。周在会上说："林副主席也是一个天才，是一个历史上罕见的伟人，是一个可以和马、恩、列、斯并列的革命导师和领袖。""我们要一辈子永远同立果同志战斗在一起。立果同志也是一个天才，一个全才，我们没有哪个人能够和他比得上。""在我们这个战斗集体中，应该以立果同志为头，为核心。"林彪、林立果是"最理想的接班人"，这是"历史上形成的"，"我们要听林立果的，要团结在他的周围。"这次接见后，空军机关一批以林立果为核心的效忠林彪的人，形成了一个比较固定的"战斗集体"，进而发展为一个组织严密的反革命组织。

在林彪的精心培植下，林立果这个既没有当过战士，也没有经过基层工作锻炼，更没有空战实践的二十多岁的青年人，在两年多的时间里就火箭般地提升为副师职干部。而吴法宪私自授予他的"两个一切"的特权，使他几乎成了空军的"太上皇"，为他进行各种阴谋活动大开了方便之门。林立果打着林彪的旗号，依仗吴法宪的支持，在周宇驰等人的辅佐下，插手空军的一切工作，从部队组建到干部配备，从作战训练到科学研究，从后勤工作到国防施工，从空军到民航，林立果都要过问，"作指示"。

1970年7月6日，在空军党委常委办公会上，吴法宪等人又提出：应该向立果同志学习，立果同志在林副主席、叶主任(叶群)身边，领会林副主席指示深，主要还是立果同志的天才，从各方面来讲是我们的老师。7月31日，林立果在空军直属机关作了一个由周宇驰、刘沛丰、于新野等人代笔写成的"讲用报告"。林彪在听了报告的录音后，得意地说："不仅是思想像我的，语言也像我的"，吴法宪听了录音后肉麻地吹捧说林立果"放了一颗政治卫星"，是"天才、全才、全局之才"，"智慧超过了年龄"，"我们想不到的问题，他想到了解决了"。与此同时，周宇驰、于新野等则大讲林立果是"全才、帅才、超群之才"，是"第三代接班人"，等等，1970年8月4日，空军党委决定在"三代会"上放"报告"录音。当月6日、13日，"报告"录音两次大范围播放，并组织讨论。在这次"三代会"上，出现了吹捧林立果及其报告的高潮，林立果的讲用报告竟印发七十多万册，扩散到基层部队和军外一些单位。1971年7月底，林立果的一些死党还举行过纪念"讲用报告"一周年的活动。

九届二中全会之前，林立果及其"调研小组"主要还是依靠吴法宪等人，在空军直属机关内活动。九届二中全会之后，他们的活动特点发生了明显的变化。按照林立果及其死党的话说，就是要掌握领导权，要自成体系。

一次，林立果等人看了带有军国主义色彩的日本影片《啊！海军》和《山本五十六》等后，对其中所宣扬的武士道精神和山本五十六的"联合舰队"崇拜不已。1970年11月，林立果把他们的反革命小组织起名为"联合舰队"，并要求他们的亲信、骨干发扬日本海军法西斯的"江田岛精神"。在"文化大革命"一片"左"的和极左的狂热中，这一小撮阴谋家却对日本法西斯推崇备至，并刻意模仿他们的言行。他们的表面与内心、言语与行动相去十万八千里，他们的灵魂深处没有爆发一点革命，却堆积和发展着常人难以想象的丑恶与卑鄙。

九届二中全会上林彪集团受到严厉批评后，按照林立果的要求，"联合舰队"扩大了活动范围，经常到各地"深入部队调查"，实则是搜罗骨干，培植亲信，在京、沪、穗等地扩大其"左"派队伍，设立秘密据点，私藏枪支、弹药、电台、窃听器及党和国家的机密文件。林立果利用各地据点进行联络，甚至把原先为他物色未婚妻的班底改造、扩建为进行反革命阴谋活动的"小组"。在这一段时间里，林立果曾几次得意地说他"开辟了根据地"。

随着"批陈整风"运动的开展，林立果等人加快了进行反革命阴谋活动的步伐。1971年3月21日至24日，林立果在上海秘密据点召集"联合舰队"主要成员周宇驰、于新野、李伟信等密谋。他们在分析形势时认为，林彪的权力势力目前是占绝对优势，但有可能逐渐削弱；"文人力量"(指张春桥、姚文元等)正在发展，发展趋势张春桥代替林彪的可能性最大。关于林彪"接班"问题，他们认为有三种可能：一是林"和平接班"，二是林"被人抢班"，三是通过搞掉张或直接谋害毛泽东而实现林"提前抢班"。为此，他们商定了阴谋政变的实施要点、口号和政策，提出争取"和平过渡"，做好"武装起义"的准备；提出"军事上先发制人"，阴谋利用"上层集会一网打尽"，或利用特种手段如轰炸、543(一种导弹代号)、车祸、暗杀、绑架、城市游击小分队等，发动反革命武装政变，"夺取全国政权"；或制造"割据局面"，并阴谋"借苏力量钳制国内外各种力量"。根据他们讨论的结果，3月23日至24日，于新野执笔起草了《"571工程"纪要》("571"为武装起义的谐音)。

1971年3月31日，根据《"571工程"纪要》建立"指挥班子"的计划，林立果在上海召集江腾蛟、王维国(空四军政委)、陈励耘(空五军政委)和周建平(南京军区空军副司令)秘密开会。会上指定南京以周建平为"头"，上海以王维国为"头"，杭州以陈励耘为"头"，江腾蛟"负总责"，进行三点联系、配合，协同作战。此会被林立果称为"三国四方"会议。同月，广州民航一负责人在林立果指使下，把广州民航业余演

◆ "小舰队"的特别器材。

出队改组为"战斗小分队",要队员向林氏父子宣誓效忠,并制订了联络密语、暗号。4月,林立果指使王维国在上海成立了为反革命政变服务的"教导队",进行捕俘、格斗、使用各种轻型武器、驾驶车辆等特种训练。

1971年4月,在中央召开"批陈整风汇报会"期间,"联合舰队"一面密切注意会议动向,一面频频开会、四处串连。4月底,林立果、周宇驰对其死党说:四届人大前中央还要开会,到时候恐怕还要斗的,问题没解决,现在都在积极准备。他们估计四届人大后,林彪可能不能兼副总理、国防部长了,江青可能管党,张春桥要当副总理。5月21日,林立果"接见"广州"战斗小分队",对他们又是鼓励又是拉拢。同月,周宇驰开始密秘进行驾驶直升飞机训练。7月上旬,林立果在广东"接见"一些空军干部时说,现在有人借国际问题的传达(即传达毛泽东1970年12月18日接见斯诺的谈话),从主席对外宾谈话中找出一些提法,影射林副主席,挑拨主席和林副主席的关系。"联合舰队"的其他成员也到处散布"有人在抢林副主席的班","现在出现了反林副主席的一股风","这股风很猛","还不是张春桥、姚文元","要很好掌握部队"。7月下旬,林立果等到广东、深圳、沙头角等地"看地形"。8月,林立果在北戴河学习驾驶水陆两用汽车。随着"联合舰队"反革命政变准备工作的加快,为了强化林立果对"小舰队"成员的控制,周宇驰、于新野、李伟信等在7、8月间在小圈子里鼓吹:人生最大的选择就是政治选择,而政治上的选择最重要的就是选择领导,领导选对了就是最大的幸福,要认定、跟定林副部长,跟他就等于跟林副主席,等等,表现出强烈的封建依附性。

在林彪、叶群的支持下,在吴法宪的纵容下,以林立果为首的"联合舰队"逐渐形成并疯狂地进行反革命政变活动。这是一个带有浓厚封建色彩的、以君臣父子关系为纽带而集结起来的、以推翻无产阶级专政、实现林氏家天下为目的的反革命阴谋小集团,是"文化大革命"孕育的怪胎。在人们认为"文化大革命"已经取得"决定性"胜利的时候,在他们正致力于"斗、批、改"的时候,这样一个法西斯阴谋集团却在发展和活动,这不能不是一个讽刺和悲剧。

"批陈整风"运动使林立果等人越来越明显地感到"和平接班"的渺茫,因而更加疯狂和愚蠢地进行政变阴谋的准备活动,把"武装起义"的计划付诸实施。

毛泽东的南方之行

1971年8月15日至9月12日,毛泽东到湖北、湖南、江西、江苏等省视察。一路上,他分别同湖北、河南、湖南、广东、广西、江苏、福建等地党、政、军负责人进行了多次重要谈话。从这些谈话中可以看出,毛泽东这次南方视察的目的,是要向党内的一些高级干部表明,庐山会议上的那场斗争还没有完,"批陈整风汇报会"并没有解决问题,会上对黄永胜等人错误所做的结论已经不够了,只批陈伯达而不触动林彪等人不能解决问题。他希望各地党政军负责同志提高对九届二中全会上那场斗争的认识,了解中央内部的严重分歧,防止因不了解底细而继续上林彪等人的当。这些谈话实际上也是为即将召开的九届三中全和四届人大作准备。

毛泽东在谈话中,根据建党以来的历史经验,多次强调了"要搞马克思主义,不要搞修正主义；要团结，不要分裂；要光明正大，不要搞阴谋诡计"的三项基本原则。他指出："思想上政治上的路线正确与否是决定一切的。党的路线正确就有一切，没有人可以有人，没有枪可以有枪，没有政权可以有政权。路线不正确，有了也可以丢掉。路线是个纲，纲举目张。"[1]他反复说，我们这个党已经有50年的历史了，大的路线斗争有十次。这十次路线斗争中，有人要分裂我们这个党，都没有分裂成。这个问题，值得研究。中国是个人口众多的国家，在这样一个国家里要防止党内分裂，就必须讲人心党心。

关于林彪等人，毛泽东说，1970年庐山会议，他们搞突然袭击，搞地下活动，为什么不敢公开呢？可见心里有鬼。他们先搞隐瞒，后搞突然袭击，五个常委瞒着三个，也瞒着政治局的大多数同志，除了那几位大将以外。他们这样搞，总有个目的嘛！我看他们的突然袭击，地下活动，是有计划、有组织、有纲领的。纲领就是设国家主席，就是"称天才"。华北组简报是一个反革命的简报。有人急于想当国家主席，要分裂党、争于夺权。说反天才就是反对我，那几个副词，我圈过几次了。林彪那个讲话，没有同我商量，也没有给我看。他们有话，事先不拿出来，大概总认为有什么把握了，好像会成功了。可是一说不行，就又慌了手脚。这次庐山会议，又是两个司令部的斗争。同前九次不同，前九次都作了结论，这次保护林副主席，没有作个人结论，他当然要负一些责任。对这些人怎么办？还是教育的方针，就是惩前毖后，治病救人。不管谁犯了错误，不讲团结，不讲路线，总是不太好。对林还要保，回北京后，还要再找他们谈谈。不过，犯

了大的原则的错误，犯了路线、方向错误，为首的，改也难。庐山这件事，还没有完，还不彻底，还没有总结。[2]

他又说：什么"大树特树"，名曰树我，不知树谁人，说穿了是树他自己。对路线问题、原则问题，我是抓住不放的。庐山会议以后，我采取了三项办法，一个是"甩石头"，一个是"掺沙子"，一个是"挖墙脚"。地方党委已经成立了，应当由地方党委实行一元化领导。如果地方党委决定了的事，还拿到部队党委去讨论，这不是颠倒了吗？工业学大庆，农业学大寨，全国学人民解放军，这不完全，还要加上解放军学全国人民。要谨慎，第一军队要谨慎，第二地方也要谨慎。不能骄傲，一骄傲就犯错误。军队要统一，军队要整顿。谈话中，毛泽东还批评了林彪主持军委工作以来提出的一些口号和做法，如"一好带三好"、"雷厉风行"、轻视军事训练、"积极分子代表大会"，批评了林彪让自己的妻子做自己的办公室主任，批评了对林立果

1966
1976

◆ 1971年8月中旬至9月12日，毛泽东到南方巡视。沿途他在与各省和各大军区领导的谈话中，指名批评了林彪集团主要成员陈伯达、黄永胜等人，暗示要解决林彪集团的问题。图为毛泽东谈话的记录稿。

①《建国以来毛泽东文稿》第十三册，中央文献出版社，1998年版，第242页。
②王年一：《大动乱的年代》；汪东兴：《汪东兴回忆毛泽东与林彪反革命集团的斗争》等。

的狂热吹捧。①

毛泽东的这些讲话，对林彪集团提出了迄今为止最为严厉的批评，表明他已经失去了对林彪的信任，并且已下决心要解决林彪的问题了。谈话中，毛泽东要求只能把他的话传达到当地的一些负责同志，严禁外传，更不许向北京打电话透露谈话内容。毛泽东的讲话使许多党政军负责同志加深了对庐山会议和林彪集团阴谋活动的认识，为粉碎林彪集团的政变阴谋准备了有利条件。

林彪反革命阴谋集团的覆灭

林彪等人对毛泽东此次南方巡视并同沿途负责人的谈话极为敏感，迫切希望了解谈话内容。他们四处活动，多方打听，不择手段地收集情况。

1971年9月5日晚，周宇驰、于新野打电话给广州军区空军参谋长顾同舟，探听到毛泽东在长沙同一些负责人谈话的内容。6日，周宇驰亲自驾驶直升飞机到北戴河，将于新野整理的毛泽东谈话记录交给叶群、林立果。同日，武汉军区政委刘丰把毛泽东在武汉同一些负责人谈话的内容告诉陪同外宾到武汉的李作鹏。李听后十分紧张，并"立即形成了三点认识"：九届二中全会的问题没有完，上纲比以前更高，矛头似指向林彪。李当日返京后，分别把谈话内容告诉黄永胜、邱会作。黄又连夜打电话告诉了叶群。

叶群先后接到顾同舟、黄永胜的报告后，一面向林彪报告，一面与

林立果加紧密谋。9月7日，林立果向"联合舰队"下达了"一级战备"的命令。9月8日至11日，林立果、周宇驰先后在空军学院和西郊机场的秘密据点，分别向刘沛丰（空司办公室一处处长）、江腾蛟、王飞（空军副参谋长）、李伟信、鲁珉（空司作战部部长）、刘世英（空司办公室副主任）、程洪珍（空司办公室一处秘书）关光烈（0190部队政委）等展示林彪9月8日写的一个"盼照立果、宇驰同志传达的命令办"的"手令"，告诉他们，"现在有人反对林副主席，我们要进行武装起义，代号是'571'"。密谋中，他们具体策划在上海、苏州附近硕放铁路桥等地谋害毛泽东，策划攻打江青、张春桥等人在北京的住地钓鱼台，并到上海捕捉王洪文。林立果还指定江腾蛟为"前敌总指挥"，王飞为"空军司令"。9月9日，林立果指令"上海小组"进入"一等准备"。

与此同时，为另立中央或叛逃国外，林立果还指使周宇驰、李伟信于9月10日从空军司令部索取了东北、华北、西北地区雷达兵部署

◆ 林立果计划炸毁毛泽东专列的地点——苏州附近的硕放铁路桥。

①王年一：《大动乱的年代》，汪东兴：《汪东兴回忆毛泽东与林彪反革命集团的斗争》等。

◆ 政变失败后被撕毁的林彪手令。

图，以及可用作导航用的我国周边国家电台频率表、北京至乌兰巴托、伊尔库茨克航线图和机场位置、呼号、频率表，及广州、福州地区机场资料。

正在南方巡视的毛泽东已经料到他在沿途的讲话会在林彪集团那里引起强烈的恐慌和不安。巡视途中，他又敏锐地发现了一些不同寻常的迹象。8月底9月初，毛泽东在南昌时，从江西省革委会负责人处了解到林立果等人在江西的一些可疑活动。9月3日，毛泽东到杭州后，又得到一些有关林立果等人活动的新情况。他提高了警觉，当机立断，采取措施，与林彪一伙的政变阴谋展开了惊心动魄的斗争。

9月8日深夜，正在杭州的毛泽东突然命令专列趁夜转移至靠近绍兴的一条专线上。10日下午近3点时，专列又返回杭州，随即又离开杭州并于下午6点多抵达上海。11日上午，毛泽东在专列上接见了当地党政军负责人后，下午专列即离开上海直奔北京。12日下午1点多到丰台车站后，毛泽东又在专列上召见了纪登奎、李德生、吴德、吴忠等。下午4点零5分，专列抵达北京站。林立果等人按照常规推算，一直认

为毛泽东在上海要住一段时间，待到国庆节前即24日至25日才会返京。毛泽东机智、果断的行动，打乱了林立果一伙的阴谋计划。

9月11日晚，正在加紧策划谋害毛泽东的林立果等人，得知毛泽东已经离开上海的消息后，惊恐万状、暴跳如雷，知道谋害毛泽东的阴谋已经破产，决定"立即转移"。12号晚，林立果私乘256号专机飞抵北戴河与林彪、叶群密谋。当晚，周宇驰在北京召集小组骨干开会，确定王飞、于新野负责组织人员保护林彪等从山海关直接乘飞机南逃广州，并从北京用飞机将黄永胜、吴法宪、李作鹏、邱会作等带到广州。

9月12日晚林立果到达北戴河后，经与林彪、叶群密谋，决定立即施行南逃计划。当晚10点30分，正在北京人民大会堂主持会议的周恩来接到中央警卫局的电话报告，得知林立果当晚乘飞机到北戴河后的种种异常活动。周恩来立即警觉地下令追查擅自调飞机到山海关的原因，并命令让飞机马上飞回北京。林彪等知道阴谋已经败露，南逃计划已难得逞，遂于9月13日凌晨强行乘飞机外逃叛国。飞机在蒙古温都尔汗附近坠毁，机上人员全部身亡。"联合舰

◆ 林彪反革命集团妄图南逃广州另立中央的飞机起飞时间表。

1966

1976

◆ 林彪反革命集团发动武装叛乱阴谋败露，1971年9月13日仓皇出逃。他乘坐的256号三叉戟飞机坠毁在蒙古境内的温都尔汗。图为飞机坠毁的现场。

◆ 林彪等所乘飞机的残骸。

◆ 林彪的尸体。

◆ 叶群的尸体。

1966

1976

◆ 林彪死党周宇驰、于新野、李伟信,在得到林立果的电话后,于1971年9月
　13日凌晨3点多钟,乘直升飞机向蒙古乌兰巴托逃跑,投奔苏联未遂,被
　迫降在北京怀柔县境内。右下角是林彪死党李伟信。

队"的其他骨干分子，有的畏罪自杀，有的被捕。林彪反革命集团策动的武装政变阴谋被彻底粉碎。

林彪反革命阴谋集团阴谋夺取最高权力、策动武装政变的事件，震惊了全国和全世界。人们实在无法理解，林彪这个"语录不离手，万岁不离口"的副统帅，这个被九大写入党章的"接班人"竟然会策动反革命政变，竟然会叛逃投敌，而且这一切都是在"人类历史上最伟大的""文化大革命"已经取得了"决定性"的"全面胜利"的时候发生的。实际上，林彪事件的发生，正是"文化大革命"推翻党的一系列基本原则造成的恶果。在已经进行五年的"文化大革命"中，党的领导作用被严重削弱，党的组织纪律被破坏，大批坚持革命、富于斗争经验的老干部被打倒或排斥，党的各级组织涣散，人民的思想迷茫混乱，国家的民主和法制被践踏，拉帮结派、争权夺利公开化、合法化，整个国家陷于严重动乱。这就造成一种条件，使林彪反革命集团能够横行无忌，敢于铤而走险。从这一惊心动魄的事件中，人们清楚地看到，鼓吹个人崇拜最力的林彪竟然阴谋杀害党的主席，即他所高呼的"伟大的导师、伟大的领袖、伟大的统帅、伟大的舵手"；由党章法定的接班人竟然叛逃出国；六名政治局委员竟然一同从事反革命活动，等等。这些具有极大尖锐性的事件，促使人们进行严肃的思考："文化大革命"给党和国家带来的是什么结果？什么前途？"文化大革命"究竟是不是必要的？究竟有没有合理性？"天下大乱"究竟能不能导致天下大治？天下大治究竟为什么要通过"天下大乱"来实现？无产阶级专政下究竟要不要这样的"继续革命"？"文化大革命"所打倒的究竟是不是走资本主义道路的当权派？中国究竟有没有面临资本主义复辟的危险？反之，"文化大革命"究竟能不能给中国人民中的任何阶层带来任何利益和希望？"文化大革命"五年来究竟依靠的是什么社会力量，它所造成的巨大损失和巨大灾难究竟有什么意义？继续下去又还有什么意义？"九一三事件"的发生，促使更多的干部和群众从个人崇拜的狂热中觉醒，使他们敢于深入思考一些过去不敢想或不愿想的问题，而"文化大革命"这样的运动恰恰是经不住人们的这种深入思考的。"九一三事件"客观上宣告了"文化大革命"的理论和实践的破产。毛泽东本人也因此陷入极大的痛苦和失望之中。

第五章
1972 年周恩来的整顿

第五章 1972 年周恩来的整顿

一、"批林整风"运动

采取有力措施稳定形势

"九一三事件"是新中国历史上一件极为严重的事件,在国际、国内引起了轩然大波。毛泽东、周恩来沉着、果断地领导全党全军,比较稳妥、顺利地处理了林彪事件遗留下来的一些紧迫的重大问题,在一些基本问题上统一了全党、全军和全国人民的认识,稳定了形势。

9月18日,中共中央发出《关于林彪叛国出逃的通知》。《通知》宣布:"林彪于1971年9月13日仓皇出逃,狼狈投敌,叛党叛国,自取灭亡。"《通知》说:林彪叛党叛国,是长期以来,特别是党的九届二中全会以来阶级斗争和两条路线斗争的继续,是林彪这个资产阶级个人野心家、阴谋家的总暴露、总破产;我们党是从阶级斗争和两条路线斗争中成长壮大起来的,早在土地革命初期,林彪对中国革命前途悲观失望,在文化大革命中他又提出"带枪的刘邓路线"等反党乱军的主张,等等。[1]

《通知》中有一段周恩来亲自补充、修改的话说:"在毛主席的领导下,按照正确路线和政策;惩前毖后,治病救人,经过批评和自我批评,犯了路线错误的好人,绝大多数是可以回到正确路线方面来的","跟着林彪走绝路的只能是极个别的"。"中央号召全党同志,首先是高级干部同林彪划清界限。中央对于坚决同林彪划清界限的同志,不论他过去是否受过林彪的影响,是否犯过错误,都是同样爱护,不会轻易怀疑的。"[2]按照中央要求,《通知》根据内外有别、有步骤地传达的原则,先传达到省、市、自治区党委常委以上的党员干部,然后再传达到地、师以上干部,再传达到全体党员,10月下旬传达到全体人民。

9月24日,中共中央命令黄永胜、吴法宪、李作鹏、邱会作离职反省,彻底交代。周恩来代表党中央在当日召开的会议上向黄、吴、李、邱当面宣布了这一命令。与此同时,受中央委托,李德生、纪登奎分别向空军、海军领导干部传达了中央关于将黄、吴、李、邱等四人隔离反省的决定,要求两个军种负责同志加强团结,顾全大局,稳住机关和部队,防止发生问题。29日,中央发出通知:中央鉴于黄永胜、吴法宪、李作鹏、邱会作四同志参加林、陈反党集团的宗派活动,陷入很深,实难继续现任工作,已令他们离职反省,彻底交待。军委日常工作,中央已决定由军委副主席叶剑英同志主持,并筹组军委办公会议,进行集体领导。中央的这一决定,不仅有力地清除了林彪集团对军委工作的干扰和破坏,而且也预防了江青集团插手军委工作的野心。

9月30日,周恩来主持中央政治局会议,研究"九一三事件"后下一步工作。会议商定:逐步扩大中央《关于林彪叛国出逃的通知》的传达范围;建议在叶剑英主持下,组成由叶剑英、谢富治、张春桥、李先念等十人为成员的军委办公会议;军委三总部分别由李德生、张才千、

① 《共和国史记》第三卷(下),吉林人民出版社,第689页。
② 《周恩来年谱(1949～1976)》下卷,中央文献出版社,1997年版,第483页。

余秋里主持工作；提议华国锋为国务院业务组副组长；派刘西尧等人去国防科委主持工作；由周恩来、康生、江青等十人组成中央林陈反党集团专案组，下设由纪登奎、汪东兴领导的办公机构，等等。①

根据会议精神，10月3日，中共中央发出三个通知。《通知》一宣布："中央决定撤销军委办事组，成立军委办公会议。军委办公会议由军委副主席叶剑英同志主持，并由叶剑英、谢富治、张春桥、李先念、李德生、纪登奎、汪东兴、陈士榘、张才千、刘贤权十同志组成，即日工作，在中央军委领导下负责军委日常工作。"《通知》二宣布：中央决定增补华国锋同志为国务院业务组成员，并任副组长。"《通知》三宣布：为彻底审查、弄清林、陈反党集团的问题，中央决定成立中央专案组，集中处理有关问题。中央专案组由周恩来、康生、江青、张春桥、姚文元、纪登奎、李德生、汪东兴、吴德、吴忠十人组成。

10月4日，毛泽东、周恩来接见新成立的军委办公会议成员。毛泽东在接见中说：林彪、陈伯达搞阴谋活动，蓄谋已久，目的就是要夺权；文化大革命中整几位老帅，也是林、陈他们搞的；要好好整顿我们的军队，头脑不要太简单了；凡讨论重大问题，要请总理参加；下达指示，要用军委名义。②他还说，"军队政治教育，主要是搞路线方面的教育，'四好运动'搞形式主义，把部队作风带坏了，要改变。"军队要严格训练，严格要求，才能打仗。"我提了五条，他提了三条（指林彪1966年8月讲话中提出的接班人三原则）。三条不讲马列主义，不讲反对修正主义和防止赫鲁晓夫式的人物，不讲团结大多数，不讲批评和自我批评。"

林彪事件发生后最初的一段时间里，社会上小道消息骤然增多，群众议论纷纷，一些干部思想混乱。为安定人心、稳定形势，有必要尽快向广大干部群众说明事件真相。根据毛泽东指示，中共中央于10月6日发出通知。通知共分5条：1. 当前全国形势很好。林彪叛党事件发生后，中央于1971年9月18日发出通知，9月28日又发出扩大传达范围的通知。全党全军地、师以上党委进行了认真的讨论，一致拥护中央通知和中央采取的各项措施。2. 中央在审查林彪叛党叛国事件中，查出了大量物证人证，进一步说明：林彪叛党叛国是两个司令部之间斗争的继续。3. 为了使全党全军全国革命群众早日了解林彪叛党叛国事件，中央决定：在10月中旬将传达范围扩大到地方党支部书记、副书记，军队连级党员干部，空军各机组、空勤地勤成员。中央要求各级党委将传达、讨论和揭发批判林陈反党集团的罪行，当作当前头一位的大事来抓。中央准备在10月下旬将传达范围扩大到全体党员和广大工人、贫下中农。4. 目前国内外敌人对我国内形势进行种种猜测，制造许多谣言。全党全军务必提高警惕，加强战备。5. 各级党委传达讨论情况，逐级密封上报。③在24日发出的中央通知中，要求向全国广大工农群众传达。29日发出的中央通知中，要求向爱国人士、华侨、华籍外国人传达。随着传达范围逐步扩大，群众中议论猜测的高潮逐渐平息，干部的思想也日趋稳定。

为了让党的高级干部尽早具体地了解林彪集团的反党阴谋活动，提高认识，更好地领导批判林彪集团的斗争，根据毛泽东的指示，中央11月14日向省军级单位发出通知，决定将《"571工程"纪要》全文及原件影印件发给中央委员、候补中央委员、省委常委一级干部阅读。

①《周恩来年谱（1949～1976）》下卷，中央文献出版社，1997年版，第486页。
②《周恩来年谱（1949～1976）》下卷，中央文献出版社，1997年版，第487页。
③《共和国史记》第三卷（下），吉林人民出版社，1996年版，第695页。

《通知》指出：这个《纪要》证明，林彪一伙发动这次反革命政变是早有预谋的。"它的实质，是反对党的'九大'路线，要从根本上改变党的整个社会主义历史时期的基本路线和政策，改变无产阶级专政和社会主义制度。在国内，他们要联合地、富、反、坏、右，实行地主买办资产阶级的法西斯专政。在国际，他们要投降苏修社会帝国主义，联苏联美反共反华反革命。"

12月11日，中央又将中央专案组根据毛泽东嘱咐整理编写的《粉碎林陈反党集团反革命政变的斗争(材料之一)》发至省军级。1972年1月13日，中共中央发出通知，"为了加深对粉碎林陈反党集团重大意义的理解，深入进行思想和政治路线方面的教育，进一步开展革命大批判"，中央决定将《粉碎林陈反党集团反革命政变的斗争(材料之一)》扩大发放范围，在工矿企业发至班组，在农村发至生产队，要求各省、市、自治区和地县都应认真办好学习班，培养训练宣讲队伍，各级领导干部都要认真学好，亲自宣讲。同日，中央将中央专案组整理的《粉碎林陈反党集团反革命政变的斗争（材料之二)》(内含"反革命政变纲领"《"571工程"纪要》、"李伟信笔供"等三份附件)下发，要求第一步在干部中传达，第二步向群众传达。在同日发出的另一份文件中，将林彪在九届二中全会开幕会上的讲话录音稿发至中央委员、候补中央委员和省军级干部。

1972年3月17日，党中央将毛泽东在1971年8月中旬至9月12日在外地巡视的重要讲话下发，向全党、全军全国人民传达。中央通知说："毛主席的谈话，是进行思想和政治路线教育，加强党的建设和军队建设的纲领性文件，是粉碎林陈反党集团的有力武器。"7月2日，党

中央发出通知，将《粉碎林彪反党集团反革命政变的斗争(材料之三)》转发全党。同日，党中央还将中央专案组《关于国民党反共分子、托派、叛徒、修正主义分子陈伯达的反革命历史罪行的审查报告》等下发。

在不到一年的时间里，党中央陆续将揭发林彪反党集团反革命政变阴谋的一系列重要的文件逐级传达到基层，使全党全军全国人民比较系统、深刻地了解了林彪事件的真相。尽管这些材料免不了一些牵强、不实之处，在认识上也存在着明显的局限性，但在当时大乱初定、许多矛盾和问题仍然严重地威胁着社会稳定的时候，这一措施对于统一认识、安定人心、稳定形势无疑是有着重要意义的。

"九一三事件"后，朱德、陈毅、李富春、聂荣臻、徐向前、刘伯承、萧劲光、杨得志等老同志纷纷给毛泽东、党中央写信，严厉谴责林彪叛党叛国的罪行，揭发林彪历史上的错误言行，表示坚决拥护党中央处理林彪反党集团的重大决策。

1971年9月26日至10月15日，在李富春的主持下，中共中央召集部分老同志举行了九次座谈会。陈毅、聂荣臻、徐向前、蔡畅、邓颖超、邓子恢、张云逸、张鼎丞、曾山、王震等老同志在会上发言。他们揭发、批判了林彪在历史上的错误和篡改历史的罪行，批判了林彪及黄、吴、李、邱等鼓吹的"天才论"、"有权就有一切"、"三十字方针"以及林彪是"三大助手"中"最光辉的助手"等谬论，愤怒谴责了林彪集团炮制《"571工程"纪要》、策动反革命武装政变等罪行。抱病参加座谈会的陈毅作了两次长篇发言，集中揭露了从南昌起义、井冈山斗争到开辟中央苏区这段历史时期林彪所犯的错误，揭穿了他"一贯正确"的假像，深刻指出伪造历

1966

1976

史就是犯罪。朱德、刘伯承等分别提交了书面发言。

老一辈无产阶级革命家在党和国家的关键时刻挺身而出，以自己的忠诚、阅历和威望揭发、批判林彪集团，这不仅有利于全党历史地、全面地了解林彪集团的发展和实质，而且对于维护中央的权威，维护全党的团结，稳定全国形势发挥了重要作用。

稳妥处理重点地区、单位的人和事

在收集、整理林彪反革命政变材料并逐步向全党全国传达的同时，中央还采取有力、稳妥的措施，在一年多的时间里，慎重、妥善地处理了一些重点地区、单位的人和事。在一些林彪集团插手较深的地区和单位，中央首先把重点放在清理清查与林彪集团阴谋活动有关的人和事等问题上。空军、海军、总后勤部、民航等单位及浙江、江西、湖北等地，在中央派出的负责同志的领导和参与下，采取隔离审查、举办学习班等方式，对那些在林彪集团阴谋活动中卷得很深或比较深的人进行审理、清查，组织专人对一些重要事件进行调查，并对领导班子进行了适当调整。对一些虽有些牵联但没有过多卷入而问题又确实较多的地区和单位，中央则以较长的时间，反复、细致地做好各方面的工作，避免了较大的震动和反复。

"文化大革命"以来，由于林彪、江青等人蓄意在一些地区、部门排斥异己，安插亲信，同时，由于"全面武斗"以及后来的"清理阶级队伍"、"一打三反"、"清查五一六"等运动积累下来大量尖锐的矛盾，林彪事件后，这些地区和部门的矛盾迅速激化。一些与林彪集团有不同

程度牵连的领导或受到审查，或立即受到曾被自己压制、迫害的对立面的批判和冲击；一些已经实现的两派联合又出现松动或分裂，相互算旧账；有些单位领导班子中军队干部与地方干部、挨整干部和整人干部以及新老干部之间的矛盾开始激化；许多在运动中被关、押、审查的人把矛头指向那些运动中的骨干分子；有些领导干部或是捂盖子、转移方向，或是对工作撒手不管，躺倒不干，等等。上述种种不稳定因素，又导致一些工厂停工停产，一些地区又出现某种混乱局面。

中央及时发现了这些问题，并采取了相应的措施。1971年11月至1973年上半年间，党中央分别召集武汉地区、成都地区、陕西、兰州军区、新疆自治区、浙江、四川、贵州、江西、湖南、广州军区、河南、山东、甘肃、宁夏、青海、海军等省、自治区负责人及驻军负责人、军兵种负责人举行座谈会、汇报会，及在本地区召开各自的工作会议，提出问题，解决矛盾。毛泽东亲自接见了一些会议的代表，并作了重要指示。周恩来、叶剑英、李德生、李先念、华国锋、汪东兴及张春桥、王洪文等分别参与一些会议。帮助统一认识、解决问题、清理清查与林彪集团有关的人和事及调整领导班子。在此基础上，中央批转了浙江、四川、江西、山东等省开展批林整风运动的汇报材料，用以指导全国的运动。

党中央的这些措施，比较稳妥地解决了一些省、自治区及军兵种领导班子中存在的问题，在影响本地区、本部门的一些重要问题上统一了认识，制止了派性，促进了团结，避免了因林彪事件、派性斗争可能导致的较大反复，稳定了形势。

"批林整风"之初

1971年10月以后，随着林彪反党集团的罪行材料陆续发出并逐步传达到基层，按照毛泽东的思路，全国范围内开始了批林整风运动。但一直到1972年上半年，社会上公开的提法一直是"进行思想和政治路线方面的教育"和"批修整风"。随着批林整风运动的开展，"斗、批、改"实际上已被放到了次要的位置，有的具体内容已经不了了之。

林彪事件对全党全国的震撼是巨大的，它实际上从根本上动摇了人们对"文化大革命"一系列基本理论的看法。"左"倾错误的禁锢松动了，人们开始思考一些以前不曾想或不敢想的问题，全国范围内事实上存在着某种思想解放的可能和愿望。但是，由于"左"的错误的长期影响和巨大惯性，在批林整风运动之初，基本上还是按照"继续革命"的思路来总结与林彪集团斗争的经验教训，进行批判林彪的斗争的。1971年12月11日发出的《粉碎林陈反党集团反革命政变的斗争（材料之一）》的前言中说："在伟大领袖毛主席亲自发动和领导的无产阶级文化大革命运动中，继揭露以刘少奇为头子的资产阶级司令部之后，又揭露了阴谋反革命政变的林彪陈伯达反党集团，除了这一害。这对于巩固我国的无产阶级专政，防止资本主义复辟，具有伟大的深远的意义。这对于帝、修、反是最大的一次打击，这是我国无产阶级专政和全国人民的伟大胜利，是毛泽东思想和毛主席无产阶级革命路线的伟大胜利。"按照这样的逻辑，林彪事件的发生反而成为"文化大革命"的又一

伟大胜利，成为"继续革命"理论正确性的又一标志。显然，这种理论既不能真正总结林彪事件的教训，也不能说服广大人民群众，而只能在批林整风运动初期引发许多无法自圆其说的矛盾。

批林整风运动刚刚开始时，许多地方纷纷反映，虽然广大干部群众对林彪集团的罪行非常痛恨，但感到批深批透林彪的谬论并不容易，特别是从理论上进行批判更感到吃力，林彪的"罪行好批，谬论难驳"，同林彪的"政治界限好划，思想界限难分"。一些地方反映，干部群众中的主要思想障碍，一是不敢批，"怕批错了，批了正确的思想不好办"，希望等待上级表态，等待别人的经验；二是不好批，"林彪以谣言和诡辩冒充马列主义、毛泽东思想，群众感到真假难分"。某地反映，《解放军报》1971年11月11日在报道中批判了看书学习中的实用主义、教条主义和形式主义，当地群众感到这与"文化大革命"初期曾经批判过的刘少奇的言论一样，这样批林"反而又证明刘少奇的话对了"。1972年初，某市一机局举办三百多人的大批判骨干学习班，提出要批判林彪的"政治业务关系上的诡辩论"。大家都认为这个问题很重要，但发言时，却没有一个人敢碰这个题目。

1972年1月中央将《"571工程"纪要》下发后，许多地方的干部都存在着畏难情绪，认为《纪要》"毒性太大"、"欺骗性太大"，担心"原原本本地传达，群众识别不了，听了会引起混乱"，"起副作用"。各地普遍反映遇到了几个共同的"难点"、"难题"。如《纪要》中攻击干部下放、知识青年上山下乡和"工资冻结"等三个"变相"，是不是说到了我们的短处，利用了我们的黑暗面？钢铁十年徘徊与国民经济十年

停滞不前是不是一样？怎样批判《纪要》中所说红卫兵"被利用"、"当炮灰""变成替罪羔羊"等问题？另一方面，广大干部群众所了解的林彪的言论，大多数是他在"文化大革命"中狂热鼓吹个人崇拜和颂扬"文化大革命"的，要从这样一些方面批林，很容易引发人们对"文化大革命"的怀疑和不满。

针对这些情况，各地在组织传达文件时，都采取了审慎的态度，领导带头宣讲，培训宣讲骨干，严格规定讨论范围,等等。为了使群众在学习、批判中不去触及那些显而易见的敏感、尖锐的现实问题，各地都事先罗列出若干批林的重点。山西省提出要批判林彪的五个论点："天才"的先验论、"小节无害论"、"精神绝对论"、"马克思主义过时论"、"顶峰论"，等等。贵州提出的批判重点是：把学习毛主席著作同学习马列著作割裂开来、对立起来；"天才论"和唯心论的先验论；形而上学和绝对化；实用主义和形式主义；阶级斗争熄灭论、地主资产阶级的人性论；空头政治和繁琐哲学；关于接班人的"黑三条"，等等。1972年2月北京市委举办的批判《"571工程"纪要》学习班上，归纳集中批判的主要问题有：阴谋陷害和恶毒攻击伟大领袖毛主席；全面否定我国社会主义制度和无产阶级专政；颠倒我党我国的革命历史；歪曲国内外的大好形势；攻击无产阶级文化大革命的各项政策；挑拨党、政、军、民的关系；歪曲无产阶级专政下继续革命的伟大理论；推行联苏联美反华反共的反革命外交路线；施展反革命两面派和法西斯手段；顽固坚持地主资产阶级的反动立场和唯心主义的先验论,等等。

诸如此类的专题批判虽然回避了一些本应回答的关键问题，罗列了一些不得要领甚至

自相矛盾的题目，但毕竟也程度不同地接触了林彪集团的一些实质性的问题。由于批林整风既要批林又不能触及"文化大革命"，既要群众广泛参与又不得不回避许多群众所关心的问题，这种深刻的内在矛盾，很快就在干部群众中造成了一种普遍的"路线斗争不可知"的消极心理，认为"该批的都批了，没啥好批的了"。

按照毛泽东的要求，批林与联系实际要和整风结合起来，也就是要与思想和政治路线方面的教育结合起来，与解决本地区、本部门的具体问题结合起来。但是，由于对林彪事件的实质采取回避态度或含糊不清、语焉不详，加上当时普遍的阶级斗争扩大化气氛，这种整风又往往导致了扩大化的后果。一些地方反映，由于对批林这个重点掌握不牢，对两类矛盾区别不严，在联系实际批判的过程中，出现了无限上纲和乱抓"小林彪"的现象。在一些政策水平低的基层，批林整风更是五花八门，屡屡出现把矛头指向基层干部和群众的倾向。某地确定批林整风联系实际的重点是批判资本主义倾向，结果一些县、社又在农村批了"搞副业单干"，"私人开荒"、"多分自留地"等等，而对平均主义，"一平二调"、"割私有制尾巴"等却一点也没接触。某生产大队在批判林彪的"五一八讲话"时，上批下联，把一个工作作风有缺点的生产队长当作"权力中心论"的靶子来批判。一些社队又发动群众清理财务，搞经济退赔，一些农村基层干部怕在整风中挨整，或"等着挨整"。在城市和工矿企业，整风往往又引发了领导班子中的派性争斗，或是群众要批领导的"瞎指挥"，领导要批群众的"无政府主义"，一些地方对"支左"干部提出了激烈批评。

为了解决这些矛盾，领导部门一再强调

要把批林放在首位，要注意区分两类矛盾，不要互相指责互相攻击，不要"打横炮"，不要层层揪"代理人"，不要把矛头指向人民解放军，等等。这些措施虽然在一定程度上制止了扩大化的倾向，但它同时又使批林所要联系的实际更加空泛和难以捉摸。各地普遍反映，对批林与整风如何结合、批林如何联系实际难以掌握。批林整风运动初期，在当时各种文件所确定的范围之内，在不能触及"文化大革命"根本错误的前提下的"批林"，其结果只能如此：要么是新一轮的扩大化，要么就是形式主义的表面文章。

但是，与这种倾向同时存在着的另一种倾向，即把批林与清算极左思潮，纠正"左"的错误结合起来的倾向，也正在发展，尽管它当时还处于次要的位置。"九一三事件"后，深受动乱、武斗、阶级斗争扩大化之苦的广大干部和群众，仅仅是凭着他们的本能和直觉，便会自然而然地将林彪集团与"文化大革命"中泛滥的极左思潮联系起来。这不仅是因为林彪等人在"文化大革命"中最"革命"、最极端的表演，而且也是因为"文化大革命"的发展，已经把它的真实性质越来越清楚地暴露在众人面前了。在批林整风初期，已经有不少人不是根据文件所定下的调子，而是根据自己的经验和判断，开始批判极左思潮了。这一倾向在周恩来的支持和引导之下，在1972年下半年间发展成为批林整风运动的主流。

1972年5月21日至6月23日，党中央在北京召开了批林整风汇报会，召开这次会议的目的，是为了总结和交流这一时期的经验，以利于进一步揭发和批判林彪反党集团的罪行，深入开展批林整风运动，使全党团结起来，争取更大的胜利。与会人员中有中央各部门、各省、市、自治区和各军兵种负责人312人。

5月21日，周恩来在会议第一天的讲话中，传达了毛泽东对开好这次会议的指示，宣布了会议的议程、内容和学习文件。经毛泽东和中央政治局确定的会议文件有：《九届二中全会公报和九届二中全会以来毛主席的文章、批示和重要谈话》(共十二件)、九届二中全会以来中央的有关文件(共两本)、《粉碎林陈反党集团反革命政变的斗争 (材料之三)》、《关于国民党反共分子、托派、叛徒、特务、修正主义分子陈伯达的反革命历史罪行的审查报告》和陈伯达的历史罪证，毛泽东1966年7月8日致江青的信，等等。会议的参阅文件有批判林彪反革命修正主义军事路线的罪行材料、朱德等九位老同志的书面揭发材料、李力群对林彪的揭发材料、林彪的《论短促突击》，关于中苏关系的十一个问题，等等。

周恩来在讲话中指出："九届二中全会以后，主席的一系列措施，都是教育一批干部，还要保林，使他自己知道那个错误的严重，在九届二中全会上也是如此。但"九一三事件"把这个问题真相揭穿了，头子就是林彪，而不是林、陈，不像高饶联盟那样。林彪搞的是阴谋活动，他反党、反主席的思想是长期存在的。"①他又指出，这次斗争，主要矛头就是要批判、揭露、粉碎林彪这个反革命集团，教育大批干部，团结大批干部。这是批林整风的一个精神。

自"文化大革命"以来一直受林彪、江青等人打击、排挤的朱德元帅也出席了这次会议。他在5月25日的发言中说："林彪是自我暴露的。他是有组织、有计划、有纲领地搞反革命政变，妄图谋害毛泽东主席另立中央，我们党是

 1966 1976

①《共和国史记》第三卷(下)，吉林人民出版社，1996年版，第526～527页。

有经验、有力量的党，他是决不会成功的。"他还深情地说："我好几年没有和军队的同志在一起开会了，现在我还能看到大家，看到我们的军队还是好军队，心情很愉快，很高兴。"①

在会议所列文件中，毛泽东1966年7月8日给江青的信被当作是"最重要的一篇"。这封写于"文化大革命"初期的私人信件，在此之前只有两三人知晓。在信中，毛泽东表示了对林彪1966年5月18日有关政变和个人崇拜讲话的不满和不安。"他是专讲政变问题的"，"这个问题，像他这样讲在过去还没有过"。"他的一些提法，我总感觉不安。我历来不相信，我那几本小书，有那样大的神通，现在经他一吹，全党全国都吹起来了，真是王婆卖瓜，自卖自夸，我是被他们逼上梁山的，看来不同意他们不行了。""我猜他们的本意，为了打鬼，借助钟馗。我就在20世纪60年代当了共产党的钟馗了。"江青在参加华东组、中南组讨论时，俨然以最权威的身份解释、宣讲毛泽东的这封信，说林彪从当抗大校长至当国防部长，就一直搞山头、结死党、搞阴谋诡计，而毛泽东则早就看出林彪"不是马克思主义者"，这显然是难以令人信服的。毛泽东同意在这次会议上公布这封信，除证明林彪远非一贯正确外，更重要的，似乎在于说明他对林彪等人早有觉察。但这种做法并没有收到预期的效果，它不仅没有消除反而增加了人们的疑问。

在分组讨论中，代表们还在学习文件的基础上，揭发批判了林彪反党集团的罪行，交流了各自批林整风的做法和经验，汇报了对下一阶段运动的设想，同时也向中央提出了一些理论和政策方面的问题。从6月10日起，按照毛泽东的要求，周恩来连续用三个半天在全体会议上

作了题为《对我们党在新民主主义革命阶段六次路线斗争的个人认识》的讲话。讲话中，他从回顾党的历史的角度，检查了自己在一些"路线斗争"中所犯的错误，以自己的历史经验告诫大家不要重犯我党历史上的错误。他还以一个亲历者的身份，客观、深刻地陈述、剖析了林彪在新民主主义革命各个阶段的言行。6月23日，根据毛泽东的指示，周恩来在结束会上作了题为《关于国民党造谣污蔑地登载所谓"伍豪事件"的真相》的报告，中共中央又发出文件予以说明，并附若干原始材料传达至高级干部。毛泽东当时说，这样做的用意是：让党内高级干部了解事情真相，不允许任何人今后在这个问题上诬陷周恩来。②

中央批林整风汇报会一方面比较系统地揭发、批判了林彪集团，一方面回避了对极左思潮的清算，把粉碎林彪集团的斗争作为"文化大革命"的又一伟大胜利。会议结束后，7月上旬至8月上旬，各省、市、自治区都召开了各自的批林整风会议，传达中央会议的精神，学习文件，联系各自的实际，清理思想，总结经验，解剖自己。按照中央要求，这些会议研究、部署了下半年的工作，要求各级党委都要把批林整风当作头等大事来抓，重点要搞好批林，在此基础上搞好整风，要加强党的一元化领导，反对山头主义、宗派主义，等等。

总的来看，1972年5、6月间召开的批林整风汇报会虽然比较系统地揭露了林彪集团的罪行，但主要还是在"左"的错误的框框里做着既难于被群众接受，又实在难于深入下去的批林文章。而在当时，已经有许多地区和部门明确地提出要"认真批判林彪煽动极左思潮的罪行"、"当前主要是克服极左思潮的干扰"一类

---

① 《朱德年谱》，人民出版社，1986年版，第554页。
② 《共和国史记》第三卷（下），吉林人民出版社，1996年版，第748页。

的任务。在周恩来的领导和支持下，这种真正反映群众要求和历史发展方向的倾向很快就突破了批林整风汇报会所规定的范围，成为批林整风运动的主流。

二、毛泽东的反思和变化

对极左思潮更加厌恶

毛泽东是一个习惯并善于从历史中汲取经验教训的革命领袖。"九一三事件"后，尽管当时党内文件仍把林彪集团的覆灭当成是"文化大革命"的又一个"伟大胜利"，但毛泽东的心里还是有数的。1971年11月，在一次谈话中，在讲到曾经担任过林彪警卫工作的部队觉得自己脸上无光时，他说，要说无光，是中央脸上无光，也是整个党无光嘛，哪是一部分人脸上无光。

林彪事件的发生，使毛泽东在思想上、精神上受到了很大的刺激，也使他有可能从一些新的角度重视审视历史。这种反思使他进一步放弃了几年前对"文化大革命"那种热情洋溢的赞扬和肯定。虽然还没有放弃"继续革命"的理论，也不可能从整体上纠正"文化大革命"的错误，但他也确实已经觉察到了"文化大革命"所造成的一些严重问题，以及"继续革命"理论的一些明显漏洞，并在他认为可能的范围之内，着手纠正一些错误。

林彪事件的发生，使毛泽东进一步加深了对极左思潮的不满。"文化大革命"发动之初，他曾对红卫兵和造反派一些偏激、过头的言行采取了宽容、理解甚至支持的态度。但在1967年"天下大乱"到了几乎失控的时候，他又对极

左思潮提出了严肃的批评，并对"王、关、戚"等人采取了断然措施。在此之后，毛泽东还不时批评过极左思潮，甚至把它归结为"五一六"反革命集团的阴谋活动。在毛泽东决心削弱林彪集团的时候，他所选定的主要突破口，便是林彪等人煽动极左思潮、鼓吹个人崇拜的言行。"九一三事件"后，毛泽东更是把极左思潮的表现和破坏与林彪集团直接等同起来。与以往略有不同的是，这种批判有时已超出了极左思潮的范围，而对"文化大革命"乃至"文化大革命"以前的"左"的错误也有所触及。

1971年10月4日，毛泽东在接见军委办公会议成员时，批评了林彪主持军委工作以来搞的形式主义。他说："'四好运动'搞形式主义，把部门作风带坏了，要改变。""军队训练也有形式主义，军队要严格训练、严格要求才能打仗"，"现在搞空的东西多了"。这些批评虽然还说不上尖锐、中肯，但对毛泽东来说，却已经是很大的变化了。1972年6月8日，毛泽东在会见外宾时说："我们的'左派'是什么一些人呢？就是火烧英国代办处的那些人，今天要打倒总理，明天要打倒陈毅，后天要打倒叶剑英。这些所谓左派现在都在班房里头。""这些所谓左派，其实就是反革命"，"总后台的人现在也过去了，叫林彪"。毛泽东的这些话虽然有其牵强的一面，但他因批林而表现出来的对极左思潮的强烈不满及转向较为务实方面的变化也是明显的。

"向同志们做点自我批评"

对极左思潮的憎恶，使毛泽东在思想感情上与党内一大批老干部接近起来，这是"九一

毛泽东时代的中国
MAOZEDONGSHIDAIDEZHONGGUO

1966

1976

三事件"后他的一个突出变化。1971年11月14日，毛泽东在接见成都地区座谈会的同志时，对曾经使他"震怒"的所谓"二月逆流"采取了基本肯定的态度。他说："'二月逆流'是什么性质？是他们对付林彪、陈伯达、王、关、戚。那个王、关、戚，'五一六'，要打倒一切，包括总理、老帅。老帅们就有气嘛，发点牢骚。他们是在党的会议上，公开的，大闹怀仁堂嘛！缺点是有的，你们吵了一下也是可以的。同我来讲就好。那时候我们也搞不清楚，王、关、戚还没有暴露出来。有些问题要好多年才搞清楚。"在这里，毛泽东实际上正式地为"二月逆流"平了反，并做了某种形式的自我批评。

1972年初，陈毅病危期间，毛泽东特意派周恩来、叶剑英去看望陈毅，并转达他为"二月逆流"平反的意见。他表示，"二月逆流"经过时间的考验，根本没有这个事，不要再讲"二月逆流"了。1972年1月6日，陈毅逝世。1月10日，毛泽东不顾自己仍在病中，冒着严寒参加了追悼会。在追悼会上，他对陈毅夫人张茜说："陈毅同志是一个好人，是一个好同志，陈毅同志是立了功劳的。他为中国革命、世界革命做出了贡献，这已经做了结论嘛。""陈毅同志是执行中央路线的"，"是能团结人的"。"陈毅同志和我有过几次争论，那个不要紧嘛。"他还说："要是林彪的阴谋搞成了，是要把我们这些老人都搞掉的。"毛泽东的这一举动，既出于对老战友的悼念，对自己过去误解的追悔，也有一种为"二月逆流"公开平反的姿态。这一举动立即在全国引起了强烈反响，为解脱那些在"文化大革命"中受到各

◆毛泽东1972年1月10日在陈毅的追悼会上。

种冲击的老干部并大胆地使用他们，创造了十分有利的条件。石家庄车辆厂①广大干部群众说，这样隆重的葬礼是建国以来少有的。毛主席和这么多的中央首长参加，首先说明毛主席对历史上有过功劳的老干部关心、爱护和重视，是对死者的安慰，对健在的老同志的鼓励，也是对林陈集团"打击一大片，保护一小撮"的批判。

"九一三事件"后，许多老同志给毛泽东和党中央写信。在揭发和批判林彪集团的同时，也反映了各自所受的不公正待遇，希望能出来工作或结束审查与家人团聚、改善生活。毛泽

① 1969年10月至1970年9月，陈毅曾在该厂"蹲点调查研究"。

东对其中许多信件作了批复,有的明确表示同意解除审查、出来工作,有的虽然未置可否,但在当时条件下,也容易被理解为同意申诉人的意见。1972年1月,一位老同志从江西一"五七干校"写信给毛泽东、周恩来。一面揭发、批判林彪的罪行,一面说明自己虽已经结束审查,但却迟迟未予解放和恢复组织生活。信中写道:南昌起义失败后,与党失去联系两个月,后找到党,感到很温暖,而现在却一连五年没过党的生活。一个年逾花甲的老战士,究竟还有几个五年。我回想起土地革命时期扩大几个新兵,我们都高兴地说:"又多了几个新同志呵!"而我一靠边就是五年……毛泽东在信上批示认为,应当恢复党籍,并给予适当工作。

1972年1月29日,毛泽东在吴冷西来信上批示"欢迎进步"。同年3月5日,他又在苏振华来信上批示:"此人似可解放了。"3月25日,毛泽东在杨成武女儿来信上作出批示。来信说:杨成武是忠于毛主席的,他受了林彪、陈伯达、叶群的政治陷害,要求让杨到实际阶级斗争中去接受考验。毛泽东在批示中说:此案处理可能有错,当时听了林彪一面之词。6月28日,毛泽东在贺诚来信上批示:"贺诚同志来信请中央处理。我意应给予工作。"7月29日,他在廖汉生家属来信上批示:"我看廖汉生和杨勇一样是无辜的,都是未经中央讨论,被林彪指使个别人整下去的。"8月11日,他在林枫家属来信摘要上批示:"我意放他出来治病。林枫问题过去没弄清楚,有些证据不足,办案人员似有一些逼供信。"11月4日、12月5日,他又在反映原马列主义研究院秘书长柴沫因受迫害被迫自杀情况的两件来信摘报上批示"似不应除名(逼死了人,还要开除吗?)"[1]在

这一段时间里,他还先后在李卓然、何长工、白坚、李克如、刘建章、许涤新、范长江、江一真、李一夫、王稼祥、谭震林、李一氓、舒同、林铁、谭政、叶飞、郭化若、罗瑞卿等人的来信或情况反映上作了批示,或直接同意他们的要求,或请政治局讨论。

1972年7月21日,陈云致信毛泽东与中共中央,反映他在江西南昌下放的情况,希望党中央根据他的身体状况,分配给他力所能及的工作。毛泽东批示:"请中央商定。我看都可以同意。"此后不久,根据周恩来的安排,陈云参加了国务院业务组的工作,考虑和筹划经济特别是外贸方面的一些重大方针政策。当年7月31日,陈云出席了庆祝"八一建军节"招待会,在社会上引起了广泛的影响。

1972年8月14日,毛泽东在邓小平8月3日来信上做了重要批示。批示中,他一方面认为邓小平"所犯错误是严重的",另一方面又指出"应与刘少奇加以区别"。他在列举了邓在历史上的功绩之后,又说:"这些事我过去讲过多次,现在再说一遍。"这个批示突出地反映了毛泽东当时思想认识上的两重性,一方面,他仍然在全局上坚持"文化大革命"的错误,所以他还是认为邓"犯了严重错误",在刘少奇问题上仍未有一点松动;另一方面,他又肯定了邓的历史,对邓迟迟未能出来工作表示了某种不满。在邓小平问题上的这种变化,起码是对"文化大革命"初期所谓"刘邓路线"或"资产阶级反动路线"之类提法的部分否定。

在毛泽东的支持下,周恩来等因势利导,在不长的时间里,还使谭震林、苏振华、杨成武、林枫、张执一等许多老同志或解除审查,分配工作或改善了生活待遇。

① 《建国以来毛泽东文稿》第十三册,中央文献出版社 1998 年版,第 286、290、294、301、302、307 页。

中央一级老干部的解放和复出，对省、市级乃至基层，产生了巨大的示范效应。许多领导机关都比较自觉地把落实干部政策与批判林彪结合起来，当作批林整风的一项重要内容。1972年间，从中央到地方，一大批领导干部被落实政策，重新走上领导岗位。这对于恢复正常的生产、工作秩序，进一步限制造反派的势力，遏制江青集团的破坏，发挥了重要作用。通过林彪事件改变了"文化大革命"初期对干部队伍的严重错误估计，这是毛泽东在"文化大革命"中一个重要的、明显的变化。1973年后，尽管毛泽东对批林整风运动中明显发展起来的纠"左"倾向表示了严重的不满，并断定林彪的实质是"极右"，但他仍未停止落实干部政策的步伐。1973年11月20日，毛泽东在罗瑞卿来信上批示，同意解除对罗的关押。①12月21日，他在同参加中央军委会议的同志谈话时，明确地表示要对"文化大革命"中一些领导同志的冤案承担责任，要作自我批评。他提出要给贺龙、"杨、余、傅"和罗瑞卿平反，并坦率地承认有几次听了林彪的一面之辞，所以要"向同志们做点自我批评"。

"九一三事件"后，在全局上仍然坚持"文化大革命"错误的前提下，在某些具体的问题上，毛泽东的认识也发生了一些比较明显的变化。毛泽东的这些变化是有限的，但也是十分重要的。这种变化的重要性更多地表现在它提供了一种可能，使得党内健康力量能够利用这种变化及其他一些方面的有利条件，展开批判极左思潮和纠正某些"左"的错误的斗争，尽管这种斗争在不少方面已经超出了毛泽东的初衷。

三、周恩来领导的 1972 年整顿

周恩来反对极左思潮的一贯立场

林彪事件后，在毛泽东的支持下，周恩来主持党中央的日常工作。1972年间，周恩来充分地利用了毛泽东认识上的积极变化，以其敏锐的观察力、高超的领导艺术和细致入微的工作作风，抓住时机，适时地把批林整风引导到批判极左思潮、纠正"左"的错误、对各项工作整顿的方向。

"文化大革命"发生以后，周恩来一直在可能的范围之内，为抑制极左思潮的泛滥、减轻"文化大革命"所造成的损失殚精竭虑，不懈努力。在1967年的夺权高潮中，周恩来就多次用"极左倾向"、"极左行动"、"极端民主化"及"反动的社会思潮"等用语，批评社会上的种种极端言行。到1968年，他已经明确、正式地提出要"反对极左思潮"②。1969年，他在谈及内蒙古清队扩大化问题时指出：一些领导人之所以在对敌斗争中屡犯"扩大化错误"，都由于估计形势错误，犯了政策上极左错误而来。九大期间，他鲜明地指出："二十年来，毛主席的红线还是主要的，不能否定一切"，"有些人要把一切制度砸烂，这是极左思潮。"③

1970年6月29日至9月2日，周恩来对新华社工作中的一些极左做法多次提出批评。6月29日，他针对报道中给外国人的评论随便加题目批了"妄评"字眼，指示说：毛主席交待过，《参考资料》不要自己标标题，原来怎么标就怎么标，让读者自己判断。8月1日，周恩来在一次外事活动中，批评新华社说："你们写的稿子，还是老一套，不敢创新，不能打破旧框框"，"你们写的消

①《建国以来毛泽东文稿》第十三册，中央文献出版社1998年版，第366页。
②1968年5月16日周恩来在中共中央、国务院、中央军委、中央文革小组对《全国铁路交通会议决议》的指示（草案）上加的话。
③《周恩来选集》（下），人民出版社，1984年版，第462页。

息不生动活泼,没有人愿意看。西方记者写的消息就很活泼,你们可以学习一下嘛!"9月2日,周恩来再次对新华社工作中的一些极左做法提出批评。他说:《参考资料》是否有必要每天登一条毛主席语录?第一看的人不多;第二针对性很难办。经过研究,并请示了毛主席,以后《参考资料》首页上不再登语录。《国际共运参考资料》上也不要登。周恩来的这一系列指示,对扭转新闻报道中受极左思潮影响出现的形式主义、浮夸等做法,起到了重要作用。①

1970年7月31日,国务院给煤炭工业部发出关于张霖之问题的《通知》。这个由周恩来起草的《通知》说:国务院业务组于1970年7月31日召开的会议上,审查了煤炭部军代表当年5月、7月的两个报告及一些相关报告和材料,大家一致认为张霖之同志的历史是清楚的,因受到戚本禹等的严重迫害身亡,应按人民内部矛盾处理,其家属及子女不受任何牵连,应按革命干部家属看待。②张霖之是"文化大革命"初期因受江青等人迫害而惨死的高级干部,周恩来对此十分痛惜。1970年间,尽管林彪、江青等煽动的极左思潮还有很大影响,但只要稍有松动,周恩来便开始提出落实干部政策的问题。而且,这种落实政策本身,就是对"文化大革命"初期大规模打击、迫害干部的否定,也是对"文化大革命"的某种否定。

1970年9月,周恩来在同文化部门负责人的谈话中,针对当时因人废文,没有书看的情况,提出"要有点辩证法","克服形而上学片面性","不要一听封建主义、资本主义就气炸了"。③同年11月,他又几次就外语教学发表谈话,要求提高外语教学的质量,提倡多练、苦练基本功,强

调"不但要有政治水平,同时要有较高的文化水平"。他说:"现在的中学英语课本,只有政治词汇,没有生活词汇,实在不适用,应当修改。政治语言和生活语言可以一并学,实际上也不能分。北大英语教材有一个问句:'你出身工人家庭吗?'这个问题局限性太大,难道除此之外就没有别的出身?"他要求"不但要有政治水平,同时要有较高的文化水平。没有基本功和丰富的知识不行。基本功包括三个方面:政治思想、语言本身和各种文化知识"。他还特别提出:"俄文为什么丢掉呢?一旦需要,量是很大的。"④与此同时,他还亲自部署外事部门批判极左思潮的工作。他批评外事部门"批判极左思潮总是不得力",一再指示我驻外领事馆中"如有极左分子应迅速调回"⑤,要求对外宣传中"不能把无产阶级文化大革命输出,否则要犯大国沙文主义的错误"。

1971年至1972年上半年,周恩来在相继召开的一系列专业会议上,几乎是逢会必讲反对极左思潮的问题。1970年12月3日,周恩来在国务院业务组会议上严厉批评谢富治说,公安部割断与地方公安机关的联系后,关门不管事,上下也不通气,甚至四年公安部没开会,是非常错误的;要赶快筹备召开公安会议,研究安排工作。当年12月11日至次年2月11日,公安部召开第十五次全国公安会议。1971年2月初,在第十五次全国公安会议上,周恩来根据毛泽东关于"对公安工作要一分为二"的指示,明确宣布在公安战线上,十七年是毛主席的革命路线占主导地位,绝大多数公安干警是好的和比较好的。他说:我们是历史唯物主义者,决不能拿现在的眼光去否定过去的历史。他说:"不能说

①《共和国史记》第三卷(下),吉林人民出版社,1996年版,第565页。
②《共和国史记》第三卷(下),吉林人民出版社,1996年版,第575页。
③《周恩来选集》(下),人民出版社,1984年版,第467页。
④《周恩来选集》(下),人民出版社,1984年版,第469页。
⑤《周恩来选集》(下),人民出版社,1984年版,第471页。

'文化大革命'以前是黑线统治着，这种说法简直是不可想象，等于否认毛主席的领导，否定毛主席的革命路线。""全国不能这样讲，一个省不能这样讲，一个公安厅也不能这样讲。"

同年4月12日，周恩来在接见全国出版工作座谈会领导小组成员时说："现在书店里中国和外国的历史书都没有。不出历史、地理书籍，是个大缺点。马克思主义的三个组成部分都是从资产阶级的或受唯心史观限制的学说发展来的。不讲历史、割断历史怎么行呢？""应该选择一些旧的书籍给青少年批判地读，使他们知道历史是怎么发展来的。""知识面越来越窄，这不行，不能不讲历史，割断历史"，"否定一切，不一分为二，这是极左思潮，不是毛泽东思想"。针对封存《鲁迅全集》的做法，他说："一面说青年没书读，一面又不给他们书读，就是不相信青年人能判断。无怪现在没有书读了，这完全是思想垄断，不是社会主义民主。"他强调："现在要出一批书，要广开言路。"①

1971年4、5、6月间，周恩来又分别在国家旅游、援外会议，全国外事工作会议及中央工作会议上，对极左思潮在各方面的表现提出了严厉的批评。他说，在无产阶级文化大革命中，现在是应该开门的时候了。他反对那种把"文化大革命"前十七年的外交路线说成是"修正主义路线"的说法，不赞成把"帝、修、反"的口号到处搬用。他对一些对极左思潮批判不力的部门提出严肃的批评："一直到现在我们总说批判极左思潮不彻底，不敢大胆批评，包括我们中央许多部门，一直到现在还有。你不把极左思潮肃清，你怎么能掌握正确政策呢？"

1971年5月10日，周恩来出席全国教育工作会议小组会时，在谈到一些党史人物和事件时说：陈独秀对建党有功，不能抹煞；南昌起义方向是对的，但路线、政策上有错误。讲话中，他对朱德率部上井冈山、长征途中叶剑英反对张国焘分裂、陈毅主张发展新四军作了肯定的评价。在着重说到党内"左"倾盲动主义错误造成的危害时，强调：现在世界上也存在一股极左思潮。②

1971年5月30日和31日，周恩来在全国外事工作会议上的讲话中，批评"文化大革命"中我们同许多国家几乎中断了来往，许多方面的活动停止了。他提出，现在的外事工作要有所变化，（外国人）不仅是左派、中间派要来，右派也要来一点，这就需要我们适应新的形势。关于建国后外交工作的评价，他说：我不同意那种极左思潮的说法，好像我国外交路线也是修正主义的路线。关于对外宣传方面的问题，他指出，现在存在两种倾向：一种是自吹自擂，使用不适当的语言、夸大的语言强加于人；另一种是缩手缩脚。这两种倾向有一个特点，都是不实事求是。在谈到"文化大革命"中各项事业受影响、被破坏的情况时，他说：这些事情为什么不能跟人家说？这几年我们出版的东西少了，要补上来；文艺方面除八个样板戏外，只要内容是健康的、革命的，形式不是萎靡的、庸俗的，就要允许人家尝试。他还说：我们不赞成把"苏修"这两个字到处搬用，把东欧一些国家都叫"修字号"，都给加上标签。③

1971年6月11日，在接见国家体委负责人及中国乒乓球代表团全体成员时，周恩来说：体工队不能完全照连队的管法，训练时间不能太少，运动员政治学习时间不一定要比训练时间多，要实事求是，不要搞形式主义。政治挂帅，还要认真练。他提出：要从乒乓球队开始，学习英文和国际知识。④7月，周恩来在修改国

①《周恩来年谱（1949～1976）》下卷，中央文献出版社，1997年版，第451页。
②《周恩来年谱（1949～1976）》下卷，中央文献出版社，1997年版，第456页。
③《周恩来年谱（1949～1976）》下卷，中央文献出版社，1997年版，第460页。
④《周恩来年谱（1949～1976）》下卷，中央文献出版社，1997年版，第462页。

家体委的一份报告中指出，建国后体育战线"毛主席的革命路线在广大群众和多数干部中还是占了主导地位的，成绩是主要的"①。

1971年7月6日，他在接见全国教育工作会议领导小组成员时，针对会议上关于前十七年教育工作估计的争论，指出："毛主席的红线也是照耀了教育战线的"。"知识分子的大多数是接受共产党领导的，是为社会主义服务的"，"对教师队伍和解放后培养的学生要作具体分析，要辩证地看问题"。会议期间，他还向各地、各部门主管教育工作的负责人作了一次党的历史问题的报告，详细叙述了党在民主革命时期所犯的几次"左"倾错误，说明长期以来党吃了"左"的大亏。

当年8月26日，周恩来会见墨西哥客人。在谈到"中国是世界革命中心"的提法时，他说：毛主席从未这样讲过，也不赞成这一说法。别人把中国叫成是"世界革命中心"，我们不能负责。中国极左分子这样说，我们不赞成。②

"文化大革命"以来，周恩来一直坚持在各个领域里批判极左思潮，在一些问题上，他实际上是通过这种当时尚能被接受的形式，曲折、间接地对"左"的错误提出了批评。周恩来的这些努力，减少了"文化大革命"所造成的破坏，得到了广大干部、群众的衷心拥护。尽管他也不可避免地存在着一些历史局限性，但是，对他来说，不存在从全局上维护"文化大革命"的问题。所以，他对极左思潮的批判更为彻底，甚至成为一种反对"左"的错误的特殊方式。"九一三事件"后，周恩来抓住有利时机，在一个更高的层次上和更广阔的范围里，开展了对极左思潮的斗争。

排除各种障碍，落实干部政策

在"全面夺取"的高潮中，大批各级领导干部被打倒。这是"左"的错误发展的内在需要，更是林彪、江青集团煽动极左思潮的结果。1968年下半年以后，落实干部政策的工作虽然一直在进行，但由于林彪、江青集团的阻挠、破坏以及极左思潮的影响，这项工作一直困难重重，步履蹒跚。

"九一三事件"后，周恩来抓住批判极左思潮呼声高涨的有利时机，以其高超的斗争艺术和周到细致的工作作风，大大加快了落实干部政策的过程。1971年10月，林彪事件后仅一个月，周恩来即指示公安部对监狱情况作一次全面调查，并亲自审阅了公安部关于检查情况的报告，严肃批评了看管人员中存在的宁"左"勿右等错误认识。11月12日，周恩来在一份公安部门的报告上，写下了十多条批语，要求改善在押人员的生活环境和医疗条件，提高他们的伙食标准。由于他的亲自干预，使许多一时不能解放仍被监禁的老干部受虐待的情况有所改善。

与此同时，在毛泽东的过问下，周恩来还想方设法使一些老同志解除了囚禁。根据他的指示，卫生部组织北京十大医院，在不到一个月的时间里，为五百余名副部长以上的同志进行体检，对这些老同志进行了及时的治疗和妥善安置。还有不少老同志在他的亲自干预下，获得了自由，重新走上领导岗位。他还有意识地利用各种场合让一些受打击迫害的老干部公开露面，以扩大影响，推动全国各地落实干部政策的工作。对在"文化大革命"中被迫害去世的老同志，周恩来也积极设法挽回损失。

1966

1976

①《周恩来年谱（1949～1976）》下卷，中央文献出版社，1997年版，第472页。
②《周恩来年谱（1949～1976）》下卷，中央文献出版社，1997年版，第477页。

毛泽东
时代的中国
MAOZEDONGSHIDAIDEZHONGGUO

◆ 1969年6月9日,原中央军委副主席、国务院副总理贺龙逝世。图为贺龙生前在广州。

1966

1976

1971年11月,他亲自派人到贵州找到贺龙的夫人薛明,要她将贺龙被林彪集团迫害致死的情况及早报告中央,为党中央给贺龙平反做好准备。革命老人谢觉哉于1971年6月15日去世后,江青等人却一直不准发讣告,不让吊唁,不准送花圈和开追悼会。在周恩来的亲自干预下,《人民日报》上发表了消息,并为谢觉哉举行了隆重的追悼会。

周恩来特别利用毛泽东在干部问题上认识的积极变化,造成强大的舆论力量,压制极左思潮及其鼓吹者。1972年1月,毛泽东亲自参加陈毅追悼会时,周恩来即暗示陈毅家属将毛

关于邓小平属于人民内部矛盾的评价传出,以扩大影响,广造舆论。1月下旬,他在一次谈话中严肃地批评了某地把斗争矛头对准"犯错误"老同志的做法是"犯了方向、路线错误",强调不能混淆两类不同性质的矛盾,"而林彪一伙就是要把邓小平搞成敌我矛盾"。他说,听说有的地方还在讲"二月逆流",现在叶剑英副主席已主持军委工作,对再讲"二月逆流"的话要进行批驳。

1972年4月,鉴于一些老同志因医疗条件所限救治不力而去世,周恩来一方面要求卫生部尽快解决老干部的医疗问题,一面指示《人民日报》起草一篇题为《惩前毖后,治病救人》的社论。社论经他亲自修改后于4月24日发表。这篇社论反复引用毛泽东"惩前毖后,治病救人"、"打击面要小,教育面要宽"、"允许改正错误",以及"对人的处理问题取慎重态度"等语录。社论强调:"要严格区分敌我矛盾和人民内部矛盾这两类不同性质的矛盾。除了极少数混进革命队伍的阶级敌人和屡教不改、不可救药的分子外,对一切犯过错误的同志,不论老干部、新干部,党内的同志、党外的同志,都要按照'团结——批评——团结'的公式,采取教育为主的方针。"社论针对性很强地指出:"经过长期革命斗争锻炼的老干部,是党的宝贵财富","干部还是老中青,老的都靠边站,都是年轻的,不行",要求排除"左"和右的干扰,正确执行党的干部政策。社论发表之后,立即在全国引起广泛的影响。许多省专门就此召开会议,研究讨论落实社论精神。一些报刊发表文章,结合本地实际论述落实干部政策的问题。这篇社论大大推动了落实干部政策工作,成为周恩来1972年落实党的各项政策的一面旗帜。

之后,周恩来抓住机会,加大了落实政策、解放干部的力度。在他的直接领导和干预下,许多在外地"五七干校"参加劳动的老同志被召回北京,获得解放,有的还安排了工作。1972年8月5日,原中央高级党校副校长、第三届全国人大常委会副委员长林枫的子女写信给毛泽东、周恩来,反映尚被关押的林枫的病情,请求尽快"查清"问题,将林放出来治疗休养。8月11日,毛泽东在该信上批示:我意放他出来治病。林枫问题过去没有弄清楚,有些证据不足,办案人员似有一些逼供信。①当晚,周恩来即约有关人员商谈此事。很快,林枫的问题即得到解决。1972年12月,在一次谈话中,毛泽东问到了在"二月逆流"中受到江青等人猛烈攻击的谭震林的情况,周恩来随即将此事向主持中央办公厅的汪东兴转达。当时正在广西桂林"下放"的谭震林得知此事后,于12月26日致信毛泽东,希望回京治病。毛泽东接信后,当即将信批给政治局,表示同意谭的要求。1973年春节后,1967年就被"打倒"的谭震林终于回到北京。

1972年,原铁道部副部长刘建章的妻子刘淑清写信给毛泽东,反映刘建章无辜被捕及在狱中受到迫害。毛泽东在批示中指出:"这种法西斯式的审查方式,是谁人规定的?应一律废除。"根据这个批示,周恩来立即写信给公安部、交通部和国务院办公室负责人,指示将刘建章保外就医,并将刘的全案结论送国务院李先念等批办。信中还提出:"请公安部会同卫戍区将我在国务院当面提出过的要清查北京监狱待遇问题,再在年内做一次彻底清查。凡属毛主席指出的'这种法西斯式的审查方式'和虐待、殴打都需要列举出来,再一次宣布废除,并当着在押犯人公布。如有犯者,当依法惩治,更容许犯人控诉。"②他要求,下达的各项指示办好后,再分别向他汇报。

1972年7月9日,根据周恩来的指示,公安部向中共中央提出《关于公安系统落实干部政策情况和意见的报告》。《报告》建议对应解放的干部抓紧工作,及时解放,原则上都应在公安部门分配适当工作。公安部机关军管已经完成了历史任务,应当予以撤销。党中央批准了这个报告,并转发各地党委督促贯彻执行。到1973年,全国公安机关陆续解放了一批领导干部,调回了一大批业务骨干。③

在毛泽东的支持下,周恩来落实党的干部政策的努力和成就,在恢复邓小平党组织生活及党和国家领导职务的过程中是一显著体现。1972年8月14日,毛泽东在邓小平给他的一封信上作了重要批示,肯定了邓的历史。但因为邓小平毕竟是"文化大革命"初期被打倒的第二号人物,解放起来的难度更大,所以,在毛泽东批示后几个月里,邓小平的问题仍然迟迟不见下文。12月18日,周恩来给纪登奎、汪东兴的信中表示:"邓小平同志一家曾要求做点工作,请你们也考虑一下。主席也曾提过几次。"④在周恩来的主持下,中央政治局认真讨论了毛泽东的批示和邓小平的问题,决定:"恢复邓小平同志的党的组织生活,恢复他的国务院副总理的职务,由国务院分配他担任适当工作。"⑤1973年3月9日,周恩来在给毛泽东的报告中说:"关于恢复邓小平同志的国务院副总理职务问题","政治局认为需要中央作出一个决定,一直发到县团级党委"。毛泽东阅后当即批示"同意"。3月10日,中央政治局正式下发了这个决定。当年12月14日,毛泽东在一次谈话时

1966

1976

①《建国以来毛泽东文稿》,第十三册,中央文献出版社,1998 年版,第 307 页。
②《周恩来选集》(下),人民出版社,1984 年版,第 456~457 页。
③《共和国史记》第三卷(下),吉林人民出版社,1996 年版,第 753 页。
④《周恩来书信选集》,中央文献出版社,1988 年版,第 620 页。
⑤《建国以来毛泽东文稿》,第十三册,中央文献出版社,1998 年版,第 347 页。

说：现在，请了一个军师，叫邓小平。发个通知，当政治局委员，军委委员。政治局是管全部的，党政军民学，东西南北中。我想政治局添一个秘书长吧，你不要这个名义，那就当个参谋长吧。第二天，毛泽东又在一次谈话中重复了这个内容："我们现在请了一位总参谋长"，"我请回来了，政治局请回来了，不是我一个人请回来的。"[1] 12月22日，党中央下发了关于邓小平任中央政治局委员、中央军委委员，参加中央和军委领导工作的决定的通知。1975年1月5日，党中央发出一号文件，任命邓小平为中央军委副主席兼中国人民解放军总参谋长。在1月8日至10日召开的党的十届二中全会上，追认邓小平为中央政治局委员，选举邓小平为中共中央副主席、中央政治局常委。在1975年1月举行的四届人大上，根据中共中央的提议，任命邓小平为国务院副总理。在"文化大革命"那样的环境中，在还无法解决"江青集团"问题的条件下，邓小平的解放和恢复党和国家领导职务，具有极其重要的意义和影响，为最终结束"文化大革命"和引导中国走上改革开放之路准备了具有决定意义的条件。

◆ 1975年1月，邓小平任中共中央副主席、国务院副总理、中央军委副主席兼人民解放军总参谋长。周恩来病重住院期间，邓小平主持党政军日常工作。

①《建国以来毛泽东文稿》，第十三册，中央文献出版社，1998年版，第348页。

由于周恩来等人坚韧不拔的努力和卓有成效的工作,"九一三事件"后,一大批党政军领导干部重新走上重要领导岗位。这些干部的复职,进一步削弱了江青集团的社会基础,增强了党内纠正"文化大革命"错误的健康力量,为最终结束"文化大革命"奠定了政治、组织基础。

批判极左思潮,落实党的经济政策

"九一三事件"之前,周恩来就因势利导,对极左思潮展开了尖锐、深刻、全面的批判,并迅速把这种批判所产生的积极成果,转化为各地区、各部门一系列大规模的调整和整顿,产生了巨大、深远的影响。这一段时间里周恩来等领导全国人民卓有成效的实践,在主观上固然得益于毛泽东认识上的一些积极变化及"九一三事件"在全国人民中产生的某种思想解放作用,在客观上,则是由于"文化大革命"所造成的许多政治上、经济上的矛盾迫切需要采取得力措施加以解决,特别是这些矛盾已经成为1970年出现的经济建设高潮的严重障碍。正因为如此,周恩来等这一阶段批判极左思潮的斗争,首先集中表现在落实党的经济政策和干部政策方面,而且从一开始就与调整和整顿密切相联。

1970年国民经济建设的高潮刚刚兴起,领导班子软弱涣散、一些省市主要领导人领导生产不力、无政府主义、平均主义、瞎指挥盛行、纪律废弛、生产设施和设备失修甚至被毁、空头政治肆虐、体制混乱、几乎没有企业管理、知识和知识分子备受歧视、科学技术工作停滞倒退、各级领导对抓生产疑虑重重等所造成的危害,立即尖锐、严重地暴露出来。这些问题的存

在,本身就是对"文化大革命"的否定。而且,不管人们是否意识到或是否愿意,解决这些问题的过程,客观上不能不是个否定极左思潮和纠正"左"的错误的过程。

为整顿纪律,恢复秩序,批判极左思潮并进行生产动员,在周恩来的主持下,国务院及其所属各部委召开了一系列专业会议。例如:

全国食糖及糖料生产会议(1969.11),全国棉花生产会议(1970.1),全国计划会议(1970.3),全国重点钢铁企业座谈会(1970.5~6),全国电力工业增产节约会议(1970.5~6),北京等五省、市手工业政策座谈会(1970.6),全国水泥工业抓革命、促生产现场会(1970.6),全国日用工业品会议(1970.7),全国轻工业抓革命促生产座谈会(1970.7~8),全国财政银行工作座谈会(1970.7~8),全国商业工作座谈会(1970.7~8),全国对外贸易计划会议(1970.8~10),北方地区农业工作会议(1970.8~10),全国生产建设兵团会议(1970.8~10),国家计委地质局抓革命促生产会议(1970.10~11),第十五次全国公安工作会议(1970.12~1971.2),全国计划会议(1970.12~1971.2),全国棉花、油料、糖料生产会议(1971.3),全国交通工作会议(1971.4),全国旅游工作会议和援外工作会议(1971.4),全国林业工作会议(1971.8)

……

在短短的一年多时间里,国务院各种专业会议之多、之密集,为新中国建设史上所少见。这些会议在不同程度上批判了"文化大革命"第一阶段肆虐横行的极左思潮和无政府主义,强调落实政策和恢复、发展生产,提出了近期或中期生产、工作的规划,扭转了一些

行业生产连续下滑的局面，揭开了1972年整顿的序幕。

在1971年12月至1972年2月召开的全国计划会议上，周恩来联系经济工作实际，精心组织，使这次会议成为批判极左思潮干扰破坏的一次重要会议。会前，周恩来在听取国家计委汇报时指出，现在我们的企业乱得很，要整顿，首次提出了整顿的精神。根据他的指示和与会代表的要求，国务院起草了《1972年全国计划会议纪要》。《纪要》强调加强统一计划，整顿企业管理，落实党对干部、工人、技术人员的政策，坚持又红又专，反对无政府主义，把产品质量放到第一位，等等。在企业管理问题上，明确规定企业要恢复和健全岗位责任、考勤、技术操作规程、质量检验、设备管理和维修、安全生产、经济核算等七项制度，要抓好产量、品种、质量、原材料燃料动力消耗、劳动生产率、成本、利润等七项指标。这个文件反映了广大干部群众迫切要求恢复和发展生产、反对无政府主义、空头政治的强烈愿望。《纪要》经周恩来主持讨论定稿后，国务院领导建议提请中央批转下发，但张春桥却借口"文件长了，不好发"加以否定。张春桥还公然反对批"空头政治"，声称批"空头政治"就是批"文化大革命"，对会议施加压力。《纪要》虽因张春桥的反对未能在会上通过，但其基本精神却通过与会代表广为传播，在实践中产生了很大影响。

从1972年初起，在全国范围内，已经有不少企业在批判资产阶级派性、无政府主义和极左思潮的基础上，开始建立健全各项合理的规章制度，恢复正常的生产秩序。全国计划工作会议的精神显然使他们受到了鼓舞，得到了指导。从1972年上半年起，多数省市的企业又先

后展开了社会主义劳动竞赛。这次劳动竞赛不仅在规模上大于1970年的那次竞赛，而且主要是在企业内部展开，从一开始就与反对无政府主义、加强企业管理等内容联系在一起。当时，多数地区竞赛的内容大体上分为两种类型。一种叫"大指标"赛，即主要以政治内容为主，囊括了各方面内容的竞赛，如比政治、比学习、比纪律、比作风、比团结、比生产，等等。一种叫"小指标"赛，即只就生产领域里的内容比赛，如比产量、比质量、比出勤、比安全、比消耗等。在竞赛中，完成指标者可以得到某种奖励。实际上，在当时开展竞赛的企业中，"小指标"赛更具有实质性的意义，更受到干部、群众的欢迎。1972年10月4日，在周恩来领导的批判极左思潮的高潮中，《人民日报》发表了经李先念审阅的《辽源发电厂坚持"小指标"竞赛的经验》，更是在全国肯定、推广了这种劳动竞赛的形式。但由于"左"的错误的长期影响，竞赛也存在着明显的不足。竞赛中，人们往往围绕着"赛什么"、"要不要物质奖励"、"奖钱还是奖物"等问题争论不休，疑虑重重。虽然多数领导都同意应给予一点必要的物质奖励，但往往只敢奖一些诸如热水瓶、汗衫、饭盒、笔记本、圆珠笔之类的实物，奖励现金的不多。当时一些工人对此概括说："月月都受奖，人人得茶缸，全家三口人，屋里没处放。"

极左思潮对企业管理的破坏和否定，造成了产品质量普遍严重下降。周恩来从抓产品质量入手，解决当时企业中普遍存在的无人负责、无章可循的混乱局面，对极左思潮进行了尖锐的批判。1971年12月15日，周恩来针对援外飞机质量下降批示，要求"提起警惕"[1]。1971年12月26日，周恩来同叶剑英、李先念等听取

---

① 《周恩来选集》(下)，人民出版社，1984年版，第403页。

有关航空工业产品质量问题的汇报时，明确提出质量问题是个路线问题，要恢复合理的规章制度，批判无政府主义和极左思潮。1972年1月21日，周恩来就汽车生产质量问题批示："质量这样下降，如何援外，如何备战？这是路线问题，要在这个月内放在议事日程来解决！"[①]4、5月间，周恩来又连续抓了出口罐头、衬衣、照像机等日用工业品和广交会展品的质量问题。他指出，现在"我们出口数量不大，质量却这么差！这怎么向国家交待，向人民交待，向领袖交待？""为什么台湾能搞，我们搞不了？过去能搞的，现在搞不出来？我对此非常难过。""我们只能基本自给，哪能说完全自给呢？需要进口的还得进口。"从产品质量问题入手，他进一步分析、指出了问题的实质："新产品质量不稳定，就是规章制度执行不好，要遵守好的规章制度、好的工艺流程"，"现在是不敢管，无政府主义泛滥，领导机关不敢讲话"。[②]根据他们的指示，国务院对有关产品的质量问题专门发出通报，召集有关方面人员调查、研究、分析存在问题的原因。通过大力整顿，使一些产品质量得到明显的提高。

长春第一汽车厂党委在周恩来关于汽车质量问题批示的引导和鼓舞下，提出："质量问题决不仅仅是业务、技术问题，而首先是路线问题。"他们检查了以往不敢抓生产、不敢抓技术、不敢抓管理、不敢抓质量的错误思想，发动群众批判了"政治业务对立论"、"群众运动天然合理论"、"制度无用论"等等，划清了坚持政治挂帅与"精神可以代替物质"、服从统一指挥与"奴隶主义"、合理的规章制度与"管、卡、压"等界限。在提高认识的基础上，全厂出现了一个整顿产品质量、改善企业管理的群众运动。

运动中，厂党委以工艺整顿为重点，建立健全规章制度，调整充实组织机构，建立统一的指挥系统，组织"三结合"攻关队解决重大质量问题。由于目标明确，认识统一，措施得力，该厂企业管理很快发生较大变化。半年后，全厂年初检查的11200多个质量问题，已经解决了81%，汽车返修率由54%下降到35%，发动机返修率由31%下降到25%，主要零部件合格率达85%。而且，在质量提高的基础上，产量也比去年同期增长4.4%。

1972年下半年，在周恩来的领导下，工业方面的整顿进一步深入发展。10月，国务院有关经济管理部门在北京召开了加强经济核算、扭转企业亏损会议。会议针对"政治可以冲击一切"，"只算政治账，不算经济账"的谬论，提出要切实地抓好企业管理，严格实行经济核算制，建立健全企业的各项规章制度和经营管理的基础工作。这次会议还提出了允许国营企业在完成七项计划指标后，从利润中提取一定比例的奖励基金，用于职工的集体福利和给先进生产者以物质奖励。会后，经济主管部门又起草了《关于坚持统一计划，加强经济管理的规定》，经周恩来批准，提交1973年1月的全国计划会议讨论。《规定》对改进经济管理提出了许多重要思想：加强国家统一计划，搞好综合平衡，反对地方各行其是；严格控制基本建设规模，不许乱上建设项目；职工总数、工资总额、主要产品物价等管理权集中在中央，各地区、各部门无权擅自决定；中央下放的大中型企业，由省、自治区、直辖市和少数省辖市管理，不得再层层下放；企业实行党委领导下的厂长负责制，建立强有力的生产指挥系统；坚持社会主义按劳分配

---

①《周恩来选集》(下)，人民出版社，1984年版，第463页。
②周恩来：在广州接见组织广交会各有关部门负责人谈话纪录，1972年4月9日。

原则，广泛推行计时工资加奖励，少数重体力劳动可实行计件工资，等等。这个文件在全国计划会议上讨论时，二十八个省、市、自治区的代表都表示赞成，惟有上海市的代表在张春桥等人的操纵指使下，表示坚决反对，并由张春桥出面迫使会议将这个文件收回。

"文化大革命"中，我国的金融工作也受到严重的冲击、破坏。建国以来金融工作所取得的成绩被否定，一些正确的业务指导思想和政策受到批判，银行系统的领导体系被大大削弱。中国人民银行总行的各职能司局被撤并，只保留政工和业务两个大组。1969年7月总行与财政部合署办公，大批干部被下放到"五七干校"，留在机关搞金融业务的只有87人。在省一级，有的把银行与财政合并，成立了财政金融局，有的把银行并入财政局，作为其中一个业务组。在地、县一级，有的甚至把银行、财政、税收、工商行政管理等合并在一起。在极左思潮的冲击下，金融管理松弛，工作秩序混乱。仅从银行、金融工作在"文化大革命"前期的遭遇，不难看到"文化大革命"对现代经济的蒙昧、拒斥和破坏。

九大后，情况渐渐有所好转。1971年8月下旬，在国务院的支持下，中国人民银行召开银行、保险国外工作座谈会。会议针对金融工作思想混乱的情况，提出和明确了许多重要的业务指导思想。会议强调在金融工作中要排除"左"和右的干扰，特别要注意纠正"左"的错误倾向，要批判"对外工作危险论"和"侨汇工作危险论"，在对外交往中要清除大国主义和强加于人的错误做法；强调对原有的规章制度要进行科学分析，不能一概否定，逐步建立一套体现社会主义银行、保险工作的规章制度；强调要加强经济核算，搞好经营管理，灵活运用外汇资金，吸收国外银行信贷资金为扩大出口服务，以及提倡为革命学好业务技术、学好外文等等。在这次会议上，还根据周恩来多次提出的"银行要研究国际经济动态，了解掌握工商业、银行、运输等各个方面的动向。要加强第一线的调查研究力量，充分发挥海外银行、保险机构的作用"的意见，强调要尽快建立一支专业的调查研究队伍。

1972年4月18日，国务院批转财政部《关于恢复建设银行的报告》。《报告》指出，自从1970年5月建设银行并入人民银行以后，放松了对基建财物和拨款的监督，有时甚至连一些基本情况和拨款数字也反映不上来。为加强对基本建设财务的管理和监督，国务院决定恢复中国人民建设银行总行，省、市、自治区恢复建设银行分行。各地建设银行实行上级业务部门和地方双重领导，以地方领导为主的体制，等等。与其他各领域一样，银行工作1972年的整顿，在一定意义上就是恢复在"文化大革命"前期被狂热否定的建国后已被证明是行之有效的体制和制度。

1972年9月，在周恩来的关心和支持下，中国人民银行召开了全国银行工作会议。会中，李先念、李富春、余秋里、华国锋听取汇报时，强调要批判极左思潮，正确认识银行的职能作用，对银行在建国后二十多年来的成就要给予充分的评价；要加强银行工作的独立性，全国信贷资金统一调拨，全国统一结算，金、银、外汇统一管理。他们强调：当前银行管理偏松，要加强分口管理，不能乱来，否则一定要多发票子。

会议通过讨论，初步澄清了"文化大革命"初期金融工作中的一些混乱，并就发挥银行职能问题提出：1．必须全面理解和执行"发展经济，保障供给"的方针，既反对只抓资金收支，不关心生产发展，也反对那种否定对生产的管理和监督的观点。2．必须加强银行部门上下之间的业务管理，使银行在业务工作上有独立性，相对集中。3．严格划清财政资金和信贷资金的界限，两者必须分别管理。不得在计划外运用银行资金。银行贷款不得用于基建、弥补企业亏损、职工福利等方面。会议还就做好农村金融工作，加强工商信贷管理、外汇管理、现金和工资基金管理，积极开展人民储蓄，整顿和改进银行内部工作，严格执行《中央金库条例》，做好经济活动分析和综合反映工作，健全银行机构和加强人员队伍建设等问题，提出了具体意见。这次会议成为整顿"文化大革命"中银行工作的第一次转机。

以此次会议为转机，我国银行工作在逐步恢复银行的机构体系、恢复和加强信贷计划管理和现金管理、加强流动资金的管理、加强工资基金的监督支付、恢复合理的规章制度、解冻储蓄存款、落实侨汇政策、研究世界经济、筹措外汇奖金等各方面都收到了明显的成效。[①]

开创对外经贸新局面

在此期间，周恩来等还顶着江青集团大批所谓"崇洋迷外"、"爬行主义"的压力，克服"左"的思想的干扰，为打破闭关锁国状态、发展对外经济技术交流，作出了坚持不懈的努力。

20世纪60年代初期中苏关系趋于紧张后，毛泽东曾考虑扩大同资本主义国家的经济交往，引进先进技术设备。他甚至提出：在一定时候，可以让日本人来中国办工厂、开矿，向他们学技术。[②]但是，由于国际形势的持续紧张及国内阶级斗争扩大化错误的发展，特别是"文化大革命"的发生，这个设想一直未能实现。

"文化大革命"开始后，特别是在其初期，在极左思潮蔓延、肆虐的背景下，对外经济工作"理所当然"地成为受冲击的重点。进出口工作不是被说成是"崇洋媚外"，就是被说成是"为封、资、修服务"。出口产品屡屡因质量问题使国家遭受严重损失，进口产品数量锐减，外贸额度急剧萎缩。

在1972年周恩来批判极左思潮的高潮中，我国的对外经济工作出现了重要的转机，成为当时我国各项工作中一个突出的亮点。如前所述，自20世纪60年代末至70年代初，世界的政治、经济形势发生了很大的变化。美苏争霸愈演愈烈，第三世界国家民族解放斗争不断发展。原有的社会主义和资本主义阵营两大经济体系逐渐趋向解体，苏联等一些国家的经济趋于停滞，西方资本主义国家面临着新一轮的经济危机。与此形成鲜明对比的是，发达国家和发展中国家之间的经济往来日趋增多。与此同时，随着中美关系的缓和，中国重返联合国，一些西方国家与中国建交，大大削弱了国际敌对势力长期以来对我国的封锁。这些有利因素与70年代初周恩来批判极左思潮、落实党的政策一起，为我国扩大对外经济交流创造了有利条件。

从1970年起，国内形势稍有稳定，周恩来就已开始为恢复我国的外贸工作而努力了。1970年3月17日，他在接见参加全国计划会议代表时，针对外贸工作说：你们提对进口的东西要"一批、二用、三改"，这不对。买就是要用，

① 《当代中国的金融事业》，中国社会科学出版社，1989年版，第159～176页。
② 武力主编：《中华人民共和国经济史》（上册），中国经济出版社，1999年版，第709页。

不用,你进口干什么?要改成"一用、二批、三改",如果进口是为了批,那有多少东西要进口啊①!9月18日,他在与外事部门有关负责人谈话时说,不要以为只有中国才行,就我们一家,眼里没有别人,在外事部门,还要继续批判极左思潮。10月12日,周恩来在审查外贸部门的一份报告时,针对宣传中的一些极左做法,指出:商人就是商人,贸易就是贸易,资本家怎么能把我们的"精神"拿去变物质呢?!②他还说,现在让这些人钻进来做买卖,他们赚了钱,但我们国家强起来了,得到了好处。

70年代初,在毛泽东打开中美关系新局面的战略决策中,也包括了开拓对外经济关系新局面的内容。正如毛泽东1972年2月在同尼克松谈话时所说:"你们要搞人员往来这些事,要搞点小生意。我们就死也不肯。""后来发现还是你们对,所以就打乒乓球(指邀请美国乒乓球队访华)。"在随后签署的中美上海公报中,双方同意为逐步发展两国间的贸易提供便利。按照毛泽东的战略构想,从1972年初起,周恩来加大了在对外经济工作中批判极左思潮的力度。他与李先念、余秋里及相继恢复工作的陈云、邓小平一起,为打开对外经济工作新局面进行了一系列卓有成效的工作。

1972年1月,根据周恩来指示,李先念听取了余秋里召集国家计委及有关部委负责人研究后的汇报,决定抓住西方资本主义国家在经济危机中急于出口的有利时机,根据国内需要,进口成套化纤、化肥技术设备。1月22日,李先念、华国锋、余秋里向周恩来报送国家计委《关于进口成套化纤、化肥技术设备的报告》,建议引进我国急需的化纤新技术成套设备4套,化肥设备

2套,以及部分关键设备和材料,约需4亿美元。2月5日,周恩来批示同意该报告并报毛泽东,毛泽东立即圈阅批准了这个报告。③

以此为突破口,周恩来等在当时有利的条件下,进一步扩大了对外引进的规模。5月5日,冶金部建议从国外进口国内钢铁工业长期以来急需的一米七大型钢板轧机。因"文化大革命"的冲击,国内这种设备的试制工作中断,而极左思潮又以"自力更生"为由拒绝进口,致使我国的钢铁工业受到严重影响。李先念对这个建议批示赞同。据此,国家计委正式提出了《关于进口一米七连续轧机问题的报告》。8月21日,周恩来就此批复李先念即照办。④11月7日,国家计委再次提出《关于进口成套化工设备的请示报告》,建议进口6亿美元的23套化工设备。同月30日,周恩来在批准这个报告的同时要求"将此报告及关于进口33亿美元的第一方案的报告各送我一份"⑤,准备采取一个更大规模的引进计划。

在1972年引进一系列项目顺利进行的基础上,1973年1月5日,国家计委向国务院提出《关于增加设备进口,扩大经济交流的请示报告》。《报告》在对前一阶段对外引进进行总结的基础上,建议利用西方处于经济危机、引进设备对我有利的时机,在今后三五年内引进43亿美元的成套设备。其中包括:13套大化肥、4套大化纤、3套石油化工、10个烷基苯工厂、43套综合采煤机组、3个大电站、武钢一米七轧机,以及透平压缩机、燃气轮机、工业气轮机工厂等项目。⑥这就是后来被称作"四三方案"的"文化大革命"中最大的引进工程。这是继50年代引进的156项工程后的第二次大规模的引进方案。特别值得注意的是,这次大规模的引进,

①《周恩来年谱(1949~1976)》,下卷,中央文献出版社,1997年版,第355页。
②《周恩来年谱(1949~1976)》,下卷,中央文献出版社,1997年版,第400页。
③同上,第511页,及武力主编:《中华人民共和国经济史》(上册),中国经济出版社,1999年版,第711页。
④《周恩来年谱(1949~1976)》下卷,中央文献出版社,1997年版,第545页。
⑤《周恩来年谱(1949~1976)》下卷,中央文献出版社,1997年版,第545页。
⑥武力主编:《中华人民共和国经济史》(上册),中国经济出版社,1999年版,第712页。

是在"文化大革命"这样特定的背景下，面向西方资本主义国家的大规模经济交流。它是周恩来批判极左思潮、落实党的政策的产物，是打破"文化大革命"时期对外闭关自守局面的一大成就。

此后，在此方案的基础上，又陆续追加了一批项目，计划进口总额达51.4亿美元。利用这些设备，加上国内通过自力更生的生产和设备改造，共兴建了26个大型工业项目，总投资额约214亿元，到1982年这些项目全部投产。[①]虽然引进过程中难免有一些缺点，但不可否认的是，这次大规模的引进对我国经济的发展和技术进步发挥了重要的促进作用。

"四三方案"的批准实施，带动了我国对外引进工作的全面展开。在周恩来整顿达到高潮的1972年，我国的外贸、金融及与之有关的其他经济领域，出现了新中国成立以来对外引进技术、开展经济交流的第二次高潮。在引进外国先进技术设备方面，除"四三方案"的主要项目外，其他的重要项目有：从美国引进彩色显像管成套生产技术项目；利用外汇贷款购买新旧船舶，组建远洋船队；购买英国三叉戟飞机，增强民航运输能力等等。[②]在周恩来的支持下，1972年9月，国家计委成立了进口技术设备领导小组，负责审查进口设备和综合平衡以及长期计划衔接工作。计委还组织有关部委派出多个考察小组，出国考察检查进口设备。同时，国内恢复了举办技术贸易展览会，介绍国外先进科学技术，突破了封闭、禁锢的藩篱。

周恩来的这些整顿，得到了刚刚复出的陈云、邓小平的热烈支持。陈云提出：在购买设备时要注意考察，"事先准备好配件"，要借鉴旧中国南京永利化工厂、山西阎锡山的太原钢铁厂、山西的窄轨铁路等的经验教训，这些都是旧中国对外引进设备的例子和买旧设备的经验。邓小平十分关心一米七轧机工程。他刚一恢复副总理工作就亲自到武钢视察。他提出，钢铁工业"一定要科学组织合理施工"，并称赞说："搞建设，就是要有速度。生产要狠抓才能搞上去。"当武钢生产的钢材因质量不保证能用于一米七轧机时，他又亲自指示成立攻关队伍解决问题。"文化大革命"结束后，他又于1980年7月再次来到武钢，视察了刚刚投产的一米七轧机。

在研究制定利用外资的重大决策中，当时协助周恩来研究指导外贸工作的陈云发挥了重要作用。1973年5月5日，陈云在听取外贸部负责人有关外贸计划和价格方面的情况汇报时指出，要注意研究资本主义经济危机的规律。他说："我们对资本主义经济危机中的各个因素，如次数、周期变化都要好好研究，这对我们的外贸特别是进口关系很大。"[③]1973年6月7日，他在同中国人民银行负责人的谈话中，提出了"和资本主义打交道是大势已定"，"对资本主义要很好地研究"等一系列重要思想。他指出，过去我们的对外贸易是75%面向苏联和东欧国家，25%对资本主义国家。现在改变为75%对资本主义国家，25%对苏联、东欧，我们外贸主要面向资本主义国家这个趋势，"我看是定了"，因此，"不研究资本主义，我们就要吃亏。不研究资本主义，就不要想在世界市场中占领我们应占的位置"。他要求中国人民银行恢复外贸金融研究机构，认真研究西方资本主义经济资料，要研究包括像尼克松国情咨文那样的东西，像康纳利、舒尔茨、德斯坦的讲话都要看，都要研究。他还亲自拟定了了解世界经

①武力主编：《中华人民共和国经济史》（上册），中国经济出版社，1999年版，第712页。
②武力主编：《中华人民共和国经济史》（上册），中国经济出版社，1999年版，第716页。
③《陈云年谱(1905～1995)》下卷，中央文献出版社，2000年6月版，第174页。

济状况的十个重要问题，要有关方面搜集资料进行研究。在周恩来、陈云的支持和领导下，中国人民银行进行了许多调查研究，积极开展筹措外汇和利用外资工作。1973年筹措到外汇资金十多亿元，满足了对外引进的迫切需要。

　　针对银行负责同志提出的虽然可以搞到大量外汇，但又怕不符合自力更生的路线和方针的顾虑，陈云指出：要把一些界限划清楚，如不要把实行自力更生方针同利用资本主义信贷对立起来，只要承认是好事，就可以找出理由来。要把大道理讲清楚。我们做工作不要被那些老框框束缚住。①同年10月，陈云在为对外贸易部起草的向国务院的请示报告中，又大胆地指出，要利用和借鉴外国现代金融和管理手段，要利用资本主义国家的商品交易所和期货市场。他说："资本主义市场的商品交易所有两重性"，"对于商品交易所，我们应该研究它、利用它，而不能只是消极回避。"②根据他的思想，我国外贸部门在购买国内需要物资时，灵活运用期货手段，积极参与国外交易市场活动，在完成购买任务的同时，为国家赚取了外汇。

　　周恩来等已经看到了世界发展和中国发展的大势，所以，不论遇到什么阻力，他们都坚信，中国不能封闭，必须尽可能多地学习外国的长处。即使是在1973年初江青等人又重弹"反右倾"老调并愈演愈烈时，他们仍然坚定不移地奔走呼号，苦口婆心地教悔开导。

　　1973年1月4日，李先念在全国外贸工作会议上的讲话中，强调对外贸易应有较大的发展。他说，对外贸易应该有一个较大的发展，我们同一些资本主义国家往往是先搞贸易，然后建交。从国内建设上看，也需要扩大同外国的经济技术交流，促进我国经济的发展。我们同外国人做

生意，要熟悉人家的政治经济情况，要随时掌握国际市场动态，做到心中有数。他强调指出，国际市场是受供求关系指挥的，是受价值法则支配的。我们同资本家做生意，要学会运用这个规律，使贸易工作有利于国家建设。③

　　1973年2月，在一次谈话中，周恩来又严肃地批评了"有些人自己不懂，又随便给人家扣帽子"，使得一些科学家出国考察回来不敢做报告，"不敢谈人家长处，也不敢谈我们的短处"，"连一个报告都没有写出来"。④

　　1972年整顿中对外经济工作出现的这些新气象、新探索、新成果，是在"文化大革命"那样的背景下，党和人民批判极左思潮，发展国民经济所取得的卓越成果，是以后改革开放时期的许多成功探索的先声。

对农业政策的调整

　　在工业进行整顿的同时，在农村也开始纠正一些"左"的经济政策。九届二中全会以后，国务院曾先后召开北方地区农业会议，全国棉花、油料、糖料生产会议和全国林业会议。在这些会议上，根据广大干部、农民的要求，根据周恩来多次讲话精神，对极左思潮和"左"的错误提出了不同程度的批评。

　　1970年8至10月，国务院在大寨、北京召开了北方地区农业会议。会议讨论了实现《农业发展纲要》的措施和当时困扰各级干部的农村政策问题。会议虽然仍以"农业学大寨"为号召，但实际上却对当时流行的大寨的那些极左做法有所限制甚至否定。会议提出，《农业六十条》中的基本政策仍然适用，三级所有、队为基础和自留地的制度，一般不要变动（实际上否

①《陈云文选》第三卷，人民出版社，1986年版，第216～220页。
②《陈云文选》第三卷，人民出版社，1986年版，第222页。
③《共和国史记》第三卷（下），吉林人民出版社，1996年版，第785页。
④《周恩来选集》（下），人民出版社，1984年版，第474页。

定了大寨的向大队所有制过渡）；允许社员经营少量自留地和副业（实际上否定了大寨不许社员经营自留地和家庭副业）；要坚持按劳分配原则，反对平均主义（实际上否定了大寨的记"政治工分"）；允许生产队因地制宜种植，等等。这些政策规定对于纠正"文化大革命"前期农业政策中那些极左思潮发挥了重要作用，对于其他各领域、各部门纠正极左思潮，也发挥了重要的示范作用。在此后的一段时间里，虽然"农业学大寨"之类口号仍然频频见诸于报端，但其实际内容却已有了很大变化：再次明确肯定了《农业六十条》的基本精神，决定适当放宽农村经济政策，在保证集体经济"占绝对优势"的前提下，允许农民个人经营少量自留地和家庭副业，允许生产队拥有因地制宜的灵活性。此外，国家还通过调高部分农产品的收购价、降低支农产品的出厂价、销售价以及实行粮食征购一定五年等政策，鼓励农民发展生产，改善生活。这些政策对于遏制极左思潮泛滥、调动农民的生产积极性、保护农业生产力，发挥了重要作用。

在此基础上，1971年12月26日，党中央发出《关于农村人民公社分配问题的指示》。《指示》针对当时农村中存在着的"分光吃尽"、集体增产个人不增收、分配不兑现以及劳动计酬上的平均主义等现象，强调指出：应在发展生产的基础上逐步增加积累，公共积累不要一下子增加过多，要使农民在增加生产基础上增加个人收入；口粮分配要做到有利于调动最大多数社员的积极性；农村人民公社分配必须兼顾国家、集体和个人三者利益，坚持各尽所能、按劳分配的原则，不要照搬照抄大寨大队的劳动管理办法和分配办法，而要从实际出发，着重

总结本地的经验，采用群众自己创造的、愿意接受的、简便易行的办法；要注意农业的全面发展，不能把党的政策允许的多种经营当作资本主义去批判。《指示》在北方地区农业会议的基础上又有所发展，不仅对极左思潮加以否定，而且对长期以来农业方面的一些"左"的错误加以限制，当时在各方面都引起了不小的震动和影响。《指示》发出后，各个省、区都召开专门会议，结合本地区的具体情况研究落实。1972年间，根据《指示》精神，党报发表了多篇落实农村政策的社论和文章。

1972年4月16日，《人民日报》发表社论：《以粮为纲，全面发展》。社论反映了周恩来批判极左思潮，恢复落实党的农业政策的思想。"文化大革命"前期，在"左"的错误和极左思潮的影响下，农村片面强调"以粮为纲"，排斥其它作物和牧、林、渔、副业的发展。有鉴于此，社论重新强调了"以粮为纲，全面发展"的农业方针。社论指出"粮食生产和多种经营决不是互不相容的，而是互相促进的"。"只有很好地安排了粮食生产和多种经营，才更有利于使全劳力、半劳力、辅助劳力和有各种专长的社员各尽其能，而且在各个季节都有活干。""至于土地，在多种经营的条件下，比单一经营更便于合理安排、充分利用。"社论特别指出："有的同志划不清正当的多种经营和资本主义倾向的界限，不敢抓多种经营，忽视多种经营。对此，应加强路线教育和政策教育，予以澄清。""决不可把党的方针、政策所提倡和允许的多种经营当作资本主义倾向来批判。"社论还要求，在办好集体经济的条件下，应该允许和指导社员利用剩余时间和假日，从事适当的家庭副业。这篇社论针对性比较强地批评了极左思潮在

毛泽东时代的中国

MAOZEDONGSHIDAIDEZHONGGUO

1966

1976

农业方面的表现，在一些重要政策问题上澄清了人们的思想，在当时产生了较大的影响。

由于"左"的错误的长期影响，落实党的农村经济政策同样也遇到了很大的阻力。1972年5、6月间，在湖北省委召开的农村工作会议期间，在讨论"当前农村中两条路线斗争的主要倾向是什么"的问题时，与会人员存在着明显的分歧。较多的县委书记认为，当前农村中虽有极左的流毒，但主要倾向是右。他们认为，批判林彪以后，忽视了无产阶级政治挂帅，纠正"一平二调"以后，"资本主义倾向抬头"，"有的地方借口贯彻《农业六十条》，大搞副业，弃农经商，扩大自留地"，"借口按劳分配"搞"工分挂帅"、"物质刺激"。另一些县委书记则认为极左思潮的倾向是主要的，例如按《农业六十条》办事，实行多劳多得，群众喜欢，但有人就说这是用工分调动农民积极性；按《农业六十条》规定，社员可以在自留地里按需要种植，有人却怕这样做会产生资本主义倾向；有些地方对《农业六十条》允许的社员正当家庭副业也加以限制，怕钱多了产生资本主义，等等。有的县委书记对这个问题不明确表态，表示"说不清"，"也不要问"，"说了会犯大错误"。又如在1972年1月召开的山西省委第二次全委（扩大）会议上，虽然着重讨论了落实农村经济政策的问题，但会议通过的《纪要》对农村许多经济政策采取了这样也可以，那样也可以的模棱两可的态度，对农村中的极左思潮一概回避。会上，当一地委副书记对本地区"左"的政策进行批判时，被昔阳县委书记说成是"典型的右倾机会主义报告"。平定县委副书记等则表示："我们是坚决跟着昔阳老大哥走。"

尽管存在着诸如此类的阻力，但在批判极

左思潮逐渐成为批林整风主流这个大气候下，1972年间落实党的农村经济政策的努力还是获了长足的进展。如在1972年10月召开的山西省委第三次全委扩大会议上，与会者普遍感到，由于批林整风的深入，特别是批判极左思潮，落实农村经济政策的阻力比半年前明显减少。年初会议上顶牛的平定县委副书记等也表示回去要认真落实政策。会议肯定在自留地、猪饲料地等问题上要坚决按《农业六十条》办，当时在山西省比较普遍的大队核算除少数确实办得好的外，一般都要恢复为生产队核算。

1972年下半年间，江苏、安徽、山东、江西等许多省都就落实农村经济政策问题召开了各种会议。会议在诸如所有制、社队规模、劳动

◆ 周恩来一生三上虎头山。这是1973年4月他最后一次视察大寨时，在虎头山上留影。

管理、自留地、分配问题、多种经营问题等一系列关系问题上，程度不同地批判了极左思潮，纠正了一些"左"的错误。在农村批判极左思潮的直接成果，是《农业六十条》等党的农村政策得到了程度不同的落实，农民的生产积极性明显提高，推动了农业生产的发展。

落实党的教育、科技、文化等政策

在着重落实党的经济政策和干部政策的同时，周恩来还不畏险阻，在教育、科技、文化等"重灾区"里，展开了批判极左思潮、落实党的政策的卓越斗争，使得这些领域里也如其他行业一样，一度出现了盎然的生机。

"文化大革命"初期学校里的"横扫一切牛鬼蛇神"、"全面武斗"及后来"斗、批、改"中的"教育革命"，使中国教育受到空前浩劫。但是，"教育革命"达到高潮之际，也就是它愚昧、荒谬、落后、蛮横、倒退的本质充分暴露之时。在对"教育革命"的不满、抵制不断发展的基础上，1972年的整顿把在教育领域里批判极左思潮、落实党的教育政策提高到一个新的阶段。

1972年5月10日至6月20日，国务院科教组召开综合大学和外语院校教育革命座谈会。北京大学、复旦大学、上海外国语学院等十五所学校及北京、上海、辽宁等地教育部门的代表参加。会议提出，要批判林彪反党集团从右的和极左方面破坏毛主席革命路线的罪行；要抓紧落实干部政策，适当安排原有干部的工作；要全面落实知识分子政策，发挥教师的业务专长，合理安排他们的工作，鼓励教师为革命刻苦钻研科学技术，在教学中严格要求学员，由政治上表现好、业务能力强的教师领导科研和教学工作。会议要求：认真注意进一步提高质量的问题，加强基础理论教学；理科的基础课一般要单独授课，系统学习，知识面要宽一些，保证教学时间；文科要使学员在实践基础上着重学习理论；外语院校要加强基本功训练。会议要求：努力开展科研，重视科研人才的培养和基础科学的发展；理科要加强理论研究，抓紧实验室、研究室的改造与建设。座谈会所提出的这些问题，具有鲜明的针对性，是对"教育革命"中"左"的错误和极左思潮的批评和纠正，体现了1972年周恩来整顿的基本思路。

1972年7月2日，周恩来在会见美籍华人科学家杨振宁时，认真听取了杨对我国科学教育界的看法。他说，杨先生说我们的理论太贫乏了，而且我们也不跟人家交流，恐怕这话有道理，你看到我们的毛病了。你有好的意见我们应该听取，不要还是自高自大，听不进去你提的意见，要是听了当耳边风就很危险，我生怕我们老一代的科学工作者这样。同月14日，根据杨振宁的建议，周恩来在接见北京大学副校长周培源时，要求他要认真清理教学和科研工作中的极左思潮，提高基础理论水平，办好综合大学的理科，并强调"有什么障碍要扫除，有什么钉子要拔掉"。

7月20日，周培源致信周恩来，汇报他在北大传达了总理的讲话后，广大教师心情激动，深感党中央的亲切关怀。同时，信中又说：关于我国基础科学现在这样落后，我认为有下列一些原因：1. 文化大革命前基础科学研究工作，缺乏具体领导，国家科委只抓了32个"国重"，经过文化大革命，这32个"国重"大致都垮了。2. 科学院的科研所应该注意基础科学研究。3. 学校中科研工作反复性很大，一会儿这样，一会儿那样，来一次运动首先受冲击的是基础理论研究。以北京大学为例,现在老中教师普遍的思想情况是不愿搞也怕搞基本理论研究,怕在短期内搞不出成绩,怕挨"理论脱离实际"的批评。这封信很典型地反映了当时教育、科学界存的一些普遍问题。9月,黄家驷等老科学家和老科技干部也在另一场合反映,"文化大革命"以来,许多地方科技干部大换班,许多老科技干部被一批过去从未接触过科技的干部所替换,几年来科技没规划,方向任务不明。他们反映,因为知识分子政策不落实,没有科研管理,科技干部的考核、提级制度被废除,科研人员收入低、缺住房、两地分居等问题解决不了,挫伤了他们的积极性。科研人员因怕戴上"三脱离"的帽子,怕担风险,不敢搞科学实验和理论研究,不愿也不敢负责。以前他们所在的科研单位图书馆、研究室夜夜灯火通明,搞科研的劲头很大。而现在,科研人员下班后搞科研的人很少。科学院不少研究单位的大部分时间是在搞运动、劳动和其他社会工作,研究工作的时间根本没有保证。此外,因国内外的学术交流活动太少,普遍感到情况很闭塞。他们希望在科学问题上要提倡不同意见的争论,要求不要用狭隘的和实用的眼光看待理论研究工作。饱受极左思潮迫害和摧残的教育、科学工作者,热切地盼望着教育和科学的春天。他们的愿望在周恩来等人那里得到了强烈的共鸣。

7月23日,周恩来就周培源的来信向国务院科教组和中科院负责人提出,要以该信为依据,将此问题"在科教组和科学院好好谈一下,并要认真实施,不要如浮云一样,过了就忘了。"9月5日,周恩来在接见外宾时,再次强调了开展自然科学理论研究的重要性。他指出,现在在理论方面我们做得很差,不仅在原子能方面,就是一般科学也是如此,一句话,许多经验,没有理论,忽视理论,这是我最不满意的。9月11日,他又写信给张文裕和朱光亚,对二机部某所18位科学工作者来信中提到的发展高能物理研究的建议表示"很高兴"。他提出,"这件事不能再延迟了","科学院必须把基础科学和理论抓起来,同时又要把理论研究与科学实验结合起来,高能物理研究和高能加速器的预制研究,应该成为科学院要抓的主要项目之一"。[1]随后,周恩来即对北大、清华草拟的《关于在教学和科研中加强基础理论的初步意见》上批示,要求将此《意见》修改、讨论、上报,并尽快加以落实。

10月6日,根据周恩来一系列指示精神,周培源在《光明日报》发表了题为《对综合大学理科教育革命的一些看法》的文章。文章提出:"工和理、应用和理论都必须受到重视,不能偏废","要批判'理论无用'的错误思想","充分认识到科学实验和自然科学理论的重大意义"。在学校中,基础科学的教学工作一定要做好,综合大学理科要对基本理论的研究给予足够重视"。该文击中了江青等人在教育、科技领域中鼓吹极左思潮的要害,使在"两个估计"重压下的广大知识分子受到很大的鼓舞和启示。

与此同时,在中、小学教育中也展开了对极左思潮的清理和批判。10月14日,周恩来在接见美籍华人科学家李政道时对当时"教育革命"不许中学生直接上大学的做法提出了自己的看法。他说:"对学习社会科学理论或自然科学理论有发展前途的青年,中学毕业后,不需要专门劳动两年,可以直接上大学,边学习、边劳动。"[1]10月29日,《人民日报》发表了河北省怀来县沙

城中学的文章,提出中学教学应"以课堂教学和学习书本知识为主。"在"斗、批、改"运动的"教育革命"中,盲目地批判凯洛夫的"三个中心"教育思想,把在实践中学习和直接经验绝对化、课堂教学和书本知识被一贬再贬,甚至几乎成为"资产阶级"、"修正主义"的同义语。《人民日报》发表的沙城中学经验,正是在这个敏感的重大问题上,公开地反对了极左思潮和"左"的错误。

10月份在《光明日报》和《人民日报》上发表的这两篇文章,在社会上特别是在教育、科技领域里引起了很大的震动和反响。文章涉及的直接内容是教育和科技,但其重要意义却在于在一些重大的、敏感的问题上,对极左思潮和"左"的错误提出了公开挑战。

批判极左思潮,落实党的政策的努力,使在"两个估计"重压下的广大知识分子看到了希望,重新燃烧起献身事业、报效祖国的热情。

1972年下半年间,北大一些民主人士和老教授,在种种政治嫌疑被排除并落实了政策以后,精神振奋,积极从事教学工作和学术研究。哲学家冯友兰除进行教学活动外,还表示要在几年内完成他的《中国哲学史新编》。经济学家陈岱孙不顾春天腿伤,挂着拐棍上课。他一反自己十多年来不写文章的"规矩",自报《马克思对古典派经济学的批判、继承和改造》和《列宁后期著作中关于政治经济学理论的几个问题》两个研究项目。原东语系教研室主任金克木在解除"托派嫌疑"后,精神振奋,表示:"谁对梵文、巴利文不懂,有什么问题,都可以来找我。"他还开始着手编校《汉语印地语字典》和《乌尔都语汉语字典》。哲学系一级教授朱光潜在落实政策后,首先寻找抄家抄去的他翻译的

黑格尔美学手稿,开始继续翻译。他还就《共产党宣言》、《哥达纲领批判》等译文中的一些不妥之处,写信给中央编译局,提出自己的意见。

某铁道学院在"教育革命"中,由于"政治可以冲击其他"等极左思潮的冲击,一度出现了"政治时间要多少给多少","业务时间剩多少算多少"的局面。教研组解散了,科学实验处于停顿状态,教师有的当了管理员,有的当了采购员。平时教师宁可闲着打扑克,也不敢钻业务,教师业务水平普遍下降。1972年后,在批判极左思潮,落实政策的过程中,该院党委充分信任和大胆使用教师,在教师中开展了制订红专规划的工作。红专规划不仅对教师提出政治方面的要求,而且在业务方面要求编写教材、改革教学方法、提高业务水平、开展科研活动、学习一两门外语,等等。学院整顿和扩充实验室,举办外语学习班,建立科学技术情报网,减少政治活动时间,定期到对口工厂(工地)参加生产实践。经过整顿,该院出现了空前的钻研业务的空气,教师争相报课题,搞实验,外语学习班上座无虚席。

教育、科技领域里批判极左思潮的深入,激发了广大工人学习科学、掌握知识的热情。1972年7月18日,周恩来为北京电台开办"外语讲座"做出批示:"北京广播外语讲座,一经出现,影响极大,请于七月下旬先将第一月教材稿,教师播讲录音,送外交部由浦寿昌、章含之、唐闻生三同志审查,肯定可用后,再在8月中旬于北京开课。"[1]10月2日,由北京市教育局和北京市人民广播电台举办的业余英语广播讲座在北京开始播出。紧接着,全国各地都陆续开办了外语广播讲座。从此,以跟着广播学外语为基本形式的群众性外语普及活动便在全

1966

1976

---

①《周恩来选集》(下),人民出版社,1984年版,第474页。

国范围内广泛开展起来。此后三十多年中，北京电台以英语为主的外语教育节目从未间断，为数以百万计的英语人才和外语人才的涌现奠定了良好的基础。当年12月14日，中国选派16名留学生赴英国学习英语。本年连同派赴法国的20名留学生，共派出36名。这是自"文化大革命"开始以来首次恢复向外派出留学生。

1972年10月11日，北京市科技局在北京天文馆电影厅举办第一次"科技讲座"，介绍《可控硅应用技术国外发展状况》。因领导有顾虑，决定少发票、少印讲义，并嘱咐主讲人少讲。通知发出后，很多厂矿企业要求多发票，许多工人跑到科技局要票。科技局增印几百张票仍不够发。讲课那一天，天文馆电影厅里人员爆满但却秩序井然，工人们都聚精会神地听讲，课间休息时，许多工人围住主讲人，热情地提建议和要求，一些大厂矿还要求为他们开"包场"。由于听讲的人不断增加，第二次题为《可控硅的主电路及触发电路》的讲座，改在北京市劳动人民文化宫举行，并决定同样内容的讲座讲两次。讲座那天，远郊区许多工厂的工人利用公休跑来听讲。散会后，很多厂矿还要求继续参加听"科技讲座"。科技局的干部为工人迫切要求学习科学技术的热情所鼓舞，准备从11月份开始增加农业科学技术讲座。

1972年间，周恩来还亲自指导了文化、卫生、体育等战线肃清极左思潮的斗争。他根据这些部门在"文化大革命"中遭受极左思潮严重破坏的事实，反复强调，过去林彪造成了极左思潮、形式主义，只搞那个"突出政治"，不搞业务，不抓训练，现在要提倡为革命刻苦钻研业务技术，提高质量，勇于攻关。针对文艺界万马齐喑、人人噤若寒蝉、个个谨小慎微的压抑局面，他尖锐地指出："极左思潮不肃清，破坏艺术质量的提高。"[1]"现在要提倡毛泽东思想指引下的百花齐放。"1972年4月，在一次观看演出后，他发表观感说："你们报幕的同志，为什么不报独唱、伴奏人员的名字？看来你们的极左思潮还没有肃清"，"你们的歌越唱越快，越唱越尖，越唱越高"。他希望："革命激情要和革命抒情结合，要有点地方的色彩。"[2]

1972年7月21日，周恩来对新华社军代表谈话时指出：有些东西又臭又长，林彪就搞这一套，你们批林整风就从文风开始。根据这一精神，《红旗》杂志第8期发表署名齐永红的文章：《认真改进文风》。文章指出：林彪"专门搞那些空空洞洞的文字游戏和概念堆砌，把一些不符合马克思主义的形容词、副词当作闪光的标签，花言巧语，强行推销。什么'最、最、最'，到底以那个为'最'呢？'最'到后来，岂不是前面的都'不最'了吗？岂不是后面否定了前面吗？'核心中的核心'，前面一个'核心'指什么，后面一个'核心'又是指什么呢？如果要强调的是后一个'核心'，岂不是说前一个本来就不是'核心'吗？还有，如'突出一个某字，狠抓一个某字，落实一个某字'等等的排比，在它刚出现的时候，本来就不是很科学的，后来被……引上了邪路，使之泛滥成灾。"

像其他领域里一样，在周恩来等人的支持和指导下，文化、体育、卫生等领域里的干部和群众行动起来，迎来了1972年的转机和复苏。继1971年国务院召开的全国出版工作会议之后，1972年初召开的全国出版工作全会要求在审查清理图书的基础上，除出版一批"文化大革命"中创作的作品外，再出版一批中国古籍和介绍外国地理、历史的书籍。4月25日，北京

①《周恩来选集》(下)，人民出版社，1984年版，第471页。
②《周恩来选集》(下)，人民出版社，1984年版，第472页。

市新华书店各门市部开始发行《红楼梦》、《水浒》、《三国演义》、《西游记》等中国古典文学名著。在一段时间里，王府井、前门、大栅栏等书店门市部出现了排长队购书的景象。5月间，在庆祝毛泽东《在延安文艺座谈会上的讲话》发表三十周年时，许多省市举行了文艺创作节目汇报演出，文艺工作出现了劫后复苏的气象。在医院，一些在"文化大革命"前行之有效的、在"文化大革命"中被当做"封、资、修"的规章制度也开始逐渐恢复。从1972年上半年起，一些大城市里的医院开始试行在党支部领导下的科主任负责制。

1972年3月10日，李先念在全国出口商品生产工作会议上说，手工业受极左思潮的影响，很多改行转产了。我们国家有条件，又有传统，又有人，在这方面没有人能同我们竞争。总之，只要路线正确，政策落实，加强领导，就能搞好。4月9日，周恩来在接见广州出口商品交易会代表时说，中国人民有传统的手工艺但都被极左思潮打掉了。手工艺要大提倡，今年开始，每年都要提倡，应该把它搞上去。

在周恩来等的关怀和支持下，当年9月3日至次年1月27日，全国工艺美术展览会在北京民族文化宫举办，这是"文化大革命"以来第一次大型工艺美术展览，是轻工业部、外贸部根据周恩来要多出口一些工艺品的

指示而举办的。展品共二万七千件，规模空前。展览会共接待全国各地观众及工艺美术部门代表八十多万人，来自九十多个国家的外宾一万多人。朱德、叶剑英、李先念、余秋里、聂荣臻、徐向前、邓颖超、王震、郭沫若等参观了展览。叶剑英为展览会题词："二万七千展品，蔚为艺术之宫。"郭沫若的题词是："百花齐放，万马腾空，为民服务，巧夺天工。"这次展览会对恢复发展工艺美术生产和出口起了重要作用。

1972年6月9日至7月2日，全国五项球类运动会举行，这是"文化大革命"以来第一次恢复举行的全国范围的各项球类比赛运动会，是为纪念毛泽东"发展体育运动，增强人民体质"题词二十周年而举办的。运动会分别在北京、天津、石家庄、保定、唐山、张家口六个赛区进行，包括乒乓球、足球、篮球、羽毛球和排球。当年10月12日至18日，在南京举行了全国田径运动会，参加的有二十八个省、市、自治区及解放军、北京体育学院等单位的1258名运动员。虽

1966

1976

◆ 全国5项球类比赛发奖仪式。

然只打破了一项全国纪录，但这毕竟是"文化大革命"以来的第一次全国性运动会。

1973年1月，全国体育工作会议在北京召开。会议批判了林彪反党集团对体育工作的干扰和破坏，指出解放以来全国体育工作的成绩是主要的。会议讨论了1973年全国体育工作的安排。2月20日，国务院在批转会议纪要时指出，各地革委会要加强对体育工作的指导，加强专业队伍的建设，迅速提高专业运动水平，改变当前运动员队伍青黄不接的状况。

在周恩来的领导下，民族和统战方面的工作也进行了一些富有成效的调整。1972年1月24日至2月12日，根据周恩来的指示，党中央、国务院在北京召开宁夏固原地区工作座谈会。会议研究了固原地区在执行民族政策方面的问题及平叛反右倾等问题。会议提出，要认真落实党的民族政策，在一切工作中坚持民族平等和民族团结；要挑选懂得民族政策的同志到少数民族地区工作；要尊重少数民族的宗教信仰和生活习惯，积极培养少数民族干部，满腔热情地帮助各少数民族得到发展和进步。

3月2日，党中央指示检查贯彻民族政策情况。根据中央指示，公安部、农林部组成联合调查组，赴宁夏隆德县调查。调查组与当地党政机关一起，落实党的民族政策、农村政策，促进了当地的春耕生产。当月，根据周恩来建议，又以农林部学习小组名义派出四个调查组，分赴内蒙、新疆、西藏、云南等少数民族地区，调查了解民族政策执行情况和当地群众生活、生产中存在的问题。

5月23日，商业部向国务院提出关于少数民族特需商品生产和供应情况的报告。报告认为，由于受极左思潮的影响，有的地区把绝大部分民族特需品视为"封、资、修"的东西，加以封存，有的地区不敢经营；生产民族特需商品的厂社，大部分停产、转产；民族贸易机构普遍撤销。报告建议：1.加强对少数民族特需商品生产、供应工作的领导；2.对少数民族特需商品，各省、区应自力更生，积极组织生产；3.优先安排民族特需商品生产的原料；4.少数民族特需用品的生产和供应工作要有专人负责，恢复民族用品商店或专柜，等等。国务院在批转这个报告时指出：近几年来由于受极左思潮的影响，有些地方不考虑少数民族的特殊需要，任意取消少数民族特需商品的生产和供应，这种做法是错误的。要教育干部认真执行党的民族政策，尊重少数民族的风俗习惯，切实搞好对少数民族特需商品的生产和供应。

当年7月2日，中共中央在批转固原地区座谈会报告和公安部、农林部联合调查组报告的通知中指出：近几年来，在某些同志中间，由于受极左思潮的影响，对党的民族政策的观念十分淡薄，有的甚至发生了严重违反党的民族政策的情况，因此应当对执行民族政策的情况进行一次检查。通知指出，落实党的民族政策，对于社会主义革命和社会主义建设，都是极其重要的。要认真学习和坚决贯彻执行党的民族政策，在少数民族地区工作的同志，尤应注意。8月，周恩来指示农林部派专人赴青海，调查了解青海省的农牧业生产落后的问题。10月，根据中共中央关于检查民族政策执行情况的电报，中共广西壮族自治区委发出通知，派工作组深入基层检查民族政策落实情况。1972年间，经过一系列深入、有力的工作，党的民族政策得到一定程度的恢复，一些错案得以纠正，在"文化大革命"中受到严重破坏的民族关系得到初步改善。

"文化大革命"开始后,大批民主党派人士受到迫害,政协的工作被迫停止。1972年10月,在周恩来的过问下,全国政协建立了各民主党派和无党派人士学习领导小组。12月18日,全国政协机关成立临时领导小组,恢复了机关的部分工作。

批判极左思潮宛如春风化雨,给各行各业带来了生机与活力,尽管它的时间十分短暂。

加强党的一元化领导

1967年初"全面夺权"导致"天下大乱"时,中国人民解放军奉命"三支、两军",介入地方"文化大革命"运动。这对于当时稳定形势,遏制动乱是必须的,但这也给部队建设带来了一些消极影响。由于林彪集团的干扰和破坏,九大以后,"三支、两军"中存在的矛盾和问题在各地党组织恢复后显得更为突出。

毛泽东及时地觉察到了这些问题,并多次提出纠正的措施。1970年12月,毛泽东提出要转变部队作风中"某些不正之处","对两个包袱和骄傲自满的歪风邪气有所纠正"。[1]1971年1月8日,他在济南军区政治部《关于学习贯彻毛主席"军队要谨慎"指示的请示报告》上的指示中提出了军队要进行"自我教育"的问题。1971年8月,根据毛泽东的指示,中央转发了《广州军区三支、两军政治思想座谈会纪要》。这些指示和文件发出后,对于加强党的一元化领导和部队作风建设发挥了一定作用,但问题解决得仍不彻底。1971年8、9月间,毛泽东在外地巡视期间,再次提出这个问题。他指出,在地方党委成立以后,应由地方党委实行一元化领导,"如

果地方党委已经决定了的事,还拿到部队党委去讨论,这不是搞颠倒了吗?"他提出,工业学大庆,农业学大寨,全国学人民解放军,这不完全,还要加上解放军学全国人民。他告诫说,要谨慎,第一部队要谨慎,第二地方也要谨慎,军队要统一,军队要整顿,等等。在批林整风运动中,按照毛泽东的意见,军队的整顿也成为一次重要内容。

1972年两报一刊元旦社论中,公布了毛泽东"解放军学全国人民"的指示,强调加强党的一元化领导问题。同日,解放军总政治部发出《认真贯彻执行毛主席最近发出的"解放军学全国人民"指示的通知》。《通知》指出,认真贯彻执行毛主席最近发出的"解放军学全国人民"的指示,对于提高全军指战员的觉悟,增进军政、军民之间的团结,使人民解放军更好地肩负起保卫祖国的伟大历史使命,必将发挥巨大作用。《通知》要求:全军指战员要深刻认识"解放军学全国人民"的重大意义,积极开展"解放军学全国人民"的活动,提高向全国人民学习的自觉性,利用一切机会,采取各种行之有效的方法,虚心地向工人、贫下中农、地方干部和革命的知识分子学习,经常征求人民群众的意见,听取批评,接受监督。

1972年上半年,对批林整风运动中暴露出来的军队与地方关系中的一些问题,周恩来等坚决贯彻毛泽东的指示,做了大量细致的工作。他在多次讲话中要求,在肯定"三支、两军"大方向的前提下,要求各方面多做自我批评,维护统一、团结的大局。

同年7月27日,党中央和中央军委转发了北京军区、××军、天津警备区三个党委的报告。报告检讨了自己占用民房、学校、医院,无偿占

---

① 1972 年 12 月 19 日毛泽东对召开华北会议的指示。

毛泽东时代的中国

MAOZEDONGSHIDAIDEZHONGGUO

1966

1976

用地方车辆、物资，有人甚至利用职权违法乱纪、走后门等违反纪律、严重脱离群众的错误和不正之风。中央在批语中指出，这些不正之风不仅天津一地有，全国许多地方也有；不仅军队有，党政机关也有，必须采取坚决措施加以克服。批语中还指出，因三支、两军立了功，"有一部分同志滋长了骄傲自满的情绪，背上了两个包袱。过去跟敌人打仗时那种拼命精神减少了，闹名誉、闹地位、贪图享受这些东西多起来了。这是一种危险的倾向"，克服违反政策纪律现象，是"当前批林整风的一项重要内容"。周恩来在这份中央文件的送审稿上写道，应"进行一次纪律检查，采取有效措施，迅速改正这一不正之风"。中央文件发出后，全军各部门立即行动起来，严格、认真地检查、落实，退还占用地方的房屋、物资、土地，对损坏物资加以赔偿。各部队普遍把退还地方财产同纪律教育、政策教育、传统教育、艰苦奋斗作风教育、纠正不正之风结合起来，密切了军民关系，加强了部队建设。与此同时，许多党政机关也开始压缩机关用房，对自己占用的房屋情况进行调查摸底，清退了占用学校、医院和私人的住房。

1972年下半年后，不仅地方各级党组织都已恢复，而且地方干部也已大批解放、结合，党的领导逐步恢复。形势的发展要求适时基本结束"三支、两军"工作。8月21日，根据毛泽东的指示，中共中央、中央军委发出《关于征询对三支、两军问题的意见的通知》，并附《关于三支、两军若干问题的决定（草案）》。《决定》中提出，"三支、两军工作必须适应变化了的情况，符合革命形势发展的需要"。"为了加强党的一元化领导，凡是实行军管的地方和单位，在党委建

立后，军管即可撤销"，"已经建立党委的地方和单位，军宣队应即撤回部队"，"地方各级党委建立后，各级支左领导机构……及其办事机构应即撤销"，"所有留在地方工作的军队干部，应一律由地方党委统一管理"。根据中央文件精神，各级党委和驻军，结合本地区、本部门实际，逐步将三支、两军人员调回部队，大多数地区到1973年上半年基本完成这项工作。随着三支、两军人员的撤出，各地党政机关对县以上领导班子作了相应的调整和配备。

根据形势发展的需要，对三支、两军工作及三支、两军人员的调整，增强了军政、军民团结，整顿了部队中存在的一些不正之风，消除了由于林彪集团的干扰破坏给部队建设带来的一些消极影响，加强了党的一元化领导。这也是1972年周恩来整顿的重要成果之一。

1972 年批判极左思潮达到了高潮

在批林整风运动中，周恩来领导的批判极左思潮的斗争，在1972年下半年达到了高潮。这不仅表现在批判极左思潮所涉及的领域、范围之广，在实践中的影响之大，而且也表现在批判的深刻与激烈程度上。

1972年8月1日、2日，周恩来连续两天在人民大会堂向回国述职大使和外事单位负责人发表长篇讲话，系统阐述了对国际形势、内外政策、批林整风、政治与业务关系等一系列重大问题的看法，批评了外交部、人民日报社、新华社工作中的极左思潮影响。讲话通篇贯穿"要批透极左思潮"这一鲜明主题。他说："极左思潮是有世界性的。中国也有极左思潮，在我们的鼻子下面也有嘛，外交部也有，驻外使馆

也有"，"实际上各单位的极左思潮都是林彪放纵起来的。"极左思潮"就是空洞、极端、形式主义，空喊无产阶级政治挂帅，很抽象"。"关于这个问题，如果我们不好好做工作，还要犯错误。极左思潮不批透，右倾又会起来。""如果在驻外使馆现在还有人搞极左，就把他们调回来学习，不要妨碍我们的对外工作。"当新华社军代表检查说，抓运动熟悉顺手，抓业务不熟悉时，周恩来马上说："这话不妥，运动和业务不能分开。运动就是要落实在政策和业务上。无产阶级政治挂帅挂在什么地方呢？就是要挂在业务上。""如果真正考察一个干部，说这个干部运动好，但业务不好，说明还没有落实。""各部门应该把老干部解放出来。"周恩来的讲话，针对性很强地深刻阐述了极左思潮的表现、实质和危害，反复强调了它仍然是当前破坏各项工作的首要危险，引导各条战线继续深入开展批判极左思潮的斗争。讲话精神传达后，得到了新华社和人民日报社广大干部群众的热烈拥护。这次讲话既是对前一阶段批判极左思潮的总结，也是对以后斗争的动员，预示着一个批判极左思潮高潮的到来。

根据周恩来的一贯精神，《人民日报》、《解放军报》、《红旗》杂志1972年国庆社论《夺取新的胜利》中号召要"加快社会主义建设的步伐"，"继续落实毛主席的干部政策、知识分子政策、经济政策等各项无产阶级政策"，"要提倡又红又专，在无产阶级政治统帅下，为革命学业务、文化和技术"。10月14日，根据周恩来关于极左思潮要批透的思想，《人民日报》以一个版面发表了三篇批判无政府主义的文章。这三篇文章为：龙岩的《无政府主义是假马克思主义骗子的反革命工具——学习笔记》，纪众

言的《坚持无产阶级铁的纪律——读〈共产主义运动中的'左'派幼稚病〉的一点体会》和李定的《一个阴谋家的丑史——读〈巴枯宁〉》。这些文章虽然难免带有历史局限性，但在当时却以鲜明的立场、犀利的语言，尖锐辛辣地批判了"文化大革命"中盛行的"打倒一切"、"砸烂一切"、"群众运动天然合理"等谬论。特别是文章告诫人们要警惕现存的极左思潮的"重新表现"，实际上已把批判的矛头指向了江青集团。这组文章是自林彪事件以来在党报上首次发表的集中批判极左思潮的文章，其深层意义在于它对"文化大革命"的一些基本理论和实践提出了质疑和否定。正因为如此，三篇文章在全国引起了强烈反响。人们起码感觉到这暗示着中央内部几种力量对比的消长，更有些乐观的人甚至已经预言"要清算'文化大革命'的错误了"。

林彪事件的发生，客观上打破了严密禁锢人们的思想藩篱，造成了某种民族的觉醒。周恩来领导的批判极左思潮的斗争，就是这种觉醒在理论上、实践上的表现。在周恩来等人在第一线奋力苦战的同时，还有无数老党员、老干部、知识分子、普通党员和干部以及工农群众，也在深刻地反思着"文化大革命"中发生的一切。他们越来越清楚地感觉到，对这些问题的思考，不可能从"左"的或极左的舆论宣传中得到正确的答案，科学的结论只有从对马克思主义和毛泽东思想全面、完整的学习、理解中得到。而这种思考使他们在不同程度上，以不同的形式得出了大致相同的结论。

"九一三事件"后，当时被遣送至广东肇庆、处于软禁之中的张闻天，以他深厚的理论功底和对时事的冷静观察，立即敏锐地感觉到

1966

1976

时代的中国
MAOZEDONGSHIDAIDEZHONGGUO

1966

1976

了这一事件内在的深层涵义。从10月中旬起，他开始撰写一系列有关社会主义基本问题的文稿。到1974年5月，写出了《论社会主义和共产主义》、《无产阶级专政下的政治和经济》等四篇文稿。这些文稿深入地总结了我国进入社会主义社会之后，从"大跃进"到文化大革命"的经验教训，批判了"左"的理论和实践。文稿从社会主义与共产主义的联系和区别，社会主义社会中政治与经济的相互关系、阶级关系、党与国家的关系、领袖与群众的关系以及公私关系等方面，系统地论述了社会主义的性质、阶段、任务和中国建设社会主义的基本规律。

从对现实的观察出发，文稿中的一些论述带有强烈的针对性，例如，张闻天坚决地批评了把党内犯有某些错误的同志说成是"党内资产阶级代理人"的说法;[①]他强调，社会主义社会的一切工作，"归根结底就是为了大幅度地提高生产力，发展社会主义经济";[②]他尖锐地批判了"政治决定论"和那些高谈政治而怕谈经济、怕谈物质利益的"政治家"，指出："并不是任何政治都能'挂帅'，而只有作为经济集中表现的政治，即真正代表无产阶级和人民群众的根本的经济利益的政治，才能动员亿万人民群众行动起来";[③]他认为，如果不去努力提高社会生产力和人民群众的生活，而一味醉心于"共产主义"的高调，"那么，共产主义就只能被糟蹋成画饼充饥的魔术";[④]他意味深长地指出："党最容易犯的错误，错误中最危险的和致命的错误，是脱离群众"，而这种情况在无产阶级专政条件下，"更容易发生，其危险性也更大";[⑤]他已经看到，"无产阶级民主，不是短时期内所能完全实现的"，其主要原因之一，在于"共产党对

实行民主的重要性还认识不足，对实行民主还缺乏经验"。[⑥]处于幽禁之中的张闻天在理论上的思考和著述，不仅在时间上与周恩来的斗争相同，而且在关注的重点和表述的形式上也往往不谋而合(如对"空头政治"的批判、对社会主义民主的表述，等等)。实质上，他们都在一定程度上把思考的焦点放到了对什么是社会主义的本质这样一个最根本的问题上，并且得出了基本相同的结论。

张闻天的思考和著述，同一时期内许多有识之士的深刻反思，周恩来等人的斗争，以及广大党员、群众对这一斗争的衷心拥护和支持，所有这一切都表明，曾经盛极一时的"左"的错误和极左思潮，已经从其发展的顶峰跌落下来，无可挽回地走向衰落。在此之后，"文化大革命"的进行，更多地不是依靠其理论上的感召力和人们的盲从，而是依赖越来越明显的强制和欺骗。

四、江青集团反对批判极左思潮

江青集团对批判极左思潮的反扑

周恩来领导的批判极左思潮、落实党的政策、整顿各项工作的斗争，顺应党心民意，得到了广大人民群众的衷心拥护，并在不长的时间里使许多领域里的工作出现了明显的转机和起色。值得注意的是，周恩来的这些努力，在许多方面已经超出了对极左思潮批判的范围，实际上开始了对"左"的错误的清算，这是不妥协地反对极左思潮的必然结果。这不仅因为极左思潮与"左"的错误之间密切的因果关系，而且也

---

①《张闻天选集》第三卷，中共党史资料出版社，1992年版，第598页。
②《张闻天选集》第三卷，中共党史资料出版社，1992年版，第598页。
③《张闻天选集》第三卷，中共党史资料出版社，1992年版，第588页。
④《张闻天选集》第三卷，中共党史资料出版社，1992年版，第592页。
⑤《张闻天选集》第三卷，中共党史资料出版社，1992年版，第570页。
⑥《张闻天选集》第三卷，中共党史资料出版社，1992年版，第577页。

因为，周恩来等人在一开始就没有把目标仅仅局限在对极左思潮的批判上。在很多情况下，他们是通过批判林彪极左思潮这个当时能被许多人认可、接受的形式，批判以至否定"文化大革命"的一些基本理论和实践。正因为如此，周恩来等人的努力遭到了江青等人的激烈反对，并成为1974年"批林批孔"运动产生的主要原因。

"九一三事件"后，在理论上、实践上与林彪集团十分接近的江青等人，一度处于十分被动的地位。在批林整风运动中，他们虽然不得不默认对极左思潮的批判，但也越来越清楚这种批判对于他们、对于"文化大革命"所具有的否定性意义。如果说在1972年上半年他们对周恩来等人的工作还只是警觉和不满的话，那么，在下半年，随着批判极左思潮的斗争的深入，他们惊惶地感到已无退路可走，便全力开始了对周恩来等的反扑。

周培源的文章发表后，江青等人立即感觉到这篇文章的分量和意义。张春桥、姚文元等人公然宣称："那些口口声声说要重视基础理论的人其实最不懂得马克思主义"，表示："不管周培源来头多大"，都要追查、反击。他们在北大的一个亲信承认："他们要拔掉的钉子，就是拔掉我们。"[1]随后，在张、姚的指使下，《文汇报》连续发表文章，对周培源的文章进行围攻，实际上把矛头指向了周恩来。1972年10月《人民日报》发表的几篇批判无政府主义的文章，更是戳到了江青等人的痛处，他们决意下大力气刹住这个"1972年下半年出现的修正主义回潮"。[2]姚文元看了龙岩等人的文章后当即提出："当前要警惕的是右倾思想抬头"，"不能说什么都是无政府主义，不要批到群众头上，不要混淆两类矛盾"。[3]江青认定"这个版(指1972年

10月14日《人民日报》第2版)就是要在全国转移斗争大方向"。他们一方面查问龙岩等人文章的"背景"，一方面在11月间《文汇报》内部刊物《文汇情况》上连续两期登载反驳龙岩等人的文章。10月至11月间，张春桥、姚文元等到上海活动，张在市委常委会上攻击说，当前有一股右倾翻案风，有一种否定"文化大革命"的思潮，"不管四面八方刮来什么风，上海都要顶住"。姚文元则布置上海市委写作组注意各地报刊动向，要求注意"倾向"问题，定期整理上送。与此同时，江青集团借机首先在《人民日报》社内搞起了"反右倾回潮"运动。这样，在批林整风运动中，以龙岩等人文章的发表为标志，在批极左与反对批极左的问题上，以周恩来为代表的党内健康力量与江青集团之争的矛盾、斗争，终于不可避免地尖锐化、公开化了。

11月28日，根据周恩来反对极左思潮的一贯思想，中联部、外交部在关于召开外事工作会议写给周恩来的请示报告中提出："鉴于林彪反党集团煽动的极左思潮在外事部门还没有得到彻底的批判和肃清，拟召开一次全国外事工作会议，联系外事工作实际，彻底批判林彪反党集团煽动的极左思潮和无政府主义，以便更好地贯彻执行毛主席的革命外交路线。"30日，周恩来在报告批示"拟同意"。江青等人再也无法容忍批判极左思潮斗争的深入发展，决心要同周恩来"摊牌"了。在周恩来指示的第二天，张春桥批示将报告送"总理再阅"，并批："当前的主要问题是否仍然是极左思潮？批林是否就是批极左和无政府主义？我正在考虑。"12月2日，江青在批语中进一步提出应批林彪卖国贼的"极右"，"同时也应着重讲一下无产阶级文化大革命的胜利"。江青等人以其

1966

1976

---

① 1977 年 1 月 13 日《人民日报》。
② 1978 年 3 月 23 日《人民日报》。
③ 1972 年 11 月 14 日姚文元对《人民日报》负责人谈话。

特有的语言,从反面准确地说出了这场斗争的实质。

同以往一样,解决党中央领导层内如此重大、尖锐的矛盾,取决于毛泽东的态度。

毛泽东态度的转变

"九一三事件"后,毛泽东的认识发生了一些重要的积极变化。但是,在全局上肯定"文化大革命"的前提下,这种变化不能不是相当有限的。随着批判极左思潮的深入,特别是这种批判不可避免地要越来越多地触及"左"的错误和"文化大革命"本身时,它也就超出了毛泽东所能接受的限度和范围。

1972年12月5日,人民日报社一位负责人出于对江青等人大反"右倾回潮"、把矛头指向周恩来的不满,写信给毛泽东。他在信中表示"很同意"周恩来关于《人民日报》等单位要批透极左思潮的意见,并认为批极左不仅适合机关内部的实际情况,对报纸宣传方面的情况也同样适用。信中还反映了张春桥、姚文元反对批极左的情况。

12月17日,毛泽东在同张春桥、姚文元的谈话中,谈到了对这封信的看法。他说:"批极左,还是批右?""极左思潮少批一点呢。""那封信我看不对。是极左?是极右。修正主义,分裂,阴谋诡计,叛党叛国。"毛泽东的结论成为"九一三事件"后周恩来领导批判极左思潮、纠正"左"的错误的转折点。自此之后,批判极左思潮的提法很快就从各种文件、文章中消失了。对周恩来等人积怒已深的江青等人更是有恃无恐,开始利用各种机会公开向周恩来发难。他们再次向《人民日报》发泄刻毒的怒火。江青宣称:"要从

这篇文章(指《人民日报》1972年10月14日第二版发表的龙岩等人的文章)入手,从这个版入手,从理论部入手。"张春桥恶狠狠地说:"《人民日报》里的坏蛋,利用在报社工作的方便,搞了一个版批无政府主义",污蔑人民日报社有"一股力量,一股邪气"。根据江青等人的旨意,1973年至1974年间,人民日报社里开展了一场"批邪"运动。以此为突破口,江青集团完全排除了周恩来对人民日报社的领导。

以毛泽东的讲话为标志,批林整风运动的重点又发生了明显的变化。1973年两报一刊的元旦社论,把林彪一伙的实质概括为对内"实行地主买办资产阶级的法西斯专政",对外"反华反共反革命",只字不提批判极左思潮,提出要把批判的矛头始终对准林彪,"牢牢掌握这个斗争大方向"。1973年《红旗》杂志第三期则更进一步地说:"如果只看表面现象(即林彪的极左),那就不但打不中要害,分不清是非,而且会偏离斗争大方向。"这种明显的变化立即引起了人们普遍的疑虑和不安。许多地方反映"批林联系实际又成了问题","不知应联系什么实际","到底是反左还是反右"?基层纷纷要求省委明确态度,省委又因不摸底而含糊其辞。一些企业不敢再提劳动竞赛,一些学校不敢再提"以学为主",一些农村地区也不敢再公开提《六十条》、按劳分配、自留地等问题了。一些了解底细的省、市,则已经改弦易辙。1973年1月在北京市召开的批林整风座谈会上,强调的是"要警惕别有用心的人,借口批判极左思潮,否定文化大革命涌现出来的新生事物,否定革命的群众运动,否定文化大革命的伟大胜利"。在2月初召开的辽宁省批林整风座谈会上,认为从1972年9月以后,把批极左思潮、无

政府主义当作林彪路线的实质来批，是"没有抓住林彪反动路线的要害"。

周恩来勉力苦撑,继续批判极左思潮

批林整风运动的方向虽然发生了改变，但是，批判极左思潮的斗争，因于它的正义性、它所取得的成就以及它所得到的越来越多的干部和群众的支持，使它仍然以巨大的惯性向前发展着。周恩来等人也在可能的条件下，顽强地继续领导着这场艰难的斗争。

1972年底，周恩来在一次传达讲话中，意味深长地回顾了毛泽东与王明"左"倾冒险主义斗争的历史。讲话中，他回忆了民主革命时期在与王明路线的斗争中，毛主席写了十篇文章，现有九篇，批"左"倾批得很透，总有一天要把这九篇文章印出来。面对着极左思潮的再次抬头和江青等人咄咄逼人的攻势，周恩来并没有失去信心、逆来顺受。他的信心来自于对党心民心的理解和尊重，也来自对党的历史经验的深刻认识。在这九篇文章中，毛泽东对王明"左"倾机会主义高屋建瓴、辛辣深刻、嬉笑怒骂、令人信服的批判，使身处逆境的周恩来备感亲切和神往。

1973年2月26日，周恩来在听取国家计委汇报时，再次尖锐地批判了极左思潮给国民经济带来的灾难性后果。他历数了无政府主义在企业中的种种表现，指出："林彪一伙破坏经济所造成的恶果这两年表现出来了"，国民经济"现在根本没有比例"，计划工作也"没有王法"了，"一定要批透，把破坏性后果消除掉"。他同时强调，要把"整顿的方针"写清楚。他说："按劳分配的问题，现在是四个一样（即干多干少一个样，干好干坏一个样，会不会干一个样，干与不干一个样）嘛！还有干难干易一个样。'不利于调动职工积极性，也不利于控制职工人数的增加'，这句话说得对！必要的奖励制度是可以的。"[1]针对国民经济中出现的"三个突破"问题，周恩来说："职工人数、工资总额、粮食销售量三项都突破了计划数字。去年我讲了这个问题，但没有抓。确实没有'王法'了。不只三个突破，货币发行也突破了。""你们管财政、银行的也不叫，要随时提醒，这是个寒暑表嘛！"

在这次讲话中，周恩来还批评了科技教育界的极左思潮。他说："最近我们出去了两个代表团。一个医学代表团在国外看了回来，不敢做报告。他们要做报告，有个军代表说，不要把我们说得一团漆黑。这么老大，随便给人家戴帽子，结果他们不敢讲了。这种风气不好。出去花了不少钱，回来连报告也不敢做。科学家代表团出国回来后，连一个报告都没有写出来，不敢谈人家长处，也不敢谈我们的短处，这是不符合毛泽东思想的。有些人自己不懂，又随便给人家戴帽子。"[2]周恩来的这次讲话，对于排除极左思潮对经济、科技工作的干扰，扭转国民经济"三个突破"的不利局面，起到了重要作用。

根据周恩来的指示，国家计委起草的提交1973年初全国计划会议讨论的《关于坚持统一计划，加强经济管理的规定》，仍然坚持了1972年全国计划会议纪要的基本观点并有所发展，仍然以纠正生产管理中存在的极左思潮、反对无政府主义为指导思想。《规定》得到了除上海市外二十八个省、市、自治区代表的赞成。张春桥得志猖狂、飞扬跋扈，宣称：这是"拿多数压我们，我坚决反对，我们是光荣的孤立"，并强令把《规定》收回。

1966

1976

---

[1]《周恩来选集》(下)，人民出版社，1984年版，第464～465页。
[2]《周恩来选集》(下)，人民出版社，1984年版，第474页。

毛泽东时代的中国 MAOZEDONGSHIDAIDEZHONGGUO

1966

1976

与此同时，在全国外事工作会议上，由于周恩来的领导，排除了江青一伙的干扰，仍然贯穿着批判极左思潮的主题。会议继续批判极左思潮和无政府主义给外事工作造成的破坏和恶劣影响，研究了外事工作中的一些迫切问题。3月4日，周恩来在召集一些外事单位负责人的谈话中，针对不少单位在对待外国专家时仍存在的排外主义、民族歧视等错误倾向提出批评。他指出："林彪、陈伯达、王、关、戚干扰破坏正确方针政策落实，引起专家对我们不满、隔阂，不能与中国人交朋友"，"一定要批判这些错误，自我批评后，我们就主动"，"要向外国专家公开承认错误，不要怕这样做又要犯右的错误。"3月8日，周恩来在邀请外国专家及其家属参加的国际劳动妇女节纪念会上，严厉批判了林彪、陈伯达、王力等在"文化大革命"中对外交工作的干扰和破坏，对遭到错误批判和被迫离开我国的外国专家表示歉意。他说："这个责任我们要负，我作为政府的负责人，我应该负更多的责任。"同时，他还代表党和政府宣布：欢迎现在外的专家重回中国工作，以弥补当时未照顾好他们的过失。周恩来的讲话使在场的外国专家深为感动。

在解放干部和平反冤假错案方面，周恩来仍然继续进行着不懈的努力。1972年12月18日，即毛泽东否定批判极左意见的第二天，周恩来在致纪登奎、汪东兴的信中，提出谭震林"是好同志，应该让他回来"的意见，

得到毛的同意。信中，他还要求二人考虑一下邓小平要求做点工作的问题，说明毛主席也曾提过几次。①他还提出，对已经解放的老干部，应让他们参加领导班子，以调动他们积极性，发挥他们应有的作用。1973年3月9日，周恩来致信毛泽东，又一次提出恢复邓小平国务院副总理职务的问题，得到毛泽东的同意。3月10日，党中央发出文件，决定恢复邓小平党的组织生活和国务院副总理的职务。同日，周恩来致信毛泽东，建议抓紧解放干部和平反冤假错案的工作，并具体提出了一个先易后难的方案，送政治局讨论。在中组部提出了一个三百多人的名单后，他又亲自主持政治局会议逐一研究、通过。以邓小平为代表的一大批老干部的复出、任职，是周恩来在困境中继续批判极左、落实政策的重要成果，对于党内健康力量的发展，反对江青集团、结束"文化大革命"的灾难具有重大的意义。

由于毛泽东已经公开否定了批判极左思

◆ 1973年初，即将复出的邓小平在望城乡留影。左为原秘书王瑞林。

①《周恩来年谱（1949～1976）》（下卷），中央文献出版社，1998年版，第567页。

潮的正确方向，江青集团趁机兴风作浪，百般刁难，周恩来虽然仍在力所能及的范围内勉力苦撑，但已经是越来越力不从心了。

周恩来整顿的被迫中断

1973年5月20日至31日，中共中央在北京召开工作会议。参加会议的有中央政治局委员及其候补委员、中央委员及其候补委员，以及各省、市、自治区党委负责人共246人。在5月20日举行的第一次全体会议上，周恩来宣布了会议的三项议程：筹备召开党的十大；讨论批林整风问题；讨论本年度的国民经济计划。

会议期间，传达和讨论了毛泽东的有关指示：项目多了，计划工作至今没有走上轨道；搞计划要依靠地方，以省、市、自治区为主；要把协作区搞起来，一旦有事好办；只注意生产，不注意上层建筑、路线，不对；干部要能上能下，要认真读书，要注意培养青年干部，等等。

在交流、讨论批林整风的经验、情况时，一些省、市、中央部门及一些军兵种，汇报了各自深入清理清查与林彪反党集团有关的人和事的情况，以及批林整风的经验、进度及下一阶段的打算。由于批判极左思潮几乎已被视为禁区，会议在讨论批林整风时，已经失去了1972年下半年那种联系实际、生动活泼的气氛和精神。除了批判林彪极右实质的表态外，就是一些空洞无物、不着边际的套话、大话。在一些发言中，有的人已开始检查本地区把林彪当作极左来批的"错误"。

根据毛泽东的意见，会议宣布解放谭震林、李井泉、乌兰夫等十三名老干部，同时决定王洪文、华国锋、吴德列席中央政治局会议并参加政治局的工作。会议还决定由张春桥等组成中央党章修改小组，在中央政治局领导下，起草《中国共产党章程(草案)》和十大政治报告。

这次会议明显地反映出当时党内两种指导思想、两种力量斗争的态势和特点：一方面，周恩来批判极左思潮斗争的一些主要成果仍然保存着并继续发挥作用，如落实党的干部政策，坚持调整经济计划的方针；另一方面，毛泽东通过批判孔子的指示和对"不抓上层建筑"的批评，进一步否定了批林的正确方向。王洪文参加政治局工作，张春桥主持起草十大文件，标志着江青集团的势力在中央领导层内进一步加强。

到1973年上半年，中央内部两种指导思想、两种力量斗争的结局已经越来越清楚了。江青等人有恃无恐、疯狂反扑，周恩来的处境越来越困难了。

江青等人的反扑，仍然是把教育、文化、科技等领域作为突破口。4月，江青在文化部的心腹刘庆棠在一次审查节目的会议上，针对周恩来在年初一次座谈会上批评文艺作品少的谈话，恶狠狠地说："攻击现在作品少，就是怀念过去毒草多。"5月21日，国务院科教组就科教领域里批林整风的形势向中共中央、国务院提出报告。报告中说，半年多来，在科教战线围绕着林彪路线的实质是"左"还是右，当前的形势是好还是坏，知识分子是改造过头还是要继续改造这三个基本问题上开展了一场大辩论。科教领域群众对批林整风问题，有以下看法和情绪：认为林彪路线是极左路线，"文化大革命"和科教战线的斗批改搞过了头，现在要反"左"纠偏；认为"放着极左不批，而去批右，就会愈批越'左'"；认为现在教育质量低，"工农兵学员不像大学生",教育革命是"乱、糟、低";对《全国教育工作会议纪要》中的"两个估计"有抵触,认为《纪要》是压在知识分子身上的大包袱,是林彪极左路线的产物,等等。报告把这些正确意见统统说成是"认识模糊"、"思想混乱",甚至污蔑为"攻击"。报告提出要"继续批判林彪修正主义路线的极右实质,进一步认清当前的大好形势,继续加强对知识分子的改造。为了压制科教领域中广大干部、知识分子的不同意见,6月5日至18日,国务院科教组在北京召开的文科教育革命座谈会上,再次强调林彪路线对教育的影响是极右的,使人们难以再提出不同意见。

毛泽东听信了江青、张春桥等人关于所谓"右倾回潮"的汇报,并把它与否定"文化大革命"联系起来,因而对周恩来领导的批判极左思潮及其所取得的成果越来越难以容忍。7月4日,毛泽东在同王洪文、张春桥的谈话中,除了重提批判孔子的问题外,还尖锐地批评了外交部对国际形势的看法。他说:"近来外交部有若干问题不大令人满意"。"(我)经常吹什么大动荡、大分化、大改组。(外交部)忽然来一个大欺骗、大主宰。总而言之,在思想方法上是看表面,不看实质。"接着,他上纲道:"结论是四句话。大事不讨论,小事天天送,此调不改动,势必出修正。""将来搞修正主义,莫说我事先没讲。"这里,毛泽东通过对外交部的指责,曲折而又严厉地批评了主管外交工作的周恩来,毛泽东的这次谈话,使江青集团更加肆无忌惮地展开了对周恩来的围攻和对批判极左思潮的反扑。

7月19日,《辽宁日报》按照中共辽宁省委书记毛远新的指令,以《一份发人深省的答卷》为题,发表了张铁生的一封信。张铁生是该省兴城县知识青年,他在1973年大学招生考试中,物理化学考卷得了零分。他在考卷背面写了一封信,申诉自己希望上大学的愿望。他除了表示"不服气"外,还抱怨"几小时的书面考试,可能将把我的入学资格取消",希望"各级领导在这次入考学生之中,能对我这个小队长加以考虑为盼"。这封信立即引起了正到处寻找"石头"以反击"右倾回潮"的毛远新的重视。在他的指使下,《辽宁日报》发表了这封信并在编者按中说:"他对物理化学这门课的考试,似乎交了白卷,然而对整个大学招生的路线问题,却交了一份颇有见地、发人深省的答卷","录取的主要标准,是根据他在三大革命运动实践中的一贯表现,还是根据文化考试的分数?"张铁生的信适应了江青等人反击"批判极左思潮"的迫切需要。

8月10日,《人民日报》转载了《一份发人深省的答卷》和《辽宁日报》的编者按语,并加了自己的编者按。按语说:"这封信提出了教育革命战线上两条路线、两种思想斗争中的一个重要问题,确实发人深思。"随后,各地报纸纷纷加以转载。《文汇报》、《红旗》杂志、《教育革命通讯》等纷纷以张铁生的信为由头,围绕着高校招生的文化考查发表文章、评论,指责搞文化考查是"旧高考制度的复辟,是对教育革命的反动",是"资产阶级向无产阶级反扑"和"复辟回潮"。江青说张铁生"真了不起,是个英雄,他敢反潮流"。在江青一伙的鼓噪、吹捧下,张铁生不但进了大学,而且成为铁岭农学院的领导成员,混入了中国共产党,当上了四届人大常委会委员,成为红极一时的"反潮流英雄"和"闹而优则仕"的典型。张铁生事件使高校招生中刚刚有所恢复的文化考试又受到严重冲击，使各种学校在批判极左思潮中出现的学习文化知识的热潮再度冷落下去。

7月28日，江青、张春桥等又在审查湘剧影片《园丁之歌》时发难。对于这部热情讴歌人民教师的影片，江青竟蛮横地加以指责。一年以后，这部影片受到了公开的批判。

这些倒行逆施还不能使江青等人满足。1973年底，为了否定批判极左思潮给教育领域里带来的积极变化，并以比为突破口，全面反击"右倾回潮"，在党的十大上势力得到加强的江青一伙，又指使迟群等在清华大学搞了"3个月运动"。迟群等把广大教职员工对"文化大革命"的不满和对"教育革命"、"两个估计"的抵制，统统说成是"在教育界出现了一股翻案风"，是"搞反攻倒算"，说在知识分子队伍中"暴露了一小撮右派"，要"毫不留情地揭露批判"，进行"反击"等等。1973年10月至12月间，清华大学中出现了上揪"资产阶级复辟势力代表人物"，下扫"复辟势力的社会基础"的"反回潮"运动。运动中，迟群等人挥舞"裴多菲俱乐部"、"自由论坛"、"反对工人阶级领导"、"反对教育革命"、"反对'七二一指示'"等大棒，打击迫害广大知识分子，发泄他们在批判极左思潮中所受的压制和积累的怨气。与此同时，他们还派人进驻学校科研组和一些"重点"单位，大搞所谓"揭盖子"、"夺权"和"占领阵地"。这场运动很快波及北京和外省市的许多院校，使周恩来呕心沥血恢复教育领域正常工作的努力中断并受到严厉的讨伐。然而，与1974年的"批林批孔"运动相比，1973年的"反回潮"还只是一个开端。

江青等人清楚，周恩来领导的批判极左思潮在各个领域都引起了广泛而深刻的变化，所以，他们的反扑也不会仅仅限于教育领域。从1974年初起，在"反回潮"运动的基础上，经毛泽东批准，江青集团发起了全国性的批林批孔运动，对周恩来进行露骨的诬蔑、中伤，对1972年整顿中所取得的一切成果进行全面否定。周恩来领导的持续近两年之久的批判极左思潮的斗争被迫中断。

《关于建国以来党的若干历史问题的决议》指出："1972年，在批判林彪的过程中，周恩来同志正确地提出了要批判极左思潮的意见，这是1967年2月前后许多中央领导同志要求纠正'文化大革命'错误这一正确主张的继续。"这场斗争虽然遭到挫折，但它得到了广大干部、群众的衷心拥护，使许多领域里的工作一度恢复了生机与活力，使1973年成为整个"文化大革命"中经济发展最好的一年。这场斗争还对以后政治、经济的发展产生了多方面的深刻影响，1975年，以邓小平为代表的党内健康力量，在1972年斗争的基础上，进一步总结经验、重整旗鼓，向"左"倾错误和"江青集团"展开了更为尖锐、激烈的斗争。

1966

1976

五、中国共产党第十次 全国代表大会

党的十大的筹备

党的十大的筹备和召开是仓促、草率的。十大的筹备工作没有经过党中央委员会全体会议的讨论和协商，而只是在1973年5月中央工作会议上确定了修改党章的原则和方法，以及十大代表产生的办法。会后，根据会议的要

求，各省、市、自治区党委、各大军区党委和中央直属单位的党组织，都成立了党章修改小组。小组征求了党内外群众的意见，向中央报送了四十一份党章修改稿。7月初，中央政治局召开会议，讨论修改了由张春桥、王洪文负责仓促起草的《在中国共产党第十次全国代表大会上的报告》(草稿)、《关于修改党章的报告》(草稿)及《中国共产党章程修改草案》。7月上旬，毛泽东批示"原则同意"。

与此同时，各地、各部门党委相继召开扩大会议，协商选出十大代表1249名，报送中央批准。按照惯例，大会代表应由省、市、自治区党委召开代表大会或代表会议，经过充分酝酿、严格审查、民主选举产生。而十大所有代表都是通过"民主协商"，由党委扩大会议"选举"产生。这就为江青集团的骨干分子、帮派体系头头、造反派骨干提供了可乘之机，使他们成为十大代表甚至十大中央委员、候补委员。在张春桥、王洪文的操纵把持下，江青集团甚至无视党章党法，把河北省一个还未入党的造反派头头封为十大代表。这种极不严肃的做法为党的组织史上所仅见。

8月12日至19日，十大代表按所在地区、单位分成34个组，就地分别举行预备会议，讨论通过了三份十大文件草稿。在预备会分组讨论时，得志猖狂的江青集团不可一世，对近两年来批判极左思潮斗争保存下来的积极成果进行露骨的反扑。一个出席十大的老干部在参加四川组讨论时，对"文化大革命"中"戴高帽"、"揪斗走资派"等许多错误做法提出批评。张春桥等认为这是否定"文化大革命"的异端邪说，立即整成"情况反映"印发，责令这个代表"正确对待文化大革命"，否则"还会犯错误"。在海

军组、江苏组的预备会上，有些代表认为，在军队不能开展"四大"，不同意把经常运用"四大"武器写入党章，主张党章应强调严格保守党和国家的机密。青海组的代表建议在党章中把"文化大革命"中产生的造反组织"红卫兵"等删去。第四机械工业部的代表认为"实际生活中没有死不悔改的走资派"，建议在党章中把第四条所作的这一规定删去，等等。张春桥、王洪文等对这些正确意见十分恼火，以中央党章修改小组的名义印发"通报"，指责这是"几个值得注意的意见"，对代表施加压力，压制不同意见。8月20日至23日，由王洪文任主任的十大选举准备委员会开会，通过十大主席团名单草案、第十届中央委员会候选人名单。

为准备十大的召开，中央专案组于7月10日将《关于林彪反党集团反革命罪行的审查报告》报中共中央。《报告》在陈述了林彪反党集团的种种罪行之后，向中央建议：1．永远开除资产阶级野心家、阴谋家、反革命两面派、叛徒、卖国贼林彪的党籍；2．永远开除林彪反党集团主要成员、国民党反共分子，托派、叛徒、特务、修正主义分子陈伯达的党籍；3．永远开除林彪反革命集团主要成员、混进党内的阶级异己分子、特务、叛徒、卖国贼叶群的党籍；4．永远开除林彪反党集团主要成员黄永胜、吴法宪、李作鹏、邱会作、李雪峰的党籍，撤销他们的党内外一切职务；(1982年4月1日，中共中央作出决定，撤销了把李雪峰定为林彪反党集团主要成员，把他永远开除党籍的决定，恢复李雪峰党籍。)5．对参加林彪反革命政变的其他骨干分子，由有关部门负责审查，按照党的政策，区别情况，提出处理意见，报送中央审批。在8月20日召开的中央政治局会议上，批准了

◆ 1973 年 8 月 24 日至 28 日，中国共产党第十次全国代表大会在北京召开，与会代表 1249 名。会上周恩来做了政治报告。在这次会议上，毛泽东当选中共中央主席，周恩来、王洪文、叶剑英、李德生当选副主席。图为十大主席台。

◆ 中共第十次全国代表大会代表步入会场。

1966

1976

政治报告继续肯定九大路线，强调在整个社会主义阶段中始终存在着阶级、阶级矛盾和阶级斗争，强调党内两条路线斗争将长期存在，还会出现十次、二十次、三十次。《报告》提出要继续搞好批林整风，"向全党、全军和全国各族人民进行阶级斗争和路线斗争的教育，批判修正主义，批判资产阶级世界观。"

关于林彪集团，《报告》指出："林彪及其一小撮死党是一个'语录不离手、万岁不离口，当面说好话，背后下毒手'的反革命阴谋集团"。《报告》还说："林彪这个资产阶级野心家、阴谋家、两面派在我们党内不是经营了十几年，而是几十年，他有一个发展过程和暴露过程，我们对他也有一个认识过程"，"林彪反党集团的垮台，并不是党内两条路线斗争的结束。"

在形势和任务部分，《报告》认为："我们仍然处在帝国主义和无产阶级革命的时代"，"列宁主义的基本原则没有过时，仍然是我们今天指导思想的理论基础"。"当前国际形势的特点，是天下大乱"，"国家要独立，民族要解放，人民要革命，已成为不可抗拒的历史潮流。"据此，《报告》提出的任务是：在国际上，要"结成最广泛的统一战线，反对帝国主义和新老殖民主义，特别是反对美苏两个超级大国的霸权主义"，"同全世界一切真正的马克思列宁主义政党和组织团结在一起，把反对现代修义的斗争进行到底。"《报告》的这一部分反映了批判林彪所取得的一些积极成果，如不再把毛泽东思想与马克思主义、列宁主义并列为"三个里程碑"，删去了林彪有关"帝国主义走向全面崩

◆ 毛泽东、周恩来在中共十大主席台上。

中央专案组的这个审查报告。至此，筹备十大召开的各项准备工作都已基本完成。

继承九大"左"倾错误的十大

1973年8月24日至28日，中国共产党第十次代表大会在京召开。出席大会的代表1249人，代表全国2800万党员。大会的议程有三项：周恩来代表中共中央作政治报告；王洪文代表中共中央作关于修改党章的报告，并向大会提出《中国共产党章程草案》；选举中国共产党第十届中央委员会。

8月24日的第一次全体大会由毛泽东主持。大会选举了由148名代表组成的主席团，通过毛泽东为主席团主席，周恩来、王洪文、康生、叶剑英、李德生为主席团副主席，张春桥为主席团秘书长。会上，周恩来向大会宣读了政治报告。报告分为三个部分：关于九大路线；关于粉碎林彪反党集团的胜利；关于形势和任务。关于九大路线，这个由张春桥主持起草的

溃、社会主义走向全世界胜利的时代"的判断，等等。《报告》关于国内任务的提法是，"坚持无产阶级专政下的继续革命，团结一切可以团结的力量，努力把我国建设成为一个强大的社会主义国家。""坚持毛主席关于'备战、备荒、为人民'，'深挖洞、广积粮、不称霸'的教导，对帝国主义可能发动的侵略战争，特别是苏联社会帝国主义对我国发动突然袭击，保持高度警惕，做好一切准备。""要继续搞好批林整风"，"要重视上层建筑领域包括各个文化领域的阶级斗争"，要"抓革命、促生产"，"要进一步加强党的一元化领导"，等等。《报告》反映了7月4日毛泽东对外交部、实际上是对周恩来的批评。"应当强调指出：有不少党委，埋头日常的具体的小事，而不注意大事，这是非常危险的。如果不改变，势必走到修正主义道路上去。希望全党同志特别是领导同志警惕这种倾向，认真改变这种作风。"

同日，王洪文向大会作关于修改党章的报告，并宣读了党章修改草案的总纲。王洪文在报告中说，修改党章的总纲部分，保留了九大党章关于党的性质、指导思想、基本纲领、基本路线等规定，删去了有关林彪的话。党章"修改草案和九大党章比较，主要是充实了两条道路斗争经验的内容"，强调"全党同志都要十分注意路线问题，坚持无产阶级专政下的继续革命，加强党的建设，保证党在社会主义历史阶段的基本路线的实现。"修改草案增写的主要内容有："这样的革命（按：指"文化大革命"）今后还要进行多次"；坚持"要搞马克思主义，不要搞修正主义，要团结，不要分裂，要光明正大，不要搞阴谋诡计"；"要有敢于反潮流的革命精神"；"要在群众斗争中培养千百万无产阶

级革命事业接班人"；"加强党的一元化领导，发扬党的传统作风"，等等。在其他方面，十大党章的基本精神和内容与九大党章是一致的。例如，用毛泽东论述革命接班人的五项条件取代八大党章规定的党员十条义务；取消了党员权利的条文；取消了新党员预备期的规定；取消了设置党的纪律检查机关的规定；规定党的基层组织的基本任务只是抓"阶级斗争"，而对党员的教育、监督、管理则语焉不详，对充分发挥党员的先锋模范作用，组织党员认真学习科学、文化和业务知识等任务只字不提，等等，九大党章中诸如此类的错误规定都被十大党章所沿袭。王洪文报告中对九大党章总纲中关于林彪地位的规定，不作任何批评和说明，只是用"这次全部删去了"这种不负责、不严肃的话一笔带过。总的来看，十大党章基本上是九大党章的翻版。

8月25日至27日，大会分成34个小组讨论上述两个报告和《中国共产党章程（草案）》。8月

1966

1976

◆王洪文当选中共中央副主席。

27日下午和晚上，大会主席团和各代表小组开会讨论、酝酿新的中央委员会候选人名单。28日，大会举行第二次全体会议，通过了中央委员会的政治报告和修改党章的报告，通过了《中国共产党章程》，选出了195名中央委员和124名候补中央委员，产生了第十届中央委员会。8月30日，中国共产党第十届中央委员会举行第一次全体会议，选举了中央领导机构。选举结果为：中央委员会主席毛泽东，副主席为周恩来、王洪文、康生、叶剑英、李德生。中央政治局委员（以下按姓氏笔画为序）：毛泽东、王洪文、韦国清、叶剑英、刘伯承、江青、朱德、许世友、华国锋、纪登奎、吴德、汪东兴、陈永贵、陈锡联、李先念、李德生、张春桥、周恩来、姚文元、康生、董必武。中央政治局候补委员：吴桂贤、苏振华、倪志福、赛福鼎。中央政治局常务委员会委员：毛泽东、王洪文、叶剑英、朱德、李德生、张春桥、周恩来、康生、董必武。

十大选举的结果，反映了近两年来周恩来领导的批判极左思潮、落实干部政策的积极成果。一批久经考验的、在"文化大革命"中受到打击和排斥的老干部，如邓小平、王稼祥、谭震林、乌兰夫、李井泉、李葆华、廖承志、秦基伟等被选进中央委员会。另一方面，十大在组织上仍然继承了九大的错误。毛泽东没有从林彪事件中汲取应有的教训，他没认识到，从根本上看，林彪集团是阶级斗争扩大化和高度集权的陈旧体制的产物，是"文化大革命"的产物，而是继续沿用"以阶级斗争为纲"的思路来解释这场斗争的起因和实质。他没有认识到"领导人自己选择自己的接班人，是一种封建主义的作法"，[1]在林彪事件之后，仍然继续个人选定接班人的严重错误。他在对周恩来越来越不满的时候，通过十大把王洪文选为中央副主席，并在周恩来患病期间一度让王洪文主持中央工作。他赞扬王洪文出身贫农，当过兵，年纪轻，经过了多方面实践的锻炼。这种个人专断的作风与政治上的"左"的错误互为因果表里，是"文化大革命"得以发动和延续的主要原因。

党的十大虽然多少反映了一些批判极左思潮的积极成果，但是，从总的方面来看，在"左"的思想指导下，在极左思潮再次抬头的背景下，十大不可能正确地总结九大以来的经验和教训，它不论是在政治路线上还是在组织路线上，都继承了九大的错误。"党的十大继续了九大的'左'倾错误，并使王洪文当上了党中央副

◆ 江青、张春桥在十大主席台上。就在这次会后，江青、张春桥、王洪文、姚文元在中央政治局内结成"四人帮"，江青反革命集团的势力又得到了加强。

1966

1976

◆ 1973 年中共十大召开时，毛泽东已年迈体衰。大会闭幕式后，毛泽东因久坐一时无法站起。周恩来向大会宣布：请代表们先走，主席目送大家退场。

1966

1976

◆ 党的十大是江青反革命集团与周恩来、邓小平所代表的健康力量的较量。这是邓小平和邓颖超在十大主席台上。

主席，江青、张春桥、姚文元、王洪文在中央政治局内结成'江青集团'，江青反革命集团的势力又得到了加强。"①

六、打开外交工作新局面

"天下大乱"对外交工作的严重破坏

"文化大革命"爆发后，特别是党的八届十一中全会后，外交工作已经开始受到红卫兵和造反派的冲击。按照当时打倒"走资派"的惯例，造反派认为党的外交部门也执行了刘少奇的"三和一少"的"修正主义"路线。1966年底，在红卫兵和造反派对陈毅的批判中，就有"执行修正主义外交路线"一类的内容。

1967年"全面夺权"开始后，外事部门内外的造反派更加肆无忌惮地抹煞建国以来外交工作的重大成就，攻击、诬蔑十七年执行一条"三降一灭"（即向帝国主义投降、向修正主义投降、向各国反动派投降，扑灭人民革命）的外交路线。在林彪、江青、康生等人的煽动下，外事部门的领导人被揪斗、批判，这些部门的工作也被打乱。到1967年夏季"天下大乱"时，造反派甚至一度夺了外交部的权。8月，北京竟然发生万人围攻英国代办处、火烧代办处办公楼的严重事件，在国际上造成了严重的恶劣影响。在这一段时间里，我国驻外大使、参赞几乎全部奉调回国参加运动，很多人受到批斗，驻外使馆的工作不能正常进行。我国对外政治、经济文化交流与合作基本中断，与各国元首和政府首脑级的互访急剧减少，实际上退出了几

①《关于建国以来党的若干历史问题的决议》(注释本)，人民出版社，1983 年版，第 32 页。

乎所有的国际组织，外贸进出口大幅度下降。在极左思潮的影响下，一些外事工作人员不顾政策、自作主张、各行其是、违犯纪律的事件屡有发生。一些人不顾内外有别的原则，把宣传毛泽东思想作为对外活动的主要任务，"惟我独革"，强加于人，引起驻在国的不满和疑虑。在国际交往中，也发生不顾国际交往的惯例，行为粗暴过火的行为。这些行为不能不引起驻在国政府的疑虑和不安。在这段时间里，中国同已建交或半建交的国家中的近三十个国家发生了外交纠纷，驻一些国家的大使馆受到冲击，同一些国家的外交关系甚至恶化到降级或断交的地步。

1967年夏季在外事部门发生的严重事件及其在外交关系方面造成的恶劣影响，是促使毛泽东采取断然措施遏制极左思潮肆虐的重要原因之一。当年八月以后，在毛泽东的支持下，周恩来采取有力措施，惩处了在外事部门带头闹事的极左分子，批判了一些极左思潮和行为，外事工作中一度出现的偏差得到较快纠正，一些不正常状态逐渐被消除。相对于国内其他方面的工作来说，外事工作所受破坏的程度要轻些，时间要短些。

1969年五一劳动节，毛泽东在天安门城楼上先后接见了阿尔巴尼亚等八国新任驻华大使，同他们进行了友好的谈话，表达了中国愿意同世界各国改善和发展关系的愿望。在周恩来的直接领导下，以派出耿飚任驻阿尔巴尼亚大使、黄镇任驻法国大使、王幼平任驻越南大使为开端，我国陆续派出了一批驻外使节。对于过去主要由于中方的极左行动而损害两国关系的事件，也在公开场合或通过内部接触，向对方承担责任，主动进行修复关系的工作。自此，我国的

外交工作重新走上了正常发展的轨道。

缓和中美关系和中日建交

就在"文化大革命"酝酿、发生和进行的过程中，国际形势也正在发生着巨大而深刻的变化：一方面是美苏争夺世界霸权的斗争愈演愈烈，美国因深陷越南战争的泥潭处于被动的地位，而苏联却趁机大力发展军备，在世界到处插手，咄咄逼人，中苏关系出现了前所未有的敌对状态。另一方面，第二世界国家要求摆脱美国控制、反对美苏霸权的愿望也日益强烈，特别是第三世界国家争取民族独立、国家解放的斗争已取得巨大的胜利。

毛泽东、周恩来等党和国家领导人以宽广的眼界和锐利的目光观察、思考着如此深刻、广泛的变化，审时度势，根据变化了的形势，采取机动灵活的策略，及时对外交工作做出了富有远见和胆略的重大决策。从20世纪60年代底至70年代初，我国的外交工作出现了良好的转机，打开了又一个新局面。在这一转变中带关键性的一环，是中美两国关系的缓和。

新中国成立后，美国长期对中国采取敌视政策。中美两国长达二十多年的尖锐冷战状态，对我国的社会主义建设、对中苏两国的关系以及对整个世界格局都发生了直接的、重大影响。进入20世纪60年代以后，国际形势发生了重大的变化。中苏关系由于苏联的大国沙文主义和两国在意识形态上的激烈争论而日趋恶化，苏联甚至试图从实力出发对中国进行武力威胁；美苏两国争夺世界霸权的斗争愈演愈烈，苏联甚至一度处于有利地位。这种深刻的变化使中美两国领导人都认为有必要也有可

◆ 1971 年 4 月,周恩来在北京会见格雷厄姆·斯廷霍文率领的美国乒乓球代表团。小球推动大球,"乒乓外交"启动了中美关系的解冻。

能改善两国关系。

　　面临着苏联方面咄咄逼人的攻势,美国希望利用已经崛起的中国的力量牵制苏联,从而需要改善同中国的关系,而中苏关系的急剧恶化又为这种设想提供了现实可能性。另一方面,1969年初中苏边境严重武装冲突之后,中国方面越来越感觉到来自苏联军事威胁的强大压力。为减轻这种压力,同时也为解决台湾问题、实现祖国统一大业,恢复和扩大国际交往,积极参与国际事务,也需要缓和同美国的关系。

　　1969年尼克松当选美国总统后,表达了希望同中国发展关系的愿望,并通过多种渠道向中国方面传递了这种信息。美国的这种态度在中国得到了积极的回响。毛泽东、周恩来也通过相应的渠道向美方表达了改善两国关系的愿望。

　　1971年3月下旬,美国乒乓球队在三十一届世界乒乓球锦标赛(在日本名古屋举行)上

通过不同方式,六次向中国乒乓球队代表团表示了来华访问的要求。7日,毛泽东决定,邀请美国乒乓球队访问中国。这一消息立即在世界上引起轰动。日本名古屋盛传这一消息引起的震动超过了三十一届世乒赛本身。4月14日,美国尼克松总统发表声明,决定采取发给中国到美国访问的个人或团体的签证、放宽美国货币方面的控制等五项对华政策新措施。16日,尼克松在谈话中又说:"本届政府和下届政府的长远目标必须是做两件事:一、使美国政府和中华人民共和国之间的关系正常化;二、使大陆中国与世隔绝的状态结束。"

◆ 中美两国乒乓球运动员进行友谊比赛。

1966

1976

经过一系列紧张、周密的准备工作，1971年7月，美国总统国家安全事务助理基辛格秘密访华。这一消息又一次震动了全世界。经过进一步的准备和接触，1972年2月尼克松总统访华，会见了毛泽东主席，并同周恩来总理举行会谈。2月28日，经反复磋商，中美双方在上海发表了《中美联合公报》。这标志着两国关系开始向正常化方向发展。在《中美联合公报》中，中美双方都认为要实行和平共处的五项原则和反对霸权主义的威胁。《联合公报》还在其他一些重大问题上表明了各自的原则立场。在长期阻碍两国改善关系的台湾问题上，美方表示，它认识到在台湾海峡两岸的所有中国人都认为只有一个中国，台湾是中国的一部分，美国政府对这一立场不提出异议，等等。《联合公报》还规定，双方将为逐步开展中美贸易以及进一步发展两国在科技文化等领域的交流提供便利，并将通过不同渠道保持接触，就促进两国关系正常化进行具体磋商，并继续对共同关心的问题交换意见。

中美上海《联合公报》的发表是中美关系史上的里程碑，它标志着曾经长期处于尖锐对立状态的中美两国开始了关系正常化的进程。此后，两国政府领导人继续就建交问题进行会谈。中国政府提出，要实现中美建交，美国政府必须断绝同台湾的所谓"外交关系"，从台湾撤出美国全部武装力量和军事设施，废除同台湾的所谓"共同防御条约"，承认中华人民共和国政府是中国的唯一合法政府。而美国总是在台湾问题上设置障碍，对接受这些原则提出若干保留。中国政府则明确指出，台湾问题是中国的内政，用什么方式解决台湾问题应该由中国自己来决定。在一段时间里，由于美国政府下不了决心正确处理这些问题，中美建交未能实现。但是，两国毕竟结束了长期的敌对状态，开始走向关系正常化，也对国际形势产生了重大的影响。

中美两国关系正常化的启动，又直接推动了中日关系的改善。新中国成立后，虽然中日两国民间交往不断有所发展，但日本政府曾长

◆ 1971年7月，周恩来会见秘密访华的美国总统国家安全事务助理基辛格。这次访问，达成了两国领导人会晤的协议。

◆ 周恩来到机场迎接尼克松。

◆ 毛泽东与尼克松握手。

◆ 毛泽东会见基辛格国务卿。

◆ 1972 年,毛泽东和周恩来会见来华访问的美国总统尼克松。

◆ 1972 年 9 月 29 日，周恩来和日本总理大臣田中角荣在北京签署中日联合声明，中日两国之间的不正常状态宣告结束，并正式建立外交关系。

◆ 1972 年 9 月 27 日，毛泽东会见日本总理大臣田中角荣（中）和外务大臣大平正芳（右）。

◆ 1972 年 9 月 29 日，中日两国政府联合声明在北京签字，实现了中日邦交正常化。图为毛泽东向田中角荣总理大臣赠送礼物——《楚辞集注》。

期追随美国采取敌视中国的政策。1972年尼克松的中国之行，立即在日本朝野引起巨大震动。为了不在西方发达国家与中国改善关系的潮流中落在后面，取得在政治上、经济上同各国竞争的有利地位，日本舆论强烈要求尽快实现中日建交。日本许多对华友好的政党、团体和人士也纷纷对政府施加影响，敦促政府采取果断行动。在国内外各种因素的推动下，1972年9月25日，日本政府首相田中角荣来华访问。田中在北京会见了毛泽东主席，同周恩来总理举行了会谈。9月29日，中日双方签署建立外交关系的联合声明。声明指出，中日两国之间的不正常状态宣告结束；日本方面痛感对过去由于战争给中国人民造成的重大损失，表示深刻的反省；日本政府承认中华人民共和国是中国的唯一合法政府，台湾是中华人民共和国领土不可分割的一部分。随后，日本同台湾当局断绝"外交关系"。1973年初，中日两国互设大使馆，互派大使，并陆续签订贸易、航空、海运、渔业和科技文化等一系列协定，经济、文化等方面的交往得到很快的发展。1975年起，中日两国政府开始进行缔结和平友好条约的谈判。中日两国建交结束了两国长期敌对的历史，打开了两国睦邻友好的历史新篇章，对中日两国和世界和平的发展都具有重要的意义。

中华人民共和国恢复在联合国的合法席位

中国是联合国的创始会员国，也是联合国安全理事会五个常任理事国之一。但是，新中国成立后，主要是由于美国政府的反对，中国在联合国的席位一直被已经不能代表中国人民的台湾国民党当局占据。中国政府一直为恢

复自己在联合国的合法席位进行着正义的斗争。随着中国国际地位的提高，随着亚非拉一系列新独立国家不断加入联合国，这一斗争得到世界上越来越多的国家的支持，并逐渐成为联合国内主持正义国家的共同斗争，美国的倒行逆施越来越孤立和困难。

1971年10月25日，第二十六届联合国大会以59票反对，55票赞成，15票弃权否决了美国、日本等国提出的企图制造"两个中国"的"重要问题"案。紧接着，大会表决要求恢复中华人民共和国在联合国的一切合法权利，并立即将蒋介石集团的"代表"从联合国及其一切机构中驱逐出去的提案。提案以76票赞成、35票反对、17票弃权的压倒多数通过。这时，会议厅里响起了经久不息的热烈掌声和欢呼声。11月15日，以外交部副部长乔冠华为团长、黄华为副团长的中国代表团满怀信心地出席了联合国大会。乔冠华在发言中，代表中国政府对为恢复中国在联合国合法权利进行不懈努力的众多友好国家表示衷心感谢，并全面阐述了中国

1966

1976

◆ 1971 年 10 月 25 日，联合国大会第二十六届会议否决了美国的所谓"重要问题"提案，并以压倒多数通过了恢复中华人民共和国在联合国一切合法权利的提案。这个提案通过时，代表们热烈鼓掌。

政府在一系列重大问题上的原则立场。

我国在联合国合法席位的恢复，是中国外交战线上的一个重大胜利。从此，作为联合国安理会常任理事国之一的中国，在联合国组织内为实现联合国宪章的宗旨，维护世界和平、加强各国友好合作、促进人类进步事业做出了自己不懈的努力。

◆ 1971年恢复在联合国的合法席位以后，中国派驻联合国的第一任常驻代表黄华（一排右一）、第二任常驻代表陈楚（一排右二）、第三任常驻代表凌青（一排左一）。

◆ 恢复在联合国的合法席位后，中国代表团出席联合国大会第二十六届会议期间，乔冠华团长和各国朋友交谈。

中国对外关系的新局面

随着中美两国关系正常化的开始，特别是1971年我国恢复在联合国的合法席位，我国的国际地位空前提高，随之出现了建国以来又一次建交高潮。20世纪70年代初，中国同发达资本主义国家的关系获得全面发展。在战后的冷战氛围中，多数发达资本主义国家追随美国的指挥棒，对社会主义中国采取了疏远以至对立的态度。随着这些国家自身政治经济实力的增长，它们同美苏两个超级大国的霸权主义抗衡、维护和发展自身利益的要求不断加强。由于中国国际地位的提高，它们希望同中国相互支持、合作以维护世界和平和各国自身利益的倾向也在发展。这种愿望在中国也得到了积极的回应。

1969年后，在毛泽东、周恩来的领导下，中国在着手改善中美关系的同时，也开始积极地发展同第二世界各国的友好关系。1969年以前，西欧、北欧、南欧国家中，只有六个国家同中国正式建交，英国和荷兰同中国互设有半建交性质的代办处。而到70年代末，除了安道尔等四个小国外，中国已同这个地区所有国家建立了外交关系。在此基础上，中国同欧洲共同体也建立了外交关系。70年代初，在中美关系

◆ 乔冠华（左一）、黄华（左二）在联合国的中华人民共和国代表席上。

◆ 1973 年 10 月，毛泽东在北京会见加拿大总理特鲁多。

◆ 1974 年 5 月，毛泽东会见访华的英国首相希思。

解冻的推动下，在北美和西南太平洋地区，中国与加拿大、澳大利亚、新西兰也先后建立了外交关系。此后，中国同这些国家在经济、贸易、科技、文化等方面的合作都有良好的发展。与此同时，中国同原先已建立外交关系的绝大多数国家，特别是与东欧各国的关系，也有了不同程度的恢复、改善和发展。

70年代我国同世界各国建交高潮的一个重要方面，是同第三世界国家建交的数目比过去大大增加，进一步建立和发展了同亚非拉第三世界国家的友好合作关系。从50年代起，中国人民在反对新老殖民主义、霸权主义和旧国际秩序的斗争中，与第三世界各国人民休戚与共，相互支持，共同斗争，结下了深厚的友谊。五六十年代后，第三世界的绝大多数国家虽然已经获得了民族独立，但仍然面临着反对帝国主义、殖民主义和霸权主义的严重斗争。中国从各方面坚决支持这些国家捍卫民族独立和国家主权、反对外来侵略和干涉、维护

本地区和世界和平的正义斗争。中国真诚维护并努力促进第三世界各国之间的团结、反对大国欺侮小国、富国压榨贫国的国际旧秩序，建立以和平共处五项原则为基础的国际新秩序的立场和行动，得到了第三世界各国的普遍欢迎和支持。70年代间，中国在东南亚和南亚，在非洲和拉丁美洲和加勒比海地区，在西亚和大洋洲等广阔地区，同一大批第三世界国家建立了外交关系，普遍加强了同它们

1966

1976

◆ 1973 年 9 月，毛泽东会见访华的法国总统蓬皮杜。

◆ 周恩来到机场欢送途经北京的苏联部长会议主席柯西金。

反华仇华的态度。虽然中国一直以两国人民的传统友谊为重，再三提出规劝和警告，但越南领导人自恃有苏联的支持，在反华的道路上越走越远，使中越两国的关系严重恶化。

经过对五六十年代国际战略格局发展的深刻思考，毛泽东于70年代初期逐渐形成了关于三个世界划分的思想。他认为，苏美两个超级大国属于第一世界，苏美以外的西方发达国家和东欧国家属于第二世界，亚洲、非洲、拉丁美洲的广大发展中国家属于第三世界。这种划分根据发展了的国际形势，不再强调社会主义与资本主义两大阵营的对立及意义，而突出了苏美两个推行霸权主义的超级大国同全世界反霸力量的矛盾；强调在世界反霸斗争中第三世界国家的重要作用，以及联合第二世界国家和利用两个超级大国的矛盾的重要意义；强调中国属于第三世界，要联合世界上一切可以联合的力量，结成最广泛的国际统一战线，为挫败超级大国的侵略、控制和压迫，争取世界和平而斗争。这些认识虽然有其历史局限性，但在当时的条件下，对于指导我国的外交工作，坚持反对超级大国的霸权主义和战争威胁，努力建立和发展同第三世界各国和其他类型国家的友好合作关系，包括同美国实现两国关系正常化，都起过积极作用，并且为我国后来实施的对外开放政策奠定了一定基础。

的友好合作，协调在国际事务中的行动。

在这一段时间里，苏联领导人在政治上不断反华的同时，还在中苏边境上部署重兵，派军队进驻蒙古人民共和国，挑起边界武装冲突，对中国的国家安全形成了严重的威胁。在这种情况下，中国一方面加强战备，一方面仍力求通过谈判解决边界争端。1969年9月周恩来同苏联部长会议主席柯西金在北京会谈后，两国关系一度有所缓和。但由于苏联依恃霸权和武力，缺少解决边界问题的诚意，两国边界谈判长期未能取得成果。中国党和政府不仅在涉及两国关系的问题上，也在整个国际事务中，在反对美国霸权主义的同时，也同苏联的霸权主义和大国沙文主义进行了坚决的斗争。中国和越南两国人民在长期反对帝国主义、殖民主义的斗争中结下了深厚的友谊。但1975年越南全国解放后，越南当局热衷于在印度支那推行它的霸权主义，这理所当然地受到包括中国在内的各国人民的反对。越南当局由此采取

1966

1976

第六章

从"批林批孔"运动
到四届人大的召开

对。要注意上层建筑,注意抓路线,要读一点历史,要批判孔子和尊儒思想。"批孔"的问题由此提出。

第六章 从「批林批孔」运动到四届人大的召开

第六章 从"批林批孔"运动到四届人大的召开

一、从"要注意上层建筑"到反击"右倾回潮"

周恩来纠正"左"倾错误的努力虽然受挫,但广大干部群众对批判极左思潮的拥护和支持,引起了毛泽东对"文化大革命"可能被否定的忧虑。作为"文化大革命"的发动者和领导者,毛泽东可以在某些具体问题上纠正已产生严重后果的错误做法,但是,不能允许从指导思想上批评和否定"文化大革命"。

"我赞成秦始皇,不赞成孔夫子"

1973年春,在"批林整风"难以深入的时候,毛泽东在党的十大召开前提出了"批孔"的问题。

这年5月,党中央召开以筹备党的十大为主题的工作会议。会议期间,针对社会上"文化大革命失败了"的说法,毛泽东进行了批驳。他提醒说:只注意生产,不注意上层建筑、路线不

孔子,是中国历史上最著名的学者、教育家,被尊为"至圣先师"。作为自幼生长在湖南山乡的毛泽东,他本人不止一次地谈到幼年所接受的以孔孟学说为支柱的"国学"教育,认为就学习和掌握历史文化知识而言,这种教育"对我也有好处"。应该说,孔孟儒家思想文化与毛泽东始终关系密切,影响深远。经过五四运动,在当时提出的"打倒孔家店"口号的影响下,毛泽东对孔孟儒学的态度有了转变。不过,他在批判孔孟儒学的同时,对孔子的积极方面还是给予应有的肯定。他对包括孔孟儒家思想在内的中国传统文化的态度,基本上还是运用辩证唯物主义和历史唯物主义的方法,批判地吸收其中的精华,摒弃糟粕和反动的东西。正如在党的六届六中全会报告中,毛泽东自己所说:"我们是马克思主义的历史主义者,我们不应当割断历史,从孔夫子到孙中山,我们应当给以总结,继承这一份珍贵遗产。"[①]在《毛泽东选集》一至四卷中,有不少地方是直接援引孔孟等儒家言论。建国后,在毛泽东的许多言论和著作里,也注意科学地吸收孔孟学说中的合理成分。

但是,总的来看,毛泽东对儒家学派的基本观念和思想体系一般是持否定态度的。建国后,毛泽东在论及孔孟儒派观点(包括儒家人物的意识品行)时,一个突出的特点是增加了对秦始皇的评价,而孔子却是作为对立面,作为封建文化的象征出现的。他认为秦始皇是一位"厚今薄古"的专家,也是法家的一位代表人物。1958年,毛泽东在一次讲话中,把秦始皇的"焚书坑儒"同建国初期我党领导下的镇压反

1966

1976

---

①《毛泽东选集》第二卷,人民出版社,1991年版,第534页。

革命运动加以比较，从肃清反动复辟势力、巩固新生的人民政权的角度，认为"我们超过秦始皇一百倍"①。后来，他又从维护国家统一、反对分裂倒退的意义上，多次肯定秦始皇的历史功绩。

"文化大革命"发动后，毛泽东曾表示要批判孔子及其思想。在红卫兵"破四旧"的狂潮中，康生等人趁机怂恿北京一些高校学生前往山东曲阜"讨孔"，致使孔林、孔庙等处的大批珍贵文物遭到空前劫难。在批判、打倒刘少奇的过程中，孔子是和批判刘少奇联系在一起的。1967年3月，毛泽东曾批判刘少奇《论共产党员的修养》是孔孟之道。1968年10月，毛泽东在八届十二中全会上讲到学术界一些人尊孔时，说："这是古董，我不劝同志们研究这一套。"

1971年9月林彪叛国事件发生不久，在林立果的住处发现其"小舰队"在炮制的反革命政变纲领《"五七一工程"纪要》中，咒骂毛泽东是"当代的秦始皇"。林彪叛国事件的发生连同这种咒骂一起，越发加重了毛泽东对秦始皇的肯定。当周恩来在各个领域对极左思潮的批判，越来越多地触及到"文化大革命"的理论和实践时，毛泽东注意到党内外日益增长的怀疑和否定"文化大革命"的倾向，担心"文化大革命"被否定的忧虑日益加重。1973年下半年，在党的十大召开前，"批孔"成了他经常谈论的话题。

7月4日，毛泽东同王洪文、张春桥谈话说，郭老（指郭沫若）在《十批判书》里头自称人本主义，即人民本位主义，孔夫子也是人本主义，跟他一样。郭老不仅是尊孔，而且是反法。尊孔反法，国民党也是一样啊！林彪也是啊！我

赞成郭老的历史分期，奴隶制以春秋战国之间为界。但是不能大骂秦始皇。

这次谈话中，毛泽东还提到当时外交部在一个内部文件上提到苏美合作，欺骗世人，妄图主宰世界，毛泽东认为这与他常说的"大动荡、大分化、大改组"不合。他批评外交部说，近年来外交部有若干问题不大令人满意。我常说大动荡、大分化、大改组，而外交部忽然来一个什么大欺骗、大主宰。在思想方法上是看表面，不看实质。在这次谈话中，毛泽东认为林彪同国民党一样，都是"尊孔反法"的，把批林和批孔联系起来，也就是把"批孔"同批判国民党、批判党内的机会主义分子、批判现实生活中他所不满意的某种政治倾向联系在一起。从这时起，批孔被赋予了借古喻今的新的含义，即影射对"文化大革命"持不满、怀疑态度的人们。

8月5日，毛泽东在一次谈话中又说：历代政治家有成就的，在封建社会前期有建树的，都是法家。这些人都主张法治，犯了法就杀头，主张厚今薄古。儒家满口仁义道德，一肚子男盗女娼，都是主张厚古薄今，开历史倒车。毛泽东还念了自己写的批孔的诗，即七律《读〈封建论〉呈郭老》：

劝君少骂秦始皇，
焚坑之事待商量。
祖龙魂死秦犹在，
孔学名高实秕糠。
百代都行秦政法，
十批不是好文章②。
熟读唐人封建论，
莫从子厚③返文王。

8月7日，《人民日报》发表了经毛泽东亲自批发的、中山大学教授杨荣国的文章《孔子

①1958年5月8日，毛泽东在中共八大二次会议上的讲话。
②"十批"，指郭沫若的古代史研究著作《十批判书》。
③"子厚"是柳宗元的字。

——顽固地维护封建奴隶制的思想家》。9月23日，毛泽东会见埃及副总统侯赛因·莎菲时又说：秦始皇是中国封建社会第一个有名的皇帝，我也是秦始皇，林彪骂我是秦始皇。中国历来分两派。一派讲秦始皇好，一派讲秦始皇坏。我赞成秦始皇，不赞成孔夫子。

毛泽东的这些谈话，表明了他批儒扬法的态度。对于孔子的学说，是可以展开讨论和批判的，有不同的意见，也可以进行商榷。毛泽东在坚持按照他的意志进行批林整风时，提出"批孔"的问题，把"批孔"同批林联系起来，而他对法家和儒家的评判又越来越多地和现实政治生活联系在一起，这在很大程度上，是由于他认为"文化大革命"是一场深刻的历史变革，与历史上法家坚持变革和儒家反对变革有相似之处有关。由于从现实政治的考虑出发去评价历史，在毛泽东发表的赞同"法家"、鄙视"儒家"的见解中，秦始皇和孔子常被作为"正面"和"反面"两个代表人物，赋予一种"赞成"或"不赞成"的政治表态式的评价。于是，批林与批孔虽然被联系到一起，并列地摆在批判的位置，但是实际上，"批林批孔"的锋芒所向，既不是外逃身亡的林彪的各种罪行，也不是在中国封建社会中长期占统治地位的儒家思想，而是现实生活中不断发展起来的怀疑和否定"文化大革命"的思潮，特别是干部群众中留恋和主张恢复"文化大革命"以前许多做法的认识。

根据毛泽东意见，党的十大所要解决的主要问题，还是对"文化大革命"的看法问题。因此，中共十大政治报告在揭批林彪集团的同时，继续肯定了九大路线，肯定了"文化大革命"和"无产阶级专政下继续革命"的理论与实践。

"四人帮"
抓住"批孔"大做文章

1973年5月起，毛泽东虽然一再提出要注意"抓大事"、"抓路线"、"抓上层建筑"，并就"批孔"问题发表多次谈话，但是，他并没有提出要发起一场大规模的群众性的政治批判运动。同年8月，十大召开前的中央政治局会议上，江青提出要将毛泽东评述中国历史上儒法斗争的谈话内容写入十大政治报告，主持会议的周恩来表示"要理解消化一段时间"，不必马上公布。因此，由张春桥执笔、政治局讨论修改、毛泽东最后审定的十大政治报告，以及十大通过的其他文件中，都没有出现"批孔"的内容或相关提法。1973年年底至1974年1月上旬，周恩来主持召开过几次政治局会议研究1974年的工作，提到在新的一年里将继续进行"批林整风"斗争，也没有涉及到"批孔"问题。

然而，江青反革命集团一伙却抓住"批孔"大做文章。十大还没结束，国务院科教组就高等学校抓意识形态斗争问题电话通知北京、上海、天津、辽宁等十二省市，要"在深入批林整风过程中组织力量开展对孔子的批判"。9月4日，《北京日报》发表"北京大学、清华大学大批判组"的《儒家和儒家的反动思想》。9月8日至11日，江青反革命集团指使国务院科教组负责人迟群，以国务院科教组的名义，在北京召开有各省、市、自治区教育部门及有关高等学校负责人98人参加的教育战线批判孔子问题座谈会。中山大学教授杨荣国作了《儒法两家的斗争和孔子反动思想的影响》的报告，并交流了北京大学、复旦大学等开展批孔的经验。迟

1966 **1976**

群提出：要把批孔作为贯彻党的"十大"精神、深入批林整风的一项大事来抓，不光文科院校，不光大学要批孔，各类学校都要开展批孔，要把批孔与深入开展教育革命结合起来。他说："哪些地方不重视批孔"，哪些地方就属于"针插不进，水泼不进"。

10月初，周恩来批评了迟群的这些论调。然而，10月11日至23日，迟群在理工科院校教育革命座谈会上又说：教育战线出现了种种"复辟"、"回潮"现象，"要警惕老的在新形势下复辟"，要警惕修正主义，防止复辟。他并为国务院科教组在9月召开的批孔座谈会辩解说，"那个批孔会是正确的，大方向是正确的"，"反对批孔，就是复辟"。

毛泽东关于儒家和法家的评论，以及杨荣国的文章，适合了江青反革命集团的需要。他们蓄意渲染、扩大批孔的声势，在清华大学、北京大学等院校和部门成立"大批判组"，连续发表了许多"批孔"、"批儒"的文章。这是江青反革命集团控制的"大批判组"纷纷登台、迅速繁衍、异常活跃的阶段。

北京大学、清华大学"大批判组"化名为"梁效"，它是由江青、姚文元亲自指挥、直接控制的写作班子。1973年9月4日，"梁效"在《北京日报》发表《儒家和儒家的反动思想》一文。这个"大批判组"有三十多人。从"批林批孔"运动开始，到1976年10月，共撰写文章二百多篇，公开发表181篇，其中三十多篇是在江青、姚文元直接授意下撰写的。这个"大批判组"有十几个笔名，除"梁效"以外，还有"柏青"、"高路"、"景华"、"安杰"、"秦怀文"、"施钧"、"郭平"、"金戈"、"万山红"、"祝小章"、"梁小章"等。这个"大批判组"除了享有在《红

旗》杂志、《人民日报》等报刊上优先发表文章的特权外，还把持了《北京大学学报》，并一度控制《历史研究》。

"罗思鼎"是江青等人控制的上海市委写作组的笔名。这个"大批判组"正式成立于1971年7月。1973年9月15日，上海市委写作组直接控制的杂志《学习与批判》创刊。这个写作组以"石仑"的笔名在《学习与批判》创刊号上发表了题为《论尊儒反法》的文章。从这时起到1976年10月，这个写作组及其下属各写作组以"罗思鼎"、"康立"、"石仑"、"翟青"、"刘永红"、"梁凌益"、"戚承楼"、"靳文"、"石一歌"等八十多个笔名在报刊上发表了大量批判文章。上海市委写作组除了控制《学习与批判》以外，还直接控制刊物《朝霞》、《朝霞文艺丛刊》、《教育实践》、《自然辩证法杂志》等。这个写作组的负责人曾说："我们所干的事，现在说出去，现在杀头，将来说出去，将来杀头。每一期《学习与批判》就是一块我们的墓砖。"

"唐晓文"是江青等人控制的中共中央党校写作班子的笔名。1973年9月27日，"唐晓文"在《人民日报》上发表题为《孔子是全民教育家吗？》的文章，是这个写作班子第一次发表文章。这个写作班子还有"汤啸"、"辛风"、"学泽"、"唐拓"、"汤新"、"范秀文"、"史建文"、"宋明"等笔名。这个写作班子在两三年内发表了许多影射攻击文章。

1973年10月1日，《红旗》杂志发表了经姚文元亲自修改的《论尊儒反法》一文。文章称："彻底批判尊儒反法思潮，是思想领域内一场具有重大意义的斗争。深入开展这场斗争，将有助于我们进一步认识和更好地进行现实的阶级斗争和路线斗争"，"要不要批判尊儒反法

思潮，也是党内两条路线斗争的一个重要内容。"这就开了把尊儒反法联系到党内路线斗争，把"儒法斗争继续到现在"的先例。11月1日，《红旗》杂志第11期发表经姚文元修改、署名罗思鼎的《秦王朝建立过程中复辟与反复辟的斗争——兼论儒法论争的社会基础》一文。该文在"反复辟"上大做文章，捏造了三次复辟事件，还特意选择吕不韦作靶子，批宰相，批折衷主义，影射攻击周恩来。此文发表后掀起了一股批"宰相"的浪潮。12月26日，他们又在《学习与批判》上炮制了另一篇批宰相的文章《汉代的一场儒法大论战——读〈盐铁论〉札记》。文章歪曲历史，借批大司马霍光和丞相田千秋，影射攻击周恩来。

在批孔、批儒的喧嚣声中，江青一伙利用毛泽东在外事工作方面对周恩来的批评，在中央政治局会议上发起了对周恩来、叶剑英两位老革命家的攻击。1973年11月，毛泽东依据听到的不可靠的汇报，认为周恩来在一次外事活动中犯了"右倾错误"。根据毛泽东的意见，王洪文主持中央政治局会议批评周恩来。这在"文化大革命"以来还是第一次。江青趁势提出这是"第十一次路线斗争"，诬陷周恩来"迫不及待"想取代毛泽东。①12月9日，毛泽东在同周恩来、王洪文等人谈话时，批评了江青关于"第十一次路线斗争"的提法，说："他（指周恩来）不是迫不及待，她（指江青）才是迫不及待。"但是，毛泽东又肯定这次会"开得好"。

12月21日，毛泽东接见参加中央军委会议的人员时，再次提出：如果中国出了修正主义，大家要注意啊！毛泽东在林彪集团暴露两年多以后，一再提出注意中国出"修正主义"的问题，表明了他要反击"修正主义回潮"，维护"文化大革命"的意图。

1973年秋冬之际，江青一伙还指使迟群、谢静宜率领清华大学、北京大学大批判组，即直接受命于江青的"梁效"写作班子，进驻毛家湾林彪住宅，以编辑所谓批林材料为名，收集、整理林彪的所谓"尊孔"言论。他们在大量材料中找到一些林彪肯定孔丘、孟轲的言论，将林彪的言论与孔子、孟子的言论分类对照排列，通过批判"克己复礼"使批林与批孔相贯通，编成了一本所谓《孔孟之道》的材料。

显然，在粉碎林彪反革命集团已经三年多，林彪的党羽基本上被揭露和清除的情况下，江青等人操纵的"批林批孔"运动，不过是利用两千多年前孔子所说的"克己复礼"、"兴灭国，继绝世，举逸民"等语句，影射攻击坚持纠正"左"倾错误、批判极左思潮的周恩来和在落实政策中得到解放并重新恢复工作的一批老干部。这时，报刊开始大量刊载江青反革命集团御用写作班子梁效、罗思鼎、唐晓文等的文章。这些文章不批林，假批孔，以批"周公"、批"宰相"、"评法批儒"为名，影射攻击周恩来和一批老干部，把他们诬蔑为"逸民"、"复礼"、"搞复辟"。

1966

1976

从教育界开始的反击"右倾回潮"

江青一伙在意识形态领域掀起批儒尊法浪潮的同时，还从教育领域入手，制造事端，大反所谓"右倾回潮"。

1973年4月，国务院下达大学招生文件，规定在从工人、农民中选拔学生时，改变过去招生不进行文化考查的办法，要进行文化考查。6

①《中国共产党执政四十年》（增订本），中共党史出版社，1991年版，第363页。

毛泽东
时代的
中国
MAOZEDONGSHIDAIDEZHONGGUO

1966

1976

月，在辽宁兴城考区发生了下乡知青张铁生考试交白卷，却写信发泄不满的事情。此事发生后，按照毛远新的旨意，7月19日的《辽宁日报》以《一份发人深省的答卷》为题，发表了张铁生的这封信。江青对这位考生大加吹捧，说："真了不起，是个英雄，他敢反潮流"①。姚文元说："向这个'交白卷'的先进青年学习。"②8月10日，《人民日报》转载了这封信，并加编者按语说："这封信提出了教育战线上两条路线、两种思想斗争中的一个重要问题。"各地报纸纷纷转载此文，攻击考试制度为"旧高考制度的复辟，是对教育革命的反动"。张铁生不仅进了大学，入了党，还担任了铁岭农学院的领导职务，后来又当上了四届人大常委会委员。考试交白卷，却成了"反潮流"英雄，并得到提拔、重用，集中地反映了江青等人在教育领域狠抓所谓"两条路线斗争"的实质。

7月，河南唐河县马振扶公社中学又发生一名女生因交白卷受到校方批评后，投水自杀的事件。江青得知后，借此大做文章，高校入学文化考查因此停止。

此外，上海《文汇报》、《解放日报》还遵照张春桥的旨意，于11月发表上海师范大学工农兵学员刘丽华的一次谈话记录，反映大学里"有的人往往用考试和分数来卡我们"，"'智育第一'的精神枷锁尚未彻底摧毁"。此后，以批判"智育第一"和"资产阶级习惯势力"为中心的讨论，在上海的报刊上持续了三个月之久。

在批判所谓"智育第一"的同时，"四人帮"继续对知识分子进行批判、迫害。1973年7月，江青等人审查影片《园丁之歌》时，对这部讴歌人民教师的影片大加挑剔。江青说："剧名就不合适，园丁应该是共产党，怎么是教员？"并针

◆ "文革"中国的教育水平普遍下降。1973年辽宁考生张铁生（前左）在大学招生文化考试中交了白卷，却在试卷背后写了一封为自己成绩低劣辩护的信。此人竟被江青等人称作"反对资产阶级教育路线回潮"的"反潮流英雄"。

对"没有文化怎能担起革命重担"这句台词说："这句话简直是反攻倒算"。张春桥说："这个戏在教育路线上也有问题，学生受老师摆布。"在他们的指使下，报纸发表批判文章，指责教师"都是坚持修正主义教育路线的资产阶级知识分子"，把《园丁之歌》说成是"修正主义教育路线的旧调重弹"，是"资产阶级对无产阶级反扑"③。

10月，迟群一伙在清华大学开展了历时三个月的"反右倾回潮运动"。他们把教职员工对"文化大革命"的不满、对"教育革命"和"两个估计"的抵制，说成是在教育界"出现了一股翻案风"，"搞反攻倒算"。他们还说，在知识分子队伍中"暴露了一小撮右派"，要"毫不留情地揭露批判"。他们上揪"资产阶级复辟势力代表人物"，下扫"复辟势力的社会基础"，派人进驻教研组和一些"重点单位"，搞"揭盖子"，"夺权"，"占领阵地"，使大批知识分子被立案审查，受到批判。

同年年底，还发生了批判"师道尊严"的事

①《一个反革命的政治骗局》，1976年11月30日，《人民日报》。
②1976年11月28日《辽宁日报》。
③《为哪条教育路线唱赞歌？——评湘剧〈园丁之歌〉》，1974年8月4日《人民日报》。

件。12月，迟群、谢静宜了解到北京一个小学生写过对教师不满的日记，便说：你反映的问题，不是你和你老师之间的关系问题，这是两个阶级、两条路线斗争的问题。他们将其日记按照反"师道尊严"的需要加以整理，在《北京日报》刊出，并在编者按中说："这个12岁的小学生以反潮流的革命精神，提出了教育革命中的一个大问题，就是在教育战线上，修正主义路线的流毒还远没有肃清，旧的传统观念还是很顽强的。"12月28日《人民日报》转载了上述文章，并加编者按语赞扬这个小学生"敢于向修正主义教育路线开火"，掀起了批判"师道尊严"、"智育第一"的浪潮。两天后，国务院科教组和北京市科教组用突然袭击的办法，对清华、北大等十七所高等院校的631名教授、副教授进行数理化考试。事后，他们又大肆宣扬把教授"考'糊'了！"，"出了修正主义教育路线的丑"。[1]此后，"考教授"之"风"扩散到上海、天津等地。

江青一伙在反击教育界"右倾回潮"的过程中，大力宣扬辽宁朝阳农学院"开门办学"、"社来社去"的经验，[2]否定基础理论教学。在教育界这种随心所欲的批判影响下，一些学校提出了"学生打老师是打孔老二"、"砸玻璃是对师道尊严的惩罚"等口号，在学生中树立了反潮流人物。许多学校重新贴满大字报，教室的门窗、桌椅被砸坏。教师受到批判，知识分子人人自危，一些教师被迫提出辞职报告。

在文艺领域，江青反革命集团针对周恩来1972年落实党的文艺政策的努力，发起批判所谓"反革命修正主义文艺黑线的回潮"。

1973年10月，周恩来等中央领导人同意对外文委关于邀请两名外国音乐家来华演出的报告。江青反革命集团说这份报告宣扬"无标题音乐无社会内容"。11月至12月，他们先后在上海、北京召开各种会议，号召批判"无标题音乐"，"与反革命修正主义路线斗争"，并在报上连续发表批判文章。

江青反革命集团还针对1971年到1973年间，周恩来关于宾馆布置的美术画作品要有民族风格和时代风格，要能体现艺术水平；工艺美术品只要不是反动的、丑恶的、黄色的，都可以组织生产和出口；风景画不能叫"四旧"等一系列精神，于1974年年初组织批判文章，污蔑出口画是"迎合资产阶级和修正主义的货色"，"是翻案复辟"，并在中国美术馆和上海举办上述作品展览，将其诬蔑为"黑画"展览。

继批判湘剧《园丁之歌》之后，江青反革命集团又于1974年1月至2月间在全国开展对晋剧《三上桃峰》的批判。他们硬是捕风捉影地把晋剧《三上桃峰》中的"桃峰"，说成是刘少奇夫人王光美在"四清"运动中蹲点的桃园大队，[3]污蔑《三上桃峰》是吹捧"桃园经验"，认定该剧是为刘少奇鸣冤叫屈的大毒草。2月28日，《人民日报》发表初澜的《评晋剧〈三上桃峰〉》，鼓噪击退"反革命的修正主义文艺黑线的回潮"。这些批判使文化事业受到的破坏更加严重。

在经济领域，江青反革命集团把1972年以后恢复各项经济政策攻击为"物质刺激"、"利润挂帅"，把开展对外经济交流、从国外引进先进技术设备说成是"崇洋媚外"、"卖国主义"。"蜗牛事件"就是他们制造的事端之一。1973年，为了发展我国的电子工业，国务院第四机械工业部向中央报告，准备引进彩电显像管成套设备，得到周恩来等中央负责人批准。为此，有关单位组织了技术考察团赴国外。回国时，一家美国公司送给考察团成员每人一件工艺品——玻璃蜗

1966

1976

---

① 《考教授有感》，《教育革命通讯》，1974 年第 2 期。
② "朝农经验"主要是：学生实行"社来社去"，即由人民公社选送学生，毕业后仍回农村当农民，废除从学科体系出发的教学方法，根据农业发展需要组织教学，办学方式实行"几上几下"，"上"，是在校学习，"下"，是回生产队参加生产实践。
③ 1963 年 11 月至 1964 年 4 月，王光美根据刘少奇的指示，参加了唐山专区抚宁县卢王庄公社桃园大队的四清试点。

毛泽东
时代的中国
MAOZEDONGSHIDAIDEZHONGGUO

◆ 1973年底，为发展中国的彩电工业，第四机械工业部技术考察团访问美国康宁公司时，该公司赠送的礼物是玻璃蜗牛。1974年2月10日，江青等人声称康宁公司送蜗牛是骂中国爬行主义，借此攻击国务院领导"崇洋媚外"，此即所谓"蜗牛事件"。该事件使中国引进彩色显像管生产线的工作延退数年。图为康宁公司赠送的礼品玻璃蜗牛。

1966

1976

牛。"批林批孔"运动中，江青等人硬是抓住这件他们原本也同意的事情，说送蜗牛是侮辱我们，说我们爬行，大骂有关部门是"卖国主义"、"洋奴"，下令要把礼品退回去，还要提抗议。周恩来知道此事后，提议先由外事部门对该国风俗作调查。经调查，按当地风俗，蜗牛是节日礼品，象征幸福、吉祥，并无恶意，才把此事平息下来。但经江青这么一闹，从美国引进彩电显像管成套设备一事就被取消了。其他外国先进技术的引进工作也陷于停顿。

从教育界开始、扩展到其他领域的反击"右倾回潮"，使1972年前后周恩来批判极左思潮、恢复正常社会和工作秩序的方针政策遭到否定和批判。在反击"右倾回潮"的过程中再次泛滥开来的这股极左思潮，表现形式愈加极端，内容愈加荒谬，形成反对社会走上正常发展轨道的一股逆流。

二、"批林批孔"运动

"四人帮"
鼓吹"大乱是大好事"

进入1974年，"批林批孔"运动全面展开。

1974年元旦发表的"两报一刊"社论提出："要继续开展对尊孔反法思想的批判"；"中外反动派和历次机会主义路线的头子都是尊孔的，批孔是批林的一个组成部分"。这篇社论成为发动"批林批孔"运动的一个信号。

同年1月12日，江青、王洪文写信给毛泽东，建议把北京大学、清华大学两校大批判组选编的《林彪与孔孟之道（材料之一）》转发全国，并称："这份材料对当前继续深入批林、批孔会有很大帮助"，"各地也迫切需要这种简明扼要的材料"。实际上，当时广大干部和群众还不知道要开展"批林批孔"这件事，根本谈不上"迫切需要"这种材料。毛泽东批准了江青、王洪文的建议。1月18日，中共中央将这份材料作为当年一号文件正式转发全党。在转发这份材料的通知中说：林彪"是一个地地道道的孔老

◆山东曲阜县在孔庙内召开"批林批孔"现场会。

二的信徒。他和历代行将灭亡的反动派一样，尊孔反法，攻击秦始皇，把孔孟之道作为阴谋篡党夺权、复辟资本主义的反动思想武器"；"北京大学、清华大学选编的这个材料，对于继续深入批林，批判林彪路线的极右实质，对于继续开展对尊孔反法思想的批判，对于加强思想和政治路线方面的教育，会有很大帮助"。此后，批林批孔运动在全国正式开展起来。

毛泽东批准在全国开展批林批孔运动，目的是为了防止"右倾翻案"，肯定"文化大革命"的理论和实践。江青等人则打着毛泽东的旗号，四处活动，把批判的矛头指向周恩来、叶剑英等领导人，企图在党政军领导机构中夺取更多的权力，为篡夺最高领导权扫清障碍。《林彪与孔孟之道(材料之一)》的下发，与江青等少数几个人绕开周恩来和他主持的中央政治局，多次向毛泽东的"汇报"有重要关系。江青在这件事上所起的作用更是非同一般。直接参与整理这份材料的迟群曾一语道破其中"玄机"：编辑《林彪与孔孟之道》，是1973年下半年江青"像抓样板戏一样"亲自抓的一件事，是作为"当前的一个大方向"来看待的。江青不仅反复审看，还多次作出指示，指导"一遍又一遍地改"。

江青等人在积极推动"批林批孔"运动，维护"文化大革命"的同时，还进行一系列反对周恩来等人的阴谋活动，妄图搞乱全国。

1月24日，农历正月初二，正值春节假期。江青不经党中央和中央军委同意，突然下令在首都体育馆召开中央军委机关、驻京部队万人"批林批孔"动员大会。这次大会名义上是由中央军委召开的，而会议的中心内容是宣读江青以个人名义写给中央军委和全体指战员的一封信。会上传达中央文件的不是出席会议的中

◆ 上海工人召开"批林批孔"会议。

央军委领导，而是由江青指使的两个并无军队领导职务的人——迟群和谢静宜。迟群和谢静宜在会上大讲批孔是批林的深入，强调"批林批孔"要联系实际，批孔孟之道才能揭露林彪"克己复礼"的极右实质，指责有人要翻"文化大革命"的案，煽动军队参加"批林批孔"运动。

1月25日，江青等人再次以传达中共中央1974年一号文件为名，召开中央、国务院直属机关"批林批孔"万人动员大会。大会召开前，江青临时通知周恩来主持会议。江青事先向迟群、谢静宜口授了讲话内容，还要姚文元在会上多讲一些话。当周恩来坐在主席台上时，还不知道大会的内容。会上，江青俨然摆出运动领导者姿态，置周恩来、叶剑英等中央领导于被动的被指责的地位。江青在会上说：今天是动员"批林批孔"的大会，要全国动员起来。这场批判运动，不是放空炮，要有的放矢，要紧密地联系实际。我们有没有代表孔老二式的人物呢？这个问题大家要动脑子，想一想。会上，迟群和谢静宜以介绍《林彪与孔孟之道》的编辑经过和毛泽东的指示为名，发表了煽动性的长篇讲话，江青、姚文元不时插话。他们在介绍了

《林彪与孔孟之道》材料的产生过程和"反复辟"的主题后，强调"批林批孔"要联系实际，指责有人要翻"文化大革命"的案，含沙射影地攻击主持会议的周恩来等中央领导。他们还点名攻击中央、地方和军队一批领导干部，鼓吹"修正主义仍然是当前的主要危险"，并提出"批林批孔"要联系"走后门问题"。"走后门"，是指"文化大革命"中在升学、入伍、招工等问题上，普遍存在着不按原则办事，照顾亲属或熟人的不正之风。江青等人在"文化大革命"中搞不正之风尤甚。此时，他们却先发制人地提出反"走后门"问题，迟群和谢静宜在讲话中强调，"走后门"是对马克思列宁主义的背叛，对毛泽东思想的背叛，目的是要整倒一批与他们有不同意见的党政军负责人。

当江青要周恩来讲话时，周恩来说：我事先不知道还有一个"走后门"的重要内容，我对"文化大革命"的形势不够敏感，有点思想落后于形势！幸好，江青同志敏感，我应该检讨自己的思想。江青、姚文元等不时插话，对参加会议的周恩来、叶剑英等进行突然袭击。郭沫若也被江青点了名，并当众站起。江青一面声称要"保护"郭沫若，一面指责他的《十批判书》。

会上，江青等人还提到意大利共产党员安东尼奥尼拍摄的影片《中国》"实际上是一个间谍加汉奸搞出来的"，还提到了"马振扶公社中学事件"等问题。

会后，江青把姚文元、王洪文、张春桥、迟群、谢静宜召集到钓鱼台，江青大言不惭地说，"批林批孔"我是站在第一线冲锋陷阵，指挥战斗的。她得意忘形地说，今天我们把周恩来搞得狼狈不堪，他这个庞然大物，也得在大庭广众面前检讨自己的思想跟不上形势，他有什么

了不起的，照样是我们的手下败将。王洪文迎合江青说，周恩来是我们长期较量的对手。江青同志是指挥我们的统帅，你就率领我们和他周旋到底吧！张春桥说，我们要防备他们背后捅刀子。王、关、戚是怎么垮台的！我们要注意。江青接着说，不要长他人的志气，灭自己的威风。眼下，鹿死谁手，就看我们两家了。从年龄、身体上，他都不占优势，他今年已七十六七岁了，好景不长了。他有点像诸葛亮死前的处境，后继无人。而我们是兵强马壮，我们的年龄比周恩来、叶剑英小十六七岁，至于洪文、文元属于少壮派。我们有信心战胜他们。在江青的指使下，迟群、谢静宜等人修改、整理讲稿和录音带，准备发到全国。

1月25日晚，周恩来一方面派人到郭沫若家中了解情况，并派人加以保护；另一方面吩咐参加大会的秘书连夜突击，把大会发言稿整理出来。26日上午，周恩来把整理好的记录稿看了一遍，在重要的地方还用红笔画了横杠，并写了一封信，一并送给毛泽东。

当天下午，毛泽东认真地看了周恩来的信和"一二五"大会的发言记录稿。毛泽东开始对江青背着政治局，搞"批林批孔"批走后门的行为有所觉察。

1月30日，叶剑英也给毛泽东写信，反映自己对批林批孔运动的看法。2月15日，毛泽东在叶剑英来信上作了批语："开后门来的也有好人，从前门来的也有坏人。现在，形而上学猖獗，片面性。批林批孔，又夹着走后门，有可能冲淡批林批孔。小谢、迟群讲话有缺点，不宜向下发。"[1]2月20日，中央发出通知，指出对走后门问题应进行调查研究，确定政策，放在运动后期妥善解决。后来，毛泽东把"批林批孔"又

---

① 《中国共产党执政四十年》，中共党史出版社，1991年版，第368页。

夹着批"走后门"叫作"三箭齐发"。

虽然"一二四"和"一二五"大会上迟群、谢静宜的讲话没有下发，但是"批林批孔"运动的声势丝毫未减。这次会后，江青等人在讲话中说：为什么要批孔？当前还有人搞复辟。搞复辟就把儒家提出来。要革命就要对法家采取批判继承态度。江青等人到处鼓吹"大乱是大好事"，"批林批孔"运动"是第二次文化大革命"，阴谋再次搞乱全国。

在他们眼里，具有举足轻重地位的军队是运动中难以插手的一块"荒地"。因此，"批林批孔"运动开始后，在军队"点火放炮"、"放火烧荒"是江青等人搞乱全国的重要一步。张春桥说过，我虽然名义上是政治部主任，一点实权也没有。军委常委一开会，他们是多数，人又熟悉，背后又有周恩来控制，我是一个光杆司令，抗衡不了他们。军队不在我们手里，这是我们的致命弱点。江青等人把主要依靠力量放在造反派身上，寄希望于搞第二武装。按照王洪文的话说，把民兵组织起来，发枪支弹药，要现代化的，机枪、大炮、甚至火箭要齐备，进行军事训练，到关键时刻，一声号令，就能拉出去与叶剑英的正规军决一死战。

1974年1、2月间，江青以个人名义，就"批林批孔"问题给全军指战员、基层连队和海军、空军、南京部队、广州部队的领导机关、四机部第十设计院，以及外交部、中国科学院等写信，送"批林批孔"材料，到处煽风点火，鼓动军队的造反派"放火烧荒"。1月13日，江青以个人名义给空军司令员马宁写信，并派人给空军送去《林彪与孔孟之道》、《五四以来反动派、地主资产阶级学者尊孔复古言论摘录》各100本。同日，江青还给南京军区20军防化连写信，并派

迟群、谢静宜直接将信连同《林彪与孔孟之道》及其附件送到防化连，策动军区一些单位"揭发上级领导机关的阶级斗争、路线斗争大是大非问题"。1月22日，江青给海军政委苏振华写信。1月24日，江青又给中央军委和全军指战员写信、送材料。她在给王洪文、叶剑英、张春桥、邓小平的信中称："相当长时间了，从许多材料看来，全国范围内的批林整风运动发展是很不平衡的，批孔更是深入不下去，而林彪的思想体系和孔老二的关系，更是不清楚"，送去的材料"是可以帮助全体同志解决这个问题的"。同日，张春桥将江青的信批转叶剑英："建议军委议一议如何抓好批林批孔，并商量一下江青同志的信如何落实。"1月28日，江青又给中央领导写信，要他们"代向广州军区全体指战员、海南岛、西沙群岛全体军民同志们致以无产阶级革命的敬礼"。

为了把军队搞乱，江青与王洪文、张春桥、姚文元密切配合，不经党中央和中央军委讨论，擅自处理党政军重大问题。1月13日，江青对迟群、谢静宜和军委空军处一位副处长说："现在把你们当炮弹放出去，去放炮。"江青还派了一批军队记者到各部队领导机关搜集情报。有一封向叶剑英和江青反映军队工作的信，江青不送主管军队工作的叶剑英，却于当天批给王洪文："后勤问题看来要点火，如何做法待议后再定。"还有一封要江青转给毛泽东的信，江青不送毛泽东、党中央，又于当日批给王洪文："海军问题得研究一下，空军也冷下来了，捂盖、翻案，不解决不行了。"2月25日，江青又把反映总参问题的信批给王洪文、张春桥："总参问题太大了，要放火烧荒才好。"不是政治局常委的江青，对涉及党政军重大问题的文

件擅自批阅，且只批给王洪文、张春桥、姚文元，把涉及重大问题的决定限制在他们四个人的范围内，这是极不正常的。

1974年1月31日，在周恩来主持召开的中央政治局会议上，周恩来明确指出：军委系统、党政机关、生产部门应该尽早规定一些政策界限下达，军队的指挥作战、机要、通信、情报、供给等部门不搞"四大"；生产部门"在生产以外的时间搞"。江青等人以这"会对群众发动定框框"为由，否定了周恩来这一意见。

虽然，周恩来在叶剑英等人支持下，坚持对军委系统不搞"四大"做了布置，并对一些具体问题做了限制性规定，但是，江青反革命集团仍在军队的一些会议上鼓动"放火烧荒"，明确布置要在军队"把盖子揭开"。2月8日，王洪文、张春桥在一次会议上对我军高级领导机关大扣帽子，大打棍子，说总参领导"右倾手软，右得不能再右了"。对总政"可以夺权"，总后"垮得越彻底越好"。3月5日晚，江青、张春桥召集于会泳、陈亚丁(原为军委总政治部文化部副部长、当时陈无任何职务)等人开会，以听取汇报为名，把矛头指向中国人民解放军。江青说：今天我斗胆、我不敢得罪军队，今天把你陈亚丁也请来了，就是要整一整。江青随意诬蔑军队领导干部，骂这个是"军阀"，那个是"坏人"。鼓动军队要夺权，煽动陈亚丁把军队文化工作管起来，说你去把权夺过来嘛，放火烧荒，你们去三个人，去放火嘛。江青并扬言要管军队。3月6日，王洪文在总参谋部的汇报会上说，总参的问题"盘根错节"，"要解决一下"，要继续发动群众把盖子揭开，揭总参领导的问题。总参的盖子"一定要揭开，揭不开就砸，砸不开就用炸弹炸"。3月13日，张春桥在听取总后勤部的

汇报时说："总后已经瘫痪了，我看瘫痪得越彻底越好。"并说："不要怕派性。打内战也可以，有些问题要靠打内战才能解决。"3月15日，王洪文在总参作战部汇报时诬蔑叶剑英兼管的总参作战部说，如果苏修、美帝真的打来，我怀疑作战部会有"维持会"。真的打起仗来，总参会有维持会长、副会长，一套班子齐全。

江青等人还把《解放军报》作为"放火烧荒"的突破口。1974年1月17日，《解放军报》发表了一篇短文《既要讲批评，又要讲谅解》。这篇文章是根据1973年5月周恩来、叶剑英在空军党委会的讲话而写的。1月28日，江青、张春桥、王洪文指责这篇文章"离开批林批孔斗争的大方向"，"宣扬折中主义、中庸之道"，并布置发表评论文章。3月下旬，《解放军报》被下令停止编发自己的稿件，完全转发新华社的消息和《人民日报》的稿件，变相停报178天。

"批林批孔"运动开始后，把持舆论宣传大权的江青反革命集团竭力扩大这场运动的规模和范围。他们通过权威报刊，宣传"批林批孔"是"毛主席亲自发动和领导的"，是为贯彻党的十大精神进行的"上层建筑领域的革命"。2月1日，《红旗》杂志发表短评《广泛开展批林批孔的斗争》说，"深入批林批孔，就是当前全党的大事，全军的大事，全国人民的大事。不批林批孔，就是不抓阶级斗争和路线斗争，就是放弃对修正主义、资产阶级世界观的进攻，这样下去，势必滑到修正主义的斜路上去。"开展"批林批孔"是因为"我们党同林彪之间围绕着反孔还是尊孔的斗争，实质上是社会主义时期前进和倒退、革命和反革命的两个阶级、两条道路的斗争。"只有通过这一批判，才能进一步认识"文化大革命"的必要性，以巩固和发展

"文化大革命"的伟大成果。批判孔孟之道不是"学术问题"，它是同现实阶级斗争和路线斗争紧密联系的政治问题。这以后，《人民日报》发表了《把批林批孔的斗争进行到底》、《批'克己复礼'——林彪妄图复辟资本主义的反动纲领》、《再批"克己复礼"》等多篇文章，宣传只有批判林彪宣扬的孔孟之道，才能进一步批透林彪反革命的修正主义路线的极右实质，并强调批林批孔要联系现实的阶级斗争和路线斗争，坚持革命，反对倒退，正确对待文化大革命，满腔热情地支持社会主义新生事物。从此，党的十大要求放在首位的"批林整风"运动，变成了"批林批孔"运动。

◆某市工厂的职工在书写"批林批孔"的大字报。

在鼓吹"批林批孔"、巩固"文化大革命的伟大成果"的同时，江青反革命集团以批判孔子的"克己复礼"、"兴灭国，继绝世，举逸民"为名，影射攻击周恩来等党政军领导。

1974年1月4日，《人民日报》发表署名唐晓文的文章《孔子杀少正卯说明了什么》，把孔子写成"宰相儒"影射周恩来。江青一伙在授意梁效撰写《孔丘其人》和《从〈乡党〉篇看孔老二》两篇文章时，迟群和谢静宜强调，写《孔丘其人》要有针对性和现实感，写孔丘要虚扬，不要太实；挂林彪，不仅仅是林彪，要在"某人"上把文章作足，画好某一个人的像。《红旗》杂志第4期根据江青旨意发表的《孔丘其人》一文，用影射手法，通过出身到行为特征，以至"重病在身"等方面的描写，露骨地攻击周恩来。文章中，孔丘被描绘成"甚至在他71岁重病在床的时候，听说齐国新兴地主阶级杀了奴隶主头子齐简公，夺取了政权，还拼命挣扎着爬起来，摇摇晃晃地去朝见鲁君，再三请求讨伐"。江青称之为"写得生龙活虎"。5月17日《北京日报》发表的《从〈乡党〉篇看孔老二》一文中，在描写孔子见国君的一段文字中，凭空加上"端起胳膊"四个字，说，"此人极端虚伪奸诈，是一个可恶的政治骗子……你看他为了骗取到'正人君子'的名声，在大庭广众之中，是如何装模作样的吧。"文章的执笔者在粉碎江青反革命集团后承认，这是借孔子之名，对周总理搞政治陷害和人身攻击。

在"批林批孔"运动中，江青反革命集团以法家自居，污蔑攻击周恩来，最集中的目标是周恩来在1972年前后批判极左思潮的过程中，在各个领域恢复党的正确政策、方针，为在"文化大革命"中遭受迫害打击的老干部恢复名誉,重新安排工作,等等。这些纠"左"的正确做法,被江青反革命集团污蔑为所谓"克己复礼"、"请隐士"、"举逸民",受到攻击批判。

江青反革命集团在大批儒家的同时,竭力抬高法家。他们对历史进行了肆意的歪曲和阉割,说什么西汉前期和中期"反复辟斗争"所以取得胜利,是因为在中央政权中始终保持一个法家领导集团,并大肆吹捧吕后和武则天。江青授意北京大学、清华大学两校"大批判组"撰写《有作为的女政治家武则天》、《法家人物简介·吕后》等文章,以评武则天、吕后为名,吹捧江青。江青还露骨地说,共产主义也有女皇。我现在觉得有一个历史人物值得考虑,吕后是伟大的政治家,封建政治家,法家,不能低估。因为刘邦去世后,天下没有乱,是和吕后执行了法家路线有关。一些报刊发表的鼓吹"法家领导集团"的文章,刻意突出吕后、武则天这两位得到江青倾慕的"女皇"。江青反革命集团狂热地吹捧法家,实际是为了抬高他们自己,为他们在四届人大召开前,反周组阁的阴谋制造舆论。

江青反革命集团出于影射现实的目的,制造出把所谓儒法斗争延续到现在的公式。6月12日,江青、姚文元、王洪文在人民大会堂接见梁效、唐晓文等写作班子成员时,江青大谈儒法斗争延续到现在,说:复辟和反复辟,前进和倒退的斗争,从奴隶社会贯穿到社会主义社会。现在还有人要复辟,不能说没有。要复辟必然要抬出儒家。我们要革命,对历史上的法家就要批判继承。江青还说,凡是儒家都是卖国主义,凡是法家都是爱国主义。两天后,江青在14日人民大会堂举行的"批林批孔"座谈会上,又说:"批林批孔要深入、持久、系统、普及,

必须把批林批孔放在儒法斗争中来批才能深入。""单纯批儒,没有对立面,不能从路线高度来看,看不到路线斗争的规律。"会后,江青、姚文元留下写作班子,授意要写文章批"现代的儒"。6月15日,江青同他们的写作班子成员谈话时说,现在文章很少提到现代大儒,除了林彪、陈伯达之外,现在有没有儒?有很大的儒,不然不会搞这样大的运动。6月18日,《人民日报》发表社论《在斗争中培养理论队伍》,姚文元在这篇文章中加了一段话:"两千多年来的儒法斗争,一直影响到现在,继续到现在,还会影响到今后"。

江青还带着一些人到处宣讲"儒法斗争史"。6月17日,江青带着梁效写作班子成员和一批亲信到天津工厂、农村、部队,借宣讲"儒法斗争史",散布"儒法斗争继续到现在"的谬论,煽动"揪现代大儒"。她公然声称现在"有很大的儒","这次运动的重点是批党内的大儒",要批"现在的儒"。江青还指使谢静宜宣读一份认为江青是"激进派",周恩来是"温和派"的外国电讯,暗示周恩来就是"现代的大儒"。不久,高等学校的"批林批孔"运动转入搞"批儒评法"和"儒法斗争史"。江青反革命集团的写作班子写了一批以批判"现在的儒"为主题的文章。这股借古寓今的浪潮泛滥到各地,江青反革命集团在各地的帮派分子也自封为"法家党",借机大反"儒家党",为他们造反的行为又涂上一层政治色彩。

"评法批儒"的提出,在思想理论界引起极大混乱,造成影射史学的泛滥。儒法之争本是史学领域的学术问题,但是,"评法批儒"被加上荒唐的阶级斗争、路线斗争色彩。中国历史被歪曲为"儒法两条路线斗争史",一切历史人

物在历史上的功过评价都被纳入"儒法斗争"的框框重新"划线排队"，两千年的历史被涂改成一笔糊涂账。江青反革命集团的写作班子按照"评法批儒"的口号，开列出一大堆划分儒法两家的标准，诸如：凡是法家都是爱国的，凡是儒家则是卖国的；法家革新，儒家守旧；得天下的是法家，顽固的反动派是儒家，等等。一时间，曲解历史、借题发挥、影射史学、"小报抄大报，大报抄梁效"，成为一股愈刮愈烈的邪风。

"批林批孔"运动还使极左思潮更加广泛地渗入到社会生活领域。江青反革命集团调用大量人力、物力注释法家著作，要求各地在学校现行教材中充分体现"文化大革命"的成果和"批林批孔"的要求。中小学以至幼儿园也开展了批判《三字经》、《闺训千字文》、《弟子规》、《改良女儿经》等旧书的活动。为了适应政治斗争的需要，封建专制主义和封建统治的谋略权术受到歌颂。对"斗争哲学"的大力赞扬，更加助长了一些文化素养欠缺、"革命"热情十足的人的偏激好斗情绪，一批"头上长角，身上长刺"的人物动辄以所谓"阶级观点"视老师、领导、父母、兄长为"敌人"，进行"造反"斗争。许多中华民族优秀的传统道德受到否定，整个社会的伦理道德规范几近于崩坏。

"批林批孔"运动对中国历史的歪曲和对传统文化的践踏，在一些正直的知识分子和有思想的青年中受到了抵制和反对。1974年2月，著名学者梁漱溟在政协直属组作了《我们今天应该如何评价孔子》的长篇发言，提出："我的观点，确实是对时下流行的批孔意见不同意的。"他认为孔子是中国文化史上承先启后的重要人物，表示："我的态度是不批孔，但批林。"一些人则写文章批驳梁效、罗思鼎之流的谬论，

并将文章投寄报刊。当然，这些文章在当时无一例外地遭受被扣压的命运。

就在江青等人在教育领域树立"反潮流"典型，批判"师道尊严"、"反击右倾回潮"的时候，人民群众中有人直接对这些"反潮流"典型提出了告诫和批评。《一个小学生的来信和日记摘抄》发表后，北京内燃机总厂的一位老工人很快就给那位小学生写信，指出这一事件是有人在背后导演的。他说："想想那些把你捧起来的人是些什么玩艺儿？为什么拿一个五年级的小学生作文章，又为什么竟借题发挥？""当然，你还小，容易受坏人影响。但随着历史的演变，你一定会明白这其中的原因。"

内蒙古生产建设兵团的三位青年也以"王亚卓"[①]的笔名给那位写日记的小学生写信，指出："现在许多学校里，学生动辄就贴大字报，谓之'反潮流'，其实这才是一股很不好的潮流。"他们呼吁"设身处地地为教师们想一想吧，他们多少年如一日忠诚党的教育事业，为培养革命后代努力地工作着……他们欢迎的是'诚心者'，不是'造反派'，不是师长式的学生"，而这种学生"把老师当敌人"的"反潮流精神""未免迫人太甚"，"实在不敢恭维"。1974年2月，这封信被江青反革命集团发表在《人民日报》上，在《为教育革命大好形势拍手叫好》的通栏标题下，被作为对"革命的新生事物""横加指责"，说明"教育战线两条路线、两种思想的斗争，仍然十分尖锐"的事例，受到了批判。这封信的三位作者是年龄在二十岁左右、曾经参加过红卫兵的知识青年。这些青年对"反潮流精神"的批评，反映了"文化大革命"中一批充满热情的青年在经历了一段曲折历程后思想的觉醒。

1966

1976

---

① 王亚卓是内蒙古生产建设部队十九团政治处宣传干事王文尧、放映员恩亚立、新闻报道员邢卓三人的笔名。

◆ "批林批孔"展览。

1966
▼
1976

毛泽东说:"批林批孔"搞乱了

"批林批孔"运动的发动,使极左思潮再次严重地在社会上泛滥开来,1972年前后在周恩来领导下经过艰苦努力刚刚趋向稳定的局势又陷入混乱。在江青等人的煽动和指使下,追随他们的帮派分子重新拉起战斗队之类的组织,到处散布"不为错误路线生产"、"反潮流"等口号,煽动停工停产;社会上又出现联络站、上访团、汇报团一类组织,部分地区又出现武斗,一些老干部、教师和文艺工作者受到揪斗、批判。在许多地区和单位,一些领导机关受到冲击,一些主持工作的领导干部被重新打倒,或者被迫离开工作岗位,或者卷入了支一派压一派的派性斗争中,使这些地区和单位的领导班子重新陷入了瘫痪或半瘫痪状态。

新的动乱使国民经济重新遭到破坏,不少企业陷入停产、半停产状态,工业生产急剧下滑。煤炭欠产,港口压船,铁路堵塞,运输量锐减,财政出现赤字,市场紧张。据1974年1月至5月统计,煤炭产量比去年同期下降6.2%,铁路货运量比去年同期下降2.5%,钢产量比去年同期下降9.4%,化肥产量比去年同期下降3.7%。财政收入比去年同期减少5亿元,支出增加25亿元,出现赤字5亿元①。

人民生活受到严重影响。大中城市商品供应紧张,副食品、棉布、糕点以至火柴,供应量均在下降。在物产富饶的浙江省,这个在20世纪60年代初自然灾害时省内吃饭仍不要粮票的富饶省份,在"批林批孔"运动中,有不少商品开始脱销,为解决吃粮问题,竟需要从北方调运地瓜干、小麦来救灾。

毛泽东虽然支持批林批孔,但是鉴于前几年"天下大乱"的教训,不愿看到出现更大的社会动乱。同时,他对江青等人凌驾于党中央之上,在"批林批孔"中到处插手,另搞一套的行径有所觉察,对江青进行了多次批评。还在他扣发1月25日大会讲话录音带时,就强调有意见要在政治局讨论,印成文件发下去,要以中央的名义,不要以个人的名义,也不要以我的名义,我是从来不送什么材料的。3月20日,毛泽东致信江青:"不见还好些。过去多年同你谈的,你有好些不执行,多见何益?有马列书在,有我的书在,你就是不研究。我重病在身,81了,也不体谅。你有特权,我死了,看你怎么办?你也是个大事不讨论,小事天天送的人。"3月下旬,外交部根据毛泽东的提议,决定由邓小平率团出席4月在美国纽约召开的第六届联大特别会议。江青明知这件事已经毛泽东批准,还是想方设法地加以阻挠。在周恩来主持的中央政治局会议上,她自恃身份特殊,声称对邓小平出国一事"保留意见"。为此,毛泽东写信警告江青:"邓小平同

---

① 《中国共产党执政四十年》,中共党史出版社,1991年版,第373页。

志出国是我的意见,你不要反对为好。小心谨慎,不要反对我的提议。"

江青等人不顾毛泽东的批评,继续制造混乱。为了制止混乱局面发展,扭转生产下降的状况,毛泽东对"批林批孔"运动的组织领导、方式方法、范围界限作出限定,并吸取"文化大革命"初期"天下大乱"的教训,制定出一系列强制性规定。

经毛泽东批准,中共中央于4月10日发出《关于"批林批孔"运动几个问题的通知》。《通知》规定,"'批林批孔'运动在党委统一领导下进行,不要成立战斗队一类群众组织,也不要搞跨行业、跨地区一类串连";对已经成立的联络站、上访团、汇报团一类组织,各级党委应做好工作,劝他们回本单位参加"批林批孔"运动。

5月18日,中共中央又发出《关于批林批孔运动几个政策问题的通知》,《通知》指出,在批林批孔运动中要注意掌握党的政策,注意严格区别和正确处理两类不同性质的矛盾,以利于团结95%以上的干部,团结95%以上的群众。不要搞扩大化,并规定陆、海、空军的军以下领导机关和部队在批林批孔运动中,一律坚持正面教育。

7月1日,中共中央在《关于抓革命、促生产的通知》中重申,我们的干部,绝大多数是好的和比较好的,规定不准揪干部,不准打人抓人,擅离职守的领导和其他人员,必须返回工作岗位,对于有关劳动、工资等经济政策方面的问题,一律放到运动后期统筹解决。通知批评那些把打内战、停工停产的行为说成是"反潮流"、"不为错误路线生产"等错误言论,指出:"那种不作阶级分析,笼统地讲什么'只要造领

导的反就是反潮流'的说法,是错误的。有的人不批林,不批孔,不上班,不劳动,……继续搞跨地区、跨行业的串联,拉山头,打内战,还把这种行为说成是'反潮流'的革命行动,这是对反潮流的严重歪曲。还有人散布什么'不为错误路线生产'的谬论,公然煽动停工停产。对于这些错误言论,必须加以批驳。对于幕后操纵者,要发动群众揭发批判。"

7月17日,毛泽东在中央政治局会议上第一次当众点出了江青反革命集团的问题。他告诫江青说:"不要设两个工厂,一个叫钢铁工厂,一个叫帽子工厂,动不动就给人戴大帽子。""你也是难改呢!"并宣布:"她并不代表我。她代表她自己。""总而言之,她代表她自己。"毛泽东还批评江青、张春桥、姚文元、王洪文搞帮派活动,警告他们说:"你们要注意呢,不要搞成四人小宗派呢!"这些批评明确点出了江青等四个人拉帮结派的问题,是对江青等人一次很有分量的批评,使江青一伙不得不有所收敛。他针对江青等人想通过"批林批孔"再次造成"天下大乱"的搞法,批评江青"'批林批孔',批'走后门',成了三个主题,就搞乱了。搞乱了,也不告诉我。"并指出:"说'批林批孔'是第二次文化大革命是不对的。"

毛泽东在1972年对部分干部落实政策的基础上,进一步同意纠正"文化大革命"中的一些错案。1974年7月,党中央为杨成武、余立金、傅崇碧平反,重新安排工作。8月,毛泽东针对江青反革命集团在批林批孔运动中整理的一批军队领导干部与林彪关系的材料,提议召开各大军区司令员、政委会议。他要求实行"惩前毖后、治病救人"的方针,说:一棍子打死就不好了,允许人家改正错误嘛,要给人家机会。又

说:"无产阶级文化大革命,已经八年。现在以安定为好,全党全军要团结。"9月29日,党中央为贺龙平反,恢复名誉。11月,他听到李先念等汇报1974年经济出现下降趋势时,指示:要"把国民经济搞上去"。毛泽东的这些指示和措施,使江青反革命集团再次搞乱全国的图谋受到了抑制。

由于毛泽东对江青反革命集团的抑制,也由于广大干部群众对"批林批孔"运动的抵制,"批林批孔"运动对周恩来的影射攻击,不但没能诋毁周恩来,反而使广大干部群众从中进一步看到了一位忍辱负重、兢兢业业、鞠躬尽瘁、死而后已的好总理的光辉形象。人民对自己的好总理更加爱戴。1974年6月,周恩来心力交瘁,积劳成疾,住进了医院。9月30日晚,周恩来抱病参加人民大会堂举行的庆祝中华人民共和国成立二十五周年招待会。当他和其他党和国家领导人步入大厅时,顷刻间,全场鼎沸,掌声雷动,经久不息。中外来宾争相上前,围在周恩来身边问候致意。有的人情不自禁地喊着:"总理的病好了!总理的病好了!"宴会厅久久平静不下来。坐在后面的人,纷纷站在椅子上,遥望祝愿。周恩来短短数分钟的祝酒词,竟被全场的热烈掌声打断十几次,许多人热泪盈眶。这一激动人心的场面,充分显示了当时的党心、军心、民心所向。

但是,这一年由于受到"批林批孔"运动的剧烈冲击,社会出现严重混乱,国民经济急剧下滑。工农业产品产量是:粮食比上年增长3.9%;棉花比上年下降3.9%,钢比上年下降16.3%,原煤比上年下降0.96%;铁路货运量比上年下降3.2%。国家财政总收入783.1亿元,总支出790.8亿元,赤字7.7亿元[①]。

三、"还是安定团结为好"

毛泽东告诉江青:不要由你组阁

江青反革命集团不遗余力地借"批孔"攻击以周恩来为代表的老一辈革命家,除了因为他们对1972年前后周恩来批判极左思潮不满,要借机"反击右倾回潮"以外,还有一个重要原因,就是企图在正筹备召开的四届人大上夺取更多的权力。

在1973年8月召开的中共十大上,以江青为首的江青反革命集团的权势达到巅峰。在这次大会上,王洪文当选为中共中央副主席,成为坐在毛泽东身边的党内"第三号人物",毛泽东另一边坐的是周恩来。张春桥也当选为政治局常委,江青、姚文元当选为政治局委员。江青反革命集团的一批帮派骨干也进了中央委员会。随着权势的急剧扩大,江青反革命集团的野心急剧膨胀。他们把即将召开四届人大看作夺取更多权力的时机,为实现由他们"组阁"而加紧活动,阴谋篡夺党和国家的最高领导权。

"批林批孔"运动中,张春桥在他们的帮派骨干中鼓吹:"我们造反派要打天下,而且要坐天下"。他们通过各种方式大搞突击入党、突击提干,把大批在"文化大革命"中靠"打、砸、抢"起家的造反派头头吸收入党,并提拔到各级领导岗位。在江青反革命集团的唆使下,这些帮派分子肆无忌惮地在各地区进行抢班夺权活动。他们中有的公开提出"要砸开党的大门,改造党委领导";有的给所在地区的省、市委提出长串名单,强迫省、市委按照名单安排领导职务。

①《中国共产党执政四十年》,中共党史出版社,1991年版,第378页。

江青反革命集团及其帮派骨干除了在各地抢夺领导权以外，还紧锣密鼓地内定四届人大组阁名单，极力在中央和国务院要害部门安插干部。还在1972年上半年，张春桥就以为党中央多输送干部为名，提出"要培养工人大使，现在的外交人员到联合国去的都是知识分子"，在上海选调了八十名工人，送到复旦大学培训，准备在两年后到外事部门工作，一旦有机会就派到国外当大使。后来，王洪文又提出，上海"要准备一百名干部，随时准备抽调出去。"1973年9月，王洪文、张春桥指使上海的亲信、中共上海市委书记、市革委会副主任王秀珍等，选拔一批工人出身的新干部，准备到中央各部当部长。10月，王秀珍等人在上海举办"市委工农干部学习班"。1974年3月，王秀珍到北京找王洪文、张春桥密商人事安排问题。王洪文对王秀珍说，上海要尽快物色二十多个年轻干部，分别担任全国总工会、团中央、全国妇联、公安部、商业部、建材部、邮电部、中组部、卫生部以及《人民日报》的领导。4月底，上海市革命委员会提出一个八十八人的中央副部长备选人名单。10月，王洪文又提出："要把上海的中委都调出来"，"上海还要抓紧培养一批人"。江青反革命集团在上海的帮派骨干、中共上海市委书记、市革委会副主任马天水，中共上海市委书记、市革委会副主任徐景贤、王秀珍等按照张春桥、王洪文授意，从上海先后排出两批名单报送江青，第一批备选名单有十八名部长，十二名司、局长；第二批备选名单有十六名部长。除上海外，在辽宁和其他地方，江青反革命集团也作了类似的组织准备。

江青反革命集团在为"组阁"作组织准备的同时，还加紧了舆论准备。他们利用掌握的舆论工具，连篇累牍地发表文章，一方面以总结儒法斗争的历史经验为名，攻击国务院主要领导人周恩来和其他领导人，标榜他们是坚持毛主席革命路线的"中央法家集团"；另一方面别有用心地吹捧吕后、武则天等历史上的女皇，为江青"组阁"大造舆论。《红旗》杂志在1974年第10期发表了由姚文元策划修改定稿的署名梁效的《研究儒法斗争的历史经验》一文。按照姚文元布置，这篇文章的主题应放在"研究儒法斗争对无产阶级革命和专政的意义上"，目的是"为了现实的阶级斗争"，所以要"针对当前的主要问题来写"，要着重写"复辟与反复辟"的"经验教训"。这篇文章的中心内容是，"刘邦死后，吕后和汉文帝以后的几代，都继续贯彻执行了刘邦的法家路线，并重用像晁错、张汤、桑弘羊等法家人物，让他们在中央主持工作。由于中央有了这样一个比较连贯的法家领导集团，才保证了法家路线得到坚持"。江青反革命集团以"当代法家"自命，为他们"在中央主持工作"制造舆论的用心昭然若揭。

1974年10月4日，毛泽东提出了关于国务院领导人选的意见，提议由已经在1973年恢复工作，并在国务院分管外交事务的邓小平出任国务院第一副总理。10月11日，党中央发出通知，决定"在最近期间召开第四届全国人民代表大会"，并转述了毛泽东关于要安定团结的意见。

江青反革命集团对毛泽东的提议极为不满，10月中旬在江青等人操纵下，发生了轰动一时的"风庆轮事件"。1974年9月，我国自行设计制造的远洋万吨货轮"风庆"号远航归来。江青反革命集团利用"风庆轮"试航成功，对20世纪60年代党中央在国内造船工业不能满足远洋运输的情况下作出的造船和买船并举的方针横加指责。1974年10月12日，《文汇报》和《解放日报》在头版发表评论员文章，说什么"我国近代造船工业发展史，是一部充满尊孔崇洋与反孔爱国斗争的历史"；影射现实生活中有人奉行"造船不如买船，买船不如租船"的洋奴哲学，推行了一条卖国主义路线。10月13日，江青在一份关于"风庆轮"情况的报道上写了批语，攻击交通部"崇洋媚外"，是"买办资产阶级思想的人专了我们的政"，矛头指向周恩来、邓小平。10月17日晚，在政治局会议上，江青拿出她写了批注的关于"风庆轮"的传阅材料，强迫与会者对他们认定的所谓"卖国主义路线"表态。江青挑衅性地问邓小平：你是支持呢？还是反对呢？还是站在中间立场呢？邓小平回答：这

1966

1976

◆1974年10月17日，江青反革命集团在中共中央政治局会议上借中国自行设计和制造的远洋货轮"风庆号"远航归来，攻击国务院领导批准适当买船、租船的做法是"崇洋媚外"，制造了"风庆轮事件"。图为"风庆轮"下水时的情景。

是强加于人。我要调查！我要调查！张春桥站起来说：早就知道你要跳出来，今天你果然跳出来了。邓小平愤然离开会场，以示抗议。政治局会议不能继续开下去，无果而散。

当晚，江青召集张春桥、姚文元、王洪文到钓鱼台17号楼紧急开会，分析这次政治局会议的情况。江青等认为，邓小平之所以在政治局会上同江青吵架，是对文化大革命不满，有气，反对文化大革命，不支持新生事物。姚文元在18日日记中写道："斗争形势突然地变化了，邓小平同志昨天会议结束时站起来骂江青同志……已有庐山会议气息，形势如何发展，不以我们意志为转移。"会上，王洪文提出要到长沙向毛主席汇报情况，立即得到江青的赞同，并说要去就早去，最好是在主席接见外宾前去。为什么要抢在主席接见外宾之前去？多年后，王洪文在笔供中承认：长沙告状的目的就是在毛主席面前搞臭邓小平同志，使他不能工作，当然更不想让他当第一副总理了，抢在邓小平同志陪同外宾去之前，目的是要毛主席了解吵架的所谓"真相"……实际上是诬蔑邓小平的一次阴谋活动。

10月18日，王洪文背着中央政治局多数成员，到长沙向毛泽东作诬陷周恩来、邓小平的汇报。王洪文对毛泽东耸人听闻地说：北京现在大有庐山会议味道，我是冒着危险来的。王洪文说，在政治局会议上，江青同邓小平发生了争吵，吵得很厉害。邓小平还是搞过去"造船不如买船，买船不如租船"那一套。王洪文还别有用心地说，周恩来虽然有重病，但昼夜都忙着找人谈话，经常去总理家的有邓小平、叶剑英、李先念等。他们这些人这时来往得这样频繁，和四届人大的人事安排有关。王

洪文在这里讲的庐山会议，是指林彪阴谋夺权的九届二中全会。他把周恩来等人的正常工作往来，比作林彪的篡权阴谋活动，企图蒙骗毛泽东。王洪文在汇报中还吹捧江青、张春桥、姚文元，目的显然是想阻挠邓小平出任第一副总理，并把周恩来撇在一边，由江青反革命集团出来组阁。

毛泽东听完王洪文的汇报后，当即批评王洪文："商量工作嘛！有意见应当面提，这么搞不好。小平同志会打仗，经验比你们多，能力比你们强，你要同小平同志搞好团结。"王洪文连忙告辞，说还要赶回北京。毛泽东告诫他：你要注意江青，不要跟她搞在一起。你回去后找总理、剑英同志谈谈。有意见当面谈，这么搞不好。

当天晚上，王洪文回到北京后，根本没有执行毛泽东的指示，而是到钓鱼台17号楼向江青、张春桥、姚文元传达去长沙的情况。江青还通知王海容、唐闻生来参加。江青先让张春桥介绍所谓形势问题。张春桥把"批林批孔"后国内财政开支和对外贸易中出现的逆差说成是国务院领导人崇洋媚外造成的，说邓小平在"风庆轮"问题上跳出来不是偶然的，他在"文化大革命"以前就主张"造船不如买船，买船不如租船"。张春桥还恶毒地把17日晚政治局会议比作"二月逆流"。江青让唐闻生、王海容再去长沙向毛泽东诬告邓小平。

10月19日，王、唐到医院向周恩来报告了江青找他们谈话的情况。周恩来说，他已经知道政治局会议的问题，经过他的了解，事情并不像江青等人所说的那样，而是他们四人事先就计划好要整邓小平，他们已多次这样搞过邓小平，邓小平已忍了他们很久。

10月20日，王海容、唐闻生在陪同毛泽东接待外宾后，把跟周恩来谈话的情况报告了毛泽东。毛泽东说："风庆轮"的问题是一件小事，而且先念同志正在解决，但江青还这么闹。他指示王海容、唐闻生回北京转告周恩来和王洪文：总理还是我们的总理，四届人大的筹备工作和人事安排问题由总理和王洪文一起管，并建议邓小平任党的副主席、第一副总理、军委副主席兼总参谋长。毛泽东还要王海容、唐闻生转告王洪文、张春桥、姚文元不要跟在江青后面批东西。毛泽东没有听信王洪文的诬告。

11月上旬，周恩来在医院约中央政治局委员分三批开会，解决了"风庆轮"问题。江青反革命集团借"风庆轮"事件整周恩来、邓小平的阴谋未能得逞。

11月12日，邓小平在长沙向毛泽东汇报10月17日中央政治局会议争论的情况，认为政治局内生活不正常，并谈及自己同江青冲突一事。毛泽东听后，赞同邓小平的意见和做法，说，你开了一个钢铁公司。邓小平说，我实在忍不住了，她在政治局搞了七八次了。毛泽东说："她（指江青）强加于人哪，我也是不高兴的！"邓小平谈到自己的工作时表示，关于我的工作决定，主席已经讲了，不再提什么意见了，但责任太重了点。毛泽东说，没办法呢，只好担任起来啰。

王洪文的长沙之行没有达到江青反革命集团的目的，反而受到毛泽东的批评，江青等人仍然不肯罢休。11月间，江青多次给毛泽东写信，提出她对党政领导人事安排的意见。11月12日，江青给毛泽东写信，提出让谢静宜任全国人大副委员长，迟群任教育部长，乔冠华任副总理，毛远新、迟群、谢静宜、金祖敏列席政治局会议,作为"接班人"来培养。毛泽东看出了江青的意图,于当日在江青的信上批道:"不要多露面,不要批文件,不要由你组阁(当后台老板)。你积怨甚多,要团结多数。至嘱。""人贵有自知之明。又及。"江青仍不甘心。11月19日,江青又给毛泽东写信,一方面不能不作点"检讨":"愧对主席的期望,因为我缺乏自知之明,自我欣赏,头脑昏昏,对客观现实不能唯物的正确对待,对自己也就不能恰当地一分为二的分析。"另一方面,她道出了真意:自九大以后,我基本上是闲人,没有分配我什么工作,目前更甚。毛泽东看透了江青伸手"要官"的心思。次日,他写道:"你的职务就是研究国内外动态,这已经是大任务了。此事我对你说了多次,不要说没有工作。此嘱。"江青再次受到毛泽东的批评后仍不死心。又托人在12月23日前去向毛泽东转达她的意见:由王洪文当全国人大副委员长,排在朱德、董必武之后。当时,朱德、董必武已是高龄,如果王洪文当人大副委员长,人大常委会的实权就可落入江青反革命集团的手中。而由王洪文当副委员长,将来党的主席职务就可能落到江青头上。当毛泽东得知江青的想法后,尖锐指出:"江青有野心。她是想叫王洪文做委员长,她自己做党的主席。"毛泽东让人转告周恩来:朱德、董必武之后,要安排宋庆龄,邓小平、张春桥、李先念为国务院副总理。其他由周恩来主持安排。

在毛泽东的支持下,周恩来在关系到党和国家前途的关键时刻,抱病进行四届人大的筹备和国家人事安排工作。周恩来自1974年6月1日因病情加重住进医院后,仍坚持不懈地工作。他不顾两次手术后每况愈下的身体健康,从10月下旬到11月上旬,连续在医院分别与邓

小平、叶剑英、李先念以及王洪文、江青谈话,并约中央政治局成员谈话,传达毛泽东的指示。12月,周恩来在医院审阅四届人大名额分配的名单后,致信中央政治局,建议增加老干部的名额。在审阅政府工作报告后,提出修改意见。在关键的人事安排问题上,他反复考虑,费尽苦心。针对江青反革命集团竭力要将他们的亲信安插到文化、教育、体委等部委的情况,周恩来同李先念、纪登奎等人几次讨论研究,认为教育部关系重大,不能让,以周荣鑫掌管为宜,文化部、体委可作让步,随后在医院分批召集政治局委员开会,通过了四届人大常委会委员长、副委员长和国务院副总理候选人名单的方案。

12月23日,周恩来同王洪文一起到长沙向毛泽东汇报工作。临行前,医务人员发现周恩来的大便中有隐血,需立即检查治疗。周恩来对医生说,既然把他推上历史舞台,他就得完成历史任务。叶剑英得知此事并经考虑后表示,为了党和国家的最高利益,在筹备召开四届人大的关键时刻,暂时不要提及此事,但反复叮嘱医务人员尽一切办法,保证周恩来安全归来。

12月23日至27日间,毛泽东同周恩来、王洪文进行了四次谈话。毛泽东再次告诫王洪文:"不要搞四人帮!团结起来,四个人搞在一起不好!","不要搞宗派,搞宗派要摔跤的。"他指出:"江青有野心,有没有,我看是有。"毛泽东说,他对江青提出"三不要":一不要乱批东西,二不要出风头,三不要参加组织政府(组阁)。研究人事安排时,毛泽东说,邓小平"政治思想强","人才难得",小平要担任第一副总理、军委副主席和总参谋长三个职务。这是毛

泽东把党政军大权交给邓小平的关键性决策。毛泽东责成江青一伙要作自我批评，并对王洪文说，我几次劝你，不要几个人搞在一起，你总是听不进去！他要王洪文好好想一想，写个书面检查。

这样，王洪文不得不在书面检讨中承认：10月17日来长沙向主席汇报关于江青同志和小平同志为"风庆"号批示发生争吵一事，是犯了严重错误的。

从1974年初开始，毛泽东多次批评江青一伙，重申由周恩来主持党中央和政府的日常工作，重新对邓小平委以重任，对于挫败江青的"组阁"阴谋，保证四届人大顺利召开，起了重要作用。

1975年1月5日，根据毛泽东的意见，中共中央发出第一号文件，任命邓小平为中央军委副主席兼解放军总参谋长，同时任命张春桥为总政治部主任。

1月8日至10日，中共十届二中全会在北京举行。周恩来主持全会。会议讨论了四届人大的准备工作。决定将《中华人民共和国宪法修改草案》、《关于修改宪法的报告》、《政府工作报告》和全国人民代表大会常务委员会及国务院组成人员候选人名单，提请全国人民代表大会讨论。这次会议最令党内绝大多数同志感到振奋的是，追认邓小平为中央政治局委员，选举邓小平为中央副主席、中央政治局常委。同时会议批准李德生辞去他所担任的中共中央副主席、中央政治局常委的请求。中共十届二中全会坚持毛泽东关于由周恩来筹备四届人大，出任国务院总理的正确意见，粉碎了江青反革命集团的组阁图谋。

江青对此极为怨恨。在会议结束的当夜，她跑到北京卫戍区某部六连"看望"指战员，以读史为名吹捧吕后，还别有用心地吟诵唐人李商隐的诗："宣室求贤访逐臣，贾生才调更无伦。可怜夜半虚前席，不问苍生问鬼神。"江青借西汉贾谊才华横溢却不被汉文帝重用的事例，发泄对中央人事安排的不满。

江青"组阁"阴谋的破产

"还是安定团结为好"，是毛泽东从1974年下半年起多次表达的愿望。按照毛泽东1968年在党的八届十二中全会上所谈的估计，这场运动大概要三年，到明年（按：1970年）夏天差不多了。他希望在党的九大召开后，发挥党的最高组织形式的权威，重建党的各级组织，运用广大党员和各级党组织的力量，在稳定"文化大革命"既定格局的基础上，去夺取新的更大的胜利。然而，运动的实际发展却与毛泽东的愿望大相径庭。自1970年8月党的九届二中全会以后，党内各派政治力量之间的斗争不仅无法消停，矛盾反而越来越尖锐，斗争更加明朗化了。一连串震动全国、超出毛泽东意料的事情接连发生，使他对运动的控制力大不如几年前了。最先暴露出林彪集团和江青反革命集团之间激烈争斗的，是在庐山召开的九届二中全会，然而，就在庐山风云还未散尽时，1971年秋天又像惊雷炸响一样爆发了林彪叛国外逃事件，然后是1972年周恩来领导批判极左思潮，引起毛泽东对"文化大革命"被否定的担心。继之，是他批准发动"批林批孔"运动，江青一伙借此打倒一批刚复出工作的老干部，江青一伙与老干部的矛盾进一步激化，连带所及，刚刚有所好转的国民经济又一次急剧下滑。面对再次出现的社会混乱，毛泽东反复权衡考虑后，希望缓和各种矛盾，实现党内外团结的愿望不断上升。

1974年8月，毛泽东针对江青反革命集团在"批林批孔"运动中整理的一批军队领导干部的材料，提议召开各大军区司令员、政委会议，要求实行"惩前毖后、治病救人"的方针，此外，还讲了一段非常重要的话："无产阶级文化大革命，已经八年。现在，以安定为好。全党全军要团结。"10月11日，党中央发出关于"在最近期间召开第四届全国人民代表大会"的通知时，转述了毛泽东关于要安定团结的意见。1975年1月10日，中共十届二中全会闭幕前，周恩来向毛泽东请示有什么话要说，毛泽东讲了八个字"还是安定团结为好"。根据毛泽东的指示，周恩来在十届二中全会上再次传达了这八个字，并希望1975年是安定团结的一年，是争取跃进胜利的一年。

在此期间，毛泽东还有一句话对后来的历史产生了影响。那是在1974年11月6日，他听了当年国民经济计划执行情况不好的汇报后，同李先念、汪东兴谈到：明年要"把国民经济搞上去"。对毛泽东的这句话，李先念很快在中央政治局会议上作了传达。

1975年1月13日至17日，第四届全国人民代表大会第一次会议在北京举行。这是自1964

◆ 1975年1月，四届全国人大一次会议在北京举行。图为大会主席台。

◆ 朱德主持第四届全国人民代表大会开幕式。

年底三届人大召开后举行的又一次全国人大，也是从1969年就酝酿准备、后因一系列突发事件的干扰而被推迟了的会议。

四届人大的议程是：修改宪法；通过政府工作报告；选举和任命国家领导工作人员。朱德主持了这次大会。张春桥代表中共中央作《关于修改宪法的报告》，周恩来代表国务院作《政府工作报告》。

这次大会是在肯定"文化大革命"和批林批孔运动的前提下召开的。张春桥主持修改的宪法完全肯定了"无产阶级专政下继续革命的理论"，认为在社会主义历史阶段，"始终存在着阶级、阶级矛盾和阶级斗争，存在着社会主义同资本主义两条道路的斗争，存在着资本主义复辟的危险性"，"这些矛盾，只能靠无产阶级专政下继续革命的理论和实践来解决"。"无产阶级必须在上层建筑其中包括各个文化领域对资产阶级实行全面的专政"。这就把"文化大革命"以来"以阶级斗争为纲"的"左"倾错误，用法律的形式确定下来。此外，宪法还把事实上只能造成社会混乱的"大鸣、大放、大字报、大辩论"当作"人民群众创造的社会主义革命的新形式"，规定人民群众有运用"四大"的权利。在国家机构方面，新宪法对1954年宪法的若干规定作了修改，规定："全国人民代表大会是在中国共产党领导下的最高国家权力机关"；由于取消了1954年宪法有关国家主席的条款，又规定"中国共产党中央委员会主席统率全国武装力量"；关于审判机关和检察机关，规定："最高人民法院、地方各级人民法院和专门人民法院行使审判权"，"检察机关的职权由各级公安机关行使"。这实际上是取消了检察机关，使本应互相制约的公安、司法机构融为

一体。在国家经济结构方面，宪法规定"生产资料所有制现阶段主要有两种：社会主义全民所有制和社会主义劳动群众集体所有制"。对于非农业的个体劳动者，宪法虽然也作了原则规定，但指出"要引导他们逐步走上社会主义集体化的道路"，事实上个体劳动者在实际生活中受到了严格限制。宪法关于国家政治体制的种种规定，特别是对于党在国家生活中地位的规定，进一步发展了我国领导体制高度集中统一的特点，使以往政治体制中党政不分、政企不分、高度集权、缺乏民主监督等弊病更加突出，经济体制更为单一、僵化。四届人大宪法对1954年宪法中若干正确的和比较正确的内容的修改，反映了我国社会主义建设中"左"倾错误的不断发展，从领导体制发展的角度看，是一个倒退。

四届人大通过的文件中，使人注意的是，先后由周恩来、邓小平主持起草，由周恩来作的《政府工作报告》。还在林彪叛国事件发生前，1971年8月13日，周恩来起草四届人大《政府工作报告》提纲时，就在提纲稿第一部分"社会主义建设的伟大成就和今后任务"中，写上了"农业、工业、国防和科技的现代化"的目标。1974年11月，在毛泽东提议邓小平担任中央领导层党、政、军要职时，把起草四届人大《政府工作报告》的任务交给了邓小平。邓小平对这项工作非常重视。从政府工作报告酝酿起草开始，一直参与了这项工作。他向报告起草小组要求："文字力求简洁，整个文章最后归结到团结起来，为实现现代化而奋斗，要落到这个上头。"[1]当时的国务院政治研究室负责人、报告起草者之一吴冷西后来说："小平同志主持这个报告，一是为这次人代会定了个基调。第二，

1966

1976

---

① 大型电视文献纪录片《邓小平》，中央文献出版社，1997年版，第105～106页。

◆ 1975 年 1 月 17 日，周恩来同叶剑英在四届全国人大一次会议主席台上。

1976

◆ 1975 年 1 月在北京举行的四届人大一次会议上，周恩来抱病做《政府工作报告》，重新阐述全面实现四个现代化的宏伟目标。

也是为他1975年一系列的调整工作做了一个舆论准备。从3月份开始，一系列的调整工作，就是依据这个报告来的。从这两点看，小平同志主持起草这个政府工作报告是一个带战略性的、很重要的一步棋。"[1]

政府工作报告在回顾总结三届人大以来的政府工作时，虽然在当时的历史条件下，肯定了"文化大革命"和"批林批孔"运动，但是，在今后任务中却突出地提到社会主义现代化建设的目标。报告展示了三届人大提出的从第三个五年计划开始，我国国民经济按两步设想发展的蓝图："第一步，用十五年时间，即在1980年以前，建成一个独立的比较完整的工业体系和国民经济体系；第二步，在本世纪内，全面实现农业、工业、国防和科学技术的现代化，使我国国民经济走在世界的前列。"报告指出："我们要在一九七五年完成和超额完成第四个五年计划，这样就可以为在1980以前实现上述的第一步设想打下更牢固的基础。从国内国际的形势看，今后的十年，是实现上述两步设想的关键的十年。在这个时期内，我们不仅要建成一个独立的比较完整的工业体系和国民经济体系，而且要向实现第二步设想的宏伟目标前进。"报告提出："国务院将按照这个目标制订十年长远规划、五年计划和年度计划。国务院各部、委，地方各级革命委员会，直到工矿企业和生产队等基层单位，都要发动群众，经过充分讨论，制订自己的计划，争取提前实现我们的宏伟目标。"报告在结尾处，号召全国人民奋发图强，"再用二十多年的时间"，"在本世纪内把我国建设成为社会主义的现代化强国"。虽然由于历史局限，四届人大对于我国实现四个现代化的艰巨性和长期性估计还不充分，对

阶段性战略目标也缺乏明确规定，但是，在时隔十年之后，重新提出实现四个现代化的宏伟目标，力图把国家工作的重点再次转到发展经济、振兴国家的方向上来，却反映了全国人民在社会主义时期的根本愿望。应予注意的是，四届人大提出实现四个现代化的宏伟目标，并不只是对三届人大提出的现代化目标的一般重申，而是周恩来、邓小平等党和国家领导人，抓住历史机遇，促使局势向有利方向发展的重要一步。

大会通过了修改后的《中华人民共和国宪法》和《关于修改宪法的报告》，批准了《政府工作报告》。大会选举朱德继续担任人大常委会委员长，董必武、宋庆龄等二十二人为副委员长。大会决定周恩来继续担任国务院总理，邓小平、张春桥、李先念、陈锡联、纪登奎、华国锋等十二人为副总理。在四届人大选出的十二位国务院副总理和二十九位部长中，绝大部分是"文化大革命"前的老干部，而"文化大革命"中靠造反起家的"新生力量"只占极少数。

四届人大一结束，江青反革命集团便感到这是他们在政治上的一次大失败。本来，四届人大召开前，江青等人就对"组阁"蓄谋已久，不仅策划要张春桥当第一副总理，王洪文当人大副委员长，还私下安排了重要部门的部长、司局长。而四届人大确定的领导格局，不仅在由谁担任第一副总理的问题上，使江青反革命集团的"组阁"计划彻底破产；在国务院各部部长的领导人选上，也使江青反革命集团要安插"新生力量"的打算部分落空。江青反革命集团的亲信在各部委中没有多少人获得要职。因此，四届人大结束后，迟群破口大骂：部长席位差不多给他们捞光了。江青气急败坏地当着其

1966

1976

① 大型电视文献纪录片《邓小平》，中央文献出版社，1997年版，第105～106页。

他人的面，几乎把所有政治局委员骂了一遍，并要求把她的意见报告毛泽东。毛泽东听了后说："她看得起的人没有几个，只有一个，她自己。"在场的人问：你呢？毛泽东说："不在她眼里。"又说："将来她会跟所有的人闹翻。现在人家也是敷衍她。我死了以后，她会闹事。"

四届人大的召开，是毛泽东在错误地发动"文化大革命"八年后，为使国家政治生活逐步转入正常轨道所采取的重要措施。这次大会确定的以周恩来、邓小平为核心的国务院领导机构，使江青反革命集团的"组阁"阴谋彻底破产，为邓小平主持国务院工作创造了有利条件。

四、"这个问题不搞清楚，就会变修正主义"

1974年下半年，毛泽东在考虑并确定四届

人大和国务院领导班子的同时，在一些谈话中提出了若干有关社会主义和无产阶级专政的理论问题。

1974年10月20日，毛泽东在会见丹麦首相保罗·哈特林时说："总而言之，中国属于社会主义国家。解放前跟资本主义差不多。现在还实行八级工资制，按劳分配，货币交换，这些跟旧社会没有多少差别，所不同的是所有制变更了。"

同年12月26日，毛泽东在听取周恩来、王洪文关于四届人大筹备工作的汇报后又进一步说：这次谈两个问题，一个人事安排，一个理论问题。他说：列宁为什么说对资产阶级专政。要告诉春桥、文元把列宁著作中好几处提到这个问题的找出来。大家先读，然后写文章。"这个问题不搞清楚，就会变修正主义。要使全国知道。""我国现在实行的是商品制度，工资制度也不平等，有八级工资制，等等。这只能在无

◆ 某省水电站工人自办的"学习无产阶级专政理论"宣传栏。

产阶级专政下加以限制。"他还讲：列宁说，小生产是经常地、每日每时地、自发地和大批地产生着资本主义和资产阶级的。工人阶级一部分，党员一部分，也有这种情况。无产阶级中，机关工作人员中，都有发生资产阶级生活作风的。"所以，林彪一类如上台，搞资本主义制度很容易"。

毛泽东关于"无产阶级专政理论"问题的谈话，是他的"无产阶级专政下继续革命理论"的组成部分。长期以来，在毛泽东的心目中，商品经济、按劳分配、八级工资制是一种与资本主义有着密切联系的不平等的"资产阶级法权"。1958年实行人民公社化的时候，他就曾激烈批评过"资产阶级法权"。后来纠正"共产风"，他一度批评过那种企图废除商品、货币的倾向，在某种程度上肯定社会主义条件下的商品生产和商品交换还有积极作用。但在思想深处，他对这些制度一直抱有很深的厌恶和疑虑。随着"文化大革命"的发展，毛泽东进一步把商品制度与"变修正主义"、"产生资产阶级"联系起来，与"林彪一类如上台"的忧虑联系起来。他的上述谈话，是他在政治上坚持"文化大革命"，在经济上推行一系列"左"倾错误政策的思想理论根源。他的谈话，显然误解了马克思关于"资产阶级法权"的论述，与此相联系，他对于什么是社会主义，什么是资本主义的看法，也存在很大的片面性。

1975年2月9日，《人民日报》发表《学好无产阶级专政的理论》的社论，公布了毛泽东谈话的一部分内容。社论说："我们的任务，是不断铲除滋生修正主义的土壤"，"同新产生的资产阶级分子作斗争"。2月22日，《人民日报》发表张春桥、姚文元主持选编的《马克思恩格斯

列宁论无产阶级专政》语录，全国旋即掀起"学习无产阶级专政理论"的运动。3月1日，张春桥在全军各大单位政治部主任座谈会上就学习理论的问题讲话，大讲利润、奖金、物质刺激都只能导致修正主义，"如果理论上不搞清楚"，"就跟着刘少奇那条路线走"。他还公然把攻击矛头指向周恩来、邓小平，说四届人大提出了一个很宏伟的目标，"无非就是搞几千亿斤粮食、几千万吨钢。但是，如果我们把理论问题搞不清楚，就会重复斯大林的错误"，"卫星上天，旗帜落地"。他要求"以主席的指示当作纲"，也就是把学习"无产阶级专政理论"当作各项工作的"纲"。

3月和4月，《人民日报》分别发表姚文元、张春桥的《论林彪反党集团的社会基础》和《论对资产阶级的全面专政》两篇文章。两篇文章的核心思想是"全面专政论"。它抹煞了马克思主义关于无产阶级专政任务的丰富内容，把社会主义能不能巩固，归结为"能不能在一切领域、在革命发展的一切阶段始终坚持对资产阶级的全面专政"，而根本不讲正确区别和处理两类不同性质的社会矛盾，不讲发展人民民主，不讲发展国民经济等一系列重大问题。"全面专政论"的提出，为江青反革命集团不断地人为地制造阶级斗争，在政治和思想文化领域实行专制主义提供了理论依据。张春桥还引人注目地把"全面专政"比作土地革命战争中打反动地主武装盘踞的"土围子"。他说："现在，资产阶级的土围子还很多，打掉一个还会长出一个"，"无产阶级专政的铁扫帚不到，它也不会自己跑掉"，提出要"全部地打掉资产阶级的一切土围子"。

在"学习无产阶级专政理论"的过程中，原

本有限的商品流通范围和市场调节作用受到进一步限制。1975年这一年，国家正式把供销合作社并入国营商业，工业部门的自销门市部除了个别的外，一律交由商业部门经营，城镇集市贸易被严加限制。许多小商小贩、手工业者被取缔，或被组织参加集体生产劳动，不少地区以商品生产和交换为主要经济活动的大

小城镇日趋衰落。在农村，一些地区农民的自留地被减少，家庭手工生产和经营的项目受到严格限制。受此影响，市场上农副产品严重不足，城市的猪肉、禽、乳、蛋的供应相当紧张。日用消费品凭证限量供应的范围越来越大，有的地区最多时曾达五十多种。

1966

1976

第七章

邓小平主持工作
与全面整顿

第七章 邓小平主持工作与全面整顿

一、用最坚决的措施迅速扭转形势

四届人大结束后，周恩来因病情严重，住院治疗。邓小平先后主持国务院和党中央的日常工作。他大刀阔斧地对被搞乱了的各条战线进行整顿，提出了一系列摆脱动乱、扭转混乱局面的方针、政策，进行了在当时条件下有限度的拨乱反正。

以解决铁路问题为突破口

四届人大闭幕后，1975年2月1日，周恩来宣布由邓小平代替他主持会议和呈批主要文件。2月2日，毛泽东批准了这个报告。

广大干部和群众衷心拥护邓小平担此重任。人民对江青、张春桥等人的恶劣行径早已不满，热切希望邓小平等老一辈革命家复出工作。四川成都市的一位技术员在上书邓小平的信中写道："当你任总长的消息传达后，全国，特别是军队，掌声雷动，经久不息，多少人感动得热泪长流。""严酷的事实教育了人民"，"是谁，使国家蒸蒸日上，欣欣向荣；是谁又使国家

落到这步田地。谁是人民的儿子，谁又是民族的罪人，人民都看清楚了。""拯救民族和国家的重担，已经落在你们身上。"[1]

在"批林批孔"运动的冲击下，铁路运输成为国民经济中突出的薄弱环节。铁路全年货运量比上年下降12%，发生重大事故和大事故达755起，相当于事故最少的1964年的8倍多。许多路局处于半瘫痪状态，徐州、南京、南昌铁路分局路段堵塞更为严重。江青反革命集团在这些地方的帮派势力仍在抢夺部队武器，冲击党政领导机关。1975年1月，徐州的帮派头头纠集一些人强占了市委办公大楼。他们在市中心架起高音喇叭，日夜进行宣传，声称"不砸碎徐州市委这个乌龟壳决不罢休！"他们说：市委现在还像钟一样地正常运转。要使它停摆！我们来干！处于京沪、陇海两大铁路干线交汇点的徐州铁路分局，已经连续20个月没有完成运输任务。车站内停着一列列车厢，货场的货物堆积如山。线路的堵塞使货物"装不上、卸不下"，列车"开不进、排不出"；上海、南京、杭州等大中城市煤炭供应十分紧张，频频告急。

受命于危难之际的邓小平，一上任就召集各省、市、自治区主要负责人座谈会，征求对1975年国民经济计划（草案）的意见。他审时度势，决定以铁路的整顿为突破口，扭转全国局势。

新任铁道部部长万里上任不到20天，邓小平两次听取他汇报情况，反复强调：要用最快的速度，最有力的措施，迅速扭转形势，改变面貌，并要求铁道部代中央起草一份关于解决铁路问题的文件。根据邓小平指示，万里同国家计委副主任房维中组织人开始起草《中共中央关于加强铁路工作的决定》。

---

① 《位卑未敢忘忧国》，湖南人民出版社，1989年版，第209～213页。

1966

1976

2月25日至3月8日，党中央召开解决铁路问题的省、市、自治区工业书记会议。国务院副总理王震主持会议。3月5日，邓小平出席了会议。当他走进会场时，各地的工业书记争相与邓小平握手，他出人意料地一摆手说：今天不拉手了，因为工业形势不好。面对工业战线的领导干部，邓小平开宗明义地提出："现在有一个大局，全党要多讲。"这就是："把我国建设成为具有现代农业、现代工业、现代国防和现代科学技术的社会主义强国。全党全国都要为实现这个伟大目标而奋斗。这就是大局。"他批评一些同志存在不敢抓生产的思想，说："毛主席讲，要抓革命，促生产，促工作，促战备。听说现在有的同志只敢抓革命，不敢抓生产，说什么'抓革命保险，抓生产危险'。这是大错特错的。""去年一年，工业生产情况是不好的。今年是第四个五年计划的最后一年，生产再搞不好，势必影响第五个五年计划的实行。我们必须预见到这种形势，认真抓这个问题。"怎样才能把国民经济搞上去？他说：分析的结果，当前的薄弱环节是铁路。铁路运输的问题不解决，生产部署统统打乱，整个计划都会落空。他强调解决铁路问题的办法，最根本的是要加强集中统一，建立必要的规章制度，增强组织纪律性和反对派性。他着重谈到反对派性的问题，说："现在闹派性已经严重地妨害我们的大局。要把这个问题摆到全体职工面前，要讲清楚这是大是大非问题。这个问题不解决，光解决具体问题不行。对闹派性的人要再教育。要反对闹派性的头头。""教育过来，既往不咎，再不转变，严肃处理。"另外一种是少数坏人，"他们利用派性混水摸鱼，破坏社会主义秩序，破坏国家经济建设，在混乱中搞投机倒把，升官

发财。对这样的人，不处理不行。"最后他说："要从大局出发，解决问题不能拖。拖到哪一年呢？搞社会主义怎么能等呢？"①

邓小平的讲话得到大多数与会者的拥护。值得注意的是，邓小平在讲话中提出了以四化建设为大局的思想，强调要从大局出发，解决问题。在"文化大革命"已经进行了9年、"无产阶级专政下继续革命理论"还在党内占据主导地位的情况下，这实际上是把四化建设提升到政治高度，以此作为全党全国工作的落脚点和判断大是大非的标准，逐步把全党和全国人民的注意力引到现代化建设的轨道上来。

在邓小平出席全国工业书记会议的同一天，中共中央发出1975年第九号文件《关于加强铁路工作的决定》。邓小平审阅文件时写道："对于少数资产阶级派性严重、经过批评和教育仍不改正的领导干部和头头，应该及时调离，不宜拖延不决，妨害大局。对严重违法乱纪的要给予处分。"②

九号文件是一份极为重要的文件。文件要求全国所有铁路单位，坚决贯彻执行毛主席提出的"还是安定团结为好"的方针，认真学好毛主席关于理论问题的重要指示，掀起社会主义建设的新高潮。全国铁路实行以铁道部领导为主的管理体制，铁路运输必须由铁道部集中指挥。省、市、自治区党委要加强对铁路工作的领导。对于当前极少数问题较多，严重影响全国铁路运输的单位，有关的省、市、自治区党委必须采取有力措施，限期加以解决，不能再拖。要建立健全必要的规章制度，加强组织纪律性，确保运输安全正点。所有铁路职工，都要做好本职工作，一切行动听指挥。对于一切破坏活动要依法严办。后

①《邓小平文选》第二卷，人民出版社，1994年版，第6页。
②《邓小平文选》第三卷，人民出版社，1994年版，第34页。

来的实践表明：这份文件在铁路整顿中起了纲领性作用，在其他领域的整顿中发挥了指导性作用。

全国工业书记会议结束后，万里率领工作组首先到了以"乱"而著称全国的徐州铁路分局。3月9日，徐州市贴出江苏省革命委员会通告，正告徐州市"大搞打砸抢"的极少数人，限在两天内退出强占的一切公用房屋，交出抢走的车辆和其他公共财物；立即到公安机关检查交代自己的违法行为。同时宣布对煽动派性、搞打砸抢的坏头头顾炳华拘留审查。消息传开，全市震动，街谈巷议，人心大快。

万里会同江苏省委负责人主持召开了徐州路局党委会、全体职工大会、家属大会和各种座谈会，反复宣讲中央九号文件及工业书记会议

精神，参加者多达千人、万人、十万人，范围遍及工矿企业、农村生产队和家庭。万里号召大家批判派性，说：对闹派性的人要寸土必争，寸权不让！中央整顿铁路的决心为家喻户晓，妇孺皆知，一个贯彻中央九号文件的局面很快在徐州铁路分局和徐州市形成。许多干部群众表示，要坚决贯彻中央指示，把铁路运输搞上去。他们说："千条理，万条理，不顾大局，就没有理。"

徐州铁路分局重新调整了领导班子，并组织了一千多人的落实政策队伍，在不到一个月的时间内，对在清查"5.16"等运动中被打成"5.16"分子、叛徒、特务的冤屈者及其受牵连者，全部落实了政策。按照中央九号文件要求，徐州铁路分局建立健全了各项规章制度，有效保障了运输的安全正点。铁路分局把岗位责任

◆ 经过整顿，铁路运输恢复正常。

制、技术操作规程、质量检验制度、设备管理和维修制度等"上墙上身，入脑扎根"，醒目地贴在班组、科室的墙上，印成小册子发到每一个职工，要求熟记在心，"入脑扎根"。各级领导干部深入生产第一线，跟车出勤，解决问题。仅半个月时间，徐州铁路分局生产开始好转。4月份提前3天完成了运输任务。

邓小平一直关注着九号文件的传达贯彻。自全国工业书记会议结束后的二十天里，他先后两次主持过国务院会议检查九号文件的贯彻情况。3月25日，邓小平主持国务院全会，听取五天前刚从徐州回到北京的万里汇报铁道部和徐州铁路分局的情况，讨论怎样运用徐州经验推动整个工交战线的整顿。万里发言结束后，邓小平说：中央九号文件下达之后，铁路运输迅速好转，对各行各业都有很大影响和推动。铁路上来了，现在要看各个部门的了。过去一谈问题，就是铁路运输的影响，似乎一切问题都是由于铁路运输造成的。国务院要开个会，解决"老大难"问题。题目是：铁路上来了，你们怎么办？他还说：铁路一通，就暴露出冶金、电力等各行各业的问题。各部都要自己打算打算，怎样工作，怎样解决老大难问题。下一步的中心是要解决钢的问题。

这次国务院会议肯定了3月以来徐州铁路分局整顿的经验和整个铁路整顿的成绩，对铁道部提出了新的要求：3月份要小上，4月份要大上，要雷厉风行地解决领导班子、铁路秩序、运输生产等问题。同时，对各工业部门的整顿提出了指导性意见：九号文件的精神，除了体制问题外，不仅适用于铁路工作，也适用于一切工业部门。

接着，万里又率领工作组，先后去了太

原、郑州、长沙等地，在地方的配合下，对问题严重的路局进行整顿，运输状况迅速好转。到4月底，堵塞严重的几个铁路局的所辖路段全部疏通，全国二十个铁路局中有十九个超额完成计划。全国铁路日装车平均达到53700多车，比2月份平均日装车多1万余车；煤炭日装车达到17800多车，是五年来第一次完成生产计划。6月底，整顿工作大见成效。在第一季度运输生产受到破坏的情况下，上半年全路货运量比上年同期增长8.6%，煤炭、木材等重点物资的运输实现一年时间过半、任务完成过半。万里在老百姓中赢得了"铁路正点万里行"的赞语。

四条整顿措施和"三项指示为纲"

钢铁整顿的任务是和铁路整顿同时提出来的。进入1975年时，钢铁和煤炭都处于严重欠产的低谷期，在国民经济全局中也是"拖后腿"的经济部门，制约着整个经济的运行。造成钢铁生产猛烈下跌的直接原因是"批林批孔"运动。由于"批林批孔"运动的冲击，1974年全国钢产量猛跌到2111.9万吨，比上年下降了410万吨，比1974年计划的2600万吨少产近500万吨。1975年前4个月，全国钢铁欠产严重。

扭转钢铁生产现状迫在眉睫。中央决定召开全国钢铁工业座谈会，迅速解决钢铁问题。1975年5月8日至29日，钢铁工业座谈会在北京召开。这次会议决定，坚决扭转钢铁工业的落后局面，做到国务院领导提出的"一吨不少"，"各家不让"。

会议结束时，冶金部部长与各大钢铁企业和重要省市负责人联名，一家一家地给国务院和党中央写了《保证完成今年钢铁生产计划的报告》。冶金部核心小组向中央写出关于迅速把钢铁生产搞上去的报告。

5月29日晚，钢铁工业座谈会结束时，邓小平、叶剑英、李先念、陈锡联、纪登奎、华国锋等中央领导接见了参加钢铁工业座谈会的代表。邓小平讲了话，他提出工业重点要放在四个问题上：第一，必须建立一个坚强的领导班子。要找一些不怕打倒的人进领导班子。没有这一条，扭转不过来。"领导班子就是作战指挥部。搞生产也好，搞科研也好，反派性也好，都是作战。指挥部不强，作战就没有力量。领导班子问题，是关系到党的路线能不能贯彻执行的问题。如果这个问题解决得不好，不要说带领群众前进，就是开步走都困难。"要使领导班子一不软，二不懒，三不散，说了话大家都能听，都能指挥得动，都能领导起来。第二，必须坚决同派性作斗争。对于派性，领导上要有个明确的态度，就是要坚决反对。要敢字当头，对坚持闹派性的人，该调的就调，该批的就批，该斗的就斗，不能慢吞吞的，总

是等待。对于派性，还要号召群众、发动群众起来共同反对。各地经验证明，95%以上的群众是拥护中央精神的。第三，必须认真落实政策。落实政策是一个很重要的问题。我们讲落实政策，不仅要解决戴上帽子的那些人的问题，而且要解决他们周围受到牵连的人的问题。在落实政策时，特别要注意那些老工人、技术骨干、老劳模，要把这一部分人的积极性调动起来。有些该回领导岗位的要调回来，摆到适当位置上。第四，必须建立必要的规章制度。要发动群众把必要的规章制度建立健全起来，这也是加强组织纪律性的问题。执行规章制度宁可要求严一些，不严就建立不起来。我们要总结正反两方面的经验，把必要的规章制度恢复或建立起来。

邓小平提出的四条措施，不仅是对钢铁工业的要求，也是整顿开始以来对铁路、煤炭等行业整顿经验的第一次总结。四条措施的提出，表明整顿的基本方针已经明确，这对整个工业战线、乃至各个领域的整顿都有普遍指导意义。

1966

1976

◆ 1975年6月，中共中央发出《关于努力完成今年钢铁生产计划的批示》。图为首都钢铁公司工人奋战在高炉旁。

在这次讲话中，邓小平首次提出"三项指示为纲"。他说：毛主席最近有三条重要指示，一条是关于理论问题的，要反修防修，再一条是关于安定团结的，还有一条是要把国民经济搞上去。这三条重要指示，就是我们今后一个时期各项工作的纲。这三条是互相联系的，不能分割的，一条都不能忘记。邓小平把前述毛泽东在不同时间、不同场合说过的三条指示联系在一起，提到全党工作的"纲"的高度，概括为"三项指示为纲"，意在说明整顿是有毛泽东三项指示为依据的，这是整顿开始以来的一个新提法。

6月4日，中共中央发出第十三号文件《关于努力完成今年钢铁生产计划的批示》。中央批示说：当前钢铁生产计划完成得不好的情况，值得引起我们的注意。批示指出：钢铁工业没有一个大的发展，就不可能实现农业、工业、国防和科学技术的现代化，就会严重地影响战备，就会不利于巩固和加强无产阶级专政。

中央从上到下加强了对钢铁工业的领导。国务院成立了以谷牧为组长的钢铁工业领导小组，冶金部调整充实了领导班子，对派性严重、经过批评教育仍不改正的领导干部和头头坚决调离。经过整顿，钢铁生产的形势开始好转。到6月份，全国钢的平均日产量达到72400吨，超过全年计划的平均日常水平，开始补还亏产部分。

在铁路、钢铁整顿的带动下，其他工业部门也开始了整顿，经济形势明显好转。7月17日，党中央转发国务院《关于今年上半年工业生产情况的报告》，指出：3月以来，工业生产和交通运输一个月比一个月好。原油、原煤、发电量、化肥、水泥、内燃机、纸及纸板、铁路货运量等，五六月份创造了历史上月产的最高水平。

围绕"反经验主义"的斗争

铁路整顿初见成效，使广大干部群众看到了希望。但是，江青反革命集团却在整顿逐步展开时，大力煽动反对所谓"经验主义"。

3月1日，张春桥在全军各大单位政治部主任座谈会上以学习无产阶级专政理论为话题，提出了"反经验主义"的问题。他利用毛泽东过去批评"经验主义"倾向时所说的："现在，主要危险是经验主义"，对反"经验主义"的重要性大加发挥。他说：主席的话现在仍然有效，"对经验主义的危险，恐怕还是要警惕"。他重提毛泽东在九届一中全会的一段话：恐怕是相当大的一个多数的工厂里头，领导权不在真正的马克思主义者、不在工人群众手里，"他是跟着过去刘少奇那种路线走，无非是搞什么物质刺激，利润挂帅，不提倡无产阶级政治，搞什么奖金，等等"。他说：主席在九届一中全会的讲话中提出的问题，有一阵又恢复了，什么物质刺激、利润挂帅、奖金，等等，七一年、七二年都有。不要以为主席说过了，问题就解决了。如果理论上不搞清楚，他就跟着刘少奇那条路线走。张春桥把攻击矛头指向周恩来、邓小平，说：四届人大提出了一个很宏伟的目标，"无非就是搞几千亿斤粮食、几千万吨钢。但是，如果我们把理论问题搞不清楚，就会重复斯大林的错误。""他们是卫星上天，旗帜落地"。他要求"以主席的指示当作纲"，也就是把学习"无产阶级专政理论"、反对经验主义当作各项工作的"纲"。

"反经验主义"的问题提出后，江青反革命集团及其帮派分子公然把1972年前后周恩来领导的批判极左思潮和1975年邓小平领导的整顿诬蔑为"经验主义"。姚文元指使《人民日报》发表社论，重点突出"主要危险是经验主义"，并要求新华社立即组织宣传，要搞典型，配评论，"这样才效果好"。江青亲自下达电话指示，强调"现在我们的主要危险不是教条主义，而是经验主义"，"经验主义是修正主义的帮凶，是当前的大敌。"一时间，什么"卫星上天，红旗落地"，"亡党亡国的危险"等言论充斥报刊、广播。4月中旬，江青正式要求中央政治局会议讨论"反经验主义"的问题，并主张就此问题进行思想"交锋"。

"反经验主义"的鼓噪一起，江青反革命集团在各地的骨干分子四处活动，公然鼓吹："又一次反潮流开始了！""要夺权！夺权！夺权！"扬言"要在平静的大海里不断给它投石头，叫它不平静"，"要拖住生产，硬把他们拖垮！""坚持斗争，与老家伙血战到底！"武汉街头出现了署名《无产者》的口号报，说什么"沉默只会死亡，我们的生存只有寄希望于战斗"，"让暴风雨来得更猛烈吧！"此时，江青反革命集团在各地的骨干分子重新拉起的"反潮流"组织，这时的造反组织不同于"文化大革命"前几年，而有了新的特点。

"反经验主义"的声浪又一次扰乱了社会秩序和人们的思想。整顿工作再次遇到了障碍。

4月18日，邓小平借陪同毛泽东会见朝鲜党和国家领导人金日成的机会，向毛泽东反映了一个多月来江青等人大反"经验主义"的问题，明确表示他不同意江青等人关于经验主义是当前主要危险的提法。毛泽东赞同邓

小平的意见。4月23日，毛泽东在新华社关于报道学习理论问题的请示报告上批示："提法似应提反对修正主义，包括反对经验主义和教条主义，二者都是修正马列主义的，不要只提一项，放过另一项。"毛泽东还批道："我党真懂马列的不多，有些人自以为懂了，其实不大懂，自以为是，动不动就训人，这也是不懂马列的一种表现。"

根据毛泽东的意见，中央政治局于4月27日开会批评江青等人反对"经验主义"的错误。江青等人虽在会上作了言不由衷的"检讨"，会下却攻击政治局会上大家的批评"讲话过了头"，是"突然袭击"、"围攻"，并商量由王洪文出面，以汇报会议情况为由，写信向毛泽东告状。王洪文在信中写道：4月27日会上"攻得最凶的"是叶剑英，还有邓小平。叶剑英甚至激动地说："现在是运动就是一切，目的是没有的。"他称：这场争论，实际上是总理想说而不好说的话，由剑英、小平说了出来，目的是要翻前年12月会议的案。这"只是个爆发点。争论是由来已久的，而所涉及到的问题，又大都同无产阶级文化大革命和批林批孔，同九、十两次路线斗争联系在一起"。他还说：邓小平自出来工作以来，没有像像样样地讲过一次文化大革命的胜利和这场革命对自己的教育。这个时期以来，各地右的思想又有抬头。

虽然年迈多病，毛泽东仍从"反经验主义"的问题中，对江青反革命集团，尤其是江青断章取义、另搞一套的作法又一次产生了警觉。5月3日，毛泽东亲自召集在京中央政治局委员谈话。他说：一些人思想不一致，个别的人。毛泽东检讨自己也犯了错误，因患白内障不能看东西，张春桥那篇反经验主义的文

章，自己只听了一遍，没有听出问题。他批评江青等人反"经验主义"、搞宗派活动、在"批林批孔"运动中搞"三箭齐发"(批林、批孔、又批走后门)。他反复强调要安定团结和"三要三不要"的原则①，对江青等人说："不要搞四人帮，你们不要搞了，为什么照样搞呀？为什么不和二百多个中央委员搞团结，搞少数人不好，历来不好。"但是，他又说："我看问题不大，不要小题大做……上半年解决不了，下半年解决；今年解决不了，明年解决；明年解决不了，后年解决。"

根据毛泽东的指示，5月27日和6月3日，由邓小平主持中央政治局会议，继续对江青等人进行"告诫、帮助"。

邓小平针对江青等人所说的上次会上"讲话过了头"、"突然袭击"、"围攻"，做了说明。他说：我认为谈不上突然袭击，过头。40%的问题都没有讲，讲了有没有20%也难讲。他针对江青把周恩来在1973年11月的一次外事活动说成是所谓"第十一次路线斗争"和"批林批孔"又批"走后门"和"反经验主义"这三件事，向江青等人说：倒是要提一个问题，为什么钻出这三件事？别的事情不那么雷厉风行，这件事情却雷厉风行。主席提了三个问题，却钻出这么三件事。倒是要问一问，这是为什么？不讲明白，没有好处。他说：主席要我们讨论三要三不要。三条总括了历史经验。搞小圈子历来不好。首先政治局要注意，不搞掉派性不行。"四人帮"值得警惕。

叶剑英、李先念、陈锡联等相继发言，对"四人帮"进行批评。

在邓小平、叶剑英、李先念等人批评时，江青、张春桥、王洪文、姚文元默然坐着。张春桥在笔记本上写下了一行字："沉默，沉默，又沉默。"

这是"文化大革命"发动9年来，中央政治局第一次连续开会严肃地批评江青反革命集团。

不到一个月，江青等人向毛泽东和政治局上交了书面检查。江青在检讨中对一年多里他们干的三件事逐项进行检查："第十一次路线斗争"的问题，是我个人讲错了话，对不起恩来、剑英同志；批林批孔批走后门，混淆了两类不同性质的矛盾，扩大了打击面，造成了不安定团结；关于个人自作主张到处送材料的问题，是无组织无纪律，破坏党的一元化领导；关于目前主要危险是经验主义的问题，这一提法是主观片面的，会造成思想上的混乱，扩大打击面，严重地造成不安定团结。最后，她承认："'四人帮'是个客观存在"，"有发展成分裂党中央的宗派主义的可能"。

这次"交锋"后，曾在名义上断续主持过中央工作的王洪文，不再主持中央日常工作，被派往上海"帮助工作"。经毛泽东同意，从7月开始，中央的日常工作由邓小平主持。邓小平全面主持党中央和国务院的工作，为整顿的进一步展开创造了有利条件。

一个多月后，7月4日，邓小平对中央读书班第四期学员讲话，再次谈到"三项指示为纲"。他说：前一个时期，毛泽东同志有三条重要指示：第一，要学习理论，反修防修；第二，要安定团结；第三，要把国民经济搞上去。这三条指示互相联系，是个整体，不能丢掉任何一条。这是我们这一时期工作的纲。毛泽东同志去年就讲过，文化大革命已经8年了，以安定为好。现在加一年，9年了，要团结起来。安定起来。我们有好多事要办。国际方面的斗争，事情很多。国内也有

---

① 即要搞马列主义,不要搞修正主义,要团结,不要分裂,要光明正大,不要搞阴谋诡计。

毛泽东 时代的中国 MAOZEDONGSHIDAIDEZHONGGUO

1966

1976

许多事情要做,特别是要把国民经济搞上去。

从5月29日邓小平讲到"三项指示为纲",到7月4日重申这三项指示,并对这三项指示的重点加以强调,可以看出,这一问题在他心中思虑已久。"三项指示为纲"的提出,把学习理论反修防修放在首位,突出了毛泽东再三强调的要搞马列主义,不要搞修正主义的思想,无疑是争取毛泽东支持整顿,逐步扭转混乱局面的前提。而把原本彼此没有联系的毛泽东的三项指示联成一体,提到"纲"的高度,既是针对着江青反革命集团的"反经验主义为纲",也针对着他们对毛泽东的指示断章取义、另搞一套的作法,使江青反革命集团暂时难于对整顿进行攻击。当然,更为重要的是,把毛泽东的三项指示联在一起,特别是把毛泽东虽然说过、却没有突出的后两项指示提升到"纲"的高度,尤其是对经济发展给予"文化大革命"以来从未有过的重视,这是邓小平在当时条件下的一个高明做法。如同邓小平提出四化建设是大局一样,这是在复杂的政治环境中推进整顿的一个创造。邓小平对整顿指导思想的这种表述,当时被简称作"以三项指示为纲"。这一提法不仅是对"以阶级斗争为纲"的淡化和制约,也使江青反革命集团暂时难于对整顿进行攻击。

二、在经济问题上理出思路

扭转财经困境的努力

经济发展离不开财政经济管理。1975年年初,国家财政处于严重混乱和收不抵支的困难境地。"文化大革命"发动后,财政金融纪律受到践踏,税收工作被削弱,一些部门和单位公开侵占、截留国家财政收入,偷税、抗税和任意减免税的现象十分严重。加上颠倒是非的"大批判"搞乱了人们的思想,经济核算和经营管理受到否定,"制度无用"、"税收无用"盛行一时。有的企业长期亏损,靠国家补贴过日子,有关领导却心安理得,认为这样做是摘掉了"利润挂帅"的帽子。有的企业亏损愈大,浪费愈大,企业积累水平显著下降,到1974年年底亏损额比建厂的全部投资还多。"批林批孔"运动以来,工农业生产再次大幅度下降,使国家财政支大于收。1974年,全年财政收入共783.14亿元,比上年减少26亿多元,出现财政赤字7.61亿元。

财政整顿在四届人大结束后即已开始。张劲夫是四届人大新任命的财政部部长。1月17日,张劲夫到财政部上任,开始了整顿财政的工作:

第一,是抓机构整顿。为了恢复、加强财政部的工作,财政部党组顶着江青反革命集团的干扰,首先撤销财政部军事管制委员会,把原财政部和人民银行总行在"文化大革命"中被撤销的司、局组织建制全部恢复起来。财政部税务局也予以整顿加强,恢复为"税务总局",加强了对全国税收工作的领导。同时,从财政部和人民银行合办的"五七干校"陆续调回大批干部,作为加强财政管理的骨干。

第二,是抓思想整顿。财政部党组反复强调要贯彻执行毛泽东关于"把国民经济搞上去"的指示,强调"政治挂帅要挂到业务上",要划清社会主义积累同"利润挂帅"的界限,理直气壮地抓社会主义积累,强调必要的规章制度不是"管、卡、压",反对有令不行、有章

1966

1976

不循、各行其是的混乱状态。根据国务院关于1975年的财政金融工作要抓紧、抓早的精神，财政部和中国人民银行于2月下旬、3月上旬分别在北京、上海召开财政、银行工作碰头会，传达邓小平在全国工业书记会议上的讲话，要求财政、银行部门的领导干部思想上必须明确把国民经济搞上去这个目标，大胆地抓工作，财政、银行部门要努力做到收支平衡，略有节余。

第三，是重申财经纪律，整顿财政工作秩序。针对财政工作中的混乱状况，1月19日，国务院发出《关于进一步加强财政工作和严格检查1974年财政收入的通知》，要求扭转财政收支的不正常情况，纠正违反财经纪律的现象。《通知》对企业生产成本、基建开支等逐项作出了规定，要求抓紧1975年的财政工作，做到收支平衡，略有节余。这些措施的规定和贯彻落实，对于1975年的财政工作起了推动作用。为了整顿财政工作秩序，严格财政纪律，4月7日至19日，财政部还召开了全国税务工作会议，强调发挥税收作用。7月30日，财政部发出《关于开展税收政策检查，清理漏欠税款的通知》，进一步整顿纳税纪律。中国人民银行也于6月至8月多次召开不同类型的银行业务会议，严格控制货币发放，加强检查督促工作。

第四，是抓财政收支，扭转支大于收的困境。一是与国家经委配合，两家共同抓企业的扭亏增盈工作。二是与国家计委配合，狠抓控制集团购买力，不仅节约了开支，而且树立勤俭节约的风气。三是扶持与促进生产，努力扩大财源。

以上这些措施，都在当年收到明显成效。

为了对财政工作进行深入整顿，1975年5月18日，财政部根据李先念指示，开始起草《财政金融问题汇报提纲》和三个参阅资料《国营企业积累情况和存在的问题》、《基本建设情况和存在的问题》、《市场货币流通情况和存在的问题》。6月28日，财政部和中国人民银行向国务院报送了《财政金融问题汇报提纲》。10月22日，《关于整顿财政金融的几个问题》（简称《财政十条》）写成草稿。这是一个要求从各方面入手扭转财政混乱的文件。

《财政十条》指出，当前财政金融方面存在的主要问题是：企业收入增长很慢，积累水平下降；基本建设战线过长，大量资金被抽调、挪用，分散了国家的财力，冲击了国家计划；财务管理混乱，损失浪费严重，贪污盗窃、投机倒把猖獗。文件认为，产生这些问题的一个重要原因是，财政金融管理不严，监督不力，纪律松弛。

文件提出，要努力促进工农业生产的发展。协助企业实现高产、优质、低消耗和安全生产，全面完成国家规定的各项经济技术指标。支持商业外贸部门搞好商品的收购、运销和出口，扩大城乡内外交流。文件还提出："财政金融部门不但要做好服务工作，而且要做好监督工作。"对于企业盲目生产，粗制滥造，积压物资和商业外贸盲目进货，大量积压，积压资金等行为，必须坚决抵制，不予支持。文件强调，要切实作好经济监督工作，整顿财政收入，节约财政支出。

针对企业亏损严重的状况，文件强调，要迅速扭转企业亏损。国营企业，除政策允许亏损的以外，都必须盈利，不许赔钱。所有企业都必须建立经济核算制，用最少的消耗取得最大的成果。对未能按期扭亏增盈的企业，财政不补贴,银行不贷款;长期亏损又没有条件办下去的企业,应当有计划地调整转产。

《财政十条》还提出,加强信贷管理,控制货币发行,严格财经纪律。针对前几年生产遭到破坏,资金偏于分散的情况,《财政十条》要求进一步改进财政信贷管理体制:财政资金要适当集中;继续实行"统一领导、分级管理"的原则,管理权限主要集中于中央和省、自治区、直辖市两级。为了加强省、市、自治区管理本地区财政收支的权力与责任,文件还根据李先念意见,提出从1976年起,实行"定收定支,收支挂钩,总额分成,一年一定"的办法。中国人民银行的业务要继续实行集中统一的方针。

围绕贯彻落实《财政十条》,财政部还起草了一系列单项的整顿性文件,如关于改进财政体制,加强预算管理、固定资产管理、国营企业财务管理和农业财务管理,以及扭亏增盈,等等。

《财政十条》的精神很快传达到各级财政银行部门。这个文件提出的整顿财政金融的原则和措施,尽管由于江青反革命集团的干扰,没有正式公布,但是,文件的基本精神还是在实际工作中得到不同程度的贯彻,对控制货币投放和平衡信贷收支起了一定作用①。

制定加快工业发展的章程和长远规划

在铁路、钢铁的整顿初见成效时,6月份,邓小平提出要召开长期规划务虚会。他说,前一段解决铁路问题、钢铁问题,都是一个一个地解决,光这样不行,要通盘地研究。

6月16日至8月11日,国务院召开计划工作务虚会。会议认为,当前经济工作中的主要问题是乱和散,必须狠抓整顿,强调集中。与会者提出,要搞一个关于工业问题的文件,认真总结铁路、钢铁整顿的经验,对整个工业中存在的问题提出切实的解决办法,作出一些必要的规定。

7月间,邓小平将起草这个文件的任务交给国家计委。这个文件是在三年前国家计委拟定的《关于坚持统一计划,加强经济管理的规定》(简称《工业十条》)的基础上起草的。文件起先拟定了十四条内容,简称《工业十四条》,标题是《关于加快工业发展的若干问题》。

8月,邓小平审阅了文件草稿,于18日主持国务院会议专门进行讨论。他说:毛泽东同志历来主张要有章程。这个文件就是加快工业发展的章程。过去的工业七十条,基本上是好的,是修改的问题,不是要废除。总的精神是加快速度。要搞长远计划,出大政策。他讲了几点意见:一、确立以农业为基础、为农业服务的思想。工业越发展,越要把农业放在第一位。二、引进新技术、新设备,扩大进出口。这是一个大政策。总之,要争取多出口一点东西,换点高、精、尖的技术和设备回来,加速工业技术改造,提高劳动生产率。三、加强企业的科学研究工作。四、整顿企业管理秩序。五、抓好产品质量。六、恢复和健全规章制度。七、坚持按劳分配原则②。

按照邓小平的意见,工业条例进行了补充和修改。8月22日的讨论稿形成二十条内容。9月2日的讨论稿,又由二十条压缩为十八条。最让江青反革命集团恼火的,就是这个《工业十八条》。他们说:"《条例》好厉害","字里行间,刀光剑影,杀气腾腾,要翻无产阶级文化大革

---

① 《当代中国财政》(上),中国社会科学出版社,1988年版,第244、254~257页,
《当代中国的金融事业》,中国社会科学出版社,1989年版,第178~180页。
② 《邓小平文选》第二卷,人民出版社,1994年版,第28~31页。

命的案",是"复辟资本主义的纲领"①。

这个文件稿以实现四个现代化为统领全篇的"纲",针对江青反革命集团在经济方面散布的谬论,对经济发展提出了一些重要观点:

1. 经济发展的速度问题是一个重大的尖锐的政治问题。文件指出:"工业的发展速度问题,是一个重大的尖锐的政治问题","不注意生产,不努力搞好生产,把生产放在可有可无、可重可轻的地位","是要不得的,没有社会生产力的强大发展,社会主义制度是不能充分巩固的,决不能把革命统帅下搞好生产,当作'唯生产力论'和'业务挂帅'来批判"。

2. 加强党的领导,整顿领导班子。文件指出,"整顿企业,首先要整顿党的领导。""要改变那些'软、散、懒'的领导班子,调整那些没有得到改造的小知识分子和'勇敢分子'当权的领导班子,把坏人篡夺了的权力夺回来"。

3. 依靠工人阶级,坚决反对派性。文件提出:"对于造反,对于反潮流,都应当进行具体分析。要看造哪个阶级的反,看反什么性质的潮流"。"要特别警惕少数坏人利用'造反'和'反潮流'的名义,搞破坏活动"。"凡是以'造反'和'反潮流'作为资本,向党伸手,要当党员、要作官的,一律不给,不但不给,而且要批评"。"要坚决同资产阶级派性作斗争,针锋相对,寸步不让"。

4. 建立以岗位责任制为中心的生产管理制度,建立强有力的独立工作的生产指挥系统。文件指出,"生产管理和规章制度,什么时候都需要,一万年也要","一概反对企业管理,反对规章制度,势必造成无政府状态"。"所有企业,都要在党委统一领导下,建立强有力能独立工作的生产管理指挥系统,负责管理指挥

企业的日常生产活动","不能事无大小,都由党委直接处理"。所有企业要把主要的经济技术指标抓起来。把质量、品种、规格放在第一位。要把建立责任制,作为整顿企业管理的重要一环。

5. 以农业为基础。必须把农业放在第一位。城市要带动农村,帮助发展农、林、牧、副、渔各业,举办小型工业,增加社队收入,改善城市供应。

6. 必须虚心学习外国一切先进东西,有计划有重点地引进国外先进技术。文件提出,世界上工业落后的国家赶上工业先进的国家,都是靠采用最先进的技术,我们也要这样做。必须有计划有重点地引进国外的先进技术,以加快国民经济的发展速度。

7. 增加工矿产品出口。每个工业部门,都要研究国际市场的需要,积极增产能够出口而换率高的产品。为了加快我国煤炭、石油开发,可以在平等互利的条件下,按照国际贸易中延期付款、分期付款等通行作法,同国外签订长期合同,固定几个生产点,由他们供应适合需要的现代化的成套设备,然后用我们生产出来的煤炭和石油偿还。

8. 各尽所能,按劳分配。文件认为,限制资产阶级法权,决不能脱离现阶段的物质条件和精神条件,否定按劳分配,不承认必要的差别,搞平均主义。平均主义不仅现在不行,将来也是行不通的。在现阶段,按劳分配是基本适合生产力发展的要求的,必须坚决实行。不分劳动轻重,能力强弱,贡献大小,在分配上都一样,不利于调动广大群众的社会主义积极性。要对高温、高空、井下、野外、有毒、有害等劳动条件差、劳动强度大的工种,实行岗位津贴。要在调查研究

① 1977 年 7 月 6 日《人民日报》,《一场篡党夺权的反革命丑剧——评"四人帮"对"二十条"的"批判"》。

1976

的基础上,逐步改革现行的工资制度。

9. 关心职工生活。各级领导要生产、生活同时抓,把群众生活上的问题提到自己的议事日程上来。

10. 所有干部、工人、科技人员都要走又红又专的道路。科学技术人员,要钻研科学技术,精通业务。凡是真正愿意为社会主义事业服务的,都应当给予信任,积极地发挥他们的才能。

11. 必须加强纪律性。文件指出,必须加强纪律性,同一切违反政策、违反制度、违反统一计划、违反财经纪律、违反劳动纪律的现象作斗争。

12. 思想方法要反对形而上学,避免片面性。文件提出,要提倡唯物辩证法,对任何事物都要采取分析的态度,不可以不明青红皂白,一概肯定或者一概否定。文件还提出,要实事求是,加强调查研究,使思想符合客观实际,不断地认识和掌握社会主义建设的客观规律。

以后的讨论稿,在修改中又由十八条增加为二十条,简称《工业二十条》。《工业二十条》概括了铁路、钢铁整顿的经验和国务院务虚会讨论工业发展的认识成果。《工业二十条》是对邓小平1961年主持制定的《工业七十条》(《国营工业企业工作条例(草案)》)和1972年周恩来指示起草的《工业十条》的继承和发展。上述三个文件在纠正经济领域存在的无组织无纪律现象,恢复被废弛的工业企业规章制度方面,有共同之处。不过,相比较而言,《工业二十条》在批判极左思潮方面针对性更强;在迫切陈述把国民经济搞上去的重要性时,思想理论性也更强。《工业二十条》针对"文化大革命"以来流行的抓生产是"唯生产力论"、"反潮流"和"造反"是"大方向正确"、规章制度是"管、卡、压"、按劳分配是"物质刺激"、对外引进是"洋

奴哲学"、学习科学文化是"白专道路"等进行了坚决反驳。这些反驳在一定程度上否定了"以阶级斗争为纲"的指导思想和方针政策,肯定了遭到"文化大革命"否定的、建国已往党积累的正确的和比较正确的思想成果。尤其值得注意的是,这些认识中还包含着党以往的思想成果中没有的或没有明确提出的一些内容,如:扩大对外交流,可以采取补偿贸易政策,促进外贸发展;坚持按劳分配原则,在待遇上有所差别;改革企业中存在的革命委员会领导体制,改变党委包揽一切的状况,建立强有力的能独立工作的生产管理指挥系统,等等。

三、整顿军队,加强国防

绝不容许野心家插手军队

军队整顿是各方面整顿中极关重要的一环。"批林批孔"运动发动后,由于江青反革命集团的插手和煽动,军队有的单位出现了矛头向上,目无组织纪律,动辄造反的现象。军队一些单位的领导软弱无力,部队组织纪律明显松弛,战斗力被削弱。显然,自林彪集团暴露后,能否保持党对军队的坚强领导,保持军队的稳定,不仅没有很好解决,反而随着江青反革命集团企图篡夺军权的活动更加突出了。此外,军队多年来存在的另一个问题也愈益突出,这就是部队臃肿,人员严重超编。"文化大革命"中,军队人数逐年增加。20世纪70年代初,随着参加"三支、两军"的270多万军队干部陆续返回部队,到1974年年底,人民解放军干部共有152.6万人,超编46.7万人[1]。部队编制庞杂臃肿,战斗部队与保障部队、机关直属单位比例失调。

1966

1976

---

①《共和国史记》第三卷,吉林人民出版社,1996年版,第1095页。

1966

▼

1976

1975年，当军队存在的问题不断暴露时，我国军事武装的第二支力量——民兵组织的问题，也到了十分严重的程度。"批林批孔"运动中，江青反革命集团一方面攻击军队不可靠，企图篡夺军权，另一方面极力控制民兵组织。为了控制全国民兵，江青反革命集团及其帮派势力在一些地方撇开原有的民兵组织，另行建立起民兵指挥部，或拉起"民兵师"、"民兵独立团"一类组织。在他们的操纵下，一些地方的民兵组织实际上成了派性斗争的工具，卷入了两派武斗，给社会生产和人民生命财产造成严重损害。

1975年年初，邓小平就提出了整顿军队的问题。1月19日，邓小平参加各大军区负责人座谈会，重申了毛泽东在1971年林彪叛逃事件发生后提出的"军队要整顿"的指示，说：军委准备两个工作，第一是召开军委扩大会议，其中一个题目就是军队要整顿。第二是战备，要准备打仗，解决战略方针、装备等问题。

1月25日，邓小平在总参谋部机关团以上干部会上讲话。这是邓小平担任中央军委副主席兼总参谋长后，在较大的范围内与军队高、中级干部见面。他说：从1959年林彪主管军队工作起，军队被搞得相当乱，好多优良传统丢掉了，军队臃肿不堪。所以毛泽东同志提出军队要整顿。军队的总人数要减少，优良传统要恢复。这就有大量的工作要做。他讲，我们要遵照毛泽东同志安定团结的指示，整顿军队。这些年来，我们军队出现了一个新的大问题，就是闹派性，有的单位派性还很严重。有少数人热衷于搞派性，他们在军队内部搞，到地方去也搞。这一点我们一定要注意。不消除派性，安定团结不起来，军队战斗力也一

定会削弱。今后军队干部的使用、提升，一条重要的原则，就是不能重用派性严重的人，不能重用坚持派性不肯改正的人。再一个问题是军队的纪律很差。军队要像军队的样子。现在提出加强纪律性，首先要从北京的机关、部队做起。所以，军队的整顿，一个是要提高党性，消除派性；一个是要加强纪律性。还有一些问题也要解决，如落实政策。现在有好多政策没有落实。各个单位要认真研究，把政策落实好，这样才有利于调动积极性，有利于安定团结[1]。

为了清除林彪在军队建设上的影响，2月5日，中共中央发出通知，取消1971年10月成立的军委办公会议，成立中央军委常务委员会，

◆ 1975年2月初，中央决定取消军委办公会议，成立中共中央军委常委会，由叶剑英主持工作。

---

①《邓小平文选》第二卷，人民出版社，1994年版，第1～3页。

常务委员有叶剑英、王洪文、邓小平、张春桥、刘伯承、陈锡联、汪东兴、苏振华、徐向前、聂荣臻、粟裕，军委常委会由叶剑英负责主持处理日常工作。在新组成的军委常委第一次会议上，军委扩大会议的筹备工作就提上日程。邓小平指出，军委扩大会议应集中解决军队的编制问题，以此达到整顿军队、加强战备，实现安定团结的目的。叶剑英强调，中心问题是解决人的问题，也就是编制问题，压缩军队定额问题、干部问题。

为了清除林彪、江青反革命集团对军队建设的干扰，6月24日至7月15日，中央军委召开扩大会议。7月14日，邓小平在《军队整顿的任务》讲话中指出，军队建设要解决"肿、散、骄、奢、惰"的问题；领导班子要解决"软"、"懒"、"散"的问题。为此，必须实行精简整编，选好干部，整顿和健全各级领导班子，建立和健全有效的规章制度和编制体制。此外，针对林彪、江青反革命集团对军队建设造成的恶劣影响，他提出要加强政治工作，增强无产阶级党性、批判资产阶级派性，坚决执行三大纪律、八项注意，保持和发扬革命军队的优良传统和作风。要抓编制、抓装备，还要抓战略。针对军事训练受到严重削弱的现状，他提出要改善武器装备，搞好战备，"要把训练放在战略问题的一个重要位置上"。

7月15日，叶剑英作总结讲话，就军队整顿作了具体部署。他说，军队要高度集中统一，决不允许派性存在。他提醒大家说：你们要注意，现在有的人到处送书、送材料、写信，把部队思想搞乱了。以后没有军委的同意，任何人不得这么做！不容许任何野心家插手军队，搞阴谋活动。会议期间，叶剑英采取个别谈话的方式，向出席会议的大多数高级干部打招呼，要求大家站稳立场，看清方向。

这次会议在指导思想上的一个重要突破，是对国际和国内形势的分析。会议分析了国际形势，认为革命和战争的因素都在增长，一方面战争不可避免，帝国主义仍然是战争的策源地；另一方面，战争不是三五年内一定打得起来的，有可能推迟。我们有必要也有可能争取时间，搞好工作，准备打仗。对国际形势的这种认识，明确扭转了那种认为世界战争迫在眉睫、军队要"立足于早打、大打、打核战争"的认识，使人民解放军得以摆脱长期处于临战状态的束缚，可以集中精力考虑较长期的自身建设。虽然，当时仍把要准备打仗列在"军队工作的纲"的范围，但这时的要准备打仗，已与几年前有很大不同，主要是立足于战争可能推迟，争取更多建设时间的估计上。会议还认为，要加紧经济建设和国防建设，把国民经济搞上去，国防建设只有随着国家经济建设的发展才能相应地发展。关于这一点，邓小平说了一句很形象的话："真正的硬仗是钢仗"，意即加强国防必须以经济实力为基础。这是在军队建设上，理顺国防建设与经济建设的关系，使军队建设转向现代化建设轨道，并使军队建设服从全党工作大局的重要变化。

7月19日，党中央转发了中央军委关于这次会议情况的报告和邓小平、叶剑英的讲话，要求全军"认真传达学习，贯彻执行"。军队的整顿工作随即在各大军区和各军兵种推开。

回忆起当年空军整顿的情况，原空军政委张廷发说：1975年军委扩大会议以后，空军党委于7月31日召开常委扩大会议，贯彻落实

1966

1976

军委扩大会议精神。会议的前18天，没有认真领会邓小平关于整顿军队的核心是整顿军队的党组织，关键是整顿军队的各级领导班子，整掉"肿、散、骄、奢、惰"和"软、懒、散"，以及叶剑英提出的决不容许野心家插手军队等四条指示的精神实质和重要意义，而是急于讨论编制，算人头账，会议走偏了方向。邓小平及时觉察到空军常委扩大会议方向有偏，指派陈锡联、苏振华、杨成武、梁必业到会，帮助空军常委扩大会走向正确的轨道。在军委和总部领导的帮助下，会议后18天重点解决了空军的思想路线问题。会后，毛泽东批准调整了空军领导班子，先是任命余立金为空军第二政委兼总局政委，10月1日任命张廷发为空军政委、党委第一书记。任命之初，邓小平找张廷发谈话，在谈了部队要全面整顿之后，他强调说："你当前的任务，就是要保住党对空军的领导权不被野心家夺去，保证每个空军部队的领导权不被野心家抓走。"不久，张廷发又见到了叶剑英，他对张廷发讲的第一句话，也是领导权的问题。归纳两位主席的谈话，一句是要保住党对空军的领导权。另一句是军队要整顿。[①]

在整顿军队的过程中，叶剑英主持对军队25个大单位的领导班子进行了调整配备；对驻北京市及其附近战略要地的部队进行整顿和调动；同时落实干部政策，有效地稳定了军队。这对抵制江青反革命集团夺取军队领导权的阴谋起了重要作用。

军队整顿的又一内容是精简整编。军委扩大会议结束后，中央军委很快着手解决军队规模庞大、机构臃肿的问题，开始压缩军队定额、调整编制、安排超编干部的工作，计划三年内将军队总定额减少160万人。9月7日，中央军委批转总参谋部拟制的《压缩军队定额调整编制体制的方案》。《方案》确定的精减调整原则是：大力精减机关，裁并重叠机构，减少保障部队，压缩普通兵员，淘汰陈旧设备；有些部队实行简编，保留技术骨干和技术装备；保持一定数量的齐装满员部队，有重点地加强特种兵部队建设。这次精简整编从1975年第四季度开始实施，各军区、各军兵种按新编制进行整编，裁减部队，调整机构。到1976年全军总人数比1975年减少了13.6%，初见成效。

在整顿军队的过程中，民兵组织也进行了整顿。针对江青反革命集团及其帮派势力插手民兵组织、拉起"第二武装"、利用民兵制造武斗等情况，邓小平要求取消"民兵指挥部"、"民兵小分队"，强调民兵应由省军区、军分区、人民武装部来管。民兵组织要在省军区、军分区、县武装部的领导下工作。一些省、市对问题严重的民兵指挥部进行了整顿，调换了领导班子，使江青反革命集团企图搞"第二武装"的阴谋受到打击。

军事训练在军队整顿中再次受到重视。为了加强对军事训练的领导，1975年10月，成立了以副总参谋长李达为召集人，副总参谋长何正文、总政治部副主任徐立清、总后勤部部长张震和副部长李元参加的总部训练小组。与此同时，总参谋部重新颁布了训练大纲、条令、教材，逐步恢复了正规化训练的秩序，军事训练取得明显成绩。1975年底，三总部召开全军训练会议，讨论通过了《一九七六年训练指示》。这个指示下发后，全军又掀起以"三打"、"三防"为主的群众性练兵热潮，军事训练再度出现好的形势。

---

① 张廷发：《70年代中期两次军委会议的前前后后》，《党的文献》，1999年第4期。

加强国防工业

在军队整顿的过程中，加强国防军事工业和国防科技事业的任务同时提上日程。

为了加强国防工业的领导力量，四届人大对二机部、五机部、六机部、七机部的部长进行了调整，任命刘西尧为二机部部长，李成芳为五机部部长，边疆为六机部部长，汪洋为七机部部长。

4月份，当铁路形势好转时，邓小平和叶剑英也在关注着国防建设面貌的改变。4月2日至14日，邓小平用5个半天的时间主持召开了国防工业重点企业汇报会。叶剑英、陈锡联、苏振华、徐向前、聂荣臻、粟裕等军委领导人，及总参、总后、国防工办、三机部、四机部、五机部、六机部的负责同志参加了会议。

这次会议强调，虽然军队减少人员、紧缩编制，但不能削弱部队的战斗力，这就要解决装备问题。军委现在一手抓编制，一手抓装备，这两件事不是小事，都是大问题。军队的装备问题很多，质量不过关，性能落后，装备缺编，不配套，失修严重等。要缩短战线，精简型号，搞好常规武器发展规划，加强集中统一管理，狠抓科研。

在听取汇报的过程中，邓小平等军委领导作了插话。当讲到国防工业有一些"老大难"企业时，邓小平说：光撤一个人解决不了问题，主要是坏人当政，把一派人带坏了。解决企业"老大难"的问题，不发动群众不行。他还说：国防工办要直接抓几个点，几个部也要抓一二个点。你们牌子不硬，用国务院的牌子，中央给你们"尚方宝剑"。

5月25日，毛泽东、周恩来批准了关于导弹武器的研制规划和常规武器十年发展计划。这之后，国务院、中央军委批准组成常规武器发展领导小组，由陈锡联任组长，负责统一部队装备体制和武器装备发展方向、科研、生产等工作。为了对战术导弹的生产、研制进行统一管理，国务院、中央军委还于7月成立了导弹工业总局（简称八机总局）。

在整顿国防工业的过程中，国防工办对四百多个重点企业的领导班子作了调整、加强，有八百多名领导干部作了调动，提拔了六百多名中、青年干部，还组织进行了产品质量大检查，使科研、生产秩序有所好转。

军委扩大会议结束后，7月20日至8月4日，中央军委接着召开国防工业重点企业会议。8月3日下午，邓小平、叶剑英、李先念、陈锡联、华国锋等领导同志接见了参加会议的全体代表，并作讲话。

邓小平主要讲了几个问题：第一，一定要建立敢字当头的领导班子。你要斗派性，没有敢字当头的领导班子就根本不可能；要建立必要的规章制度，要落实政策，没有这样的领导班子也搞不成。领导班子问题一定要抓紧解决，要找一些能够办事、敢于办事的同志来负责。解决领导班子的问题，主要是配备好一、二把手，一、二把手敢字当头，就可以把队伍带起来。第二，一定要坚持质量第一。质量问题与建立规章制度有关。没有必要的责任制度，质量难于保证，这方面要很好地整顿。要发挥科技人员的积极性，要搞三结合，科技人员不要灰溜溜的。科技人员应当受到重视。要给他们创造比较好的条件，使他们能够专心致志地研究一些东西，这对于我们事业的发展将会是很

1966

1976

323

有意义的。第三，一定要关心群众生活。群众对生活方面的议论是相当多的，不要以为都是讲怪话。我们党和国家一定要关心群众生活，现在应该提出这个问题了①。

叶剑英、李先念、陈锡联也讲了话。他们都强调了迅速改变少数企业"老大难"的面貌，反对派性、建设强有力的领导班子的问题。

在整顿工作由工交领域向军事领域发展时，国防工业重点企业会议的召开，不论对军队整顿、还是工业整顿都具有重要意义。一方面，它是贯彻中央军委扩大会议精神的具体措施：精简整编，加强装备，走精兵强军之路；另一方面，它也是贯彻《工业二十条》的实际步骤，把工业条例具体化，加强企业管理，使整顿落实到国民经济的细胞——企业。正如当时任国家计委副主任兼国务院生产组组长的袁宝华所说，8月，小平同志提出要全面整顿企业。他在国防工业重点企业会议上作了《关于国防工业企业的整顿》的报告。这次讲话，实际是对企业实行全面整顿的动员令。②

加快发展国防科技

发展国防科技，是国防现代化建设的战略任务。3月8日，党中央决定由"文化大革命"发动后曾被打倒的张爱萍重新出任国防科委主任。

国防科委是国防科技领域遭受破坏最严重的部门。"文化大革命"发动后，国防科委的一些重要部门分成了好几派。如研制航天设备的核心部七机部，长期以来派仗不断，几派中"山头"最大的是"915"派和"916"派，为争权夺力，这两派你攻我斗，久斗不衰，打派仗打得在

全国出了"名"。国防科委的许多部门和单位陷于瘫痪、半瘫痪状态，大批领导干部和科技专家被说成是"里通外国"、"特务"，受到残酷批斗。科研设备遭到毁坏，尖端武器质量下降，研制周期拖长。"批林批孔"运动兴起后，江青反革命集团直接插手国防科委，煽动少数人"冲破障碍"、"放火烧荒"，进一步把已被搞乱了的国防尖端部门搅得不得安宁。1974年进行了三次洲际导弹试验没有一次成功③。

张爱萍上任前，不计前嫌，登门拜访一些原国防科委的领导干部，包括曾揭发、攻击过自己的人。在相互谅解、沟通的基础上，组成了国防科委新的领导班子。上任后，张爱萍没有先到机关，而是带领工作组径直去了国防尖端事业的"老大难"单位七机部。

张爱萍决定从七机部入手，扭转国防科委的混乱局面。他把消除派性作为重点，在大会小会上对派性展开了坚决的、毫不留情的批判。3月27日，他在七机部厂、所、部、站干部会上讲话，第一次在七机部、在整个军工战线提出了整顿的任务。他说：林彪反党集团的余毒没有完全肃清。这个余毒是什么？我认为，最大的罪恶是破坏七机部党内党外、上下左右的团结，搞分裂，把七机部搞乱了……他提出：我们必须整顿，特别要整那些派性迷了心窍的。要在党中央、国务院、中央军委的统一领导组织下，在最近几年拿出像样的武器来。从现在起，我们要好好记住党的利益，团结起来，共同奋斗，上下一条心，紧密合作，互相支持。他号召大家：我们党在七机部处在艰难的时期，每一个人都要挺身而出，担负起责任，排除一切阻力，把这个局面扭转过来。

党中央批准国防科委组建新的领导班子

①《邓小平文选》第二卷，人民出版社，1994年版，第25～27页。
②袁宝华：《千秋功业 永世流芳》，见《回忆邓小平》(上)，中央文献出版社，1998年版，第272、268页。
③东方鹤：《张爱萍传》，人民出版社，2000年版，第895页。

后，不到一个月，就对导弹核武器的研制提出了要求。3月底至5月，毛泽东和中央军委连续批准了关于发展我国卫星通信工程的报告和关于导弹武器的研制规划。

5月19日，邓小平、叶剑英、聂荣臻、陈锡联等军委领导专门听取国防科委关于科研试验、发展规划的汇报，并作了指示。邓小平在听取汇报时说：不准再打派仗，凡是打派仗的，坚决按中央九号文件办，不管什么老虎屁股，都要摸。他对张爱萍、钱学森等国防科委

领导说：你们要勇敢地干工作，不要怕说错话。只要你们大胆工作，错了，我和叶帅负责。邓小平还说：那些打派仗的人，要认识现在再搞派性就是顽固的资产阶级派性。学理论也要解决这个问题嘛。不能让国家利益等待他们，这样下去太不能容忍了！现在应该这样提出问题。凡继续闹派性的坚决调开，你们调不动，军委调。配的新班子一定要团结的、稳定的、能干事的。关键性的生产机构，领导干部要配好，吃饭不干事的，调出工作岗位，作

第七章 邓小平主持工作与全面整顿

◆ "文革"中，我国制造的第一颗氢弹爆炸成功。

1966

1976

325

编外处理。要特别注意培养一批年轻的、有发展前途的科技人员,放到适当的领导岗位上。他强调,不要慢慢吞吞的,等不得了。他还提出,动员一下,限定个时间,从7月1号这天开始,继续搞派性的,坚决调走。大家都要做"七一"派,就是"共产党派","毛主席派"。

6月30日,中共中央批发国防科委《关于解决七机部问题的报告》。这是一个调整七机部人事、组织机构,巩固发展已取得的整顿成果的重要文件。文件传达后,国防科委和国防科工战线的广大群众奔走相告,不到半个月就家喻户晓。许多单位召开了"增强党性、反对派性,争做七一派,向七一献礼"的誓师动员大会。

为了把国防科技搞上去,张爱萍拖着初愈的伤腿,带着以备心脏病发作时急救用的氧气袋,起早贪黑地奔波在国防科委的一个个基层单位和试验点上。他在各种会上严正宣告:必须反对那种以派压党,在军队搞个人名堂的行为。今后不论谁妄图在军队搞个人名堂,要顶,要坚决进行斗争。毫不留情,针锋相对,寸步不让。国防科委果断地清除了各种帮派组织,撤销了"文化大革命"中产生的"指挥部"、"运动办"、"帮促办"等临时机构,恢复了党的各级工作机构。张爱萍还主持选编了毛泽东关于加强团结、克服派性、促进科研生产的语录,广泛印发科技人员和工人学习。这一做法非常有效,严重对立的两派都不敢反对学习毛泽东语录,不得不老老实实地坐下来学习,相互的攻击、扯皮逐渐消停了。

张爱萍因势利导地提出"团结一致,上下一心,树雄心,立壮志,尽早研制出战备需要的战略导弹"的要求,并大声疾呼"抢时间"拿出战略核武器。一时间,在七机部"抢时间,为

1977年的任务而奋斗"成了干部群众的行动口号。

1975年下半年,国防科学技术不断取得新突破,战略导弹、运载火箭和卫星的研制连续获得成绩。在张春桥到处宣称"卫星上天,红旗落地"时,1975年这一年里我国连续成功发射三颗人造卫星,这在中国航天史上是史无前例的。人们把这一年喜称为"三星高照"。

四、整党的初步措施和部署

把坏人篡夺了的权力夺回来

1975年初夏,在全国政治形势有利,铁路、钢铁整顿初见成效的情况下,邓小平把整顿党组织的问题提上了日程。

7月4日,他对中央读书班第四期学员讲话时,除了讲到"三项指示为纲"外,还讲到:"搞好安定团结,发展社会主义经济,需要加强党的领导,把我们党的优良作风发扬起来,坚持下去。这是一个非常重要的问题。""现在,相当一部分地方党的领导没有建立起来,党的领导削弱了。各级都有这个问题。没有党的领导怎么行?党讲话不大灵怎么行?解决这个问题,是建立省委一级的领导。"要"使省委说话有人听,能够担负起领导责任,做到一不是软,二不是懒,三不是散。""要维护省委的领导,帮助省委建立威信,使省委对工农商学兵、东西南北中,各项工作都能够领导起来。省委坚强了,敢于领导,就能帮助地委、县委。这样,我们党就能够实现自己的领导了。"他还讲到党的作风,说:"反对宗派主义,也就是反对派性,增强党性,是很重要的一条……党员要按照党的章程

办事，遵守党的纪律，不能搞宗派主义，树山头、垒山头，或者站到这个山头、那个山头。如果这样，党就分裂了，就没有战斗力了……现在解决各地区、各部门的问题，都要从反对派性，增强党性入手。""加强党的领导，反对派性，把毛泽东同志树立的优良作风发扬起来。这个问题，全党同志要注意，特别是中央委员、高级干部，更要注意。"①

邓小平主持党中央工作后，之所以如此重视党组织的整顿问题，不仅因为各级党组织在整顿中具有重要作用，还因为"文化大革命"以来，特别是"批林批孔"运动对党组织造成了严重破坏，党的建设已经到了非抓不可的时候了。

整顿开始后，各级党组织存在的问题暴露得非常明显。与"文化大革命"发动前相比，这时党组织的状况发生了很大变化。以江青反革命集团为首、以各地造反派为基础的帮派势力，已经从上至下地分布于党的各级组织中。当江青反革命集团打起"反经验主义"的旗子时，地方的帮派分子聚众闹事，在不少地方制造社会混乱，表明了江青反革命集团与地方帮派势力的紧密联系。在整顿铁路时，一旦对铁路系统的帮派势力有所触动，与铁路帮派势力纠结在一起的地方帮派势力，就为他们撑腰打气，支持他们进行反扑，铁路帮派与地方帮派之间的联系表现非常明显。显然，盘根错节的帮派势力是整顿深入进行的一大障碍。正如1975年7月中共广东省委一位书记所谈到的：目前抬头的派性，表现形式有个特点，主要不是"派"与"派"之间闹，而是"派"与"派"联合起来向党闹。派性问题不解决，加强党的领导不可能，发展大好形势很困难。

在整顿中，敢于"联合起来向党闹"的，许多是走上党和政府领导岗位不久的"新生力量"。他们中有的是"一月夺权"中"名噪一时"的老造反派；有的是在"整党建党"中作为"新鲜血液"，"纳"入党内的所谓"无产阶级先进分子"；有的是在"斗批改"阶段派驻到教育、文化、党政机关的工人代表和军队干部；有的是一年前在"批林批孔"运动中出现的新造反派——"反潮流分子"。总之，是"文化大革命"发动并号召群众向党"造反"以来，先后走上各级党和政府领导岗位的一部分"新生力量"。

"批林批孔"运动开始后，这些党内的"新生力量"、"反潮流分子"宣称："造反不当官，等于白造干；当官不入党，有权也难掌。"在他们控制的地区和单位，大搞突击入党、突击提干。1974年，浙江全省突击发展党员三万六千人，突击提干约九千人。河南省，1974年上半年，突击入党十八万人，突击提干六万六千万人，②数量居全国之首。该省范县七天内突击发展党员二千多人，致使有的单位新党员超过原有党员三四倍。③有的地区和单位一度出现干部"大换班"，一些"反潮流分子"开始用帮派体系代替党组织。

1975年的形势表明，要恢复正常的工作和生产秩序，必须在党组织中清除这些"反潮流分子"，打掉这股制造社会动乱的帮派势力。

对于这一点，邓小平认识非常明确。无论是对领导铁路整顿的万里，还是对领导地方整顿的省、市负责人，邓小平一再强调必须坚决反对派性。他说：要敢字当头。对坚持闹派性的人，该调的就调，该批的就批，该斗的就斗。④凡是帮派头子，有一个调开一个，再出一个再调开，一天调一个，一年调三百六十五个。⑤

解决派性问题，首先从浙江开始。7月初，

---

①《邓小平文选》第二卷，人民出版社，1994年版，第12～14页。

②《1975年的河南整顿》，河南人民出版社1999年版，第3页

③赵生晖：《中国共产党组织史纲要》，安徽人民出版社，1987年版，第399～400页。

④《邓小平文选》第二卷，人民出版社，1994年版，第9页。

⑤《邓小平文选》第三卷，人民出版社，1993年版，第34页。

国务院副总理纪登奎率领由中组部、国务院有关部委和省、市干部组成的工作队赴浙江，帮助进行整顿。分管浙江工作的王洪文也随同前往。6月20日至8月4日，浙江省委召开了工作会议。按照中央指示，浙江省委的领导班子进行了调整，一些参加省委工作的军队干部被调回军队，驻地野战部队也进行了调动。这些措施从一个方面切断了派性的联系。

7月13日，浙江省委向中央呈送了《关于正确处理突击发展的党员和突击提拔的干部的请示报告》，提出：对于突击提拔的干部，全部回到批林批孔运动以前的原单位、原岗位，经过一段时间的锻炼、培养和考察，对于表现好、符合干部条件的，再根据工作需要办理任命手续；对于突击发展的党员，经过考察，不够条件的予以除名；对于混进来的坏人坚决清除；要把被坏人篡夺了的那一部分权力夺回来。

7月15日，邓小平召集政治局会议，听取了浙江省委的汇报。16日，毛泽东在邓小平报送浙江省委报告的当天，批发了这个文件。

7月17日，中共中央下发第16号文件，批转了浙江省委的报告。党中央肯定了浙江省委关于处理突击发展的党员和突击提拔的干部的作法，同时指出：在整顿党组织的过程中，对突击发展的党员和突击提拔的干部要进行教育、考察、清理；要划清两个界限，一个是敌我界限，一个是无产阶级先进分子和一般的"反潮流"分子、"造反派"分子的界限。文件规定：对于混进来的个别坏人，经过调查，证据确凿的，必须坚决清除。凡有两派的地方，应当暂缓发展党员和提拔干部。一切共产党员决不容许参加任何派别活动。在中央批示中，邓小平加了一句醒目的话：在全国范围内"对党组织从思想上、组织上进行一次整顿是十分必要的"。这份文件不仅针对着浙江等地突击发展党员、突击提拔干部的问题，也在一定程度上涉及到"文化大革命"开始后全国党组织存在的问题。这是在"文化大革命"还没有结束的情况下，准备进行整党的重要文件。

中央16号文件的下发为批判派性、纠正"双突"，提供了有力武器。根据中央指示，许多地区和部门贯彻执行中央解决铁路问题和钢铁问题的精神，推广徐海经验，在整顿中突出了反对派性、增强党性的教育。浙江省在杭州体育馆连续三次召开批判派性的群众大会，每场参加者逾万人。浙江省委还决定，废除造反派列席党委常委会的作法，撤销"民兵指挥部"和"批林批孔小组"等非法组织。整党试点工作同时在河南省展开。8月29日，河南省委发出《关于增强党性，加强党的建设的决定》，刹住了突击入党、突击提干之风，把"双突"上来的十多万人，区别不同情况作了处理。

在进行整党试点的同时，邓小平考虑在1975年冬至1976年春进行全面整党。8月18日，他在一次会上说：浙江的"双突"，不只是浙江一个省的现象，全国各省、市的一些地区和单位都不同程度地有这个问题，不整顿不行。不整顿，我们这个党就成问题。按照这个部署，从1975年7、8、9三个月开始，除了在"双突"问题严重的浙江、河南等省进行整党试点外，其他一些地区陆续对1/3的单位进行整党试点。福建、湖南、江西、黑龙江、郑州、武汉及一些省、地、市、县，都大张旗鼓地召开了批判派性的大会。批判派性，扶正祛邪，沉重打击了江青反革命集团的帮派体系，扭转了一个时期一些地区和单位"坏人当道，好人受气"的局面。

整顿的核心是党的整顿

建立敢字当头的领导班子，是邓小平一直强调的问题。到1975年，在中央管的地方和军队干部中，仍有二百多高级干部没作结论。副部长、副省长以上被打倒后复出工作的老干部数量很少。一些老干部虽然解除了隔离审查但没有分配工作，还有许多老干部仍在关押审查之中，没有做出正式结论。在周恩来、邓小平等人的推动下，1975年，中央在解除干部审查，重新分配工作方面采取了诸多重大步骤。4月底，中央作出决定，除与林彪集团有关的审查对象和其他极少数人外，对绝大多数关押受审查者予以释放。根据这一决定，长期被关押的高级干部三百多人被释放出来，其中一些人陆续分配了工作。在此期间，邓小平又不失时机地将原卫生部负责人贺诚女儿写给他要求给父亲分配工作的信件转给毛泽东，并对贺诚的任职提出了意见。邓小平的意见得到了毛泽东的肯定和支持。5月17日，毛泽东在中央军委关于贺诚任职的报告上作了指示："贺诚无罪，当然应予分配工作。过去一切污蔑不实之词，应予推倒。""傅连璋被迫害死，亟应予以昭雪。贺诚幸存，傅已入土。呜呼哀哉！"毛泽东的这一指示进一步推动了干部政策的落实。

根据毛泽东的批示，6月9日，原八届中央政治局委员、中央军委副主席、国务院副总理贺龙的骨灰安葬仪式在北京举行。周恩来代表党中央致悼词说："贺龙同志是一个好同志"，"几十年来为党、为人民的革命事业曾作出重大的贡献"，"他是忠于党、忠于毛主席革命路线、忠于社会主义事业的"，他的逝世"是我党、

◆ 1969年6月9日，中共中央政治局委员、中央军委副主席、国务院副总理贺龙被迫害致死。1974年9月，经周恩来提议，毛泽东批准，中共中央为他平反，恢复名誉。1975年6月9日，中共中央举行贺龙骨灰安放仪式。图为贺龙遗像和骨灰盒。

我军的重大损失"。按照毛泽东批示，7月18日，中央军委转发中共总后勤部党委《关于为傅连璋同志恢复名誉的报告》。9月20日，中共总后勤部党委为傅连璋骨灰举行安放仪式。

对于被解除审查的老干部，邓小平注意尽快使他们重新归队。这些老干部，有着长期的革命经历和丰富的领导经验，是党在探索中国自己的建设社会主义道路过程中各条战线上的领导者。他们对党在社会主义建设中正反两

◆ 周恩来在贺龙追悼会上致悼词。

个方面的经验教训有比较深切的体验，对"文化大革命"的"左"倾错误和江青反革命集团的面目有比较深刻的认识。因此，邓小平认为，当前存在的一些令人担忧的现象能不能克服，几十年的优良传统能不能继承和发扬，主要靠我们这些老同志的传帮带。他告诉一些中央部门和地方的领导同志，要敢于在重要领导岗位上起用老干部，同时，要注意选党性强、有经验、身体好的中青年干部。他说，不要怕人家有意见。不要怕有人说你是什么"还乡团"、"复辟"、"倒退"，由他去骂。无非是让他骂十年。

当有的老干部说到自己有"辫子"，担心被人抓住再受批判时，邓小平多次幽默地说：辫子也确实有一点，比我强。我是维吾尔族姑娘，辫子多。这些风趣的话语，使老干部深受启发和激励。

九十月间，邓小平在农村工作座谈会上讲话时又一次谈到全面整顿及整顿的核心，他说："现在问题相当多，要解决，没有一股劲不行。要敢字当头，横下一条心。""管你是谁，六十岁的老虎屁股也好，四十岁的老虎屁股也

好，二三十岁的老虎屁股也好，都得摸。一摸，就见效了。"接着，他提出了整党的问题，说："整顿的核心是党的整顿。只要抓住整党这个中心环节，各个方面的整顿就不难……整党主要放在整顿各级领导班子上。"

按照中央部署，中组部在进一步调查研究的基础上，开始起草《关于整党问题的汇报提纲》和《整党问题参阅材料》，并着手起草整党工作指示。据当事人回忆，整党工作指示（草稿）的主要精神有以下几点：第一，这次整党要消除派性，增强党性。要讲党性，讲纪律，讲团结，恢复党的传统作风。第二，彻底纠正违反党章规定的"双突"。第三，调整领导班子。选拔党性强，敢抓工作的领导干部进班子。[1]这个文件虽然因"反击右倾翻案风"开始，没有最后形成，但是，它的基本精神，已经在中央第16号文件及浙江、河南省委的有关决定和纪登奎的讲话中有所体现。

从在浙江、河南进行整党试点，到起草整党问题汇报提纲，再到提出整党是全面整顿的核心，全面整党的准备工作基本完成，一场全国性的整党即将展开。

五、科研工作要走在前面

"搞业务的台风要刮起来"

1975年7月，整顿工作深入发展时，邓小平提出要"整顿中国科学院，加强领导"[2]。此后，整顿中国科学院在全国整顿中处于影响全局的位置。

中国科学院是"文化大革命"的"重灾区"之一。"文化大革命"开始后，科研工作正确的

---

①《1975年党组织整顿的前前后后》，《百年潮》，2001年第8期。
②《中国科学院》(上)，当代中国出版社，1994年版，第161页。

方针政策遭到批判和否定，科研工作被指责为"三脱离"，即所谓"脱离无产阶级政治，脱离生产实际，脱离工农兵群众"，基础理论研究遭到否定，研究机构被肢解。大批领导干部和科学家受到批判和摧残，基础理论许多领域的研究工作处于停滞状态。

为了把科技工作搞上去，7月间，党中央批准了国务院关于整顿中国科学院的报告，决定派胡耀邦、李昌、王光伟等参加中国科学院党的核心小组，领导科学院工作。

7月14日、18日，李昌、王光伟与胡耀邦先后到中国科学院工作。胡耀邦等人到科学院后，首先着手调整院领导班子，向中央提出了科学院党的核心小组组成的建议。10月，党中央正式批准了中共中国科学院核心小组的组成，由郭沫若担任组长，胡耀邦任第一副组长，李昌、王光伟任副组长，刘华清、王屏、胡克实为核心小组成员。稍后，又增补武衡为核心小组成员。

新的核心小组建立后，废除了造反派"头头"列席核心小组会议的做法。这时，虽然科学院的革命委员会还存在，但是科学院工作的领导权基本上集中在核心小组，干部的审查、任命，科研方针的确定等重大事项都由核心小组讨论决定。这样，就在科学院的领导核心层排除了江青反革命集团和帮派分子的干扰。同时，改变了核心小组政治、业务"一把抓"的现象，把行政业务和党的工作分开，专门建立行政办公会议，分工专人抓业务。

胡耀邦等人到科学院后，大讲党的优良传统，强调今后谁要搞派性，就是分裂党，要受纪律制裁。同时，抓紧落实政策，复查在"文化大革命"中对受审查者所作的结论。对于没有作

结论的对象，尽快作出结论；对于没有安排适当工作的科技人员，尽量给予安排。经过大量工作，科学院在四个月的整顿中，被落实政策的达八百多人。

胡耀邦等人重视并强调发挥研究所所长的作用。随着知识分子政策的逐步落实，胡耀邦提出：要重视选拔业务干部，在今后一定时期内要大力扶持业务干部的威信，支持他们大胆放手地抓业务工作。他还多次提出，要恢复所长制。对于50岁以下，40岁左右的业务副所长，要扶持他们向"家"的方向发展，让他们来做专家迷。他明确反驳所谓恢复室主任制是复旧的说法："说室主任制是修正主义路线，我看是形而上学"。"说复旧就复旧……不要以名词吓唬人，把科研搞上去，谁都得服从这一条。"

有一次，胡耀邦与几位科技人员交谈，人们告诉他，这些年除了接受工人、农民的"再教育"，就是搞生产，与白菜、土豆打交道。有些研究所每周搞业务的时间不足20个小时……为鼓励科技人员钻研业务，胡耀邦在大会小会都明确回答：科学院就是科学院，不是生产院、教育院、白菜院、土豆院，科学院就是搞科学的，是搞自然科学的。他说：所有搞科研工作的共产党员，业务上非打上去不行！今后25年赶上世界先进水平，这是我们赌了咒、发了誓的。科研工作搞不上去，不仅是犯错误，而是犯罪。……搞业务的台风要刮起来！刮8级不行，得刮12级台风。10月15日，他听取遗传所党委汇报时，说：业务、政治、行政三个部门有个共同目标：繁荣社会主义的科学技术，所有的工作为一个目标服务，为把科研搞上去扫清障碍，创造条件。

为使科学院的广大干部和科技人员牢固

1966

1976

1966

1976

树立为实现四个现代化而奋斗的思想,10月24日,胡耀邦在科学院共青团纪念红军长征四十周年大会上,专门作了《实现四个现代化是新的长征》的报告。他说:全国人民要"再干一件惊天动地的事情,要进行一个新的长征",这个新的长征就是"毛主席号召我们的……要在本世纪末实现四个现代化,把我们可爱的祖国建设成为伟大的社会主义强国。现在,我们新的伟大的长征的军号已经吹响了!""本世纪末我们一定要在科学技术上赶超世界水平,一定要站在世界科学技术的前列。"胡耀邦的话,深深打动了在场的二千多名年轻人,场上不时响起热烈的掌声。当他讲到激动的地方时,台下成片的听众流下了眼泪。这次会后,一些原来参加造反组织的年轻人,再没有批判"唯生产力论"了。胡耀邦提出的"新的长征"的口号传得很广,影响很大。直到1975年年底,整顿工作受到批判时,有的刊物写社论,还在宣传"新的长征"的思想。

"在科技领域不要提无产阶级专政的口号"

如何认识知识分子?是"文化大革命"中被搞乱了的又一问题。在当时的历史条件下,胡耀邦等人从具体问题入手,尽量消除"左"倾错误的影响,为发挥科技人员的作用创造条件。

一是强调科学技术是生产力,在科技领域不要提无产阶级专政的口号。"科学技术是生产力",是毛泽东在1963年听取十年科技规划汇报时谈到的思想。在整顿科学院的过程中,胡耀邦等人重新强调这一思想,尽量使大家明确:科技领域不属于上层建筑,不能把张春桥、姚文元宣扬的所谓无产阶级在上层建筑领域的"全面专政论"搬到科技领域,把广大科技人员当成专政对象。李昌多次说:科学技术战线不要提实行无产阶级专政,对科学技术不能专政。否则,容易把科技人员变成专政对象,不能调动科技人员的积极性。

二是否定"开门办所"的口号,明确搞科研就是联系实际。胡耀邦、李昌等明确否定了"开门办所"的作法,指出开门办所会产生压力,使人不敢搞理论。现在的主要倾向是知识分子不敢搞理论。他们还否定了科技领域的主力军是工农兵的提法,提出在科研领域专业队伍是主力军,研究所里研究员是中心。批"理论风"的口号是错误的。科研人员搞科研就是结合实际,不一定要到工厂农村去。

三是否定"知识私有"、"白专道路"、"技术挂帅"等提法。胡耀邦、李昌明确否定这些提法,说:什么叫"知识私有"?"公有"、"私有"的界限是什么?什么叫"白专"?知识分子在科学上有成就,没有派性,不争官、争权、争名、争利,就有可学习的地方。搞派性的人才是白而不专。他们鼓励科技人员精通科学,要敢去图书馆看书、查资料,又红又专,向专家的方向发展。

1975年8月,胡耀邦主持了有各部门负责人参加的科学技术规划座谈会。会上,他强调了两个问题:

1. 把国民经济搞上去,科技工作必须走在前面;

2. 要充分发挥科技人员的作用,必须划清发挥科技人员作用与"专家路线",钻研业务与"技术挂帅"等政策界限。

《科学院工作汇报提纲》的起草和修改

胡耀邦等人到科学院后，面临的一个紧迫任务是，需要在半个月内，在全面了解和掌握科学院工作现状的基础上，向中央、国务院提出一个开展科学工作的意见，以便取得中央政治局，至少是国务院的支持和领导。

在调查研究的基础上，胡耀邦等参考1961年中央制定的《关于自然科学研究机构当前工作的十四条意见》，于8月中旬起草了《关于科技工作的几个问题（汇报提纲讨论稿）》。8月11日，第一稿写出后，经广泛征求意见又于8月15日改出第二稿，并在征求意见的基础上再作修改，"有些地方吸收了参加讨论的一百多同志的好意见"，8月17日，第三稿由胡耀邦、李昌、王光伟三人联名上报邓小平。这一稿的标题为《关于科技工作的几个问题（汇报提纲）》。从第三稿开始，这个稿子简称为《汇报提纲》。

这个文件稿共写了六个问题：（一）关于充分肯定科技战线上的成绩问题；（二）关于科技工作的组织领导问题；（三）关于力求弄通毛主席提出的科技战线的具体路线问题；（四）关于科技战线知识分子政策问题；（五）关于科技十年规划轮廓的初步设想问题；（六）关于中国科学院院部和直属单位的整顿问题。稿子概括了科技整顿的指导思想和方针政策，写上了许多近十年来未曾明确的观点。

第一，稿子肯定建国以来，"我国科学事业日新月异地向前迈进"，"建立了一支具有相当规模的和一定科学技术水平的科学技术队伍"，"为独立自主地解决经济建设和国防建设中的一些重大科学技术问题作出了贡献"。同时，"我们积累了发展社会主义科学事业的丰富经验"。"二十多年来，科技战线上的绝大多数领导干部、科技人员和广大职工，辛勤努力，成绩是主要的。必须加以肯定"。

第二，稿子肯定现有的四百万科技人员的绝大多数"是拥护党、拥护社会主义、愿意为人民服务的，反党反社会主义分子只是极少数"。解放后我们自己培养的科技人员"绝大多数是好的或比较好的，做了大量的工作，许多人已经成为政治上、业务上的骨干"。"对于那些受审查而尚未作出结论的，要尽快落实政策，做出实事求是的结论。只要不是反党反社会主义分子，就应当安排使用"。

第三，稿子提出科技工作要正确处理六个关系：

1. 政治与业务的关系。提出"政治是统帅"，"思想统一了，才能有统一的行动"。学习理论反修防修、安定团结、把国民经济搞上去"三个指示不能割裂开来"。对科技工作"一定要既有坚强的政治领导，又有切实具体的业务领导"。

2. 生产斗争与科学实验的关系。提出"科学技术是生产力。不打这一仗，生产力无法提高。科研要走在前面"。"没有科学技术现代化，也就不可能有工业、农业、国防的现代化"。

3. 专业队伍与群众队伍的关系。提出发展科学技术要靠两支队伍，一支是专业队伍，一支是群众队伍，强调"科学实验也是一种社会实践"，"决不能否定和取消实验室的研究工作，不能不加区别地要求任何科学研究工作都要实行'以工厂、以农村为基地'的三结合"。

4. 自力更生与学习外国长处的关系。提出"外国的一切好的经验，好的科学技术，我们都要吸收过来，为我所用"。"必须经常地密切注

1966

▼

1976

意和调查研究国际上科学技术发展的最新动向","有必要从国外引进一些先进技术、先进设备"。"这样做,决不是'爬行',而正是加快步伐;决不是'崇洋',而正是满怀信心地要同一切洋人试比高"。

5.理论与实际、基础与应用的关系。提出"生产实践经验要总结提高,就要有理论研究。为了发展我们自己的创造,赶超世界先进水平,也必须有理论研究"。"从当前的情况来看,自然科学的理论研究还是不够的,要有计划地加强","而不应任意地加以贬低、指责甚至污辱。""科学院的研究所和部分高等院校,有条件,也有责任更多地搞一些理论研究"。

6.党的绝对领导与百家争鸣的关系。提出"自然科学学术问题上不同意见的争论是好事不是坏事。必须实行百花齐放、百家争鸣的方针,通过学术讨论的办法,通过科学实践来解决,不能用行政命令办法,支持一派,压制一派。更不能以多数还是少数,青年还是老年,政治表现如何来作为衡量学术是非的标准。对资本主义国家、修正主义国家的自然科学家的学术观点不能盲从,但也不能把他们都说成是资产阶级的、修正主义的,随意加以否定"。

这部稿子观点鲜明,针对性强,在相当大的程度上反映了广大科技人员和领导干部对于明辨科技领域思想理论是非的迫切要求,是在科技领域系统地纠正"左"倾错误的一个纲领性文件。

《汇报提纲》第三稿上报后,邓小平考虑到当时的形势,要胡乔木负责的政治研究室修改《汇报提纲》。为了适应当时的历史环境,胡乔木、于光远等人从第四稿开始,对原稿做了压缩、修改,在提法上更加谨慎,原稿中对搞派性

的造反派有一些鞭挞的话均被删除。《汇报提纲》第四稿交给邓小平后,他说:这个文件很重要,不单管科学,而且对文化教育各部门都有用处。

9月26日下午,邓小平主持国务院会议,讨论《科学院工作汇报提纲》。讨论中,邓小平多次插话。当胡耀邦汇报到落实政策时,邓小平说:归根到底是领导班子问题,不把领导班子弄好,谁来执行政策?当胡耀邦说自己有辫子时,邓小平笑着说:辫子也确实有一点,比我强一点。我说过我是维吾尔族姑娘辫子多。还说,不高兴你们的人是少数,希望改变现状的是95%,相信这一点。经过整顿工作,最后是99%以上。

邓小平还说:我在大寨会上说,农业搞不好,就要拉工业的后腿。如果我们的科学研究上不去,就要拖整个国家建设的后腿。科学研究是一件大事,要好好议一下。现在科研队伍大大削弱了,接不上了。陈景润是秘密搞的,这些人还有点成绩。陈景润究竟算红专还是白专?中国有一千人就了不得。就是白专,有什么可怕!应该爱护、赞扬。他还说,北大有个搞半导体的老科学家,叫黄昆,叫他改行教别的。这种人是大量的,学非所用,应当发挥作用。不然,是对国家最大的浪费。

当华国锋讲到思想整顿工作量很大时,邓小平说:思想整顿关键是五千,不是四万五千(作者注:指科技队伍),是班子。领导班子要真正执行主席科研路线的。一不懂行,二不热心,三有派性,为什么留着?科研人员中有水平有知识的为什么不可提当所长?后勤很重要。要为研究工作创造条件。这也是研究工作中的政治工作。科研机构,包括党的工作、科研工作、

后勤工作三个部分，要有机结合。挑选些党性好的、组织能力强的人搞后勤。建议建立科技人员档案，把那些比较好的科技人员，那些有前途的记下来。要创造条件，关心他们，包括怪脾气、毛病大的，都应支持。"白专"只要对中华人民共和国有好处，比只占茅房不拉屎的，比闹派性、拉后腿的人好得多。他提出：科技人员是不是劳动者？科学技术叫生产力。科技人员就是劳动者！

邓小平的讲话，不仅提出了整顿科学院的方针，而且对整个科学技术乃至教育的整顿都具有重要指导意义。

这次会后，《汇报提纲》又进行了修改。《汇报提纲》第五稿上报毛泽东后，毛泽东说记不起自己讲过"科学技术是生产力"这句话，文件最终没有批准下发。这个文件虽然没有发出，但是整个文件的起草和修改，是在邓小平要整顿科学、整顿教育的思想指导下进行的。随着科学院整顿的展开，它的基本精神实际上已贯穿于整顿过程中。

六、邓小平说：我们有个危机，可能发生在教育部门

教育状况直接关系到科技发展。在整顿中国科学院的过程中，邓小平突出地提出了教育领域存在着危机。

9月26日下午，邓小平主持讨论《科学院工作汇报提纲》时，讲到教育问题，说：要后继有人，这是对教育部门提出的问题。大学究竟起什么作用？培养什么人？有些大学只是中等技术学校水平，何必办成大学？上海机床厂"七二一"职工大学是一种形式，但不能代替其他大学。科学院要把科技大学办好，选数理化好的高中毕业生入学……这不是复旧！一点外语知识、数理化知识也没有，还攀什么高峰？中峰也不行，低峰还有问题。我们有个危机，可能发生在教育部门，把整个现代化水平拖住了。要解决教师的地位问题。几百万教员，只是挨骂，怎么调动他们的积极性？教育战线也要调动人的积极性。

邓小平所说的教育界存在的危机，也是教育部部长周荣鑫上任后，深有感触并着力扭转的问题。

教育界的主要问题是极左思潮

周荣鑫是在四届人大被任命为教育部部长的。这位"文化大革命"前曾任浙江大学校长、国务院秘书长的老干部上任后，首先抓的是调查研究。

他在召开各种座谈会、广泛了解情况的基础上，指出：文化革命以来，教育界的主要问题是极左思潮的影响。他说，"文化大革命"以来，林彪的"最、最、最"影响很深，形而上学最厉害，在教育战线没有批透。现在有人总是把政治和经济、业务、技术割裂开。调子越来越高，口号越左喊得越凶。10月4日，在一个会上，当教育部副部长李琦谈到北京大学把生物系都改掉了时，周荣鑫说：现在有的人，就是文化可以取消，理论可以取消，基础可以取消，教师可以取消，学校也可以取消，什么都可以取消。文科不是以社会为工厂，而是以土地为工厂。劳动可以冲击政治，政治可以冲击教学，政治可以冲击一切。他还说，以后别提"七二年回潮"了，不要讲"打土围子"，不要不加分析地批"智

毛泽东
时代的
中国
MAOZEDONGSHIDAIDEZHONGGUO

育第一"、"知识私有"。他认为，这些年教育上的问题，不在教师，也不在学校领导，根子在教育部门的领导，在管教育的。抓不到根子，这些问题就解决不了。

周荣鑫还说：把知识分子看作是资产阶级知识分子是错误的。当前知识分子大多数是愿意为工农兵服务，还是把"知识"当商品，卖高价，待价而沽，搞"知识私有"？不能一讲知识分子就骂一通。他还说，现在学习无产阶级专政理论，知识分子问题更复杂化了。批"知识私有"，批"智育第一"，反正运动一来就批知识分子，批得什么也不是。这是错误的。几百万教师在培养学生，还天天说他们是资产阶级知识分子，这不是自己打自己的嘴巴吗？

他针对迟群等人批判"知识私有"，反问：现在到底是"知识私有"，还是不学文化？知识私有是不是资产阶级法权？有知识的是私有，没有知识的就公有？那不要学校好了！他明确回答：没有那么多的资产阶级法权，而且也不能完全取消。现在我们的技术力量不是太多，而是太少了，技术人员只占工人数的2%。现在有个提法，要拆掉"读书做官"的梯子。是不是工农兵学员上了大学就不能当技术员，不能当干部，只能回去当工人农民。只能从城市到农村，不能从农村来城市？在20世纪内，我们要实现四个现代化，农业人口相对减少。县社也要办工业。一再强调社来社去，其他部门需要怎么办？好多问题带有方向性，不能什么口号都接受。

谈到对知识分子的认识，必然涉及1971年全国教育工作会议提出的"两个估计"，涉及到上层建筑领域革命的必要性。周荣鑫对在上层建筑领域进行"革命"和实行"全面专政"的作

1966

1976

法进行了抨击。他说："到底在上层建筑对资产阶级全面专政怎么专法？专对了没有？为什么提出这个问题？"他针对"两个估计"说："两个估计"实际上是一个估计，主要是知识分子政策不落实，认为十七年都是知识分子搞坏的。他强调，现在我国有2500万知识分子，大多数是爱国的、愿意为社会主义服务的。对知识分子的看法是个大政策，不是小政策。

周荣鑫亲自抓了《教育革命通讯》的宣传工作，组织编发了《全面关怀青少年的成长》、《培养无产阶级革命接班人的正确道路》、《研究基础理论为社会主义建设服务》、《按照马克思主义认识论搞好基础理论研究》等文章。这些文章在一定程度上反驳了江青反革命集团对科学文化知识和知识分子的污蔑，宣传了学习文化科学的重要性和党的知识分子政策。

学校不培养人是要拖后腿的

针对江青反革命集团把学习文化知识说成是"智育第一"、"复旧"、"回潮"等，周荣鑫极力打消人们的思想顾虑，引导学生努力学习文化知识。

他公开反驳"与十七年对着干"的口号，说：不能这样干！和十七年教育路线对着干的提法是错误的。在公开场合，他引用毛泽东接见尼泊尔教育代表团时关于教育的主要问题是教条主义的讲话，说：十七年教育的主要问题是教条主义，照搬苏联的一套，搞"三脱离"。毛主席批评的是"三脱离"，从来没有讲过不要学文化。学校要以学为主，这是毛主席提出的。把学文化说成是智育第一，是不对的。根据这个思想，《教育革命通讯》发表了《修正主义教

育路线的最大祸害——"三脱离"》一文，说：批判"三脱离"，"对划清两条教育路线的界限，全面贯彻执行党的教育方针"，"是很有必要的"，但"如果把开门办学和学习文化科学知识对立起来，把'以学为主'和'兼学别样'对立起来"，就会妨碍学生掌握文化科学知识。

周荣鑫大讲实现四个现代化对教育工作的要求。他说，本世纪要搞四个现代化，就向教育部门提出了要求。"四个现代化不是业务，是最大的政治"。现代化要搞上去，科学技术要走在前面，科技干部要靠学校培养。最后落脚要落到教育部门。不培养人是要拖后腿的啊！他还说：贫下中农为革命种田，工人为革命做工，学校为什么就不能提为革命读书？！世界科学技术进步很快，一定要看到形势逼人，差距很大。应该急起直追，迎头赶上。他还强调：现在不是开步走的时候，而是要跑步走的时候。

在周荣鑫领导下，1975年7月17日成立了国务院文教规划小组。7月19日到8月15日，连续召开了十一次研究长远规划的务虚会。会议按照实现四个现代化的目标和任务，重点研究了文化教育长远规划的方针、政策、综合平衡、奋斗目标和重大措施等问题。会议强调，要从指导思想入手，解决不少单位不敢提教育、不敢提文化，在科学研究和教学工作中忽视基础科学，以及只顾当前，不顾长远等倾向。还提出，要挑中学生好的直接上大学，这几年没有实行，明年非实行不可。

重视基础理论的学习，是1972年周恩来就提出、后来遭到江青反革命集团批判的问题。1975年，邓小平等人提出对理论有恢复名誉的问题。周荣鑫及时在教育界传达并强调这一问题。他说，对理论要恢复名誉是什么意思呢？

就是老批"基础"，把基础理论批臭了，搞不起来了。轻视理论是当前的主要倾向。他表示：对毛主席讲的三大革命实践理解不能太狭窄。只搞应用科学，不搞基础科学不行，我们国家不搞基础科学要吃大亏。他还说：把"朝农经验"完全推广到工、农、医、师，是不对的。在周荣鑫等人的努力下，教育部和报刊一度停止了宣传"朝农经验"。《教育革命通讯》从第8期起，连续发表文章，宣传要全面关怀青少年的成长，使他们又红又专，学习科学文化知识，并针对"以干代学"的偏向，批判杜威"从做中学"的口号，指出："从做中学"是"有用即真理"的实用主义教育思想[①]。

为改进理科教育，教育部还根据周荣鑫的要求，编印了《周总理关于基础科学研究和理科教育革命的部分指示》。以后，又根据毛泽东曾经有过的要重视自然科学工作的论述，编印了《毛主席关于自然科学的部分论述》供内部学习，通过毛泽东关于自然科学工作的正确思想认识，去抵制、反对教育界的极左思潮。

1966

1976

起草《教育工作汇报提纲》

随着思想整顿的开展，7、8月间，周荣鑫开始与李琦等人在小范围内酝酿，准备向中央起草一个旨在推翻"两个估计"、修改《全国教育工作会议纪要》的报告。后因考虑到"两个估计"是毛主席批示"同意"的，要推翻它不但不可能，弄得不好还会引来严重后果，就没有走这一步。

待到在国务院讨论《科学院工作汇报提纲》时，周荣鑫又与李琦商量，要搞一个教育部向国务院的汇报提纲，以使今后的教育工作有

---

① 《实用主义教育思想剖析》，《教育革命通讯》，1975 年第 10 期。

毛泽东时代的中国 MAOZEDONGSHIDAIDEZHONGGUO

1966
1976

所遵循。周荣鑫说：教育战线问题成堆。这个提纲汇报后，送到主席那里，如能经中央批发下去，一系列工作也就可以跟上去了。为防止走漏消息，受到干扰，汇报提纲是由周荣鑫和李琦亲自找人谈话，在半秘密的状态下起草的。

《教育工作汇报提纲》一共有三稿。10月8日，第一次研究汇报提纲时，周荣鑫要求汇报提纲"要用小平同志的讲话来武装"，要写存在问题，把对立面的典型言论拿出来，让人家一看就懂。比如："培养普通劳动者"、"十七年培养的知识分子都是挖社会主义经济基础的"、批学文化等。他还说，要写明"不许整老师"、"不能矛头向下"，"代中央拟个通知发下去，这就是教育上的宪法"。第一稿针对性强，观点鲜明，语言也较尖锐。周荣鑫看后，要求在修改时针对偏差，正面讲清涉及面大、有普遍性的几个关系。10月中旬，完成第二稿，突出了教育工作要注意处理的几个关系，语气较前缓和。11月10日，第三稿完稿。《教育工作汇报提纲》的主要内容如下：

一、教育革命取得了很大成绩。在当时的情况下，提纲肯定从1971年全国教育工作会议以来的四年里，教育工作成绩是很大的。

二、新的形势重新把"十年树人"的历史任务提到我们面前。这一命题是1957年毛泽东提出的。当时毛泽东提出："我们要在十年内培养自己的无产阶级的庞大的技术队伍，百年树人，应该改为十年树人。没有这一条，社会主义建设不成。无产阶级没有庞大的技术队伍、理论队伍、专家队伍（有马克思主义思想的专家队伍）不行"。坚持这一论点，是《汇报提纲》公开打出的旗帜。《汇报提纲》提出：我们面对着

一个严峻的问题，要是教育上不去，就会拖四个现代化的后腿。形势的发展迫切要求把教育整顿好。加快步伐，提高质量，培养实现四个现代化所需要的接班人。

三、坚持党的基本路线，进一步搞好教育革命。提出：要使教育适应四个现代化的需要，要正确处理几个关系：（一）政治与业务的关系。有一种值得注意的倾向，就是排斥业务和不敢搞业务。排斥业务的倾向，看来很"左"，其实很右。林彪大搞"政治可以冲击其他"，实际上是破坏社会生产力的发展和社会主义的生产关系，破坏无产阶级专政的物质基础。（二）"以学为主"和"兼学别样"的关系。目前主要是有相当数量的学校没有坚持以学为主，劳动和各项活动搞得过多。不坚持以学为主，实际上是取消学校。要保证教学时间和质量，使学生在德育、智育、体育几方面都得到发展。（三）理论与实际的关系。要注意防止和纠正轻视理论、轻视读书的倾向。在实践的基础上着重向理论方面提高。对基础理论不但不应当反对而且应当加强。（四）普及和提高的关系。这几年来我们对于提高有所忽视，同四个现代化对我们的要求矛盾很尖锐。如果再不重视，就将要犯很大的错误。各级各类学校的教育质量应当进一步提高。有条件的高等学校应办研究班、进修班，要努力培养水平较高的又红又专的专门人才，这些人也是"有社会主义觉悟的有文化的劳动者"中的一部分。那种认为大学培养各种专门人才就是"读书做官"，就是扩大资产阶级法权的看法是不对的。对基础科学、尖端科学和外语人才的培养，要研究出有力的措施。派遣留学生的水平要提高，还要增派科技进修生。此外，还要划清"师道尊严"同正确教

育和管理学生的界限，"管、卡、压"同执行正确的规章制度的界限。

四、落实党的知识分子政策，加强教师队伍建设。文件指出，现在，一个突出的问题是，在教师队伍中，有相当一部分人存在着"当教师倒霉"的思想。主要是党的知识分子政策没有很好贯彻落实。动不动就训斥教员是资产阶级知识分子统治学校。目前的教师队伍和1971年相比，有一些变化。许多人正将跨进无产阶级知识分子的行列。要贯彻落实党的知识分子政策，善于团结教育他们，领导他们前进。建议在明年召开一次全国先进教员代表大会。

五、坚持两条腿走路，充分发挥两个积极性。一些面向全国和大区的高等院校下放地方领导后，有些院校长期处于"三不管"（省教育局管不了，中央有关部门管不上，省委事多管不过来）的状况。少数院校可考虑改为中央部门与地方双重领导，而以部门领导为主。教育部拟有重点地抓一些综合大学、多学科理工科大学、师范和外语院校，与地方实行双重领导。

六、整顿领导班子。搞好教育整顿，领导班子是关键。目前，相当一部分领导班子存在着"软、懒、散"的状况，领导思想、领导作风不端正。在领导作风上，近几年有几种风不好，如：凭"风"办事，看"风"不看线；只讲成绩，不讲缺点等。不少学校领导干部"怕"字当头，顾虑重重，跟不上形势发展。提出各级教育部门和高等院校领导，有必要开展一次整风。重点是思想整顿。另外，建议各地党委加强教育战线领导班子的组织建设。要进行组织调整，对坚持资产阶级派性、屡教不改的，尽快调离；对混进来的坏人，坚决清除。

尽管周荣鑫等人的讲话和秘密起草的汇报提纲没有作为正式文件下发，但是，有关的精神却在教育界不胫而走，广为扩散。人们回忆说，那时"记录周部长讲话的白纸条满天飞"。不少人感到："周荣鑫的这些观点很显然是同迟群、谢静宜尖锐对立的。"毛远新后来也说："教育部长很多讲话是针对辽宁教育革命来的。"对张铁生的答卷、"朝农经验"、机电学院两张大字报，"人家都提出了相反的意见"①。这从反面证明，周荣鑫等人扭转教育局面的努力击中了江青反革命集团的要害。

七、意识形态领域的争夺战

毛泽东说：党的文艺政策应该调整一下

整顿工作在工交、军队、科技领域深入发展，成效显见。但是，文化领域在江青等人的严密控制下依然是百花凋零，一片萧条。

1975年春节前，以海岛女民兵为主题的影片《海霞》拍成，周恩来对影片表示肯定和赞赏。而江青反革命集团却追查"谁向周总理推荐《海霞》的？"江青还授意文化部的亲信以文化部的名义给北影写了三封公开信，诬蔑《海霞》是黑线回潮的代表作，号召全厂展开批判，此事后来一直闹到中央政治局。在周恩来、邓小平等人的支持下，有关部门作出同意《海霞》上映的决定。在此同时，另一部反映大庆石油工人艰苦创业的影片《创业》也拍摄完成，这是一部描写、歌颂石油工人自力更生、艰苦创业的好影片。江青反革命集团同样对其大加指责，并指使文化部于3月10日提出报告，给《创业》罗织了"在政治上、艺术上都有严重错误"的所谓十大罪状：1. "没有把这一题材表现

1966

1976

---

① 1975年12月1日毛远新在市地委书记会议上的讲话。

好"；2."给刘少奇、薄一波之流涂脂抹粉"；3."给什么人树碑立传"；4."写活着的真人真事"；5."革命乐观主义表现得较差"；6."周挺杉这个人物形象是单薄的、有缺陷的，因而是不典型的"；7."工程师章易之的转变，一号人物周挺杉实际上并没有起到作用"；8."报告文学脉络十分清楚，影片让人看不懂"；9."用了很大篇幅去写他（王铁人）的解放前，既造成浪费，又造成结构上的拖沓"；10."人物的语言概念化"。他们要求停止发行上映，组织批判。《海霞》和《创业》的受阻，仅是江青反革命集团在文艺界实行专制主义的两个事例。长期以来，人民群众对江青一伙独霸文坛、排斥百花、独尊"样板"的状况，早已怨愤不平。当时，社会上流传的"八亿人民八个戏"、"八花齐放"，便是人们对文艺界现状的一种讽刺。

对于文艺界的状况和江青一伙的做法，毛泽东表现了相当不满。虽然，20世纪60年代前期的文艺批判是按照毛泽东指示开展起来的，"文化大革命"的发动也是经毛泽东批准由文化领域点燃的。但是，经过9年的运动实践，毛泽东在文艺问题上意识到了自己的某些失误，认识到江青一伙在文艺界实行专制主义走过了头。他希望通过调整文艺政策，改变这种局面，使文艺逐步活跃起来。1975年7月，毛泽东几次作了关于文艺问题的谈话和批示。7月初，毛泽东同邓小平谈话时说："样板戏太少，而且稍微有点差错就挨批。百花齐放都没有了，别人不能提意见，不好，怕写文章，怕写戏。"7月2日，毛泽东对"周扬一案"写了"可从宽处理"的批语。7月14日，毛泽东就调整文艺政策作了书面谈话，指出："党的文艺政策应该调整一下，一年、两年、三年，逐步逐步扩大文艺节目。一

两年之内逐步活跃起来，三年、四年、五年也好。缺少诗歌，缺少小说，缺少散文，缺少文艺评论。""对于作家，要惩前毖后、治病救人，如果不是暗藏的有严重反革命行为的反革命分子，就要帮助。""鲁迅在的话，不会赞成把周扬这些人长期关起来，脱离群众。"7月上半月，毛泽东连续作出两次谈话和一个批示，不仅点出了江青反革命集团独霸文坛、实行文化专制主义、造成文艺界一片萧条的状况，而且提出了调整文艺政策的意见，为整顿深入到文艺领域创造了契机。

"要搞百花齐放，不要一花独放"

7月上半月，毛泽东关于调整文艺政策的指示，成为整顿深入到江青一伙独霸的文坛，改变文艺现状的有力武器。按照当时邓小平的话来说，就是"文艺政策要调整，调整其实也是整顿。"不过，由于文艺本身的特点和文艺界的特殊状况，文艺整顿相对于其它领域的整顿而言，情况要复杂得多。

邓小平根据毛泽东关于调整文艺政策和在文艺界落实干部和知识分子政策的谈话精神，开始对文艺工作进行整顿。他提出，文艺要搞百花齐放，不要一花独放。他还指出，除百花齐放外，还有一个百家争鸣的问题。要防止僵化。现在的文章千篇一律，是新八股。"双百"方针没有贯彻执行。文学艺术不是更活泼、更繁荣。他组织人收集有关文艺、教育、科技、出版等方面不执行"双百"方针的材料，向毛泽东转呈文艺、教育界人士反映情况的信件和材料。

这些材料揭露了江青反革命集团在长达6

年的时间里引述毛泽东文艺方针时，只引"古为今用，洋为中用"和"推陈出新"三句话，公然砍掉了"百花齐放"这一句，以及江青反革命集团扼杀电影《创业》、《海霞》，阻挠出版鲁迅著作等问题。这些情况整理成了两个材料，一个是报刊上宣传"百花齐放"方针情况的材料，一个是报刊上宣传"三突出"情况的材料，主要是反映当时江青反革命集团控制的文艺单位和写作班子在文章中取消毛泽东"百花齐放"方针，以及文艺创作强调搞"三突出"。邓小平将这两个材料上报毛泽东。

调查文艺状况开始不久，又一个揭露江青反革命集团实行文化专制主义的材料出现了。这个材料是电影《创业》编剧张天民写给毛泽东和邓小平的一封信。7月18日，影片《创业》的作者张天民就《创业》受江青扼杀上书，请邓小平转呈毛泽东。张天民在上书中就文化部对《创业》的所谓《十条意见》和决定表示不理解。7月25日，毛泽东在张天民的来信上作了批示："此片无大错，建议通过发行，不要求全责备，而且罪名有十条之多，太过分了，不利调整党的文艺政策。"毛泽东在批示中还写明："此信增发文化部及来信人所在单位。"这样，江青反革命集团想封锁毛泽东的批示，也封锁不住了。江青反革命集团阻挠《创业》上映的企图被挫败。

毛泽东支持《创业》作者、批评江青反革命集团的指示在社会上传播开来，长期受压制、打击的文艺工作者奔走相告，传递着难得的慰藉，再次激起对炙手可热的江青等人的憎恨。7月28日，文化部不得不向在京文艺团体传达毛泽东7月25日的批示，在容纳了2600多人的北京展览馆演出厅里，爆发出了雷鸣般的掌声，经久不息。

在邓小平领导的政研室负责人和文艺工作者的共同抗争下，对文化部头头进行揭发、批判的材料，陆续送到政研室，再转给邓小平。毛泽东对这些材料的批示及有关问题的处理，又在更广的范围内引起连锁反应。7月25日，被江青反革命集团压制的故事影片《海霞》编剧谢铁骊、导演钱江，给毛泽东写信申诉影片被压制的情况。信件也是通过邓小平转交毛泽东。7月29日，毛泽东批示："印发政治局各同志。"30日，邓小平主持部分中央政治局委员审看该片，看后支持了《海霞》摄制组的意见，同意按作者修改过的影片在全国公开放映。这是继影片《创业》通过发行后，对江青等人的又一次反击。第二天，于会泳就向张春桥哭诉："没地方说理去。"

毛泽东的批示，再一次批评了江青及其控制的文化部，使长期受到压制、打击的文艺工作者欣喜异常。8月8日，在毛泽东关于《创业》指示的鼓舞下，中央五七艺术大学青年教师李春光贴出大字报，公开指斥忠实执行江青旨意的文化部几个头头扼杀《创业》，抵制毛泽东的批示和长期推行法西斯文化专制主义。文章说："主席批示是一把火"，"谁想扑灭是办不到的"。文章指斥文化部负责人："你们是文艺界危害最大的行帮！""为亿万人民所不容！"邓小平得到大字报的抄件后，又转呈毛泽东。毛泽东看后批给邓小平："此件有用，暂存你处。"

毛泽东还先后对邓小平转送的一些信件和材料作了批示，这些信件和材料有：冼星海夫人钱韵玲要求举办纪念人民音乐家冼星海、聂耳音乐会的信；姚雪垠要求支持历史小说《李自成》的写作和出版的信；周妙中关于发挥知识分子作用和有关社会科学研究、出版、图

1966

1976

书馆工作的信；周海婴要求出版鲁迅书信和著作的信，等等。经中央政治局批准，7月中旬，因"周扬一案"而被关押、监护的人员全部释放。一批被打入"冷宫"的电影陆续开禁，反映红军长征的话剧《万水千山》、组歌《红军不怕远征难》等一批作品重新出现在舞台，观众喜爱的

电影《洪湖赤卫队》、《霓虹灯下的哨兵》等陆续开禁，纪念聂耳、冼星海音乐会得以隆重举行。

江青反革命集团的文化专制主义政策连续被挫败，这使他们十分恼火，但有毛泽东的批示，他们不敢有什么动作。沉寂多年的文化领域开始显露一丝生机。

意识形态领域要有不同的声音

在各个领域进行整顿的过程中，邓小平多次批评江青反革命集团控制的舆论宣传把毛泽东思想割裂了。他说：我总觉得现在有一个很大的问题，就是怎样宣传毛泽东思想。割裂毛泽东思想这个问题，现在实际上并没有解决。恐怕在相当多的领域里，都存在怎样全面学习、宣传、贯彻毛泽东思想的问题。毛泽东思想紧密联系着各个领域的实践，紧密联系着各个方面工作的方针、政策和方法，我们一定要全面地学习、宣传和实行，不能听到风就是雨[1]。

1975年6月，根据邓小平建议，国务院成立政治研究室。邓小平产生这一想法是在这年年初。1月6日，中央刚刚发出任命邓小平为中央军委副主席兼解放军总参谋长的通知，毛泽东已经提议邓任中央副主席和国务院第一副总理的第二天，邓小平约胡乔木谈话。邓小平说，考虑由胡乔木、吴冷西、胡绳、李鑫等人当国务院顾

◆ 为纪念红军长征40周年而重演的长征组歌《红军不怕远征难》剧照。

①《邓小平文选》第二卷，人民出版社，1994年版，第37页。

问，像过去"钓鱼台的班子"那样写一批反修反帝的文章。他还说，写这些文章要多找一些人，多带一些徒弟，组织一个写作班子。他还出了一些题目，如三个世界的划分、苏联的社会性质、战争与和平问题、资本主义世界经济危机，等等。当时，由于王洪文主持党中央日常工作，意识形态的几个部门控制在江青、张春桥、姚文元手里，邓小平考虑把这个研究室设在国务院，而不归属党中央。6月8日，邓小平再次找胡乔木谈话，重提此事。这次邓小平说不要叫"顾问"了，打算成立一个政治研究室，主要是做政治思想理论方面的工作。

7月5日，国务院发出政研室负责人的正式任命，共有七位负责人：胡乔木、吴冷西、胡绳、熊复、于光远、李鑫、邓力群。按照邓小平要求，政治研究室的工作主要是继续做《毛泽东选集》第五卷的编辑工作；配合着整顿的开展，着手调查文艺、教育、科技、出版等方面的情况；根据邓小平关于整顿的一系列讲话，撰写理论文章；同时"分管"中国科学院哲学社会科学部，出版一个刊名为《思想战线》的理论刊物。

二十多年后，于光远回忆起这段历史，说："我理解，邓小平给政研室提出这些任务，都是围绕整顿工作来考虑的。编《毛选》带有抓理论旗帜的意义，可以把毛泽东过去一些好的和比较好的思想作为武器，也可以削弱江青反革命集团的毛泽东思想代言人的地位。撰写理论文章，进行调查研究，办思想理论刊物，可以为整顿工作提供阵地，作舆论宣传；代管学部，则是组织理论队伍。政研室人数很少，但在邓小平心目中是同'江青反革命集团'斗争的一个有力依靠。归纳起来，就是要抓旗帜、抓阵地、抓队伍。"

政研室一成立，便投入了全面整顿的斗争中，在思想理论工作方面有力地配合了各条战线的整顿。在工业、科技整顿的过程中，政研室协助修改了《关于加快工业发展的若干问题》、《关于科技工作的几个问题（汇报提纲）》，还撰写了《论全党全国各项工作的总纲》等文件、文章。

《论全党全国各项工作的总纲》是政治研究室针对江青反革命集团只讲学习无产阶级专政理论，却不提毛泽东关于安定团结和把国民经济搞上去这两条指示，根据邓小平"三项指示为纲"的提法，为阐述毛泽东三项指示及其关系而起草的文章。9月19日，当胡乔木向邓小平报告说当前报纸上宣传安定团结、把国民经济搞上去的文章太少，已经布置政研室写写一篇全面宣传三项指示的文章时，邓小平极为赞同，说：文章很重要，要抓紧写出来。写好以后，我可以约几个副总理研究一下，再送毛主席审阅。毛主席同意了，就可以交给政治局议，政治局批准了就可以作为《人民日报》社论发表。《论总纲》一文分别论述了毛泽东的三项指示，着重指出：学习理论，要识破假马克思主义的政治骗子，他们对社会主义生产建设受到损失毫不痛心，长期热衷于拉山头，打派仗；提出：要加强组织纪律性，进一步落实各项政策，促进安定团结；还引用毛泽东曾在《论联合政府》中说的："中国一切政党的政策及其实践，在中国人民中所表现的作用的好坏、大小，归根结底，看它对于中国人民的生产力的发展是否有帮助及其帮助之大小"，提出要把这个标准作为区别正确路线和错误路线、真干社会主义和假干社会主义的标准。

《关于加快工业发展的若干问题》、《关于

1966

1976

科技工作的几个问题（汇报提纲）》和《论全党全国各项工作的总纲》是阐述全面整顿指导思想的重要文件。邓小平主持国务院和中央日常工作以来的一系列讲话，由他主持下发的文件，以及这三个还未完成、发出、但在广泛征求意见的文件、文章，虽然没有、当时也不可能直接触及"文化大革命"的根本问题，甚至还不免要重复当时的许多套话，但是，针对当时影响较大的"唯生产力论"、规章制度是"管、卡、压"、按劳分配是"物质刺激"、对外引进是"洋奴哲学"、学习科学文化是"白专道路"、知识分子是资产阶级等观点进行了反驳，提出了摆脱动乱、加快工业和科技发展的方针政策。这些思想观点，继承了党在"文化大革命"以前积累的正确的和比较正确的思想成果，力图在一些重要问题上把"文化大革命"中被颠倒了的思想理论是非加以澄清，进行了当时条件下有限度的拨乱反正，孕育着一种新的思路。这种思路为后来突破"以阶级斗争为纲"的藩篱，把党的工作转到现代化建设的轨道上来，实行各方面的改革作了重要思想准备。正如邓小平后来所说："拨乱反正在一九七五年就开始了。""改革，其实在一九七四年到一九七五年我们已经试验过一段"。"那时的改革，用的名称是整顿，强调把经济搞上去，首先是恢复生产秩序"。[1]

八、全国农业学大寨会议的召开

整顿工作展开后，邓小平还提出要解决农业问题。3月5日，他在全国工业书记会议上谈到全国形势时，就讲到农村状况，说：粮食产量

◆ 1975 年 9 月 15 日至 10 月 19 日，全国农业学大寨会议召开。图为会议主席台。

按全国人口平均每人只有六百零九斤，储备粮也不多，农民的收入就那么一点[2]。他对农业现状的不满是明显的。

改变我国农村长期存在的落后面貌，也是当时国务院大多数领导人想要解决的问题。但是，通过什么方法才能加快农业发展？如何改变农村面貌？却是长期以来困扰着人们的问题。

邓小平提出全面整顿和把农业生产搞上去

1975 年九十月间召开的全国农业学大寨会议，是一次具有全国影响的会议。

这次会议的筹备工作开始于 1972 年，筹备工作历时三年之久。这次会议的一再延期，与"批林批孔"运动对农业的冲击和中央领导层在农业问题上的不同认识有着重要关系。学习"无产阶级专政理论"运动开始后，"限制小生产"、"消除差别"的声浪不断增高。在农村工作中，小集体所有制要不要向大集体所有制过渡？社员分配中允不允许存在差别？对社员的自留地、自留树等，要不要加以限制等问题

①《邓小平文选》第三卷，人民出版社，1993 年版，第 81 页，第 255 页。
②《邓小平文选》第二卷，人民出版社，1994 年版，第 4 页。

又一次提了出来。

1975年5月，解放军某部政治部干事白云涛给毛泽东写信，提出国家按同一价格收购粮谷，没有考虑到各个生产队的自然条件和劳动生产率的不同，这"属于形式上的平等，而实际上不平等的资产阶级法权"，建议按照不同情况，采取不同的粮食征购价格①。同年8月24日，陈永贵就农村工作向毛泽东提出建议，主张人民公社的基本核算单位应迅速由生产队向大队过渡，以缩小"农村现有差别"。此时，大寨大队、昔阳县在为全国农业学大寨会议准备的两个发言稿中，以很大篇幅介绍继续进行生产关系方面的革命（如革自留地的命、革住宅私有的命、实行大队核算等），限制"资产阶级法权"（如取消定额包工、死分活评，实行口粮自报公议或基本按需分配等）方面的一些作法和经验。对于这两封信，毛泽东先后在5月23日和9月3日批示引发中央研究。对于陈永贵的建议，毛泽东批转给了邓小平："此件请阅。请考虑一下，此件是否可以印发政治局同志，并在政治局讨论一次。"毛泽东的批语很委婉，但行动本身表明了对这些意见的重视。白云涛报告和大寨大队、昔阳县的发言稿，由于国务院和农林部负责人的抵制未能推行。陈永贵的建议，则留待农业学大寨会议期间十二省负责同志座谈讨论。

这次有3700百多人参加的全国农业学大寨会议，自9月15日至10月19日，先在山西昔阳县举行，后转到北京，会期长达一个月。

◆ 1975年9月15日，邓小平在全国农业学大寨会议上，进一步提出了各方面的整顿问题。图为邓小平在全国农业学大寨会上讲话。

1966 1976

9月15日上午，会议在昔阳县拖拉机厂新厂房开幕。华国锋主持会议，陈永贵致开幕词。在这个开幕词中，大寨的根本经验被概括为"坚持党的基本路线，大批修正主义，大批资本主义，大干社会主义"，这样，大寨这个原先以艰苦奋斗、集体主义为特色的农业典型，便具有了大批"修正主义"和"资本主义"的特点。

邓小平在开幕式上讲话。本来，邓小平没有准备讲话，是在会前几天才临时决定讲话的。在整顿工作深入展开的时刻，邓小平决定

①见《建国以来毛泽东文稿》第十三册，中央文献出版社，1998年版，第436～437页。中国人民解放军第三十八军政治部干事白云涛1975年5月22日写信给毛泽东说：目前国家在对集体所有制征购同种类粮谷中，没有完全考虑到自然条件和劳动生产率等等不同的情况，一律按同一价格收购。无形之中，使农村社、队的收入完全取决于产粮的多少，实际上是取决于自然条件的好坏和劳动生产率的高低。这样就出现了自然条件好、劳动生产率高的社队产粮多、收入高，自然条件差、劳动生产率低的社队产粮少、收入低的不合理现象。所以说，不分具体情况，一律按同一价格收购的政策，是属于形式上的平等而实际上不平等的资产阶级法权。它是造成我国农业发展不平衡的重要原因。我设想，国家目前实行的同一征购价格，能否加以变更，即实行按自然条件好差程度和劳动生产率高低情况，采取不同类的征购价格，条件好的适当低些，条件差的适当高些。调整价格后，一方面可以促进农业生产的全面发展，另一方面也有利于缩小农村社队之间的差别和工农、城乡之间的差别，加速集体所有制向全民所有制过渡的步伐。同时，还可以从经济上限制小生产者的产生和发展。

在这次全国农业学大寨会上讲话，表明了对农村工作的重视。邓小平说，这个会议是很重要的，可以说是一九六二年七千人大会以后各级领导干部来得最多的一次重要的会议。这次会议涉及的问题，虽然不象一九六二年的七千人大会那样全面，但就实现二十五年的目标来说，这次会议的重要性仅次于那次会议，或相当于那次会议。他讲了几个问题：

为了实现四个现代化，要对各方面的工作进行整顿。和邓小平以往的讲话一样，他首先强调了四届人大提出的发展国民经济的任务，也就是到本世纪末实现四个现代化的宏伟目标。他说：形势大好，形势逼人。二十五年来，在农业方面，我们由过去旧中国的半饥饿状态做到了粮食刚够吃，这件事情不可小视，这是一个伟大的成绩。在工业方面，我们也打下了一个初步的基础。但是，我们应该有清醒的头脑，尽管有了这个基础，我们还很穷、很落后，不管是工业、农业，要赶上世界先进水平还要几十年的时间。不要疏忽大意，不要以为轻而易举。实现四个现代化，照我个人的看法，关键是农业现代化。四个现代化，比较起来，更加费劲的是农业现代化。如果农业搞不好，很可能拉了我们国家建设的后腿。形势要求我们走快一些。接下来，他说：毛主席讲过，军队要整顿，地方要整顿。地方整顿又有好多方面，工业要整顿，农业要整顿，商业也要整顿，文化教育也要整顿，科学技术队伍也要整顿。文艺，毛主席叫调整，实际上调整也就是整顿。这是整顿工作从一个又一个领域展开后，邓小平第一次提出全面整顿的任务，表明整顿不仅是要解决某一个局部的、当时迫切需要解决的问题，也是对全国工作的总体考虑，是关系全局的战略部署。

邓小平讲的又一个问题是，农业要整顿，把农业生产搞上去。对于农村的贫穷落后，邓小平在下放江西期间已有了直接的体会[①]。这次会上，他讲，我们不能吹牛。类似大寨式的县、社、队，各地都有，但是很不平衡，全国还有部分县、地区，粮食产量还不如解放初期！这时，江青插话："不能那么说，那只是个别的！"邓小平反驳说："就是个别的，也是值得很好注意的事！"他一一列举道：据二十三个省、市、自治区统计，人民公社基本核算单位农业产值按人口平均一百二十四元，最低的贵州，倒数第一，只有六十几块。四川倒数第二，九十几块，这行吗？类似四川一百元左右的，还有好几个省，这是讲产值，还不等于社员收入，社员收入有的很少，有的还倒欠账。这种现状，我们能够满意吗？江青默然。

邓小平谈到农业学大寨、普及大寨县的重要。他说，我跟外宾吹过，全国只要有三分之一的地方赶上大寨、昔阳县，我们的粮食就没地方搁了。现在的问题是，要有更多大寨式的县。要通过这个会议把学大寨的群众运动普及到每一个角落。不过，他对如何学大寨的讲法却耐人寻味。他没有提陈永贵等人总结的大批"修正主义"、"堵资本主义的路"等经验，强调的是：真学大寨，回去就老老实实地干。苦干、实干，不怕流汗，永远前进。他提出一个学大寨的标准："把手拿出来比嘛，手一比就知道了嘛，手上有没有茧？"这句话被不少会议代表概括为：用实际行动学大寨，一定要一身汗，一身泥，一手茧。（一年后"批邓"开始时，这被作为邓小平歪曲大寨经验的一条罪状[②]。）

邓小平也谈到农村政策问题。他简略提到，陈永贵在人民公社的政策方面提出了意

----

① 1972 年 11 月，邓小平到井冈山等地参观，农民群众的困苦生活使他非常难过。他对当地干部说："过去毛主席在这里干革命穷，现在还是穷，以后会好的。"见《邓小平在江西的日子》，中共党史出版社，1997 年版，第 142 页。

② 1976 年第 4 期《红旗》杂志，《学大寨要以阶级斗争为纲》说：邓小平"把学大寨说成是什么'老老实实地干'，这样一来，学大寨仅仅就是学一个'干'字了。这是对农业学大寨运动最恶劣的歪曲。"

见，但是，中央还没有讨论，很多政策问题都需要研究。他肯定了人民公社制度，说应注意不少地方出现的"三自一分"的现象，并说：农业要上去，不纠正这种现象，不巩固和发展集体经济，不行！

邓小平讲完话后，对农业一窍不通、却极力插手这次会议的江青，不顾会议没有安排她讲话的议程，提出也要讲几句。9月12日，先期到达大寨的江青曾在群众大会讲过一次话。她不谈农业问题，却对学习"无产阶级专政理论"和评论《水浒》的意义大加发挥。江青关于评《水浒》有现实意义，敌人把重要的领导岗位占领了，党内架空毛主席的这些话，很快在大寨干部群众中引起思想混乱。

农业发展问题上的不同意见

在全国农业学大寨会议召开的同时，根据毛泽东的批示精神，9月23日至10月21日，中共中央在北京召开农村工作座谈会。会议由纪登奎、吴德主持，中央主管农业的负责人和十二省的省委书记参加了会议。

在座谈会讨论陈永贵关于短期内将人民公社核算单位从生产队过渡到大队的建议时，出现了意见分歧。一部分与会者赞成陈永贵的意见，主张"从现在开始，就分期分批过渡"。对于这种急于过渡的"左"倾主张，广东省委负责人等表示了反对态度，说："我看现在最好不要一下就大量地改变核算单位，这样容易引起波动，也巩固不下来。"他又说："从现在开始，就分期分批过渡，这个提法值得考虑"，"我主张搞试点，宁可把准备时间拖长一点。"浙江省委负责人谭启龙说："三级所有，队为基础，主席

讲过至少三十年不变，已深入人心，如果风一吹下去搞得不好，对群众有影响。"

9月27日和10月4日，邓小平参加了农村工作座谈会，并作了插话。

邓小平说："当前，各方面都存在一个整顿的问题。农业要整顿，工业要整顿，文艺政策要调整，调整其实也是整顿。要通过整顿，解决农村的问题，解决工厂的问题，解决科学技术方面的问题，解决各方面的问题。我在政治局讲了几个方面的整顿，向毛泽东同志报告了，毛泽东同志赞成。"[①]

关于农业问题，邓小平说：城市、大中企业都要提出个任务，帮助附近农业搞快一点。工业支援了农业，就建立了蔬菜、粮食、肉食基地，包括搞点集体养猪场。城市、工厂支援农业，要搞个规划。谈到核算单位是否由小队向大队过渡的问题时，邓小平说：有两条，第一条，由生产队过渡到大队、公社，是方向，势在必行，指导思想要有意识地向这个方向引导。第二条，要调查研究，不必急忙，所有制问题要慎重。步骤可以各有不同，要稳一点。他还讲：农业是完整的一套，而且有发展，修改六十条有基础嘛。这种谨慎的表态，实际上是在肯定人民公社制度和"农业六十条"的基础上，把陈永贵等人关于进行生产关系革命的建议搁置下来。

在座谈会存在明显意见分歧的情况下，会议未就"过渡"问题做出决议。1975年10月18日，李先念、纪登奎、华国锋、吴德等将会议形成的《关于目前农村工作中若干问题的讨论意见》上报毛泽东，提出：关于农业的路线、政策问题，建议对农业"四十条"和"六十条"进行修改；在改变所有制的问题上，为慎重起见，要作

---

①《邓小平文选》第二卷，人民出版社，1994年版，第35页。

进一步的调查研究。针对学大寨学什么的问题，《意见》还提出："学大寨不学根本，在一些具体做法上生搬硬套，例如急急忙忙地去没收政策允许的自留地、家庭副业等等，这种情况必须继续注意防止和纠正。"《意见》还提出：有些大队在一定时期内还要承认队与队之间的收入差别，切不可降低富队社员的收入，更不能抽肥补瘦，一平二调，重复刮"共产"风的错误。对穷队、富队，在农副产品收购上实行两种价格，这个办法是行不通的。这份《意见》上报后，毛泽东考虑了不同的意见，没有批发这个文件。

10月15日，华国锋代表党中央做了题为《全党动员，大办农业，为普及大寨县而奋斗》的总结报告。

报告指出，如果我们不尽最大的努力来普及大寨县，而满足于目前的发展速度，在本世纪内就不可能实现农业的现代化，以及工业、国防和科学技术的现代化。报告肯定人民公社"三级所有、队为基础"的制度在多数地区，与生产力的发展是适应的。同时说，随着建设大寨县运动的普及和提高，随着公社与大队两级经济的壮大，以生产队为基本核算单位的所有制，将逐步向以大队乃至以公社为基本核算单位的所有制过渡。报告说，社队企业的发展，使公社、大队两级经济强大起来，有效地帮助了穷队，促进了农业生产，加速了农业机械化的步伐。各地党委应积极推动社队企业的发展。报告要求各地区大搞农田基本建设，推动社队企业的发展，到1980年全国有三分之一以上的县建成大寨县，全国基本实现农业机械化。

这个报告反映了党中央、国务院大多数领导人在农业问题上的认识，当然，并不包括江青反革命集团。华国锋的报告刚讲完，江青就起身离开了会场，说这是一个抓生产的修正主义的报告。

全国农业学大寨会议期间，党中央于9月16日发出《关于大力发展养猪业的通知》，指出，积极发展集体养猪，继续鼓励社员养猪的方针，是毛主席批准的现阶段发展养猪业的正确方针，不能改变，强调"不能把社员正当的家庭副业当作资本主义倾向去批判"。这是十年来以党中央名义发出的第一个关于发展养猪业的文件。建国后，以党中央名义对某一具体事项下发文件，并醒目冠以大力发展养猪业的标题，实属罕见。"文化大革命"发动后，"兴无灭资"、"割资本主义尾巴"的声浪甚嚣尘上，"限制小生产"的提出更使这股思潮显得似乎有理论依据。在这种情况下，党中央下发关于大力发展养猪业的文件，无异是对"割资本主义尾巴"的有力抵制，对社员养猪及其他家庭副业的存在给予了合法依据，筑起了一道防护堤坝。此后，社员养猪得到较快发展。为了发展城市郊区养猪和养鸡，邓小平还批准国家专门拨出5亿斤粮食用于解决城郊机械化养猪、养鸡饲料问题。北京、上海等城市开始建立机械化养鸡场、养猪场以及与之配套的饲料工厂，并组织生产、科研、院校、设计等单位的专业人员，开展工厂化养鸡、养猪的实验。①

10月19日，党中央批转了华国锋的报告。在农业学大寨、普及大寨县的过程中，许多地区发扬大寨人战天斗地、艰苦创业的精神，兴修水利，平整土地，有效地促进了农田基本建设。但是，也有一些地方脱离当地实际，照搬大寨的一套做法，急于向大队或公社核算过渡。在这一年全国大队核算单位占大队总数的比

---

① 《当代中国的畜牧业》，当代中国出版社，1991年版，第50～52页。

1966

1976

◆ 1975 年 2 月,刘家峡水电站建成投产。

◆ 在整顿中我国粮食保持了稳定增长。

例呈上升趋势。

1975年邓小平主持的全面整顿，是"文化大革命"中党内代表正确发展趋势的力量与江青反革命集团的一场重大斗争。由于邓小平等中央领导同志的努力和广大干部群众的拥护，也由于毛泽东对江青反革命集团一定程度的抑制，在1975年，一些地区的武斗明显减少，大部分地区社会秩序趋于稳定，国民经济由停滞、下降迅速转向回升。全年工农业总产值4504亿元，比上年增长11.9%。其中，工业总产值3219亿元，增长15.1%；农业总产值1285亿元，增长4.6%。工农业产品产量：粮食2.8452亿吨，增长3.4%；钢2390万吨，增长13.2%；原煤4.82亿吨，增长16.7%；原油7706万吨，增长18.8%；发电量1958亿度，增长16%。基建投资总额409.32亿元，比上年增长17.7%；铁路货运量8.67亿吨，比上年增长12.9%；进出口贸易总额290.4亿元，比上年下降0.6%；社会商品零售总额1271.1亿元，比上年增长9.2%。1975年是"文化大革命"期间经济发展比较好的一年。[①]

九、江青反革命集团的反扑与全面整顿的中断

评《水浒》风波骤起

自1975年5月底6月初毛泽东和中央政治局对江青反革命集团进行严厉批评后，江青等人阴谋夺权的活动有所收敛，但他们仍然时刻伺机攻击周恩来、邓小平等领导人，对整顿工作设置障碍。

1975年春，毛泽东双眼患白内障十分严重，连阅读大字本的书也十分困难了。从5月29日起，北京大学中文系古典文学教师芦荻到毛泽东那里，为毛泽东读一些文史书籍。在这个过程中，毛泽东对一些作家、作品和历史问题发表了意见。8月13日，卢荻就我国几部著名的古典小说的评价问题向毛泽东请教。毛泽东在谈论了《三国演义》、《红楼梦》后，也谈到了《水浒》。芦荻联系到毛泽东曾在接见参加中央军委会议人员时说过"《水浒》不反皇帝，专门反贪官，后来接受了招安"这句话，以及学术界在讨论《水浒》时的分歧，向毛泽东请教：《水浒》这部书的好处在哪里？应当怎样读它？于是，毛泽东对《水浒》作了一番评论。卢荻立即将毛泽东评论《水浒》的谈话作了整理。8月14日，经毛泽东本人审阅定稿的毛泽东关于《水浒》的谈话为："《水浒》这部书，好就好在投降。做反面教材，使人们都知道投降派。《水浒》只反贪官，不反皇帝。屏晁盖于108人之外。宋江投降，搞修正主义，把晁的聚义厅改为忠义堂，让人招安了。"毛泽东的这番话是就《水

---

①《中国共产党执政四十年》，中共党史出版社，1991年版，第394页。

浒》一书而言的，其中似乎也隐含着他对"文化大革命"和国家前途的某种担忧。毛泽东关于《水浒》的谈话，由毛泽东的秘书按照通常做法发给了宣传口。

姚文元闻讯后，当天即给毛泽东写信，对评论《水浒》的意义大加发挥。他说，毛泽东关于《水浒》的评论"很重要"，"对于中国共产党人、中国无产阶级、贫下中农和一切革命群众在现在和将来，在本世纪和下世纪坚持马克思主义，反对修正主义，把毛主席的革命路线坚持下去，都有重大的、深远的意义。应当充分发挥这部'反面教材'的作用"。他建议印发毛泽东的这次谈话和他的这封信，并组织评论文章。姚文元在信中还建议将毛泽东的谈话和他的信，印发政治局在京同志，增发出版局、《人民日报》、《红旗》杂志、《光明日报》以及北京大学大批判组和上海市委写作组。由《红旗》杂志发表鲁迅论《水浒》的文章段落，并组织转载评论文章。要《人民日报》和《光明日报》就此事订一个规划。毛泽东阅信后批示"同意"。

党中央转发了毛泽东评《水浒》的谈话和姚文元的信。姚文元的信将毛泽东的谈话与现实政治斗争联系起来，与坚持马克思主义、反对修正主义联系起来，于是，本来只是对《水浒》的学术探讨变成了在全国开展的一场政治运动。

江青反革命集团利用控制的舆论宣传工具，在全国报刊连续发表评论《水浒》、批判"投降派"的文章。8月28日，《红旗》杂志第9期发表了经姚文元亲自修改的短评《重视对〈水浒〉的评论》，短评指出：评论《水浒》"是我国政治思想战线上的又一次重大斗争，是贯彻执行毛主席关于学习理论、反修防修重要指

示的组成部分"。"从马克思主义的观点来看，《水浒》这部书，好就好在写了投降的全过程，歌颂了投降主义路线，使它可以用来作为一部有意义的反面教材"。8月31日，《人民日报》在头版头条转载了这篇短评，并刊登了署名竺方明的长文《评〈水浒〉》，指出古往今来，革命阵营中总会出现叛徒，出现投降派。宋江是古代投降派，修正主义者，是现代投降派。""在社会主义历史阶段，要反修防修，坚持无产阶级专政下的继续革命，就必须知道投降派，识别投降派，反对投降派"。

这以后，江青反革命集团在全国各报刊发表的评《水浒》、批判"投降派"的文章铺天盖地。从1975年9月起，仅《红旗》杂志从1975年第9期到第12期就发表了21篇文章。这些文章打着毛泽东的旗号，故意制造似乎是毛泽东亲自发动和领导了这场运动的假象。实际上，这场运动在全国开展起来后，很长时间里，各级党委既没有接到中共中央正式文件，也没有听到正式传达的毛泽东指示，弄不清中央高层究竟发生了什么事。"文化大革命"后期，在江青反革命集团的操纵下，中国政治已经发展到不得不依靠"影射史学"来维系和推动的地步。

江青反革命集团借评《水浒》之机，把斗争矛头指向周恩来和邓小平。在此之前，江青在谈话中还是肯定宋江的。1973年2月，江青曾称宋江是一个有智有谋有正义感的了不起的历史人物，领导起义，同封建统治阶级坚决斗争，起了很大作用。评《水浒》开始后，她来了一个180度的大转弯。1975年8月下旬，江青在召集文化部部长于会泳等人开会时，有意把毛泽东的"屏晁盖于108人之外"歪曲为"宋江架空晁

盖"，提出了"《水浒》的要害是宋江架空晁盖"的观点，并说："主席对《水浒》的批示有现实意义。评论《水浒》的要害是架空晁盖，现在政治局有些人要架空主席。"9月12日，江青在大寨群众大会上讲话，强调评《水浒》"要联系实际"，她说：不要以为评《水浒》只是一个文艺评论，同志们不能那么讲，不是，不单纯是文艺评论，也不单纯是历史评论。是对当代有意义的大事，因为我们党内有十次路线错误，今后还会有，敌人会改头换面藏在我们党内。宋江上了梁山，篡夺了领导权。他怎么篡夺的领导呢？他是上山以后，马上就把晁盖架空了。怎样架空的呢？他把像河北的大地主卢俊义——那是反梁山的，千方百计地弄了去，把一些大官、大的将军、武官、文吏，统统弄到梁山上去，都占据了领导的岗位。9月17日，江青在大寨召集有北京电影制片厂、长春电影制片厂、新闻电影制片厂、新华社、人民日报社、法家著作注释组、北大清华两校写作班子等单位的一百多人参加的座谈会上说："评《水浒》就是有所指的。宋江架空晁盖。现在有没有人架空主席呀？我看是有的。""有些文章不给主席送，是我批了送主席看。""33条语录政治局一遍都没有学完"，"他们反对学理论，反对限制资产阶级法权"。江青还说："党内有温和派，有左派，左派领袖就是鄙人。"江青还把中央政治局开会批评她说成是迫害她，造谣说："最近，有那么一些人，把主席批评我的一封信，江某人向政治局传达的，政治局没有讨论，给传出去了。""我这个人天天挨骂，修正主义骂我，共产党员还怕吗？""在北京跟他们斗了半年多了。"

在全国农业学大寨会议上，江青要求在会上放她的讲话录音，主持会议的华国锋为此请

示了毛泽东，毛泽东批评江青的讲话是"放屁，文不对题"，明确指示："稿子不要发，录音不要放，讲话不要印。"

后来，邓小平在中央召开的有部分省委书记参加的农村工作座谈会上说："评《水浒》是怎么回事？主席把71回本读了三个月，读了以后，主席发表了一通言论，有人借这大作文章，想搞阴谋。"

江青反革命集团在受到毛泽东的批评后，虽然仍不时地在报刊上以批判"投降派"影射邓小平，但他们企图借此掀起一场批判运动的目的毕竟受到了限制。

全面整顿的中断

1975年，是"文化大革命"后期党内几种力量激烈斗争的一年。斗争的焦点是继续维护"文化大革命"的错误，还是有限度地纠正这种错误，使党和国家的工作有所前进。毛泽东既要在总体上坚持"文化大革命"，又想纠正"文化大革命"的一些具体错误，抑制极左思潮，实现安定团结，保持经济正常发展。他支持邓小平主持党和国家的工作，是希望邓小平在肯定"文化大革命"的前提下，实现安定团结，把国民经济搞上去。但是，对各条战线进行整顿特别是整顿的深入，势必触及"文化大革命"的"左"倾错误和政策，逐渐发展到对这些错误系统的纠正，这就有从根本上否定"文化大革命"的可能。这种发展趋势，既遭到江青反革命集团的猖狂反对，也为毛泽东所不能容忍。

1975年下半年以后，毛泽东的病情逐渐加重，阅读、说话、行动都有困难，但是他始终担负着决定党和国家大事的重任。他接近和信任

的人越来越少，他对实际情况越来越不了解，他对党和国家大事的设想和主张越来越抽象化。他同中央政治局委员之间只能通过联络员来保持不多的联系。这时候，他的侄子毛远新担任他的联络员。毛泽东的意见由联络员传达，政治局开会也由联络员向毛泽东汇报，连当时的党中央副主席都难以见到他。在这种状况下，毛泽东更加不能准确地了解情况。这时，江青反革命集团在毛泽东身边加紧了活动。

他们通过毛远新向毛泽东作的汇报，动摇了毛泽东对邓小平的信任。1975年9月28日，毛远新向毛泽东汇报说：对文化大革命，有股风，似乎比七二年批极左还凶些。对文化大革命怎么看？成绩是七还是错误是七，有分歧。刘少奇还要不要批了？现在不大提了，一讲就是三项指示为纲，我不同意。阶级斗争、路线斗争是纲。讲三项指示，其实只剩下一项指示，即生产搞上去。我担心中央出现反复。11月2日，毛远新又向毛泽东汇报说：一些同志到一起总是议论文化大革命的阴暗面，发牢骚，有的把文化大革命看成一场灾难似的；我很注意小平同志的讲话，我感到一个问题，他很少讲文化大革命的成绩，很少提批刘少奇的修正主义路线；"今年以来，没有听他讲过怎样学理论，怎样批《水浒》，怎样批修正主义"。这些话对于在全局上坚持"文化大革命"的错误，一直担心否定"文化大革命"的毛泽东发生了很大影响。毛泽东逐渐动摇了对邓小平的信任。他在听取毛远新汇报时说：有两种态度：一是对文化大革命不满意；二是要算账，算文化大革命的账。

在教育界形势开始有所好转的情况下，8月13日清华大学党委副书记刘冰、惠宪钧、柳一安和党委常委、政治部主任吕方正四人联合给毛泽东写信，揭发清华大学党委书记迟群的问题：迟群自党的十大、四届人大以来，由于没有当上中央委员和部长，个人野心没有得到满足，攻击中央领导人；毫无党的观念，搞一言堂；任人惟亲，封官许愿，违反党的政策。信中还揭发了迟群在生活作风上的一些问题等。10月13日，刘冰再次给毛泽东写信，继续揭发迟群对毛主席、周总理不满，公开攻击中央领导人，还揭发迟群假"左"真右，以及与谢静宜搞阴谋活动等问题，要求中央派工作组调查解决。后一封信经李琦、胡乔木送给邓小平转交毛泽东。

在此期间，清华大学人事处负责人在迟群指使和参与下，于10月25日给毛泽东写信，状告周荣鑫想把迟群"从政治上搞臭，组织上搞倒，把他从教育部门领导班子中赶出去"，"千方百计地要否定科教组几年来的工作"，"已在全国特别是教育战线产生了很坏的影响"。毛泽东批示："先作调查，然后讨论一次。"

按照毛泽东的意见，11月2日晚，毛远新在中央政治局会议上，对邓小平主持工作期间的全国形势进行了攻击。邓小平进行了反驳，说：按你的描述，中央整个是执行了修正主义路线，说毛主席为首的中央搞了个修正主义路线，这个话不好说。我是从今年三月九号文件开始抓工作，主持中央工作是七月，从九号文件以后全国的形势是好一点，还是坏一点，这可以想想嘛。是好是坏实践可以证明。

11月3日吴德在清华大学党委扩大会议上传达毛泽东10月下旬的一次谈话。谈话指责刘冰等人写上述两封信的动机不纯，说：清华大学刘冰等人来信告迟群和小谢，我看信的动机不纯，想打倒迟群和小谢，他们信中的矛头是对着我的。毛泽东还认为，邓小平转了刘冰等人的信就是偏袒、支持刘冰的。本来，共产党员通过正当的组织手续，向党中央主席反映本单位负责人的问题，原是符合党章规定的正常现象。而毛泽东却指责写这两封信的动机不纯，是想打倒迟群、谢静宜，又说他们的矛头是对着他的，而"小平偏袒刘冰"。这种武断的说法实际上反映了毛泽东对整顿深入产生的不满。11月4日晚，毛泽东同毛远新谈话说：对文化大革命，总的看法：基本正确，有所不足，现在要研究的是有所不足方面，看法不见得一致。他嘱咐毛远新，暂时不要把批评邓小平的事情告诉江青。

11月20日，中央政治局根据毛泽东的意见开会，同邓小平"讨论文化大革命问题"，对邓小平作了错误的批评。毛泽东希望在"文化大革命"的问题上统一认识，提出由邓小平主持作一个肯定"文化大革命"的决议，总的评价是"三七开，七分成绩，三分错误"。邓小平接过毛远新传达的毛泽东曾将重新工作的老干部比作"桃花源中人"的话茬回答：由我主持写这个决议不适宜，我是桃花源中人，"不知有汉，何论魏晋"①。邓小平在原则问题上不让步，致使对他的批评逐步升级。接着，邓小平被停止了大部分工作，毛泽东让他"专管外事"。

邓小平主持的全面整顿至此中断。

1966

1976

① 1975年，毛泽东讲过"有些老同志七、八年没管事了，许多事情不知道，桃花源中人，不知有汉，何论魏晋"。此句古语引自陶渊明的《桃花源记》，原文为："自云先世避秦时乱，率妻子邑人来此绝境，不复出焉，遂与外人间隔。问今是何世，乃不知有汉，无论魏晋。"

第八章

从"四五运动"到
粉碎"四人帮"

第八章 从"四五运动"到粉碎"四人帮"

"批邓、反击右倾翻案风"运动的展开，使全国形势发生逆转。就在党和国家处于危难之际，人民的好总理周恩来逝世。江青反革命集团压制和阻挠人民的悼念活动，激起人民群众的极大愤怒，全国爆发了以天安门事件为中心的悼念周恩来、反对江青反革命集团、支持以邓小平为代表的党的正确领导的强大抗议运动。这场抗议运动遭到镇压后，中国政局激烈动荡，党和国家的前途危在旦夕。在毛泽东病重时，他选定华国锋作为自己的接班人，不让江青、张春桥夺取最高领导权的野心得逞，对后来党顺利地粉碎江青反革命集团起了重要作用。

一、"批邓、反击右倾翻案风" 不得人心

在江青反革命集团一伙的煽动下，11月，"批邓、反击右倾翻案风"运动逐步在全国推开。这场运动与1973年下半年江青反革命集团"反击右倾回潮"颇有相似之处，这就是在教育领域"点火"、发难，然后由教育领域扩展到全国。

"教育革命大辩论"和 极左思潮的再度泛滥

"教育革命大辩论"最先在清华大学展开。11月3日至18日，清华大学党委召开全校大会，揭发、批判刘冰、周荣鑫等"否定教育革命，翻文化大革命的案"，实际上矛头是指向邓小平。在教育部，周荣鑫和李琦被作为"右倾翻案风"的代表人物，受到追查和公开批判。江青反革命集团在教育界提出"打倒邓小平、周荣鑫、李琦"的口号。

会后，清华、北大及其他学校相继展开"教育革命大辩论"。

11月下旬，根据毛泽东的意见，党中央在北京召开有130多名党政军领导干部参加的"打招呼会议"，宣读了经毛泽东审阅批准的《打招呼的讲话要点》，正式提出"反击右倾翻案风"问题。这个文件说，中央认为，毛主席的指示非常重要。清华大学出现的问题绝不是孤立的，是当前两个阶级、两条道路、两条路线斗争的反映。这是一股右倾翻案风。尽管党的九大、十大对无产阶级文化大革命已经作了结论，有些人总是对这次文化大革命不满意，总是要算文化大革命的账，总是要翻案。对此开

1966

1976

◆ 清华大学的"反击右倾翻案风"大字报专栏。

展辩论是完全必要的。清华大学这场大辩论必然影响到全国。要向一些同志打个招呼，以免这些同志犯新的错误。

11月26日，中共中央向各省、市、自治区第一书记、各大军区党委第一书记、中央和国家机关各部委党的负责人、军委各总部和各军兵种党委第一书记，发出《关于转发〈打招呼的讲话要点〉的通知》，通报了打招呼会议情况，转发了《打招呼的讲话要点》，要求在党委常委中传达讨论。此后，"反击右倾翻案风"运动很快扩大到全国。

11月30日，张春桥向阿尔巴尼亚人士介绍当前教育革命的情况。张春桥说：现在争论的头一个问题是对文化大革命以前17年教育怎样估计。这17年是资产阶级专了我们的政，但是，有人说，这17年很好，那个时候倒是马列主义的，相反，文化大革命以来，学校反而不好了，教育质量降低了，在课堂上课少了。大学生不如以前中学生读书多。我们的教育部长也有问题。

12月4日，《人民日报》转载《红旗》杂志第12期刊登的北京大学、清华大学大批判组文章《教育革命的方向不容篡改》。文章把按照党中央指示、积极着手教育整顿的教育部长周荣鑫的讲话说成是"奇谈怪论"，说"教育界的奇谈怪论就是企图为修正主义教育路线翻案，进而否定文化大革命，改变毛主席的革命路线"。"要把教育革命的方向'扭'回去"。该文还说，"当前争论的焦点在于，是坚持教育革命的方向，把无产阶级革命进行到底，还是为修正主义路线翻案，复辟资产阶级知识分子统治我们学校的旧教育制度"？"教育战线上的这场争论，是当前社会上两个阶级，两种道路，两种路线斗争的组成部分"。这是第一篇把矛头指向周恩来和邓小平、

"反击右倾翻案风"的有影响的文章。

12月14日，中共中央转发《清华大学关于教育革命大辩论的情况报告》。报告把清华大学刘冰等人向毛泽东反映意见的信说成是"诬告"迟群和谢静宜，"矛头实际上是对着毛主席的"，是有深刻背景的。《报告》还说："今年7、8、9三个月，社会上谣言四起，攻击和分裂以毛主席为首的党中央，否定无产阶级文化大革命，翻文化大革命的案，算文化大革命的账。这是一股右倾翻案风"。"这场斗争绝不是孤立的，而是当前两个阶级、两条道路、两条路线斗争的反映，是无产阶级文化大革命的继续和深入"。这个报告下发后，"教育革命大辩论"随即从北京扩大到全国。

江青反革命集团是"批邓、反击右倾翻案风"运动的鼓吹者和急先锋。这一时期，他们指使直接控制的写作班子在报刊上发表了大量文章，竭尽全力污蔑邓小平。自1975年11月下旬"打招呼会议"开始，这些写作班子在报刊上发表了大量文章。继12月初北京大学、清华大学大批判组的文章《教育革命的方向不容篡改》之后，报刊上又发出《教育革命与无产阶级专政》、《回击科技界的右倾翻案风》、《不许为修正主义教育路线翻案》、《无产阶级文化大革命的继续和深入——喜看清华大学教育革命大辩论破浪前进》、《评"三项指示为纲"》、《从资产阶级民主派到走资派》、《批判党内那个不肯改悔的走资派》、《走资派还在走，我们就要同他斗》、《否定文艺革命是为了复辟资本主义》、《坚持文艺革命，反击右倾翻案风》、《反击卫生战线的右倾翻案风》等文章。从1975年9月到1976年10月，仅"梁效"一个御用写作班子就发表六十多篇文章。

江青反革命集团在这些文章中，攻击1975

年的整顿是"要复辟资本主义"，宣扬"走资派还在走，投降派确实有"，把实现四个现代化攻击为"唯生产力论"和"阶级斗争熄灭论"，是"为资产阶级重新登台作'嫁衣裳'"；把坚持政治和经济的统一、革命和生产的统一的观点说成是"修正主义"，用扣政治帽子的方法宣扬形而上学思维方法，对邓小平主持的整顿工作进行攻击和否定。

江青反革命集团在各种场合极力攻击邓小平。1975年11月8日，张春桥在教育部对周荣鑫讲话时，提出："宁要一个没有文化的劳动者，而不要一个有文化的剥削者、精神贵族。"这之后，毛远新在一次谈话中又提出："宁可少读两年书，也别叫资产阶级熏染下一代。"张春桥多次污蔑邓小平是"垄断资产阶级"、"买办资产阶级"，"对内搞修正主义，对外投降帝国主义"。1976年3月2日，江青在中央会议期间，擅自召集11个省、自治区的负责人开会并发表长篇讲话，污蔑我国向资本主义国家出售原油、煤炭、棉布是"汉奸行为"，说邓小平是"大汉奸"，是"买办资产阶级，代表买办、地主资产阶级"，是"国际资本家的代理人"。她甚至竭力主张把大庆油田进口的美国设备拆掉。

为了配合"批邓、反击右倾翻案风"，1976年2月1日，江青还布置赶写"与走资派斗争"的文艺作品，以紧密配合"当前的斗争"。2月6日，张春桥向下传达"写与走资派做斗争的有深度的作品"。文化部立即召集各种会议加以落实。

在江青反革命集团的鼓噪中，极左思潮再度泛滥。诸如什么"宁要社会主义的草，不要资本主义的苗"，"宁要社会主义的低产，不要资本主义的高产"，"宁要社会主义的晚点，不要资本主义的正点"等观点，屡见报端。江青反革命集团硬把"草"、"低产"、"晚点"、封闭自守和"社会主义"等同起来，把"苗"、"高产"、"正点"、对外开放说成同"资本主义"是一回事，这是对社会主义的极大歪曲，实质上表现了他们自己"宁要"封建主义的愚昧、贫穷、落后，而"不要"社会主义的文明、富裕、繁荣。

沉闷的中国

1976年1月8日，伟大的马克思主义者、党和国家主要领导人之一、中国人民解放军的主要创建人之一周恩来逝世。当日，中央组成以毛泽东为首的"周恩来同志治丧委员会"。9日，中共中央、国务院发出"隆重追悼周恩来同志"的通知。党和国家领导人以及首都各界群众代表共一万多人，向周恩来的遗体告别。15日，在人民大会堂举行有5000多人参加的周恩来追悼大会，由邓小平致悼词。这一天，全国下半旗志哀，停止一切娱乐活动。

2月2日，党中央发出通知，经毛泽东提议，决定由华国锋任国务院代总理。华国锋在"文化大革命"前和"文化大革命"开始后，多年在湖南做地方工作，1971年调国务院工作，是九届、十届中央政治局委员，在四届人大被任命为国务院副总理。中央还决定，"在叶剑英同志生病期间，由陈锡联同志负责主持中央军委的工作。"实际上，当时叶剑英身体健康，并无不适的情况。这种调整显然是适应当时的政治需要而采取的重大组织措施。

2月5日，中共中央通知将《打招呼的讲话要点》扩大传达到党内外群众。6日，中共中央批转中央军委关于停止学习和贯彻执行1975年7月邓小平、叶剑英在军委扩大会议上的讲话的文件。同日,《人民日报》发表《无产阶级文化大革命的继续和深入》,为"反击右倾翻案风"推波助澜。

2月25日,中央召集各省、市、自治区和各大军区负责人会议,"继续打招呼"。会上传达了毛泽东自1975年10月至1976年1月关于这次运动的多次谈话。在这些谈话中,毛泽东说:什么"三项指示为纲",安定团结不是不要阶级斗争,阶级斗争是纲,其余都是目。并说:"文化大革命是干什么的?是阶级斗争嘛"。他认为一些老干部对"文化大革命"不满,是因为自己属于小资产阶级,思想容易右。还说,一些同志,主要是老同志思想还停止在资产阶级民主革命阶段,对社会主义不理解,有抵触,甚至反对。搞社会主义革命,不知道资产阶级在哪里,就在共产党内,党内走资本主义道路的当权派。走资派还在走。他谈到对"文化大革命"总的看法:基本正确,有所不足。"三七开,七分成绩,三分错误"。错误是:1.打倒一切,2.全面内战。毛泽东还说:"小平……他这个人是不抓阶级斗争的,历来不提这个纲。还是'白猫、黑猫'啊,不管是帝国主义还是马克思主义。"同时又说:他还是人民内部问题,引导得好,可以不走到对抗方面去。批是要批的,但不应一棍子打死。毛泽东的这些谈话,仍然坚持社会主义条件下要"以阶级斗争为纲",要继续进行"革命"的观点,不过,他对"文化大革命"的评价已经开始了一分为二的变化。"三七开"的看法虽然不正确,但承认

"文化大革命"犯了两个方面的错误,还是反映了他反思这场运动时思想上理性的一面。可是,他在总体上仍然肯定"文化大革命",并进一步发展了关于"党内走资派"的错误观点,提出资产阶级就在共产党内,试图在共产党内寻找"走资派"的阶级根源,这不仅在理论上违背逻辑,而且在实践上是违背事实的。但是,毛泽东在邓小平已挨批判时,把邓小平问题定性为"还是人民内部问题","不应一棍子打死",并让邓小平"专管外事"①,也限制了江青等人把"批邓"升级,将邓小平彻底打倒、置之死地的企图。

同日,华国锋在会上说,当前,就是要搞好

◆ 邓小平在周恩来追悼会上致悼词。

①毛毛:《我的父亲邓小平——"文革"岁月》,中央文献出版社,2000年版,第448~449页。

批邓，批邓小平同志的修正主义错误路线……对邓小平同志的问题，可以点名批判。从此，"批邓"的问题正式在党内公开。

根据毛泽东的意见，为了"帮助各省领导思想上转好弯"，3月3日，中央发出《关于学习〈毛主席重要指示〉的通知》，转发了毛泽东关于"批邓、反击右倾翻案风"的讲话，同时转发了华国锋在中央召集的各省、市、自治区和各大军区负责人会议上的讲话。"批邓、反击右倾翻案风"运动在全国铺开。

江青反革命集团在大力鼓吹"批邓、反击右倾翻案风"的同时，加紧宣传"文化大革命"中涌现的"新生事物"，鼓吹"莺歌燕舞"的大好形势，在此同时表露出他们企图夺取党和国家最高领导权的野心。3月2日，江青在擅自召集的十一个省、自治区负责人开会时说："有人写信给林彪说我是武则天，有人又说是吕后，我也不胜荣幸之至。""吕后是没有戴帽子的皇帝，实际上政权掌握在她手里，她是执行法家路线的"，"武则天，一个女的，在封建社会当皇帝啊……不简单啊"。她还说"诽谤吕后，诽谤武则天，诽谤我，就是诽谤主席嘛。"

怀着妄图夺取最高领导权的政治野心，江青、张春桥等人对大批重新走上领导岗位的老干部极为不满，加紧了对老干部的攻击。他们提出"老干部就是民主派，民主派就是走资派"的反动公式。江青在一次讲话中说："老干部75%都是民主派，民主派发展到走资派是客观的必然规律。"张春桥则对上海的帮派骨干提出：要研究社会主义革命的性质、对象、任务，研究现在的阶级关系；颠覆政权的不是老资产阶级，而是"党内走资派"；"党内有一批人根本是资产阶级"，是比老资产阶级还厉害的走资

派。他还要求在上海召开理论工作座谈会，讨论"究竟什么叫停留在资产阶级民主革命阶段"等问题。在江青反革命集团的指使下，1976年3月，《红旗》杂志、《人民日报》相继发表《从资产阶级民主派到走资派》、《批判党内那个不肯改悔的走资派》两篇文章，批判邓小平是不肯改悔的走资派，论证"老干部就是民主派，民主派就是走资派"，企图以此攻击、打倒一大批老干部。

在"批邓、反击右倾翻案风"的冲击下，各条战线在整顿中出现的较为稳定的局面再次遭到破坏，整顿中实施的许多正确的政策和措施受到错误批判，已经纠正的极左作法又被恢复。一批坚决执行整顿方针政策的领导干部再次受到打击，受到无休止的批判斗争。一年前在铁路整顿、中国科学院整顿、国防科委整顿和教育部整顿中起了领头作用的万里、胡耀邦、张爱萍、周荣鑫等人，被江青反革命集团污蔑为邓小平的"邓小平的黑干将"、"刮右倾翻案风的四大金刚"、"还在走的走资派"、"大刮右倾翻案风的四条汉子"，受到残酷批斗。

尽管形势突然发生了根本性变化，但是，许多曾在邓小平领导下坚决执行整顿政策的干部和拥护整顿的党员、群众，在批判浪潮袭来时，仍然坚持真理，忧国忧民，保持着共产党人的坚定信念和高尚品格。"批邓、反击右倾翻案风"开始后，1975年12月，朱德与原中共辽宁省委书记周桓谈话时，对邓小平主持中央日常工作后，在许多方面进行整顿感到很满意，赞扬说：现在形势很好，组织上顺过来了，思想上还未顺过来。他针对江青反革命集团大搞"反击右倾翻案风"，妄图打倒邓小平和一大批老干部，篡夺党和国家最高领导权的阴谋说：要

1966

1976

抢班夺权是不行的，林彪不是垮了吗？1976年1月18日，国防科委主任张爱萍被造反派从医院拉到了"批邓连张反击右倾翻案风"批斗大会上。当晚，他怀着满腔悲愤写下了题为《非常会》的诗，其中，有这样的句子："群英八千不展眉，沉默无言忧安危。'右倾翻案'帽子飞，'革命左派'乱世魁。莺歌燕舞瞎鼓吹，山河破碎又问谁！"①

自"教育革命大辩论"开始，周荣鑫等人便陷入了无休止的围攻之中。张春桥曾企图以解脱为诱饵使周荣鑫承认错误，但一无所获，只能哀叹："九头牛也拉不回来"②。在江青的指使下，迟群、谢静宜将周荣鑫的一些讲话编成《周荣鑫修正主义教育观点》、《周荣鑫右倾翻案言行》等8种材料，印刷20000册公开散发，诬陷周荣鑫"把矛头指向毛主席和毛主席为首的党中央"，"妄图恢复资产阶级在学校的一统天下，专无产阶级的政"。12月14日，在中共中央转发的《清华大学关于教育革命大辩论的情况报告》中直接点了周荣鑫的名，说："教育部长周荣鑫同志到处讲话，制造和散布种种否定教育革命的奇谈怪论，反对毛主席的教育路线，篡改教育革命的方向，并且直接插手刘冰等人的诬告信。"在"反击右倾翻案风"运动中，周荣鑫被残酷批斗五十余次。4月12日，周荣鑫在连续遭批斗5天的情况下，心脏病突发，被批斗致死。

在"反击右倾翻案风"运动中，江青反革命集团再次直接插手各地由于"文化大革命"而造成的问题。一年前，河南那个被万里点名批判的省委常委唐歧山，在中央打招呼会议期间得到江青接见，被许诺当河南"省委第一书记"，并要他"代表中央过问湖北的事情"。一年前由中央组织部和浙江省委宣布，正式受到批

判、下放劳动的浙江帮派头目张永生，被王洪文接到北京，在人民大会堂受到王洪文、张春桥、江青接见，告诉他不能把造反派的棱角磨掉，支持他向走资派作斗争。当晚，张永生就当着王洪文、张春桥、江青的面，对被叫到人民大会堂的浙江省委第一书记谭启龙进行攻击，诬陷谭启龙在浙江推行一条邓小平的修正主义复辟路线。江青还毫无根据地指责中共福建省委负责人"涂炭福建人民"。福建地区的帮派头目陈佳忠公开声称："我有我的中央支持"，"我有天线，天线就是江青"。

在江青反革命集团的支持下，一年前被撤职或调离的造反派头头重新被重用。他们在各地煽动打砸抢，层层揪斗干部，胁迫领导干部"转弯子"。一些地区派性斗争再次泛滥，许多地方发生了冲击党委、抢夺公章、围攻揪斗领导干部的事件。唐歧山回河南后疯狂地攻击邓小平等领导人是"老右"、"投降派"，污蔑河南省委负责人是"走资派"，公开宣称："我的方针就是一个字：乱！"他带领造反派在郑州市搞百辆汽车大游行，冲击领导机关和公安机关，制造流血事件。河南省已经恢复和健全的规章制度被废除，正常的经济秩序被破坏，工农业生产全面下降，全省工农业生产总产值比1975年下降了10.2%。财政收入比1975年下降32.7%，许多机关、学校、企事业单位一度发不出工资③。

江青反革命集团在湖南的帮派分子唐忠富、胡勇等人也借"批邓、反击右倾翻案风"运动，煽动下面"层层点火，处处冒烟，烧得走资派团团转"。他们强行召开有地、市委书记参加的万人"转弯子大会"，调动230辆汽车游行示威，组织帮派分子冲击长沙市民兵指挥部，强占办公室，夺取公章，并控制了文件柜、武器装

①《神剑之歌》，人民美术出版社，1991年版，第182页。
②周少华：《周总理和我的父亲周荣鑫》，《传记文学》，1993年，第5期。
③《共和国史记》第三卷（下），吉林人民出版社，1999年版，第1201页。

备仓库,发表"严正声明"宣布夺权①。

江青反革命集团在四川的帮派分子借口闹事,支持少数人进行打砸抢。1976年3月10日,他们聚众冲击中共成都市委和四川省委,"进驻"省委机关两天两夜。12日,又策动了150人上京告状,把省委书记段君毅和许梦侠挟持到北京。到京后,帮派头目直接同江青反革命集团挂钩,要求中央表态,改组中共四川省委领导班子。

江青反革命集团在云南的帮派分子黄兆其、刘殷农等人煽动层层揪"复辟势力"、打"还乡团",进行"第二次夺权"。他们提出要把1975年整顿中被"撤、停、免、调、抓"的人在"政治上恢复名誉、组织上恢复工作"。要打开监狱找"左派"。他们在1976年3月6日省委召开的地、市、州委书记会议上,煽动揪斗省委副书记黎韦等人,并组织数百人的所谓"告状团"、"上访团"冲击会场,"进驻"省委领导机关,揪斗地、州、市的领导干部。此后,他们又煽动支持13个地、市、州围攻党委,冲击公安机关,强行释放在押犯。云南的政治、经济全面恶化,社会发案率上升,经济大幅度下降。1976年的财政收入比1975年下降40.8%。

江青反革命集团在湖北的帮派分子夏邦银、朱鸿霞等人公开制造新的动乱。他们诬蔑湖北省委进行的整顿是"搞复辟"。为夺取湖北省领导权,1976年4月,他们暗地拼凑了以夏邦银、朱鸿霞为主要成员的"核心"班子,明目张胆地提出要改组中共湖北省委领导班子,策划派人到省委办公厅、组织部、宣传部以及公安机关去掌权,策动了多起冲击湖北省委、省革委会、围攻湖北省委负责人的事件。

此外,江青反革命集团在湖南、江苏、江西等地的帮派分子也在当地制造了新的动乱。

"批邓、反击右倾翻案风"运动使全国形势再度急剧恶化。许多地区交通堵塞,大批工矿企业生产秩序混乱,陷入瘫痪、半瘫痪状态。

二、"洒泪祭雄杰,扬眉剑出鞘"

人民悲愤的心声

"反击右倾翻案风"运动的展开,使全国形势发生了逆转。就在党和国家处于危难之时,1976年1月8日,党和国家的重要领导人、人民的好总理周恩来逝世。周恩来对党和人民无限忠诚,鞠躬尽瘁。他在"文化大革命"中处于非常困难的境地,为了党和国家工作的继续运转,为了保护大批党内外干部,他顾全大局,任劳任怨,费尽了心血。他同林彪反革命集团和江青反革命集团的破坏进行了各种形式的斗争。周恩来的一生是光辉的一生。他不仅因对中华民族和世界进步事业的杰出贡献受到举世崇敬,而且以"鞠躬尽瘁,死而后已"的高尚品德赢得万众爱戴。他的逝世在全国人民中引起了巨大的悲痛。有一首当时的诗这样写道:"天惊一声雷,地倾绝其维。顿时九州寂,无语皆泪水。相告不成声,欲语泪复垂。听时不敢信,信时心已碎!"这是人民群众得知周恩来逝世时悲痛心情的真实写照。

周恩来的逝世使全世界为之震动。在向周恩来遗体告别的日子里,各国政府、政党、团体和无数个人通过各种渠道发来的唁电、唁函雪片般飞来。1月8日联合国决定,下半旗一周表示哀悼。当有的成员国代表表示反对时,联合国秘书长瓦尔德海姆说:"世界上有哪一个国

1966

1976

---

①《共和国史记》第三卷(下),吉林人民出版社,1999年版,第1237页。

◆ 周恩来的一生,是为共产主义事业光辉战斗的一生,是坚持继续革命的一生。他是我们全党全军全国人民学习的光辉榜样。

1966

1976

家的总理终身只有一个夫人？有哪个国家的总理终生受人民的爱戴？在国外银行无一分钱私人存款？"反对的人无言以对。联合国秘书长瓦尔德海姆在唁电中,高度评价了周恩来的一生:"他是一位十分卓越和深受尊敬的领导人,几十年来他以极大的忠诚服务于自己的国家和人民。他对促进各国间了解和世界和平的献身精神受到举世的公认。在当前危急的时期,世界不再能得益于他的智慧和政治家才干,这是一大损失。凡有幸会见过周恩来先生的人,无不对他产生钦佩和尊敬。"1月12日下午,在联合国安理会的会议上,联合国安理会主席成员国代表和联合国秘书长全体起立默哀,悼念周恩来逝世。全世界几乎所有的通讯社都发表了社论,登载周恩来逝世的消息或悼念文章。新华社香港分社14日在中国银行大厦举行了隆重的吊唁仪式,香港、澳门、台湾同胞及华侨2万多人以及香港总督、澳门总督的代

◆联合国降半旗志哀,悼念周恩来逝世。

表前往吊唁。

　　江青反革命集团却不择手段地压制和阻挠人民的悼念活动，发出种种禁令，反对群众的悼念活动。1月9日，姚文元对人民日报社总编辑鲁瑛说：总理逝世"没有报道任务"，各国唁电"不能占版面太多"，"唁电的标题要缩小"，"报上不要出现'敬爱的周总理'字样"。11日，姚文元打电话给鲁瑛，再次强调"不要突出总理"，"不要登广场群众悼念的场面"，"要以阶级斗争为纲"，"要登些抓革命方面的东西"。江青反革命集团还在许多单位规定：不准佩黑纱，不准戴白花，不准设灵堂，不准开追悼会，并要求文艺演出照常进行。在他们的控制下，新华社从9日到15日追悼大会召开前的6天中，发表的有关党和国家领导人与首都各界代表向周恩来遗体告别的消息总共只有两条。

◆ 运送周恩来遗体的灵车驶过长安街。北京百万市民自发地伫立街道两旁，默哀致意，目送灵车开往八宝山。

　　在江青反革命集团的强行压制下，人民群众对于失去周恩来的悲痛，因感于国家前途的变幻莫测而更加沉重。人们无处寄托自己的哀思，自发地汇集到天安门广场，在周恩来亲自镌写碑文的人民英雄纪念碑下献上自己制作的花圈，在苍松翠柏上系了一朵朵白花。1月11日下午，在为周恩来灵车送行时，首都百万群众扶老携幼，冒着严寒，连续几个小时伫立在十里长街两侧，同声哭泣，洒泪相送。深夜，灵车归来时，长街两侧的人群仍在寒风中静侯，泪眼相迎。

1966

1976

◆联合国安理会默哀，悼念周恩来逝世。

全国人民沉浸在悲痛之中，江青反革命集团却加紧推行"反击右倾翻案风"运动。1月14日，即举行周恩来追悼大会的前一天，《人民日报》却在头版头条刊出题为《大辩论带来大变化》的专题报道，开头一句为："近来，全国人民都在关心着清华大学关于教育革命的大辩论"，"清华大学这场斗争得到全国人民的广泛支持"。姚文元得意地说："只有这篇文章才能压得住"，"这是关键时刻发表的典型文章"。广大读者看了这篇文章，纷纷提出抗议。有些读者把这份报纸撕得粉碎，有人将其踩在脚下。许多人给报社打电话，斥责报纸这种强奸民意的作法。人们质问："当前全国人民注视的、关心的大事是周总理逝世，是悼念周总理，怎能说都在'关心着'清华大学的大辩论呢？""为什么不宣传悼念周总理的活动？为什么不宣传周总理的丰功伟绩？登这篇文章究竟安的是什么心？"

1月15日下午3时，在人民大会堂举行了有五千多人参加的周恩来的追悼大会。仍是中共中央副主席、国务院副总理的邓小平致悼词。邓小平说，周恩来同志忠于党、忠于人民，为争取中国人民解放事业和共产主义事业的胜利，英勇斗争，鞠躬尽瘁，无私地贡献了自己毕生的精力。全党全军全国人民衷心地爱戴他、尊敬他。他是我们全党全军全国人民学习的榜样。

遵照周恩来生前遗言，周恩来的骨灰被撒在祖国的江河里和土地上。

在此前后的几天里，全国各地成千上万的人冲破江青反革命集团的控制，冒着刺骨的寒风，自发参加了悼念活动。15日上午10时左右，上海港许多船舶自发地拉响汽笛，向周恩来志哀。下午3时整，当年周恩来曾经乘坐的"友谊号"游艇再次率先拉响汽笛，全体船员列队甲

◆ 北京群众代表向周恩来遗体告别。

◆ 亲密战友邓颖超手捧周恩来骨灰。

板，举手敬礼。黄浦江上停泊的船只和正在行驶的中外轮船，同时鸣笛志哀。黄浦江面波涛汹涌，汽笛长鸣。有的船上，船员干脆把拉笛的栓绳栓在舵轮上，对着上海市委大楼鸣笛长达30分钟。

人民群众自发悼念周恩来的活动吓坏了江青反革命集团。1月15日上午10时刚过，江青反革命集团在上海的帮派骨干就开始追查鸣笛事件。追悼周恩来的大会一开完，姚文元就下令："治丧报道要立即结束！"新华社原定16日要发布的全国人民沉痛悼念周恩来的综合报道，被姚文元一刀砍掉了。2月13日，江青反革命集团的写作班子又在《光明日报》头版发表"高路"（即江青反革命集团写作班子"梁效"）写的《孔丘之忧》一文，说什么"让旧制度的'哭丧妇'抱着孔丘的骷髅去忧心如焚，呼天号地吧"，公然把影射攻击的矛头对着悼念周恩来的广大群众。

"反击右倾翻案风"运动，完全违背了全党、全国大多数人的愿望，进一步激起了广大群众的不满和愤恨。人民群众中有越来越多的人挺身而出，公开驳斥江青反革命集团的

极左谬论。1月上旬，中国轻工业进出口总公司司机何庆华发出《致北大、清华大批判小组的一封公开信》，指出他们是"一小撮假马克思主义分子"，"打着红旗反红旗"，已经"遭到了全国人民的唾弃"。2月至3月，在福州、武汉、太原、郑州、长沙、杭州等城市先后出现批判江青反革命集团的传单和大字报。2月中旬，北京市出现中央广播事业局共产党员窦守芳贴出的传单，指出："张、江、姚是林彪式的小舰队，是陈伯达式的政治骗子，他们欲把大批老同志置于死地而篡党夺权"，号召："全国人民紧急行动起来，以实际行动向叛徒、野心家、阴谋家张春桥、江青、姚文元之流进行坚决斗争"。数日后，窦守芳遭逮捕。2月23日，福建省机械局刘宗利贴出大字报：《"阿斗"的呼声》，历数江青反革命集团及其党羽的六大罪状，震动了福州市。许多工人、学生、战士在大字报上留言，表示赞同和支持。3月，厦门大学政治理论课讲师、共产党员林忠德先后向党中央、《人民日报》、校党委等处寄出揭发批判江青反革命集团的信和文稿16件。他于5月11日被逮捕，但他坚信：江青反革命集团必将在群众的一片欢呼声中下台。

3月10日，贵州街头贴出了一张长达三万多字的大字报——《对目前形势和新的历史任务的几点看法》。这张大字报由李洪刚、叶忠源、黄维鸣、郭成望、王大卫、陈明云、卢炎七名青年工人公开署名。他们针对江青反革命集团把四化建设诬蔑为"修正主义纲领"、"资本主义化"，大声疾呼：现在，"我国正处于一个重要的历史发展时期"，"把我国建设成为一个繁荣昌盛的社会主义现代化强国"，是"中国人民的最大利益和最根本的利益"，"是我国社会主义

时代的中国
MAOZEDONGSHIDAIDEZHONGGUO

1966

1976

能否取得完全胜利的决定性关键"。作者认为，目前我国人民需要的是：在党的领导下，团结起来，发展生产，加强国防，改善生活，巩固和发展我国的社会主义制度。这七名青年经过庄严宣誓后，将大字报印刷300份，自费前往长沙、郑州等地散发。许多人看到这份大字报后，纷纷赞扬他们"为了党和国家的命运而不顾个人安危"的精神，斥责"一两个林彪式的个人野心家"，"必然要被历史的车轮碰得粉身碎骨"。这张大字报的出现及其引起的反响，反映了人们心中长期郁积的怀疑和不满，更加迅速地发展起来。越来越多的人开始在实现四个现代化宏伟目标的旗帜下聚集起来，逐渐汇成代表历史正确发展方向的潮流。

天安门广场的较量

人民群众对"文化大革命"和江青反革命集团的不满情绪，终于在1976年清明节前后，通过悼念周恩来、反对江青反革命集团、支持邓小平所代表的党的正确领导的强大抗议运动爆发出来。

这场抗议运动是由江青反革命集团对周恩来的污蔑、诽谤而引发的。长期被江青反革命集团控制的重要舆论工具上海《文汇报》在3月连续制造的两起事件，成为引发人民群众心中怒火的导火线。3月5日，新华社播发了沈阳部队指战员学习雷锋的报道，其中全文引用了周恩来对学习雷锋的题词。全国报刊大都原文转载。《文汇报》却在转载这篇报道时公然删去周恩来给雷锋的题词。3月25日，《文汇报》在第一版发表的《走资派还在走，我们就要同他斗》的文章中，出现了"党内那个走资派要把被打

倒的至今不肯改悔的走资派扶上台"的句子，明目张胆地攻击周恩来和邓小平。

这两件事激起了广大干部和群众的愤怒，质问和抗议的电话、电报、信件连珠炮般发向《文汇报》。数日之内，各地向《文汇报》发去的抗议信、电达四百多件，打去的电话达千次。人们纷纷指出："反周总理的人不得人心！"责问《文汇报》："成了谁家的报纸？"要求《文汇报》"向全国人民交代事件的真相！"

人民胸中积蓄已久的爱与恨终于像火山熔岩一样进发出来。后来一本名为《四五运动纪实》的小册子这样反映1976年1至4月人民群众心态的急剧变化："1月，人民在悲痛；2月，人民已睁开哭肿的双眼；3月，人民已经怒吼；4月，人民起来开展了一场决死的战斗。"

"四五运动"的洪流是从古城南京开始的。3月28日，南京大学数学系的四百多名师生抬着周恩来的遗像和用洁白的玉兰花制成的花圈，绕道繁华闹市新街口，前往梅园新村悼念周恩来。沿途，不断有工人、学生、干部加入游行队伍，游行队伍越走越长。接着，许多工厂、机关、学校的群众也抬着花圈，走向梅园新村和雨花台。3月29日至31日，南京大学的学生在街头贴出了"文汇报的反党文章是篡党夺权的

◆ "四五"天安门运动时张贴在人民英雄纪念碑上的一篇诗作，表达了民众对"四人帮"的仇恨与挑战。

◆ 一位青年在天安门广场发表演说。

◆ 北京各界群众纷纷前往天安门广场,深切悼念周恩来。

1966

1976

信号弹", "不揪出《文汇报》的黑后台誓不罢休", "打倒大野心家、大阴谋家张春桥"等标语。他们还把"谁反对周总理就打倒谁!""警惕赫鲁晓夫式的人物上台!""揪出《文汇报》的黑后台!"等大字标语,刷在南来北往的列车车厢上,让奔驰的列车飞过长江、越过黄河,把南京人民斗争的信息传向北京,传向四面八方。

江青反革命集团预感到这场大火势必越烧越旺。3月30日,王洪文对他们在《人民日报》的帮派骨干说:"南京事件的性质是对着中央的","那些贴大字报的是为反革命复辟造舆论"。姚文元说:"南京事件会很快影响到北京,你们要注意一下北京的情况。"4月1日,以中共中央的名义发出关于南京问题的电话通知说:南京贴出大字报、大标语,"矛头指向中央领导同志,是分裂党中央"的,干扰破坏当前"批邓、反击右倾翻案风"的大方向。献花圈的南京群众遭到了镇压。但是,南京人民没有屈服。南

◆民众自发为周恩来献花圈。

京街头再次出现了"同打着白旗反对周总理的人血战到底!"等大标语。

3月下旬起,北京、杭州、郑州、西安、太原等城市的群众也冲破江青反革命集团的阻力,利用清明节祭祀祖先的传统习俗,自发举行悼念周恩来的活动。

◆1976年清明节前后的天安门广场。

首都群众对于江青反革命集团的行径早就义愤填膺。工厂里、学校里、部队里，到处议论纷纷。3月19日，人民英雄纪念碑前出现了朝阳区牛坊小学红小兵献的第一个花圈。之后，花圈逐渐增多。3月30日，北京市总工会工人理论组曹志杰等29人在人民英雄纪念碑南侧贴出第一张公开署名的悼念周恩来的悼词，决心继承周总理遗志，"同野心家、阴谋家血战到底！"人民英雄纪念碑周围放满了花圈、花篮，松柏上、灯柱上贴着数不清的诗词、悼文和传单。在庄严肃穆的气氛中，人们高声朗诵诗词，发表演说。

4月1日，山西坞城路三局机电队共青团员王立山在纪念碑上贴出诗词："欲悲闻鬼叫，我哭豺狼笑。洒泪祭雄杰，扬眉剑出鞘。"4月2日，北京市出现了第一支由中国科学院109厂职工组成的游行队伍。他们用四辆卡车开道，抬着4

个大花圈（两个献给周总理，一个献给陈毅，一个献给杨开慧）和四块巨型诗牌，上书："红心已结胜利果，碧血再开革命花。倘若魔怪喷毒火，自有擒妖打鬼人。"游行队伍穿过王府井大街，走进天安门广场，把诗牌放在人民英雄纪

◆群众自发聚集天安门。

念碑的高处。不到半天功夫，这火一般的诗句就传遍了北京城。

清明节前群众自发悼念周恩来的活动使江青反革命集团万分恐惧。4月2日，姚文元打电话说："要分析一下这股反革命逆流，看来有个司令部。"他还说："现在天安门前纪念碑送花圈悼念周总理，和当前批邓精神不相适应，是针对中央的，是破坏批邓的。清明节是旧习惯，这样的行动是违反中央大方向的。这股反革命逆流这样猖狂，是没落阶级的表现。"同一天，他们用中共中央的名义发出电话通知，认为南京出现了矛头指向中央领导同志的大字报、大标语，这是分裂以毛主席为首的党中央，转移批邓大方向的政治事件。要求各地领导机关对这次政治事件的幕后策划人，要彻底追查。北京市各单位传达了中央关于南京问题的电话通知，说什么："清明节是鬼节"，"送花圈是四旧"，"天安门有反革命分子捣乱"，不让群众去天安门广场悼念周恩来。

这道禁令不仅没有拦住群众，反而引起更多群众的愤怒。4月3日，一大早就有成千上万的人从四面八方涌向天安门广场。北京广播器材厂的职工队伍，胸佩白花，臂戴黑纱，在早上7点多钟就冒着细雨出发了。职工们走到天安门广场后，在纪念碑前举手宣誓，然后把三十多个大花圈放在碑前。中午，中国科学院半导体研究所近千人抬着十二个大花圈走进天安门广场，横幅上写着："巨星殒落，神州内外赞光明正大，痛悼英烈；挥泪操戈，举国上下恨阴谋诡计，怒斥妖魔。"

在难以计数的诗词中，针锋相对地驳斥江青反革命集团谬论的诗词增多了。如："谁说清明是四旧？谁说清明习惯臭？年年奠祭我先

◆人们向在天安门广场写血书的青年致敬。

烈，今发禁令何理由！莫道《文汇》亮鬼火，自有人民写春秋。寄言魑魅慢猖狂，勿学林贼把命丧。"

这些非正式发行的诗词，被人们争相传抄，广为传诵。这些诗词的作者绝大多数是普通的工人、农民、战士、干部，来自四面八方，各行各业，素不相识，也没有统一的组织，但是凭着这些诗词表达出的惊天地、泣鬼神的战斗精神，却使大家的意志格外坚定，步调格外一致。

这一天，送花圈的队伍绵延不绝，群情激愤，在天安门广场和东西长安街组成了声势浩大的游行示威。这一天，估计到广场的人达到一百万人次，花圈已达几千个。送花圈的队伍绵延不绝，有的几十人，有的几百人，有的几千人，单位有中央机关、国家机关、解放军总部机关，北京市各工厂、机关、学校、商店、人民公社，还有天津、湖北、沈阳、陕西等外地来京的人，在天安门广场和东西长安街组成了声势浩

◆ 1976年1月8日,周恩来逝世。以1976年4月初天安门事件为代表的全国范围的悼念周恩来、反对"四人帮"的强大抗议运动,实质上是拥护以邓小平为代表的党的正确领导。这一事件为后来粉碎江青反革命集团奠定了伟大的群众基础。

373

大的游行示威。人们群情激愤，高唱《国际歌》："起来……这是最后的斗争，团结起来到明天，英特纳雄耐尔就一定要实现。"

也在这一天，姚文元在日记中写道："中国这个国家，激烈的斗争不断，但解决矛盾（某一个方面、部分）却总是不彻底。为什么不能枪毙一批反革命分子呢？专政究竟不是绣花。"在这种心态下，姚文元下令《人民日报》写社论《牢牢掌握斗争大方向》，他在此文中加了两句话："必须从无产阶级对资产阶级的斗争，去分析运动过程中出现的各种倾向和口号的阶级实质"，"必须实行无产阶级专政"。

4月4日，清明节这一天，天安门广场的悼念活动达到高潮。天安门广场上纪念碑前的十三根旗杆上，悬挂着"敬爱的周总理我们永远怀念您"的方框大匾，横贯整个广场。两束挂着"怀念总理"、"革命到底"巨幅挽联的气球高悬在空中。在纪念碑周围，从广场北侧到南端，摆放着各式各样精致的花圈和花篮，灯柱上、华表上吊满了条幅，挂满了白花。正如一首诗所形容的："丙辰清明，泪雨悲风。英雄碑前，万众云涌。百花滴血，祭文高诵。怀念总理，天地情恸。"

这一天，据有关部门统计，首都和外地来京的群众到过广场的达到二百万人次，花圈总数在二千个以上。最大的花圈直径达4米，是北京重型机械厂为了抗议江青反革命集团偷毁花圈而用金属制作的。整个天安门广场到处是花圈、诗词、悼文，出现了共和国历史上罕见的"花山诗海"。

在庄严肃穆的气氛中，人们高声朗诵诗词，发表演说。人民将周恩来比作明月、巨星、春风、青松、栋梁、长虹……，借此表达深切的敬爱和怀念；对于江青反革命集团，人民则把他们比作豺狼、蝇蛆、蚍蜉、妖魔、鬼怪、慈禧、白骨精，怒斥他们迫害周恩来、阴谋篡党窃国的滔天罪行。人们通过一首首诗词，表达着心中的爱和恨。

如："他没有遗产，他没有嗣息，他没有坟墓，他也没有留下骨灰。他似乎什么也没有给我们留下，但是他永远活在我们心里。"

又如："黄浦江上有座桥，江桥腐朽已动摇。江桥摇，眼看要垮掉；请指示，是拆还是烧？"

这一天，广场上出现了许多可歌可泣的事迹。一位北京铁路分局的青年工人，在一块白绸子上用自己的鲜血写下："敬爱的周总理！我们将用鲜血和生命誓死保卫您！"首钢的一位青年工人，在广场上发表了慷慨激昂的演说。当他说到："我们发现有那么一小撮人，把矛头对准周总理，这是我们绝不允许的。谁反对周总理就打倒谁！"这时，上万群众跟着他振臂高呼。广场上出现了震天动地的动人场面。

广大群众对"批邓、反击右倾翻案风"的抵触、厌恶情绪，也在"四五运动"中达到高潮。在天安门广场周围的松树上，除了挂着数不清的条幅、白花以外，还挂着许多小瓶子。人们用这种特殊的中国式隐寓表达对"小平"的呼唤。七机部职工写的一首小诗《叫人怎么干》，公开表达了群众怀念整顿的心情。诗中有这样的句子："自从去年'七一'后，面貌大改变。领导下基层，抓纲又抓线。……任务明确方向对，群众心里好喜欢。加班又加点，卫星上云天。结果好话没听见，坏话一大篇。什么'人头要落地'，却成了大灾难。这样叫人怎么干？！是不是不干才喜欢？不，他们是想一手来遮天。三人十只眼，阴谋篡大权，惟恐天下还不乱。同志们，怎么办？我们就是要和他们顶着干，把他们的阴谋来揭穿！"这首小诗反映出群众对"批邓、反击右倾翻案风"运动中生出的强烈愤慨。一个青年在朗诵这首诗时，故意高声发问："为什么三个人有十只眼？"大家心里都明白，却故意不说，而把目光集中到挤在人群中的一个警察身上。这位警察被看得满脸通红，竟不顾一切地大声说："三个人中有两个戴眼镜的，加起来不就是十只眼"。声音刚落，便激起了一片喝彩声。

人民群众在痛悼周恩来，怒斥江青反革命集团的同时，还喊出了打破现代迷信，捍卫社会主义民主的时代强音。有一首《要真正的马列主义》的诗写道："中国已不是过去的中国，人民也不是愚不可及。秦皇的封建社会一去不复返了，我们信仰马列主义。让那些阉割马列主义的秀才们见鬼去吧！……为了真正的马列主义，我们不怕抛头洒血，我们不惜重上井冈举义旗！总理遗志我们继承，'四个现代化'实现日，我们一定要设酒重祭。"

这些诗句，庄严地表达了人民群众要求把中国建成现代化强国，实现社会主义民主，把思想从江青反革命集团实行的封建专制主义的禁锢中解放出来的呼声。在"文化大革命"已经持续了近十年，全国局面处于万马齐喑的时候，这呼声强烈地震撼着人民的心灵，表明人民已经开始用行动敲响了江青反革命集团覆灭的丧钟，呼唤着新的历史时期的来临。

4月4日这一天，在南京的梅园新村和雨花台，郑州的二七纪念塔，杭州的西子湖边，古城西安的钟楼……，都出现了群众自发悼念周总理的活动高潮。各地的人们表达着一个共同的意志：悼念人民的好总理，声讨万恶的江青反革命集团。

4月4日晚，华国锋主持召开中央政治局会议(叶剑英、李先念未参加)，讨论连日来天安门广场发生的事态。这次中央政治局会议在江青等人左右下，把天安门广场的事态定为反革命事件，并认为它干扰了当时运动的大方向。在江青反革命集团的压力下，会议决定在当晚开始清理天安门广场的花圈和标语；布置民兵和公安人员围住纪念碑，阻止群众再去送花圈和集会；调动卫戍部队"在二线准备"。毛远新将政治局会议讨论情况和决定写了书面报告上报毛泽东。

4月5日凌晨，天安门广场所有的花圈、诗词、挽联都不见了，一些自愿彻夜守卫花圈的群众被逮捕了，人民英雄纪念碑周围已布上三道戒备森严的封锁线。目睹此情此景，群众异常气愤。上午9时左右，数万群众聚集在人民大会堂东门外，有些人以为被收走的花圈藏在人民大会堂的地下室里，便高呼着"还我花圈，还我战友"的口号，拥到人民大会堂东门口。怒不可遏的群众同一部分民兵、警察和解放军战士发生了冲突。群众高呼"人民万岁"，"谁反对周总理就打倒谁"，把公安部门的"广播宣传车"和几辆汽车推翻烧着。下午，天安门广场东南角的"工人民兵指挥部"起火，群众和民兵、警察都有受伤的。

晚上6时30分，中共北京市委第一书记、市革命委员会主任吴德奉命出面发表广播讲话，他宣称："在天安门广场有坏人进行破坏捣乱，进行反革命破坏活动"，"我们要认清这一政治事件的反动性，戳穿他们的阴谋诡计"。他命令"革命群众应立即离开广场"。这个讲话在天安门广场反复播送，许多群众闻讯逐渐走散。晚上9时30分，一万多民兵和警察奉命手持木棍跑步进入广场，驱赶、殴打和逮捕留在广场的群众。

从4月1日到6日，江青反革命集团通过其在《人民日报》社的心腹，在他们编写的《情况汇编》上歪曲事实，想方设法把天安门事件打成反革命事件。4月6日凌晨，部分中央政治局委员听取北京市委汇报，经过讨论，认为天安门事件是"反革命暴乱性质"，指示公安部门要"揪出司令部"。

◆1976年某市的群众在进行"批邓"游行。

4月7日，毛远新两次向毛泽东进行歪曲性汇报，致使毛泽东同意公开发表《人民日报》记者关于天安门事件的所谓"现场报道"。这篇经姚文元组织编写的所谓"现场报道"，诬陷广大群众悼念周恩来是"反革命活动"，天安门事件是"反革命政治事件"，"妄图扭转当前批邓和反击右倾翻案风的大方向"。据此，毛泽东表示，撤销邓的一切职务，保留党籍，以观后效。以上待三中全会审议批准。当晚，中央政治局开会，宣读并通过了以中共中央名义发表的两个决议：华国锋任中共中央第一副主席、国务院总理；"政治局讨论了发生在天安门广场的反革命事件和邓小平最近的表现，认为邓小平问题的性质已经变为对抗性的矛盾"，决定撤销邓小平党内外一切职务，保留党籍。一小时后，中央人民广播电台向全国广播了这两个决议。

以天安门事件为中心的全国性抗议运动，是全国人民反对江青反革命集团、要求实现党提出的四个现代化建设的正确主张的集中表现，也是在特殊历史条件下一次最真实的民意测验。在已经持续近十年的"文化大革命"中，人民群众对"文化大革命"的抵制和对"批邓、反击右倾翻案风"的厌恶情绪，在这次抗议运动中集中地爆发出来。这次运动中的许多积极分子是知识分子和上山下乡的知识青年，他们中相当一部分人正是"文化大革命"初期的红卫兵。随着"文化大革命"的发展，他们的思想不断觉醒，对于社会主义的思考逐步加深。他们开始明确地提出了反对专制主义和个人崇拜的要求，把党和国家的前途与实现四个现代化的宏伟目标联系在一起，同江青反革命集团篡党夺权的阴谋活动进行了英勇斗争。这次抗议运动的实质，是拥护以邓小平为代表的党的正确领导。人们把社会安定，国家强盛的希望寄托在周恩来、邓小平等老一辈革命家身上，鲜明地表现了人心的向背，表现了社会主义事业不可扭转的发展趋势。这次抗议运动虽然被镇压下去了，但是，它为后来粉碎江青反革命集团奠定了伟大的群众基础。

三、"四人帮"的反扑

"批邓、反击右倾翻案风"的升级

天安门事件以后，在江青反革命集团的操纵下，更大规模的"批邓"运动在全国展开。

4月8日，中共中央发出电话通知：要求各省、市、自治区立即召开群众大会宣读中央的决定，进一步开展"批邓、反击右倾翻案风"的斗争。《人民日报》在第一版显著位置，登出《天安门广场的反革命政治事件》的报道。文章发出，举世震惊，议论纷纷。各地区奉命行事，举行了拥护党中央决议的游行集会，并开始追查所谓"政治谣言"，逮捕天安门事件和其他类似事件的积极参与者和"幕后策划者"。

就在4月8日这一天，广州半导体材料厂青年工人庄辛辛写信给《人民日报》、《红旗》杂志，提出："支持邓小平，打倒张春桥、打倒姚文元、打倒江青！"也在这一天清晨，上海人民广场中心的旗杆上飘扬着一面白色绸旗，上挂周总理遗像，下书"沉痛悼念，恩来总理"。4月12日，人民日报社收到一封署名"一名现场工人民兵"的来信，信封正面写着"北京人民日报总编辑收"，背面写着"请戈培尔编辑收"。信中装着4月8日的人民日报，报纸一版上写着："令人震惊！党报堕落了！""从今改为：法西斯党机关报"，"打倒野心家阴谋家江、张、姚！"

随后，一次大审查和大镇压很快在全国范围展开。江青反革命集团布置各部门、各学校搜查、逮捕"反革命"，追查"政治谣言"。他们甚至把毛泽东在1974年和1975年批评江青等人的言论都作为"政治谣言"，连4月初去过天安门，照过相，传抄过悼念周总理的诗词的都要追查。许多四五运动的积极参加者被拘捕或被判刑。至6月17日，北京市公安局搜出的悼文、诗词原件达583件，强令群众交出悼文、照片10.8万件。北京共拘捕群众三百多人。以隔离、办学习班、谈话等方式审查的人数以万计。

这些违背人心的强制性措施，虽然使广大干部群众的感情受到更加严重的挫伤，然而，人们并没有屈服。在江青反革命集团"追查"、"销毁"的道道命令前，人们冒着可能坐牢、被杀头的危险，想方设法保护和珍藏天安门广场的诗词、祭文、悼词。北京第二外国语学院汉语教研室的16位教员（后化名"童怀周"）和七机部502所、中国科学院自动化所等单位的群众，四处搜集、整理天安门诗抄。轻工业部的一名干部，按照只有他自己才看得懂的排列顺序，把诗词抄在纸上，然后用很厚的棉线缠绕形成一个棉线团。还有的人把抄录的诗词用塑料布包起来，藏在壁炉中，花盆内，地底下……人们相信这些诗词总有一天会重见天日。

天安门事件后，毛泽东的身体状况进一步恶化。他会见外宾的次数逐渐减少，以至不再露面。他已经没有精力再来领导整个国家了。"批邓、反击右倾翻案风"运动在很大程度上为江青等人所操纵。

天安门事件后，在江青反革命集团的操纵下，全国开展了更大规模的批判邓小平的运动。4月28日，《人民日报》发表"梁效"的文章《邓小平与天安门广场反革命事件》，说天安门事件"是当前两个阶级、两条道路、两条路线斗争的一个突出表现",将邓小平比作他们认为的"匈牙利反革命政变的头子纳吉"。5月16日,姚文元在《人民日报》送审的《党内确有资产阶级——天安门广场反革命政治事件剖析》文稿中,亲笔加上"邓小平就是这次反革命政治事件的总后台"。同日,《人民日报》、《红旗》杂志、《解放军报》编辑部联合发表《文化大革命永放光芒——纪念中共中央1966年5月16日〈通知〉十周年》的文章,再次强调"文化大革命"理论的正确性和"文化大革命"的必要性,攻击邓小平。文章说:"党内最大的不肯改悔的走资派邓小平,就是这次大刮右倾翻案风,直至天安门广场反革命政治事件的挂帅人物","'三项指示为纲'是邓小平翻案复辟的政治纲领","全面整顿,是邓小平翻案复辟的行动部署","所谓整顿,其实质就是资产阶级整无产阶级,就是资本主义复辟",等等。

为了推进"批邓",江青反革命集团还把1975年邓小平的多篇讲话、指示、批示,以及所谓"三株大毒草",即邓小平主持起草、还没有来得及同广大干部群众见面的《关于加快工业发展的若干问题》、《科学院工作汇报提纲》、《论全党全国各项工作的总纲》,说成是"邓小平修正主义纲领的产物",编印成所谓《邓小平言论摘录》等材料,下发到全国基层单位,开展群众性的大批判。8月,他们大量印发三种小册子,总数达几千万份,同时在报刊上连续发表《一个复辟资本主义的总纲——〈论全党全国各项工作的总纲〉剖析》、《〈汇报提纲〉出笼的前前后后》、《两个提纲一条黑线——从〈二月提纲〉到〈汇报提纲〉》、《一个加快复辟资本主义的〈条例〉——批判邓小平授意炮制的〈关于加

快工业发展的若干问题〉》、《抓住要害深入批邓》等文章,要求掀起批判所谓"三株大毒草"的新浪潮。

从8月13日至10月6日,仅《人民日报》发表的批判所谓"三株大毒草"的文章、通讯就有一百余篇。在江青等人所谓的批判中,把实现四个现代化说成是"源于李鸿章之流所创始的洋字号药铺",是"根本不能实现的复辟梦想";把加强社会主义计划经济和企业管理说成是"为条条专政翻案",是"搞修正主义的管、卡、压";把提倡又红又专、培养知识分子队伍说成是"白专道路"、"专家路线";把在独立自主、自力更生的基础上引进先进技术,说成是"把我国工业的命运系在外国资本家的裤腰带上",是对国家主权的"大拍卖",是"蒋介石的老路"。

江青反革命集团的倒行逆施从反面促进了广大干部群众的思想觉醒。人们通过阅读这些材料,邓小平关于国家建设的主张广泛地传播开来,在干部群众中产生了较大的影响。人民对于坚持正确路线、方针、政策,"不怕再次被打倒"的邓小平等领导同志有了更多的了解和信任。广大干部和群众更加看出江青反革命集团祸国殃民的真面目,"批邓、反击右倾翻案风"受到了广泛的、不同形式的抵制,"文化大革命"进一步走向了自己的反面。

江青反革命集团在"批邓"时,反复宣传"资产阶级就在共产党内",宣称:邓小平被打倒后,阶级斗争并没有结束,"走资派还在走"。"还有穿军装,戴帽徽、领章的走资派","走资派不是几个人,而是一层人"等。迟群在几次讲话中提出,要特别警惕"中央出修正主义",要"一级盯一级","一级一级往上盯","一直盯到

1966

1976

中央政治局"；"仍然会有斗争，还会有别的机会主义头子，别的挂帅人物跳出来"。在张春桥、姚文元的组织、授意下，中央报刊先后发表《无产阶级专政的伟大胜利》、《走资派就是党内的资产阶级》、《评邓小平的买办资产阶级经济思想》等批判文章，企图攻击和整倒从中央到地方的大批党政军领导干部。

江青反革命集团利用各种渠道，搜集和整理了诬陷中共中央和国务院领导的大量材料。8月，王洪文调阅了国务院、中央军委、国防工办等单位从1975年6月至1976年1月的部分文件和会议简报，为攻击中央和国务院领导人作准备。由江青反革命集团的亲信把持的上海市总工会，以断章取义的手法，整理了中央和地方领导人的材料43种，擅自印发25万多份，被点名的中央政治局委员、副总理、副委员长达十五人，中央、国务院各部门负责人二十多人，省委书记十三人。

江青一伙一方面加紧"批邓"，一方面加强"学习无产阶级专政理论"的宣传。1976年5月9日，《人民日报》发表《社会主义大集好——辽宁省彰武县哈尔套公社改造农村集市的调查》。哈尔套公社的"社会主义大集"，是当时任辽宁省委书记的毛远新一手制造的典型。1975年元旦，他们组织哈尔套公社的社员群众，由各大队的干部带领，挑着自家的农副产品，敲锣打鼓，从四面八方赶到哈尔套街里，把产品卖给供销社，然后再从供销社买回自己需要的商品。这样，他们就把过去可以自由交易的农副产品全部转归国营商业和供销社经营，取消了党的政策允许的农村集市贸易，挫伤了农民发展家庭副业的积极性，使国营商业失去了必要的补充。"哈尔套"经验出笼后，被当成"学习

无产阶级专政理论"的最新典型，极左做法流毒全国。

全国再次陷入混乱

"批邓、反击右倾翻案风"运动的展开，破坏了邓小平主持整顿时各条战线刚刚出现的比较稳定的局势，全国形势再度恶化。

大批工矿企业的生产秩序又一次陷入混乱，计划指标无法实现。1976年1月至5月，全国钢欠产123万吨，化肥、棉纱等其他主要工业产品也大量欠产，影响市场少供应商品14亿元，影响财政减收20亿元，年初全国计划会议上确定的1976年国民经济计划已经不可能完成。1976年工农业总产值只比上年增长1.7%，大大低于计划要求的7%至7.5%的速度。从全年看，钢产量只完成2046万吨，仅达到计划数的79%，低于1971年的水平。这使从1974年到1976年连续三年计划拿下2600万吨钢的指标，第三次落了空。全国的工交、商业企业亏损额达113亿元，粮食的亏损额达50亿元，而当年的财政收入不过776亿元。作为国民经济命脉的铁路则有十几条干线经常不通畅，铁路货运量8.4亿吨，只完成计划数的93%。1976年比计划少运4600多万吨物资。仅郑州铁路局一年就发生了12起全局性大堵塞，使京广线处于半瘫痪状态，全年少运煤炭近1100万吨，造成十二个省、市缺煤少电，相当一批工厂停工停产，影响达半个中国[1]。农村情况也很严重。1970年到1976年，陕西、甘肃、宁夏、新疆、内蒙古、贵州等省区已由调出粮食变为调入粮食。过去一直提供商品粮较多的四川、黑龙江、吉林、广东、江西等省，粮食产量也大幅度下降，有的已调不出粮食。到1976年，四川省

第八章 从『四五运动』到粉碎『四人帮』

1966

▼

1976

---

①《中国社会主义时期经济简史》，黑龙江人民出版社，1985年版，第412～413页。

竟也需要国家大量返销粮食。1976年全国人均占有粮食只有614斤，和1956年差不多。

1976年，在"批邓、反击右倾翻案风"运动的冲击下，经济发展的停滞状态只是全国局势的一个方面，接踵而来的天灾人祸进一步加剧了政治形势的险恶。

7月6日，中国人民解放军的创始人之一、党和国家的主要领导人之一、中国杰出的革命家和军事家朱德逝世。他的逝世，使全国人民深切悲痛和怀念。

7月28日，河北省唐山、丰南地区发生7.8级强烈地震。凌晨3时42分，"突然地光闪射，雷声轰鸣，房倒屋塌，地裂山崩，数秒内，百年城市建设夷为废土"①。地震波及天津、北京，涉及十四个省、市、自治区，共计死亡24.2万多人，重伤16.4万多人。此难百年不遇，全国震惊。中共中央、国务院、中央军委立即成立了抗震救灾指挥部，并派军队和医疗队火速救援，先后调动兵力10万人。一批批药品器械运往灾区，一批批空运物资凌空而降，各路解放军昼夜兼程赶赴灾区。大震过后，余震不断，天降暴雨，河水猛涨。人民子弟兵成为抢险救灾突击队，舍生忘死，排险救人，清墟建房，疏散交通。500名医护人员及干部民工运送物资，解民倒悬，救死扶伤。8月4日，党中央派出以华国锋为总团长的中央慰问团前往灾区慰问受灾群众。到8月10日，共有12245名群众获救；到8月25日，共有100263名伤员转运到全国十一个省、市。灾后，"疾病减少，瘟疫未萌"②。唐山人民恢复生产，重建家

◆ 1976年7月9日，中国人民解放军的创始人之一、中共中央政治局委员、全国人大常委会委员长朱德在北京病逝，终年90岁。图为吊唁朱德逝世的各界群众。

◆ 朱德夫人康克清及子女在追悼会上。

①唐山纪念碑碑文。
②唐山纪念碑碑文。

1966
▼
1976

毛泽东
时代的
中国
MAOZEDONGSHIDAIDEZHONGGUO

◆ 1976 年大地震后的唐山市区。

园，再造新唐山。

在全国人民积极支援救灾斗争时，江青反革命集团却持另一种态度，说什么"抹掉个唐山算得了什么"，攻击抓抗震救灾工作是"以救灾压批邓"。8月11日《人民日报》根据姚文元在一次编前会上的讲话，发表社论《深入批邓，抗震救灾》说，解放以来的历史事实证明，每当出现严重自然灾害的时候，也是两个阶级、两条道路、两条路线斗争激烈的时候，党内机会主义路线的头子总是妄图利用自然灾害造成的暂时困难，扭转革命方向，复辟资本主义。上海《学习与批判》第9期发表文章《山崩地裂，视若

1966

1976

◆地震造成公路断裂。

◆震中烈度为11度，桥梁坍塌，彻底中断。

◆ 唐山地震后，中国华北一带进入防震状态。图为北京街头临时搭建的"防震棚"。

◆ 地震发生后，中共中央、国务院立即进行紧急部署，动员全国力量抗震救灾，并派飞机给灾区人民送去慰问信。图为灾区老幼奔走迎接中共中央、国务院的慰问电。

◆ 人民解放军空军在向灾区空投抗震救灾物资。

等闲》，引用姚文元强调的太平天国时的一首诗："地转实为新地兆，天旋永立新天朝"，影射攻击中央领导人利用地震"复辟资本主义"，借此表示他们要建立所谓的新政权。

四、粉碎"四人帮"的胜利

毛泽东逝世

1976年，毛泽东的病情逐渐加重。尽管如此，他仍然殚精竭虑地思考、筹划着中国革命、建设的现实和未来。他要求全党认真学习他派人选出的马克思、恩格斯、列宁关于无产阶级专政条件下限制资产阶级法权的语录。他始终认为"文化大革命"的理论和实践是马克思主义的，是为巩固无产阶级专政所必需的，这是他的悲剧所在。

他知道党内和国内反对"文化大革命"的人不少，深为未来担忧。因此，在他病情日趋沉重并对邓小平失去信任时，选谁做他的接班人，把党和国家的领导权交给谁，是他反复掂量、思考的问题。虽然，为了发动和维护"文化大革命"，毛泽东起用并重用了江青、张春桥、姚文元、王洪文等人。在1971年林彪事件发生后，又选定王洪文作党的副主席，实际上是安排为他的接班人。但是，随着"文化大革命"的发展，特别是在"批林批孔"运动前后，毛泽东明显地表现出对江青等人的不满，表现出对王洪文的不信任。这种不信任和不放心，使他在不久于人世时，最终没有将党和国家的领导权交到江青反革命集团的手里。1976年2月，他选定1971年从湖南调到国务院、"忠厚少文"的华国锋任国务院代总理。从这时起，华国锋同时主持党中央的日常工作。同年4月，全国人民悼念周恩来的天安门事件发生后，随着邓小平被撤销党内外一切职务，华国锋开始任中共中央第一副主席、国务院总理。设党中央第一副主席，在党的历史上还属首次。当时在党中央内部，身为党中央副主席的王洪文、政治局常委张春桥，加上江青等人，眼中均无华国锋。而毛泽东又不想把领导权交给江青反革命集团。毛泽东在华国锋这位党中央"副主席"前面加个"第一"，使其成为党中央第一副主席，其扶持华国锋、防范江青反革命集团的用意是十分深远的。

4月30日，毛泽东在华国锋汇报情况时，亲笔给华写下了"照过去方针办"和"你办事，我放心"的指示，希望自己最终选定的接班人能维护"文化大革命"，沿着他认定的反修防修、巩固无产阶级专政的道路走下去。毛泽东临终前的这一安排，虽然带有浓重的个人色彩，并不符合领导集体交接班的原则和制度规定，但却避免了由江青反革命集团直接掌握党和国家最高领导权造成的更大灾难。

毛泽东病重时，回顾自己的一生说：中国

◆ 1976年4月7日，根据毛泽东的提议，中共中央政治局通过决议，决定华国锋为中共中央第一副主席、国务院总理。同时撤销邓小平党内外一切职务，保留党籍，理由是：考虑到"天安门广场的反革命事件"和"邓小平最近的表现"，认为邓小平问题的性质已经变为对抗性的矛盾。

1966

1976

◆毛泽东和华国锋。

有句成语，叫做盖棺论定。我虽未盖棺也快了，总可以论定了吧！我一生干了两件事。第一件事是民主革命的胜利，取得了全国政权。他说：对这件事，持异议的人甚少。只有几个人在我耳边叽叽喳喳，无非是要我及早地把那个海岛（指台湾——引者）收回罢了。然后，他讲到第二件事：另一件事，你们也知道，就是发动文化大革命。对这件事，拥护的人不多，反对的人不少①。这时，毛泽东对"文化大革命"的看法，显然已不像以前那么自信了。虽然他的看法有了一些变化，但是，毛泽东把"文化大革命"视为他一生中所做的两件大事中的一件，可见"文化大革命"在他心目中仍占有重要的地位。

不过，纵观毛泽东的一生，把他的后半生概括为发动"文化大革命"，显然是不够准确的。在毛泽东的一生中，他以前半生探索中国新民主主义革命的道路，领导党和人民，推翻了帝国主义、封建主义和官僚资本主义在中国的统治，完成了民主革命的任务，取得了造福千秋万代的伟大胜利。在后半生，他领导党和人民以带有中国特色的方式完成了社会主义改造，开始努力探索中国自己的建设社会主义的道路。他是这种探索的开创者和杰出领导者。他领导党和人民抗拒来自国外的强大影响和强大压力，坚持进行这种探索，对中国的社会主义建设提出过许多富有创建性的思想主张，并取得了举世瞩目的伟大成就，为后来开辟有中国特色的社会主义建设道路奠定了基础。虽然在他的探索过程中，经历了许多曲折，并且出现了"文化大革命"这样严重的错误，但是毛泽东作为这种探索的开创者的伟大功绩永远记载在中国的史册上。

9月9日，伟大的马克思主义者、无产阶级革命家、战略家和理论家毛泽东逝世。当天下午4时，当中共中央、人大常委会、国务院、中央军委发出《告全党全军全国各族人民书》的时候，在中国辽阔的土地上，从城市到农村，从万里边疆到南海诸岛，行人肃立，车辆停驶。飘扬在祖国上空的千万面五星红旗，下半旗志哀。"告人民书"宣告成立以华国锋、王洪文、叶剑英、张春桥为首的"毛泽东主席治丧委员会"，全国停止娱乐活动十天。

为了表达全党全军全国各族人民对毛泽东的崇敬和哀悼，9月11日至17日，在人民大会堂举行了吊唁活动。中共中央委员、候补中央委员、中央党政军机关和北京市等各方面负责人、人民群众的代表参加了吊唁。同时，全国各机关、部队、厂矿、企业、商店、农村、学校、街道等一切基层单位举行吊唁活动。

9月9日，联合国秘书长瓦尔德海姆在致中国及华国锋的唁电中说，毛泽东把他的整个一生贡献于建立一个新中国。他实现自己理想的勇气和决心将继续激励今后的世世代代，并保证他在中国人民的历史中占有独一无二的地位。半个多世纪来他的献身和领导使他赢得了本国人民的热爱和全世界的尊敬。他为增进国际了解和促进世界和平所作的孜孜不倦的努力将永远为人们所记忆。

为了表示对毛泽东逝世的沉痛哀悼，朝鲜、阿尔巴尼亚、柬埔寨等约三十个国家宣布下半旗志哀。其中，朝鲜、斯里兰卡、坦桑尼亚、塞拉利昂哀期长达9天。朝鲜党政机关联合决定，为表达对毛泽东逝世的深切哀悼，将9月10日至18日定为全国哀悼期，全国下半旗，并在18日这一天举行全国哀悼活动。刚果人民共和国最高领导机构对在全国举行哀悼作出五项

---

① 胡绳：《毛泽东一生所做的两件大事》，1993 年 12 月 17 日《人民日报》。

◆ 1976年9月9日，毛泽东逝世，首都各界群众瞻仰毛泽东遗容。

1966

1976

决定，其中一项规定为，今后每年将在毛泽东逝世周年举行纪念活动。许多国家的政界人士和各阶层著名人士到中国驻该国大使馆吊唁。联合国安理会10日开会时，安理会主席致悼词，联合国秘书长瓦尔德海姆和与会国代表发表哀悼讲话。许多国家的电台、电视台和报纸大量报道了有关毛泽东革命活动的剪辑、照片和记录片。

9月18日下午3时，在北京天安门广场举行百万人的隆重追悼大会。华国锋在大会上致悼词，缅怀和颂扬毛泽东在半个多世纪国内外的斗争中建立的丰功伟绩，号召全国人民"要继承毛主席的遗志，坚持以阶级斗争为纲，坚持党的基本路线，坚持无产阶级专政下的继续革命"。

在北京，党政军机关干部和群众从四面八方汇集到天安门广场，秩序井然地肃立在整个广场和东西十里长安街上。仰望着天安门城楼上悬挂的毛泽东遗像和二十七年前毛泽东亲手在天安门广场升起的第一面五星红旗，许多人泪流满面，痛哭失声。全国各处的火车、轮船、军舰、工厂鸣笛三分钟。悲壮的哀乐声传遍祖国城

时代的中国

MAOZEDONGSHIDAIDEZHONGGUO

◆ 人民代表向毛泽东遗体告别。

1966

1976

◆毛泽东的遗体安置在水晶棺中。

◆ 瑞典群众 9 月 17 日晚在斯德哥尔摩举行火炬游行和追悼会，沉痛哀悼毛泽东逝世。这是 游行队伍举着毛泽东遗像和红旗，走向追悼会会场。

◆ 9 月 11 日，法国巴黎群众在街上游行，哀悼毛泽东逝世。标语牌上写着毛泽东语录："群众是真正的英雄。"

◆ 1976年9月18日,首都百万军民在天安门广场隆重举行毛泽东追悼大会。

1966

1976

乡和高山大川。人们在行进的列车、舰船上，在炼钢炉前、手术台上，在所有的工作岗位上（除不能中断工作的以外），含着眼泪，肃立志哀。全国县以上地区都在收听了北京追悼大会的实况后，由本地区党政军主要负责人致悼词。

人们缅怀毛泽东，同时也因为周恩来、朱德、毛泽东的相继去世，而对国家前途深感忧虑。这时，在干部和群众中，虽然有相当一部分人已经对毛泽东身边的江青反革命集团极其厌恶，对"文化大革命"也丧失了热情，但是从大多数人来讲，毛泽东的逝世，使他们顿感失去了思想和精神的依靠，同时也在客观上促使他们今后越来越多地从实际生活中去寻求"中国怎么办"的答案。

一举粉碎"四人帮"

毛泽东的逝世，使"文化大革命"发动后，党内、国内一直潜藏的政治经济危机更加尖锐了。

"文化大革命"进行了十年，毛泽东试图通过"天下大乱"达到天下大治的设想不仅未能实现，中国的社会主义事业还因此遭受到了严重的挫折和损失。这不仅表现在，这场运动搞乱了党的组织和国内的政治关系，打倒了一大批党政军领导干部、民主党派负责人、各界知名人士，同时使一些投机分子、野心分子和阴谋分子乘机混进党和政府的内部，党和政府的各级机构一直陷于瘫痪和不正常状态，国民经济发展缓慢，而且还表现在，毛泽东在世时没有彻底解决的江青反革命集团问题，更加突出了。

毛泽东在世时把党和国家的最高领导权最终交给华国锋，打破了对最高领导权觊觎已久的江青等人的谋算，江青一伙深为不满。还在1976年2月2日党中央任命华国锋为国务院代总理的第二天，张春桥就写下《1976年2月3日有感》："又是一个一号文件，去年发了一个一号文件，真是得志更猖狂，来得快，来得凶，垮得也快，错误路线总是行不通的。"其急于想当总理的野心昭然若揭。毛泽东逝世后，江青反革命集团很快向他们根本不放在眼里的华国锋发起了攻击，从多方面着手企图推翻华国锋，取而代之。

还在毛泽东重病期间的8月下旬，他们已开始了武装叛乱的准备活动。他们在上海的死党突击发放武器，加紧装备上海民兵，共发枪7.4万多枝、炮300门、枪炮弹药1000多万发，为发动武装叛乱作了具体准备，妄图使上海成为他们夺取最高权力的基地。毛泽东逝世后，他们夺取最高领导权的活动更加露骨。9月11日，王洪文撇开中央办公厅值班室，布置他身边的工作人员以中央办公厅名义通知各省、市、自治区党委，在毛泽东吊唁期间，各省市发生的重大问题要及时向王洪文或他指定的人员请示和报告，企图切断党中央同各地的联系，由他们指挥全国。9月12日，江青几次要求调看毛泽东处的文稿和手迹，企图加以篡改，为他们的阴谋活动制造根据。9月29日夜，华国锋主持中央政治局在人民大会堂东大厅开会，仅是政治局委员的江青竟在会议进行过程中，擅自宣布散会，留下江青反革命集团围逼华国锋，无理要求华国锋应允他们的一些人事要求。

江青反革命集团为了攻击华国锋，篡夺党和国家最高领导权，还有计划有预谋地伪造了一个"按既定方针办"的所谓毛泽东临终嘱咐。9月16日，江青反革命集团在《人民日报》、《红

1966

1976

毛泽东 时代的中国 MAOZEDONGSHIDAIDEZHONGGUO

旗》杂志、《解放军报》社论《毛主席永远活在我们心中》中公开抛出"按既定方针办"的所谓毛泽东临终嘱咐。所谓"按既定方针办"就是"永远遵循毛主席的教导，坚持以阶级斗争为纲，坚持党的基本路线，坚持无产阶级专政下的继续革命"。此后，姚文元不断要求新闻界反复宣传所谓临终嘱咐，江青一伙竭力把自己打扮成毛泽东的忠实继承人，以党内"正统"自居。10月2日，华国锋在批阅外交部长乔冠华送审的在联合国大会第三十一届会议上的发言稿时指出："稿件中引用毛主席的嘱咐，我查对了一下，与毛主席亲笔写的错了三个字。毛主席写的和我在政治局传达的都是'照过去方针办'，为了避免再错传下去，我把它删去了。"张春桥看到华国锋的批示后，以"免得引起不必要的纠纷"为理由，阻止上述批语的下达。时隔两天，10月4日，江青反革命集团的写作班子又在《光明日报》头版头条的位置发表《永远按毛主席的既定方针办》一文，说："篡改毛主席的既定方针，就是背叛马克思主义，背叛社会主义，背叛无产阶级专政下继续革命的伟大学说"，"任何修正主义头子胆敢篡改毛主席的既定方针，是决然没有好下场的"，公然把攻击矛头直指华国锋、李先念等主持中央工作的领导人。

形势越来越紧张。华国锋等多数中央政治局成员与江青反革命集团之间的矛盾和斗争越来越尖锐。

在江青反革命集团篡党窃国的活动面前，为党和国家的前途、命运深感忧虑的，不仅仅是华国锋，还有叶剑英、李先念、陈云等老一辈革命家。面对江青反革命集团咄咄逼人的攻势，叶剑英对华国锋表示了坚决支持。还在毛泽东逝世的当天夜里，当江青在政治局会议上大叫"批

邓"，干扰毛泽东治丧工作，并对主持会议的华国锋进行刁难时，叶剑英就站出来支持华国锋说："当前最重要的事情，是紧紧团结在以华国锋为首的党中央周围！"在王洪文私设"中央办公厅值班室"一事被发现后，华国锋和叶剑英迅速同中央政治局多数同志通气，决定让王洪文立即关闭那个值班室，并以中共中央的名义打电话通知各省、市、自治区党委和军队系统：凡重大问题，均应向以华国锋为首的党中央请示报告。叶剑英还亲自到华国锋住处与其交换看法，劝华国锋多到老同志那里走走谈谈。此外，叶剑英还与中央办公厅主任汪东兴互通消息。在9月11日毛泽东吊唁仪式的第二天，叶剑英对汪东兴明确表示："我们与他们的这一仗，已是不可避免的了！"[1]9月29日政治局会议结束后，江青向汪东兴索要毛泽东的文件，汪东兴问叶剑英怎么办，叶剑英立时回答说：要坚决顶住。

虽然当时陈云、邓颖超等老一辈革命家们大多数处境困难，但是，在关系到党和国家命运的关键时刻，他们仍采取各种形式，互通信息，提出扭转危局的建议，酝酿解决江青反革命集团问题的办法。9月21日，聂荣臻通过代总参谋长杨成武转告叶剑英："四人帮"一伙是反革命，是什么坏事都干得出来的，要有所警惕，防止他们先下手。如果他们把小平同志暗害了，把叶帅软禁了，那就麻烦了。他请叶帅赶紧拿主意，早下决心解决"四人帮"问题。[2]

与此同时，江青反革命集团加紧了和在上海的亲信的秘密串连。9月21日，张春桥在北京听了上海突击发枪的汇报，嘱咐徐景贤："要谨慎小心，要注意阶级斗争的动向。"9月23日，王洪文在电话中对王秀珍说："要提高警惕，斗争并未结束，党内资产阶级他们是不会甘心失败

①武建华：《粉碎"四人帮"的策划过程》，《中华儿女》2000年第10期。
②《叶剑英传》，当代中国出版社1995年版，第647页。

的，总有人会抬出邓小平的。"9月28日，张春桥派人送口信给上海市委某些领导人，传达他的意见："阶级斗争形势要经常分析，一方面要提高警惕，一方面要提高信心"，示意"上海还没有真正经受过严重考验"，"上海有大考验，要打仗"，"要提高警惕"，并且说："看到资产阶级还有力量，问题是谁挂帅？"

江青反革命集团加紧了上台"登基"的准备活动。他们布置清华大学、北京大学、新华社等单位的一些人给江青写"效忠信"、"劝进信"。有的在信中公然提出要江青"担任中共中央主席和军委主席"，"立即出来挑起这副重担，迅即宣告全党、全军、全国人民"。江青等人也四处游说，进行煽动。10月1日，江青在清华大学大兴分校说："我也要向你们年轻人宣誓，一定要锻炼好身体，和他们斗，阶级斗争、路线斗争还长着呢"，并叫嚣"等着特大喜讯，准备学习公报"。10月2日，王洪文私拍了准备上台时用的"标准像"，下令文艺界拍摄《盛大的节日》等影片。10月3日，他在北京市平谷县讲话时声称："中央出了修正主义，你们怎么办？打倒！""今后还可能出什么唐小平、王小平之类，要警惕！""要把眼睛睁得大大的，看着修正主义。"江青反革命集团在上海的同党则散布10月7、8、9日有"特大喜讯"，在上海商店争购鞭炮和大红纸，"准备庆祝"。

种种迹象表明，江青反革命集团全面夺权的危险已经如箭在弦，一种多年未有的险恶政治形势出现在党中央领导层内部，中国处于建国后少有的危机之中。

在这种形势下，资历不深、走上党和国家领导岗位不久的华国锋能否在气焰嚣张的江青反革命集团面前，稳住全国局势，承担起历史的重

任？不仅关系到华国锋个人是否能经受住历史的考验，也关系到中国今后的前途和命运。

在这历史发展的关键时刻，华国锋和叶剑英等老同志想到了一起。对于解决江青反革命集团，叶剑英虽然心中早有考虑，但事关重大，必须慎而又慎，全面计划。而且，在解决江青反革命集团的问题上，取得华国锋的支持，既关乎重大的组织原则，也是顺利解决江青反革命集团的一个必要条件。身为党中央第一副主席、主持中央日常工作的华国锋，在江青反革命集团咄咄逼人的进攻下，也认识到必须消除这个党和国家的痈疽。华国锋同叶剑英、李先念等人决心采取果断措施。1976年9月11日，华国锋到李先念处谈解决江青反革命集团的问题，并请李先念代表他去找叶剑英，请叶剑英考虑以什么方式、在什么时间解决江青反革命集团。9月14日，李先念到叶剑英处，转达了华国锋的意见，并征求叶剑英对解决江青反革命集团问题的意见。[1]这期间，叶剑英与汪东兴也进一步加强了联系。10月2日下午，叶剑英对汪东兴提出："他们的气势发展到如此地步，该摊牌了，不能失掉时机，兵贵神速，乘人之不及"。[2]随后，叶剑英又找到华国锋交换了意见。两人的意见是一致的：我们同江青反革命集团的斗争是势不两立、你死我活的斗争，已超出正常的党内矛盾和党内斗争的范围，不宜采取党内生活的正常手段来解决，但又要尽量做到合法解决，避免引起动乱。

华国锋、叶剑英、李先念等人经过慎重考虑和反复商量，在征得中央政治局多数同志的同意后，决定以召开会议宣布对江青反革命集团采取隔离审查的形式进行断然处置。决心既下，华国锋亲自把制定行动计划的任务交给汪

①《李先念传》编写组：《有关华国锋、李先念、叶剑英商谈解决"四人帮"问题的两个关键时间》，《党的文献》，2001年第3期。
②武建华：《粉碎"四人帮"的策划过程》，《中华儿女》，2001年10月。

390

◆1976年10月6日，中共中央采取果断措施，一举粉碎江青反革命集团，由此结束了"文革"的动乱。图为首都百万军民在天安门广场游行，热烈庆祝这一历史性胜利。

东兴。考虑到江青反革命集团的心理状态、当时政治局开会的行事惯例、行动地点的合理性和行动的方便性，接受任务的中央办公厅副主任张耀祠和中央警卫局副局长、8341部队政委武建华两位同志反复研究后提出：以商议《毛泽东选集》第五卷出版问题和建造毛主席纪念堂选址问题为内容，在中南海怀仁堂召开中央政治局常委会议，在王洪文、张春桥来开会时对其实行隔离审查。这套方案得到了华国锋和叶剑英的认可。为了万无一失，华国锋、汪东兴亲自过问了行动前一系列的准备工作。

按照通知，10月6日晚8时，华国锋、叶剑英在中南海怀仁堂召集中央政治局常委扩大会议。7点55分，王洪文首先走进怀仁堂，未及开口讲话，就被当场抓住。直到被戴上手铐，王洪文才如梦方醒地说："想不到你们这样快！"8时刚过，随后而来的张春桥也在怀仁堂被顺利"解决"。住在丰泽园的毛远新同时被隔离审查。随后，行动小组又至江青的住处春藕斋宣布执行这一决定。最后，姚文元在怀仁堂东休

息室被宣布实行隔离审查。与此同时，北京卫成部队负责解决了江青反革命集团在北京的骨干分子。就这样，前后不过一个小时，没费一枪一弹，没流一滴血，就粉碎了江青反革命集团。

当晚9时，党中央派人率部队迅速接管了新华社、中央广播事业局、中央广播电台、北京电视台等新闻机关。公安部也由卫成部队接管。当晚10时至凌晨4时，中央政治局召开会议，通报粉碎江青反革命集团的消息，商讨粉碎江青反革命集团后党和国家的重大问题。在叶剑英的提议下，会议通过了由华国锋任中共中央主席、中央军委主席的决定。这个决定后来由1977年7月举行的十届三中全会追认。粉碎江青反革命集团，这场党中央在非常形势下采取特殊方式进行的斗争终于获得胜利。

江青反革命集团虽然被一举粉碎，但他们散布在各地的余党仍是社会的不安定因素，特别是在江青反革命集团苦心经营多年的上海，形势更是严峻。10月8日，当江青反革命集团在

◆ 在首都人民庆祝粉碎"四人帮"的盛大集会上，中共中央领导人华国锋（右七）、叶剑英（右六）、李先念（右八）等在天安门城楼上与群众共同庆贺胜利。

上海的帮派骨干中共上海市委书记、市革委会副主任徐景贤，中共上海市委副书记、市革委会副主任王秀珍探知江青等在北京被隔离审查后，立即召开会议，实行紧急动员，决定"要干"，"拉出民兵来，打一个礼拜不行，打三天、五天也好，让全世界都知道"。徐景贤下达手令，调集和部署民兵33500名，组织了指挥班子，设立了两个秘密指挥点，他们还研究了武装叛乱的初步方案，准备为挽救江青反革命集团作最后的挣扎。10月9日，上海民兵指挥部召集10个区、5个直属民兵师负责人开会，部署了叛乱的具体步骤，准备动用各种枪炮、车辆，开始集中物资和食品。10月12日，他们准备发表《告全市、全国人民书》，并拟定了21条反革命标语。当晚，中共上海市委常委王少庸、上海市革委会常委兼写作组负责人朱永嘉等人开会策划停产罢工、举行游行示威、控制电台、封锁中央消息，并提出"还我江青、还我洪文、还我春桥、还我文元"的反动口号。

党中央对上海的问题早有预料，及时采取了措施。10月7日，先将中共上海市委书记、市革委会副主任马天水召到北京，随后又通过马天水将徐景贤、王秀珍召到北京，使江青反革命集团在上海的余党陷入群龙无首的困境。同时，派中央军委常委、海军政委苏振华，中共北京市委书记、市革委会副主任倪志福，中共江苏省委书记、省革委会主任、南京军区政委彭冲等率领一批领导干部到上海，控制了上海的局势。此前，人民海军在东海海面、南京军区某部的几个师在无锡、苏州到上海一线，也已做好了应付事变的准备，江青反革命集团残余势力在上海策划反革命武装叛乱，遭到上海广大干部、群众的抵制和反对。当中央正式宣布粉碎江青反革命集团的消息时，上海一千万人民纷纷起来声讨江青反革命集团，上海市民兵得知真相后也反戈一击。江青反革命集团武装叛乱的阴谋顷刻瓦解。

10月7日至14日，中共中央政治局在北京连续分批召开中央党、政、军机关，各省市自治区、各大军区负责人参加的打招呼会议，通报

1966

1976

◆安徽省合肥市的庆祝活动。

被告人

◆ 1980年11月20日，最高人民法院特别法庭在北京开庭审判林彪、江青两个反革命集团主犯江青、张春桥、姚文元、王洪文、陈伯达等人。

时代的 中国
MAOZEDONGSHIDAIDEZHONGGUO

1966
▼
1976

了王、张、江、姚反党集团事件，提出既要解决问题，又要稳定局势的方针。10月14日，中共中央公布了粉碎江青反革命集团的消息。18日，中央将王、张、江、姚反党集团事件通报各级党组织，传达到全党全国人民。

得知粉碎江青反革命集团的消息，人民群众奔走相告，兴高采烈。全国一片欢腾。从10月21日至30日，全国二十九个省、市、自治区和人民解放军各部队自发地举行盛大集会和游行，坚决拥护党中央粉碎江青反革命集团的果断措施，热烈庆祝粉碎江青反革命集团的重大胜利。很多大中城市的烟花爆竹销售一空，大小商店的酒柜前排起了长队。金秋十月正是菊黄蟹肥的季节，许多家庭的餐桌不约而同地摆上了四只螃蟹，而且一定要三公一母，人们一边大啖其肉，一边戏谑地说：看你能横行到几时？85岁高龄的郭沫若抑制不住内心的喜悦，于21日作词一首："大快人心事，揪出'四人帮'。政治流氓文痞，狗头军师张，还有精生白骨，自比则天武后，铁帚扫而光……"香港、澳门各界爱国同胞也举行了庆祝会。外国通讯社

纷纷以此为特大新闻发表消息。南斯拉夫一家报纸称之为"人类近代史上最巧妙最漂亮的一仗"。

江青反革命集团是党的历史上存在时间最长、危害最大的一个集团。江青等人在"文化大革命"中把"左"倾错误推到极端，犯下的罪行罄竹难书。粉碎江青反革命集团，解除了一场严重的政治危机，实现了党和人民的共同意愿，是"文化大革命"时期代表正确发展趋势的力量长期斗争的结果。在粉碎江青反革命集团的斗争中，毛泽东生前所做的正确的人事安排是重要的一步，此外，华国锋、叶剑英、李先念等起了重要作用，汪东兴也做了许多有益的工作。粉碎江青反革命集团的胜利，从危难中挽救了中国的社会主义事业，结束了"文化大革命"这场灾难，使我国的社会秩序得以恢复正常，党和国家的工作得以重新走上健康发展的轨道，为党的历史进入新的发展时期创造了条件。这是党和人民的重大胜利，是中国社会主义事业的重大胜利。

尾声

尾声

在这套书里，我们把 1949 年 10 月至 1976 年的中国，叫做毛泽东时代的中国。

新中国的这段历史充满着辉煌的胜利，也经历过沉痛的曲折。

毛泽东是伟大的马克思主义者，无产阶级革命家、战略家和理论家，是近代以来中国伟大的爱国者和民族英雄。在艰苦漫长的革命和建设岁月中，毛泽东表现出一个革命领袖高瞻远瞩的政治远见，坚定不移的革命信念，得心应手的斗争艺术和驾驭全局的领导才能。他是从人民群众中成长起来的伟大领袖，永远属于人民。毛泽东的革命精神具有强大的凝聚力，他的伟大品格具有动人的感染力，他的科学思想具有非凡的号召力。他和他的战友们所创造的彪炳史册的丰功伟业，为世界一切正直的人们所尊重。他的名字，他的思想和精神永远鼓舞着中国共产党人和各族人民，继续推动着中国历史的前进。毛泽东作为一个伟大的历史人物，属于中国，也属于世界。

以毛泽东为核心的中国共产党的第一代领导集体，为建设一个社会主义现代化的新中国，建立了开创性的、不可磨灭的功勋。

1949 年中华人民共和国成立后，在以毛泽东为代表的中国共产党的领导下，中国人民经过三年经济恢复和全社会各个方面广泛深刻的新民主主义改革，建立和巩固了工人阶级领导的，以工农联盟为基础的人民民主专政即无产阶级专政的国家政权。它是中国历史上从来没有过的人民当家作主的新型政权，是建设社会主义的富强民主文明的现代化国家的根本保证。

毛泽东时代的中国实现和巩固了全国范围（除台湾省外）的国家统一，根本改变了旧中国四分五裂的局面；实现和巩固了了全国各族人民的大团结，形成和发展了五十多个民族平等互助的社会主义民族关系；实现和巩固了全国工人、农民、知识分子和其他各阶层人民的大团结；加强和扩大了中国共产党领导的，同各爱国民主党派、人民团体通力合作的，由全体社会主义劳动者、拥护社会主义的爱国者和拥护祖国统一的爱国者组成的，包括台湾同胞、港澳同胞和国外华侨在内的广泛统一战线。

毛泽东时代的中国战胜了帝国主义、霸权主义的侵略、破坏和武装挑衅，维护了国家的安全与独立，胜利地进行了保卫祖国边疆的斗争。

毛泽东时代的中国建立和发展了社会主义经济，基本上完成了对生产资料私有制的社会主义改造，基本上实现了生产资料公有制和按劳分配。剥削制度被消灭了，剥削阶级作为阶级已经不再存在，他们中的绝大多数人已经改造为自食其力的劳动者。社会主义制度的全面建立，是我

1966
1976

国历史上最深刻最伟大的社会变革,是我国今后一切进步和发展的基础。

社会主义改造基本完成后,毛泽东以苏联的经验为鉴戒,积极探索中国自己的建设社会主义道路。1956年,毛泽东在《论十大关系》中,强调我们的基本方针,就是要把国内外一切积极因素调动起来,为社会主义事业服务。1957年,毛泽东在《关于正确人民内部矛盾的问题》中指出:社会主义社会的基本矛盾仍然是生产关系和生产力之间的矛盾、上层建筑和经济基础之间的矛盾;我们的根本任务已经由解放生产力变为在新的生产关系下面保护和发展生产力;要严格区分和正确处理两类不同性质的矛盾,团结全国各族人民发展我们的经济,发展我们的文化,建设社会主义强大国家。这是我们党探索社会主义建设道路的初期,具有重要意义的两部著作,对我国社会主义建设发挥了深远的指导作用。

毛泽东时代的中国在工业建设中取得重大成就,逐步建立了独立的比较完整的工业体系和国民经济体系。将1980年同完成经济恢复的1952年相比,全国工业固定资产按原价计算,增长26倍多,达到4100多亿元;棉纱产量增长3.5倍,达到293万吨;原煤产量增长8.4倍,达到6亿2千万吨;发电量增长40倍,达到3千多亿度;原油产量达到1亿零5百多万吨;钢产量达到3千7百多万吨;机械工业产值增长53倍,达到1270多亿元。全国兴建了一批新的工业基地。国防工业从无到有地逐步建设起来,资源勘探工作取得很大成绩。铁路、公路、水运、空运和邮电事业,都有很大的发展。

毛泽东时代的中国使农业生产条件发生显著改变,生产水平有了很大提高。全国灌溉面积已由1952年的3亿亩扩大到6亿7千多万亩,

长江、黄河、淮河、海河、珠江、辽河、松花江等大江河的一般洪水灾害得到初步控制。解放前我国几乎没有农业机械、化肥和电力,而新中国的农用拖拉机、排灌机械和化肥施用量都大大增加,用电量等于解放初全国发电量的7.5倍。1980年同1952年相比,全国粮食增长近1倍,棉花增长1倍多。尽管人口增长过快,我们仍然依靠自己的力量基本上保证了人民吃饭穿衣的需要。

毛泽东时代的中国,城乡商业和对外贸易都有很大增长。1980年与1952年相比,全民所有制商业收购商品总额由175亿元增加到2263亿元,增长11.9倍;社会商品零售总额由277亿元增加到2140亿元,增长6.7倍。国家进出口贸易总额,1980年比1952年增长7.7倍。随着工业、农业和商业的发展,人民生活比解放前有了很大的改善。1980年,全国城乡平均每人的消费水平,扣除物价因素,比1952年提高近1倍。

毛泽东时代的中国,教育、科学、文化、卫生、体育事业有很大发展。1980年,全国各类全日制学校学生2亿零4百万人,比1952年增长2.7倍。32年来,高等学校和中等专业学校培养出近9百万专门人才。核技术、人造卫星和运载火箭等方面的成就,表现出我国的科学技术水平有很大的提高。文艺方面创作了一大批为人民服务、为社会主义服务的优秀作品。群众性体育事业蓬勃发展,不少运动项目取得出色成绩。烈性传染病被消灭或基本被消灭,城乡人民的健康水平大大提高,平均寿命大大延长。[1]

毛泽东时代的中国,人民解放军在新的历史条件下得到壮大和提高,由单一的陆军发展成为包括海军、空军和其他技术兵种在内的合成军队。野战军、地方军和民兵三结合的武装力量得到了加强,部队的素质和技术装备有了很大的提

[1]以上数字引自《关于建国以来党的若干历史问题的决议》注释本,人民出版社,1983年版,第10～13页。

高和改进。在保卫和参加社会主义革命和社会主义建设中，人民解放军发挥了人民民主专政的坚强柱石作用。

在国际上，毛泽东时代的中国始终不渝地奉行社会主义的独立自主的外交方针，倡导和坚持了和平共处五项原则，同全世界124个国家建立了外交关系，同更多的国家和地区发展了经济、贸易和文化往来。我国在联合国和安理会的席位得到恢复。我们坚持无产阶级国际主义，发展同各国人民的友谊，支持和援助被压迫民族的解放事业，支持和援助新独立国家的建设事业和各国人民的正义斗争，坚决反对帝国主义、霸权主义、殖民主义和种族主义，维护世界和平，在国际事务中发挥着越来越重大的积极作用。这一切为我国的社会主义建设创造了有利的国际条件，促进了国际形势朝着有利于世界人民的方向发展。

不论经历了怎样的曲折、付出了怎样的代价，1949年至1976年中华人民共和国的历史，是中国共产党在马克思列宁主义、毛泽东思想指导下，领导全国人民进行社会主义革命和社会主义建设并取得巨大胜利的历史。从20世纪末国际风云的变幻中可以更加清楚、更加深刻地看到，毛泽东时代的中国在社会主义建设中坚持独立自主，不倦探索适合自己情况的道路，以及由此培养起来的自强自立、不依附于人、不怕鬼、不信邪的精神，对于维护国家的主权和民族的尊严，巩固和发展社会主义制度，发挥着多么重大的作用。

毛泽东对中国社会主义道路的探索，毛泽东时代新中国在曲折中的崛起，都是时代的产物，都带有深深的时代烙印。

在中国这样古老、落后、历史悠久的东方大

国，在战后严峻的冷战格局中，在当代世界的资本主义和社会主义都与马克思主义经典作家一百年前设想的远不一样的条件下，在世界上第一个权威的、斯大林式的社会主义的弊端已经逐渐暴露并引起长期、广泛争议的情况下，在各种传统观念仍紧紧束缚着社会主义各国多数领导人和多数理论家的时代里，在社会主义各国的改革屡屡受挫并引起激烈争论，更遑论有一个被多数人认可的权威的情况下，在长期受到大国霸权主义严重的战争威胁下，在西方敌对势力不遗余力地推行"和平演变"战略的外部环境中，在对商品经济及由此产生的一切现代文明比较陌生，却又被把商品经济简单地等同于资本主义的传统观念的束缚和支配下，在中国革命巨大成功的背景下，在革命思维的巨大惯性中，在中国现代化不能不是一个赶超型的、浓缩西方发达国家几百年发展史的过程中……中国的社会主义现代化过程必然是一个十分艰巨的曲折过程，难以避免会出现这样那样的失误。

上世纪五六十年代，正当西方发达国家的左翼知识分子与众多青年学生发现他们不得不为丰裕的物质生活和发达的科技付出理想暗淡、道德缺失、物欲横流的代价时，毛泽东和毛泽东时代的中国高扬理想主义大旗、艰苦奋斗、生气勃勃建设新社会的实践使他们看到了未来社会的希望，对他们产生了强大的吸引力；在苏联社会主义模式日益官僚化和僵化、并不时被人中肯地指出已经异化出一个"新阶级"时，毛泽东和毛泽东时代的中国追求平等、公正，不妥协地反对官僚主义特权、防止国家机关"从社会公仆变为社会主宰"的种种努力和实验，使对苏联模式失望的共产党人和左翼知识分子看到了社会主义发展的另一种可能；在上世纪五六十年代第三世界

◎ 尾声

1966

1976

国家反对新老殖民主义的斗争在占地球 2/3 的地方如火如荼地进行时，毛泽东和毛泽东时代的中国不妥协的反帝反殖立场和对他们兄弟般的支持，使他们备感亲切和鼓舞……

如果人们能够把毛泽东和毛泽东时代的中国放在这样一个恢宏、厚重和复杂的历史必然性舞台上，就会对这种探索多一分理解，多一分深刻。

今天的人们在回顾或谈及这段历史时，有的人会惊讶于当时的"幼稚"，有的人会表现出不屑一顾的轻蔑，有的人会以"数学家的精确"说明当时应当如何如何，不应当如何如何……但是，他们往往忽视了一个事实：他们今天的高明，正是因为站在历史巨人的肩膀上；他们今天轻而易举地得到的真理，也正是因为有了前人筚路蓝缕、不懈探索的经验和教训。

"中国战国时期有一个人写了一部著作，叫《老子》，后来注解《老子》的在一百家以上。现在我的这些东西，甚至马克思、恩格斯、列宁的东西，在一千年以后看来可能是可笑的了。""从长远来看，将来的人要比我们聪明，如同资本主义时代的人比封建时代的人要聪明、要好一样。"①

这是毛泽东 1965 年同一位外国友人谈话时所说的。

其实，可笑的不应是这些历史巨人和思想泰斗，而应是那些戴着唯心主义、形而上学眼镜的后人。

1976 年"文化大革命"结束后，经过两年短暂的徘徊，中国终于走上了改革开放的再生之路。从那以后，在邓小平为首的党的第二代领导集体和以江泽民为核心的党的第三代领导集体的领导下，虽然经历了一些波折，中国的改革仍然取得了举世瞩目的成就和业绩。

二十多年来，国内外学者越来越深入的研究表明，中国成功的改革大大得益于毛泽东的政治、经济遗产，大大得益于毛泽东时代的中国所奠定的物质、精神基础，大大得益于邓小平对毛泽东和毛泽东思想的科学评价，以及对毛泽东和毛泽东思想的继承和发扬。

2003 年，在纪念毛泽东诞辰 110 周年的时候，回顾新中国自 1949 年以来波澜壮阔的发展历程，目睹今天翻天覆地的变化，人们不能不对新中国的缔造者毛泽东油然产生一种深深的景仰和怀念之情，对毛泽东时代的中国踔厉风发、波澜壮阔、大气磅礴、艰苦奋斗、团结一致、改天换地、自立自强、不畏霸权的风貌和成就油然产生一种深沉的敬意。

---

① 1965 年 1 月 9 日毛泽东同斯诺的谈话，引自《毛泽东文集》第八卷，人民出版社，1999 年版，第 406 页。

图书在版编目(CIP)数据

毛泽东时代的中国/郑谦主编．

北京:北京出版社、中共党史出版社,2003

ISBN 7-200-05096-2

Ⅰ.毛…　Ⅱ.郑…

Ⅲ.中国—现代史—1949～1976　Ⅳ.K27

中国版本图书馆 CIP 数据核字(2003)第 107705 号

主　　编　郑　谦
作　　者　庞　松
第一卷(1949～1956)
何　蓬
第二卷(1956～1966)
郑　谦　张　化
第三卷(1966～1976)

毛泽东时代的中国

特约编辑　阎　华
　　　　　杨　钢
责任编辑　杨良志
版式设计　刘　玮　孟　斌
封面设计　传世文化
责任印制　李文宗
出　　版　北京出版社　中共党史出版社
地　　址　北京北三环中路 6 号
邮　　编　100011
网　　址　www.bph.com.cn
印　　刷　北京业和印务有限公司
经　　销　新华书店
字　　数　1480 千字
规　　格　1/16(889×1194)
印　　张　77
版　　次　2004 年 1 月第 1 版
印　　次　2004 年 1 月第 1 次印刷
书　　号　ISBN 7-200-05096-2/D·398
定　　价　560.00 元(全三卷　精装)

1949 · 1976